Las siete heridas del mar

Las siete heridas del mar

David Martín del Campo

México D F•Barcelona•Bogotá•Buenos Aires•Caracas•Madrid•Montevideo•Quito•Santiago de Chile

Las siete heridas del mar

1ª edición, febrero de 2011

D.R. © 2010, David Martín del Campo
D.R. © 2010, Ediciones B México S. A. de C. V.
Bradley 52, Col. Anzures, 11590, México, D. F.

www.edicionesb.com.mx

Esta obra fue escrita con el apoyo
del Fondo Nacional para Cultura y las Artes

ISBN 978-607-480-140-8

Todos los derechos reservados. Bajo las sanciones establecidas en las leyes, queda rigurosamente prohibida, sin autorización escrita de los titulares del *copyright,* la reproducción total o parcial de esta obra por cualquier medio o procedimiento, comprendidos la reprografía y el tratamiento informático, así como la distribución de ejemplares mediante alquiler o préstamo público.

A Blanca

Aurora

Tenía urgencia por nacer. Esa mañana el tranvía se deslizaba con su ajetreo habitual. La mujer iba mirando el paisaje que escurría bajo el sol: las frondas de los fresnos, los balcones con alguna ropa secándose... cuando sufrió el apremio. Aquello estaba programado para mediados de mayo y ahora esa contrariedad lo trastocaba todo. Aurora no supo de momento qué hacer (aunque *algo* había que hacer). Se palpó la panza, como sopesando, y volteó a mirar a los otros pasajeros.

–No me siento bien –murmuró–. Tengo que bajar... ¿podría alguien jalar el cordón?

Una mujer de anteojos gruesos se le acercó solícita:

–¿Le pasa algo? No se preocupe, soy hermana de la Cofradía de Nuestra Señora del Carmen.

Entonces el conductor desaceleró, volteó a mirar el barullo en mitad del vagón:

–Qué pasa, qué pasa... –reclamaba al aplicar el freno–. ¿Se desmayó la señora? –Y por un momento anheló que aquel incidente ocurriese únicamente allí, en el espejo retrovisor, como una película en pequeño.– ¿Ya puedo arrancar?

Aurora dudó si apearse o no, tomar otro vagón de regreso a casa, abordar un taxi y dirigirse al consultorio de su médico. O de una vez que la llevara al Sanatorio Chapultepec donde había nacido Aurelio, su primogénito.

–Ayúdenme, por favor... se me está saliendo la criatura.

En la primera plana de *El Universal* del jueves 24 de abril de 1932 se anuncia la victoria electoral del Partido Nazi en Alemania. En la parte inferior, a tres columnas, aparece Tony arropado con el chal de aquella monjita anónima, y detrás dos policías con cara de desatino. Un foto-reportero que deambulaba por el rumbo había subido al tranvía minutos después del alumbramiento y soltó el flashazo con la última bombilla que le quedaba.

La nota está encabezada con socarronería: *Dio a luz en el servicio eléctrico*. Aunque el pie de foto es más fiel al encadenamiento de las cosas: Al mediodía de ayer, en plena travesía de un tren eléctrico, una mujer dio a luz un niño en la esquina de la avenida Álvaro Obregón y Jalapa.

La gráfica muestra a doña Aurora Locarno de Camargo quien sonríe feliz luego de tan insólito alumbramiento. La radiante madre aseguró que su hijo se llamará Antonio, según lo acordó con su marido, si nacía varoncito.

"Si nacía varoncito", habría dicho ella, pero el caso fue que al día siguiente, ofuscado y blandiendo su pistola, el coronel Marco Antonio Camargo se presentó en la redacción del periódico para darle su merecido al malhora que había afrentado de tal modo la honra familiar. El ofendido militar retornó a la calle una hora después, eso sí, con la promesa de una suscripción anual "para compensar el mal gusto de la nota" aunque, la verdad, ¿a quién se le ocurre nacer a bordo de un tranvía?

Hay quienes nacen para algo grande y quienes llegan al mundo, también, con los peores augurios. No fue el caso de Tony Camargo, quien abrió los ojos por primera vez bajo las tranquilas estrellas que rigen al Toro de Primavera.

Luego de aquel insólito parto, Aurora Locarno tuvo ciertas complicaciones de salud que le impedirían concebir más. Como es de suponerse, adoraba a sus dos hijos, aunque también le apasionaba el arte del migajón con resina. Se había iniciado como autodidacta con un estuche que adquirió en Sears-Roebuck: "pinte usted hermosos paisajes siguiendo la escala numerada", y después se aficionó a ese *hobbie* de moda: despanzurrar bolillos, amasar el migajón con Resistol, y moldear luego florecitas, rosquillas, pajaritos que fraguaban en una noche y que pintados al óleo adornarían luego tiaras de novia, guirnaldas y ceniceros.

Se había mandado a construir un pequeño estudio en el rincón del jardín y año con año organizaba una muestra en el dispensario de la parroquia donde todo era rematado. Aurora atesoraba ahí una bendición papal rubricada por Pío XII de modo que los niños se daban sus mañas para birlar el picaporte y persignarse al ingresar a ese recinto de fervor y botes de aguarrás, para cometer sus diabluras.

Aurelio era de carácter taciturno; prefería pasar las tardes en casa devorando las páginas de *El tesoro de la juventud* o inventando cancioncillas en el armonio *Magnus* que le habían regalado en Navidad. Antonio, en cambio, había nacido para las bicicletas. Era el explorador de la familia y apenas zampaba el desayuno, iniciaba sus correrías en una *Phillips* rodada 20, para regresar cuando la sopa ya estaba fría en la mesa. A veces llegaba con un gorrión lastimado: "¿Me lo puedo quedar?" Y así el bote con renacuajos, la bolsa con dos lagartijas, el ratón al que salvó la vida en la trampa de resorte.

El espíritu emancipado de Tony se evidenció el día en que fueron de paseo a Cuernavaca. El Casino de la Selva era el paraíso de la gente decente del nuevo régimen: militares, abogados, ingenieros entrelazados en las Grandes Obras, con mayúsculas, que la Revolución, convertida en instituciones, le debía al Pueblo.

Y mientras Aurelio –arrebujado en una toalla para protegerse del sol– completaba un cuadernillo de crucigramas, el hermano menor se metía en la piscina y en cosa de minutos aprendía a nadar solo. Para el mediodía ya se lanzaba del trampolín en ruidosos chapuzones, y por la tarde llevó a una preciosa niña de trenzas que presentó a su familia. "Ella es Margarita", dijo, "y ya somos novios". Acto seguido, le plantó un beso en la mejilla que obligó a la pequeña a mostrar sus dientes chimuelos y presumir el Pepe Grillo de plástico que le había obsequiado Tony, que por entonces cumplía los nueve años y se iba con Margarita a la mar, es decir, la alberca, bajo un surtidor con forma de hipocampo.

Ellos dos en lo bajito de la piscina jugando al tiburón. Entonces ella le reclamó: "¿Tony, por qué no me enseñas a nadar? Cárgame y me das vueltas", y el niño, que algo tenía de instructor, obedeció aguantando los nervios.

Entonces aconteció algo por primera vez en su vida. Algo que respondía al contacto de esa niña –esa pequeña mujer– que pataleaba por encima de sus rodillas: "mira, mira, parezco sirena", algo que no era él o, en todo caso, correspondía al animal primitivo que palpitaba desde sus entrañas, dilatándose, hasta que llegaron bajo la tibia catarata donde desfogaba aquel chorro primigenio, el agua en las rodillas, y fue entonces cuando Margarita (a la que nunca volvería a encontrar) lo reconvino con cierta ansiedad: "Qué, ¿así le hacen ustedes?" Y como Tony no se daba por enterado, ella señaló aquella tumefacción asomando. "¿Así le hacen para hacerse pipí en la alberca?". Tony no supo qué responder con aquellas pulgadas incomodándolo no por encima del *short* sino por debajo y hacia la izquierda. "Eres un cochino y ya no soy tu novia", le dijo la niña sin dos dientes, buscando el rincón del prado donde su familia practicaba las artes rudimentarias del badminton.

Aurelio y Antonio dormitando en el prado de la piscina, por lo menos habían superado el episodio traumático en el Hospital Militar un año atrás. Su padre, el entonces capitán de caballería Marco Antonio Camargo, se los dijo en la víspera. "Mañana temprano vamos a ir al doctor porque les van a arreglar sus pistolitas". Así, en diminutivo, para diluir el temor; así, en lenguaje guerrero, porque esas pequeñas armas disparan... y dan vida matando. Las *pistolitas* restañando durante semanas, cuando sus penes eran apenas pitos infantiles. Llegaron en ayunas al enorme Hospital Central del Ejército donde paseaban diligentes enfermeras de cofias almidonadas, rodaban carritos cargados de gelatinas (eso los animó), deambulaban viejos de batas pringosas arrastrando repugnantes mangueritas.

Les pusieron sus batas color verde pistache y los acostaron en camillas rodantes. Así fueron llevados al quirófano, como un ritual azteca. Ahí los esperaba aquel médico nervioso, casi adolescente, que jugueteaba con el instrumental quirúrgico más allá de la cortinilla sobre sus tórax. "Como que siento cosquillas", dijo Aurelio a su lado, minutos después. "¿No me lo van a cortar mucho?", indagó Tony, medio narcotizado por los efectos de la anestesia. "¿A poco me van a convertir en judío? ¿O en mujer?", deliraba Aurelio en lo que concluía aquella cirugía menor, porque algo de eso habían escuchado en el colegio. Niños a los que le cortaban todo y los dejaban como mujercitas porque la circuncisión era un misterio que sólo correspondía a los descendientes de Abraham. ¿Pero por qué, si habían sacado buenas calificaciones y no les dolía nada?

Y esa misma noche, pintados hasta las ingles con el escandaloso *merthiolate*, abandonaron el hospital por propio pie, aguantando las lágrimas. "Ahora sí par de zoquetes, ya les pavonaron sus pistolitas", iba repitiendo su padre. "Con el tiempo me lo agradecerán".

Poco después ocurrió el encuentro con el arte, es decir, el desencuentro con la vida. Era medianoche pasada cuando Aurora reconoció los toquidos en su alcoba. Debe ser Tony con una de sus pesadillas, susurró al despertar al coronel Camargo, quien rezongó "sí, anda a ver qué quiere". Aquella primera silueta era la de Aurelio arrastrando sus pantuflas.

—Mamá, necesito un piano —solicitó sin más.

Eso dijo, necesito y no "quiero". Luego volteó hacia la penumbra y llamó a su hermano, "oye, Tony, ¿verdad que necesitamos un piano?" Y el otro, luego de ser arrancado de la cama, "sí, mamá", ya bostezaba, "necesitamos". Aurora Locarno adoró esa pijama desfajada dejando asomar su barriguita.

El instrumento fue un *Wurlitzer* que adquirieron a plazos en la Sala Chopin. Laqueado en negro, el piano era como un tercer hermano entre las sombras. Primero les dio clases la prima Lizeth, que era estudiante avanzada, siguiendo las lecciones numeradas de *El Piano Elemental* de Ferdinand Beyer. Un año después tomaron clases con el profesor Ladislao Ledesma, quien exigía coordinación... "a ver, la mano izquierda siguiendo la clave de Fa, la derecha la de Sol". Al ser presentados, lo primero que hizo el profesor Ledesma fue revisarles las manos como si se tratara de una visita al médico. Qué tan largas, qué tan firmes, qué tan flexibles. Jalaba uno y otro pulgar, doblaba hacia atrás los demás dedos, ¿te duele así?. Hacía girar las falanges, para luego asentir, "muy bien, pueden quedarse, pero al instrumento nos sentamos hasta dentro de tres semanas porque primero serán las lecciones de solfeo. Dios nos da voz a todos, pero piano solamente a uno de cada mil. ¿Estamos?".

Fueron siete años de lecciones, los martes y jueves por la tarde, en aquel tercer piso frente al Parque México. Federico Chopin, Franz Liszt, Manuel M. Ponce, y desde luego *Für Elisse* de Beethoven al iniciar la sesión. No por ello suspendieron sus estudios habituales. Aurelio inició la carrera de Arquitectura en la Universidad Nacional, y Antonio algo que por aquel entonces se dio en llamar Administración de Empresas.

Después de todo algún día heredarían el negocio del padre recién retirado de la milicia. Bajo la observancia de una estrategia simple, el coronel Camargo había fundado una empresa constructora: adquirir terrenos en litigio, sobornar jueces para adjudicárselos con todas las de la ley, construir departamentos en régimen de condominio y contratarlos en pre-venta... de modo que al concluir un conjunto ya había capitalizado lo suficiente para adquirir dos terrenos más. Amén de atrasar la entrega del inmueble seis meses, que para eso estaba el capitán Rangel, su antiguo lugarteniente, quien iba a negociar con la pistola asomando del cinto. Bondades del régimen.

Sin embargo, algo extraño estaba ocurriendo con Aurelio. Un buen día el muchacho anunció que ya no concluiría la carrera universitaria. "Ya hay demasiados arquitectos en el país... además que odio imaginarme, luego de tantos años de estudio, lidiando con albañiles ignorantes y vulgares". Eso dijo, "ignorantes y vulgares", además que lo suyo era, a fin de cuentas, la Música. Entraría al Conservatorio Nacional, terminaría la carrera de piano y después cursaría una especialización en Viena, pues tenía amistades que lo podrían conectar. Sus amigos con los que asistía a las funciones de ópera en el Palacio de Bellas Artes.

–Y tú también, *brothercito*, ¿verdad que harás conmigo el examen de ingreso al Conservatorio?.–Tony Camargo respondió que sí. Además que las clases de administración se habían convertido en un permanente bostezo y lo único que le interesaba realmente era adquirir una Harley de medio uso.

La prueba de ingreso fue una mañana de octubre. Ya desde la convocatoria se advertía que sólo serían admitidos los jóvenes más talentosos "que demostraran tener futuro en el mundo del arte musical". La convocatoria señalaba que serían admitidos 25 aspirantes y que el resultado sería inapelable. Los postulantes fueron muchos, 122 según las actas publicadas, un tercio de los cuales pretendía ingresar en la rama de piano.

Las instrucciones señalaban que éstos deberían interpretar el *Concierto para piano número uno* de Tchaikovsky, y cualquiera otro de su preferencia que no rebasase los veinte minutos de ejecución. El examen de los hermanos Camargo fue en distintos turnos. A las diez de la mañana Aurelio interpretó, porque fue su elección, el cuarto movimiento del *Concierto para piano número dos* de Johannes Brahms, que el muchacho interpretó ortodoxamente: gracioso, alegre y ligeramente *più presto*. Al salir de la prueba le confió a su hermano que por un momento había sentido que levitaba, "como si los ángeles me arrastraran hacia ellos". Eso dijo.

El turno de Antonio fue el penúltimo de la sesión, a las catorce horas, y de su repertorio escogió el *Estudio para piano "La Campanella"* de Franz Liszt. Su interpretación fue buena, bastante buena, aunque no impecable: en algún momento del *finale* su meñique izquierdo resbaló, tocó las teclas de re y re sostenido, pero el detalle no empañó mayormente la ejecución.

Luego del examen su madre los llevó a comer a La Tablita, en la parte alta del Paseo de la Reforma, donde fantasearon su futuro como pianistas de renombre. ¿Te imaginas, Tony? "Aurelius y Toño Camargo, concierto a cuatro manos en *La Fenice* de Venecia", y el primogénito saltó de la mesa para hacer un giro gitanillo, las palmas en lo alto, y olé. Luego fueron a

Chianndoni a comer helados hasta hartarse de crema de pistache. Golosos muchachos maltratándose luego el acné ante el espejo del baño.

Fueron dos semanas de tensión en lo que se anunciaba el resultado, padeciendo los carraspeos de su padre a la hora del desayuno, porque él nunca estuvo de acuerdo con eso de dimitir de la ciencia en favor del arte. "Lo único que podría salvar a este país es la técnica, la disciplina y el dinero de los Estados Unidos", refunfuñaba. Y encima, el negocio con los condominios de interés social que había anunciado el presidente Ruiz Cortines ya no era la maravilla de antaño.

El resultado de la audición se publicó por fin el 13 de noviembre, que cayó en martes. De los 122 postulantes Tony quedó en el lugar 95; Aurelio en el 33. "Se sugiere a los elegidos que a la brevedad inicien los trámites de inscripción pues los cursos darán comienzo el 7 de enero del próximo 1952…"

Fue como un relámpago sordo. Debieron leer dos y tres y cuatro veces la lista de los postulantes admitidos, porque la vida, ¿para qué hacernos tontos?, es un rasero permanente de injusticia y privilegio. Aurelio aventó las páginas del periódico, corrió escaleras arriba hasta la alcoba de sus padres y se arrojó en la cama para llorar de rabia. Llorar en el regazo de su madre que intentaba consolarlo. Llorar.

Antonio, en cambio, fue a la cocina donde destapó una cerveza que sacó de la nevera y bebió en dos minutos. Luego se trasladó al patio, alzó su bicicleta –que era modelo de carreras– y salió a vagabundear. Deambuló por las calles del rumbo, en la colonia Nápoles. Después se adentró en las veredas del Parque Hundido y salió a la extensa avenida Insurgentes. Enfiló hacia el sur y pedaleó y pensó como si ambos, los músculos de las piernas y del entendimiento, conversaran infatigablemente. Así pasó por el río Churubusco, por las quintas de San Ángel, por los pedregales de basalto en Copilco adentrándose al sur, como si el volcán del Ajusco fuera una meta, una brújula, un destino majestuoso.

A las seis de la tarde, preocupada por su ausencia, Aurora Locarno atendió una llamada telefónica. Era Antonio solicitando una larga distancia por cobrar. Llamaba desde Cuernavaca, tenía un calambre en la pierna izquierda y estaba extenuado. Que fueran por él en el coche grande para meter la bicicleta. Que aguardaría frente a la catedral. Que llevaran dinero para pagar las tortas y los refrescos que había consumido en una fonda. Que allí esperaría. *Clic.*

Acechando frente al atrio de aquella catedral castigada por el sol, Antonio contemplaba las golondrinas surcando aquel atardecer de azul deslavado. En eso arribó un autobús de turismo. Se miró las manos y jugueteó un acorde sobre el piano ausente.

Del ómnibus descendió un grupo de muchachas, rubias en su mayoría, que se llamaban en inglés, Helen, Dorothy, Pamela, *we are waiting for you*. Algunas llevaban pantaloncillos cortos, camisetas, sombreros de lona. Habían ido a las grutas de Cacahuamilpa y ahora deberían visitar ese templo del siglo XVI. Salir de una caverna para entrar en otra, "cuando que la vida palpita a la intemperie", pensaba Antonio cuando de pronto una de las muchachas fue hasta él. Que si les podía hacer una foto. Una camarita *Brownie*, tres sonrisas frente al atrio y la turgencia ahí abajo, doliendo y deseando. Aquello fue una revelación: las golondrinas y la brisa que comenzaba a refrescar, las turistas correteándose por el jardín, su bicicleta recargada ahí con fiel docilidad... ¡Nada se había perdido!

La vida es exploración. Fue lo que se dijo una vez que abordó el Chevrolet que había conducido hasta ahí el capitán Rangel.

—¿La vida es qué? —pero Antonio ya no insistió.

—Su hermano, en cambio, está sufriendo como una dolorosa —dijo el socio de su padre, pero Tony estaba extenuado y reposaba en otra atmósfera... el retrato perdido en la *Brownie*, las golondrinas adueñándose de la tarde, aquella mocosa chimuela de su infancia, ¿Margarita? ¿Conservaría el llavero con la figura de Pepe Grillo? ¿La había besado?

El arte es desastre. Aurelio no se repuso nunca del ramalazo. De cualquier manera el semestre en la Universidad estaba ya perdido, así que gastó sus ahorros en discos con interpretaciones magistrales: Claudio Arrau, Liberace, Roger Williams, que ponía una y otra vez en su pequeño fonógrafo dentro de la recámara y bajo llave. Desayunaba solo, cerca del mediodía, y hojeaba a solas el periódico. Comía con desgano y no aceptaba las invitaciones al cine de sus amigos. "Ya saldrá de eso", se consolaba doña Aurora, admirando en cambio el espíritu repuesto de Antonio, quien ya organizaba un campamento con sus compañeros a las lagunas de Zempoala, y un baile para celebrar el fin de cursos. Así llegó la temporada navideña y el ambiente parecía mejorar. Aurelio ya no se encerraba todo el tiempo y había retomado las prácticas de piano. Se había encaprichado con el *Concierto Italiano* de Johann Sebastian Bach, cuya partitura le obsequiara el viejo profesor Ledesma. Para corregirse lo escuchaba, una y otra vez, en la interpretación de la *Deutsche Grammophon* con Alfred Bendel al piano, que era apenas dos años mayor que él.

En la Nochebuena concluyó aquel fugaz contento. Desde muy temprano fueron todos despertados por la interpretación del famoso *Concierto Italiano*, abajo en la sala, una y dos y tres veces, cuando apenas daban las ocho de la mañana. Después Aurelio se alzó de la banca, abrió el cajón donde guardaban los pentagramas y empuñando la pistola de su padre se dio un tiro en la sien izquierda. El muchacho era zurdo. Quedó tumbado, vestido de gala y con corbata gris, sobre el teclado del *Wurlitzer*. El arte es desastre, calamidad, desencuentro con la vida, y si no, ahí tenían la prueba.

El velorio, esa misma tarde, fue una absoluta devastación. Ante la disyuntiva de celebrar la Navidad o asistir al funeral del muchacho, no pocos optaron por lo primero, además que el trámite forense fue un embrollo a pesar de los oficios que sacó a relucir el coronel Camargo, quien durante las exequias no dejó de repetir dos palabras cargadas de halitosis: "Muchacho pendejo, muchacho pendejo…"

A partir de entonces, Antonio se juró odiar la Navidad, nunca más tocar un piano y abandonar la familia a la primera oportunidad, sobre todo por el hallazgo que hizo cuando el olor a pólvora aún no se disipaba. Había subido a la recámara de Aurelio buscando los papeles que solicitaba el agente del Ministerio Público cuando se le ocurrió hurgar bajo la almohada.

Ahí, junto a la pijama intacta, halló un pequeño sobre que decía "¿Vivir sin arte?", y dentro una carta lacónica saludando: "Misión cumplida, mi coronel". Eso era todo. Y claro, sus lágrimas como nunca empapando la camisa. Tony escondió la esquela y la tiró esa misma noche al bote de basura. ¿Misión cumplida? ¿Vivir sin arte? ¿Mi coronel? Había algo que nunca le perdonaría a Aurelio, porque la voluntad inconfesa del suicida es endosar la culpa. Muchas gracias, *my brother*.

Dos días después de la atrocidad, Aurora Locarno emprendió algo igualmente insólito. Una vez que su marido partió hacia la constructora, porque el negocio no podía ser detenido por ningún capricho –eso dijo, "ningún capricho"–, la mujer pidió auxilio al jardinero y a la cocinera con quienes sacó el piano a medio jardín, le roció un bidón de gasolina y le prendió fuego.

A los pocos días Antonio decidió inscribirse en el curso vespertino del Coronet Hall, que ofrecía el dominio del idioma inglés en seis meses. Y en las mañanas, para ganarse algún dinero, se incorporó al despacho de su padre. Era la mejor manera de no permanecer en casa. Así pasaron los meses, entre *my name is Antonio Camargo and I live in Mexico City* y la preparación de los sobres de la raya cada sábado por la mañana, hasta que en el verano ocurrió su encuentro con el abismo que le impediría ver, nunca más en sus días, el deslizamiento majestuoso de un tranvía bajo el cable electrizado.

Cindy

Lizeth y Antonio iban al mismo plantel del Coronet Hall, sólo que ella cursaba el último nivel. La prima tenía pensado estudiar más adelante en Londres, regresar con el diploma TOEFL y convertirse en profesora de inglés en el Instituto Queen Mary donde había cursado toda su educación.

Lizeth Locarno, sin embargo, era una muchacha acomplejada... Una tarde en que ella alegaba con su madre, Aurelio y Tony alcanzaron a oír una frase deshilvanada en la trifulca: "¡Y con estas nalgotas quién me va a hacer caso!". Los primos Camargo la esperaban en el recibidor de la casa y se miraron aguantando la risa; entonces Aurelio se levantó en silencio y comenzó a contonearse igual que Carmen Miranda en *Volando a Río*. En secreto se hacían llamar "los tres 30" porque Aurelio era de 1930, Lizeth del 31 y Tony del 23 de abril de 1932.

Luego del *incidente* –así decidieron llamarlo–, Lizeth y Antonio se hicieron más próximos. Una amistad que era complicidad, pacto de sangre e impensadas caricias. Y cuando la conversación derivaba hacia el recuerdo de Aurelio, Lizeth comenzaba a canturrear la melodía de moda, *"Ay Lí, ay Lí, ay Lilí, ay Ló..."* que canta Leslie Caron cuando es salvada por un teatro de marionetas en la película *Lily*. Luego la prima le jalaba una mano, le torcía los dedos y lograba cambiar de tema. "¿Sabías que mañana nos llevan el aparato de televisión que compramos en El Palacio de Hierro?"

Escapaban de misa y de la mano, casi inocentemente, iban a la Plaza Río de Janeiro a compartir barquillos de nieve y, más tarde, a hurtadillas, se escabullían a la primera función del cine Chapultepec. Luego recalaban en la nevería Kikos, donde no hacían sino perder el tiempo y fantasear. Ella soñaba con encontrarse algún día a Robert Mitchum en el Paseo de la Reforma...

Si algo hacía de maravilla la prima Liz era precisamente bailar.

Los sábados por la tarde aprovechaban para practicar frente al tocadiscos. Las orquestas de Luis Alcaraz, de Glenn Miller, de Pérez Prado y Ray Conniff para ellos solos. A veces Liz invitaba a sus compañeras de colegio, y Tony, por no dejar, a su vecino Paco, que era tartamudo hasta con los pies. *"I love Paris in the springtime..."*, canturreaba ella al girar entre sus brazos, *"I love Paris in the fall..."*, y luego soltaba la carcajada porque Tony se había tirado al piso, la reverenciaba de hinojos y quedaba petrificado como la estatua platónica del amante ridículo.

–Como que se llevan muy fuerte, tu prima y tú –le reprochó una tarde su madre mientras se afanaba en la preparación de un ramillete de novia–. Muy fuerte y muy livianitos.

Antonio fingió no escucharla. "Llevarse fuerte". ¿Qué quería decir con eso? ¿Alguien los había visto en el vestíbulo del salón "Candiles" para bailar con la orquesta de Juan García Esquivel, de donde fueron echados por no tener aún dieciocho años? "Muy livianitos", ¿pues qué, imaginaba que terminarían en la cama? "Ay, mamá, por Dios... eso ocurre solamente en el Viejo Testamento", estuvo a punto de contestarle, hasta que apareció Rolando.

Se habían conocido en un baile del Wachachara –el primer equipo mexicano de "futbol americano"–, porque habiendo música Lizeth se convertía en el centro de atención a pesar de su morrocotudo trasero. O precisamente por ello. Rolando Meraz era pasante de la Escuela Libre de Derecho y emprendía sus primeros litigios en el famoso despacho Castrejón y Ovando. Así que dos semanas después de iniciado el noviazgo, Liz se lo debió advertir en una conversación telefónica: "Tony, ya no

podremos seguir viéndonos... viéndonos como antes. Me lo ha prohibido Rolando".
—Sí, claro, no hay problema, Liz. Yo también te quiero.
—Te lo estoy diciendo en serio, Antonio; además que Rolando no quiere ya que vaya a tu casa... por *lo* de tu papá.
—¿Lo de mi papá?
—Lo de su pasado, no te hagas. Ya sabes... sus desorejados.

Ciertamente algo misterioso rodeaba la vida del coronel Marco Antonio Camargo. Algo oscuro y que al mismo tiempo resultaba fascinante y repulsivo. Había obtenido el grado de capitán de caballería en 1928 durante la campaña en la sierra de Zacatecas. La guerra contra las milicias cristeras duró tres años, pero cuando el frente urbano se desbandó hacia el campo, aquello resultó incontrolable para el ejército federal. ¿Qué campesino no guarda dentro de su barraca un altarcito a Cristo Redentor, una efigie de la Virgen de Guadalupe, una estampa de San Judas Tadeo?

Curioseando su despacho en casa, una tarde el pequeño Antonio había hallado esa fotografía brutal: su joven padre, entonces capitán segundo, retratado con dos cabezas degolladas, una en cada mano y asidas por las cabelleras. Eran dos guillotinados de imperturbable serenidad: un par de campesinos que parecían dormir a la espera de las primeras lluvias. Claro, en aquella guerra silenciada por el régimen habían muerto 70 mil hombres, pero como era un episodio vetusto (además de reservado), nadie hablaba de él.

Solamente al calor de la velada familiar era que alguien se animaba a soltar aquellas anécdotas revestidas por el resquemor. Esas historias de los capitanes federales cortando las orejas a los cabecillas cristeros, como señal de escarnio y revancha.

Ésa era la razón del aprensivo respeto que Tony le guardaba a su padre. La fotografía de los descabezados fustigándole los sueños: el capitán Camargo sonriendo ante el retratista, como si aquellos fuesen dos trofeos cinegéticos. Respeto y temor. Temor y una dosis más o menos encubierta de repulsión.

Pero no todos los negocios de su padre resultaban propicios. Había proveedores incumplidos, albañiles faltistas, compradores arrepentidos que emprendían juicios mercantiles para recuperar el enganche de un departamento. Ante aquello el coronel Camargo aplicaba un refrán popular: *de lo perdido, lo que aparezca*, porque ya habría modo de resarcirse con otros clientes.

Así ocurrió con el caso del célebre licenciado Benavides, que era proveedor de materiales para la construcción. Le habían pagado cuatrocientas toneladas de cemento, y el material reposaba en una bodega al poniente de la ciudad. El desembolso fue a fines de mayo y el 4 de junio, desatando la temporada de lluvias, ocurrió un diluvio que reventó la presa de Tecamachalco. El aluvión arrasó con el caserío y ocasionó… cosa de revisar los periódicos, más de 30 muertos que debieron ser rescatados de entre el fango. El desbordamiento del embalse inundó también la bodega que el licenciado Benavides tenía en aquel arrabal, de modo que dos días después quedó transmutada en un bloque monolítico de concreto… diez mil sacos de cemento fraguado que rivalizaban con la pirámide de Teotihuacán. La mayor desgracia fue que al tal licenciado nunca se le ocurrió asegurar la mercancía, y entonces no tenía cara para enfrentar el desastre. Con aquel dinero había adquirido una finca cafetalera, dijo, "y sólo le quedaba una lanchita en Acapulco". Que se la endosaba, le rogó al coronel Camargo, que el resto se lo iría pagando con el tiempo.

Por todo eso, y para que se le quitara la cara de aburrimiento, el coronel Camargo dispuso que Tony fuera a revisar la tal lanchita, y viera en cuánto se podía rematar para resarcir el desfalco. Antonio Camargo partió hacia Acapulco el 21 de junio de aquel 1952, cuando la rebelión de los Mau Mau estallaba en Kenia y su dirigente, Jomo Kenyatta, era encarcelado por las autoridades del protectorado inglés. En la víspera, contraviniendo su palabra, la prima Lizeth se apersonó en casa.

–Qué, ¿pensaste que te ibas a ir sin despedir?

–Pero si sólo voy una semana, o dos a lo sumo –Tony la ayudó a desprenderse de la gabardina, porque llovía torrencialmente–. Ya sabes, uno de los enredos financieros de papá.

Luego de la Coca-Cola y las galletas, Lizeth dejó el sofá y

fue hasta el aparato Westinghouse donde seleccionó un disco de Frank Sinatra.

–Vamos a bailar un rato, primo… aprovechando que mis tíos no están.

When they begin the beguine / It brings back the sounds of music so tender… La prima Liz suspiraba sin decir palabra. *It brings back a night of tropical splendor / When they begin the beguine…* En un giro lo atrajo hacia sí, pegó los pechos en su tórax y arrastró la mano derecha de Antonio hacia abajo. ¿Y Rolando?, indagó con el rubor consumiéndole el semblante.

–No digas nada, Tony –ella suspiraba humedecida–. Baila… baila conmigo. Solamente baila.

Tres días después Antonio Camargo se reportó con una llamada de larga distancia. ¿Y la lanchita?, reclamaba su padre, ¿en cuánto se podría vender? Tony aguantó la respuesta.

–No es una lanchita –luego hubo un lapso de silencio, hasta que se animó a precisar: –Es el *Malibu Dream*.

–¿El Malibú qué?

–Un yate, jefe. Y no tan destartalado.

–¡Un yate!

–Bueno, un yatecito de trece metros de eslora.

–¿"De eslora"?

–Trae una máquina de 250 caballos y el casco es de hierro –el coronel sospechó un cierto entusiasmo en sus palabras–. Tiene dos cubiertas y armazón de madera. No está tan picado…

–¿De modo que la lanchita…? ¿Y qué, la usan para pescar pez vela?

–No; el *Malibu* da paseos turísticos por la bahía. A cinco pesos el boleto.

⚓

Antonio Camargo se hospedó en el hotel Ensueño, que tenía abanico de techo, desayuno incluido y una terraza que daba a la playa Tlacopanocha donde los domingos se remojan los meros acapulqueños. Para tramitar el endoso de la embarcación, por esos días llegaron el licenciado Benavides y el coronel Camargo. Arribaron en el vuelo matutino de Aeronaves de México y al salir de la notaría se dirigieron al Club de Yates donde el *Malibu Dream* permanecía anclado.

En una afable ceremonia Antonio Camargo fue presentado a la tripulación como el "nuevo gerente".

—Sus órdenes —lo saludó el piloto del yate, de nombre Lino Maganda. Tenía facciones orientales y flexionaba el antebrazo en gesto marcial.

—¡Ah, la granputa... ya ganamos nuevo patrón! —sonrió el Yuyo Medina, marinero que aún no abandonaba la adolescencia.

—¿Es toda la tripulación? —quiso indagar el coronel Camargo, y el licenciado Benavides, mirando con nerviosismo su reloj, confirmó:

—Con ellos puede navegar hasta la China —no estaba dispuesto a perder el vuelo de retorno—; habiendo dísel...

—Gasolina —lo corrigió Lino Maganda—. Es máquina antigua.

—Hasta la China y larrechingada... —completó el Yuyo Medina—, pero con las vías de agua que tenemos el barquito no llega ni a Revolcadero.

Nadie había dicho que aquel fuera el *Queen Mary*, pero el navío impresionaba.

—Cuídamelo, Tony —el coronel Camargo, emocionado por esa incursión en las cartas navales, examinaba el barómetro inservible de la cabina de mando—. Pero ya sabes: prohibido hundirse y prohibido ahogarse —porque sin mencionarlo, el fantasma de su primogénito ya rondaba por ahí.

—Aquí sólo se ahogan los borrachos —disculpó el piloto Maganda—. Sobre todo los sábados de noche.

La administración del *Malibu Dream* no era demasiado complicada. Tenía programadas un par de travesías alrededor de la bahía, los fines de semana, con servicio de fuente de sodas. Además la embarcación era alquilada ocasionalmente por grupos de turistas que emprendían excursiones a distintas playas, pero la mayor parte del tiempo permanecía anclada frente al Club de Yates.

Esa tarde, al abordar el avión de retorno, el coronel Camargo se despidió con un sentimiento extraño desde lo alto de la escalerilla. Imaginó que su hijo se hartaría muy pronto de aquel desempeño: el clima insoportable, la mala paga, la nostalgia y la ausencia de amigos terminarían por derrotarlo. Volvería a matricularse en la Universidad, concluiría sus estudios y, curtido con toda esa experiencia, se encargaría finalmente de la constructora.

Así pasaron algunas semanas hasta que un sábado por la mañana, desaburriéndose en el muelle, Tony intentaba reparar el cabrestante del ancla, que se había corroído por el salitre.

En ese momento estaba por iniciarse ahí mismo una competencia de natación: medio centenar de niños que se agolpaban en el otro extremo del pontón, listos para lanzarse a la bahía y ganar la carrera. Los pequeños estaban nerviosos, se empujaban al agua y salían sacudiéndose como nutrias. Todos intentaban ganar el filo del muelle para saltar los primeros. Un moreno fornido llegó con la pistola de salva y comenzó a organizar:

–Ya, ya, tritoncitos... Acuérdense que no se trata de llegar a como sea, sino de hacer cada quien su carrera y, lo más importante... ¿Qué es lo más importante?

Y todos a una sola voz:
–¡No tragar agua!

El juez de salida, ataviado con un *short* color turquesa, subió a un pequeño podio y preguntó a voz en cuello:
–¿Están ustedes listos?

Los pequeños, agolpándose en el muelle, gritaron:
–¡Síii!

Después vino el pistoletazo y la zambullida... ruidosa, desordenada, empujándose los unos a los otros; medio centenar de pequeños atletas queriendo llegar primero al otro lado de la dársena. Antonio disfrutaba aquello preguntándose dónde había quedado el niño que alguna vez fue. Quizá en aquella primera "chaqueta" que manchó la toalla de su madre... el susto, la sorpresa y ese olor nuevo de su cuerpo que no era cloro ni ozono.

Había una lancha con motor fuera de borda acompañando a los pequeños nadadores y allá, al otro lado de la ensenada, una multitud esperándolos bajo una manta que anunciaba la meta. En eso arreció una ráfaga y se llevó la camiseta de Tony, que trabajaba en pantalocillos. No lo pensó dos veces: saltó al agua y en diez brazadas, sin tomar respiro, alcanzó la prenda antes de que se sumergiera. La ciñó a su cintura y regresó, igualmente, en otras tantas brazadas. Al salir por la escalerilla notó que el juez de partida no le quitaba la vista de encima. Se sintió incómodo. "El mundo está lleno de gente extraña", se dijo al recuperar el motor trabado por el salitre. Había un excelente mecánico en los talleres del club...

–Me gustan sus brazos.

Antonio dejó aquel rotor y alzó la vista. Era el moreno fornido, con su bañador turquesa, que ya se presentaba:

–Soy Apolonio Castillo... y ya le digo –insistió–. Me gustan sus brazos, por largos y macizos.

Tony no supo qué responder. Se le quedó mirando en silencio.

–¿Está en algún equipo? –insistió el tipo, lanzando un vistazo a los pequeños que salpicaban ya a cien metros del muelle– ...los babosos queman todo en el arranque, cuando lo importante es aguantar, administrarse, guardarlo todo para el final. ¿En el de Damián Pizá?

–No. Equipo de qué –Tony seguía escrutando aquel rostro.

–De la nadada, pues. ¿Nunca ha practicado?

–No, nunca.

–Pues nosotros tenemos un equipo de cuatro por cinco mil para la competencia del Día de la Raza. Pero nos está fallando el gordo Merino... dizque tifoidea.

Tony soltó la pieza. "Largos y macizos", se repitió.

–¿Cuatro por cinco mil? ¿Qué es eso?

–La Competencia de la Raza. Nadar los treinta kilómetros que van de Pie de la Cuesta a playa Manzanillo, ahí por donde van los chamacos –el moreno señalaba hacia el recodo de la bahía–. Cada cual se ocupa de cubrir cinco, y a mí me dejan el resto.

–¿Treinta kilómetros?

–El año pasado hicimos poco más de cinco horas, pero llegamos en segundo. Nos ganó el equipo del *güero* Isaac, que es una flecha el cabrón. ¿No lo ha visto nadar?

Antonio Camargo aceptó, a condición de que le dejaran libres las tardes de los viernes y sábados para atender el yate. Las primeras semanas entrenaron en la piscina del Hotel Papagayo, donde les reservaban dos carriles acordonados con boyas de corcho. Ahí fue que Tony descubrió la importancia de tener esos brazos, porque en lo que él completaba el estanque dando 27 brazadas, sus compañeros requerían de 30. Después procedieron a entrenar ahí mismo, en el Club de Yates, martes, jueves y domingos poco después del amanecer. El equipo estaba integrado por Apolonio, que era el entrenador, Samuel Gutiérrez, imbatible después de los 500 metros, y Joaquín de la Peña, que respiraba dando una voltereta como tonina. Todos nadadores avezados que lo relegaban al cuarto turno cuando atravesaban la bahía de Acapulco: seis kilómetros en línea de la Base Naval en Icacos hasta el Club de Yates. Seis kilómetros que se dicen fácil, sujetándose la máscara de hule, untándose lanolina en las axilas, pintándose las plantas de los pies con chapopote, aguantando, aguantando, aguantando.

Hora y media después, con el oleaje ya erizado, el capitán Santana los recibía en el muelle del club con un doble premio: una limonada con un puñado de azúcar y tres aspirinas, además de un Chesterfield encendido que, después de la prueba, era igual que una bendición.

–Es el beso de nuestro ángel de la guarda –sonreía el capi Santana al arrojar aquella primera voluta hacia las nubes inmaculadas de la bahía.

Qué alivio tumbarse entonces sobre los maderos del pontón, la toalla envolviéndoles la espalda bajo aquel sol de las 8:30 de la mañana. Mitigar la sed, ofrendar una breve siesta, escuchar a Joaquín que se quejaba:

–Mira cómo me quemó la aguamala la pierna –el nadador se frotaba la pantorrilla enrojecida–. Pero no iba a detenerme con esos melindres de señorita.

La competencia del Día de la Raza estaba en puerta y Antonio, con su nueva rutina deportiva, derrotaba episódicamente hacia la nostalgia. Una mañana, al despertar, buscó sus zapatos de charol. Los había estrenado el sábado del concierto de prueba en el Conservatorio Nacional. A nadie se le ocurriría calzar esas ridiculeces en Acapulco. Antonio tenía ya veintiún años, una decorosa cuenta de ahorros y esporádicos sueños húmedos que infructuosamente trataba de recordar. Una mañana temprano lo despertó el mozo del hotel porque ahí abajo, en la administración, tenía una llamada telefónica, "que dice la señora que es su mamá, y que es urgente". Tony pensó lo peor: su padre muerto, su padre fugado con una de sus amantes, su padre en la cárcel por evasión fiscal. Pero no.

–Hijo divino –lo saludó su madre–. ¿Qué pasó contigo? –era más reproche que pregunta.

–Qué pasó con qué –recordó que sí, regularmente les transfería las utilidades de la naviera.

–Contigo, hijo. ¡Estás convertido en un apache!

Ah, era eso. A principios de mes les había enviado una carta donde contaba algunas anécdotas ocurridas con el *Malibu Dream*: la mañana en que amaneció una foca dormida en la escalerilla de popa, la colisión que tuvieron en mitad de la noche con un velero a la deriva, además de sus progresos en el equipo de natación. En el sobre había incluido una foto disparada en el muelle Sirocco y es lo que ella reclamaba:

–Pero si pareces… africano, hijo. Ya no te asolees tanto. Vas a necesitar pasaporte de Nigeria.

Le dijo que no tuviera cuidado, que cómo estaba su padre.

–El coronel Camargo anda muy ocupado –así le llamaba cuando estaban de pleito–. Se fue desde el miércoles a Mazatlán con su socio Rangel. Dizque unos terrenos, dizque unas bodegas… ¿Y tú, hijo divino, en serio sabes nadar muy bien?

–¿Por qué lo preguntas? –Tony arqueó la espalda y lanzó un vistazo al reloj sobre el panal donde se guardaban las llaves de los huéspedes. Recordó que había concertado para esa mañana una excursión con un grupo de monjas que deseaban conocer Puerto Marqués.

–Porque hace rato me despertó una pesadilla. Una como profecía, hijo. Horrible. Ahorita estoy tomándome un café con leche y viendo esta noticia tremenda del periódico… que ayer se robaron el cadáver de Evita Perón –hubo un ruido sólido, una taza regresando al plato de porcelana–. Soñé que te ahogabas, Tony. En el sueño te estaba bañando en la tina cuando alguien me llama por teléfono... Y cuando regreso de atender la llamada ¡estabas ahogado! –y luego de un breve gimoteo–. ¿Cuándo vienes a visitarme, hijo?

Le dijo que pronto, muy pronto. Que él también la extrañaba mucho.

–Adiós, hijo divino –Aurora Locarno hablaba ya sin congoja, como si aquella confesión le hubiera devuelto la placidez–. Mañana voy al cine con tu tía Julieta a ver la película de la güera desabrida ésa.

–¿Cuál, mamá?

–Ay, Aurelio mío... Ésa de la tal Marilyn Monroe, *Los caballeros las prefieren rubias*. ¿Qué allá no hay cines?

–No. La pura selva, mamá. Solamente películas de barriada.

Las veinte monjas decidieron desembarcar por propio pie, aunque empapándose el hábito. Hubo una, al final, que le pidió ayuda. Tendría tal vez la edad de su madre y era ciertamente agraciada. Antonio la depositó desde la rampilla de popa, sosteniéndola de un brazo.

–Ay, hijito. Eres un serafín de gentileza –le confió al soltarse–. Soñaré contigo y rezaré por ti.

Habían fondeado a media bahía, donde permanecieron escuchando la programación de la XE-ACA, la tropiloca, con aquella advertencia de Mike Laure: "Tiburón, tiburón / tiburón, tiburón / ¡tiburón a la vista... baaañista!", que el Yuyo Medina danzoneaba dentro de la cabina con lances de cha-cha-chá. Tony subió a la segunda cubierta y permaneció tumbado a la sombra. Luego llegó la brisa fragante, ese arrullo sin palabras, la taza diaria de café con leche, "...apúrense querubines que los va a dejar el camión del colegio!", el perfume del jabón Camay, los calcetines zurcidos, la sutileza del talco Mennen, Aurora Locarno arropándolo en la cama, interrumpiéndole el sueño para musitar: "que descanses, angelito mío", y esa melodía que ella disfrutaba tanto, el concierto *Elvira Madigan*, de Mozart, que él le tocaba a los doce años una y otra vez. Tony extendió los antebrazos, morenos de sol, y practicó ese desliz sobre un teclado inexistente... Lán, larán, larán, larilarilán... Se detuvo. Alzó la vista y todo fue perdiendo los contornos. Odió, como nunca, ese mar, esa brisa dulcificando la tarde, esos pelícanos escurriendo sobre las crestas del oleaje. Dejó el teclado, se miró las falanges y temió que nunca más acariciasen las manos dulces de su madre. Y su olor... ¿a qué olían las manos de su madre?

Cuando se llevó las manos al rostro Antonio supo que estaba llorando. Llorando como un niño. Untó aquellas lágrimas repentinas en el dorso de sus manos. Quiso gritar el nombre de su madre, su madre que lo confundía con su hermano vestido de gala. Se quitó la camiseta, aventó la gorra marinera, pateó su *short* y así, desnudo y en mitad del llanto, corrió a todo lo largo de la cubierta para saltar sobre la barandilla. Un golpe como estallido que lo depositó en mitad del océano.

"Ah, el mar", se dijo al contraerse bajo el agua. "El mar sin memoria", porque había retornado, aunque fuera por un minuto, al líquido amniótico de sus primeros recuerdos.

—Jijodelaverga —comentó el Yuyo al aventarle una toalla—, usté nomás me quiere jarosear el gallinero —porque ya lanzaba un vistazo hacia las religiosas agitando los brazos en la playa.

Eran dos los equipos confrontados. El que encabezaba Apolonio se hacía llamar "los picudos", por falta de imaginación y por emparentarse con el pez espada. En él participaban, además, Samuel Gutiérrez, Joaquín de la Peña y Tony Camargo. En el otro estaban inscritos Clemente Mejía, el *güero* Isaac, Damián Pizá y Aniceto Padilla, que habían ganado el Campeonato Nacional en 1953 y se bautizaron como "los barracudos".

No se podían esperar grandes sorpresas, sobre todo porque los primeros eran ya treintones (salvo Tony) y la natación de calidad es la suma de tres particularidades: flexibilidad, flexibilidad y más flexibilidad.

Apolonio les pidió hacer su mejor esfuerzo, a sabiendas de que nadarían contra los favoritos. Tal vez con un golpe de suerte, les advirtió —un calambre de los contrarios o el encarrilamiento en la llamada "brisa de Coyuca"— ganarían la prueba. Sobre todo porque de último momento el premio se había incrementado de quinientos a cinco mil pesos, y eso alcanzaba para comprarse un Ford de segunda. Pero les suplicó, por amor de Dios, no hacer nada en la víspera: zamparse todas las malteadas de chocolate que pudieran, y al despertar tomarse una Coca-Cola en ayunas. "*La* azúcar es nuestra gasolina", insistió, "y si mueren de diabetes será luego de la competencia".

El ocio que obsequiaba el yate fondeado hizo que Antonio se refugiara en todo tipo de novelas. Había un local donde era posible adquirir libros de muy distintas calidades. El establecimiento se llamaba "La Internacional" y además de distribuir revistas del momento ofrecía series coleccionables. También vendía a mitad de precio ejemplares en *paperback* de libros que los turistas abandonaban en los cajones del hotel.

El local era atendido por un profesor jubilado, Homero Cipriano, que era como la conciencia histórica del puerto. Mal iluminado y con los muros cuajados de salitre, la librería era distribuidora también de la editorial Progreso de Moscú: las obras completas de Lenin, las memorias de Stalin, *El manifiesto comunista*.

Así Tony pudo leer, con su precario inglés, autores dispares como Raymond Chandler, Scott Fitzgerald, Jack London, Aldous Huxley y Norman Mailer.

Esa noche, después de las obedientes malteadas de chocolate, se trasladó a la terraza donde había instalado una hamaca. Leyó buena parte de *La balada del café triste*, y bajó a la administración por un refresco. No, no había recados para él. Retornó y preparó su maletín deportivo. Guardó la toalla, el traje de lycra, el visor, la camiseta que desafiaba en letras escarlatas "¡Soy picudo!". Habían quedado de verse temprano, y un taxi los llevaría al matadero…

⚓

Alguien llamaba a la puerta.

De cuando en cuando la cocinera del hotel le enviaba una merienda de obsequio. Era una mulata cuarentona con varios hijos, que había sido abandonada por el marido. Se llamaba Roberta, "doña Roba", y tenía ojos pícaros como ninguna. En ocasiones le preparaba una tostada de marlin en adobo, pero casi siempre le despachaba un coctel de frutas en copa larga. A veces acompañaba el halago con una flor de flamboyán.

Tony dejó el libro de Carson McCullers y acudió a la puerta. El corazón de dio un vuelco al reconocerla:

—¡Lizeth!

—Dirás que estoy loca —se disculpó ella al soltar el maletín.

La prima Locarno le contó su travesía, que era un episodio teñido de extravagancia. En casa había dicho que iba a un "retiro espiritual", viernes, sábado y domingo, a San Luis Potosí. Que la habían dejado en la terminal de los Ómnibus de México, y media hora después ya abordaba un autobús Flecha Roja que hacía la corrida a Acapulco. Que habían parado una hora en Chilpancingo para comer y que un doctorcito *raboverde* no había dejado de molestarla en todo el trayecto. Hasta me dio su tarjeta, dijo, para lo que se me ofreciera. Liz le mostró aquel rectángulo de cartón con la frase: "Todo un gusto conocerla".

—Para lo que se te ofrezca —repitió Tony al enderezarse en el silloncito de mimbre.

La muchacha se arrellanó en la cama. Volvió a pasar la mirada por la habitación; nada demasiado personal a no ser aquella fotografía esquinada en el espejo del tocador: Aurelio y Antonio Camargo posando con sus bicicletas nuevas aquella Navidad de 1943.

—Creo que tu mamá halló una carta —dijo por fin.

—Una carta de qué —¿Para eso había venido? ¿Para contarle el contenido de una carta misteriosa?

Liz dejó la cama. Buscó su bolso y sacó la cajetilla de los Raleigh con filtro. Un reportaje de la revista *Life* acababa de revelar que fumar produce cáncer. Podía producir, era factible, y de ahí la moda preventiva de los cigarros Kent "con filtro". Esperó a que Tony lo encendiera.

—Una carta de Aurelio que le escondió en el cajón de su ropa —la prima Lizeth miraba aquella fotografía feliz en blanco y negro—. Bajo los brasieres, allí la encontró.

—¿Qué dice la carta?

—No lo sé. Me lo contó mamá. Desde entonces duermen en camas separadas... es decir. Tu mamá se mudó a tu cuarto, porque el de Aurelio permanece como una cripta. ¿No lo sabías?

Tony aceptó aquel cigarro, tardó en encenderlo:

—Y tú, prima querida, supongo que terminaste con el novio, ¿Martínez? Y ahora quieres hallar el sendero de la vida, el amor y la libertad.

—Meraz —lo corrigió ella—. Se llama Rolando Meraz. Nos casaremos en la primavera. Espero que vengas a la boda. El 5 de abril en la Sagrada Familia, banquete en el Club Asturiano y luna de miel en Galveston.

—Ahí estaré —prometió Antonio—. ¿No quieres hablarle ahora por teléfono? Digo, para reportarte.

Lizeth volvió a revisar la foto de sus primos en manga corta.

—En realidad vine a hacerte una pregunta... —dijo al soltar otra bocanada de humo y luego, como distrayéndose—. Era más guapo Aurelio.

Avanzó hasta él, mató el cigarro en el cenicero. Buscó sus brazos.

—Estoy muerta de miedo, Tony —dijo en mitad del estrujón—. Ayúdame...

Salieron a cenar al Nando's Bar. El restaurante era nuevo y estaba amparado por una amplia techumbre de palma. Les ofrecieron una mesa que miraba hacia playa de Hornos.

—Suerte, campeón —lo saludó en la distancia el capi Santana—. Aposté cien pesos por ustedes.

Tony sonrió y alzó una mano con cierta fatalidad. El capitán de puerto mentía a todas luces, pero había que agradecer el cumplido.

—Mañana voy a morir ahogado en mitad del mar —exageró en corto—. Nadaremos 30 kilómetros para que al final el *güero* Isaac se colme de gloria. ¿Sabías que estoy en un equipo de natación?

Hablaron, hablaron y recordaron. Pidieron camarones a la parrilla y varios jaiboles de *Ballantine's*. Hablaron y hablaron. Retornaron al hotel cerca de la medianoche, y una vez en la administración Tony aprovechó para pedir una habitación sencilla "para la señorita Locarno". La 301. Ya tendrían tiempo de seguir hablando al día siguiente. El mozo ayudó a trasladar el equipaje de Liz, y al despedirse Tony sintió que se liberaba.

De sobra sabía que un día después, a esa hora, estaría exhausto y como muerto. Además, sabía que iban a perder. ¿Y si se ahogaba?

Preparó el reloj despertador. ¿No había soñado eso su madre la semana anterior? Se desnudó, fue a lavarse los dientes y al escupir se quedó mirando el remolino del lavabo. "Debe ser horrible morir ahogado", se dijo, "aunque siempre, de alguna manera, hay que morir". Apagó la lamparita y se cubrió con la sábana.

De modo que su hermano había dejado otra carta misteriosa. El primero en zambullirse, de seguro, será Samuel Gutiérrez. Que por lo menos los "Picudos" lleven la delantera en el arranque del maratón. ¿Y la Coca-Cola? ¿No había sido ésa la recomendación?

—Me quedé con la pregunta.

Antonio volteó hacia la puerta y ahí estaba la silueta de su prima Lizeth. Había empujado el cancel emparejado.

—No te hice la pregunta —insistió ella desde la penumbra.

—La pregunta —repitió Tony con el nudo en la garganta.

Lizeth entró, empujó la puerta y se desprendió de la falda. Apoyó las manos en el silloncito de mimbre y se volteó de espaldas:

—¿Verdad que están horribles mis nalgas?

La muchacha comenzó a llorar en silencio:

—Enormes, monstruosas —insistía con la voz quebrándose—, de cabaretera vulgar. ¿Verdad que sí?

Antonio sintió compasión. Compasión y deseo. Deseo y ventaja.

—No creo, Liz. De ningún modo —había dejado la cama y nuevamente la abrazaba.

—Dime la verdad —obligó a que él le sujetara aquel par.

—Aquí hay veinte mil que te ganan. ¿Cuál es tu preocupación?

—Entonces, ¿no son horribles?

Antonio rebotó con la campanilla del despertador. Saltó de la cama y dio una cariñosa nalgada a su prima Lizeth. ¿Comerían luego juntos? Se dirigió al cuarto de baño porque debía cumplir con su responsabilidad deportiva. Se embadurnó las piernas de jabón. Apretó la navaja del rastrillo y procedió a rasurar su pantorrilla izquierda. Había que hacerlo con cuidado extremo porque una herida inmersa en las aguas del mar... ¿Qué era eso? Lizeth Locarno que seguramente se había levantado en busca de la garrafa. Se asomó por la ventila y descubrió que el cielo estaba encapotado. El entrenador se lo había pedido solamente a él porque los demás eran más lampiños que una princesa tibetana. "Te rasuras las piernas, los brazos y el pecho, porque así, en esa distancia, el equipo ganará por lo menos veinte brazadas. Es lo que aprendí de los güeros en la olimpiada de Helsinki".

Luego la navajilla dejó de servir. Había perdido el filo y era necesario abrir otro paquetito de mister Gillette. Preparó el rastrillo y escuchó, claramente, el ruido de la puerta. Claro, su prima necesitaba hacer uso del baño, evitar el episodio de vergüenza cuando llegara la recamarera. Comenzó a rasurarse el muslo derecho y entonces descubrió, como un intruso de mal gusto, su pene columpiándose.

Miró su reloj en el lavabo. Faltaban diez minutos para la cita.

–¿Liz? –gritó al enjabonarse el entrepecho–. ¿Estás ahí?

¡Ya! Se iría así mismo. Limpió los restos de jabonadura con la toalla y salió en busca del *short* y los *pants* deportivos. En efecto, su prima había salido de la habitación. ¿Qué se dirían más tarde? Es decir, ¿había algo que decirse? Pensó en ella, en su primo Eulogio, en la tía Julieta, en su propia madre, Aurora Locarno, ¿qué ocurriría si por un desliz...

Aventó la puerta, se colgó el maletín y bajó corriendo. Al entregar la llave preguntó si había modo de conseguir una Coca-Cola. El muchacho sonrió. Se agachó y hurgando bajo el mostrador alzó el envase como trofeo:

–Está al tiempo –se disculpó, y sin preguntar le zafó la corcholata.

Tony debió cumplir allí mismo con la prescripción. En tres lances vació el casco, sintiendo que el gas carbónico lo insuflaba. "*La* azúcar es nuestra gasolina", y así soltó el eructo. Observó que el mozo sonreía de más.

–¿Dormiste bien?

El mozo aceptó el envase y comentó como si nada:

–Salió temprano.

Miró su reloj, las siete pasadas. Si no estuviera nublado, ciertamente el sol estaría revistiendo ya las flores de aquel flamboyán. Antonio sintió la proximidad de un segundo eructo. ¿Con eso se ganan las competencias?

–Me voy al maratón, Manuel –¿así se llamaba?–. Reza para que no me ahogue, aunque regrese con todos los músculos adoloridos.

El muchacho seguía sonriendo con picardía. ¿De que se están riendo siempre los acapulqueños?

–Yo digo de la chamaca. Salió temprano con su petaca. La de las… –hizo un gesto por demás obsceno–. Se fue en un taxi. Como que lloraba…

–¿Se fue? –y apenas farfullar, un chaparrón se desató sobre el puerto.

El mozo gesticuló afirmativamente. Miró cómo aquel nadador salía corriendo y buscaba resguardo bajo la fronda del flamboyán.

–Me llamo Mario, no Manuel –dijo, pero no alcanzó a ser escuchado.

Subieron al taxi entre risotadas.

–Con un poco de suerte suspenden la competencia –bromeó Samuel al sacudir el agua de su maletín ahulado.

–Sí –aceptó Apolonio mientras limpiaba con su pañuelo el parabrisas empañado–. No nos *váyamos ahogar*.

El taxista se detuvo de pronto en mitad de la avenida. ¿Se le había ponchado una llanta?

–No me digan que ustedes son el equipo de Apolonio –comentó.

Tony señaló al entrenador que iba de copiloto:

–Ese mero.

El chofer puso cara de asombro. Volvió a encauzar la marcha del auto y se vio obligado a precisar:

—Soy Hermes Contla, y no me lo van a creer –hizo un gesto de apremio y emoción– ¡Aposté por ustedes!… Veinte "varos".

—Mejor le hubiera comprado zapatos a sus criaturas –gruñó Apolonio.

—No; si zapatos sí tienen. Lo que voy a darles, cuando tengan edad, será un carro para su salvación. En Acapulco el taxi es mina de oro.

Entonces Apolonio se rascó la nariz con el puño y soltó el latigazo:

—Huele a hembra.

Tony sintió que se ruborizaba.

—¿Quién va de primero? –indagó, cuando que todos sabían que iniciaría Samuel.

—Sí, huele –refrendó Joaquín, lanzando una mirada de soslayo.

—Yo sí me bañé –aclaró el taxista–. Es sábado.

—Huele –insistió Samuel, y echó su presagio–: Ahora ya sabemos quién se va a desguangüilar por andar en el línguili.

Los demás aguantaban la risa. Tony sintió de nueva cuenta el ardor en el rostro, en la entrepierna. Un gran ardor en el corazón que latía de vanagloria y felicidad. Soltó un último eructo y confirmó con el suspiro:

—Sí, a hembra.

La lluvia cesó apenas llegaron al cocotal de Pie de la Cuesta. Ahí estaba el morro de embarque y medio centenar de personas rodeando al otro equipo: Clemente Mejía, el güero Isaac, Damián Pizá y Aniceto Padilla. Los nadadores bromeaban junto a la lancha que tenía pintada una barracuda sonriente y la frase "Campeones 1954".

Apenas al saludarse, los competidores fueron citados por el juez de ruta, que ya abordaba una tercera embarcación. La barcaza era tripulada por un médico naval, un piloto y un infante armado con mosquete.

—Salimos en cinco minutos –los previno– y nada de estorbarse en el braceo que hay mar suficiente para todos. Ya saben, los "barracudos" a mi derecha, y los "picudos" al otro lado. El relevo será cada siete kilómetros, a su criterio, pero en el cambio los nadadores deben chocarse las palmas en el agua, por reglamento. ¿Está entendido?

Todos murmuraron que sí, y el *güero* Isaac aprovechó para golpearse los muslos en señal de bravata:

–¡Fua, fua, fua, fua…! –celebrando ya el triunfo.

Abordaron las lanchas por equipos, mientras en el espigón los iniciales, Samuel Gutiérrez y Damián Pizá, terminaban de untarse vaselina en el cuerpo y se colocaban las anteojeras de hule. Aquello se había retrasado un poco, de modo que el juez se apoyó en el parabrisas para anunciar con la bocina:

–¿Están listos? –y sin esperar respuesta dio el pistoletazo de salida.

Allá iban Gutiérrez y Pizá, un chapuzón simultáneo y dos racimos de burbujas en la escollera. La gente aplaudía festejando.

Apolonio oprimió el botón de su cronómetro y observó a los fotógrafos en retirada. Alzó la mano para indicar al piloto que esperara un poco. Tenían derecho de escoltar al competidor en el agua pero sin acercar el bote a menos de diez metros.

–¡Samuel!… ¡dos, tres, cuatro! –comenzó a gritar sin quitar la vista de la manecilla que rotaba con mecánico frenesí– ¡Dos, tres, cuatro! –porque hilvanando su brazada, Gutiérrez les podría obsequiar por lo menos 50 metros de gloria inicial. Después, cuando Pizá calentara, quién sabe.

–Son los cinco mil pesos más tristes de mi vida –comentó Joaquín al cerrarse el zíper de la sudadera–. Digo, si los perdemos.

Los demás sonrieron en silencio. Un trofeo de más, un trofeo de menos en la vitrina del comedor, aunque cinco mil pesos eran, y siempre han sido, cinco mil pesos.

El litoral estaba por demás fresco. El chubasco había serenado el oleaje y en el horizonte resultaba difícil distinguir la frontera del cielo. Una gaviota voló un minuto sobre el cuerpo de Samuel, braceando a todo, para perderse después en la distancia.

–¡Más larga, la brazada! –gritaba el entrenador Ramón Bravo desde la otra embarcación, pero en aquel punto de la competencia era imposible reconocer ventaja alguna.

Los fuera de borda iban a punto de *ralenti* y su ronroneo contagiaba un arrullo envolvente. Tony descansó la cabeza entre las manos y una imagen afloró desde la profundidad de sus pensamientos. Lizeth cabalgando sobre su pelvis y repitiendo entre espasmos su nombre. A esa hora apenas estaría llegando a Chilpancingo.

–Mientras no le toque otra vez el doctorcito vejete –musitó.

–Qué dices –Apolonio advirtió que en ese punto el agua cambiaba de tonalidad. Ahora el mar era más oscuro, frío e insondable. Era la línea donde en ocasiones afloraba la "brisa de Coyuca".

–Échate allá adelante –el entrenador le sacudió el hombro. Debajo de la proa había una madeja de cuerdas y costales–. Échate un rato y descansa lo que tengas que descansar... porque tú vas a cerrar.

–¿Yo? –reprimiendo el bostezo, Tony agradeció la dispensa. Dejó el asiento del medio y tambaleándose con las cabezadas logró acomodarse en el camastro. Aspiró aquel aroma revuelto, de salmuera y queroseno, y se dejó acunar por el oleaje. Perder o ganar. A fin de cuentas nada, se dijo, "nada importa demasiado".

Dos horas después lo despertó Apolonio. El sol cortaba ya en diagonal y el mar había comenzado a picarse. Tony supuso, con razón, que se encontraban mar adentro. Dejó el cubil de proa y arqueó la espalda. Observó que el entrenador procedía a untarse vaselina en el fornido tórax, y volteó a mirar a los nadadores. El güero Isaac les llevaba una considerable delantera y Joaquín resoplaba ahí delante con innegable fatiga.

–Nos llevan como treinta brazadas –informó Samuel en el asiento de travesaño. Se cubría con una toalla y llevaba puestas sus gafas de sol–. ¿Fuiste donde casa de Naila?

–Casa de quién –Tony aceptó la cantimplora que le extendía su compañero; un trago de café amargo con piquete de brandy.

–*Onde* las putas –debió precisar–. Naila, ¿no conoces?

De pronto callaron. El chasquido metálico provenía del bote guía donde el marino acababa de cortar cartucho a su mosquete. Miraba con atención el tramo que separaba a los competidores, el rastro de sus estelas. Se apoyó en la amurada de proa para observar con mayor perspectiva. Apolonio permanecía con un pellizco de vaselina en la mano. Indagó con la mirada a los tripulantes de la gabarra.

–Creí ver –respondió el guardia al bajar su arma–. Imaginé...

El capitán del equipo dejó aquello y procedió a enchapopotarse las plantas de los pies: una superstición de los nadadores de mar abierto.

–Me suben al entrar al canal de Caleta –advirtió al soltar aquel cepillo renegrido. Se limpió las manos con un trapo y enseguida cedió el cronómetro a Tony–. Me das dos horas... dos horas sobradas para que te toque la vuelta a la bahía –señalaba hacia los acantilados de La Quebrada.

–Nos llevan treinta brazadas –recordó Tony al colgarse el reloj.

–Se gane o se pierda –Apolonio sujetó las anteojeras de hule–, hay que hacerlo con honor –luego se agachó sobre la borda y lanzó un chiflido.

Joaquín seguía braceando más allá de la proa y entonces su mano derecha esbozó una "V" en el aire. Significaba que estaba listo para el cambio. Fue el punto en que Apolonio se arrojó para chocar su palma con el relevista.

–Está durísimo el güero –comentó Joaquín una vez a bordo, y se restregó la cabeza con la toalla para no insistir en su fracaso.

No por nada al campeón nacional le llamaban "la flecha de Colima" y no había quién le ganase en la prueba de los 4 mil libres. Cuando se percató del relevo, el *güero* Isaac incrementó la frecuencia de su braceo. No sería él quien se dejase alcanzar.

–Y la famosa "brisa" –insistió al observar el yate de los periodistas que igualmente escoltaba a los nadadores– ...que nunca llegó.

Las corrientes marinas son inexplicables. Una mañana te alcanza una que está a punto de reventarte contra la escollera y a la tarde surge otra como río implacable doblegando tus hombros. "Lo mejor es dejarse llevar", había advertido Apolonio en las primeras lecciones, "pero dejarse llevar gobernando".

Tony observó a su compañero persignándose para luego besar la medalla que llevaba al cuello, seguramente la Virgen del

Tepeyac. La suya propia, de Jesucristo en el Calvario, ¿dónde había quedado? Se la había obsequiado la tía Julieta en su Primera Comunión tras advertirle: "Hoy debe ser el día más feliz de tu vida"... ese viernes en que se habían pasado la tarde arrojando globos con agua desde la azotea. ¿"El día más feliz"?

Un globazo fue certero y tumbó a un repartidor de pan en bicicleta. ¿Podía existir un momento más feliz en la infancia? De eso habían pasado ya catorce años. Sí, ése había sido su minuto más feliz.

En cambio Aurelio era más sofisticado. Una noche llegó como alucinado de un concierto en el Palacio de Bellas Artes. "Escuchamos la sinfonía *Los Planetas* de Gustav Holst, ¿y sabes, hermanito? Después de eso yo soy Dios". Luego comenzó a repetir el tema del movimiento dedicado a Marte, "tán, tanta-tán tan-ta-tán tan-ta-tán...", como una marcha de guerra en el cosmos, "tán, tan-ta-tán tan-ta-tán tan-ta-tán...", y él saltando de cama en cama, de planeta en planeta, de Saturno a Urano y de ahí al piso hasta quedar en espasmo epiléptico a la espera de la redención universal.

—No te asustes, Tony —se disculpaba ahí tirado y con su corbata a rayas—. Lo único que sé es que algún día la música me va a matar.

Aurelio tenía diecisiete años, el retrato de mamá en su buró y un *blazer* azul marino al que él mismo le zurcía las coderas. Antonio prefería quedarse con su Dios de misal. El que puso a prueba a Isaac en el Viejo Testamento, el que fue reclamado por Jesús en el Calvario: "¡Padre!, ¿por qué me has abandonado?" Pero aquel diálogo se detuvo en el punto en que derivó en monólogo circunspecto. Hablar con Dios sin tener, cabalmente, respuestas.

Hubo una primera noche agnóstica poco después de encontrar la fotografía de su padre sosteniendo las cabezas degolladas de los cristeros. Un noche angustiosa en que Antonio Camargo encaró a Dios: "¿Tiene perdón mi padre?", le preguntaba entre lágrimas. Y ante la ausencia de respuesta dejó que el silencio llenara esos resquicios de tribulación.

Pasaron los años y hubo una segunda y última oportunidad: la de aquella mañana de diciembre, muy temprano, cuando el piano resonaba con el *Concierto Italiano* de Johann Sebastian Bach apoderándose de la casa y despertando a todos...

–Ya te va a tocar –Tony volteó a mirar a Samuel Gutiérrez que ya le ofrecía el bote de vaselina–. La cosa sigue igual; ya son como cuarenta brazadas. Digo, para que te vayas preparando.

Cotejó el cronómetro y en efecto, ya se habían cumplido las dos horas sobradas. Observó que la distancia entre los nadadores se había dilatado. Comenzó a untarse las axilas, las ingles, igual que un gladiador a punto del Coliseo. Reconoció el perfil de La Quebrada. Ahora le correspondería completar ese último tramo rodeando la península de Tamarindo y enfilar hacia el recodo de Playa Manzanillo. Cinco kilómetros sin marejada, así que comenzó con los ejercicios de respiración a profundidad. De ese modo lograría oxigenar la sangre, acelerar el ritmo cardiaco, atemperarse. Se ajustó el visor y dejó que Joaquín le pintara con chapopote las plantas de los pies... un modo de no encandilar el instinto de los escualos.

Se aferró a la borda y observó que en la otra embarcación también se preparaban para el relevo. Saldría el *güero* Isaac y lo sustituiría Aniceto Padilla que, como él, era el menos experimentado. Se trataba de una regla no escrita: si alguien se ahogaba en la prueba sería más fácil rescatarlo dentro de la bahía que en mar abierto. Samuel emitió el chiflido a flor del agua, y allá adelante Apolonio respondía asomando la "V" en la mano izquierda.

–Cuando quiera... –lo previno el piloto, y Tony se arrojó al mar en una elegante zambullida.

Al chocar la mano con Apolonio, éste le hizo un gesto obsceno bajo el agua: se cogía el ramillete genital sugiriendo que de eso había mucho y que le pusiera eso, *güevos*, al último trecho de la prueba.

¿Cómo decirle que eso era, precisamente, de lo que estaba ayuno? A nadie le contaría que esa mañana acababa de perder la doncellez con la prima Lizeth. Y varias veces. "Perder la doncellez". Qué imbecilidad, se dijo al iniciar el control del braceo: dos, tres, cuatro... y respirar; dos, tres, cuatro... y respirar. Pensó en su prima y entonces una dulce reminiscencia comenzó a

— 44 —

circular por sus venas. ¿Se podía ser más feliz? Estaba nadando junto a los mejores competidores del país... Clemente Mejía, Apolonio Castillo, Alberto Isaac, Damián Pizá, Samuel Gutiérrez. Iban a perder la prueba porque cuarenta brazadas es demasiado, pero iba a ganar una de las mejores experiencias que se pueden tener en la vida: atravesar la bahía más hermosa del mundo, deslizarse por la calidez primigenia de sus aguas, largar esas brazadas que llenaban su paso de pequeñísimas burbujas que estaban y de pronto ya no estaban. Dos, tres, cuatro... y respirar; dos, tres, cuatro... y respirar. Además de que en ese momento su prima Lizeth estaría encontrándose –de seguro– con Robert Mitchum en el Paseo de la Reforma, abrazándolo, bailoteándole ahí enfrente el *Mambo Número Cinco* de Pérez Prado, su especialidad; pidiendo al asombrado actor un autógrafo, exigiéndole una cita... "No te hagas, Robertín; te *tienes que casar conmigo*". Estuvo a punto de soltar la carcajada y debió acomodarse el visor, que amenazaba con anegarse. Dos, tres, cuatro... y respirar, asomar levemente y adivinar ahí delante la barcaza del juez que guía la competencia, y la sed, ¿qué es lo que beben los peces? ¿Un coco con ginebra, es decir, un cocofizz? ¿Una malteada de vainilla? ¿Una cerveza con Yoli? Dos, tres, cuatro... y respirar; dos, tres, cuatro... y respirar. Además, debe existir un Dios de los peces. Un Decálogo ictiológico. Un templo... ¡pero qué mejor templo que aquel océano de incertidumbre! Un agua de transparencia imperfecta que permite, eso sí, mirar el brazo derecho que escurre, el izquierdo que viene, una brizna vegetal que llega y se va, ¿o era la rama de un árbol de Navidad?, a ratos la sombra del bote que acompaña el maratón, un Dios pez que habita allá, en el aire, y que se hizo pez para sacrificarse en salmuera y redimir a todos los peces del océano. Dos, tres, cuatro... y respirar; dos, tres, cuatro... y respirar. ¿Sabías mamá que la natación es lo que más nos aproxima a las aves? No, a los peces no. Yo digo a las aves: saltamos como ellas y luego de la zambullida estamos flotando a discreción. Nos volvemos como ellas, golondrinas ingrávidas, autónomas, libres. Además que todos lo saben: nadar es la forma menos refinada de la felicidad. ¿No lo sabías? El mar es el cielo que nos permite poseer alas, soñar que la vida es un vuelo, *ser pájaros*, impulsarnos con la fragilidad de nuestros muslos y pectorales. Dos, tres, cuatro… y respirar; dos, tres, cuatro… y respirar; dos, tres, cuatro… y además está la música. ¿Música en el agua? ¿Una orquesta submarina? Do, re, mi, fa, sol… pero con burbujas. ¿Era eso la obertura *El Murciélago* de Johann Strauss? ¡Lan, lara lán, lara lán, lan-lan!… casi a tiempo de vals. ¿Un murciélago bajo el océano? ¿Y de qué modo habían metido, es decir, sumergido aquellos violines en la bahía? No. Espera… eso no es el jugueteo de Strauss porque ahí está el piano, insistiendo con aquella pieza prohibida, ¡el *Concierto Italiano* de Johann Sebastian Bach!, un poco *più presto*, es verdad, el piano negro y el profesor Ladislao Ledesma, tan viejito, llevándole la mano a su hermano Aurelio, vestido con su trajecito de gala, su corbata gris perla, llevándole la mano y el concierto ahí abajo, aguantando la respiración, es decir, ¡no respirando!, y Aurelio que al descubrirte ahí te señala y repite, "es como si los ángeles me arrastraran hacia ellos", porque el profesor Ledesma, y el *Wurlitzer*, y la pistola de papá, y Aurelio saltando al acometer el teclado como poseso, dominando por fin el concierto, sonriéndote desde allá abajo, en lo más verde de las profundidades, hundiéndose, perdiéndose en el fondo, diciéndole al profesor Ledesma que no te pierda, que vaya por ti, que no los dejes solos, "¿qué no ves que me están arrastrando?", reclama desde la profundidad tu hermano Aurelio, ¡y allá viene el profesor Ladislao! "¡Última vez que llegas tarde a clase!", te reclama, pero la carne se le desprende de las manos, la carne reblandecida de los ahogados, ¡Antonio, es tu turno!, y el piano flotando a la deriva, las partituras dispersas en la famosa "brisa de Coyuca". Aurelio que no logra acomodarse frente al teclado ahora que lo arrastra la corriente, ¡y el profesor Ledesma dándote alcance! Sus manos descarnadas, su rostro de leproso desprendiéndosele la lengua, un ojo, a punto de tocarte, de llevarte con ellos, "lo tuyo es el piano", insiste el profesor… la momia del profesor Ladislao Ledesma ahora que te ha sujetado el pie derecho. "Ven, ven, ven con nosotros…"

¡Dos, tres, cuatro… respira! ¡Dos tres cuatro, respira! ¡Dos tres cuatro! ¡Dos tres cuatro!…

Tony asomó y vio la plataforma. Volvió a escuchar el grito del equipo: Apolonio, Samuel y Joaquín que desde la borda se desgañitaban:

—¡Dos, tres, cuatro, campeón! ¡Dos, tres cuatro...! ¡Tú puedes!

El golpe fue paralelo. La mano izquierda de Aniceto Padilla y la derecha de Tony Camargo azotando sobre el pontón de la meta. Cesó la gritería. Desaceleraron los motores. Quedó un rumor entre los asistentes, un murmullo y la sorpresa que impuso el grito de un periodista en lo alto del yatecito:

—¡Pinche empate!

Era inconcebible. Treinta kilómetros a mar abierto, los ocho mejores deportistas de nado largo, cinco horas con cuarenta dos minutos de esfuerzos para acabar en lo imposible, porque ahí estaba la fotografía que prestó una simpática gringuita que iba con los periodistas. Una foto instantánea, Polaroid, en blanco y negro, y esos dos brazos alcanzando la orilla del pontón. Simultáneos, iguales, inconcebibles.

—¡Por Dios, no es posible! —rugía Damián Pizá desde la otra lancha— ¡No es posible!

La ceremonia de premiación debió retrasarse. Como era sábado alguien debió acudir al Club de Esquí por la chequera y firmar dos nuevos documentos. Lo de la copa de plata fue otro lío, pero como todos eran camaradas, eso dijeron, lo remitieron a la suerte. El juez lanzó el volado y ganaron los "picudos", así que decidieron que se lo llevara, por lo pronto, Antonio Camargo... la sorpresa de la jornada.

Hubo sesión de fotos. Los jueces con los nadadores, las edecanes y los nadadores, el presidente municipal y los nadadores, los nadadores, los nadadores, los nadadores... Celebrarían en El Mesón de Manolo, una paella monstruosa de dos metros, y 400 cervezas que obsequió el capi Santana. Allá se verían, allá festejarían, pero primero que se bañaran con jabón, dos veces, para quitarse aquel potingue de vaselina y salitre. "Cosa de no creerse", dijo Ramón Bravo al bajar del otro bote. De no creerse.

⚓

Cindy Rudy escribía pequeñas notas para el *Daily Monitor* de San Francisco. "Quinientas palabras, querida", había estipulado su editor, "lo que no puedas decir en quinientas palabras es literatura, espuma, basura", además que corría el riesgo de no ser publicada. Y por lo mismo quedarse sin paga. "Una nota a la semana, veinte dólares; dos notas, veinticinco; tres notas, treinta", había sido el trato pues, finalmente, ¿a quién interesan las noticias de ese país de vicio y terremotos? Cindy Rudy era la gringuita de la cámara Polaroid.

Enviaría esa nota, que fundiría los géneros de la crónica con el reportaje, y como el cónsul norteamericano (que era cuñado del presidente Eisenhower) había participado en la premiación, era muy probable que la publicaran. Quinientas palabras, tal vez algo más, así que entrevistaría al sorpresivo campeón de la jornada. Ese muchacho que permanecía en el muelle flotante lanzándose al agua, una y otra vez, como si aquellas horas en el océano hubieran sido insuficientes. El joven campeón se zambullía y aguantaba dos minutos bajo el agua como si hubiese extraviado algo. ¿Su cadena de oro? Asomaba, se ajustaba la mascarilla de hule negro, volvía a sumergirse. ¿Qué le preguntaría? ¿Le interesaría entrenar en los Estados Unidos? ¿Tiene proyectado cruzar algún día el Canal de la Mancha? ¿Qué opinión tiene de la Guerra de Corea?

Esperó a que terminara con aquel jugueteo; eso de lanzarse al agua y bufar como las focas de California. Lo dejó continuar. Ella podía esperar ahí, a la sombra de la cafetería, pues la oficina de Telex daba servicio hasta las diez de la noche. Tenía tiempo de sobra, había pedido un té helado, así que procedió a redactar en su cuadernillo de notas:

⚓

ACAPULCO, México.– Luego de nadar a lo largo de 20 millas náuticas, dos equipos de nadadores rompieron el récord mexicano de la especialidad –logrando una marca de 5 horas y 40 minutos–, además que los competidores finalistas, en un arrebatado *sprint*, ¡empataron la prueba! Nadie podía creer lo que miraban sus ojos. Que dos caballos empaten en los seis furlongs de un hipódromo es algo asombroso, pero que dos equipos de relevos, nadando desde el peligroso litoral de Pie de la Cuesta (a 17 millas de Acapulco) lleguen a la meta en el mismo instante, es algo en verdad prodigioso. «Lo vi pero no lo vi», ha dicho el actor Johnnie Weismüller, residente en Acapulco desde hace algunos años, «ha sido como si dos panteras empatasen una carrera de Nairobi a Tombuctú… Un milagro que jamás volverá a ocurrir en los mares de nuestro planeta…

⚓

Cindy Rudy contó las palabras. Ya tenía las 124 del arranque (escribía obviamente en inglés), alzó la mirada con una sonrisa de satisfacción. "Exagerar no es mentir", se dijo, ¿además, quién conoce la diferencia entre una milla terrestre y una náutica? La semana siguiente cumpliría cuatro meses en ese paraíso de sol y palmeras, y el fantasma de una novela… "espuma, basura", aseguraba su editor, comenzaba a rondarla. Una novela donde la protagonista…

Ya no estaba.

El campeón había desaparecido. ¿Se habría ahogado? La rubia se levantó de la mesa y pidió instintivamente la cuenta. Volteó hacia los vestidores del Club de Esquí y creyó adivinar el último paso del muchacho. ¿O tal vez habría trepado en uno de los yates fondeados en la bahía? Miró nuevamente hacia el pontón pero ahí no quedaba más que un niño intentando la suerte con un anzuelo. Pagó y dejó la cafetería. Incluir las palabras del campeón –el campeón de último momento, ciertamente–, no mejoraría sustancialmente su nota. Pero ése era un principio profesional: ofrecer testimonios, opiniones, puntos de vista. Dejó la terraza y bajó la escalinata que llevaba al muelle. Temiendo que alguien la detuviese avanzó hasta la puerta de los vestidores, pero al parecer todo mundo se había trasladado ya hacia el Mesón. Cargaba su bolso de yute, su gastado sombrero de lona y la cámara Polaroid… Un susurro. ¿Qué era aquello?

La muchacha se detuvo a medio camino de las regaderas. Aquél era el pasillo que recorrían los deportistas al concluir las prácticas de esquí, el deporte de moda. De hecho la semana pasada se había celebrado ahí mismo el Campeonato Internacional que habían ganado los cuatro hermanos Stewart, y ahora estaba ella como una intrusa frente al gabinete de la enfermería. Otra vez ese suspiro lastimero. Cindy pensó lo peor. ¿Una violación? ¿Un crimen? ¿Alguien que agoniza de un infarto? Empujó ligeramente la puerta y descubrió al campeón. Sólo que el muchacho permanecía sentado en el banquillo de consulta y ocultaba el rostro en la toalla revuelta. Parecía llorar.

¿Estaba enfermo? ¿Necesitaba ayuda? El muchacho no se percataba de su presencia. Tuvo un sobresalto y entonces sí, a pesar del rebujo, resultaron más claros los sollozos. ¿Lloraba por no haber vencido en la prueba? Cindy Rudy sufrió el asalto de la incertidumbre. Una duda que le dolió bajo el estómago. ¿Qué podía hacer para ayudarlo? ¿Pero quién era ella para importunarlo? ¿Y cuál la pregunta de la entrevista? ¿Cómo… cómo…?

Dio un paso atrás, completó la media vuelta en silencio y abandonó el pasillo. Jamás repetiría esa irreverencia. Una vez, años atrás, cuando por fin logró aprenderse el trabalenguas *she sells seashells by the seashore…* fue a la alcoba de sus padres y entró de golpe sin llamar a la puerta. Era un sábado temprano. *She sells seashells by the…* se repitió mientras avanzaba por aquella cinta de hule mojado, pensando que la diferencia entre la curiosidad y el morbo…

Resbaló. Cayó sobre un muslo y se empapó la falda.

–¿Qué pasó? –reclamaba el nadador desde la enfermería.

Cindy se levantó de un salto. Abandonó el lugar tratando de no cojear y cubriéndose la mancha de agua con el bolso.

–*Nadie cayó, nadie cayó* –dijo en su precario español.

⚓

La había preñado. Imaginó a su hijo, a su hija, naciendo con el labio leporino, sin brazos, con retraso mental, loco o ciego, o loco *y* ciego. Era el problema de la endogamia. Fundir genes de la misma sangre es una prohibición de origen bíblico y por eso tardó tanto en atender la llamada telefónica. Lizeth Locarno acusándolo desde larga distancia, citándolo ante el juez, enfrentándolo a la ignominia familiar. ¿Bautizarlo?

Tony alzó el auricular pero ahí no había nadie. ¿Se trataba de una broma? Habían pasado seis semanas y su prima se habría arrepentido de último momento al arrojar el aparato sobre la cama. Seguramente.

–Como no era por cobrar, nada más debe el peso de comisión –dijo el recepcionista, y debió preguntar: –¿Se siente bien?

–Sí, claro. ¿Por qué?

–Se puso más pálido que un papel –y cuando regresaba el auricular al aparato, éste volvió a timbrar:

–¿Bueno?... Ah sí, ¿se cortó, verdad? Aquí lo tengo enfrente, aquí se lo paso –y Tony recibió el cuerno de baquelita como una daga de *hara-kiri*.

–¿Liz? –preguntó.

Hubo un silencio prolongado. Por fin ella retomó la comunicación:

–Un mes sin noticias tuyas, primo adorado.

–¿Tanto?

–¿A que ni te imaginas para qué te estoy llamando?

–No... no sé.

–¿Tú estás bien, Tony? Primero dime eso.

–Bien, sí.

–¿Por qué no llamaste antes? ¿Por qué no escribiste?

Qué incómoda conversación, y la presencia del mozo que simulaba ocuparse lo empeoraba todo.

–No sé –admitió por fin–. Por miedo, yo creo.

–Baboso... pero qué bueno que no insististe. Me habría perdido, es decir... ¿Sabes que me caso el 5 de abril? ¿Y vendrás a la boda, verdad?

–Sí, supongo que sí, ¿de modo que no...

–Ay, primo, primo... Te anda buscando Loño.

–¿Loño?

–Eulogio. Mi hermano. Entró a la revista *Contenido* y te quiere hacer un reportaje. Es decir. Que le enseñes Acapulco; sus vicios y *placeres*...

–O sea qué.

—O sea que te estoy hablando para preguntarte, porque te tengo más confianza a ti que a la tía Aurora: ¿los pongo en la mesa de los Locarno o en la de los Camargo?

—La mesa...

—¡El banquete, primo! ¡Me voy a casar, por si no te habías enterado!... Será en el *Rendez-vous* del hotel Reforma porque resultó más barato. ¿No has hablado con mi tía Aurora?

—O sea que... tú... ¿nada?

—Ay, primo adorado. No me obligues a ser vulgar. Al día siguiente que regresé *de mi retiro espiritual en San Luis Potosí*, la presión arterial... *me bajó*. Tú tranquilo, *safe* en la goma.

Antonio Camargo sintió que el corazón le volvía a latir.

—¿Ya consiguieron apartamento? ¿Irán de luna de miel a Hawai, como habías dicho? ¿Y tu novio...este, Bernardo, sigue de abogado de los Trouyet?

—Rolando. Se llama Rolando Meraz... Iremos de luna de miel a tu Acapulquito precioso porque no alcanza para más la lana. Lástima que allá los placeres duren *tan poquito...*

Volvía a ser la prima Lizeth de siempre. Jovial, vivaracha, desafiante. No como aquella noche de miedo, deseo y culpa. ¿Había ocurrido lo que había ocurrido?

—Te vi en un documental del cine –añadió ella desde el otro extremo de la línea–. Pasaron un corto donde sales con otros campeones de natación que parecían prófugos de las islas Fidji. ¿Ganaste la competencia?

—Fue ese día, ¿no te acuerdas?

—Ah, ¿ese día?

—Pero no. No ganamos. Todos empatamos.

Hubo un silencio, luego el comentario obvio:

—Entonces para qué compitieron, digo. No le veo el caso...

Era otra vez la prima Liz. Lizeth Vidaurri Locarno que en la secundaria había sido bautizada como "la cajuela del Pontiac". Se casaba. Sería feliz. Llenaría de hijos robustos a la canija Patria.

⚓

El gordo Merino administraba una flotilla de carritos de hotdogs. Había sanado finalmente de su enteritis y ello le permitió reintegrarse al equipo de Apolonio, de modo que Tony quedó simplemente como reservista. Además que el *Malibú Dream* le quitaba cada vez más tiempo. Había que atender, además, una requisición fiscal porque el *yatecito* había sido importado de manera ilegal. Así fue como dieron inicio las "serenatas en la bahía".

Una tarde, atribulado por los problemas, Antonio resolvió que si en dos meses no salía del adeudo solicitaría a su padre permiso para rematar el yate. Era lo que más convenía. Revisando las facturas originales, Tony supo que el bote había sido construido en 1935 en los astilleros R. Hendrickson del puerto de San Pedro, al sur de Los Ángeles, y que su segundo dueño, hasta 1948, había sido el actor Errol Flynn, (¿o se trataba de un homónimo?). Luego hubo un tercer dueño, Jaffrey Holgrave, que fue quien lo trasladó a Acapulco (en 1951) y quien finalmente lo endosó al licenciado Benavides. El asunto era que al preparar la documentación para el traslado de dominio la notaría indagó en los archivos de Hacienda y eso reveló que la embarcación era del todo ilegal, amén de que adeudaba impuestos de cinco años (que era la norma, por cierto, de la mayor parte de los yates fondeados en la bahía).

Aquel lunes se presentó en el muelle una mujer de mediana edad. Tenía aspecto extranjero, se hacía llamar Madame Levy y preguntaba si podía contratar el yate para ofrecer un *petit concert* a la luz de la luna.

—Una serenata italiana —insistió ella—. Cuatro cuerdas y un fagot que acaban de llegar de Viena. ¿Podrían caber veinte personas?

Tony dijo que sí, irreflexivamente, imaginando a los invitados apretujados en la segunda cubierta. ¿De cuántas horas la travesía?

—Qué sabroso menudo —comentó el Yuyo al mirarla pasear por el yate—. Lengua será lo que sobre metida en ese pinchepanochón.

Así era el piloto del *Malibú*, colmando sus horas de holgazanería con alusiones soeces:

—Ella que ponga el violín y yo elpinchepalito para menearle.

Tony Camargo despidió a Madame Levy en la distancia. Volteó hacia el piloto, que dizque trapeaba la escalerilla.

—Óyeme, Yuyo —indagó con fastidio—. ¿Es que no puedes pronunciar una frase libre de indecencias?

Y el otro, con aire ofendido, siguió restregando. Luego reconoció:

—Claro que sí, ¿por qué vergas no?

La noche de la "serenata italiana" Tony estaba más que contento. Su madre había arribado en la víspera. "Un paseo para distraerme", dijo ella, "hace años que no te veo", exageró en la llamada telefónica. La hospedó en el hotel Riviera, con vista a la playa. Aurora Locarno no sabía nadar, nunca había viajado en avión ni conocería otro hombre que no fuera su recio marido, el coronel Marco Antonio Camargo.

Al recibirla en la terminal de autobuses, Tony pensó, por un momento, en el disparate en que se había convertido su vida: las mañanas en el yate arreglando desperfectos, las comidas en el mercado local donde se había aficionado a la hueva frita de liza, las tardes en su hamaca leyendo en inglés a J. D. Salinger. Su novela *The Catcher in the Rye* lo había fascinado: ¿cómo era posible que un mocoso perdido en las entrañas caóticas de Manhattan pudiese expresar esas frases de reminiscencias bíblicas? Había adquirido un ventilador eléctrico y un pequeño fonógrafo en el que reproducía los conciertos de Mozart que compró de oferta, grabados todos por la Orquesta Sinfónica de Radio Berlín bajo la batuta de Wilhelm Furtwängler. Además estaban las noches de travesía a bordo del *Malibu*, y cuando diluviaba eran delgadas las partidas de póquer en casa del capi Santana.

—Vas a inaugurar las "serenatas italianas" —Tony festejó a su madre queriéndole mostrar, y demostrar, que su hijo era un hombre hecho y derecho navegando en los procelosos mares del Pacífico.

El concierto fue algo inusitado. Acomodados en la cubierta de popa y con impecables camisas blancas, los músicos interpretaban breves piezas de Scarlatti acompasándose con el rumor de la hélice que salpicaba a unos metros de sus instrumentos. Eran "austriacos" y luchaban contra la brisa que alborotaba las partituras en sus atriles.

—Así debe ser el cielo —dijo de pronto el *chino* Maganda. El piloto operaba la rueda del timón y permanecía pasmado ante aquel sonido.

—Si Dios existe —añadió al ofrecer una sonrisa de beatitud—, con esa música debe celebrar sus danzoneadas.

El *Malibu Dream* navegaba a punto del crepúsculo. Iba contagiando su música a las playas y los cocotales de la bahía. Los pescadores, fondeados para la captura nocturna, escuchaban el *Eine kleine Natchtmusik* de Mozart, temiendo alzar el vuelo hacia las nubes anaranjadas del horizonte.

Marlene Levy había organizado aquel original concierto —a diez dólares el boleto— para sufragar el viaje de los músicos hacia Estados Unidos. Entre el público iba la pintora Tamara de Lempicka, amiga personal de la austriaca, el cónsul británico y el presidente de los hoteleros y su familia, que bostezaban de lo lindo. Al concluir la travesía Madame Levy fue a la cabina donde Antonio ultimaba la maniobra de atraque.

—Te quiero desnudo —le dijo sin más—. Desnudo por el arte.

Tony se ruborizó instantáneamente. No supo qué decir.

—Perdona mi franqueza —añadió la Madame—. No conoces mi arte. Tú posas como modelo y yo pago por día —y explicado eso, le entregó una tarjeta de presentación—. Por el arte, por el arte...

Cenó con su madre en el Nando's Club. Así recordaron algunos días simpáticos, como la vez en que Tony lanzó un gato desde la azotea sujeto por la cola a un paraguas abierto. Bromearon sobre las intenciones de la tal Marlene, "que debe ser tres años mayor que yo", insistió doña Aurora, y confesó que todo el tiempo había imaginado que zozobrarían.

—Con todo aquel pasaje, no sé cómo no nos hundimos.

—Hemos hecho cálculos, mamá, y pensamos que podrían caber hasta 40 personas luego de ampliar la cubierta —Antonio era dichoso al reconocerse en las pupilas morunas de su madre—. Un día subieron 33 y nunca se contoneó —soltó un suspiro—. Sí, el negocio puede dar para más...

—Tu padre, a ratos, te quisiera de retorno en México.

Tony sabía que llegarían a ese punto. Estaba por cumplir un año en su exilio meridional, y la verdad ya no extrañaba a sus amigos en las tardeadas animadas por la empalagosa orquesta de Ray Conniff.

—Dice que muy bien podrías encargarte de la constructora. Yo no sé.

—¿Tú no sabes?

Aurora Locarno empujó el plato donde yacía la osamenta perfecta del pargo. Había parido dos hijos y el que le quedaba se había convertido en marinero. Se permitió un largo suspiro y rebuscó en su bolso.

—Sí. Sí sé —permitió que su hijo prendiera el primer Raleigh—. Por mí querría que regresaras a casa; tenerte cerca, disfrutar de tu compañía. Con respecto a la idea de tu padre; no sé. No te imaginas los horrores del *lado negro* del coronel Camargo, y lo benéfico que resulta mantenerte a distancia.

Tony alzó la vista y descubrió en la mesa de junto, colocadas entre hojas de lechuga, las cabezas de los campesinos degollados. ¿Le sonreían?

—Además me doy cuenta que tus obligaciones en el yate como que te han hecho madurar. Me da gusto verte como estás, Tony, con todo y lo prieto —bromeó—. Sin necesidad de mami que te lleve el biberón.

Antonio lanzó una breve mirada a los pechos de su madre. Buscó el vaso de la Coca-Cola.

—El otro día me llamó Liz por teléfono… lo de su boda, ya sabes. Y me contó que hallaste una segunda carta de Aurelio metida entre tu ropa.

Tenían que llegar a eso. En la Nochebuena anterior se había cumplido un año de aquello: la pistola que saltó de su mano y rompió la ventana de la estancia… El *incidente*.

—¿Una segunda carta?

—Sí, mamá. Eso me contó. Que al fondo de uno de tus cajones…

—¿Y cuál fue la primera?

Antonio aguantó el rubor en ascenso. "Misión cumplida, mi coronel".

—"¿Vivir sin arte?" —dijo Tony al recordar aquella frase como epitafio. Buscó una respuesta en la cara de su madre.

–¿Hubo otra carta? –Apachurró el cigarro y buscó el siguiente.

–No sé, mamá. Yo creo que no. Yo digo un segundo mensaje porque el primero fue muy directo y evidente: fastidiarnos a todos la existencia.

–¿Tú crees? –le vino un suspiro involuntario. Se pasó el puño por las comisuras de los párpados.

–Estás fumando mucho, ¿no, mamá? –dudó si encendérselo–. Vas a pescar una bronquitis crónica. ¿Y qué decía en esa carta?

–Era un escrito muy agresivo. Yo no sabía lo mucho que Aurelio odiaba a tu papá. Una carta escrita con rabia. Con resentimiento. Casi casi lo culpa de… lo que hizo. Yo también, obviamente que me afectó muchísimo. Así que desde entonces me fui.

–Te fuiste –Antonio admiró la fortaleza de su madre para contener el llanto–. ¿Te fuiste de la casa?

–No. Cómo. No seas menso. Me fui a tu cama. A dormir a tu recámara, que por cierto le rechinan las paredes con el frío.

–Es el fantasma de Aurelio.

–Muy graciosito, ¿eh?

–Y mi papá, tan tranquilo…

Aurora Locarno levantó el cigarro a la espera de que se lo prendiese.

–Tu papá es caso aparte. No te hagas. Obviamente que le escondí la carta de tu hermano… ¿Qué no sabías que tiene otra mujer allá, por el rumbo de Tlalpan? Obviamente más joven que yo, con dos hijas mayorcitas. Así que ni me entero de si durmió aquí o allá, al fin que también… me contó tu tía Julieta, creo que se consiguió una tercera vieja en Cuautla. ¿Cómo ves, mi adorado Aurelio? –y lanzó una voluta de humo como victoria del caos.

–¿Tres mujeres? –Tony trató de disimular la sonrisa porque sí, algo de eso había intuido en las conversaciones de su padre con el capitán Rangel. Y los extraños telefonemas que obligaban a dejarlo solo dentro de la oficina.

–Y tú cuídate, zonzo. A lo mejor es hereditario –bromeó al aguantar un acceso de tos– "…te quiero desnudo para pintarte por el arte del arte".

Antonio alzó la mano de su madre. Le quitó el cigarro, lo machucó contra el cenicero, le besó el dorso y trató de capturar su olor. Esas manos que le habían dado tanto.

–El otro día tuve un sueño –Tony agradeció al mesero que se llevara los platos–. Un sueño medio raro. Como que iba nadando y como que en el fondo del mar estaban tocando el piano mi hermano con el profesor Ledesma. Don Ladislao, ¿te acuerdas? El viejito ése tan regañón que nos pellizcaba las manos cada vez que…

–Se murió el pobrecito –anunció su madre–. Hace como tres semanas.

–¿Se murió?

–Sí, el que tenía su estudio frente al Parque México y los obligaba a tocar el *Für Elisse*, ¿te acuerdas? Se murió un sábado porque el domingo le ofreció un homenaje el sindicato de compositores. Salió en el periódico.

Tony barrió con una mano las migajas del mantel. Inició los acordes de la sonata tundiendo aquel teclado de algodón. Ahí estaban su hermano Aurelio y el profesor Ledesma descarnados y persiguiéndolo bajo el agua.

–Lo encontraron ahogado en la tina de su casa. O infartado, o se cayó y se golpeó. Es lo que decía la nota del periódico, ahora que me la paso leyendo noticias.

–¿Ya no haces florecitas de migajón?

Tony recordó el estrecho taller de su madre al fondo del jardín. Aquel aroma revuelto de aguarrás y humedad, aquellos tubos de pintura a medio apachurrar… Aurora Locarno hizo un gesto ambiguo. Una mueca de desdén.

–Me quita mucho tiempo. Ahora me ha dado por hacer recortes. Guardar noticias. Juntar entrevistas de personajes. Por eso di con la noticia del profesor Ledesma. En el *Novedades*, página 14, domingo 7 de febrero.

La madre de Tony miró los cigarros muertos en el cenicero. Hizo el intento de retomar la cajetilla, en eso llevó los ojos al rostro de Antonio:

–Tengo miedo, hijo.

Buscó su abanico pero no lo halló. ¿Lo habría dejado en el cuarto del hotel? Y la brisa, ausentándose para agravar el momento:

—Miedo de mis pensamientos —añadió ante la mirada desconcertada de su hijo—. De lo que se me ocurre, de lo que podría hacer... Ojalá nunca hubiera encontrado esa carta de tu hermano.

—Ojalá no se hubiera suicidado, mamá: dilo.

Aurora Locarno sonrió, negó con un leve balanceo:

—Tarde o temprano iba a matarse —ahora sí las lágrimas comenzaron a fluir por su rostro—. A veces, cuando tú no estabas, platicaba conmigo... No sabes la envidia que te tenía, Antonio, y el resentimiento contra el coronel Camargo, el odio al capitán Rangel. En su carta está todo eso, que ya me lo había confesado —dio un largo suspiro tratando de contenerse—. Lo de volverse músico profesional. Entrar al Conservatorio iba a significar su liberación. Y como no pudo...

—No *pudimos*.

—Sí. No pudieron, pues. Y obró como un prisionero y un condenado a muerte. ¿Y tú, Antonio?

—¿Yo, qué?

—¿No has considerado volver al piano? No tocabas tan mal...

Hizo una mueca enfadosa. Recordó aquel instrumento sumergido, su hermano Aurelio y el profe Ledesma tocando bajo la superficie del mar.

—"Es como si los ángeles me arrastraran hacia ellos" —repitió y lo planteó a su madre—. Fue lo que me dijo el día del examen en el Conservatorio. Estaba feliz, como nunca, creyendo...

—Creyendo que lograría conquistar su libertad. Ser libre para ser *como él era*. O pretendía ser...

Entonces Tony se vio obligado a preguntar:

—¿Qué dice la carta, mamá? ¿Qué es lo que dice específicamente?

—Obvio que no te lo voy a decir. Es una carta personal, íntima, de despedida. Son como cuatro hojas de confesión y denuncia. Una confidencia tremenda que no me hubiera imaginado... ¿El capitán Rangel nunca te llevó a... ninguna parte?

—Qué dice la carta, mamá —Antonio comenzaba a impacientarse.

—Perdóname, hijo, pero nunca te lo diré. Al fin que yo también estoy empezando a escribir mis cosas. ¿Qué tal si un día me gana el miedo?

⚓

Jugando al póquer fue que surgió la idea. Es decir, "cuando la patria no es de nadie, es de todos y, por lo mismo, es donde cada quien hace lo que se le pega su regalada gana". Eso dijo el capi Santana, desde luego con varios rones en la sangre, aunque aquello tenía su lógica.

Como todos los lunes, y para no morir de aburrimiento, se reunían en casa del capitán de puerto esquilmándose los pocos pesos que sobraban. El capitán Santana tenía su historia y la repetía ante cualquier oportunidad. Zarpando de Veracruz, en 1938 recibió la encomienda personal del presidente Lázaro Cárdenas de trasladar aquella "carga secreta" al puerto de Barcelona. Habían desatracado el carguero *Malintzin* a medianoche, entre las sombras del muelle, donde permanecían aquellos camiones del ejército. Como se debe recordar, el gobierno republicano español estaba cada vez más asediado por las fuerzas de la insurrección, de modo que la ayuda del gobierno mexicano era urgente, aunque tardía. Zarparon esa noche y navegaron tres semanas hasta dar con el estrecho de Gibraltar. Buscaron atravesarlo de noche, pero después del amanecer fueron atacados por dos "Moscas" que bajaban en rachas de ametrallamiento. El capitán Santana, que por entonces era almirante segundo, recordó que la carga que llevaban era precisamente de armas de infantería, cien cajas con veinte fusiles cada una, así que bajaron a la bodega y destaparon dos embalajes, con tan buena suerte que una resultó de parque y la otra de fusiles *Mendoza*, de modo que repartieron una docena de aquellos riflazos entre la marinería, con lo que lograron mantener a raya a los atacantes.

—Así llegamos a Barcelona, dos días después, sin volver a ser atacados por la aviación nacional. Sólo que al desembarcar aquello era un puritito desmadre: por un lado los del gobierno, luego los anarquistas, los socialistas, los comunistas, los de las brigadas internacionales, todos querían recibir el embarque, así que procedimos a darle a cada facción veinte cajas, de modo que los fusiles quedaron por un lado y el parque por el otro... y nosotros ¡qué fregados!, al día siguiente nos regresamos con un cargamento de pizarra que desembarcamos en Tampico.

Esa noche estaban en la mesa, además de Antonio y Santana, Miguel Canales, administrador de bienes raíces, y Hermes Contla, el taxista.

—Pues qué raro que no los hundieron, digo. Dos aviones contra un barco... sólo en las películas ganan los buenos.

—¿Y quién dijo que nosotros éramos los buenos? —se defendió el capi Santana sirviéndose otro chorro de ron—. Simplemente éramos los emisarios del presidente Cárdenas, ¡y para el carajo que sirvieron esos fusiles!

Miki Canales pidió una carta de recambio. Estiró la mano derecha y la alzó extendida para soltar luego su chisguete de voz:

—Viva Franco... y voy cinco pesos sin ver.

—Van mis cinco —asintió Tony al empujar su billete.

—Y los míos —completó el taxista, soltando las cinco monedas de plata.

—Yo los quiero mucho —se contuvo el capi Santana—, pero tampoco soy pendejo —y arrojó las cartas junto a su vaso de ron. Preguntó al sorberlo:

—¿Qué saben de los dos *chino*s de Pie de la Cuesta?

—Qué *chino*s —repitió Antonio, suponiendo que sería otro de sus chistes malos.

—Los dos *chino*s muertos que aparecieron en la playa.

Ganó Hermes Contla, sorprendiéndolos con un *full* de reinas y ochos.

—Afortunado en el juego... —comentó Miki—. Oiga, señor taxista, ¿está seguro que su esposa se quedó oyendo la radionovela?

Hermes Contla juntaba aquel dinero ignorando el comentario. Era la cuarta mano que ganaba al hilo.

—Qué hay con esos *chino*s —retomó Tony al percatarse de que solamente le quedaban unos cuantos pesos.

—Lo que oí es que uno estaba como dormido y el otro con cara de espanto. ¿Habrán llegado nadando desde China?... *Mú cansalo, chino Li. Viaje mú balato, pelo mú cansalo* –Miki Canales se estiró los párpados en un gesto divertido.

–Pinches *chino*s, ya me los imagino nadando desde Hong Kong... Dicen que el que parecía espantado tenía varias quemaduras, como si le hubieran pegado un tizón. Traían solamente taparrabos... Yo creo que los aventaron de un barco luego de abusar de sus –el capitán hizo un gesto obsceno, tirando de ambas manos.

–Ésa no me la sabía, capi. Digo, ¿qué habrán sentido?

–¿Y los hielos?

–Habrán sentido sabroso, digo, por la cogida, ¿no cree mi querido Miguelito? Aunque morir ahogado ha de ser de la rechingada.

–Abre par de jotos, a propósito.

–¡No, qué par ni qué nada! Aquí juego directo, *straight*, derecho. Tres cartas máximo al cambio y nada de bastos ni "calambures" –reclamó el capi Santana al repostar su vaso–. Después van a querer traer muchachas y que les ponga música, les barra el piso y les prepare los cuartos...

–Yo pido el que tiene aire acondicionado al fondo –bromeó Tony.

–¿Y los hielos, alguien los vio?

Al terminar de repartir, Hermes Contla juntó sus cartas, las revisó apiñadas y soltó una sonrisa de satisfacción:

–A mí qué. Mi vieja va en su quinto mes, sólo tiene antojo de helado de guanábana y mis hijos, Marte y Mercurio, se mueren por tripular uno de mis carros. ¿De qué me apuro?... Van diez pesos antes del recambio.

–Tus diez.

–Tus diez y diez más.

–Sus veinte, pues, pero si no gano me vas a tener que contratar como chofer en uno de tus taxis.

–¿Y los hielos?

–Acapulco es el *business* de los taxistas: de día puro turista despistado y de noche pura piruja repisteada. Luego pagan con panocha.

Después del cambio Miguel Canales lanzó un grito y la pataleta:

–¡No es posible! ¡Ni un solo par!

Tony vio su oportunidad. Tenía dos reyes, dos sietes y un nueve. Podía blofear, apostando todo a un pretendido póquer; podía obedecer el juego defendiendo esos buenos pares; podía retirarse… y arrepentirse.

–Van cinco pesos –anunció, optando por el *bluff*.

–Y los míos –aceptó el taxista.

–Que vayan, por no dejar –el capi Santana empujó sus billetes–. Y al que me gane lo dejo como a los chinitos de Pie de la Cuesta. Van otros diez.

Los fueron depositando, y en el turno de Contla, éste propuso:

–Y diez más, al fin que ahí afuera tengo un Studebaker de prenda. Es del año 49.

–¿Diez más? –repitió el capi Santana. Apuró la mitad del ron.

–¿Y los hielos?

–Van los diez, pues… y mi resto –aceptó el anfitrión, empujando al centro aquel montón de dinero–. A ver, mandilones, cuéntenle.

Tony procedió a separar la apuesta precedente de la nueva.

–Van cuarenta, hasta el señor Hermes –precisó–, y veintidós más del capi Santana. ¿Quiénes vamos yendo?

–¿Quiénes vamos yendo?

–Yo pago –dijo el taxista, contando una por una las monedas.

Tony permaneció pensativo. Apenas había completado la primera apuesta y ahora debía sacar los últimos billetes de su cartera. Algo le decía que esos dos pares, apretados en su mano como una cortinilla, lo llevarían a la gloria. Además que en ese lindero del juego ya no había punto de retorno.

–Me resto, pues –aceptó a sabiendas de que si perdía tendrían que ir al yate y abrir la caja de seguridad para cumplir la deuda.

–Pagué por ver –advirtió Hermes abriendo sus bigotazos como pinzas.

–¿Y los hielos, alguien los vio?

El capi Santana sirvió un chorro de ron en su vaso. Lo sorbió de un golpe y anunció al devolverlo a la mesa:

–Dos paresotes.

–¿De qué? –indagó el de los bigotes.

–Dos jotos y dos dieces –presumió el capitán de puerto.
El taxista soltó un suspiro y dijo:
–Malos para mí... ¿Y usted, campeón?
Antonio bajó el primer par sobre el paño verde:
–Mi primer par son dos sietes –anunció.
El taxista depositó en silencio dos cartas iguales:
–Par de sietes aquí también.
Antonio lanzó un vistazo a su reloj. Las 2:50 de la madrugada. Tomó aire para soltar el estilete:
–...y dos reyes –con aquel dinero podría comprar la cámara Retina que había visto en el aparador de la farmacia.
Hermes Contla alzó las cejas, soltó un bufido desamparado:
–Aquí, también un par de reyes –dijo al mostrarlos.
No quedaba más que soltar la quinta carta. Estaba visto: aquélla sería la última partida de la noche.
–¿Y los hielos?
Tony descendió su carta como el sacerdote en la consagración.
–Nueve –dijo con un hilo de voz.
Contla soltó la suya con un movimiento giratorio, de modo que el naipe golpeó la montaña del dinero y rodó junto a la botella vacía de ron. Era el diez de diamantes.
–No es posible... –Tony se dejó caer sobre la silla y por un momento pensó en el coronel Camargo. ¿Le habría soltado una bofetada por necio?
–Carajo, ¿dónde quedaron los hielos?
–Oye campeón... a ti te persiguen los empates como las moscas.
–No fue empate –comentó Hermes Contla con hartazgo.
El capitán Santana dejó la mesa y fue a la terraza, a dos pasos de ahí. Retornó con la cubeta metálica bañada por el fresco. La depositó de un golpe sobre la mesa, frente a Miki Canales, para rezongar:
–Ahí están tus hielos, cretino –y abriéndose la bragueta comenzó a orinar largamente en el cubo de lámina. Era un espectáculo en extremo vulgar, pero el administrador de bienes raíces lo celebró con una risotada:
–¿Y los vasos?

Antonio quedaba a deber 400 pesos, nada del otro mundo, pero que muy bien alcanzarían para llenar tres veces el depósito de gasolina del *Malibu*. No haría falta acompañarlo hasta la caja fuerte del camarote. Le aceptaban un pagaré firmado sobre el paño de la mesa.

–De seguir así tendré que vender el yate –dijo al buscar su gorra marinera y despedirse con el gesto.

Fue cuando el capi Santana, acercándosele en la reja, le confió aquello:

–Mira baboso; cuando la patria no es de nadie, es de todos, y si no has sabido hacer negocio con tu barquito, cabrón, es porque no has querido –Fernando Santana estaba por cumplir cincuenta años y si algo le sobraba era experiencia–. Ya sabemos que la ley municipal obliga a la licencia para consumo de alcohol, pero donde tú trabajas es jurisdicción federal, porque el puto mar es de todos, como el sol… y ahí opera la ley de aeronavegación. Es decir, que con un simple amparo en esa ley, y que yo te consigo, puedes vender todo el alcohol que quieras, ¡por cubetadas!, sin pagar un peso de impuestos ni solicitar ningún permiso. Es decir, donde la patria es de todos cada quien hace lo que se le pega su regalada gana, y te lo estoy diciendo yo, que llevo encima un millón de singladuras… Tu barquito está que ni pintado para que lo conviertas en el "SS Sodoma" ¿Qué esperas para ofrecer unas tremendas borracheras en mitad del mar disfrazándolas de lo que quieras?

–¿"Serenatas musicales en la bahía"?

–Pues pendejo pendejo no eres, Toñito, aunque nomás tengas la cara –y le soltó un beso groseramente beodo en la cabellera.

Con ese consejo abandonaba la casa del capitán de puerto, que desde lo alto dominaba el contorno plomizo de la bahía. Cuarenta mil habitantes arrullados por el trino solapado de las cuijas, la brisa matinal ascendiendo en correntadas, el perfume del floripondio que embelesa enamorados, dicen, y envenena a las mariposas que se dejan seducir por su fragancia.

–¿Vamos *onde* casa de Naila, campeón? Digo, para celebrar –luego de encender el Studebaker, Hermes presumía el bolsillo abultado del pantalón.

Tony sonrió en silencio. Agradeció el convite y le suplicó que lo depositara en el Hotel Ensueño. Al día siguiente tendrían entrenamiento en la formidable piscina del hotel Papagayo donde Apolonio quería mostrarles algo, "una sorpresa", dijo, que transformaría su relación con el mar.

—¿Será verdad lo de los *chinos*? —preguntó sin quitar la vista de las sombras que ofrecía la calle.

El taxista gordo le devolvió una mueca ambigua. ¿A quién le interesa la vida de dos *chinos* ahogados en la barra de Coyuca? Es decir, su muerte.

⚓

Estaba exhausto. Luego de probar aquel equipo en la fosa de clavados decidieron trasladarse al muelle del Club de Esquí donde podrían efectuar inmersiones "más realísticas", dijo el entrenador Castillo. Ya habían visto eso en los documentales de cine. Calzarse un par de aletas, ceñirse un cinto con tres kilogramos de plomo, colocarse un visor especial —con válvula neumática— y colgarse a la espalda el pesado tanque de aire a presión —el *aqualung*— de cuyo regulador dependía la respiración dentro del agua. Era como igualarse a los peces y no por nada les llamaban "hombres-rana". Podían permanecer sumergidos hasta veinte horas porque ése había sido el récord de Jacques-Yves Cousteau. Después venía el ascenso por etapas para evitar los temibles *bends*, y en ocasiones un extraño proceso de narcotización y mareos que la ciencia médica aún no podía explicar. El equipo era francés y los hermanos Arnold lo habían traído desde Marsella pagando una millonada. Antonio Camargo estaba rendido en mitad de la cama, huyendo del resplandor solar, y allí volvían los toquidos.

Maulló algo incomprensible a ver si lo dejaban en paz. La semana anterior la cocinera Roberta había subido para ofrecerle un "coctel Mozimba" (un vaso largo con agua de coco, una onza de ginebra y un ramito machacado de yerbabuena) que le llevaba de obsequio por su cumpleaños. ¿Cómo lo supo? Y encima del brebaje una flor de flamboyán cual si vestigio del paraíso. Roberta, *la Roba*, llevando una falda roja que le permitía pavonear sus orígenes cimarrones.

—¡No estoy! –gritó Antonio, pero la almohada sofocó su voz.

Otra vez los toquidos, aunque menos insistentes. ¿Y si era el *chino* Maganda? El domingo anterior el piloto había descubierto una vía de agua en la sentina del yate y su destreza evitó que se mezclase con el depósito de aceite. Y ahora, con mil demonios, ¿qué avería estaba por mandar al *Malibu Dream* a pique? Dejó la cama y avanzó en *shorts* hacia la puerta imaginando el naufragio en mitad de la bahía. "Fíjate papá que se hundió el yate…"

—*Oh, excuse me!* –fue el grito con que lo recibió esa extraña.

Antonio alzó la mano, que lo disculpara también. Regresó al silloncito de mimbre en busca de su camiseta.

Desde el momento de abrir, Cindy Rudy lo había reconocido. Era el campeón del torneo, el campeón taciturno. Por un momento estuvo a punto de decírselo. "Yo te conozco". "Te vi zambulléndote como loco en el pontón". "Te vi llorando en la enfermería del Club de Yates".

—Hablo español –lo previno mientras Tony se terminaba de ceñir la playera.

Antonio perdió el enfoque, ¿o eran los efectos de su primera inmersión como acuanauta? Trató de reconocer a la muchacha.

—Buenos días –insistió ella.

—Buenas *tardes* –corrigió Tony al ofrecerle una sonrisa toda socarronería. De seguro iba a pensar que era un tarambana. Un vivales. Un huevón. Bueno… ¡que pensara lo que quisiera!–. La tarifa es 200 pesos por hora, y 250 si es de noche.

La muchacha quedó paralizada. No pudo evitar el asalto del rubor.

—¿Dos *cientas*? –repitió.

—Y no más de veinticinco personas, por seguridad –insistió Antonio.

La visitante se llevó una mano al rostro. Sonrió en secreto y aclaró:

—Me manda Cipriano.

No era la clásica gringa bobalicona de cincuenta pecas y ubres a lo Mae West. Observó la perfección de sus cejas, como las alas de una gaviota. Y sus ojos, que no eran verdes ni azules. Estuvo a punto de preguntárselo.

–Cipriano ¿quién?

–Cipriano. Homero Cipriano –se cruzó de brazos para insistir–. Cipriano, *del* librería Internacional.

–Ahh, Pano –adivinó–. El profe librero.

–Me dice que usted compró el libro de Caldwell. Un ejemplar último.

Así se aclaraba todo. Antonio le pidió que pasara, sí, ya sabía de qué se trataba. Toma asiento, ¿quieres un refresco?

–Yoli –aceptó ella luego de esperar unos instantes junto a la puerta. Entró sin empujarla, acomodándose en la butaca de mimbre.

Tony le pidió que esperara un minuto. Entró al cuarto de baño, sin cerrar tampoco la puerta, se remojó la cara y se propinó tres golpes con el peine. Asomó por la terraza y desde ahí lanzó un chiflido de complicidad.

–¡Dos Yolis, con hielo! –gritó al muchacho de la administración, "¿o dos Hiolis con yelo?", sospechando que terminaría en el hospital luego de aquel descenso hasta los treinta metros según la indicación del profundímetro. Apolonio les había prohibido que pasaran de los 20 porque a eso le llamaban "euforia por sobreoxigenación", igual que una borrachera instantánea.

–Yo estuve aquí –Cindy había dejado el sillón y revisaba las fotografías insertadas en el espejo del tocador–. El día de la competencia.

En una de las instantáneas aparecían revueltos los dos equipos: Pizá, el güero Isaac, Apolonio, Ramón Bravo, Mejía, él mismo y detrás, movido e irreconocible, Modesto Merino. Un retrato de campeones y fantasmas.

–Mandé la noticia a mi periódico. La publicaron muy *situado* –Cindy permanecía de espaldas y perfilaba con el meñique las siluetas de esos bañistas lustrosos bajo el sol.

–Fue mi última competencia –dijo Antonio, sin saber porqué.

La muchacha volteó y temió preguntar lo que sospechaba *y había visto*. A su hermano también, a los once años, le descubrieron un soplo al corazón… un soplo diastólico. Harry era profesor en la secundaria de Crescent City, pero se ausentaba una vez por semana.

—¿Y todo bien, después de la competición? —era a lo más que podía arriesgarse. "Pobre muchacho", pensó, "condenado a morir tan joven".

—Sí. Bien —Tony cruzó un manotazo para disimular el bostezo.

La rubia decidió quitarse los guantes blancos... pero entonces se percató de que no llevaba ningunos guantes ni estaba a punto de la famosa entrevista que le hizo a Dylan Thomas en su habitación del Hotel Fairmont de San Francisco (y el momento en que el excedido galés se apoderó de su falda para recitarle *oh, windy whirly wine...*), tres semanas antes de que muriera el poeta de *El mapa del amor*. "Tus guantes blancos son los que te han salvado de mi santa lujuria", fue lo que dijo al despedirse, luego de haber desayunado una tostada con mantequilla y tres wihskys con hielo.

—Morir a los 39 años.

Tony esgrimía su paquete de cigarros, ofreciéndolos.

—Quién se murió —dijo él sin preguntar.

—Un maravilloso borracho, Dylan Thomas. Gracias a él estoy aquí... Me llamo Cindy, Cindy Rudy, del *Daily Monitor* de San Francisco.

Le extendía la mano, toda formalidad, porque la entrevista fue rescatada ese 9 de noviembre de 1953 cuando 18 copas al hilo reventaron el cerebro del autor de *Retrato del artista cachorro*, y fue vendida a los principales periódicos del país. Entonces el editor no tuvo empacho en preguntar: "Oye preciosa, qué quieres, ¿premio o dinero?". Cindy Rudy no dudó en contestar que lo primero: irse como corresponsal, seis meses, al lugar más estrambótico del mundo... el que en ese momento se le ocurrió: "Acapulco, mister Peary. Acapulco en México".

—Antonio Camargo Locarno —se presentó, acercándose al silloncito para encender los dos cigarros—. "Promotor turístico".

—Yo pensaba que deportista. Nadador —Cindy disfrutaba de ese humo enturbiando la habitación.

—De nadar nadie vive —Tony se recargó en el pretil de la terraza. "Claro, salvo los atunes".

Fumaron en silencio, dos, tres apacibles aspiradas hasta que el campanilleo de un carrito de helados los devolvió a la realidad.

—Don Cipriano me dijo que usted compró *Tobacco Road*, hace *varios* semanas. Que quizá, si usted ya lo leyó, me lo permitiría para leer. Es decir, que me *la* vendería *a mi vez*.

—¿*Tobacco Road*?

—Sí. Erskine Caldwell.

Tony dejó el murete y avanzó hacia el librero que había improvisado con varios huacales. Ahí asomaban un centenar de títulos, ejemplares de bolsillo, revistas de humor y crucigramas, libros empolvados que hablaban de ciencias náuticas.

—Caldwell, Caldwell... —repetía Antonio al rebuscar en cuclillas.

Cindy Rudy experimentó un arrebato de ternura: lo adivinó muerto, con su débil corazón, antes de cumplir los treinta. Como su hermano, tal vez.

—Caldwell, Erskine. Aquí está —lo entregó a la rubia—. Son cien pesos.

—Cien pesos —repitió ella con gravedad. "¡Demonios, eso es mucho dinero!". Entonces una sombra ocupó la entrada.

Era doña Roberta que llegaba con la charola de los Yolis.

—Aquí están sus refrescos, joven Antonio —anunció con un sonsonete de voz—. Para usted y la Madame, antes que se acaloren más... ¿*verdá*?

—Gracias. ¿Los podría poner allí, en la mesita?

La mulata entró contoneándose y lanzó una mirada como fisga.

—¿Cerquita de la cama, para que los alcancen? ¿O más retirados?... No se vayan a caer en un manoteo, ¿*verdá*?

Tony aguantó la sonrisa, pagó la cuenta, le dejó un peso de propina. La *Roba* se lo quedó mirando largamente, se permitió quizá un breve guiño.

—Ahí lo dejo solito para que le aprenda su *enseñada* —dijo mordiendo el chicle—, porque la güerita debe ser muy buena para enseñar... el inglés, ¿*verdá*? —y cerró la puerta con nervio.

Cindy miraba la portada con cierta languidez. Todo el mundo sabe que un libro de bolsillo difícilmente resiste el manipuleo de una segunda lectura. Dijo entonces, al apagar el cigarro:

–Es muy amable, la señora.

–Sí, muy amable –fue a servir el par de vasos con hielo nadando.

–Cien pesos sí pagaba –terminó por aceptar ella–, pero no es la que estoy buscando –se disculpó.

La muchacha le entregó el volumen, en cuya portada venía el nombre de Caldwell y abajo, en tipografía gótica, el título: *Call it experience*.

–No es el que *dijimos*.

Tony dio un sorbo en silencio, mirando el libro con curiosidad.

–Pano te dijo… perdón, ¿le dijo?

–Sí, que usted *lo había llevado* hace dos semanas. *Tobacco Road*.

Miró durante un instante la gaviota negra sobre sus ojos, esa cabellera rubia, desmelenada, como los torcidos bucles de un capitel envolviéndola.

–*Nadie cayó, nadie cayó…* –creyó recordar Antonio, pero ella se lo quedó mirando con extrañeza. El descenso en la irrigación cerebral puede disparar cuadros alucinatorios; le pronosticaron a su hermano Harry.

–Mucho gusto. Muchas gracias. Ha sido usted *mucho* amable.

Cindy terminó su vaso y lo depositó en la bandeja. El círculo de lámina estaba decorado con un paisaje de volcanes, indios aztecas y águilas alrededor de un sol que era la marca de la cerveza. En su viaje, cuatro meses atrás, había volado sobre medio país y no había observado un solo volcán, un guerrero con plumas, un águila. Aunque sí, luego de aterrizar, había visitado fondas donde los mexicanos se envalentonaban luego de siete cervezas y le pedían favores ilusorios. Por ello se había prohibido visitar esas fondas donde la música y la alegría costaba tan poco. Una *bailada* con las muchachas 50 centavos, una canción en la *rockola* un peso, una cerveza dos.

Al abrir la puerta le llegó un golpe de brisa. Necesitaba refrescarse. Pensó que esa tarde, luego de redactar la crónica donde relataría la inauguración del Hotel Americano-Tropical, ¡de cinco pisos y con piscina alimentada por dos cascadas!, podría ir a la playa a juguetear en las olas. Tenía dos vecinas, Marcia y Lupe, con las que paseaba de cuando en cuando. Volteó para despedirse y otra vez el arrebato de ternura le mordió el vientre. Ahí estaba ese nadador enfermizo que dormía hasta el mediodía, arrodillado junto al rústico librero… alzaba una mano, le pedía que esperara un minuto.

Antonio hurgó hasta dar con ello. Se alzó de un salto y fue con la visitante para darle, sí, la novela de Erskine Caldwell.

—Algo me decía, "tabaco, tabaco" —y debió admitir al entregársela—: Todavía no lo he leído.

—¿*Do you read in english?* —indagó ella, con cierta sorpresa.

—Al noventa por ciento, lo demás lo invento.

Cindy abrió su bolso y buscó. Con cierto recelo le entregó aquel billete de diez dólares.

—*Lo mucho que se* lo agradezco —dijo.

Tony alzó el otro libro de Caldwell y se lo entregó con el billete. Le ofreció una mueca: era una broma, por Dios.

—Tú los lees y después, si tienes oportunidad, me los regresas. No hay problema —y diciendo eso le ofreció una tarjeta de presentación—. Me puedes encontrar aquí, o en el yate.

Cindy observó ese navío pequeñito surcando la inmensidad del mar, y la tipografía que explicaba: "MALIBU DREAM, travesías musicales, románticas, bajo la luna", y luego el teléfono y el domicilio del Club de Yates.

—¿*Malibu Dream*? —repitió ella— Yo viajé en ese barco.

—¿Ah, sí? —no recordaba haberla visto, y entonces Tony aspiró el aroma revuelto de esa cabellera.

Mejor no lo hubiera hecho.

—Sí, en isla Catalina, en Los Ángeles —completó.

Un aroma perfumado y un olor *personal*. "Cindy Rudy", se dijo Antonio, "qué nombre tan lindo para tan linda mujer".

—Es que yo nací muy cerca de los barcos —insistía ella.

—¿Ah sí? —se jactó Antonio—. Pues yo nací en un tranvía.

Ambos soltaron entonces una carcajada. Jamás la olvidarían.

⚓

Madame Levy alquilaba una casa en los acantilados. La finca lindaba con La Quebrada y tenía un amplio jardín, además de un búngalo para visitas, "un estudio de arte" y una piscina con forma de amiba. Una tarde, luego de esquiar con su marido, se encontró con Antonio en la cafetería del Club.

—Ah, Pancho, mira —dijo al reconocerlo—, te presento a Tony, el del barco de la *piccola* serenata, ¿recuerdas?

El esposo de Marlene se acercó sin dejar de restregarse la toalla contra la nuca. Iban en traje de baño y camisola de playa, como salidos de una revista turística.

—Buen día —saludó el fornido consorte—, ¿qué tal, disfrutando de la mañana? —que era como no decir nada.

—Antonio es al que estoy esperando para pintar desnudo —dijo ella, y los visitantes del club aguantaron la sacudida.

—No he tenido tiempo —se disculpó con algo que pareció una sonrisa.

—Ay, muchacho... ¡Tiempo es lo que sobra en Acapulco! —Pancho le soltó un amigable manotazo—. Anímese; la semana pasada mi señora pintó a la vivaracha Silvia Pinal. Y no se preocupe: le pone una sabanita para tapar...

Marlene le pidió que permaneciera en traje de baño. Que se apoyara en aquel arco de caza porque intentaba completar una serie de "escenas clásicas", eso dijo, pues su impronta estética había sido ante el Altar de Pérgamo, en el Museo de Berlín, que ella visitaba todos los domingos con su padre. "Hasta que comenzó aquello". Además que le entregaba, puntualmente al despedirlo, un billete "ojo de gringa" de 50 pesos.

Las sesiones eran con café y música. Marlene Levy tenía una cafetera eléctrica en un rincón del estudio, y permanentemente repostaba su taza de porcelana. Tony prefería su Coca-Cola con hielo, y de cuando en cuando probar aquel dulce de tamarindo que era visitado por diminutas avispas. Lo de la música era otra cuestión. La pintora era una melómana irremediable. Tenía cinco tocadiscos repartidos por toda la casa, de modo que siempre, despierta o dormida, estaba oyendo música. El estudio tenía techumbre de palma y había sido improvisado sobre una amplia terraza. Desde ahí se podía contemplar el océano abierto, además de la selva de palmas vistiendo el anfiteatro de la bahía.

—Mi primer esposo, al mirar este paisaje, dijo que se arrepentía de los Alpes. Que se avergonzaba. *Was für scheussliche Bergen wir hier neben diesem Paradies haben, nicht wahr*? Me dijo: "Marlene, te subes como macaco al techo y te pones a pintar todo lo que quieras, sin miedo al temporal", porque yo, durante aquellos años en Hamburgo, sufría horriblemente de los pulmones. Asma, catarros, neumonías... Aquí jamás me enfermo "de arriba" —Marlene dejó la paleta de pinturas y se estrechó las costillas para anunciar una profunda inspiración—. Este aire es una bendición de Dios; aquí mi problema son las enfermedades "de abajo" —retomó su tabla y sus pinceles, le hizo un guiño—. Los microbios del trópico son muy calientes. Muy calientes —repitió.

—Su primer esposo... ¿de modo que el señor Pancho?

—Pancho es un buen hombre. "Un poco cabrón y un mucho pendejo", como él mismo dice. Mi primer esposo... —lanzó una lánguida mirada hacia el jardín donde ardía una bugambilia bajo el sol.

—Habla usted muy bien el español.

—Usted también, joven espartano... —se rascó una axila—. ¿Y cómo no iba a ser si mi madre era española? Charo Ibarrola, aragonesa, casada con austriaco, y que nunca abandonaba sus mantones. Ella fue quien me dijo: "Marlene, ése hombre es para ti... ¿no ves como se turba cada vez que te levantas?" Después de todo, Itsvan era un astuto *merchant d'art*. Él fue quien primero creyó en mí.

—El amor todo lo perdona, supongo.

—Me invitó a una primera exposición en Hamburgo —continuó ella, sin prestarle atención—, en la que no le fue tan bien porque eran los días de la *blitzkrieg*. Fue mi periodo gris, muy influida por los expresionistas del momento; cuadros que, como él decía, "daba frío verlos". George Grosz y Otto Dix de la *Neue Sachlichkeit*. Una "nueva objetividad" que terminó con el asalto de los *camisas pardas*. Grosz y Otto Dix, ¿has oído hablar de ellos?

Antonio hizo un gesto negativo; arqueó la espalda y alcanzó la Coca-Cola. Escuchó aquello, distante y ambiguo. Preguntó:
—¿Ravel?
—No, de ninguna manera. Es Igor Stravinsky: *La consagración de la Primavera* —inconfundible después de identificar su rondó.
—Y supongo que el buen primer marido habrá retornado a Alemania. La nostalgia, el hartazgo de estos calores tropicales —Tony alzó la toalla humedecida y se enjugó el rostro.
—Cuando yo tenía tu edad, salí de aquel infierno. Itsvan me "robó", por así decirlo, porque no hubo tiempo para la ceremonia. De Hamburgo a París, de París a Londres, de Londres a Philadelphia a bordo del *Groningen*, que iba a tope de judíos. En cada tránsito dejábamos varios cuadros de Otto Dix, que para mi gusto era el más talentoso. Así pagábamos los pasajes. En el último viaje los cuadros de Dix que vendimos los pinté yo. Tengo fama de cu-cú; ya te irás enterando... Todo lo robo, todo lo copio, todo lo asimilo.

Marlene dejó sus pinceles. Avanzó en silencio hacia el modelo y lo sujetó por los hombros. Esperó unos instantes:
—Se trata de que estás al acecho de una cierva, como si la estuvieras descubriendo entre el follaje. Quieres acercarte pero ella es demasiado astuta, puede huir, escapar de tu potente flecha. Tu potente flecha... —repitió—. ¿Entiendes? Entonces el problema es la distancia entre los dos: muy cerca y ella escapa, muy lejos y tu venablo no la alcanza. Y ése es el problema de nuestra civilización —cimbró el arco contra el piso—. La distancia, siempre la distancia...
—Como Iván, que puso distancia de por medio, le ganó la añoranza y seguramente se anda paseando por el Rihn con dos inquietas jovencitas...
—Itsvan. Se *llamaba* Itsvan, pero ya no está con nosotros. Un día ya no estuvo, y que Dios lo guarde en su santa Gloria —esbozó una santiguada y volvió a sujetar el arma—. ¿Qué, nunca practicaste el tiro con arco?
—No. A mí me tocó el futbol, el ciclismo, y ahora la natación en el equipo de Apolonio.

–Pelotas, ruedas y agua –Marlene Levy llevaba una holgada túnica de algodón, tan holgada que permitía la entrada fácil de la fresca mirada de Tony–. ¿Es qué los hombres no pueden pensar en cosas superiores? ¿No sientes, a veces, el espíritu que se te escapa de las manos? ¿No te despiertas a media noche con ganas de llorar de exaltación? *Scheisse, Verdammpt! Ach, hätte mein Führer nur die Ölquellen im Kaukasus nicht erstrebt...!*
–¿Qué tiene de malo nadar?
Marlene había regresado al caballete; dio un sorbo a su taza:
–De malo, nada –comentó–. Pero es demasiado elemental. ¿No te gusta la cultura guerrera? –señaló con el pincel el par de sables cruzados en el muro del fondo–. Como esgrimista no me fue tan mal. Fui subcampeona en Bavaria, antes de todo aquello... –hizo un movimiento gracioso, empujando al frente el pincel y la rodilla–. *¡Touchez!...* No, no me ha ido tan mal con el "machete" –bromeó.
–¿Schubert?
Junto a los sables había un fonógrafo de la marca Grundig. En la espiga del tornamesa la pintora había colocado una pila de nueve discos, su carga máxima, de modo que la sesión era acompañada por la orquesta sinfónica de Boston, la de Budapest conducida por el joven Janos Kovacs, la de Radio Berlín. Cada tres conciertos o media sinfonía caía un disco nuevo dulcificando aquella mañana de salobre tibieza.
–¿Schubert? –insistió Antonio– ¿La Sinfonía Ocho, "Inconclusa"?
–*¡Touchez!...* –admitió ella– ¿Sabías que el pobre Franz es la imagen misma del fracaso? Escribió más de 20 óperas y solamente le sobrevive una: *Rosamunda*... Su gran pecado: nacer a la sombra de Beethoven, su peor castigo, morir a los 31 años.
–No, no sabía –y Tony supo que, una vez más, ocupaba inmerecidamente el lugar de su hermano Aurelio. ¡Cómo le hubiera gustado a él posar como sílfide tropical flechando iguanas, arrebatando estrellas de mar con esa robusta valkiria de tetas a lo Rubens! Lanzó una mirada hacia el jardín, aquellos bambúes enhiestos, aquel túmulo de piedras, aquel columpio bajo la rama del laurel donde Aurelio, de once años, se impulsaba

sujetando las cuerdas del vertiginoso péndulo porque más de una vez lo había sorprendido desnudo bajo el camisón de su madre, a saltos por toda la casa y canturreando igual que un ángel sin alas ni sexo…

–¡Así! ¡Así! *¡Parfait, comme cà!* –gritó Madame Levy en éxtasis, para luego insistir: –Ya descubriste al ciervo. Ésa es la mirada… que no escape.

Y como era el sexto y último día, se permitieron conversar un poco más. Por fin pudo mirar Antonio el lienzo, vertical, donde él, alguien como él, alguien que podría ser él en las montañas de Macedonia durante el siglo de Pericles… empuñaba un arco y preparaba el tiro de la flecha. En lugar de tenis llevaba unas sandalias de cintas largas y en vez de su *short* de cuadritos vestía una clámide vaporosa que ondeaba el viento. El estilo de la pintura no era muy definido, tenía poco volumen y el bosque del fondo, tornando al rosa, contagiaba una atmósfera onírica donde los venados volaban de cabeza… igual que Chagall después de tres tequilas.

–¿Se supone que ése soy yo? –preguntó alzando la última Coca-Cola.

–No. En el arte no se supone nada –Marlene se recogía la cabellera con una cinta para dirigirse luego a la vaporosa cafetera–. En el arte están las cosas y los personajes, los sonidos y las imágenes, el movimiento, las sombras y las palabras. Está eso y nosotros ahí parados, soñando despiertos, creyéndonos todas esas mentiras, tragando néctar y vinagre, siendo arrastrados por la fantasía que nos permite creer que nunca moriremos…

Tony sintió que la mano de Marlene le sujetaba una nalga. Volteó y descubrió aquel haz de flechas extraído del carcaj bajo los sables.

–Entonces ¿nunca has tirado con arco? –reiteró ella.

–No. La verdad no, salvo los arquitos de Robin Hood que nos regaló la tía Julieta en nuestra primera comunión.

–Robin Hood… primera comunión… –repetía ella mientras tensaba la cuerda del arco; un doble golpe, con el codo y el pie, que la trabó en los extremos. Una vez que estuvo armado, le dijo:

–Anda, mi Ulises retornado; tira tu primera saeta.

Antonio insertó la flecha sujetándola por las plumas, tensó el arco y sintió que aquello escapaba de su mano. Soltó el venablo... que fue a clavarse junto a las piedras apiladas del jardín.

–*Was? Möchtest du von mir noch einmal eine Witwe machen?* –reclamó ella con ceño ofendido.

–Acércate, mi torpe Robin Hood. Verás el tiro de una amazona, porque también fui campeona de arco en la secundaria –Marlene sujetó una segunda flecha, tensó la cuerda con las falanges y alzó el aparejo. Sobre sus cabezas, en lo alto, dos airosas tijeretas se mecían al paso de la brisa.

–Comeremos pollo de mar –murmuró al apuntarles, y antes de soltar lo regañó–: Qué esperas, idiota, ¿que me rebane el pecho? Protégeme... ¡cógelo con la mano!

Tony obedeció en silencio. Marlene esbozó una sonrisa y apuntó contra aquellos pájaros como dos cometas suspendidas. Soltó el tiro.

–¡Uyyy! –gruñó Antonio porque el trallazo fue sobre su mano, que ella le retuvo.

–Mira, mira... mira –señalaba la parábola del proyectil que pasó a medio metro de una tijereta, depositándose luego en el azul feroz del océano.

Aguantando el escozor, Antonio volvió a llevar la mano sobre la tibieza de aquel bulto macizo.

–¿Te han dicho que las amazonas se hacían extirpar el seno derecho para poder tirar con soltura? –comenzó a apretar–. En el garaje tengo guardados siete originales de Max Beckmann titulados precisamente "Las amazonas mutiladas". Terribles, escalofriantes... Nadie puede dormir con uno de ellos colgado frente a la cama. *Würdest du mit mir ins Bett gehen?*

No podía pronunciar palabra. Algo lo incomodaba terriblemente. Marlene había nacido 21 años antes que él, de modo que perfectamente podría ser su madre, además que le llevaba once kilogramos de peso... ¿pero en ese punto quién pensaba en todo aquello?

–Si me besas arderá Troya –lo previno ella.

En eso cayó Dvorák en el tocadiscos, *Las cuatro danzas es-*

lavas, y Pancho asomó por la escalera sosteniendo una bolsa de camarones.

—Es que… es que pensaba hacer una ensalada —se disculpó—. Con cilantro y mayonesa.

⚓

Por fin dieron inicio las "Serenatas musicales en la bahía" con el trío de Lalo Wilfrido —que lo mismo tocaba una rumba que un *swing*—, y que no ocupaba demasiado espacio. Lalo llevaba la guitarra eléctrica y cantaba frente a un micrófono de pedestal, "los marcianos llegaron ya, y llegaron bailando el cha-cha-chá…" Para ello había sido necesario regular el voltaje de la embarcación, sólo que hubo un detalle de esencia filológica.

—Es un contrasentido —se quejó el *chino* Maganda al revisar los folletos—, eso de "serenata" y "musical", es como anunciar un desayuno alimenticio.

Tenía razón el piloto, pero la publicidad ya estaba impresa. ¿Además, quién se pone a considerar esos detalles nimios? "Embarcación de origen norteamericano y con todas las medidas de seguridad" (aunque sólo llevaran abordo once chalecos salvavidas), "con la gran orquesta de Lalo Wilfrido, triunfadora en La Habana" (es decir, en el bar *Habana Linda* de Coyuca), "que le permitirán disfrutar de una noche de diversión a resguardo de la humedad" (si no llueve).

Antonio decidió no informar de aquello a su padre. Esa ganancia extra, si era el caso, sería para retribuir sus dañadas finanzas y no obligar algún día al remate del *Malibu Dream* por incosteable. Decidieron que las travesías nocturnas serían los viernes y sábados hasta las dos de la madrugada, y lo más importante, con "barra libre" (un concepto que comenzaban a manejar las agencias de viajes). La etilísima trinidad: brandy, ron, y cerveza, aunque eso sí, al día siguiente los retretes eran un desastre.

—¡Nooo, jijodelarreputa…! —protestaba el Yuyo—, mejor que se guacareen por la barandilla! —pero quién le mandaba ser marinero raso.

—No te pongas delicado, ¿qué de horrible hay en el mundo que no pueda ser lavado con un puñado de detergente?

El muchacho se lo quedó pensando:

–No, claro, nada. Con detergente no hubieran corrido a la puta Eva del paraíso. Igual que la bacanal de los licenciados mañana.

Tony volteó hacia el piloto, que mostraba una mueca contrariada:

–Ya se lo iba a decir, patrón –rezongó el *Chino*–. Que mañana vienen dos licenciados con unas sus secretarias. Que van a pescar "picudo", dicen. Que ellos traen equipo. Que nomás tengamos lista la hielera.

–¿Y la tarifa? –Tony lo sabía: a espaldas de sus patrones todos los pilotos se permitían arrendar los yates en travesías fuera de programa.

–La de siempre. Quinientos pesos todo el día.

–¿A qué hora?

– Quedamos que a las siete –rezongó el timonel–. Con sus viejas.

Los diputados Martínez, Roberto, y Lepe, Juan, habían decidido visitar el puerto de Acapulco dizque encabezando la Comisión de Desarrollo Turístico que pretendía "focalizar" (ése era el concepto) sus alcances. Se habían entrevistado con el presidente de la Asociación Guerrerense de Hoteleros y con los líderes del Sindicato de Meseros, Cocineros y Barmans de la Costa Chica. Reuniones que iniciaban con un tardío desayuno en el Hotel Mirador, continuaban con un almuerzo aderezado con martinis secos y concluían con una cena en la Palapa de Henry donde les ofrecían una cascada de mariscos entre rodajas de limón, acompañada por dos botellas de whisky y dotación de Ginger-Ale, para finalmente rematar –luego de una siesta "vigilada" por sus secretarias: Hernández, Rosalba, y Pérez, Sonia–, en el cabaret de moda: el Tilingo's Club donde cantaba Toña la Negra.

Zarparon con cierto retraso luego que Tony concluyó la adaptación en la rampilla de popa. Habían asegurado un par de sillones de lona, con sus tirantes de esfuerzo, a fin de que el *Malibu* pudiera funcionar como yate de pesca. La embarcación era un tanto excesiva para salir en busca de los *picudos* ("como cazar lagartijas a escopetazos", comentó el *chino* Maganda), pero el dinero es el dinero y grave pecado es despreciarlo.

Era domingo y los diputados Martínez y Lepe no podían quedarse sin su trofeo de pesca. Habían alquilado dos cañas con equipo completo y cargaban todo lo imaginable para una expedición a la Polinesia: catalejos, una cámara Yashica, anteojos polarizados, un pollo asado y una bolsa con sándwiches, una cubeta con refrescos y tres botellas de brandy, camisolas floreadas, las toallas del hotel, calzoncillos de baño, una caja con puros y sus portafolios de viaje.

Sonia y Rosalba iban poco menos que felices. Le habían jurado a sus respectivas madres que "dormirían juntas y no, de ninguna manera se pondrían un traje de baño". Era la primera vez que iban a la playa, la primera vez que navegaban en un yate, la primera vez que miraban el jugueteo de las toninas saltando en la mar gruesa.

–Oiga, ¿verdad que esos no comen gente? –indagaba Sonia Pérez con embeleso, distrayendo a Tony de la maniobra.

No, no comen gente. Sí, es muy seguro el barco. No, no se puede esquiar en mar abierto. Sí, hay mucho pescado en el agua. No, no se hunde el yate. Sí, es muy bonito Acapulco; sí, muy romántico.

El Yuyo Medina preparó las cañas. No usarían carnada fresca porque la prisa impidió buscarla; emplearían curricanes de acero, con plumas amarillas, del número dos. Era la manera de evitar el enganche de un tiburón y que terminara por trozar el cordel.

Al salir de la bocana comenzaron a soltar los anzuelos con plomadas, de modo de asegurar el engaño a veinte brazas. Martínez, que era diputado por el distrito de Ciudad Lerdo, descorchó la primera botella de brandy:

–Cuánto, mi diputado Lepe –lanzó el desafío–, a que prendo antes que usted mi pez espada–. Luego alzó el vaso requiriendo los hielos.

–Cuánto a que yo –respondió el otro en el silloncito– ¿Van cien pesos?

–Que vayan, pues.

Antonio viró el yate hacia la costa chica porque en esa época las correntadas de barrilete arrasaban la costa de Revolcadero... y los pasajeros querían emoción fuerte. Nada tan recio como prender uno de esos atunes prietos en el lindero de la plataforma continental.

La secretaria Hernández preparó un *high-ball* para el diputado Martínez y se habilitó otro para sí.

–Con este calor –dijo–, el coñaquito se pasa como agua.

Tony revisó los instrumentos, ausente de aquellos excesos... la presión del aceite, la temperatura del motor, el compás flotando en su capelo de plexiglás. De conservar el rumbo esa misma noche cenarían en Puerto Escondido, donde hay más negros, bromeaban, que en el propio Senegal.

El diputado Lepe abrazó a Sonia por la cintura, pero ella lo rehusó:

–Hay gente... –murmuró con el guiño y fue a servirse un refresco.

En eso, el legislador respingó. Un tirón había estado a punto de arrebatarle la caña y debió gritar con el golpe de la adrenalina:

–¡Ahí está! ¡Ahí está! –se cimbraba con la caña–. ¿Y ahora qué hago?

El chino Maganda llegó con él y pulsó el carrete:

–Jale cuando el bicho afloje –trincó la caña en el cinto de apoyo–, y suelte cuando apriete.

La lucha duró cerca de quince minutos, lapso en el cual la presa no asomó nunca a la superficie. Sonia y Rosalba celebraban a su campeón deportivo, "¡duro, diputado; arriba Ciudad Lerdo!", sobre todo porque el sedal ya trazaba los últimos zigzagueos bajo la popa.

El Yuyo empuñó la línea y anunció al asomar por la borda:

–Es un escualo jijodelaverga... –y diciendo esto hundió el garfio, enganchó las branquias del tiburón y lo azotó sobre cubierta.

–Cornuda –confirmó el chino Maganda al reconocer al pez-martillo, y apenas decirlo le asestó un porrazo en la cabeza. Era la forma de evitar que el escualo siguiera sacudiéndose con aquella ringlera de dientes al aire.

—Gané, señor diputado —aventuró Roberto Martínez con una sonrisa de satisfacción—. Me debe cien del águila.

—Pues sea lo que sea —lo desafió el otro haciendo tintinear su vaso—, para mí *eso* no es un pez espada.

Abatida contra el piso, la cornuda entregaba sus últimas convulsiones mientras el Yuyo se encargaba de extraer el anzuelo.

—Qué horrible pescado —comentó la secretaria Pérez al acercarse con la Yashica—. Está más feo que el diputado Díaz Ordaz.

Los paseantes soltaron las carcajada, todos menos el diputado Lepe que no era precisamente mellizo de Emilio Tuero.

—Vamos por mi pez espada —le hizo un gesto a Tony, que observaba todo desde la cabina—. Quiero mi retrato como de campeón de los mares... Sonita, ¿me podría obsequiar otro brandy?

El yate navegaba a diez millas de la costa, que a ratos desaparecía tras las crestas del oleaje. Volvieron a lanzar los engaños mientras la secretaria preparaba aquel jaibol y otro para ella misma. Con ese calor.

Cerca del mediodía pescaron un barrilete pequeño con el equipo del diputado Martínez. El Yuyo se ofreció, si no disponían otra cosa, a prepararlo en ceviche.

—*Traimos* de todo, no se preocupen —dijo—: las pinches cebollas, el chile, los pinches tomates y, lo más importante, los pinches limones.

—Oiga... ¿y no le faltó pinchear algo? —rezongó el diputado Martínez tratando de concentrarse en su caña.

—Ah, sí —reconoció el marinero—, y *traimos* también el aceite de oliva que compró el patrón... ¡que está de putasverga, ya verán! —y comenzó a filetear el atún sobre la duela.

Una hora después iban en la segunda botella de Fundador y Sonia bailoteaba alrededor del silloncito del diputado Martínez canturreando aquello de "*...mi nana Pancha le tupe al cha-cha-chá. ¡Vacilón, que rico vacilón!... ¡Cha-cha-chá, que rico cha-cha-chá!...* El representante popular aprovechó el momento para largarle una nalgada y la secretaria, perdiendo el equilibrio, cayó al mar. Desde lo alto Antonio se percató de un detalle inconfundible: la muchacha no sabía nadar.

–Vira y para… –ordenó al piloto, y se lanzó al agua sin quitarse el reloj.

Paseantes que hubieran burlado accidentalmente la barandilla del *Malibu* se podían contar con los dedos de ambas manos, pero la gran mayoría sabían mantenerse a flote.

Luego de siete brazadas Tony alcanzó a la muchacha. Sonia Pérez había ido un par de veces al balneario Palo Bolero, pero nunca dejó de pisar el fango. Ahora estaba a 500 metros del fondo marino y no sabía qué hacer con los brazos, las piernas, la boca. Manoteaba cerca de la superficie, buena señal, porque después de llenarse los pulmones de agua sobreviene el "reventón" (un *shock* que hace perder la conciencia y en cosa de segundos el corazón se paraliza). Antonio se sumergió, tomó impulso y la empujó por la cadera obligándola a aflorar. "Que respire". Lo siguiente era lo más difícil. Si se le presentaba de frente la muchacha buscaría treparse instintivamente en él, cogerlo y no soltarlo con lo que, por regla general, terminan los dos ahogándose en mitad del manoteo. Lo que seguía era el salvamento "por desgreñe", la mano izquierda extendida, apoderándose del mechón de pelo en la nuca y arrastrarla así, a tirones y alzando, para permitir que la víctima respire. Afortunadamente el chino Maganda había arrojado un salvavidas, que Tony dispuso ante la muchacha, aferrándose al anillo de corcho igual que una posesa.

Un minuto después subieron jadeando por la rampilla de popa.

–¿Tragó usted mucha agua? –indagaba el chino al ofrecerle una toalla.

–No; no mucha.

–Entonces está usted salvada. Séquese bien y vaya a recostarse allá –le señaló la cubierta donde los viernes tocaba el trío de Lalo Wilfrido. Le entregó dos limones para que los mordiera.

Sonia Pérez obedeció tratando de no sollozar. Iba acompañada por Rosalba, quien no dejaba de regañarla:

–¿Ya ves, manita? ¿Ya ves por dejada…?

Afianzado en la barandilla, Tony golpeteó su reloj pulsera. Estaba más muerto que el escuelo en la banda de babor. Lanzó una mirada hacia popa.

—Yo vine por mi pez espada —rezongaba el licenciado Lepe—. No regreso a México sin la foto.

Antonio se desprendió de la playera empapada y subió en silencio a la cabina. Aprovechó para permitirse una primera cucharada de ceviche. Le hacía falta una pizca de cilantro, pero ya era demasiado pedir.

—Ya lo vi metiendo mano hasta la cocina, patrón —el Yuyo hizo un gesto de obscena complicidad—. Se nos quitará lo cabrón, ¿*verdá*?

Tony observó el tendido de las líneas y aceleró un tercio:

—Mejor tráeme un refresco. Me estás mareando con tus necedades.

Y diciendo eso, cayó sobre cubierta un pez volador. Y luego otro, sacudiéndose como dagas bajo el sol. Observaron entonces que los demás saltaban por decenas igual que sardinas convertidas en libélulas.

—Hay que cambiar curricanes —ordenó el *chino* Maganda.

—¿Se puede saber la razón? —inquirió el diputado Martínez, sin quitarse el puro de la boca.

El piloto rebuscaba en la caja de avíos, que era una revoltura de sedales y anzuelos. Se lo quedó mirando con impaciencia.

—Esos peces no están ofreciendo un espectáculo para turistas —explicó—. Lo que ocurre es que ahora mismo están siendo atacados por una banda de *bonitos*, o barriletes, de modo que los que logran saltar salvan la vida. Yo los he visto volar hasta cincuenta metros como avioncitos. Así que ahora le quitamos la plomada a las líneas —ya había recuperado la del diputado Lepe— y les dejamos un curricán ligero que vaya tajando la superficie —y luego de arrojar el engaño al agua—. Usted lo preguntó.

Hacia las cinco de la tarde habían perdido ya uno de esos curricanes, que les arrebató una hermosa *dorada* saltando como rutilante provocación en la distancia. Sin embargo, el diputado Lepe tenía por fin su pez espada. No medía más de un metro pero era su "picudo". La secretaria Hernández se había encargado de fotografiarlo con su presa. Después de todo sería un retrato adornando su despacho, un retrato para presumir y más tarde, en secreto, "¡n'ombre, y luego ya casi se nos ahoga la secretaria, Sonita, ¿te acuerdas de ella? Lástima que *la tuve que correr, ya te imaginarás...*"

—Allá hay una lancha —Sonia Pérez empuñaba los binoculares desde el camastro en cubierta—. Anda como perdida.

Nadie la oyó. Abajo, en la rampilla de popa, el diputado Martínez miró su reloj y dispuso luego de encarar al piloto:

—Bueno, ya tuvimos nuestro capricho. Ahora, si nos regresa rapidito porque tenemos vuelo a las nueve. Ya completamos la gira, ya cumplimos con la nación y hay que levantar los cuartos.

Lino Maganda lanzó al patrón una seña inconfundible: las dos manos en redondel. Que virara ya y retornaran al puerto.

Tony asomó por el ventanillo posterior y comprobó que las líneas estuviesen recogidas. Echó una ojeada a la captura en aquel pasillo: le daría la cornuda al *chino* Maganda, que tenía casa con techo firme. Allí podría secar la carne del pez-martillo, curtirla con dos kilos de sal y preparar aquello como "bacalao" porque después, al fuego con siete tomates...

—Allá hay una lancha —insistió Sonia Pérez sin abandonar el catalejo.

Diez minutos después de su accidente la muchacha había arrojado un litro de agua. *¡Cha-cha-chá, qué rico cha-cha-chá!*... Había pedido a Tony que le prestara unos *shorts*, una playera, una toalla. *¡Vacilón, qué rico vacilón!*... Puso a secar su falda y su blusa en la barandilla y se recostó en la segunda cubierta. Durmió un par de horas y luego, al despertar, pidió una Yoli. Así permaneció el resto de la travesía, pálida y atolondrada, observando desde lo alto la captura del pez espada. Fue cuando solicitó a Rosalba los binoculares, para distraerse y no pensar más en esa horrible experiencia que la acompañaría por el resto de sus días... "Castigo de Dios", se repetía recordando, porque la noche anterior el licenciado Lepe había llamado a la puerta de su habitación y la había obligado a... ¿La había obligado?

—¿Dónde? —Antonio dejó la rueda del timón por un momento. Dirigió la mirada hacia el sur.

—Allá —la secretaria soltó los gemelos. Intentó señalar un punto en el horizonte. Era la primera vez que navegaba en el mar, la primera vez que había estado a punto de ahogarse, la primera vez que un hombre la obligaba a disponerse de esas inconfesables maneras... ¡y luego el imbécil se había quedado dormido en la alfombra!–. Allá, donde aquella nube hace un rizo.

Tony asió el largavistas y escudriñó el horizonte. No tardó en descubrir la nave. Parecía una lancha, ¿una balsa? La embarcación no presentaba ninguna silueta. ¿Estaría abandonada? Los pescadores de pargo se aventuran hasta las tres millas fondeando sobre los bancos de coral; pero ahí estaban en las veinte.

–¡Capitán, capitán...! –gritó abajo el diputado Lepe–. ¿Nos regresamos ya?... Tenemos vuelo a las nueve.

Tony miró su reloj y recordó entonces que estaba muerto. Era de la marca Hamilton y había pertenecido a su hermano Aurelio. Un joyero cerca de la librería Internacional era especialista en relojes "ahogados"... Navegar hacia aquella lancha les llevaría por lo menos media hora. Retornar al puerto, a todo motor, poco más de una hora. Aceleró, hizo un viraje súbito que abajo desaprobaron:

–¡Órale, capi!... si no somos reses.

Los pasajeros se habían acomodado en las tumbonas y permanecían arrullándose con el vaivén del mar. De repente saltaba el tintineo del hielo en los jaiboles, y en ese punto ya no era visible el horizonte continental. La brisa soplaba fresca, del sur. Minutos después subió el Yuyo para indagar con la mirada. "¿No que ya iban a recalar?". Tony le prestó los binoculares y señaló hacia al frente, aunque ya era posible distinguirlo a simple vista.

–Un barco fantasma –dijo.

El marinero afocó y luego, al entregarlos, comentó:

–O no hay *nadien*, o ya estarán muertos los hijosdeputa...

–¿Qué es un barco fantasma? –preguntó Sonia con absoluta inocencia.

Tony le respondió con una sonrisa.

–Un barco fantasma, señito –se explayaba el Yuyo gesticulando–, es donde subió un putogarañón con siete pirujillas...

–¡Óigame, qué carambas está pasando aquí! –era el diputado Martínez, tras abrir la puerta de un empellón.

Tony señaló nuevamente al frente. Que mirara aquel cayuco al garete.

–¡Y a mí eso qué chingaos me importa! El avión sale a las nueve y mañana tenemos sesión de la Permanente...

–Es hasta el martes –comentó a media voz la secretaria Pérez.

–Pues sí, seguramente –Tony aguantó el pulso del timón; le ofreció una mueca resignada–, pero no podemos abandonar una nave en desgracia.

–¡Pero si en esa pinche lanchita no hay nadie!... desde aquí se ve. Además que todavía nos falta un resto para alcanzarla –en ese punto era evidente su aliento alcoholizado. Tronó los dedos–. Así que mi querido capi, nos damos vuelta, ¡pero ya!... Tenemos vuelo a la nueve.

–¡Ah, qué a toda madre debe ser volar, *verdá*? –el Yuyo intervenía con ojos soñadores–. Irle viendo sus calzones a losputosangelitos...

Sin quitar la vista del frente, Tony debió insistir:

–Es la ley del mar, señor. No se puede abandonar una nave a la deriva. Hacemos por ellos lo que suponemos que ellos harían por nosotros.

–"La ley...", "la ley del mar" –salió repitiendo Martínez.

Sonia Pérez ya había recobrado el color, y aprovechó para comentar:

–Es bravo el licenciado, pero no creo que tenga razón... Además que como usted me salvó la vida, pues usted manda aquí.

Tony volvió a mirar su Hamilton, ahogado, y debió preguntar:

–¿Alguien sabe la hora? El reloj del tablero también está arruinado.

–Deben ser como las seis –respondió la secretaria Pérez dudando si acariciar o no ese brazo–. Todavía me duele la jalada de pelo que me diste, abusón... ¿A mucha gente le has salvado la vida?

Volvían las preguntas de simpleza deslumbrante. En eso los delató el ruido en la escalerilla. Esta vez eran los dos diputados empuñando sus pistolas, decididos a cambiar en ese momento el rumbo del *Malibu*.

—Pues aquí la ley somos nosotros… y con todo respeto, mi capi –blandiendo su arma como juguete recién estrenado, el diputado Martínez debió insistir: –No podemos perder ese vuelo de las nueve.

—Nos esperan nuestras familias –confesó el diputado Lepe–. Van a estar en el aeropuerto.

¿Valía la pena esa necedad? Con cayucos como aquél era frecuente toparse en altamar. Barcas endebles que hurtaban las crecidas de los ríos. Canoas de pescadores que no lograban sortear la rompiente del litoral. Lanchitas perdidas en noches de parranda, robadas en muelles recónditos, abandonadas por esquiferos tras hacerse de una barca de fibra de vidrio.

Antonio fijó la vista en aquellas armas relucientes.

—Con una pistola igualita mi hermano Aurelio dejó este mundo.

Todos se lo quedaron mirando. ¿Deliraba? ¿Iba a cometer una estupidez?

—¿Han oído el *Concierto Italiano*, de Johann Sebastian Bach?… Es una pieza un tanto alegre para tan funesto destino –y la comenzó a silbar.

—¿A tu hermano lo mataron? –la secretaria Pérez lo prendió del brazo–. ¿Pues qué hizo?

Los diputados permanecían recargados en el quicio de la cabina. Se miraban sin saber qué hacer con esos artefactos.

—Cometió el crimen de quedar en el lugar 33 de los más de cien postulantes que fuimos. Era un genio sentado ante el piano… y lo mató –¿se atrevería a dilucidarlo?–. Lo mató el coronel Camargo.

Afuera, en la proa, el piloto Maganda lanzó un largo chiflido.

—Ya se alzó el puto fantasma –confirmaba el Yuyo al señalarlo.

No hacían falta los binoculares para advertir que en aquella barca asomaba una silueta humana. Alguien con una playera blanca. Alguien que agitaba una mano con desesperación.

Los diputados abandonaron la escalerilla y dejaron hacer. Fueron en busca de la última botella de Fundador.

En el cayuco iban dos hombres. Uno permanecía recostado en el fondo y solamente balbuceaba palabras por mitad. El otro dijo llamarse Eusebio y contó el naufragio. Relató que habían salido de la costa de Chiapas a pescar. Que los había sorprendido una turbonada que les arrebató el sedal. Que se habían quedado sin gasolina hacía cuatro días (la piragua tenía acondicionado un motorcito) y desde entonces no probaban más líquido que sus propios orines. Que dónde estaban. ¿En Mazatlán? ¿En Puerto Vallarta? Que el otro se llamaba Tulio y que hicieran algo para evitar que muriera.

Los trasladaron a las literas de marinería donde les dieron refrescos sin hielo y una gelatina que alguien había olvidado en la nevera. Les entregaron dos toallas empapadas en agua clara y les dijeron que una hora después los bajarían en Acapulco para que intentasen comunicarse con sus familias.

–¿Acapulco solo? –preguntó el que dijo llamarse Tulio.

Amarraron el cayuco a popa y enfilaron hacia puerto. Las secretarias los iban atendiendo, pero muy pronto los náufragos quedaron dormidos. Tulio, que era el más moreno, como que despertó de pronto. Se incorporó en la litera y comenzó a preguntar entre tinieblas:

–¿Ismael, Ismael?... ¡el remo! –y luego otra vez balbuceos, sobresaltos.

De pronto se escuchó una detonación. Era atrás, en la rampilla de popa. Y luego otra; y otra.

–¡Ve a ver qué pasa! –rugió Tony al marinero porque el toldo les impedía ver.

En efecto, los diputados Martínez y Lepe habían retornado a los sillonicitos de pesca y luego de descorchar la tercera botella de brandy emprendieron un original concurso de tiro. En la última hora de la tarde habían descubierto algunas formaciones de pelícanos sobrevolando el mar.

–Le apuesto un quinientón a que tumbo primero que *usté* a unos de esos pajarracos.

Así comenzaron a disparar cada vez que una línea de pelícanos se aproximaba. "¡Toh, toh-toh!..." Habían vaciado la caja de balas dentro de un sombrero y repostando cargadores reemprendían aquel tiroteo de feria.

–Hay que parar a esos imbéciles –Antonio se estregaba el rostro.

—Déjelos hacer, jefe —murmuró el piloto Maganda—. He visto demasiadas pendejadas en la vida, y quien trate de interrumpirlos regresará con un tiro en el estómago.

En ocasiones las balas daban en las olas sobre las que se desplazaban los pelícanos... "¡Toh, toh-toh!..." así que pasaban impasibles y airosos ante los diputados vaciando a carcajadas sus armas.

—¡Rosalbita, Rosalbita! —comenzó a gritonear uno de ellos—. ¡Venga a ayudarme porque yo tampoco sé nadar!

Era el diputado Juan Lepe, resuelto a mear, sin mayor trámite desde la barandilla de popa, al fin que Acapulco es muy bonito. Muy romántico.

En la última ronda el diputado Lepe trató de concentrarse en uno solo de los pelícanos; el más próximo. Al segundo tiro acertó y el pájaro se transformó en una cortina de plumas desplomándose sobre las aguas.

—¡Yájale! ¡Aquí está su Hopallong Cassidy!... Y usted, compañero Martínez, me debe un quinientón.

Minutos después reemprendieron la combinación de brandy con sidral, que era lo único que quedaba. Se apoltronaron en los sillones de lona y al ingresar a la bocana roncaban como benditos.

Arribaron a la marina cuando ya oscurecía. Tony dio instrucciones para que llamaran a las autoridades... a las que encontraran porque era domingo, y que se responsabilizaran de los náufragos. El primero en llegar fue el capitán de puerto Fernando Santana. Antes de abordar se detuvo ante la enorme piragua. Revisó sus tablas de guanacaxtle, el motor Johnson como pieza de museo. Al entrar al camarote se plantó junto a las literas y lanzó un vistazo a los náufragos, como reconociéndolos. Entonces preguntó confianzudamente a Eusebio, porque el otro permanecía inconsciente:

—A ver, muchacho... Para que los dejemos ir pronto, cántanos tú el Himno Nacional.

Y con ojos de susto, el rescatado se arrancó todo inocencia con aquello:

—¡Síquiti-bum a la bim, bom bam... México, México, ra-ra-ra!... —porque La Antigua no queda, ni quedará nunca, en territorio chiapaneco.

Para los diputados Lepe y Martínez aquella fue una jornada de pérdidas. Perdieron la compostura al bajar del yate y rodaron en el vestíbulo del club; perdieron el vuelo de las nueve; perdieron el portafolios con las propuestas urbanas de desarrollo turístico; perdieron la virilidad al intentar reconciliarse con Pérez, Sonia y Hernández, Rosalba; perdieron la vergüenza a la hora de no pagar esa travesía tan ilustrativa; perdieron el pudor al enfrentar a los reporteros locales que acudieron al enterarse del salvamento de esos náufragos ilusionados con llegar a California en cayuco. Lo que sí ganaron fueron las primeras planas de los periódicos al afirmar que ellos *habían ordenado* el rescate de esos "desvalidos hermanos centroamericanos arriesgando la vida para cumplir el sueño del progreso y la libertad", según declaró el diputado por el distrito de Huamantla, Roberto Martínez.

Tulio Bolom, que era cortador de café en las fincas de Retalhuleu, murió el lunes por la noche víctima de la deshidratación. Eusebio Jacinto fue deportado a la ciudad de Guatemala, dos días después, en un DC-3 del ejército mexicano. El enorme cayuco fue donado a la cooperativa pesquera "Juan Alvarez", y resultó de gran utilidad para el tendido del chinchorro. El motorcito Johnson fue robado por Lino Maganda, quien lo escondió en la bodega del *Malibu*, prometiéndose que algún día lo repararía.

⚓

La vida sin un patrimonio es apuesta segura de fracaso. Antonio Camargo lo entendió el día que supo terminados sus ahorros. ¿Dilapidaba su sueldo en las partidas de póquer en casa del capi Santana? ¿Gastaba demasiado en el Kon-tiki degustando platillos al estilo de la Polinesia? ¿Había sido un exceso adquirir aquellos discos de oferta, todo Tchaikovsky y todo Brahms por 600 pesos? ¿Y aquel equipo de *aqua-lung* recién importado que ahora debía a los hermanos Arnold? Por ello, cuando le informaron de las nuevas tarifas en el Hotel Ensueño, no lo pensó dos veces: se mudaría al *Malibu Dream* con todo y sus estrecheces.

Lo único imperioso era cambiar el colchón del camarote. Estaba deformado, salpicado de manchas indescifrables, aunque tal vez guardaba los sueños de su antiguo dueño, Errol Flynn. ¿Quién quería compartir ese páramo cicatrizado con señas diversas tirando al pardo, al castaño, al púrpura quemado? Colchón nuevo y sábanas nuevas, porque lo demás: el baño anexo, la cocineta y el pequeño comedor, quedarían tal cual. La novedosa estrechez se veía compensada por una maravilla: hasta ahí no llegaban los mosquitos y se podía dormir a pata suelta con las ventanillas abiertas. En la segunda cubierta quedaban el bar con su nevera, y la cabina donde regularmente dormía el *Yuyo* sobre una colchoneta percudida.

Dormir a flote justo frente al Club de Yates, arrullado por la marea y los ruidos de la ensenada: el crepitar de los cangrejos trepando por el ancla, el zureo de los pelícanos al amanecer, el remo sinuoso de los pescadores saliendo a sembrar sus redes con la luz del quinqué.

Durante la mudanza ocurrió algo memorable. Tony había trasladado sus pertenencias al barco, incluyendo los discos y su hamaca, y el último viaje sería para llevar dos cajas con sus libros. Bajo la terraza esperaba Hermes Contla en su taxi, así que trató de ordenar aquellos volúmenes tan dispares. *La Perla*, de John Steinbeck; *La estrella vacía*, de Luis Spota; *Tropa vieja*, del general Francisco Urquizo (con dedicatoria a su padre: "De un viejo lastimoso, a un joven ambicioso"), *Gramática castellana*, de Amado Alonso y Pedro Henríquez Ureña; *You're lonely when you're dead*, de James Hadley Chase, que le cupieron en una mano. La variedad de su biblioteca dependía de las existencias en la Librería Internacional, y entonces recordó a la muchacha de las cejas como alas de gaviota. Dejó todo y se depositó en el silloncito de mimbre. Habían pasado tres semanas sin tener noticias de ella. ¿Qué le había contado? ¿Que conocía el *Malibu Dream* de años atrás? ¿Que estaba escribiendo una novela sobre su infancia en Oregon? Seguramente había concluido su estadía en Acapulco y se esfumaba con aquellos libros de Erskine Caldwell.

De pronto alguien entró en la habitación. Era la *Roba*, sin llamar, que llegaba directamente de la cocina para ofrecerle un último coco-fizz.

—Que se me va, joven Antonio –reclamó.

—Me voy y me echan, con esos nuevos precios. ¿A quién le gusta tirar el dinero así nomás? –Tony observó que sus pezones asomaban como cerezas bajo la blusa.

—No. A nadie, eso sí.

La cocinera lanzó una mirada a esos cajones llenos de papeles.

—¿Para qué tanto libro, joven Antonio? ¿Pues qué le dicen de la vida; digo, que no pueda aprender uno mismo con los desengaños?

Tony no supo qué responder. Regresó aquellos libros al primer cajón. Empujó la flor que adornaba al coco, y le devolvió un gesto agradecido.

—Y se va con la madame del otro día, supongo.

Tony no pudo ocultar la sonrisa.

—Hágamela buena. Me voy donde no me cobren tanto, aunque me prive de sus atenciones. Soñaré siempre con sus tostadas de marlin.

—Si por mí fuera, sueñe con lo que se le antoje de mí...

Tony dejó el aparatoso fruto. Lanzó una mirada alrededor, ¿se le olvidaba algo?

—Solamente me mudo, señora. No me voy a morir.

—Yo lo sé. Pero se va, se me va... y como el hombre no acepta que la mujer abra, pues lo pierdo a usted, y usted me pierde a mí que también eso, dicen, tiene su perdición.

—¿Nos perdemos?

—*Pos* sí –la cocinera se depositó sobre el respaldo del silloncito–. Es la cosa de las diferencias sociales... usted no podrá ser mío, pero me sospecho que tampoco podrá ser de la güerita con boca de puchero.

—¿Usted cree?

—Algo me dice que la perderá... –se cruzó de brazos en gesto desafiante– ¿Está bueno el coco?... a éste no le puse yerba santa.

Doña Roberta no esperó respuesta. Fue a cerrar la puerta y luego se dirigió con pasos felinos al nadador. Se detuvo ante él y le buscó las manos.

–No me lo voy a comer, joven Toño... aunque quisiera. Tú escúchame nomás, dame ese gusto. Como ya habrás oído, mi viejo me dejó hace tres años dizque rumbeando al norte. Ya no tuvimos noticias suyas pero luego supe que se amancebó con otra vieja, *mojada* como él, en el Houston. O sea que me repudió y me dejó dos chamacos que ya van *medianiando* y que comen de mi dinero, porque no soy mujer de estarse quejando. No. Por eso te digo esto, mi Toño. Ya tengo mis años, cumpliendo los cuarenta y varios, de manera que sólo estaré buena unos cuantos más... buena para el amor. Y tú me gustas mucho, Toño, aunque se te suban los colores, y diciendo esto ya como que te voy perdiendo porque a ustedes no les gusta que las viejas seamos la que abramos, pero ya qué; si tú te vas yo te pierdo. Y con eso de las diferencias, peor. Pero te tengo en mis sueños, y cuando me baño, aunque no lo sepas, te estás bañando conmigo. Yo lo sé; no te hubiera podido dar más que mi cariño, que es mi cuerpo, pero a ti te gana lo sentimentaloso, lo perfumado, lo de pañuelito. Yo nomás te hubiera dado mi amor, que es bueno, y mi cuerpo, que sabe de querencias... pero al fin ya no sé ni porqué te digo esto; será que ya no debo tomar tanta Yerba Judas, y de la otra. Será que no me quiero resignar a tu olvido. Ya no te pongas colorado, mi Toño. Ya me voy, antes que venga el pendejo del Mario y le vaya con el chisme al señor Cangas. Así que nomás te voy a pedir una última cosa y luego te juro que me doy la media vuelta, me salgo y me olvido porque aquí no pasó nada.

Antonio Camargo sintió que perdía el equilibrio. Esa mano tibia, esos dedos jugueteando entre los botones de su camisola.

–Yo nomás te pido un beso.

–¿Un beso?

–Un beso para que cuando te vea algún día en la calle y tú ni me saludes, yo no me quede con el suspiro sino con el simplemente recuerdo.

Y diciendo esto la *Roba* alzó el rostro, cerró los ojos, esperó con los labios buscando.

⚓

La invitación llegó por correo certificado. El sábado 5 de abril en que unirán sus vidas Lizeth Vidaurri Locarno y Rolando Meraz López, a las tales y tales. Llamó a su madre por larga distancia para avisar que partiría en la víspera. ¿Guardaba aún su traje gris oxford rayado?

Encargó el barco al capi Maganda. Que no permitiera, por favor, que los viajeros subieran a la segunda cubierta como acostumbraban después del segundo ron. Que la orquesta de Lalo Wilfrido tocara *realmente* los 45 minutos de cada tanda. Que mandara arreglar la nevera, es urgente, porque nunca para y el viernes aquello estaba como un *iceberg* de la Antártida.

—No quiero regresar y que me digan que el barquito se hundió en los escollos de La Redonda.

—No se preocupe –le confió el piloto Maganda–. Si eso ocurre se enterará de inmediato. Esas noticias vuelan.

Arrullándose con el abanico eléctrico, Antonio trató de recordar su recámara en la colonia Nápoles... ahí había llorado hasta cansarse el día que descubrió la fotografía de su padre con los cristeros degollados, ahí tuvo su primer sueño húmedo y no alcanzaron los klínex para limpiar aquella mancha pringosa. Había una reproducción de Paul Cézanne, *Los jugadores de cartas*, en la que dos tahúres revisan sus naipes sobre una mesa y que siempre ocasionaba pleitos con su hermano Aurelio, quien aseguraba que él era el jugador de la izquierda, enjuto y con pipa, "más guapote y más inteligente". Además estaba la fotografía del grupo de la preparatoria la noche de graduación en el Club Italiano; una máscara de madera, enorme, que había comprado en Pátzcuaro en la excursión con su amigo Paco. Y los muros, pintados de... ¿de qué color eran las paredes de su habitación? Ya no lo pudo recordar. Y lo más importante: sus libros y sus discos... es decir, los libros y los discos que Aurelio le había heredado *necesariamente*. Había una colección completa de El Tesoro de la Juventud donde estaba *lo que había que saber* y el lugar de todas las cosas: ahí *supo* de los desórdenes de la gula: "El goloso come y bebe de manera desordenada y se hace esclavo de la mesa. La templanza en cambio es una virtud moderada y positiva. Da al hombre el dominio necesario para *saber* dirigir el natural deseo de comer y beber. Recordemos que el hombre come para vivir y no vive para comer". La templanza. De modo que se casaba Liz. La prima Lizeth aquella noche tocando a la puerta de su habitación…

Abordó el autobús a las once de la mañana. Esa misma tarde estaría merendando en casa y aprovecharía para tratar con su padre el necesario aumento de sus percepciones. Necesitaba comprarse un coche, alquilar una casa, contratar una sirvienta que se encargase *de todo*. Y plantearle, quizá, la posibilidad de que algún día, si no entorpecía sus planes… ¿no podría él, Antonio Camargo, participar como accionista en el negocio del yate… es decir, que le cediera el 50 por ciento de los dividendos?

El ómnibus iba medio lleno. Afortunadamente el asiento de junto estaba vacío, de modo que acomodó ahí su chamarra y encima a Joseph Conrad: *Lord Jim*. Luego de reclinar el respaldo se arrellanó a gusto. El clima artificial (una novedad en el servicio) iba a todo. Lanzó una mirada a su maletín en el portaequipajes y dudó si sacar o no el suéter guinda que le tejió su madre al cumplir los diecisiete. Lo dejó tal cual. El vehículo ya abandonaba el andén cuando de último momento abordó un pasajero gordo y disculpándose disculpándose fue a sentarse al lugar de Conrad. "Es que traigo el veintiuno", señalaba la plaquita con la numeración del pasaje. Sí, claro, no hay cuidado. El tipo había llegado a la terminal corriendo, de modo que sudaba y no traía pañuelo. El ómnibus ganaba ya la avenida costera y sus extendidos cocotales se mostraban cual si una persiana encubriendo la esplendente bahía. Antonio miraba aquello como una película por segunda vez cuando algo lo turbó. No pudo resistir el desafío. Saltó del asiento, jaló sus pertenencias, avanzó tropezando hasta el tablero del conductor.

—Me voy a bajar —anunció.

—¿Se va a qué? —el chofer lo miró como un lunático.

—Que me voy a bajar. ¿No escuchó?

—Es que no se puede… —y luego, comprensivo—. Hubiera usado los baños de la estación.

—Me bajo ahora, ¿entiende? —Tony apoyó su largo índice en el hombro del chaparro—. Ahora.

El conductor desaceleró ante el murmullo de los pasajeros. Frenó, se detuvo en aquel páramo de arena, empujó la palanca de la portezuela. Tony bajó de un salto y volteó hacia atrás; de nuevo aquel calor mordiendo los 36 grados y más allá el anuncio en mitad del camellón persuadiéndonos de las virtudes del Coppertone. El ómnibus aceleró siete veces antes de arrancar: "rum, rum, rum, rum, rum, rum-rum", que era un mensaje en código mexicano.

Antonio reconsideró su decisión, aunque era ya demasiado tarde para arrepentirse. Se colgó el maletín y comenzó a desandar esas cuadras de abandono y solana. Llevaba la mirada en alto y fue cuando se percató de que estaba solo; es decir, salvo una parvada de zanates al vuelo, iba solo al encuentro de esas víctimas bajo la canícula: la güerita bronceada y el cocker-spaniel negro jalándole el calzoncito. La templanza...

Minutos después llegó al tendajón con techo de palma donde se pregonaba la venta de "refrescos fríos y cocos helados" (¿cuál era la diferencia?) y sí, ahí estaba ella todavía.

–Me quedé esperando –la saludó Antonio en español.

Cindy Rudy volteó sorprendida. Arqueó las alas de gaviota sobre sus ojos, sonrió al reconocerlo:

–Ah... *the swimmer* –dijo.

Todo había sido como un relámpago. Un vistazo a través de la ventanilla, la visión de aquel sombrerito color azul cielo, un bucle dorado centelleando y luego dejarlo todo.

–¿Te gustaron los libros?

–Los libros –repitió ella sujetando aún aquella ristra de tamarindos–. Ah, sí... Erskine Caldwell.

Luego cruzaron las miradas, un silencio como granizo.

–Estuve a *buscarte*, en el Ensueño, pero "ya no está aquí" me dijeron. Que te habías mudado.

–Sí, claro. Me cambié al yate... Ahora soy vecino de los pelícanos –Tony sonrió al descolgarse el maletín.

–¿Vas de viaje? ¿Te vas ya...? –indagó ella con voz alterada.

Pensó en su prima Liz. La boda en la Sagrada Familia. El banquete y el baile. Se deslizó una mano por la cabellera y le ofreció un gesto negativo.

—Entonces, sí te gustó Caldwell –insistió.

—*Tobacco Road* me pareció bien. Muy teatral para mi gusto, demasiado dura pero divertida; una novela con... ¿eficacia? ¿Así se dice?

—Sí, supongo que sí –Tony estiró la mano, palpó la ristra de tamarindos recién soltada. Disfrutó su tacto áspero, quebradizo, encarnado. Lo alzó para indagar con la tendera que observaba al fondo. Sí, dos pesos.

—¿Y el otro?

—*Call it experience* es un libro muy interesante. Una biografía de lucha y ¿empeñoso? El autor como personaje luchando contra las ratas y los editores para poder escribir sus primeros relatos. Me recuerda un poco el *Martin Eden*, de London...

—Jack London y Erskine Caldell, dos pobres diablos esclavizados por el realismo –dijo en inglés un tipo que asomaba al fondo de la palapa y fajándose la camisola–. El realismo, el realismo... ¿para que jodidos sirve el realismo?

—Ah, mira, Antonio... te presento a Jack; un amigo.

Tony lo miró con desconfianza, se presentaron:

—Antonio Camargo –dijo Tony.

—Jack Kerouac –dijo Jack Kerouac.

—Lo entrevistaba –intervino Cindy–. Jack también escribe. Lo cité para desayunar y... Estábamos dando un paseo.

—Mucho chile, *mucho* salsa –se quejó Kerouac en español–. *Diarrhea is the curse of this country... How do you survive so much damn filth in the kitchen?*

—Comiendo más chile –respondió Tony–, hasta curtir los intestinos.

—*What did he say?*

—*Tanning* –le tradujo Cindy, y luego, para romper la tensión–: Antonio nació en un tranvía.

—*Oh, really? Well, I was born in Flash Gordon's interplanetary rocket* –y diciendo eso marchó por la avenida costera, alejándose y sin despedirse.

Tony volvió a cargar su maletín. ¿Se había equivocado? ¿Cambiar la boda de su prima por ese absurdo encuentro? Pagó los dos pesos en silencio y sopesó aquellos tamarindos envueltos en papel de estraza. Le diría al Yuyo que le preparara un agua fresca, que le consiguiera una pistola para matar a ese fanfarrón.

—¿Esos son tus amigos? —encaró a Cindy, que permanecía indecisa bajo los ribetes de la palapa.

—Me tengo que ir —se disculpó ella—. No he *terminada* la entrevista. Luego te llevaré los libros.

—Sí, claro —pero Antonio debió callar. Cindy había llegado hasta él para despedirse con un beso. Su mano apoyada en su hombro y aquella brasa en la comisura de los labios. Y esa fragancia, otra vez, donde volaba *su* aroma.

—*Jack, Jack, wait for me...* —se alejó llamando.

Al llegar al camarote aventó el maletín sobre la silla. Le había pedido al Yuyo, ciertamente, que le preparase una jarra con agua de tamarindo. Se refrescó en el lavamanos y se arrojó a la cama para recuperar la lectura de *Lord Jim*. "Realismo, realismo, realismo", se repitió mientras afuera comenzaban los preparativos de la "travesía de serenata". Avanzó unas páginas y cuando *En la cubierta inferior, entre la confusa babel que armaban doscientas voces, quedábase a veces abstraído, viviendo ya con la imaginación, anticipadamente, aquella vida marinera que había leído entre la confusa babel quedábase a veces abstraído, viviendo ya anticipadamente, en la cubierta inferior entre la confusa babel que armaban doscientas voces, viviendo ya con la imaginación, anticipadamente la confusa babel que armaban doscientas* o cuatrocientas o mil doscientas voces, poco importaba. Había sido vencido por el sueño.

Una hora después despertó sobresaltado. Sudaba, Julieta Locarno, su tía, lo regañaba y había miles de velas en la iglesia... tantas que aquello comenzaba a incendiarse. Buscó su traje de baño y salió del camarote. Desde la primera cubierta se lanzó un clavado que terminó de despertarlo. ¡Suashh!, el agua como una fresca bofetada. Ascender con las burbujas, dar una bocanada de aire, deslizarse en la dársena impulsando los brazos en compás. Volvió a sumergirse para no pensar más en aquel aroma.

Aguantaba un minuto bajo el agua, persiguiendo a tres fugaces peces listados, cuando creyó verla. ¿Una mujer comulgando? ¡Cómo podía nadie comulgar en el fondo del mar! Pero no, ahí no había nada; tal vez una medusa aislada paseándose como fantasma en el éter del océano.

Alcanzó el pontón y salió por la escalerilla del club. Ahí se encontró con Apolonio Castillo y Damián Pizá, a quienes había identificado desde el agua y que hacían marcas de cal sobre el muelle.

—Qué bueno que te vemos, campeón —lo saludó Apolonio—. Te vas a ganar unos pesos gratis.

—¿Unos pesos gratis? —indagó Tony sin dejar de sacudirse la cabellera.

—Mañana domingo, aquí mismo, en el Maratón de Pequeños Tritones —arguyó Damián Pizá—. Ya te habrás enterado.

Se trataba de acompañar a cien pequeñines, "los mejores nadadores mínimos de Acapulco", en el tramo que iba del Club de Yates al muelle de veleros de Melchor Perusquía, al otro lado de la ensenada: mil 300 metros y un salpicadero caótico.

—Lo principal será mantenerlos en grupo... que no se desorienten. Se trata de irlos arreando como vaqueros. Y te llevas trescientos pesos que pone Perusquía.

Le enseñaron el diagrama, igual que una ojiva, en cuya punta iría Apolonio Castillo y a los costados los "arrieros" Padilla, Pizá y Gutiérrez, de un lado, y del otro el güero Isaac, Merino y Antonio Camargo... si aceptaba.

—Trescientos pesos, campeón; muy buenos para tu quebranto financiero —y no fue necesario mayor trámite para convencerlo.

El chiquillerío era una verdadera pesadilla. Todos querían ser el primero en saltar y todos querían llevarse el trofeo. Algunos lucían sus mascarillas con anteojeras de hule negro, pero la mayoría llevaba apenas su luido calzón deportivo.

—¡A ver, canijos... sin empujarse, por favor! —Apolonio se ayudaba con un megáfono de lata— Cada uno vea el número de la rampa y trate de localizar su grupo... ¡Sin empujarse, por favor! Y recuerden: el que trague agua o ya no pueda nomás alza la mano —el campeón gesticulaba con aspavientos—, que enseguida lo recogerá el pangón de los marinos. ¿Ven aquel anuncio grande de la Pepsi? Pues enfilamos hacia aquel muelle de las banderas coloradas. ¡Conque tomamos aire, y en sus marcas?...

El silbatazo disparó aquel estallido confuso. Agua, gritos, motores acelerando. Un minuto después el grupo iba en movimiento intentando seguir al líder Castillo que en cuarenta brazadas se había colocado al frente. Habían calculado que la competencia duraría poco menos de media hora pues de último momento se habían inscrito las gemelas Maroto, cuyas púberes sinuosidades inquietaron a los niños y todo se retrasó.

Antonio iba desvelado. La "travesía de serenata" de la víspera se había prolongado hasta las tres de la madrugada luego de la turbonada que se desató a media noche. A cada rato había que detenerse, observar a los chiquillos, indicarles que no se separasen del grupo. ¿Alguno se rezagaba demasiado? Delante de él iba el güero Isaac y detrás el gordo Merino (tan presumido con su cadena al cuello y el nombre calado en oro), con quienes compartía la vigilancia de esa banda. Atrás los seguían varias lanchas ronroneando donde medio centenar de padres animaban a sus hijos. Tony avanzaba veinte brazadas, se detenía para mirar al grupo, inspeccionaba si no había codazos o jalones de calzón; volvía a dar otras veinte brazadas buscando el anuncio de PepsiCola. Dos, tres, cuatro brazadas... y respirar; dos, tres cuatro... y respirar, y de pronto allí, inconfundible, estaba su tía Julieta después de recibir la comunión.

¿Qué hacía la hermana de su madre bajo el agua? ¿Qué hacía, claro está, además de *conversar* con nuestro señor Jesucristo después de recibir su cuerpo en Santa Eucaristía? Ella volteaba a mirar a Antonio y un ojo sin vida se le desprendía, pero no abandonaba su posición genuflexa... Tony trató de limpiar el cristal del visor, aunque estaba nítido. ¿Y cómo le hacía ella para aguantar tanto tiempo sin respirar? ¿Respiraba? Le daba la mano a ese muchacho junto a ella, de vela encendida y absoluta contrición. ¡Pero si era su hermano Aurelio! Ella era su madrina y aquel el día de su Primera Comunión. Y sí, ya volteaba la tía Julieta, sonriendo tras el velo y ofreciéndole ese arquito de Robin Hood como regalo. Le extendía su mano descarnada, que por favor fuera con ellos, que no dejara de comulgar, que no olvidara que la soberbia es horrible pecado. "Ven, Tony; ven"…

¡Y respirar! ¡Respirar! Respirar una, dos, tres veces… No perderles el ritmo a los chamacos. No tragar agua. No, no… y el alto anuncio de PepsiCola ahí delante como la culminación de un destino trascendental.

Aquello comenzó a bullir. Estaban a cincuenta metros del muelle y no había un niño que hubiese aventajado. Tony abrió su trayectoria permitiendo que se desplegaran los mejores y temiendo que le diese alcance aquel fantasma bajo el agua. Apolonio había adelantado y ya esperaba al borde del malecón. El arribo fue un tanto confuso: algunos de los pequeños se habían confundido con los listones y enfilaron equivocadamente hacia la escollera contigua. Ganó uno que llevaba mascarilla de hule y se llamaba Juan Hernández. En segundo lugar quedó una de las gemelas Maroto.

El campeón de clavados Joaquín Capilla había viajado ex profeso desde la ciudad de México y fue el encargado de entregar el trofeo. Después hubo un breve discurso del güero Isaac celebrando aquella proeza infantil. "Espero que nunca olviden este día que ha sido la primera hazaña de sus vidas, y cuando ya viejos miren la bahía de Acapulco se digan: yo crucé sus aguas con simplemente estos brazos". Luego tocó la sesión de fotografías de los campeones, y los felices papás de los ganadores y los que consolaban a los perdedores empapados en lágrimas y fatiga.

Tony se encargaba de cotejar las fichas de inscripción con el reporte de los jueces de meta porque cien niños luego de nadar mil trescientos metros son todos iguales. Además que estaba la confusión por las gemelas, Marijosé que había llegado en segundo, ¿o era su hermana Mónica?

–Al que no veo es al gordo Merino –comentó Pizá mientras juntaba los visores regados–. ¿Le habrá vuelto a ganar el chorrillo?

Orinar en el mar no es ninguna proeza. Se requiere sólo aflojar los músculos, soltar el esfínter y disimular nuestra cara de alivio. Pero evacuar el colon es una tarea de ciertas complicaciones que no conviene referir. El caso era que el gordo Merino no estaba en los baños ni en el pangón de la Marina. Vivir con diarrea permanente es uno de los tormentos más enojosos que existen, y de ahí el eterno mal humor del empresario de hot-dogs.

–Venía detrás de mí –reconoció Tony al ceñirse la playera–, pero hubo un momento en que le perdí la pista. –Y ni modo de confesar que la tía Julieta había suplicado que la acompañase en aquel éxtasis eucarístico.

Apolonio no lo pensó dos veces. Subió al trampolín junto al muelle y desde ahí oteó el recodo. Lanzó un chiflido largo a los de la naval para que acercaran el pangón.

–Hay que hallarlo –dijo, pero su reclamo delataba pesimismo.

Demoraron una hora en traer los equipos de *aqua-lung*. Todos se lanzaron con aletas y visores tratando de escudriñar aquel fondeadero, de modo que el escenario resultaba paradójico: mientras los niños celebraban al pequeño ganador con pastel de merengue, una veintena de voluntarios metían la cabeza frente al muelle esperando encontrar algo más que ramas y envolturas de chocolate. Los acuanautas peinaron la zona toda la tarde queriendo no hallarlo. "Si lo encontramos va a estar ya cadáver", comentó el güero Isaac, "así que será mejor no localizarlo, y que mejor nos enteremos que salió del agua para resguardarse con las putas de Casa Naila".

A las nueve de la noche abandonaron todo. El comandante naval ordenó que dejaran aquello en sus manos. Que se fueran a descansar. No había luna y la mujer del gordo Merino decidió pernoctar en el muelle esperando noticias y junto con los flotilleros de los carritos de hot-dog.

Tony se había jurado no comer nunca más uno de esos *perritos*. "Nada más te falta la mostaza, *mister Hot dog*", se burlaba de él su hermano luego de la carcajada aquella vez que lo sorprendió enjabonándose en la tina. "¡Lo tienes como salchicha frita!". Pensó en el Gordo, que seguramente se habría ido con su tía Julieta a reposar en *El cementerio Marino* de Valéry... ¡el mar, el mar siempre recomenzado!

Luego de la ducha Tony decidió que cenaría fuera del yate. ¡Demasiadas marinerías para un solo día! No bien llevaba veinte pasos cuando un auto le cerró el camino. Era el taxi del sonriente Hermes Contla.

—Estás como caído del cielo, campeón —le advirtió—. Súbete que tenemos fiesta.

El "Acacha-chá" era el sitio de moda: una palapa enorme bajo cuya techumbre tocaban diversos grupos musicales, entre otros el de Lalo Wilfrido. Además que Hermes estaba celebrando: acababa de adquirir un carro más para su flotilla de taxis, que ya sumaban siete. En la mesa estaban los siete choferes y siete mujeres que a la distancia se veía que no habían sido educadas, precisamente, por las monjas clarisas. Había además una montaña de camarones y siete botellas de brandy.

—Una por cada carro, mi Tony. ¿O qué, la vida no es para complacer?

Sí, seguramente, a pesar del gordo Merino que se había disuelto en las aguas del océano. En eso llegó una de las convidadas a encararlo:

—¿Viniste a mover diente o mover bote? —porque la orquesta en turno ya alborotaba con aquella novedad de Benny Moré, "pero qué bonito y sabroso bailan el mambo las mexicanas…".

Antonio dejó la cerveza y se dejó arrastrar por el tropel que concurría a la pista del centro. Se dispuso a contonear con aquella rima facilona "mueven la cintura y los hombros igualito que las cubanas…".

—Bailas muy ligerito —celebró la amiga de las amigas en un descanso.

—Es que nací en un tranvía —se disculpó Tony.

La muchacha dijo que trabajaba en el hotel Elcano. Que vivía con sus papás pero ya le *estaba tocando vivir al aire*. "No hay que olvidar que México y La Habana… son dos ciudades que son como hermanas… ¡para reír y cantar!…", cantaba el solista bañado en sudor.

La muchacha dijo llamarse Carmenxu. Trataba de seguirle el paso a Tony, que danzoneaba como desatado.

—No, no Carmelita ni Carmencita: Carmenxu, con equis —insistía en el punto en que la orquesta recomenzó con "Son tus ojos verde mar".

—Como ya se cansó el chamaco —irrumpió Hermes afilándose el bigote—, ahora le toca turno al chafirete rey.

Tony debió regresar a la mesa donde reposó su trago. Un taxista gordo permanecía en la mesa acaramelado con una de las muchachas, y fue cuando Antonio sintió una corazonada. Había algo... *alguien* estaba por ahí observándolo. Se levantó y barrió con la mirada aquel recinto adornado con redes y estrellas de mar. En la pista, a media luz, un centenar de melosos se untaban con cachonda languidez. "Naufragué en el verde mar luminoso de tus ojos, pero al fin pude alcanzar la playa ardiente de tus labios rojos..."

Antonio Camargo tuvo de pronto una visión. La música enmudecía, las mesas quedaban congeladas por un flashazo y las parejas entumecidas como en cámara lenta. Eso era la vida, pensó. Deseo, jolgorio, narcisismo, dinero, vanidad. "¿No me estaré convirtiendo en existencialista?", se dijo. De pronto lo descubrió: al fondo del salón, con camisa floreada y apoyado en el respaldo de la silla, un gringo lo miraba con insistencia. Estaba solo y sonreía imperturbable con la sonrisa de un gato muerto, pensó Antonio. La sola idea le disparó un escalofrío.

El taxista gordo abandonó el lugar con su acompañante y sin despedirse. Tony destapó otra cerveza y fue el punto en que todo recuperó su natural movimiento. Era como si alguien hubiese soltado el disco en el plato de la tornamesa. Dios Padre gobernando el mundo según su capricho.

Eso le dijo a la muchacha que retornó a la mesa luego del turno con Hermes Contla.

—Oye, Carmenxu, ¿te imaginas a Dios echando sus monedas en la Rockola del Universo?

La muchacha dejó de abanicarse y se lo quedó viendo con extrañeza. "Qué pena, tan bonito que me hizo bailar".

—No, piénsalo de verdad. ¿Cuáles serían las canciones favoritas de Dios?, y lo principal: ¿Cuánto duraría esa tanda hasta el día de la resurrección eterna?

Fue peor. La muchacha le dedicó una mirada de apostasía. Volteó a examinar su botella de cerveza. ¿Le había añadido algo? Entonces todo se cubrió de negro. Otra noche sobre la noche. Alguien le tapaba el rostro con las manos enlazadas esperando a que adivinara.

–¿Merino? ¿A qué hora te saliste del agua, maldito gordo?

–...Mmh-mmh –el sonsonete sonó femenino.

Antonio sintió de pronto que se le desarmaban las vértebras. Hubiera no querido nombrarla:

–¿Por fin me trajiste los libros?

Las manos aflojaron un poco, pero no abandonaron.

–¡Cindy! –adivinó, porque el juego obligaba.

Sin soltar, aquella voz indagó con enfado:

–¿*Cindy*?

–¿Doña *Roba*?...

–¿Por ellas no fuiste a mi boda?

Al soltarse no tuvo duda, ni cara, para reconocer que aquellas manos pertenecían a su prima Lizeth. Tony volteó con una mustia sonrisa.

–Yo apenas si lo conozco –se disculpaba Carmenxu, retomando su brandy–. Nomás bailamos un ratito...

–¿Qué haces aquí? –preguntó Antonio, sin salir de la sorpresa.

–¿*Que qué hago aquí?* –repitió con sorna la prima Liz, y acercándose al oído le confesó– ...vine a que me desvirgara mi marido número uno.

¡Era verdad! El sábado había sido la boda pero él prefirió descender del ómnibus para... comprar una ristra de tamarindos. La tomó de las manos y le dispensó una mirada tierna. Había perdido unos kilos y estaba primorosa.

–¿Y Roberto, tu marido?

–Rolando... Rolando Meraz. Fue al baño –hizo una vaga indicación hacia atrás–. No sabes lo divertida que estuvo la boda... y tus pobres papis disculpándote: "Es que el capitán Nemo tuvo problemas con su barquito" –le ofreció una sonrisa amplia–. Maldito primo, me la debes; me la debes...

La soltó. Volteó hacia aquel lado y no lo identificó. Cualquiera de esos pachucones podría ser, supuso, el licenciado Meraz.

–Llegamos anoche en el vuelo de Aeronaves. Por cierto la *honey-moon* menos lastimosa del mundo –le guiñó un ojo.

–Entonces… la boda, ¿muy divertida? –otra no le hubiera perdonado la descortesía.

–¡Ah!, mira, éste es Rolando, mi novio –se prendió de aquel antebrazo–. Rolando, éste es Tony, el hijo de mi tía Aurora…

Se dieron un desafiante apretón de manos. Ojos claros, nariz chata, colorado por sus primeras horas de sol.

–Nos recomendaron que viniéramos aquí, al Acacha-chachá, dizque muy divertido, pero mira –el licenciado Meraz largó una mirada displicente… *too much noisy*, ¿no crees?

–Así son por acá –le hizo un gesto de complicidad–. Si no tuvieran luz eléctrica seguirían en el canibalismo.

Antonio acompañó a los recién casados a su mesa. Platicaron del tiempo pasado, de los proyectos de felicidad. Habían tomado una casita de alquiler en la colonia Del Valle y los suegros les habían heredado un Desoto del año 51. Si las cosas marchaban como *él pensaba*, en algunos años abandonaría el despacho de Castrejón y Ovando para independizarse. Y los hijos, ¿verdad?

–Sí, los hijos –comentó Antonio como quien opina del clima en la Mongolia Superior.

Luego hubo un cambio de orquesta, un silencio incómodo. Tony observó que en la mesa de los taxistas el brandy los tenía más que animados. "Diversión, diversión", ¿queremos algo más de la vida?

–Loño quiere platicar contigo –dijo de pronto Liz.

–Loño… –repitió Tony sin salir de sus abstracciones.

–Eulogio… mi hermano –le recordó–. Pensó que llegarías a la boda; ya sabes: preparar el gran reportaje de Acapulco guiándolo tú.

Rolando se disculpó entonces. Marchó rumbo a los sanitarios y Lizeth se lo quedó mirando en retirada. Comentó a media voz:

–Algo no le cayó bien. *Igualito* se la pasó anoche…

Tony le ofreció una mueca de guasa. En eso la orquesta de Lalo Wilfrido reinició con el preámbulo de *Frenesí*, "Bésame tú a mí, bésame igual que mi boca te besó…" Lizeth y Tony cruzaron una mirada de complicidad. ¿Hacía cuánto que no bailaban?

La canción de Rodolfo Sandoval no es demasiado original. Su letra habla del camino del amor y del orgullo que rodó a tus pies, así que comenzaron a menearse un tanto tiesos, girando entre aquel centenar de bailarines embelesados, hasta que sin pedir permiso Liz recargó su frente en el hombro izquierdo de Tony, "quiero que vivas sólo para mí, y que tú vayas por donde yo voy..." Así habían aprendido a bailar –¿cuatro años atrás?– con aquellos discos de Mussart a veinte pesos. "Dame la luz que tiene tu mirar, y la ansiedad que entre tus labios vi; esa locura de vivir y amar, que es más que amor... frenesí", comenzó a canturrear la prima Liz, suspirando entre esos brazos bronceado por el sol.

–O sea que para esto te traje.
Era Rolando, aliviado de su empacho.
–Ahora bailen ustedes –formuló Tony al desprenderse.
–¿Sí, cabrón?... Sólo que *eso* no es bailar.
–Yaa, Rolando. Solamente estábamos...
El primer puñetazo fue, la verdad, sorpresivo.
Antonio Camargo permaneció quieto, queriéndose tocar el mentón, esperando el par. Lo que en realidad le preocupaba era Liz, la prima adorada jaloneando la camisa a su impetuoso consorte.
–¡Cálmate, Rolando!... Cálmate, ¡pues qué te imaginas, o qué?
Así llegó el segundo golpe, que escurrió lastimándole el cuello.
–¡No me imagino nada, pendeja! ¡No me tengo que imaginar!
La orquesta paró de pronto. Las otras parejas habían formado un corrillo y murmuraban suspensas.
–¿Me llamaste pendeja! –reclamaba Lizeth sin soltarle la camisa–. ¡En mi luna de miel?
"Me hubiera quedado a terminar *Lord Jim*", se dijo Tony a sabiendas de que el siguiente puñetazo iniciaría realmente la gresca. Algunos parroquianos comenzaron a señalar hacia el templete donde Lalo y su bajo avanzaban empuñando macanas de policía.
–Te voy a demandar, imbécil –amenazó el licenciado Meraz sin animarse a soltar el tercero.

"¿Le habrá contado algo?", pensó Tony, "¿demandarme de qué?"

Liz intentó abrazar a Rolando, sosegarlo, pero el marido se lo impidió.

–Lo que tú no sabes es que ella es como mi hermana, *primo* –se animó Tony a defenderla–. Aurelio, ella y yo éramos una pandilla indestructible.

–Sí, claro, éramos "los tres 30", ¿te acuerdas, Tony? –rememoró ella–. ¿Y qué tú y tu prima Lorena no se llevan también de a cuartos?

–¿Llevarnos *de a cuartos*?

–¿No iban todos los sábados al autocinema?

Por fin Rolando se dejó abrazar. Volvieron a la mesa, pidieron tres Yolis con hielo, depositaron el paquetillo de Chesterfield sobre el mantel.

–El que se puso pesadísimo en el banquete fue Rangel, el ayudante de tu papá –Lizeth supo que lo importante era romper el hielo–. Se nota que no sabe beber...

–Se puso a fajonear a los sobrinos de Rolo, ¿verdad? Luego se los llevó al baño dizque a un concurso...

El novio hizo un gesto obsceno, señalándose luego la bragueta.

–¿Ya sabes qué nos regalaron tus papitos de boda? –Lizeth le dio un manotazo al marido, por grosero.

–No. Ni idea –Antonio se frotaba la quijada con disimulo.

–Una lavadora Bendix, con rodillo... La verdad, se lucieron.

–Bueno, dos –intervino Meraz–. Mis tíos también nos dieron otra idéntica, así que Licita de seguro va a poner una lavandería pública... ¡Ja, ja!

"¿Licita?"

Luego del episodio la orquesta de Wilfrido había retomado el ritmo. El *Mambo número ocho* de Pérez Prado. La trompeta desafinaba un poco, pero ése es un arte de percusiones y adrenalina retornando al *tam-tam* del río Congo. Entre las parejas que habían recuperado la pista se deslizó un muchachito luciendo una playera estampada donde se leía Hotel Caleta. Ofreció una sonrisa al reconocerlos.

–Qué bueno que por fin los encuentro –dijo–. Los están llamando en el hotel desde hace dos horas.

–Nos está llamando quién –indagó Lizeth sin preguntar.

–No sé. Larga distancia de emergencia.

–¿Desde hace dos horas?... –se le fue la voz

–Nomás llaman y llaman, que de urgencia. Afuera está el taxi.

Liz volteó a mirar a su marido, que alzó los hombros dominado por la confusión. Tony ofreció una mueca desabrida rebuscando en la hielera. "La tía Julieta", se dijo, pero no dijo nada.

Partieron mal despidiéndose. Sí, no se preocupen, mañana nos buscamos. Retornó a la mesa de Hermes pero aquello estaba ya demasiado estropeado; el estropicio de siete botellas de brandy. Los amigos del taxista acababan de decidirlo: emigrarían en busca de más diversión, eso dijeron. Visitarían el Nando's Bar, el Querreque o lo que fuera.

Tony se quedó a pagar los platos rotos. Se debían más de doscientos pesos y no hubo más remedio que afrontar el débito. Había sido un "día caliente", como los llamaba el *chino* Maganda, esos en que cruje el codaste y hay que soldarlo en altamar, se bota el extintor y escupe toda su espuma en la primera cubierta, sopla un "sur" borrascoso y rasga el toldo en mitad de la travesía. El mesero esperaba con la charola dispuesta.

–Y si le sumas una cerveza, ¿no hay problema?

Antonio volteó para descubrir la sonrisa del gringo. No tenía ya la mirada aquélla de gato muerto.

–Una cerveza que tú me invitas –insistía con desfachatez el de la camisa floreada–, y yo te cuento de mis trescientos desaparecidos en el mar.

Tony le dispensó una mirada de pasmo. ¿A qué venía todo aquello?, además de que era chimuelo de dos dientes.

–Tú tuviste tu muerto nadando hoy por la mañana, ¿miento? Nosotros perdimos a 300... bueno, en realidad fueron 367 en esos tres días de agosto.

Antonio indicó al mesero que fueran dos las cervezas. Se acomodó en la silla metálica. Calculó la edad del gringo a partir de su progresiva calvicie. ¿Treinta y seis, treinta y ocho años? Su camisa estaba descolorida y sus mocasines agrietados.

—Nuestro muerto pudiera no estarlo. Es decir, el hecho de que no lo hayamos encontrado...

—¿Ah, no? —el gringo ofreció un aplauso en cámara lenta— ¿Todavía creen que cantará villancicos en Navidad?

Tony pensó en Merino. No guardaba con él lo que se dice una amistad estrecha, pero un compañero de equipo siempre es un cómplice, alguien en quien se puede, *se debe* confiar.

—Si se ahogó o no, lo sabremos mañana cuando la guardia marina rescate su cadáver.

—Su cadáver —repitió el gringo—. A ver qué nos cuenta, ¿verdad?

Antonio lo miró mientras el de la camisa floreada encendía sin preguntar uno de los Chesterfield. Agitaba en el aire el fósforo hasta apagarlo y daba una larga bocanada. Luego le extendió la mano:

—John Smith —se presentó—. Arqueólogo submarino sin equipo.

El mesero llegó con las cervezas y Tony le hizo un gesto de tornavuelta, otras dos, por favor, mientras la orquesta concluía su participación.

—Imagino que te estás preguntando qué es eso: "Arqueología submarina". Nosotros somos los encargados de buscar la Atlántida, el Titanic, los muertos de Trafalgar... aunque la sal marina se encarga de pulverizar cualquier esqueleto.

—¿Y en Acapulco, qué buscas?

—*That's a question* —dijo por primera vez en inglés.

—Aquí no hallarás la Atlántida ni el Titanic ni los barcos hundidos por el almirante Nelson —dio un trago largo a la cerveza—. Creo que te equivocaste de océano.

—Cierto, muy cierto.

—Hay un barco hundido en mitad de la bahía, por si quieres divertirte...

—*El Río de la Plata*, sí. Lo sé. Está ahí desde 1944. Pero no es eso lo que buscamos...

Dio otro trago y volteó hacia la pista de baile donde varias parejas danzoneaban al ritmo de una rockola.

—¿Tú crees en la justicia divina?

—En la ¿qué? —la plática comenzaba a tomar senderos divertidos.

El gringo Smith indicó hacia arriba pero sin voltear. Un gesto que podría pasar como sacrílego.

—Por algo ocurren las cosas —dijo a media voz—, y Dios se encarga de ponerles precio. Con la liberación de las islas comenzaba la verdadera amenaza.

—Las islas...

—Luzón, Mindanao, Formosa. La verdadera guerra estaba por iniciar después de la campaña en Filipinas —se alzó la camisa para mostrar una impresionante cicatriz.

—¿Un machetazo? —preguntó Antonio—. Eso te dolió.

—Un *splinter* cuando liberamos Leyte —explicó—. Yo estaba a cargo de un *duck* de desembarque y mientras los muchachos bajaban en la playa un mortero pegó a tres yardas del anfibio... Soy un milagro viviente.

El mesero llegó a reponer el par de cervezas. Antonio pagó, completó la propina, preguntó:

—¿Y que tiene que ver la justicia de Dios en todo esto?

—Ah, Dios. Dios —repitió el gringo chimuelo—. Dios sabe darle a cada cual lo que merece, y quitarle lo que debe estar en manos de otro. Como el gran *gambler* que es de este injusto casino —volvió al gesto blasfemo indicando hacia la eternidad.

Tony terminó su primera cerveza y ofreció una mueca de confusión.

—La justicia divina es también cosa de números —Smith señaló las botellas en la mesa: dos llenas y dos vacías—. Al concluir la campaña en el Mar de China lo que seguía era invadir el territorio del Japón. El mando supremo calculaba que tras la desocupación de Filipinas aquello iba a ser peor que Okinawa; multiplicando las bajas por veinte. Es decir, terminar la guerra en el Pacífico nos iba a costar entre uno y dos millones de muertos más, y las hostilidades terminarían, *optimísticamente*, en el verano de 1947... Una sangría demasiado costosa, además que los comunistas se estaban repartiendo Europa y había prisa por terminar con aquel infierno. Una forma de ahorrar esos dos millones de muertos fue soltar la bomba...

–Que mató igualmente a millones.

–No lo creo –Smith dio un trago a su cerveza–. En realidad fueron 140 mil en Hiroshima y 70 mil en Nagasaki. Claro, en lo que yo te digo esta frase todas esas almas se volvieron gas candente –hizo un gesto de anulación con los dedos–. Polvo, cenizas, nada.

Tony alzó las cejas. Él había abandonado el *Malibu Dream* para no pensar en el cadáver de Merino, y de seguro que la flotilla de hot-dogs estaría rastreando la playa en ese mismo momento.

–O sea que la justicia divina estuvo en esa ecuación atómica.

–No... no –Smith volvió a atacar los Chesterfield. Alzó una mano para prevenir la respuesta:

–La justicia fue en otro sentido. Como debes recordar, la bomba no llegó directamente desde Alamogordo –señaló fantasmalmente hacia el norte–, sino que fue enviada en partes a bordo del *Indianapolis,* en el que navegamos en zig-zag durante semanas para burlar a los cañoneros enemigos. Al llegar a Tinian, en las islas Marianas, la bomba fue armada según el instructivo. De ahí despegaría el *Enola Gay* que soltó su regalito sobre Hiroshima porque aquel día Kyoto amaneció nublada... Cosas de la santa meteorología.

Smith encendió de golpe la carterita completa de los cerillos.

–¡Fussh!... mil doscientos grados durante cuarenta segundos –insistió–. Un horno instantáneo de *barbecue*, pero de dimensiones colosales...

–Esos cerillos y esos cigarros, son y eran míos.

El gringo pasó por alto el comentario. Se acomodó en la silla. Volteó a mirar a las parejas fatigadas retornando a sus mesas.

–*Baila, baila muñeco...* –canturreó recordando una fiesta perdida en la memoria–. La justicia divina llegó una semana después. Navegábamos en el *Indianapolis* con rumbo de Manila llevando soldados y equipo. A los tres días de zarpar, la noche del 6 de agosto, nos pegaron dos torpedos en mitad de la noche. Era uno de los últimos submarinos japoneses en aguas de las Filipinas. Nos fuimos a pique en cosa de minutos. En el carguero quedaron atrapados como trescientos que se fueron al fondo con los fierros, pero la mayoría, unos 850, quedamos en el agua sosteniéndonos con nuestros chalecos-salvavidas. Había unas cuantas balsas arrojadas de último momento, pero en ellas iban los heridos... y los oficiales. Era media noche y nos llamábamos a gritos. Nos ordenaron apretarnos en grupos, jalándonos para no extraviarnos. Era una forma de poder dormir por turnos. La sed comenzó a pegar al día siguiente, aunque sabíamos que nos rescatarían muy pronto porque en ese cielo cruza el correo de Manila, pero nada. En dos días nos acabamos las reservas de agua que había en las balsas, y al tercero comenzó a pegar el mako...

–¿El qué?

–¡El mako!, porque alguien los había visto aflorar en la víspera, mostrarnos sus aletas, y los oficiales ordenaron apretarnos en grupos, "porque la masa los asustaría", dijeron. Y así al atardecer del 8 de agosto empezaron a escucharse gritos aislados. Alguien que estaba y de pronto ya no estaba. No volvía a asomar. Se lo llevaba el mako. Otros sufrieron más porque el tiburón les arrancaba un brazo, una pierna, agonizaban una hora y luego quedaban flotando como maniquíes de utilería. La peor fue la noche del 9 en que el mako se comió a la mitad de los náufragos... Y yo, para sobrevivir, me robé dos cuerpos; es decir, me pegué a dos cadáveres, el de William Torence, y otro que era negro. Me encogí sobre ellos tratando de subir las piernas y no moverme porque el mako no ataca la carne muerta... Eso aprendí. Nos rescató un hidroavión *Catalina* una tarde después. Los que no murieron de sed desaparecieron en las mandíbulas de esos monstruos. Por eso me tengo prohibido volver a tocar el mar. En esas dos noches, mientras el incendio se apagaba en Hiroshima, el mako se llevó a 367 de nuestros hombres porque en ese barco maldito había sido transportada la bomba... ya te lo decía. Justicia Divina.

–¿Nunca más tocaste el mar?

–No por gusto, como tu amigo Mariano esta mañana...

–Merino.

–Ése. Ni lo busquen. Y si no gritó es porque no sufrió, al fin que la fiesta de los niños, tan buenos campeones, fue una maravilla ¿verdad? Muy sabrosos los tres pasteles que nos tocaron...

–¿Y qué es lo que está buscando con su arqueología submarina?

Smith terminó su segunda cerveza. Casi lame las últimas gotas.

–¿Ha visto el Cristo negro de Coyuca?

–¿El Cristo negro?

–Vaya a verlo un día; lo pusieron en el altar del lado izquierdo porque al frente está, ya se imaginará, la Guadalupe mexicana.

–Lo veo y qué.

–Entonces lo iré a visitar. Podremos hablar de negocios... ¿Todavía tiene sus tanques de buceo?

Llegó al yate a media madrugada. Smith había pagado la segunda ronda de cervezas y Hermes regresó con la tuna de sus amigos sedientos de brandy. Ya no hubo modo de recobrar la cordura. Al entrar en su camarote, Tony observó que la silueta del Yuyo asomaba en la cabina.

–Vino la de los ojitos comolachingada –gritó desde lo alto.

–¿Quién vino? –Antonio llevaba aún la música rumbosa.

–Le trajo unos de sus libros en pinche inglés. Ahí se los dejé, patrón, digo. Yo el inglés quéchingados.

–Gracias, Yuyo. Que descanses.

–Patrón... –el marinero como que dudaba–. Oiga, la güerita ésa comoelculo se estuvo allí esperándolo sentada. Se fue a las once pasadas.

⚓

No se había equivocado. La tía Julieta había muerto con el cuerpo de Cristo en la boca. Desvelados como estaban por efecto de la boda, el matrimonio Vidaurri Locarno había ido el séptimo día a misa de siete de la noche en la parroquia gótica de San Román. Dos torres de cantera gris con sus bronces destemplados y el rosetón al frente, donde el santo patrón de Moscovia vigila a través del hermoso vitral. La tía Julieta comenzó a sentirse mal a la hora de la consagración. Sudor frío, mareo, "efectos de las champañas de más", se dijo. Fue a formarse con los comulgantes no obstante que había comido siete tacos de carnitas en la fonda Los Panchos. Media hora después de recibir la comunión, pensó, tomaría esas otras dos hostias efervescentes porque el Alka-Seltzer lo remedia todo, "y si no, no tiene remedio", bromeaba con ella su hermana Aurora, así que aguantó el mareo, el zumbido, el adormecimiento de su antebrazo, y comulgó. "Señor", se dijo al mirar la patena en retirada, "apiádate de mí y perdóname por lo que voy a hacer". Pero no hizo nada, es decir, al undécimo paso de retorno a su banca le vino el vahído que lo sembró todo de sombras. Y el estrépito porque al caer tiró uno de los podios con todo y su jarrón de azucenas.

Llegó la ambulancia y falleció de camino al Sanatorio Español. A las nueve de la noche comenzaron a dar por vía telefónica el funesto aviso. Julieta Vidaurri de Locarno había expirado a los 54 años de edad sin deglutir del todo la santa eucaristía. Una santa cuyo mayor pecado fue, a los doce años, robar del Woolworth un esmalte *Rouge Mediterrané* para las uñas.

⚓

Asomando en la portadilla del *El camino del Tabaco* venía el domicilio de Cindy. Una tarjeta donde ella había escrito con bolígrafo azul: "Antonio. Muchas gracias por los libros. Siento mucho lo del confuso encuentro del otro día. Ojalá puedamos vernos pronto. Me encantaría. Cindy Rudy", y luego su domicilio. "Puedamos".

Las rosas no existen en Acapulco. Las flores más comunes, y con las que se adornan los vestíbulos de los hoteles, son las "aves del paraíso". Una sola vez por semana, los viernes, un florista en la avenida costera vendía rosas de Chilpancingo. Así que Antonio compró una docena de rosas rojas y les insertó un clavel blanco. Volvió a subir al taxi y fue en busca de aquella dirección, "Santuario 17, número 3 A, hasta el fondo". Eso quedaba más allá de los cocotales de playa Hornos, cerca de la base naval de Icacos, al otro lado del mundo. Buscó hasta dar con el pequeño caserío sombreado por varios pochotes. Eran siete búngalos ante una piscina mínima, y luego de una terraza el rumor de la playa. Antonio llegó con el atardecer.

—Estoy buscando a la señorita Cindy —dijo a la encargada que acudió a su llamado.

—¿Y quién la busca? —la mestiza descansaba una mano sobre la cadena enroscada en la reja.

—Yo, Antonio —y trató de calcular la edad de esa mujer donde confluía la sangre de tres continentes. Le miró los pies, descalzos y chuecos, asomando bajo la mampara.

—¿Antonio, dijo? —como si ya lo hubiera escuchado mentar. La mujer se quedó mirando aquel ramillete carmesí—. Ya no vive donde vivía.

—¿Ya no vive?

—No, ya no; se mudó pues… —y sin quitar la vista de aquellos botones abriendo, se animó a demandar—. Esas son rosas, ¿verdad?

—Sí, rosas —Tony sonrió por la obviedad. No quedaba más que entregarse a la fatalidad del destino.

—Deje verlas —reclamó ella acercándose.

Tony las alzó por encima de la reja. La morena las miraba como un incendio en el mercado. Esas eran rosas y aquel el océano.

—¿Las puedo oler? Yo soy Zoraida.

—Claro, señora; son para usted.

La mujer las recibió como un bebé de meses. Las acercó a su rostro con veneración, aspiró por fin su perfume. Comenzó a llorar en silencio.

—¿Le pasa algo? —Tony volteó hacia el camino de polvo donde el taxista había partido ya.

—El Mujambo siempre me las prometió, pero ya ve la palabra de los hombres. "Te voy a traer una rosa ahora que regrese", y nunca trajo nada; nomás me dejó dos escuincles —y por si hiciera falta, aclaró—. El Mujambo era mi marido; lo mataron en Mozimba el año pasado. Macheteado.

Tony alzó la mano en señal de adiós. Modesto Merino no apareció nunca más, esfumándose en las aguas de la bahía como ahora se desvanecía esa imagen con alas de golondrina.

—Gracias, joven, por las rosas —la mestiza permanecía sin quitarles la vista de encima; luego confirmó: —Ya ve, le señito se nos mudó.

Tony le ofreció una mueca resignada.

−¿Sabe adónde, doña Zoraida?

−Se fue de su casita, que era la tres... −la mujer zafó el clavel blanco del ramillete y se lo entregó al precisar−. Se mudó ayer temprano, de la tres a la cinco −y desenrollando la cadena del poste, preguntó: −¿Va a pasar?

El búngalo aquél era el último del conjunto. Más allá había un cocotal, un campamento de pescadores, y en el quiebre de la bahía la base naval de Icacos donde una cañonera arrojaba su columna de humo.

La delató el tecleo. La puerta del búngalo estaba a medio abrir y eso le permitió descubrirla, sentada en flor de loto, ante su máquina de escribir. La muchacha llevaba pantaloncitos recortados, la blusa desabotonada y una cinta ciñéndole el cabello. Cindy no se percató del visitante que la espiaba desde afuera. Permanecía absorta en la hoja que asomaba sobre el rodillo. Revisaba las últimas frases, atacaba el teclado añadiéndole un párrafo, "clín, clín" anunciaba la campanilla al concluir cada renglón. Entonces se llevaba la mano derecha a la ceja, la perfilaba con el índice y el pulgar, descansaba la otra mano sobre la palanca de avance. Releía la última frase. Recomenzaba.

Antonio supo que esa imagen lo iba a acompañar hasta el último de sus días. La joven escritora rascándose un hombro, tachando con una ráfaga de equis la palabra equivocada, dando un sorbo al vaso de agua. Arremetió de pronto con los dos índices, porque no usaba los otros dedos, hasta botar la hoja del rodillo con el último golpe de la palanca, "clín, clín".

−Buenos días ahí dentro −dijo Tony al asomar.

−Buenos días allá fuera −respondió ella sin quitar la vista de la máquina en lo que repostaba el papel. Soltó una andanada de teclazos para construir la frase *"Margaret was delighted that her father was cleaning his knife again..."* y luego sí, volteó hacia la puerta donde divisó a ese muchacho a contraluz.

−*The man with the white carnation* −pronunció con tono teatral.

−¿Puedo entrar? −pero el salto de ella fue una respuesta de jovialidad. El salto, la breve carrera, el abrazo.

–Te he estado esperando –Cindy lo besaba–. Pensé que ya no...

–Que ya no qué –Tony le ofreció el clavel en gesto ceremonioso.

–Que ya no nos veríamos –le sujetaba una mano–. Supe que hubo un ahogado en tu equipo. ¿No sería Apolonio, verdad?

–Primero se seca la bahía que ahogarse el campeón –señaló el oleaje ahí cerca–. El interfecto fue Merino, pero no se ahogó. Es decir, simplemente desapareció.

–¿Desapareció?

Al contacto de aquella rubia, Tony tuvo la sensación de que levitaba.

–Desapareció, así nomás; yéndose a la nada.

–¿"Yéndose"?

–Del verbo *ir*. Ir yéndose. Gerundio, pronominal, *like "going itself"* –pero la tibieza de esos labios lo obligaron a callar.

Fue un beso largo y el clavel cayó sobre la estera, cortado por la línea de sombra que proyectaba la puerta. La mitad incandescente, mordida por el sol, la otra mitad sombría, guarecida por el recinto. Luego de eso la rubia alzó la flor y la introdujo en su vaso de agua. Mejor salieron a dar un paseo.

Caminar de la mano, la primera vez, nos hace dueños del mundo. Dos miradas que avanzan paralelas, una conversación tropezando, la compañía errática de un mismo corazón ambulante. No ir a ninguna parte pero ir de la mano, es lo primordial. Así llegaron a una costra de algas arrastrada por la marea. Entre la hojarasca había una estrella de mar anaranjada con estrías blancas. Antonio la arrojó con fuerza más allá de la rompiente. ¡Plist!

–¿Sabes cuál es la profundidad máxima de la bahía? –preguntó al observar a lo lejos el desplazamiento de una goleta.

Ella respondió que no.

–Cien metros –y Cindy entristeció al recordar que aquello era finito. El mar de su infancia, aquél de los misterios insondables de Ulises y Nemo, tenía entonces el contorno de una sopera.

Se acariciaban las manos, el rostro. Buscaron finalmente la sombra de una palmera, donde descansaron. Comenzaron a cavar la arena con los pies descalzos.

—Tengo un poco de miedo –dijo ella–. La velocidad de esto.
—¿La velocidad?
—Eso. Mi antiguo novio no resultó lo que yo pensaba. Dos semanas de fiesta y helados de chocolate, luego dos meses de reproches y celos. Me quería sacar del *Daily Monitor*. Que una chica no debe trabajar entre hombres, que es muy... ¿*desconveniente*?
—No sé. Nunca he sido *una chica*.
—Eres un bobo, Tony. Un millonario bobo, ¿cómo es posible que tengas un yate y no tengas automóvil?
—El *Malibu* no es *mi yate* –aclaró soltando un chorrito de arena–. Es un negocio de mi señor padre. Soy un asalariado suyo. Su galeote de lujo, pero su galeote.
Cindy alzó una vara y trazó un jeroglífico en la arena:
—Creo que eres un hombre bueno –le dijo.
No supo qué contestar. "Un hombre bueno". ¿Qué era eso?
—Años atrás viajé en tu barquito. ¿Ya te lo había contado?
—El yate llegó a Acapulco en 1953, creo.
—Fue poco antes, cuando vivía en Los Ángeles. Cada sábado temprano lo abordaba para ir a la isla Catalina, donde vivía Jimmy. Regresaba el domingo tarde, en la última...
—¿Quién es Jimmy?
La muchacha trazó otro jeroglífico encima del primero.
—Mi novio. *Era* mi novio. Trabajaba como encargado del Scott Village, un club *mid-age* en Avalon, el pequeño pueblo de la isla. Tenía su pequeño apartamento en el último piso, un abono para comer lo que quisiéramos en la cafetería, las bicicletas...
—¿Qué es un club *mid-age*? ¿Un asilo de ancianos?
—Algo como eso. Es un hotel-club para millonarios. Nadie menor de cuarenta años puede ser socio y no se admiten visitantes niños, es decir, niños ni *teenagers*...
—¿Y cómo te dejaban entrar?
—Hay un salón de póquer –continuó ella sin responder–, una sala de lectura con su biblioteca, un sótano para jugar billar y *bowling*, cinco ¿pistas? de tenis, una cuadra con veinte caballos, una piscina cubierta, una salita de cine, dos restaurantes, una cafetería, un enorme bar que de noche es salón de baile.

—Eso se llama el paraíso.
—Y el administrador de todo aquello es... o era, Jimmy.
—¿Era? —Tony sintió algo como celos. Ahora le diría que había muerto por la coz de un caballo.
—Sí, era. Lo está buscando la ley. Le descubrieron un desfalco.
—Pobre muchacho, perseguido por los *sheriffes* de Heisenhower...
—Ni tan muchacho. Tiene cuarenta... cuarenta y dos años.
—¿Cuarenta y dos?

Antonio tenía ya cumplidos veintitrés. Y su hamaca de nylon, su abanico eléctrico General Electric, su equipo de *aqua-lung*.

—Podría haber sido tu padre —insistió—; digo, por la edad.
—Mi padre es caso aparte. No estoy de humor para hablar de eso...

Antonio soltó un chorrito de arena sobre el empeine de sus pies. Como era miércoles esa noche no habría "travesía de serenata".

—El *Malibu Dream* operaba como transbordador —pareció adivinarle el pensamiento—, del muelle en Long Beach a la isla Catalina. Y ahora tú eres su capitán estrella.

Lo premió con un beso, pero Antonio moría por saber más. "¿De modo que él te...? ¿Lo dejaste por viejo? ¿Qué tanto *te enseñó* ese anciano pervertido?"

—Yo soy el capitán y usted la estrella que ilumina mis travesías, hermosa señorita —recitó luego de postrarse ante ella.

Cindy lo jaló de un brazo, le arrebató un beso.

—Me enamoré de ti el día que te descubrí llorando en el Club de Yates —le dijo—. Pensé que estabas enfermo.

—¿Cuándo... —Tony no iba a explicar, a tratar de explicar aquellas visiones bajo el agua.

—Esa tarde en que te zambullías en el muelle, una y otra vez, como si hubieras enloquecido.

—Después de usted; eso es lo que más me gusta.
—Qué.
—Nadar.

Ella le agitó la cabellera hasta despeinarlo.

–Muy bien –le dijo luego de pensarlo–. Quítate la ropa. Vas a conocer mi laja.

Tony se ruborizó. Volteó hacia ambos lados. Estaban ciertamente solos en aquel recodo aunque se dejaba escuchar una remota melodía donde los pescadores. Un radio de transistores y la voz de Olga Guillot remolcada por la brisa… "amor, amor, amor, nació de ti, nació de mí, de la esperanza…".

–¿Aquí? –Tony comenzó a desabotonarse la camisa–. ¿No sería mejor…? –y lanzó un vistazo hacia el búngalo.

Cindy soltó la carcajada. Besó con ternura su mano.

–Bobo. Mi laja está allá –alzó un brazo indicando la base de Icacos–. Se trata de llegar nadando, ¿entiendes?

Quedaron en lo que se dice paños menores y metieron la ropa dentro del hueco que habían cavado. Cubrieron aquello con arena y encima le clavaron una doble ramita de palmera. Así corrieron hacia las olas y dos minutos después ya braceaban hacia el recodo de la bahía.

Nadaban uno junto al otro, mirándose, rozándose, haciéndose guiños. A ratos la corriente del agua refrescaba y a ratos atravesaban un cardumen de pececitos cosquilleándoles el cuerpo. A ratos se tocaban. Pasaron cerca del barco anclado en el muelle naval, desde donde les llegó el piropo de un chiflido. Tres marinos que holgazaneaban sobre la barandilla.

–Te están llamando –comentó Antonio al voltearse de costado.

–¿Cómo sabes que es a mí? –contestó ella escupiendo un buche juguetón.

Nadaron, nadaron, nadaron hasta alcanzar los peñascos que asomaban frente a Playa Guitarrón. Antonio estuvo a punto de trepar en uno, pero la mano de Cindy lo detuvo:

–Ése no. Está lleno de erizos –y lanzándose de dorso lo retó–. Mi laja es aquélla última, la que apenas asoma. Está limpia.

Por fin llegaron. La lápida semejaba una terraza a flor de agua y Cindy, que le conocía los contornos, la escaló por una hendidura.

–Esta es mi piedra –la presentó cuando Antonio se depositó junto a ella–. Anda, tiéndete conmigo.

Tony obedeció cruzando los antebrazos bajo la nuca. Comenzó a reír.
–¿Se puede saber el chiste?
–Esto. Tú y yo en calzones en la isla más remota del mundo. Como si fuéramos los últimos náufragos esperando no sé qué.
–Cuando llegué, hace un año, éste era el hogar de un lobo.
–¿Un lobo?
–Un lobo marino, pero desapareció.
–Hace un año llegaste huyendo de tus rancios desamores...
Cindy le encimó una pierna sobre el vientre:
–¿Te preocupa mucho lo de Jimmy?
–No. No mucho –la brisa sorpresiva le erizó la piel.
–Qué quieres saber –comentó con cierto fastidio–. ¿Que era casado? Sí, James Dalton era casado, tenía tres hijas, vivía con su mujer, Pamela, en Long Beach. Se trasladaba al Scott Village de miércoles a lunes, donde preparaba los refinados *weekends* de aquellos ricachones. Me guardaba clandestinamente en su apartamento y sólo podíamos salir de noche, cuando no había mirones. Y además quería que dejara mi puesto en el *Tribune*.
–¿Vivías entonces en Los Ángeles?
–Como redactora de "asuntos artísticos y sociales". No me pagaban tan mal, de hecho pude ahorrar para financiar esta temporada en el paraíso.
–Que termina...
–No sé cuándo. Tal vez en diciembre. Depende.
–¿De qué depende?
Ella comenzó a juguetear con su talón en el vientre de Antonio. Trazaba círculos alrededor de su ombligo. De pronto detuvo el jugueteo.
–Oh, oh –comentó–. Creo que tenemos un visitante.
Tony se alzó y miró hacia Icacos, pero en aquel rumbo no había nadie. Buscó los ojos de Cindy, su traviesa sonrisa, ese guiño dirigido a la braguera suelta de su calzón de cuadritos. Y sí, ahí asomaba *el visitante*.
Compuso el desajuste de un salto. Se volteó boca abajo.
–Perdón... –dijo.
–Ya habrá tiempo para el perdón.

Ella también se extendió de bruces. Se dejaban arrullar por el rumor del oleaje, disfrutaban la tibieza del atardecer. Buscó la mano de Tony, hasta entrelazarla. Los despertó, una hora después, el tumulto rugiente de una ola enorme empapándolos.

–*Oh, fuck!* –gritó ella, incorporándose de un salto.

Retornaron nadando de costado, "a la marinera", el modo menos fatigoso de escurrir por el agua. Así la tarde fue pardeando, y pasó del naranja al púrpura, del púrpura al añil.

–¿Debiera decírtelo? –la rubia interrumpió su deslizamiento.

–Tú dímelo… ¿pero decirme qué?

Cindy sacó una mano del agua; señaló hacia el sur.

–Es la primera estrella en aparecer, y en Oregon afirman que se te cumplirá el deseo si lo compartes con otra persona.

–¿Y cuál es? –Tony sintió aquel pie apoyándose sobre su muslo.

–Que no sea un mero destello.

–¿Un mero destello? –Tony volvió a mirarla, pero ya eran dos.

–Esto que está naciendo entre nosotros –lo buscó en el agua–. Estoy cansada de los romances de una semana… Qué, ¿huelo mal?

–Déjame ver; perdón: oler.

Se besaron dejándose flotar.

Un minuto después la rubia señaló nuevamente la cañonera C-13 anclada frente a Icacos, sugiriéndole que continuara con sigilo.

–¿Por qué? –susurró Tony a su lado–. ¿Qué pasa?

–Esos hombres son unos sucios. El otro día me arrojaron algo que no te voy a decir.

–¿Una bacinica? ¿Un plátano podrido? –volvió a murmurar.

–No te voy a decir, y apúrate que ya se me cae el pellejo de tan mojado.

Arropados por esa noche inminente rodearon la base naval en silencio, no sin escuchar algunos ruidos remotos: alguien que martillaba un metal, alguien que silbaba *A la orilla de un palmar*. Cuando llegaron a la palmera se hallaban prácticamente secos. Buscaron a tientas aquel par de palmitas para desenterrar el tesoro de su ropa.

–¿Te puedo hacer una pregunta –indagó Tony cuando ya avistaban el conjunto de búngalos.

Ella no se detuvo, manoteó para espantarse un zancudo:

–Sí, claro.

–Se me ocurrió pensar, ¿dónde fue que aprendiste tan bien el español?

–Nueve años con doña Lucha.

–Doña Lucha –repitió Antonio, divertido por esa conversación a marcha forzada.

–Doña Lucha era mi nana en Portland. Mi *baby-sitter*, mi "chi chi", como ella decía. Y como mamá trabajaba administrando una empacadora y papá se pasaba el día en la escuela, porque es profesor de lengua, doña Lucha se encargaba de nosotros y todo el día nos hablaba en español. "Para que yo no olvide mi lengua, que es mi segunda patria, y para que ustedes aprendan a pedir posadas", nos decía. Pasó nueve años con nosotros, hasta que nos fuimos al *college*. Era de Guadalupe, Zacatecas, no sé si conozcas.

–No, la verdad, no.

–Además están las lecciones que tomamos con Cipriano en su revistería de La Internacional. Somos una docena de "gringas descocadas", como él dice, inscritas en sus clases de Cultura Revolucionaria. Ahí estudia, por cierto, tu admiradora Marlene Levy, "la madame"…

–¿Qué es eso de Cultura Revolucionaria?

–Pues eso. Nos habla de figuras claves del arte en México. Sor Juana Inés *y* de la Cruz, Diego Rivera, Silvestre Revueltas, Manuel Gamio, Mariano Azuela, Frida Kahlo…

–Que es la esposa de *el sapo*… quiero decir, Diego Rivera.

–Era –Cindy se detuvo. Trató de mirarlo en la sombra–. Murió la semana pasada, ¿no te enteraste? Hubo un escándalo en el Castillo de las Bellas Artes, en *Mexico City*. Lo llenaron de banderas comunistas, atacó la policía, hubo como veinte muertos en el funeral… según nos contó Cipriano.

Tony pensó en el coronel Camargo y su frase de los domingos luego del brandy de sobremesa: "Cuando acabemos con los comunistas, México será un país grande y organizado".

—Mi padre es temible —dijo Tony al recuperar la marcha—. Era coronel del ejército... Su mano decidió muchas muertes en la guerra contra la religión católica que tuvimos hace años. Seguramente celebró la desaparición de la pobre pintora paralítica.

Cindy dio un suspiro profundo.

—Por lo visto la de hoy será la noche de las confesiones. Mi padre tampoco es una fuente de bondad. Voy a contarte algo que a nadie le he dicho, Tony, y no sé ni porqué —echaron a andar de nuevo, advirtiendo en la distancia las farolas encendidas de las cabañas.

—No se lo conté a Jimmy, jamás. Ni a Jack ahora que vino...

—¿Jack?

—Kerouac, el que te presenté la otra semana en la avenida costera. Mejor ni hablemos de él, Tony. Por favor.

—No, no hablaremos.

Tras llegar al búngalo Cindy sirvió dos vasos de agua mineral y los depositó en la mesita. Se tumbaron en las bancas acolchadas de la estancia.

—¿Por dónde comienzo?

—Por el principio, supongo —Tony bebió el vaso de un tirón.

—Mejor empezaré por el final. El último día que lo vi fue en Portland, durante el *Thanksgiving Day* de hace tres años. Su odio me expulsó de la cena. En lo que arreglábamos la mesa comenzamos a discutir nuevamente. Yo le comentaba que en el invierno comenzaría a trabajar para el *San Francisco Daily Monitor* como redactora de *newsmongers*... Son esos reportajes breves para recomendar tal jabón o tal banco. Le expliqué que eso me daría tiempo para escribir por las noches mi libro de relatos, que por cierto se iba a llamar *Las enseñanzas de doña Lucha*, pero nunca avancé lo suficiente... "Te vas a morir de hambre", me dijo él, "nadie te echará un lazo", insistió, "¿qué no te das cuenta que el arte está peleado con la decencia y el decoro?", insistió, *decency and decorum*. Ahí comenzamos a alzar la voz y ni mi madre ni Harry pudieron evitar que terminara por subir a mi habitación, hacer mi equipaje a toda prisa y pedir el taxi que me llevaría a la estación del Greyhound. Sabía que no me iba a golpear... como lo hizo en mi infancia. ¿Nunca te conté? Como desde chica dije que iba a ser escritora mi padre me guardó siempre un rencor especial, y es que él… Él es profesor de lengua en la secundaria y vive una permanente frustración porque según él "el arte es cosa de los genios, y si no, dedícate mejor a vender colchones, porque dormir es lo único que la gente no perdona". Y tiene razón… El caso es que un día estaba con dos amigas haciendo la tarea en casa cuando él llegó inusualmente temprano. Desde lejos comenzó a burlarse: "¿Y qué les cuenta esta pequeña Virginia Woolf de Mulinomah Creek?, que es el humilde barrio donde vivíamos. "¿Ya les explicó cómo va a resucitar al rey Lear en su *Redención de Shakespeare*?" Y así toda la tarde burlándose de mí ante el estupor de mis compañeras. Tendríamos, no sé, once años. El caso es que muy pronto las dos se disculparon y se fueron. Entonces decidí enfrentar a mi padre, al fin que estábamos solos en casa. Hablar de su frustración, de su falta de valor para abandonar a mi madre porque ya no la amaba. Estaba bebiendo bourbon en su pequeño despacho del sótano. Se levantó y arremetió contra mí golpeándome con una escuadra de carpintero. La rompió de tantos golpes, me dejó marcadas las piernas y los brazos. Se retiró a su estudio a seguir consumiendo su botella, y alguien debió escuchar mis gritos porque media hora después llegaron dos inspectoras del Children's Aid a tocar el timbre. Tocaron y tocaron, hasta que él consintió en abrirles. Preguntaron por sus hijos, por los gritos, por el escándalo que habían reportado varios vecinos. A todo decía que no, tan cínico; hasta que grité desde arriba: "¡Cuéntales cómo me mataste, cómo me enterrabas el cuchillo en el cuello!", así que las inspectoras, que eran dos viejecitas en un destartalado Ford *T*, exigieron que me presentara: *Darling, can you come down here?*, apenas me vieron, pusieron el grito en el cielo. Nos obligaron a sentar en la sala y nos bombardearon con preguntas. "¿Quién inició todo? ¿Cada cuándo se repite la agresión? ¿Qué te dice al golpearte?". Yo también añadí de mi cosecha. Dije que golpeaba a mi hermano Harry, a mi madre, que una vez la había enviado al hospital. Las viejecitas del Children's Aid llamaron al sheriff del condado y yo me disculpé para ir al baño del segundo piso, desde donde me descolgué por el tubo del caño –ya lo había hecho otras veces– y me fugué de casa durante varias semanas. Dormía en el porche de la casa de mi tía Lauretta, que vivía a una hora de camino, sin que ella se enterase. Durante el día me refugiaba en la biblioteca del pueblo comiendo lo que parecía comible en el basurero de un Tastee-Free, donde debía reñir con los mapaches. Hasta que enfermé de bronquitis y la tos me delató una noche. Me llevaron de retorno a casa y todo siguió como antes, sin hablar del asunto. Claro, mi padre no me dirigía la palabra más que para lo más esencial... Y es que papá es una contradicción viviente.

Antonio aprovechó la interrupción para ir por un puñado de servilletas desechables. Otro par de vasos de agua.

–Gracias –musitó ella al enjugarse las lágrimas–. La sal del mar con la sal del recuerdo –forzó la sonrisa, para luego continuar: –De él saqué mi gusto por los libros, por las historias, por... de él y de mi abuelo, supongo.

–Tu abuelo...

–No te lo debiera decir, Antonio, pero la leyenda familiar asegura que mi padre es un hijo natural que Jack London tuvo en una de sus correrías; un episodio de debilidad de mi abuela Stella. Algo que nunca se aclaró lo suficiente ni nadie quiso aclarar; mucho menos mi abuelo Thomas, en Oakland, que por entonces se desempeñaba como empleado de ferrocarril. Lo que sí fue cierto, porque está en los periódicos, es que mi abuelo Thomas Rudy fue arrestado la noche del 21 de noviembre de 1916 luego de reventar a tiros las lámparas del parque central. Estaba muy borracho y con el revólver vacío cuando se lo llevó la policía. Estuvo guardado tres semanas, hasta que la compañía del ferrocarril accedió a pagar la fianza. Lo único que dijo al salir es que él estaba celebrando en el bar Jinks, como cualquier ciudadano, y que en ciertos días había más que celebrar. En ese bar, por cierto, pasó la mitad de su vida,

–¿Y qué celebraba? –Antonio volvió a vaciar su vaso.

–Aquel 21 de noviembre, a los 40 años de edad, Jack London moría por una sobredosis de morfina. Dicen que mi nariz y la suya son la misma... pero eso nunca se podrá comprobar. Por eso mi padre tenía su parte odiadora del arte y la literatura. Su odio a la vida bohemia, a los *beatniks*, a la utopía socialista, al arte que no sale rigurosamente de los gabinetes de la academia. Mi padre tenía… ¡tiene la cara de Jack London!, todos lo dicen, pero el corazón de Henry James. Por eso me urge terminar mi primer libro, restregárselo en la cara, demostrarle que lo importante de la sangre no está en su origen sino en la intensidad con que fluye y se entrega a la vida…

Antonio permaneció largo rato callado.

–Si no me mató él, me vas a matar tú con tus caprichos –dijo de pronto ella, jugueteando con el vaso en la penumbra.

–Eso ni lo pienses. Por Dios que no –se defendió Tony.

–Estoy hablando del lobo marino que expulsé de mi piedra en playa Guitarrón. Ahora has llegado tú para apoderarte de mi laja con sabor de mar –la sonrisa de Cindy fue toda una provocación.

Antonio le devolvió un gesto ambiguo, la cabeza como nadando en las sinuosidades del oleaje.

–Hoy es miércoles 21, ¿verdad?… –Cindy pareció concentrarse en un cálculo astral–. Señor Antonio Camargo, está usted invitado esta noche a mi cama –se levantó, dejó la banca, apagó la luz–. Pero antes nos daremos un baño para quitarnos la sal y los recuerdos de nuestro pasado. ¿Me acompaña a la ducha?

⚓

Lo despertó el resplandor del sol en la estancia. No pudo recordar las veces que hicieron el amor y al voltearse hacia ella lo único visible fue su cabellera dorada. Se acercó a indagar el aroma de aquellos bucles revueltos.

–Amor… el bebé se está quejando en la cuna –susurró, y ella emitió un quejido de súplica. Que no fuera cruel, que la dejara dormir otro rato.

Los riñones, el cóxis, las nalgas; le dolía todo. ¿Cinco veces? Se volteó hacia el lado de la ventana. Allá afuera vibraba el fulgor matutino, y recortando la extensa bahía dos veleros se desplazaban uno junto al otro. Dejó la cama y avanzó en silencio hacia la terraza. Se zambulló en la piscina sin ninguna elegancia… el dolor bajo la espalda lo convertía en un lisiado. La alberca permitía una docena de brazadas antes del giro. Así permaneció nadando varios minutos sin pensar. Salió de la piscina y se dio un duchazo con la manguera al pie de la terraza. Se restregó con la toalla que permanecía abandonada sobre una tumbona. Se dirigió a la cocina decidido a preparar una tortilla española como las hacía, en vida, su tía Julieta: cuatro huevos batidos, dos papas rebanadas con todo y cáscara, una cebolla sofrita, una pizca de sal y, lo más importante, un diente de ajo en la cama de aceite.

Halló sólo dos limones y con ellos preparó una limonada cuajada de azúcar. Colaba el café cuando lo distrajo el chapuzón en la terraza. Era Cindy Rudy nadando en calzones y corpiño. Canturreaba una melodía que no logró reconocer. *Sweet dreams and memories.* ¿Dónde estaban las servilletas?

—Amor mío —dijo ella escurriendo junto a la puerta—. Voy a darme una ducha, ¿podrías entibiarle la leche antes que despierte?

—…que despierte ¿quién? —Tony avanzó con la cafetera en la mano.

—El bebé, amor mío —y saltó al cubículo de la regadera.

Almorzaron con absoluta placidez, melón rebanado, pan con queso, tres churros. La brisa entraba por el ventanal y no eran necesarios los abanicos eléctricos. Cindy había encendido el aparato de radio, pero lo apagó cuando llegaron los anuncios.

—Mi amiga Kalyani trabaja en una estación de radio.

—¿En Los Ángeles? —recordó que debía llenar el depósito de gasolina… si le daban crédito.

—No, en Bangalore, al sur de India. Es una amiga por… *era* una amiga por correspondencia. Mi *pen-pal*. Nos escribimos durante cinco años.

—Yo me escribo con mi madre, de vez en cuando. ¿Sabías que me tuvo en un tranvía?

—O sea que naciste a 40 millas por hora… será por eso que nunca estás quieto. ¿Cómo se llama la señora suegra?

—Aurora —"y se va a infartar al conocerte".

—Kalyani Saipu era mi confidente, hasta que se casó y dejó de escribirme. Su familia tiene un negocio de ¿carpetas? *How do you say mat?*

—Estera, petate, tapete...

—Un día me envió una por correo. Al principio nos escribíamos cada mes; después cada semana. Es muy bueno el servicio postal en India. Me contó su romance completo: cuando conoció a Velutha, cuando la comenzó a visitar, porque en India los novios visitan a las novias en casa de los padres *y nada más* –le ofreció una mueca de ofendida dignidad–. Cuando se comprometieron y cuando decidieron la fecha de la boda. Fue entonces que Velutha le prohibió seguir escribiéndome. Ella tenía veintidós años y en su última carta me dijo que eso le parecía "bien y correcto". Que siempre pensaría en mí; que no me olvidaría... ¡como si yo hubiera muerto! –Cindy empujó el cenicero de cristal a lo largo del mantel–. Obviamente que le mandé otras cartas a casa de su familia, pero todas las devolvió el correo.

—Un marido muy estricto.

—Demasiado; ¡me quitó a mi única amiga! –Cindy dejó que el suspiro se esfumara–: En una de sus cartas Kalyani me contaba cómo, de cuando en cuando, el Ganges arrastra los cuerpos de los parias, que según las normas de su cultura no tienen derecho a nada, ni a la palabra ni a una sepultura...

Tony buscó las goletas en la bahía, esa garganta azul que había tragado al gordo Merino. Los veleros, sin embargo, habían desaparecido.

—Mi padre me arrebató la infancia y ese maldito indio me quitó a mi confidente –Cindy parecía volar con sus evocaciones. Volvió a servirse café–. Son más de cincuenta cartas que guardo en una caja de galletas. Si te portas bien, un día te las dejo ver.

—¿Me las dejas ver? –Tony le ofreció un guiño libertino.

—Ay, mi vida, ¿qué no tuviste suficiente? –y diciendo eso la corresponsal del *Daily Monitor* se desabotonó la blusa y le ofreció las tetas al aire–. ¿Qué no les dieron suficiente sus *señoras mamacitas?*

Se recompuso y siguió como si nada:

–Después de mis días en Acapulco quiero visitar Bangalore. Encontrarme con Kalyani aunque sea en secreto. Imagino que ahora tendrá dos o tres hijos. Había prometido que su primer hija se llamaría como yo: Cindy Saipu.

–Suena muy lindo, pero no tan hermoso como su nombre de usted.

–¿*Usted* lo cree? –dio un último sorbo a la taza–. Después de mi novela en México me gustaría escribir otra que se desarrolle en India. ¿Me acompañarás, *Hookie*?

–Sí... supongo que sí –¿*"Hookie"*?–. Claro que sí.

–No te preocupes. Puedo ir sola y dejarte con el bebé...

Tony sonrió, volteó hacia la recámara y comentó sin convicción:

–No sé cómo estará de apetito esta noche...

La muchacha dejó la silla, avanzó hasta Tony y buscó su boca.

–Satisfacción e insatisfacción –dijo–. Me has regalado una de mis mejores noches, querido, a pesar de tu peculiar *twist* –le guiñó un ojo–. Ya me voy. Debo entrevistar a doña Bárbara Hutton, que está de visita en Acapulco curándose de su quinto divorcio.

¿*"*Peculiar *twist"*?, se repitió al demandar:

–¿Bárbara Hutton, la millonaria? ¿Por qué no me llevas?

–Porque la *poor little rich girl* tiene fama de fornicarse a todos los guapos que le presentan –levantó su libreta de notas, comenzó a recitar–: Primer marido, Alexis Zakharovitch, le duró dos años. Segundo, el conde Heinrich Eberghard von Haugwitz, que le duró tres. Luego el actor Cary Grant, de 1942 a 1945. Después el príncipe Igor Nicolaevitch, que le duró un año, y ahora se acaba de divorciar del dominicano Porfirio Rubirosa, famoso por su amistad con el presidente Trujillo y por las dimensiones de su... –Cindy alzó el pimentero de la mesa, lo volvió a depositar– que no le duró ni dos meses. Tiene más de 120 millones de dólares en propiedades, un hijo desamparado, un intento de suicidio como igual se suicidó su madre doña Edna Woolworth, la de los almacenes, cuando Barbarita tenía seis años... Tema que su asistente me ha prohibido tocar –dejó la libreta, jugueteó con un bucle suelto–. Luego habrá un coctel. ¿Nos vemos en la noche?

—A las ocho zarpamos con el *Malibu*, acuérdate, hoy tenemos "travesía de serenata". Ameniza el grupo de Lalo Wilfrido. ¿Te animas?

—Un día es estos.

—La travesía termina a media noche y en lo que fondeamos el barco...

Cindy lo detuvo con un gesto. Fue hasta el aparador, que estaba pintado de esmalte escarlata. Abrió uno de sus cajones y regresó con Tony:

—Te estaré esperando, *Hookie* —dijo al entregarle la llave—. Mañana es mi cumpleaños y quiero despertar mientras alguien canta "Las mañanitas".

Así que con esa llave Antonio Camargo tuvo acceso a la felicidad... algo que podría identificarse con ella, hiciera bueno o se cayera el cielo en una tormenta, porque el sueño compartido por los amorosos es el mejor arrullo tras las fatigas de los cuerpos que intentan fundirse en uno solo.

⚓

Nunca, en sus noches, olvidaría Antonio Camargo ese 24 de febrero. Se había citado con su primo Loño, por fin, para desayunar junto al acantilado. Eulogio Vidaurri fungía como reportero del *Novedades* luego de haber estudiado un año de Medicina, un año de Administración Pública, un año de Ingeniería Civil y como no logró entusiasmarse con ninguna, terminó como periodista. Eso sí, con sólidos conocimientos del entorno social.

—Fue un "chiripazo", la verdad, primo.

—Un chiripazo, ¿por qué?

El primo Vidaurri sacó un sobre del bolsillo. Le entregó el recorte periodístico, que tenía los pliegues desgastados.

—Léelo. La cosa es que somos vecinos del doctor Miguel Bustamante, ¿te acuerdas?, que es autoridad en la materia. Platicando una tarde con él me volví experto. Me puso toda clase de documentos en las manos, y lo de menos fue seguir el manual del Carlos Septiem, "Cómo redactar un reportaje sin rebuznar". Lo escribí y lo llevé al periódico, me entrevisté con don Rómulo O'Farril y al tercer día ya estaba contratado... ¿Dónde está el baño?

Eulogio se levantó de la mesa y como que dudó si dejar ahí su cámara Leica. De retorno a la ciudad de México debía llevar un reportaje sobre Acapulco: "¿Paraíso de los norteamericanos?". Era un título provisional. Avanzó orondo y sudando con su humanidad de 110 kilogramos.

Tony aguardó con el artículo desplegado. Habían desayunado sopecitos de tinga. El recorte tenía subrayado el encabezado: LA FIEBRE AMARILLA, AZOTE DE MEDIO PAÍS, así que emprendió la lectura:

⚓

En el cementerio de la ciudad de Campeche hay un discreto túmulo erigido en 1862. En su epitafio se lee: *A la memorie des marines de la canonniere La Grenade, morts de la fiévre jaune pendant leurs station a Carmen. Expedition du Mexique.* "Fiévre jaune", en francés, fiebre amarilla, en español, aunque la enfermedad es mejor conocida como paludismo... el mal endémico que en los últimos cinco años ocasionó la muerte de 24 mil personas en las regiones húmedas del país.

Según el censo de 1950, el paludismo ocupa el tercer lugar de las causas de mortalidad en México, por lo que se hace indispensable iniciar una campaña nacional para erradicar esa enfermedad que afecta, cada año, a cerca de 2,000,000 de personas que deben ausentarse durante semanas de sus labores cotidianas en escuelas y centros de trabajo.

Todos recordamos que Ángela Peralta, "el ruiseñor mexicano", murió a consecuencias de la fiebre amarilla en Mazatlán, el 2 de septiembre de 1883, a poco de arribar a ese puerto con su compañía de ópera. La dulce soprano, celebrada en Europa como *Angélica di voce e di nome*, falleció a los 38 años, poco antes que sus compañeros de foro Andrés Belloti, tenor, y Pánfilo Cabrera, segundo tenor, la acompañaran al panteón en aquel tórrido y letal verano.

Durante siglos el paludismo fue el azote de las regiones tropicales del país sin que se conociera el origen de la epidemia, y cuyo contagio era atribuido a los "miasmas malignos". Denominado como "vómito negro", "fiebre de las prisiones", "mal de Siam" o "peste de Veracruz" (durante el periodo colonial a la Villa Rica de la Veracruz se le conocía como "Tumba de Españoles"), el paludismo ocasionó gran mortandad entre los primeros conquistadores llegados a la América. Así lo refiere el cronista Bernal Díaz del Castillo: "En aquel tiempo hubo pestilencia, de que se nos murieron muchos soldados, y además de esto, todos los demás adolecimos y se nos hacían unas malas llagas en las piernas".

La epidemia de aquel tiempo era temible. El alguacil de Campeche, Diego de Cogolludo, la describe así en aquel año de 1648: "El mal da empiezo por un gravísimo dolor de cabeza y de todos los güesos del cuerpo, tan violento que parecía descoyuntarse éste. Al poco rato daba calentura vehementísima, que a los más ocasionaba delirios. Seguíanse unos vómitos como de sangre podrida, y de éstos muy pocos quedaban vivos. A otros daba flujos de vientre de humor cólico, y muchísimos de éstos no pasaban del tercer día; los más murieron entrando el quinto, y muy pocos fueron los que llegaron al séptimo. Quedaban luego, como yo quedé, todos pálidos que parecían difuntos, sin cabellos, peladas las cejas, todos tan quebrantados que no podían recobrar sus fuerzas".

Se estima que las pérdidas económicas que ocasiona la epidemia, cada año, son del orden de los 2 mil millones de pesos, por lo que es urgente combatir el mal en su origen mismo. Y fue precisamente un médico de Cuba –país afligido igualmente por el mal– quien descubrió al portador del temible virus de la fiebre amarilla. Así, en 1881, don Carlos J. Finlay reveló que el mosquito *Aedes aegypti*, o *Culex mosquito*, era el portador del terrífico microbio, por lo que procedió a aislar a los enfermos de su clínica (para que otros mosquitos no se contagiaran del virus) y eliminar las larvas del insecto en pozas y encharcamientos.

En México el doctor Eduardo Liceaga lanzó la primera campaña contra el mosquito *Aedes* en 1903, y debido a los éxitos iniciales de la medida, para 1921 el presidente Alvaro Obregón creaba la Comisión Especial para la Campaña contra la Fiebre Amarilla, con tal éxito que en 1923 se decretaba la erradicación del paludismo en las principales ciudades del país, a precio de cobrarse la vida de los doctores Teodoro López, médico militar, y Howard Cross, de la Fundación Rockefeller, quienes habían participado activamente en la cruzada contra el mosquito vector.

Sin embargo en el campo, en las selvas húmedas, en los pantanos del sur, el mosquito acecha imbatible y cada año infecta a cerca de 400 mil personas que, alejadas de los servicios de salud (donde recibirían el alivio de la quinina), mueren en número de 24 mil, en su mayoría los niños. Por ello es urgente una campaña masiva de rociado de toneladas de dicloro-difenil-tricloretano (o DDT) para erradicar el legendario "vómito negro", "peste veracruzana"...

⚓

—Algo me cayó mal, primo —Loño se sobaba el hinchado vientre—. ¿No habrán sido los sopes?

—O te habrá picado algún mosquito *Cúlex*...

—Muy gracioso.

—¿Los sopes de la segunda o los de la tercera orden? —Tony sonrió al doblar los pliegues de esa reliquia periodística, y como Eulogio no quiso contestar, preguntó como de rutina—. ¿Y cómo le va a Liz en su matrimonio?

—Ya tuvo a sus gemelitos. ¿Te enteraste?

—Sí. Hablé con mamá. ¿Y su matrimonio?

El gordo Vidaurri le devolvió una mueca confusa.

—Nunca me simpatizó el tal Meraz; pero qué quieres. Hay matrimonios por amor y matrimonios por interés, el de mi hermana es porcallón. No sabes lo jamona que se puso luego del embarazo...

—Algo de eso me contaba mamá. Bueno, y con todo respeto, Liz nunca fue una varita de nardo. A la gente hay que quererla por lo que es, y ella, Loño, es una fiesta.

—¿Y tu gringa?

—Qué tiene.

—¿Es cierto que vives amancebado con ella?

Antonio buscó el rostro alborozado de su primo peleando a mordidas los restos de una piñata quebrada veinte años atrás.

–En todo caso el mancebo soy yo –sacó la foto que guardaba en la cartera–. Así que la "amancebada" es ella.

–¡Pá' su mecha, cabrón! –el primo Loño miraba el retrato de Cindy como si tuviera un diamante entre las manos–. ¿Es tu vieja?

–Vivimos en pecado, primo. Arrimados como animalitos.

–¡No, con ese viejorrón, cualquiera! ¡Chingue su madre el sacramento del matrimonio! –y sin soltar el retrato–: A propósito, ¿se van a casar?

Tony se sirvió medio vaso de agua mineral.

–No sé. Tiene su carácter. Escribe, como tú, para un periódico en San Francisco. Sale temprano a buscar *la nota* y regresa tarde y se pone a teclear. Y yo con el barquito hundiéndose a cada rato; sólo tenemos tiempo para…

–¡No me digas, no me digas, no me digas!… que así como me ves de sanote todavía soy doncel.

–¿A tu edad?

El primo no se dio por aludido.

–Pues se te va a secar el *asunto*, Loño. Qué no sientes necesidad de…

–Aunque no lo creas, primo en pecado, soy un hombre de principios… Lo mismo piensa el padre Luis.

–¿El padre Luis?

–Mi confesor… ¿ya sabías, no? Como que no me cree que mi mayor pecado sea tomarme tres cervezas en el dominó de los viernes porque yo, como mi santa madre que Dios guarde en su Santa Gloria, soy de misa y comunión los domingos. Y eso no está reñido con llevar una vida jaranera con los compañeros de redacción.

–Y tú, aquí…

–Aquí que vine por dos cosas, Toño. Uno, el reportaje que demostrará el despliegue del turismo nacional entregado al irresistible señor del dólar…

–Oh, gran novedad.

–…y dos, que me permitas hacer una novela sobre tu vida. Es decir, que me facilites los datos, las anécdotas del barco… Componer una gran rapsodia de este paraíso casi bíblico.

–Casi bíblico… ¿Qué quieres que te cuente?

–Todo. Las historias y leyendas del lugar, los personajes peculiares. Un capítulo que refiera el asedio del padre José María Morelos al fuerte de San Diego en 1813. Otro que narre la navegación del galeón de Manila que trajo al país tantísimos tesoros: las peleas de gallos y la mítica "china poblana". Una gran novela-río donde estén los clavadistas de aquí junto, la luna de miel de María Félix y Agustín Lara en el hotel Caleta…

–Las Américas. Se hospedaron en el Hotel de Las Américas, que por cierto en aquellos días estaba en huelga. Los empleados croquistas agarrándose a balazos contra los meseros anarquistas del sindicato rojo, y los únicos huéspedes, María y Agustín, cogiendo y cogiendo estrellitas de mar en la playa. ¿Algo como eso?

–Algo como eso.

–No, primo. Ésa va a ser una novela muy aburrida. Allá en la casa tengo como veinte libros de crónicas de Acapulco, la de Alejandro Gómez Maganda y la de Vito Alessio Robles; sus calles, fantasmas, gachupines famosos, el primer aeropuerto en playa Hornos. ¿A quién le interesa la historia del doctor David Panhburn, que atendía a sus pacientes viajando en una ruidosa Harley con *sidecar* y que en esa misma moto se los llevaba al hospital? ¿A quién le interesan los muertos en la inauguración del cine de don Matías Flores en febrero de 1909 cuando se incendió mientras pasaban la película *La Pasión de Cristo* de los hermanos Lumiere?… Fueron 200 muertos quemados, incluido el presidente municipal, Franco Funes, ¿pero a quién le interesa? ¿A quién le interesa que el año pasado se haya registrado el primer accidente entre los clavadistas de la Quebrada? El veterano es Roberto Apac, quien se lanzó por primera vez en 1933, pero el campeón de zambullidas es "el chupetas" Raúl García, quien lleva más de 10 mil clavados. ¿A quién le interesa, digo, que el año pasado un pescador borrachín, que llamaban el Mezcalito, se haya lanzado a medianoche dizque para incorporarse al equipo y así lo encontraron a la mañana siguiente, hecho trizas entre los riscos? Insisto, ¿a quién le interesa?

El primo Eulogio ya no respondió. Tomó un terrón de azúcar y lo comenzó a chupar.

–La tía Aurora me dejó leer algunas de tus cartas. Son muy divertidas. ¿De verdad tu barco fue de Errol Flynn?

–Eso dicen los papeles.

–Pues yo que tú comenzaba a llevar un diario. Anotaciones, anécdotas. A lo mejor podrías hacer un libro trascendental.

–Un libro trascendental –repitió Antonio y recogió el retrato de Cindy que un golpe de brisa amenazó con arrebatar. "Perderla, nunca", se dijo y comprendió que esos cuatro meses con ella habían sido la mejor parte de su vida. Los dos desnudos y escurriendo sudor y semen ante la espada flamígera de San Miguel en el vestíbulo del Juicio Final. Como Adán y Eva, pero con gafas de sol y un martini seco en la mano.

–Oye, Loño, ¿de verdad crees en Dios?

–¿Ya vas a comenzar con tus mamadas, pinche Toño? El hecho de que seas un ateo sin moral no te da derecho…

–¿Podrían regalarme un cigarro?

Era John Smith, el gringo chimuelo, intempestivo y salvador. Esta vez llevaba una camisa azul, floreada e igualmente decolorida. Aceptó el Lucky Strike que le ofrecía Antonio.

–Muchas gracias, y espero no interrumpir… –luego de una airosa bocanada, preguntó como si nada:

–¿Cómo va la exploración del mundo submarino?

–Mal, suspendida –Tony no pudo reprimir la sonrisa ante aquel cinismo–. Aquí el amigo John pregunta por el equipo de *aqua-lung* que compré el año pasado y que tengo arrumbado en la bodega. Lo que ocurre es que obedezco la primera ley del buceo deportivo…

–Norma suprema que dice: "No te meterás solo bajo la superficie del mar", ¿verdad?

–¡Tú, un hombre-rana? –Loño sostenía en el aire otro terrón de azúcar– ¿Y la segunda ley?

–La segunda dice: "No aguantarás el aire durante el ascenso", y la tercera: "Llevarás cinturón lastrado, que deberá soltarse con facilidad".

–O sea que ya no hace inmersiones. Qué pena.

–¿Se toma un café con nosotros? –Tony le indicó que tomara asiento.

–Sí, sí –tardó en aceptar el gringo–, pero mejor se lo cambio por una cerveza. La cafeína me provoca agruras.

Smith iba de pantalón recortado y huaraches. Miró de soslayo el retrato de Cindy junto a la caja de los cigarros.

–Ah, la corresponsal Rudy –comentó con aire diplomático–. Fue muy comentada su entrevista con el alpinista Edmund Hillary. El conquistador del Himalaya de visita en Acapulco que le dijo: "El techo del mundo nos obliga a mirar hacia abajo, donde los pobres de la tierra".

–Le regaló un muñequito de Nepal. Parece de brujería.

Smith llevó el cigarro hasta el cenicero de barro con forma de sombrerito. Miró al gordo que chupaba los cubos de azúcar.

–Aquí el señor Vidaurri, que es mi primo –Tony se permitió presentar–, está preparando un reportaje sobre los extranjeros en Acapulco. Él es periodista, usted es gringo, y yo me tengo que ir al yate a trabajar. Así que los dejo cambiando impresiones y afuera está el taxi de Hermes con instrucciones precisas para lo de tu reportaje –y diciendo eso los abandonó dejando en la mesa un maravilloso "ojo de gringa".

–Usted tiene que bucear otra vez, señor Camargo –Smith mantenía la mirada en aquel billete–. Usted tiene que ganarse algunos miles de pesos. ¿Ya visitó al Cristo Negro de Coyuca?

–No, la verdad no –indicó al mesero que ya se iba–. ¿Qué tiene de especial?

–Que llegó como de milagro. Un regalo del mar, y esconde un tesoro.

Tony se alejó con cara pensativa. Ese gringo haciendo siempre sus cavilaciones enigmáticas. Así alcanzó el sol ardiente de la Gran Vía Tropical. Habían organizado aquello en secreto. Citó a todos en el Club de Yates para zarpar en secreto. En la sigilosa maniobra, además de los tripulantes, iba el entrenador Apolonio Castillo, el güero Isaac, Miki Canales, el capi Santana y el trío de Lalo Wilfrido. Y como era viernes el crucero iba a reventar.

El barco zarpó puntual, pero a mitad de la "travesía de serenata" se anunció que la ruta tendría una breve interrupción. Que durante ese lapso habría barra libre a cuenta de la empresa. Así que al aproximarse a Icacos, el *Malibu* redujo la marcha y giró en *ciaboga*. Tony pidió que apagaran las luces de cubierta y el yate comenzó a retroceder en contramarcha.

–¡Ya estuvo, chingao! –gritó el Yuyo en popa, y el piloto largó el ancla.

Luego de parar la máquina, Tony abandonó la cabina. Fue el primero en bajar cargando en lo alto una de las guitarras. Después iban Lalo Wilfrido con una de las congas, el *chino* Maganda con el saxo sobre la cabeza, y los demás aguantando la risa y con el mar en la cintura. Al amparo de la noche avanzaron hacia el conjunto de búngalos. Fueron acomodándose junto a la piscina y entonces, a la voz de uno dos tres, se soltaron con aquello: "Despierta, dulce amor de mi vida... Despierta, si te encuentras dormida..."

Ese día Cindy Rudy cumplía dos años de residencia en Acapulco. Había llegado el 24 de febrero de 1953 en un DC-3 que voló desde Los Ángeles. Al concluir la melodía los cancioneros observaron la silueta que encendía una lámpara dentro del búngalo.

Fue el momento en que el yate, fondeado a un centenar de metros, lanzaba dos graves mugidos de vapor pues el Yuyo también participaba en aquella bizarra serenata. La desigual comparsa no esperó para reiniciar con la melodía que Luis Arcaraz había puesto de moda: "Bonita, como aquellos juguetes, que yo tuve en los días infantiles de ayer..."

–Tony –le musitó Apolonio en un abrazo fraternal–, además de cabronzuelo eres la envidia del puerto.

"Bonita, haz pedazos tu espejo para ver si así dejo de sufrir tu altivez..." concluían los integrantes de la ronda animándose con una botella de brandy. Fue cuando observaron que la silueta por fin se animaba a pisar la terraza y avanzando en la penumbra buscaba a Tony para decir:

–Qué bonitas sus canciones. Ojalá se hubiera quedado la señito para oírlas.

Era Zoraida, la encargada, quien refirió:

–Se fue por una urgencia, dijo ella. Como le llegó un telegrama temprano, agarró sus cosas y se las llevó al aeropuerto en la tardecita. Como a las cinco; ya no se pudo despedir –y le entregó una nota.

Tony dudó si desdoblar el pliego que temblaba entre sus manos.

–Que en ese papel se lo explica –dijo–, porque como yo no sé *ler*, pues que ahí están sus razones.

Tony lanzó una mirada piadosa a sus amigos. Apolonio meneaba en silencio las maracas, el capi Santana jugueteaba con el clavijero de la guitarra. Habían enmudecido como entrando a un funeral.

–¿Y si nos regresamos al barco? –dijo de pronto Miki Canales, y los demás voltearon a mirarlo con semblante resignado. Un sabio es un sabio.

"Antonio, amor mío. Ojalá me sepas perdonar. Me ha llegado un telegrama donde explican que ella se ha puesto muy enferma. Que me necesita a su lado. Intentaré tomar el avión de esta tarde, y luego buscar una conexión. Perdóname. Estoy muy nerviosa. Te dejo algo de dinero en el cajón. Me he llevado algunas cosas. Amor mío. Ojalá vuelvamos a encontrarnos. Te llamaré."

Apenas leer la nota, *vuelvamos*, escuchó a la mulata Zoraida que juntaba candorosamente las manos:

–Ay, y ya que están aquí con sus guitarras, ¿no me podrían tocar "Nuestro juramento"? Siempre me la cantaba el Mujambo.

Minutos después el *Malibu Dream* reemprendió la travesía. Antonio permaneció en tierra despidiéndose con monosílabos de sus camaradas. Le había llevado serenata a su amada pero aquello era como un réquiem bajo las palmeras. Tony miró en la distancia el yate, relumbrante, perdiéndose entre las sombras de la bocana.

"Ojalá me sepas perdonar". Observó que el barco navegaba ligeramente escorado, y supo que algún día se irían los dos, juntos y a mucha honra, al fondo mismo del mar hijo de perra.

–Señora –le dijo al descubrir a Zoraida como un fantasma pasmado–. Si quiere ya puede irse a dormir.

Apenas la encargada abandonó el búngalo, Tony se dirigió a la alacena donde Cindy guardaba la botella de ginebra. Buscó un vaso, un puñado de hielos, se sirvió hasta colmar ese cáliz profano. Buscó sus *Lucky Strike* pero recordó que los había obsequiado a ese gringo gorrón. "Me ha llegado un telegrama". Dio un trago largo y comenzó a buscar. La casa estaba revuelta, igual que si hubiera entrado un ladrón con prisa. Ahí estaban sus libros, la mitad de su ropa, su alajero vacío, el sombrerito azul y ninguna de sus libretas. Además el rastrillo húmedo con el que se había rasurado las piernas esa misma mañana. Abandonó todo y fue a buscar dentro del armario. La Smith-Corona ya no estaba. Eso terminó de entristecerlo.

Regresó por la ginebra y observó que un mosquito nadaba entre los hielos. Un mosquito que ya no contagiaría a nadie el paludismo, no despertaría a nadie con su estridente zumbido, no obligaría a perseguirlo a periodicazos a media noche. Un mosquito muerto felizmente en un sudario de Gilbey's. Dio un trago y temió haberlo deglutido. Pero no; el mosquito borracho seguía allí, inmutable, ingrávido, interfecto. "¡Ziiiiiiiiiiih!".

"Se ha puesto muy enferma." Podría ser su madre. ¿Pero cómo se llamaba la madre de Cindy? ¿Cuál era el condado? ¿En Oregon o en California? Lo distrajo un haz de luz atravesando la bugambilia. Luego dos golpes de claxon a la entrada del conjunto. Salió de búngalo y fue hasta la reja. En otra de las viviendas latía la música de un tocadiscos. Un saxofón que conversaba con la noche. ¿Stan Getz o John Coltrane?

–Se puso como loco –dijo al saludarlo el taxista Contla.

Tony había olvidado a su primo Eulogio.

–¿Te debo algo?

–Lo que pasa es que se merendó a dos. El pobrecito.

Antonio terminó de empujar la reja. Fue hasta el taxi y observó al gordo recostado en el asiento trasero.

–¿Bebió mucho? –preguntó.

–Conmigo nomás dos rones. Luego, cuando se metió, ya quién sabe.

Antonio había sugerido que lo llevara primero a los cocotales de Pie de la Cuesta, donde podría ver a los copreros ganándose la vida a cuatro pesos el costal. Después que lo trasladara al Fraccionamiento Copacabana, y después que lo presentara con

Madame Levy para que le relatara la inmigración de alemanes a Acapulco, muchos de ellos ex combatientes que lucieron el uniforme de la cruz gamada. Que lo invitara a comer ostiones "al cilantro" en el Playa Suave y luego, como no queriendo, recalaran en Casa Naila, a ver qué cara ponía. Y como iba contento por los rollos que había tomado con su *Leica* en el Club de Esquí, aceptó la invitación. Ahí presenció el primer *show*: un interminable *striptease* de siete muchachas y más tarde, cuando las putitas comenzaron su asedio, como que se mosqueó. Pero con los siguientes rones terminó por irse al cuarto con una.

–Le pregunté su nombre y dijo que para qué. Que si era de Salubridad –Loño relataba sus andanzas apoltronado en el sofá–. Entonces comenzó con lo suyo, y la verdad primo, no me aguanté.

–No te aguantaste.

–No. Y luego entró otra, que se llamaba María Luna, y también, pues.

–¿También?

–¡A las dos, Toño! ¡Me cogí a las dos!… ¿Y ahora qué va a decir el padre Luis?

–Pues lo que todos los padres, Loño: misa. ¿O no?

Eulogio Vidaurri alcanzó la botella de Gilbey's y como que dudó servirse. Volteó de pronto con Tony:

–Oye, por cierto, ¿y tu gringa?

–Por cierto que se fue.

–¿Se fue? ¿Adónde, pues?

–No sé.

–¿Pues no que tú y ella…? ¿Cómo está eso de que *se fue*? –el primo dejó la botella sobre la mesa–. No entiendo.

–No va a regresar, Loño. Se fue dejándome; como ahora te vas a ir tú.

Acompañó a su primo al taxi donde Hermes dormitaba. Le pidió que lo depositara en su hotel, y el taxista ya no quiso indagar. Alguien siempre abandona primero. Es lo que repiten las canciones en todo el mundo.

–No vayas a hacer una pendejada –advirtió Hermes al encender el motor.

–No, claro que no –los despidió con un manotazo en el techo–. De ninguna manera.

Regresó al búngalo después que se esfumaron los destellos rojos del auto. Fue a la cocina y reparó en aquellos huevos fritos con tocino. La mesa estaba cubierta con el mantel a cuadros azules donde reconoció las dos quemaduras de cigarro, como lunares, en un extremo del lienzo. Estaban ahí desde antes que él se mudara a ese recoveco del cielo. "Santuario 17, hasta el fondo", era lo que había anotado ella cuando Erskine Caldwell urdió ese fugitivo romance. Hizo un cálculo mental: en cuatro meses habían hecho el amor por lo menos cien veces, porque en los días fértiles de Cindy él era enviado a la hamaca de la terraza. Buscó la foto de ambos abrazados en el salón Cantamar, ¿qué celebraban?, pero en la pared no quedaba más que un rectángulo fantasmal. También se la había llevado. Y los huevos fritos cuajándose de manteca sobre la mesa como testigos de su estoicismo. "Ojalá *vuelvamos* a encontrarnos". Necesitaba airearse. El pantalón húmedo le escocía en las ingles. Fue a cambiarse y halló, por fortuna, un paquete de cigarros Elegantes, que eran los preferidos de ella. Se puso el calzón de baño y las sandalias. A esa hora estaría concluyendo la travesía musical y el *chino* Maganda se encargaría luego de fondear el yate. Contempló la piscina alumbrada por el farolito de la terraza, y así decidió dar el paseo. Fumar, caminar por la playa, olvidar. La semana anterior habían varado no lejos de ahí un grupo de toninas. Eran siete, moteadas de negro, y solamente una pudo ser retornada al mar. "Suicidio de marsopas", había titulado *El Trópico* a la calamidad. Prendió el primer cigarro y en el humo reconoció a Cindy Rudy. Su presencia materializándose en ese rastro obsequiado al olfato; es decir, su ausencia. Al amparo del gajo de gis que era la luna, descubrió una sombra escurriendo por la playa. ¿Era eso un gato? En ocasiones los cacomixtles dejaban sus madrigueras en el cocotal para cazar cangrejos. Cindy había nacido frente a la Bahía de la Desilusión, *Disappointment Bay*, una noche de octubre, 24 años atrás, cuando vivían en puerto Astoria. Era lo que le había contado su madre que ahora, agravada... ¡Y si el telegrama era de su amiga hindú,

Kalyani Saipu? ¿Cómo saberlo? Él también podía presumir: llegó al mundo en un tranvía y aunque no cultivaba amistades en lugares exóticos tenía su verga torcida como salchicha, y *miss* Rudy lo llamaba, por lo mismo, "*Hookie*, el temible". ¿Pero por qué temible? Le hubiera dado un puñetazo a Loño, su primo a punto del llanto luego de estrenarse con dos putitas. Primo zoquete, mocho, pendejo, mamón... ¡Uy, sí!: "Cuéntame tu vida y yo escribo una novela". Y hablando de eso, ¿sabes quién desvirgó a tu hermanita Liz? Yo mismo, con este pito como gancho... Ahí estaba el oleaje tibio lamiéndole los pies. Se comenzó a masturbar en lo que el tercio de luna se esfumaba tras un velo de nubes.

La sal del mar y la sal de su semen. Volvió a fajarse y vislumbró en la distancia un relámpago desvaído. ¿Se estarán echando pedos los ángeles? y le pareció razón suficiente para dejarse escurrir en el océano. Refrescarse con aquellas olas de espuma sutil. Largar las siete brazadas necesarias para burlar la rompiente y no ser vapuleado por el desparpajo de una ola. Después de todo y después del cuerpo de una mujer, lo más hermoso es meterse al mar. Mar de nadar, de flotar, de ahogar. ¿Cuándo fue la última vez que se zambulleron, Cindy y él, desnudos en esa playa? El jueves anterior. Ella que lo montaba, que se dejaba pasear sentada sobre sus muslos, que le pedía "...aguanta, aguanta, aguanta Tony". Y lo más cruel, que se había llevado su Smith-Corona portátil como señal de que aquello era definitivo. Si conservaba ese braceo, por lo demás, en media hora alcanzaría "su laja". Había una baliza roja parpadeando en la Roca del Elefante que le serviría como punto de referencia. Era la señal nocturna de la bocana del puerto; lo sabían todos los marineros. Nadar de noche, sin embargo, tiene sus riesgos peculiares. No hay auxilio posible, no hay daño por insolación, los escualos no pueden verte pero un escollo sorpresivo te raja el pecho. Conservar el braceo... dos, tres, cuatro... y respirar; dos, tres, cuatro... y respirar. Cindy prefería nadar de dorso, con mucha elegancia, volteando de cuando en cuando hacia atrás (es decir, hacia adelante avanzando). De ese modo el oleaje no golpea el rostro y en un acceso de tos te obliga a tragar un buche de mar. Nadando de dorso, además, no pierdes la orientación –insistía ella–, porque siempre miras el punto de partida perdiéndose tras tus tobillos... aunque al no advertir el avance te puede resultar un estado de angustia que los nadadores de fondo llaman *anxietas pelagus* y que, cuando sobreviene, pocos son los que no sucumben paralizados antes de ser arrastrados al fondo del mar. Por ello conservar el braceo es una prioridad... dos, tres, cuatro... y respirar; dos, tres, cuatro... y respirar. Tal vez haya volado a Los Ángeles, con escala en ¿Hawai?, para de ahí enfilar hacia India. Su pobre amiga, Kalyani, embestida por el ferrocarril que llegaba de Delhi. No pudo salir del auto averiado, perdió una pierna, quedó viuda, su hija, la pequeña Cindy Saipu, agoniza en el hospital. Dos, tres, cuatro... y respirar; dos, tres, cuatro... y respirar. ¿Y de dónde sacó el dinero para los boletos? Claro, como siempre lo sospechaste, seguramente guardaba sus dólares en la caja de sombreros al fondo del armario, ¿pero quién se iba a poner a registrar esos territorios? La intimidad es sagrada y los secretos nos acompañarán, en soledad, hasta la tumba. Como las cabezas de los campesinos degollados por el coronel Camargo, como la frase "misión cumplida" que dejó en su carta de despedida tu hermano Aurelio, como la renuencia de Cindy a hablar sobre su padre. ¿La habrá violado? Dos, tres, cuatro... y respirar; dos, tres, cuatro... y respirar. Será la una de la madrugada y las rocas no aparecen por ningún lado. Esa sombra debe ser la montaña que trepa por playa Guitarrón y aquel destello... Ya no está la baliza de la Roca del Elefante. Es decir: o la marea cubrió la laja de Cindy o nadaste en redondo. Apolonio siempre te advirtió que tienes el brazo izquierdo más largo (un ojo más arriba, una oreja más torcida, un testículo más grande), y que debes compensar. Por eso el oleaje es más fuerte y suena más: debes estar ya fuera de la bahía. Así que en vez de la una, serán, qué, ¿las tres de la madrugada? No hay nada. Oscuridad y sal. Mantenerse a flote y no dejarse vencer por el *anxietas pelagus*. ¿Qué le dirán a tu madre? "Su hijo se metió a nadar de noche, le ganó la fatiga y lo hallamos ahogado en la escollera de Pichilingue. Qué loco; no regresó a desayunar sus huevos con tocino". Un hijo suicidado y otro que se tragó el mar. De nuevo los relámpagos sordos apoderándose de la noche. Esa ráfaga que aúlla y rebana la espuma del mar encrespándose. Y la lluvia. Ha llegado de súbito, con el ventarrón, y golpea como una fría bofetada. El chubasco que impide abrir, mantener abiertos los ojos. ¡Uy, Dios; no te vayas a mojar! Uno de esos rayos caerá sobre tu cabeza. Mejor sumergirte, no escuchar el fragor de la tormenta, no ver nada. Nada y nada y toda la sal del mar. Así debió ocurrir con el gordo Merino. ¿Qué hora será? De pronto la lluvia se corta, se muda a otro sector del mar. Y los fulgores como mudos fogonazos reventando en mitad de la tormenta... tienen una secuencia regular. No, no son relámpagos. Claro, aquellos destellos deben ser el nuevo faro en la isla Roqueta. De modo que sí, estás en mar abierto. La cosa sería guiarte por ese resplandor cíclico, intentar un arco fuera de la bahía. Ese rumor deben ser las olas reventando contra la escollera, ¿o te estarás quedando sordo? ¡Demonios, si se pudiera ver algo!... Sí, abrir un arco, nadar otras dos horas y alcanzar la playa de la Roqueta guiándote por el faro en la cima, nomás que sea visible... ¿Y eso? No, ¡no! ¿Un calambre en mitad del mar? "No, pierna mía, ¡no, por Dios! Ahora no". Recuperar el braceo, dos, tres, cuatro... y respirar; dos, tres, cuatro... y respirar... dos, tres, cuatro... y respirar. Respirar en la noche y con apenas fuerzas para aguantar la cabeza a flote. Respirar. Ah, verbo bendito, indispensable... Naciste en un tranvía y te torció un calambre. Eso fue tu vida. ¿Eso fue?

Sasha

El batir de los tambores era impresionante. Un retumbo en rachas ensordeciendo la mañana. Bajo el sol a plomo, los cadetes de la Base Naval aguantaban uniformados de blanco impecable. Veintiún tambores a redoble hasta que el corneta alzó la mano y de golpe cesó el estrépito. Luego vino un momento de silencio, que pareció eterno, y el abanderado agitó nuevamente su cornetín de modo que los tambores volvieron a tundir a duelo. "¡Trrram, tam-tam... trrram, tam-tam..."

Miki Canales, que llevaba una camisa color fucsia, volteó hacia Hermes Contla y le susurró con laconismo:

–¡Qué muerte tan pendeja!

El panteón de San Francisco está ubicado al pie de la montaña. Como llovió toda la noche, el sol de media mañana lo había transformado en una olla de vapor. Los marinos, sin embargo, aguantaban con sus mosquetes al hombro. Habían llegado poco antes del cortejo fúnebre en sus transportes navales y permanecían en posición de firmes a un lado de la fosa. Toda la comunidad naviera, de hecho, se había dado cita en el sepelio. Estaba el presidente del Club de Yates, el gerente de la Naviera Costa Chica, los instructores del Club de Esquí, el comandante de la Base de Icacos, los miembros de la Cooperativa Revolucionaria de Pescadores "Juan Alvarez". Al poco rato llegó la carroza fúnebre y detrás la columna de vehículos con los deudos. Uno de los que cargaban el féretro era Apolonio Castillo, con la corbata negra atosigándolo y la sorpresa del percance anclada en el rostro.

–Sí, qué pendeja muerte –confirmó el taxista Contla, pero calló ante los aprestos marciales de la ceremonia.

El corneta tocó un *solo* procurando no desafinar. Aquel réquiem paliaba de algún modo el sofocante calor de mediodía. Luego el abanderado volteó hacia su autoridad, un capitán de bigote finísimo, quien desenvainó el sable y plegándolo al hombro ordenó:

–Piquete primero, segunda Compañía… ¡Atención! Preparar arma y… ¡fuego!

El disparo simultáneo de los siete fusileros hizo que una bandada de zanates echara a volar entre alaridos.

–Piquete segundo, segunda Compañía… ¡Atención! Preparar arma…

Cuando se aprestaban a la quinta descarga, Miki Canales sintió un toque en el hombro y la disculpa entre jadeos:

–Apenas me enteré esta mañana. Anoche tuvimos una avería.

Era Antonio Camargo, con playera negra y gafas de sol.

El sábado por la tarde Fernando Santana había tenido un sueño hermoso. El capitán de puerto se había recostado en la hamaca luego de hilvanar tres whiskys con hielo queriendo no pensar que el domingo cumpliría medio siglo de vida. Había soñado con Márgara, porque la muchacha era altiva y nunca aceptó el diminutivo. Un sueño delicioso a la sombra de la terraza en el que ella lo procuraba, trepaba con él en la hamaca (aquella hamaca voluptuosa en la barra de Tres Palos), y le suplicaba que le hiciera el amor arriba, en el techo de la palapa. "Es que me gusta ver el sol", se disculpaba ella. Los sueños son los sueños y allá iban, medio desnudos, encima de aquel techo que, de pronto, tenía montada una segunda hamaca (¿o era la misma?). Ella lo besaba, le mordía la barriga, bajaba la mano para sorprender su turgencia. "Mira el sol, mira el sol", le decía ella, la Márgara que se "robó" un agente aduanal y se la llevó a vivir, decían, a Matamoros. Con casita, cochecito, jardincito, hijito y perrito. Cual debe. Al despertar no estaban la Márgara ni el sol. El árbol de hule de su vecino había crecido demasiado y le impedía contemplar el atardecer. Además que al día siguiente sería ya un viejo. Buscó la bahía a través de la fronda pero sólo era posible ver pequeños destellos de luz entre las hojas. "Ese sol que era de ella y era mío", se dijo al recordar. Se sirvió un cuarto whisky, *White Horse*, con un puñado de hielos. Ya se lo había pedido al vecino, que por favor podara su árbol. Un poco. Se lo suplico, ¿no podría ser tan amable? Y sí, claro que sí, nomás junte para pagar un jardinero. Y lo peor, que el domingo amanecería convertido en cincuentón, una piltrafa, un venerable panzoncito... "¡Pinche viejo, fíjate por dónde manejas!". Depositó el vaso tintineando bajo la hamaca y se dijo: "Cuando esos hielos sean agua yo habré recuperado mi paisaje y mi sol". Fue al cuarto de los trebejos, empujó la podadora mecánica y halló su viejo machete. Estaba un poco herrumbroso pero conservaba buen filo. Jaló una escalerilla hasta la barda, trepó y logró asirse de esa primera rama. Se encaramó en el árbol y no, no iba a cortarlo todo. De ninguna manera; solamente iba a machetear esas dos ramas altas, las que le estorbaban para mirar el crepúsculo en mitad de la bahía. El sol de Márgara, el sol de él mismo. Comenzó a golpear con furia. La rama caería en su propiedad, o tal vez en el jardín del vecino. Eso no importaba. Ataviado como estaba, con pantaloncito y camisola, comenzó a sudar igual que un fogonero. Minutos después, y por su propio peso, la rama cayó sobre la barda. "¡Suaaash!" Fue cuando el vecino asomó con un bat en la mano. "¡Ah, es usted, capi!... pensé que era un ladrón". Y devolviéndole apenas el saludo trepó nuevamente hasta la siguiente rama, ahora que era posible ya mirar algunos retazos de aquel Acapulco bruñido. La primera rama fue de golpes descendentes y facilones; ahora se trataba de machetear hacia arriba porque el tronco se abría en horqueta y aquella derivación era la enfadosa. Ojalá terminara antes del crepúsculo, como el de cinco años atrás, cuando ese árbol tremendo era una ramita despreciable. ¿Y los hielos? ¿Ya se habrán fundido en el vaso? "Oiga, capi, si no le para se me hace que voy a llamar a la policía". Volteó hacia la terraza donde la hamaca y Márgara... Resbaló, se fue con todo para abajo, golpeó la barda y cayó en una postura ridícula que alguien habría calificado de soez, salvo que ese dolor obligó a dejarse rodar de costado porque el machete le había rebanado el hígado y la sangre encharcaba ya el hormiguero bajo el árbol. Cuando el vecino llegó en su auxilio escuchó que el capitán Santana susurraba "... ya se jodió", señalando con la mano libre su Cartier de 22 joyas.

Con la última descarga de los fusileros arribó una brisa que todos agradecieron. El capitán de puerto no había llegado a los 50 años, pero de cualquier modo ahí estaban sus compañeros celebrándolo con aquellas siete descargas al aire. Como los héroes. Los héroes pendejos luchando contra el follaje tropical.

—¿Y ahora dónde jugaremos al póquer?

Tony reparó en la pertinencia de la pregunta.

—¿Sí, verdad? —y le devolvió a Miki una mirada de desamparo.

Era el fin de una tradición. Hermes Contla, el capi Santana, Miki Canales y él mismo que retornaba a casa con 200 pesos de menos.

—Si es en lunes, podría ser a bordo del yate —propuso Tony al descubrir en la distancia algo que no hubiera querido mirar.

Era *la Roba*... y sus *cocos-fizz* de fantasía. Al mirarla aproximándose algo se acomodó bajo su esternón. La mujer se había desmejorado un poco. Quizá eran diez kilos de menos, los racimos de canas asomando en las sienes, la carne gravitando sin vigor. ¿O era que esta vez se le presentaba a todo sol?

—Mi Toño tan galano —dijo ella al plantársele a medio paso.

—Doña Roberta, viera cómo extraño sus atenciones.

La mujer desvió la mirada, como esperando un rubor que no llegó. Ahí cerca concluían los abrazos de duelo. Avanzó, se apoyó en sus antebrazos, le besó la mejilla escurriendo un rastro húmedo que volvió a inquietarlo.

—¿Sigue en el *ensueño*?

—Siempre —le ofreció una mirada que quiso ser pícara.

—Digo —se corrigió Tony—, en el hotel... el hotel Ensueño.

—A veces, cuando es temporada, pero como que ya no le hallo el gusto no estando usted.

Antonio tuvo un pensamiento inconveniente. Se imaginó con ella. No en ese funeral, no con ese retraimiento.

—Entonces, lo perdimos —comentó ella al abanicarse con un pañuelo.

—¿Usted lo conocía?

—No; yo hablo de su amor. De su amor que era de usted. Por ahí supe que alguien dejó una cama libre.

No pudo reprimir la sonrisa, prefirió no responder. Miki Canales observaba la escena con fastidio, manoteó en retirada:

—Bueno, bueno, bueno... Pinche sol: estas honras fúnebres se están poniendo muy calenturientas.

La *Roba* lo siguió con los ojos. Segundos después murmuró:

—A ése le gustas... tú, muchacho. Como amigo o como lo que sea... y se me hace que más bien como lo segundo.

—¿Y usted lo conocía? —Tony pasó por alto el comentario—. ¿Trabajó para el capitán Santana?

La mujer soltó un suspiro, una mirada de hartazgo.

—¿Quieres que responda, corazón?

—No me diga que... —sin querer, Tony ya le sujetaba un brazo.

—Si me buscas un día a lo mejor te cuento. Pero creo que no.

—¿No me va a contar?

—No. No me vas a buscar, como yo no crecí comiendo Corn Flakes...

—Doña *Roba*, por favor, eso... Es humo.

—Es humo —repitió ella.

—No me vas a buscar, corazón. No te gusto. No soy gringa. No crees que mi amor sea bueno. No me imaginas dándote felicidad...

—No diga esas cosas, señora. Estamos en el sepelio de...

—Ay, ¡pinche Fernando! —lo atajó alzando las manos—. Se murió por pendejo y por mezquino. ¿A ver, por qué no pagó un jardinero? Sólo quería de fiado...

—¿De fiado?

La mujer ya no respondió. Efectuó un ademán ambiguo, como que se arreglaba el sostén y como que se despedía. Luego le arrojó un beso sin escrúpulos y se retiró recuperando el contoneo. Antonio la miró alejarse y ya no pudo serenar la respiración. Ese calor sin sombra.

Siete semanas atrás Cindy se había esfumado. Con su Smith-

Corona, con *The song of the lark* de Willa Cather, con sus bucles perfumados. Había dejado, sí, su "laja" frente a la playa Guitarrón y su sombrerito azul en lo alto del armario. Y aquel recado misterioso, "ella se ha puesto muy enferma". El 5 de abril había llegado una postal suya. El paisaje del Río Columbia, el matasellos fechado en Tacoma y unas líneas al reverso: "Antonio: Te envío una disculpa desde casa. Mamá se ha puesto más grave. Nos ha dicho cosas tristes, de abandono, violencia y resentimiento. Debo permanecer con ella, que ya casi no ve. Cuídate, cuida la casa y, por favor, no te vayas ahogar. (Cuida también <u>mi piedra</u>. Que no la recupere el león marino. Se llamaba, cuando estuvo, Kuko). Un beso, siempre, C."

Kuko, el pinnípedo que fue expulsado por la traidora. *No te vayas ahogar.* ¿Pero traidora por qué? Por lo demás Antonio pagaba puntualmente la renta del búngalo, fumaba cigarros Elegantes —como ella— y noche tras noche colocaba sus discos de Wagner en el tornamesa portátil. Además que la avería del *Malibu* había estado a punto de convertirlo en un triste náufrago.

La noche en que murió el capi Santana mareaban con un grupo reducido frente a Revolcadero. Uno de los pistones reventó y afortunadamente la brisa no soplaba, pues habrían encallado en la rompiente. El *chino* Maganda fue el de la idea. "¿Se acuerda del motorcito de los náufragos el año pasado? Pues ya lo arreglé y está abajo, en la bodega". Y así, navegando con aquellos cinco caballos de vapor, el yate alcanzó puerto poco antes del amanecer.

—¡Hermes...! —llamó Tony al reconocerlo entre los dolientes que abandonaban el panteón—. Eres la gloria de un pueblo.

—¿Dónde andabas, *mi viudo*? —el taxista presumió en la distancia un Chevrolet blanco de puertas rojas—. Es el número catorce de mi flotilla.

—Eso me parece maravilloso —confesó Tony—: Yo zozobrando y tú convirtiéndote en millonario...

Abordaron el vehículo y Tony reconoció inmediatamente el olor resinoso de los autos nuevos. Como los que estrenaba cada año su padre.

—¿A dónde lo llevo, señor? —consultó Hermes fingiendo que se arreglaba una corbata de moño.

Antonio miraba la desolación del camposanto. Pequeños altares de prosapia con angelitos de mármol, y más allá los difuntos sin alcurnia bajo las cruces encaladas por millares.

—Llévame a Coyuca.

—¡A Coyuca! —el amigo volteó sorprendido. Para llegar era necesario bordear la anchurosa albufera—. ¿Y qué vas a hacer allá?

—Rezar, supongo. Quiero ver el crucifijo de la parroquia.

—¿El Cristo Negro? —rezongó—. ¿Tan mal anda tu barquito?

Antonio le ofreció una mueca resignada.

—Se quedó sin motor y ya no habrá travesías ni serenatas. Solamente un milagro podría salvarlo… ¿Te arruino el día? —soltó Antonio cuando ya enfilaban por aquel camino de terracería flanqueando el estero.

—Yo no pierdo el tiempo, Tony. Te estoy trabajando.

—¿Me estás trabajando? —observó que apenas pisar la barra litoral el taxista aceleraba hasta los cien por hora dejando atrás una estela de polvo.

—Te estoy trabajando. Terminarás por caer.

La laguna de Coyuca era lo más próximo al paraíso. Rodeada por una franja de manglares, la enorme ciénaga duplicaba en extensión a la bahía de Acapulco y en sus isletas habitaba una fauna inverosímil: caimanes, papagayos, boas, quetzales, monos saraguatos, manatíes, águilas arpías, jaguares, flamingos y el temible mosquito *Cúlex* por millones.

Minutos después avistaron un enorme cayuco varado en mitad de la playa. Alrededor de la barca se agolpaban decenas de lugareños esperando que los pescadores terminaran de recoger su largo chinchorro. Hermes apenas si desaceleró, pero Tony logró reconocer una camisa floreada en medio de aquella chusma. ¿Qué hacía John Smith entre esos pescadores concentrados en sacar la red de la rompiente? El Chevrolet pasó como un vendaval y los hombres apenas si voltearon.

La iglesia de Coyuca tenía dos campanarios y una cúpula revestida de azulejos. La nave mayor estaba consagrada a la Virgen de Guadalupe, y en la menor se veneraba al famoso Cristo Negro.

—Usted vaya a su milagro –advirtió el taxista al estacionarse–, que yo me quedo en aquel merendero purificándome con un bendito pozole.

Antonio se adentró en la parroquia y muy pronto respiró aquel ambiente impregnado de incienso y humedad. Había cuatro mujeres rezando frente al altar menor y ninguna en la nave de la Guadalupana. Avanzó hasta la barandilla, se santiguó y una vez arrodillado se dispuso a contemplar aquel Cristo más que moreno. Era casi de tamaño natural y estaba ceñido con una calza morada. El cabello parecía natural y los surcos de sangre eran dorados. La oscura tez dificultaba distinguir las facciones del Nazareno. La cruz tenía remates de bronce y algo en lo alto llamó la atención de Antonio. En lugar de la legendaria inscripción latina había unos rasgos torcidos. Algo que semejaba un grafema en idioma árabe.

En eso alguien encendió un pequeño reflector que permitió contemplar mejor la efigie. Contra lo que había supuesto, el Cristo no tenía cerrados los ojos.

—Es tagalo –dijo una voz junto a él.

Antonio volteó y descubrió, saliendo de la sombra, al párroco. Llevaba pantalones de dril bajo la casulla de cruces bordadas.

—Nos tardamos varios meses en descifrarlo. Es tagalo... el idioma del afrentoso edicto *Iesus Nazarenus Rex Iuderoum*; lo cual explica todo.

Tony se presentó. Estuvo a punto de confesar que había ido en pos de un milagro. Acabándose el negocio del yate no le quedaría más que retornar a México para hacerse cargo de la constructora de su padre.

—¿Es ébano, el material de la...?

—Pareciera, pero no. Es marfil horneado –el párroco se recargó en una pilastra–. No sé muy bien la técnica, pero cada miembro fue elaborado con un colmillo de elefante. El tórax, si se fija bien, tiene un pliegue por la mitad, o sea que son dos colmillos pegados. Lo tallaron a fines del siglo XVIII y luego, al parecer, lo metieron a un horno para darle esa coloración prieta. Por eso fue tan bien acogido aquí, que es territorio de cimarrones.

–El Cristo Negro...

–Cuentan que hace milagros perjuros... esos de los que no hay que pedir. Dicen que mata a la suegra, al marido adúltero, que vuelve paralítico al que no paga sus deudas y hace que las muchachas se entreguen a los viejos disolutos... Pura superstición de estos paganos malnacidos.

–Yo no necesito de esos prodigios –se disculpó Antonio, y de momento se imaginó enviándole a Cindy un kilo de sal meada por un gato. Es lo que había sugerido el Yuyo cuando lo rescataron en la isla Roqueta.

–Usted dispense –el párroco le ofreció la mano–, Fausto Hernández, servidor de usted y de la congregación del Señor.

–¿Por qué tiene los ojos así? –insistió Tony mirando al Nazareno.

–Por eso preferimos mantenerlo en la penumbra –el cura apuntaba con su índice–, para que no se le noten los rasgos que usted ha percibido. Fíjese bien; el Cristo no es negro, negro cambujo como muchos quisieran. Aunque ahumado, éste es un Cristo chino.

Lo invitó a la sacristía, donde podría enseñarle otras curiosidades.

–Sirve que nos acabamos la Coca-Cola que mandé traer –y ante la cara sorprendida del visitante–. Qué, si no es pecado... antes de que se entibie.

Tomaron asiento y el párroco se despojó de la casulla bordada. Llevaba una playera que invitaba a votar por el candidato Adolfo Ruiz Cortines para la Presidencia. Abrió el cajón inferior de una gaveta.

–Mire –le ofreció un sobre de papel manila–. Estas son las fotos de cuando se apareció el Cristo Negro. Lo hallaron unos atarrayeros en Pie de la Cuesta el año pasado... No, antepasado; en abril, poquito antes de Semana Santa. Por eso lo de su milagrería. ¿Los ve?, fueron estos dos –el cura Hernández apuntaba a dos muchachos de torso desnudo posando ante una veintena de curiosos mirando la efigie arrojada por el mar.

Dio un sorbo a su refresco y continuó:

–Al principio pensaron que era un ahogado. Eso dijeron. Luego llamaron al presidente municipal, a los de la oficina regional del Instituto de Antropología, pero ellos qué. En cosa de una hora la comunidad de Coyuca tenía invadida la playa. Se lo trajeron en una camioneta y me lo entregaron con dos condiciones: primera; que lo bendijera por si traía maleficio de los brujos de Costa Grande, y segunda, que lo pusiera en el altar de Santiago, al que tuvimos que arrumbar –se levantó, alzó un cortinaje raído, le permitió ver la efigie del apóstol *Sancte Jacobe*–. O sea que como en las peleas del Madison Square Garden, un negro derrotó a un güero. ¿Cómo la ve?

Antonio revisó las fotografías, los recortes de prensa festejando el "Milagro de Coyuca", un cartón con la leyenda: "Carnation Milk-PF".

–¿Y eso?

–Venía pegado a la cruz. Basura que llega a la costa… sabrá Dios.

–Pues a mí me recomendaron que visitara al Cristo Negro, que lo observara con cuidado. Un gringo medio loco; John Smith.

–No lo conozco –el padre Hernández terminó de servirse el resto de la Coca-Cola. No tendría más de treinta años–. El que a veces viene a preguntar es otro. Creo que Kim o King. Por ahí lo tengo apuntado.

–¿Uno como chimuelo?

–Ése mismo. Con unas camisas de fiesta que de a tiro me dan ganas de no dejarlo entrar. ¿Dijo usted Smith?

–Lo que yo digo es que el milagro está por cumplirse.

Antonio alzó las cejas con desencanto.

–¿Cuál milagro?

–Te lo advertí hace rato –Hermes giró la manivela hasta que la ventanilla permitió el paso de la brisa–. Te estuve trabajando y ya caíste.

–¿Se puede saber de qué estás hablando?

–De eso. En lo que tú te metías a rezarle a los santos, llamé por teléfono al taller. Ya te conseguí un Cummins de cuatro toneladas.

—¿Estás hablando de un camión? ¿Qué, tengo cara de materialista?

—No sé —al acelerar el viento refrescaba—. Te estoy diciendo que ya le mandé quitar el motor. Un camión que se fue al barranco en la construcción de la carretera a México. Se despedazó la caja… y el conductor, pero se salvó el motor. Un motorazo casi nuevo, de 300 caballos. Le va a quedar pero que ni soñado a tu barquito.

—Pero estás hablando de varios miles pesos.

—Que me vas a pagar cada noche, ahora que te incorpores como taxista en mi central.

—¿Yo, taxista?

—Cincuenta pesos diarios de "cuenta" para mí. Lo demás queda para ti.

—¿Yo, taxista? —insistió.

—Te dije que caerías.

⚓

Los trabajos iban a durar, en el mejor de los casos, siete semanas. Lo discutió vía telefónica con su padre y pactaron repartirse los gastos por mitades. El coronel Camargo se encargaría de sufragar la operación del astillero y Antonio pagaría —con crédito a un año— el motor. Necesitaba dinero, y con tal de conseguirlo, se dijo, "sería capaz hasta de trabajar". Eso fue lo que lo llevó a plantear el proyecto de la escuela submarina.

Apolonio Castillo tenía su propio equipo de buceo, lo mismo que Tony. Compartiéndolos podrían iniciar una "escuela de submarinismo" porque se necesitaban dos equipos para operar: uno para el instructor y otro para el aprendiz. A los pocos días abrieron un pequeño local en el Muelle Sirocco, en cuya puerta colocaron un retrato de Jacques-Cousteau y la leyenda: "SI ÉL FUE EL CRISTOBAL COLÓN DEL FONDO DEL MAR, ¿POR QUÉ NO SE APUNTA USTED EN SU MARAVILLOSA EXPLORACIÓN?" Y luego los horarios y las tarifas.

Fue un éxito. El primer día hubo dos inscritos, y una semana después treinta. Así que debieron ampliar el horario de sol a sol y adquirir con urgencia un tercer equipo. El curso incluía una inmersión guiada en los bajos de la isla Roqueta. Y luego, al anochecer, el taxi: un Packard del año 47 que parecía vestigio del desembarco en Normandía.

El sitio de taxis quedaba a un lado del Bum-Bum, de modo que en lo que los clientes salían del cabaret Tony podía dormitar al volante, al fin que aquello terminaba a las cinco de la madrugada... y de Cindy. ¿Quién era Cindy Rudy? Ni una llamada, ni una carta, ni un telegrama. Solamente aquella postal del río Columbia en la que un pescador prueba suerte con el arte a la mosca...

—A Las Brisas.

Tony despertó. Era el portero sacudiéndole un hombro.

—A Las Brisas *y con mucho cuidado* –subrayó el empleado al abrir la portezuela posterior.

Tony se enderezó, empujó de un manotazo el fleco que le velaba un ojo, accionó la marcha. La vio subir y creyó reconocerla. Era una elegante morena, morena clara, luciendo un largo escote y un sombrerito de seda.

—¿Qué tal estuvo la boda? –preguntó Antonio dirigiéndole la mirada por el retrovisor. "¿De dónde, de dónde?".

—¿Cuál boda?

Antonio aguantó el bostezo. Aseguró los brazos al volante y volvió a mirarla a través del espejo. ¿La mujer de un político, una cantante de la xew? Cruzó una mirada cómplice con el portero de noche.

—¿Tardará mucho? –preguntó al voltear sobre el respaldo.

La mujer le dirigió una mueca divertida.

—¿Tardará...?

—Sí, su marido, o...

Se llevó una mano al rostro cuidándose de no revolver el maquillaje. Soltó dos negaciones tornando en silencio el cuello. Suspiró.

—No tardará ni vendrá con nosotros. Vámonos, pues, a Las Brisas. ¿Conoce usted?

—Sí, claro. ¿Por la calzada o por la terracería?

—¿Cuál es la diferencia? –la mujer rebuscaba en su bolso.

Antonio apalancó en primera, encendió los faros, sacó la mano para indicar la vuelta en "U".

—Además del polvo, el tiempo.

—¿Cómo está eso?

—Por arriba, por la Calzada del Farallón, llegamos en veinte minutos y fresquecitos. Por el camino de los cocotales hacemos diez minutos más, aunque nos puede tocar una arribazón —Tony asomó por la ventanilla y volteó hacia el cielo, como averiguando—. Sí, hoy.

—¿Una arribazón?

—De tortugas, estamos en época de desove. Algunas llegan desde la playa hasta el camino. Vienen con la luna.

—Por abajo, entonces. Por favor —la mujer seguía hurgando en su pequeño bolso cuajado de perlas—. Con un poco de suerte, como usted dice…

Tony desaceleró, volvió a buscar ese rostro con el destello de las últimas luminarias porque ahí comenzaba el camino de tierra. "¿De dónde, de dónde?". Y ese tremendo escote como nunca en su vida. Frenó lentamente y encendió la lamparita de servicio antes de voltear sobre el respaldo:

—¿Quiere usted fumar? —ya le ofrecía el paquete de Elegantes.

La mujer aceptó en silencio el envite. Luego del fuego musitó con el humo disipándose:

—Gracias —y concentrando los ojos se permitió aventurar—. Yo a usted lo conozco.

Tony sonrió. Guardó su encendedor. Quitó los ojos de ese busto nimbado por plumas de avestruz. Debió contestar:

—Yo a usted, también.

La mujer soltó la carcajada. Dio una segunda chupada al cigarro. Le indicó que continuaran.

—Usted a mí también… —repitió cuando el Packard ya sorteaba las hondonadas de la terracería—. Yo a usted lo vi en el concurso de natación, cuando ganó… o algo así. El año pasado en el Club de Yates, yo estaba en la tribuna con Orson. ¿Y sí ganó o no?

—¿El año pasado? Sería el maratón del Día de la Raza —indagaba Tony—. Sí, llegué con los punteros, pero en tercer lugar. Nos ganó el güero Isaac. Éramos como cuarenta los inscritos.

—Nada usted mucho —dijo ella sin preguntar.

—Cada vez menos, es decir... –¿y a quién le importaban sus apuros económicos, esos cinco mil pesos que debía, el pago del tercer equipo de buceo? *Nadar*... un lujo rezagándose en la memoria–. Cada vez menos.

El taxi avanzaba con pausas: horas atrás había llovido y los sucesivos encharcamientos obligaban a suavizar la marcha. "¿De dónde?" Minutos después alcanzaron a dos muchachos que empuñaban linternas de petróleo. Uno cargaba un cesto terciado y el otro llevaba un carrizo.

–¿Y esos, qué? ¿Están buscando tortugas?

–No. Están cazando cangrejo... cangrejo moro. Uno lo entretiene con la vara y el otro lo sorprende por detrás porque la mordida de esas pinzas es tremenda. Se quedan con el dedo de uno.

–Oiga, ¿y la Casa Naila?

Antonio respingó. Volteó a buscarla en la penumbra del espejo. Ese rostro, ese cuello alumbrado apenas por el ascua del cigarro.

–Pues... No es por este rumbo. Está del otro lado, en la salida a Pie de la Cuesta. No es un lugar muy decoroso, que digamos.

–Me imagino –la mujer apretaba un pañuelo como dudando si llevárselo al rostro.

–Lo que me queda por delante es el resto de la vida –dijo de pronto.

Antonio no supo qué contestar. ¿Había algo que responder? Quiso ofrecerle otro cigarro, pero no. Mejor que se lo pidiera. Estuvo a punto de preguntar si era Andrea Palma, la actriz. ¿O era la esposa de un político?

–¿Es cierto lo de las mulatas? Eso que dicen de las muchachitas de ese... lugar. ¿Casa Naila?

–No lo sé, señora –mintió descuidando por un momento el volante–. La gente cuenta muchas historias.

–Sí, claro.

El hotel tenía dos meses de inaugurado. Construido en la escarpa de la montaña, sus habitaciones contaban con una piscina privada y la más hermosa vista de la bahía. Se accedía a ellas por medio de un funicular y eran, en resumidas cuentas, como un paraíso para los recién casados.

Antonio desaceleró. Volteó hacia la playa como buscando una luz entre el follaje.

—¿Pasa algo?

—No, señora. Es que allá está mi casa, y pensé...

—Pensó que lo está esperando su mujer. A estas horas... ya lo sé.

Tony volvió a buscar ese rostro sereno, desafiante, en el cuadrángulo del espejo. Aquel escote como rambla misteriosa.

—No, señora. Me abandonaron —y luego, recuperando el respiro—. Es muy pequeña, y calurosa. Apenas una cabañita... Está junto al mar.

—¿Junto al mar?

—Bueno; cerca.

Dejaron la terracería en la intersección que llevaba a la base naval. Entroncaron con la carretera e iniciaron el ascenso hacia Las Brisas. De cuando en cuando una luciérnaga cruzaba su camino igual que un destello perdido entre el follaje. Eran pasadas las dos cuando llegaron a la terraza de acceso. El rellano estaba desolado y solamente se adivinaba una luz en el vestíbulo de la recepción. La mujer se apeó luego de pagar la tarifa. Avanzaba hacia el edificio cuando de pronto se detuvo. ¿Había dejado su pañuelo en el asiento? Regresó al taxi, que parecía esperarla con el motor encendido. Se reencontró con la mirada de aquel muchacho en suspenso.

—¿Olvida algo? —indagó Antonio al reconocerla por fin.

—Sí, esto —y Dolores del Río se abrió el escote hasta los hombros ofreciendo al aire aquellos hermosos atributos.

—¿Junto al mar, decías? —volvió a preguntar.

⚓

Llovía. Aquella tormenta de madrugada se prolongaba ya demasiado. Alguna ola, de cuando en cuando, subía hasta lamerle los pies. Encogido en la arena húmeda, Antonio temblaba de frío. Rezaba, le agradecía al cielo seguir con vida. El calambre en su pierna había estado a punto de vencerlo. ¿Cuántas horas estuvo a la deriva nadando en mitad de las tinieblas? La luz del faro en lo alto de la isla lo había salvado de aquel principio de *anxietas pelagus*... Aquel destello que ahora apenas se extinguía. Pero Tony temblaba, estaba aterido, necesitaba dos cucharadas de azúcar.

Cindy Rudy se había esfumado con la maquinita portátil cargando con ella, posiblemente, sus mejores noches. Además de la Smith-Corona se había llevado el aroma de su rubia cabellera cuando quedaba exánime entre las almohadas. A ratos la odiaba. ¿Y qué hacer con aquella ropa en los cajones? Había dejado sus medias corridas, sus faldas percudidas y las blusas con hilachos en las costuras... como si hubiera cambiado de piel, igual que los escarabajos y las serpientes. Ahí estaban los vestidos colgados en el perchero, los calzones recién lavados en el cubo de la regadera, las sandalias rojas como sabandijas al fondo del buró. Esa ropa suya, afrentándolo, se presentaba como los despojos de un festejo arrasado por el huracán. ¿Qué hacer con toda ella? ¿Dejarla en el armario para salarle la llaga? ¿Meterla en una caja de cartón y arrumbarla junto a las escobas y el detergente?

El Packard fallaba. Se le calentaba la bomba de gasolina y era necesario detenerse, golpearla, encimarle un trapo empapado en agua fresca porque de lo contrario el auto se jalonaba. Así estaba Tony, esa tarde, cuando creyó reconocer algo en el aire.

Sí, Chopin. El *Nocturno número dos*. Esa languidez romántica flotando en el aire y como salida de no sabía dónde. Recordó a su hermano Aurelio (era una de sus piezas favoritas), las manos escurriendo por el teclado, pausadas, porque Federico Chopin nunca fue compositor de pianos atronantes. Una música que era casi conversación y aquel jugueteo final, despidiéndose, que le erizó la piel. Al mirarse las manos, llenas de grasa, estuvo a punto de llorar. Allá, no sabía dónde, otras manos insistían con aquella pieza una segunda vez porque seguramente era una práctica de clase.

Había estacionado el taxi junto al parque Tamarindo, donde cerraba la bahía. Hasta ahí no llegaba el oleaje y los laureles se mecían con la brisa, además que Chopin –quién sabe en cuál de los balcones– se deslizaba hasta alcanzar sus oídos. Ahí delante, en un pequeño muelle, dos niños habían soltado sus hilos de pesca y volteaban hacia aquellas estrechas casas como averiguando, porque aquella música, alguien diría, parecía venir del cielo.

Antonio atravesó la calle, vacía a esa hora, y llegó hasta una casa pintada de violeta. Las cortinas se mecían fuera del balcón y aquella segunda despedida del *Nocturno* era seguida por un silencio casi angustioso, y ahí debajo Tony se miraba las manos… esas manos que habían dicho adiós a la música y ahora lucían groseramente renegridas. Hubo un ladrido ahí dentro, y luego otro que fue acallado por un grito femenino: *Beria, Beria…* Una mujer que pasaba seguramente de las teclas al cazo de las bazofias hervidas.

–Mi Toño –lo llamó una voz–. Llegas como un ángel salvador.

Volteó y se encontró con ella cargando una bolsa del mercado. Era doña Roberta, *la Roba*, con su sonrisa hechicera.

–Aprovechando que estás de servicio público –argumentó al apoyar su carga en el taxi–, ¿me podrías llevar a casa ahora que dejé el Ensueño?

–¿Dejó el hotel?

–Con dinero baila el perro, mi Toño, y en el Playa Suave me pagan el doble por estar en la cocina medio día, con las tardes libres para mí. Y para cualquier cosa…

–Sólo que aquí hay un problema –Antonio terminó de limpiarse las manos con una estopa, y accionó con una mueca el cerrojo de la marcha.

El Packard, entonces, arrancó puntual y listo para rodar en la Carrera Panamericana. Pisó el acelerador con brusquedad y la máquina, igualmente, respondió. Bajó la cubierta del cofre y le indicó que abordara. En ese punto el perro de la casa violeta asomó en la terraza y lanzó un ladrido como protestando por aquel ruido. Era un hermoso *terranova* con las patas encimadas en el pretil. Ya no ladró.

Avanzaron hacia la salida a Pie de la Cuesta ascendiendo por un caserío de bajareque. La *Roba* iba pensativa y disfrutando de la brisa.

–¿Tú pagas mucho de luz? –preguntó al observar los tendajones que encendían sus foquillos para anunciar dulce de coco.

–La verdad…

–Perdón, ¿o debí decir, ustedes? ¿Ya regresó la Corn Flakes? Tony hizo un gesto negativo sin quitar la vista del frente.

–Mis niños no están.

–¿Van en la vespertina? –indagó al virar hacia la calle de tierra que ella indicó.

–No; los mandé a Mozimba, con sus abuelos. Que allá aprendan lo que es no tenerme porque aquí andaban muy *malcriadosos*. Cada semana les mando veinte pesos.

Antonio le brindó una mirada de confusión.

–El dinero es el problema de la vida –explicó ella al señalar su casa–. ¿No te habías dado cuenta?… Estaciónate allí mi cielo y ayúdame a bajar estos cocos –abrió la bolsa y le mostró la docena que cargaba–. Te voy a ofrecer un coco-fizz, como los de antes.

Tony obedeció en silencio, recordando que era lunes y permanecer esa tarde a las puertas del Bum-Bum sería perder el tiempo.

–Puedes dejarlo abierto, los de Yogoma somos gente honrada –decía ella al ofrecerle la pesada bolsa de yute, cuando un chamaco en calzoncillos pasó corriendo y gritó:

–¡Esa la *Roba* que se los roba!…

Entraron y ella encendió el foco central que pendía en la sala. Había un sofá con manchas de humedad, retratos de la familia en un muro, una mesa de lámina con mantel cuadriculado, un florero con rosas de plástico, una botella de ron a la mitad.

–¿Qué te parece? –presumió ella desde la cocina–. Es nuevo. Tony miró el aparato de radio, Admiral, montado sobre el aparador. Tenía una telaraña en el hueco de la bocina.

–Bien, ¿qué tal suena? –se aproximó para encenderlo, pero se detuvo al escuchar un golpe fulminante. Y luego otro.

La mulata macheteaba el primer coco. Asomó con el alfanje en la mano y lo apuntó hacia abajo con cierta desazón:

–Yo decía del piso. Lo encementaron la semana pasada… por eso mandé a las criaturas con sus abuelos –y como Tony seguía en silencio, insistió–: ¿A poco no quedó a todo dar?

—Sí; muy fresco. Me imagino.

—No. Cuando era de tierra como que respiraba más. Pero hay que ser modernos, ¿o no?

—Sí, claro. Modernos.

La Roba colgó el machete en una alcayata y solicitó desde la cocina:

—¿Me podrías traer unos vasos?

Antonio obedecía en silencio cuando ella insistió:

—Los de la cómoda no; mejor los del trinchador. Están sin polvo.

Abrió la gaveta y dio con tres vasos de flores esmaltadas. Uno estaba ligeramente desportillado y retenía un sobre de papel fotográfico, Kodak, sobre el que alcanzó a leer: "… la hija de Yogoma". Le llevaba los vasos cuando ella lo detuvo con una mirada como dardo:

—En la recámara tengo un aparato de discos —alzaba los vasos, imposibilitada de ser más explícita—. Pon el que quieras.

Obedeció en silencio. ¿"La hija de Yogoma"? El dormitorio estaba pintado de rojo, rojo sandía, y el techo de negro. Encendió la lamparita del buró y localizó, ahí junto, una docena de discos *long play*. Virginia López, Amparo Montes, Julio Jaramillo, Toña la Negra, Celio Cruz. Prendió el aparato y montó el segundo. En eso llegó una nueva sesión de machetazos. ¿Estará preparando una jarra? "Que se quede el infinito sin estrellas, o que pierda el ancho mar su inmensidad…" cantaba Amparito cuando Tony decidió revisar la galería.

Era tremenda la degollina extendida a lo ancho del muro. Aquellos retratos habían sido manipulados a tijera y en los que aparecía un hombre junto a Roberta, éste tenía la cabeza recortada. ¿Un rito de brujería? Y los dos niños —de un año, de tres, de siete— cargados por ese fantasma decapitado y la sonrisa de la *Roba* en los tiempos felices del amor temprano.

—Se llamaba Diómedes; nos dejó hace siete años —la *Roba* le ofrecía aquel brebaje de ginebra y leche de coco—. Se fue a los *estéits*, donde lo encapricharon. Ya no volvió.

—¿Así nomás? —Antonio probó aquello, que era un portento.

—Del *Chome* ni sus luces; además que ni falta que hace. Aquí era *maistro* de obras y en el Houston ejerce como jardinero –comenzó a divagar–. Aquí estamos en una boda, aquí en playa Tlacopanocha, aquí en el cumpleaños de Yola.

–¿Y los niños…? –Antonio sintió aquel brazo enlazando su cintura– ¿No se asustan con ese… con su padre sin cabeza?

La mujer le ofreció una mueca de inocencia.

–Le dicen "Papá Chundo".

–¿"Chundo"?

–Mocho, descabezado, tronchado. "Papá Chundo".

Tony recordó sus propios fantasmas. Aquella fotografía de su padre, el coronel Camargo, sosteniendo las cabezas de aquellos campesinos degollados. ¿Se las habrían cortado ya muertos?

–Vamos a bailar, menso. Se va a acabar el disco.

Tony bebió el resto de su coco-fizz. Maravilloso. Amparo Montes cantando *Piensa en mí*. "Si tienes un hondo pesar…" Bailaron ésa y también *Perfidia*, y *Cuando me querías tú*. "Y hoy que no me quieres, que no sé de ti, a ti otros quereres, te alejan de mí, lloro y añoro mi jardín azul…" Aquello terminó en un beso tremendo; los labios gruesos de aquella mulata aguantando la mordedura.

–Espera, ya se acabó el disco –dijo ella cuando la aguja empezó a sonar como gotera–. Deja ponerme más cómoda.

Y en lo que avanzaba hacia el dormitorio rojo, advirtió:

–Antes me voy a dar un baño. Sírvete otro *cocolín*.

Antonio respiraba con agitación. Se sirvió un segundo vaso rebosante. Al fondo de la casa flotaba el murmullo de la regadera diluyéndose con un canturreo. Bebió la mitad de aquello y dejó el vaso. Fue al estante y abrió de nuevo la gaveta. Sacó el sobre amarillo y se enfrentó con el rótulo completo: "Retratos lujuriosos de la hija de Yogoma". Abrió la funda con torpeza y se enfrentó con una serie de fotografías. Eran once y en todas aparecía Roberta Aquino desnuda, varios años atrás, ofreciéndose en las poses más rebuscadas. En algunas estaba de pie, de frente, de perfil, de espaldas; en otras se mostraba recostada en una cama, bocabajo, bocarriba, con las piernas abiertas, cerradas, sostenida en cuatro patas. Era impresionante el contraste de su cuerpo moreno con aquel entorno de muros claros, las persianas echadas, ese tapete como caracol que no le resultaba del todo ajeno. En ninguno de los retratos la *Roba* miraba al fotógrafo.

Empujó la puerta y la halló en la cama, envuelta en una toalla donde se lograba leer "Hotel Ensueño". Terminaba de secarse la cabellera.

Antonio despertó y miró los envases de cerveza junto a la cama. Observó con horror el dulce de guayaba que había llevado en la noche, ese obsequio olvidado y que ahora infestaban las hormigas. Y afuera ese grito, una vez más, porque era sábado y no había colegio:

–¡Ésa la *Roba* que se lo roba al *campión*!

Sí, el campeón que llegaba por enésima vez a esa cama de resortes crujientes y sábanas de aspereza tal que desollaban las rodillas.

–Mi *Guineo* tan incansable –le dijo ella despertando–. ¿No se te hace tarde? –era la manera de sugerirle que se fuera. Una mañana de ésas había encontrado un recado a dedo en el parabrisas del taxi: "puro *fornisio*".

Las fotos. Resultaba que eran obra del difunto Fernando Santana en su propia casa varios años atrás. Un fin de semana en que su mujer salió a México de compras. "Me prometió que no las enseñaría, que me daría quinientos pesos, que me pondría casa buena para mí y las criaturas...". Se lo había confesado esa noche, la primera, cuando él regresaba del baño y ella, tomándolo, festejaba:

–Ay, mi vida, ¡pero si lo tienes más chueco que un guineo de Cuajinicuilapa!

–Fue por culpa del doctor que nos hizo la circuncisión.

–¿*Nos hizo*?

–A mi hermano Aurelio y a mí. A él le quedó normal, a mí me lo dejó torcido; yo creo que restiró de más el pellejo... –y compadeciéndose–. Hay quien me confunde con un paraguas.

Ella soltó, lo empujó.

–Espérate, mi vida... ustedes luego luego quieren *entrar a misa*, pero nosotras preferimos *el comadreo en el atrio*. ¿Cuándo aprenderás?

Eso no podía durar toda la vida. A veces quedaban de verse junto al kiosco de la plaza, o donde las paletas heladas, o en el muelle donde desembarcaban los cocos de San Marcos –que eran de copra generosa– porque la *Roba* fabricaba dulce de coco rallado. Al anís, a la naranja, al limón. En ocasiones, él llegaba de improviso a media madrugada y tocaba con sigilo. A veces ella no abría (¿no estaba?), pero casi siempre lo recibía chistando con malicia. Otras ocasiones, en sus "días difíciles", solamente conversaban arrullados por los discos de Sonia López. Eso no podría durar toda la vida, porque a fin de cuentas –se preguntaba Tony bostezando ante el manubrio del Packard–, ¿qué es lo que perdura luego de tres años?

–Lo tuyo es capricho –le dijo Apolonio Castillo una mañana de ocio en el muelle Sirocco–. Fantasía, antojo, obsesión. Ya verás, Toñito. El año próximo a estas alturas me dirás: "¡Pero cómo se me ocurrió meterme con esa prieta jamona!", y es que lo tuyo, campeón, anda revuelto. Es puro resentimiento. Como te abandonó la güera preciosísima traes embarrado el corazón en el culo, y respetando, ¿verdad? ¿O el culo en el corazón?

Porque en última instancia, ¿qué era lo que ansiaba de esa mulata veinte años mayor que él? ¿Sus labios gruesos invitando a ser mordidos, la candorosa gracia de sus comentarios, sus gemidos impúdicos a la hora del arrebato? ¿O ese brebaje portentoso aliñado con ginebra, yerbabuena y quién sabe qué? ¿O la magia de esa alcoba pintada de rojo, su almizcle tamizado con agua de colonia, el cuarto de sus hijos ausentes donde aquellos juguetes rotos lo transportaban a una infancia ajena y casi robada? Y encima de todo la travesura del dinero: esos veinte pesos que dejaba cada noche en la mesa de la cocina: "una cooperación para los cocos", de guasa o en serio. "No sea que otro se anime a echarme una mano en el gasto", amenazaba ella oprimiéndose los pechos. ¿Capricho, necedad, furor? ¿Qué?

⚓

La ceremonia iba a ser a la una. El cabrestante había sufrido un desperfecto así que la botadura debió posponerse para después del mediodía. De por sí que la reparación del yate se había postergado –como todo en México–, de siete a once semanas; intervalo que aprovecharon para remover a martillo los teredos del casco, pintar el tinglado y renovar el cableado eléctrico.

–Motor nuevo y barco reluciente. ¿No le parece, patrón, que es momento de cambiarle de nombre? –sugirió el *chino* Maganda una tarde en que pulimentaba la escalerilla–. Digo, para quitarnos la salación.

Tenía razón el piloto. Bautizarlo de nuevo sería como renacer. Tony consultó con los tripulantes; que hicieran sus propuestas.

–"Agreval" –aventuró de inmediato el Yuyo Medina.

–Cómo –indagaron a un tiempo el *Chino* y Tony.

–Sí. "Aniram Agreval", para que sepan –y como no entendían, se puso a escribirlo con su caligrafía de párvulo.

–No. Mejor póngale "Amador" –sugirió el piloto Maganda.

–¿"Amador"? –Tony lo miró con extrañeza–. ¿Y eso por qué?

–No se lo voy a decir.

Fue cuando el Yuyo mostró el cartón con el entrecomillado.

–¿Y eso?

El marinero sonrió, ofreció al aire sus nueve dientes amarillos:

–Hay que leerlo al revés, carajo. Para que sepanlosputos.

Antonio reviró el pliego y los mandó a freír espárragos:

–"Aurora" –resolvió–. Se llamará como mi madre. ¿Alguna objeción?

El piloto no dijo nada, se resignó alzando los hombros; el Yuyo, en cambio, se quedó rumiando blasfemias.

Sin embargo, había un problema. Un asunto banal que se presentaba simultáneo a la botadura del yate. *El problema*. Había que andar, pues, para tratar de resolverlo. Remediarlo por la vía de la *peripatesis*. Caminar, reflexionar bajo el sol y que la transpiración, es decir, "los sudores" aliviasen el apuro. Así llegó, *andando*, hasta el pequeño muelle al fondo de la rada. Aún no daban las once cuando entró al estanquillo por un refresco. Fue a sentarse a la placita con su Yoli, ahí mismo donde arrancaba la Gran Vía Tropical, bajo la sombra de un enorme laurel. Disfrutar del refresco y no pensar en *el problema*.

Observó el jugueteo de tres pelícanos en la dársena. Flotaban a la deriva y el último despegaba, salpicando a sus compañeros, hasta ocupar el primer sitio. Luego se repetía la evolución, el segundo volaba hasta ser el primero, y otra vez. Entonces aquello no era exclusivo de los humanos. Lo distrajo, de pronto, un solfeo. Alguien que invitaba a entonar la secuencia de varias notas y luego una breve tocata reproduciendo la escala. Las voces eran sopranos y la lección parecía provenir del balcón abierto en la casa violeta. Dejó la banca y avanzó hasta el extremo del parque. Contemplaba aquellas cortinas balanceándose al paso de la brisa cuando sobrevino un largo silencio. Dio un trago a su Yoli y retornó a la banca. Los pelícanos flotaban aplacados cuando aquel teclado inició un concierto. Antonio trataba de reconocerlo y en ese punto asomó el perro del balcón. El *terranova* alzó las patas sobre el pretil y lanzó un ladrido.

–Schumann –musitó Antonio al enlazar las manos en la nuca–. Robert Schumann, el *Concierto de 1854*, antes de que se volviera loco.

El sabueso permanecía en la terraza y parecía saludarlo. De pronto la ejecución decayó y el perro saltó al interior. Poco después el concierto recomenzó, pero sin fuerza y tropezando. Era otro ejecutante.

Antonio miró su reloj y estimó que era el momento de retornar. Fue al estanquillo, entregó el casco y compró unos Elegantes. Retornaría a pie, se dijo, para insistir en lo del remedio peripatético. Que caminando sudara y sudando se aliviara. Eso había dicho alguna vez el profesor de gimnasia. "Niños: el que no suda se intoxica y el que se intoxica se muere", exageraba en el patio escolar, vestidos todos de blanco, "arriba los brazos, ¡uno!; abriéeendolos hasta quedar extendidos, ¡dos!, y aaabajo, ¡tres! Y uno, dos, tres…" Los pelícanos de la rada, al pasar junto al muellecito, ya no estaban.

Arribó al astillero cuando la maniobra estaba por finalizar. El cabrestante producía un mugido mecánico, pero resistía. Lentamente el cable iba depositando al yate sobre las aguas, aunque resbalaba escorado. Lo peor que podía ocurrir, pensó

Tony, era que rodara sobre la rampa igual que una caja de zapatos. Contestó al saludo del *chino* Maganda a lo lejos. El yate, sin embargo, resultó boyante. Al concluir la maniobra algunos calafates aplaudieron, y el Yuyo comenzó a gritar:

–¡Chingón, chingón… no se hundió!

Ahora sólo faltaba cargar el combustible, llenar los depósitos de agua, subir el mobiliario (la nevera, las butacas, el bastimento de bodega). Fue cuando Tony descubrió aquel desacato exhibiéndose a los cuatro vientos.

–¿Fuiste tú? –preguntó al señalar el castillo de proa.

El piloto lanzó un vistazo en lo que el yate era sujetado.

–Sí, patrón –aceptó el *Chino*–, claro que fui yo. ¿Qué le parece?

Los dos miraban aquellos cinco caracteres, en mayúsculas azules y con sombra dorada, donde se leía: "Cindy".

–¿Que qué me parece? –Antonio debió aquilatar aquel sentimiento confuso–. Me parece genial. Y no se diga más.

En dos horas terminaron de avituallarlo y llegó, por fin, el momento conclusivo. Tony se colocó la gorra capitana y entró a la cabina donde lo esperaba el resto de la tripulación.

–La hora suprema –dijo el piloto.

Tony pulsó el botón de arranque y el motor atronó bajo sus pies. Parpadearon las luminarias pero el pulso eléctrico se fue estabilizando. El rumor al ralentí perduraba como un corazón mecánico.

–Qué envidia, Tony. Quedó como un Ferrari –musitó Hermes Contla.

Ignoró al taxista, jaló dos veces la ronca sirena gesticulando con las manos en alto: que subieran todos a bordo, que soltaran las amarras. Estaban a punto de zarpar.

Un minuto después el *Cindy* se hacía a la mar. Otros yates cercanos, el *Ludovico*, el *Tihui*, el *Lancer*… todos hacían sonar sus silbatos celebrando la resurrección de ese navío estrenando banderas y singladuras.

–Así podríamos llegar hasta Manila –dijo una voz ahí detrás.

Era John Smith, ¿John Smith?, con una cerveza en la mano.

–¿Usted cree?

—Con esta velocidad –el yate superaba ya la bocana del puerto–, en dos semanas estaríamos pisando los barecitos de Cavite.

Rodearon la isla Roqueta y enfilaron hacia mar abierto. La embarcación iba a tope; casi treinta pasajeros celebrando con tragos y carcajadas. Hermes había llenado las hieleras del barquito, de modo que aquellas cervezas por centenares comenzaban a producir sus efectos. Fue cuando Antonio debió enfrentar, definitivamente, *el problema*. Dejó la cabina, bajó al baño del camarote, se abrió la bragueta.

—¡Uy, uuy! –se quejó apenas soltar el chorro. El problema de esa mañana, y de la víspera, seguía presente a pesar de la inútil *peripatesis*.

—¿Le arde mucho? –era la voz del *chino* Maganda a sus espaldas. Apenas podía soportar aquel dolor sobre el mingitorio.

—¡Aaaah! –se quejó con el último goteo–. Como si meara lumbre.

—Váyalo a ver –el piloto esperó afuera del cubículo y le entregó una tarjeta impresa–. A mí me curó una cistitis el año pasado, patrón... aunque lo suyo no creo que sea astigmatismo.

Tony leyó el cartoncito: "Doctor José Gudiño / Enfermedades Venéreas y del Riñón / Absoluta Discreción".

El problema era sencillamente uno.

—Tiene usted gonorrea, señor.

El doctor Gudiño enlazó las manos y comenzó a juguetear con los pulgares igual que un diminuto carrusel. Parecía disfrutar el diagnóstico:

—Mire usted, podríamos pedir que se hiciera los análisis de rigor, pero también podemos optar por la vía de la expiación, que es más rápida, señor.

—¿La vía de la expiación? –repitió Tony al fajarse el pantalón.

—Nada más dígame usted. ¿Fue a la famosa huerta de Naila?

¿Qué responderle? "Ave María Purísima... Acúsome padre de haberme dejado vencer por la concupiscencia".

—Más o menos...

—Y pagó seguramente veinte pesos por el servicio, ¿verdad, señor?

—Eso sí.

—Si hubiera gastado un poco más no estaríamos ahora conversando de las fechorías de esos microbios —abrió el cajón del escritorio, extrajo un largo preservativo, lo mostró como una evidencia criminal—. Pero como estamos en el siglo veinte, todo tiene remedio, señor. La ciencia y el dinero nos permiten sobrevivir a enfermedades que antes hacían estragos —soltó el profiláctico con desdén—. Penicilina, penicilina y más penicilina. ¿Me decía usted que es capitán de la marina?

—No. Le explicaba que tengo un yatecito, el *Malibu*... No. El *Cindy*, que ofrece travesías de serenata.

—Bájese los pantalones, de una vez.

Tony le dispensó una mirada recelosa.

—Lo voy a inyectar, señor. ¿No es alérgico a la penicilina?

—No sé. Creo que no —observó al médico rebuscando en su maletín hasta dar con el estuche de la hipodérmica.

—¿Qué hace ahí, señor?

Tony se había recostado en la camilla en lo que el médico preparaba la ampolleta. ¿Cuál es el verbo para indicar que uno está listo para ser punzado?

—Nooo... párese. De piecito, por favor. Así es más fácil.

Aquello duró lo que un respiro.

—Ya está, señor. Mañana que le pongan otra igual y durante una semana se va a tomar una pastilla de *Penvi-K* con el desayuno —arrumbó todo en la mesita—. Para mañana se le quita el ardor.

—¿Una semana? —Antonio se acomodaba el calzoncillo a rayas.

—No alcohol, no sexo, no pozole, y espero no verlo en mucho tiempo. ¿Alguna pregunta, señor?

—Sí, oiga... ¿Por qué lo del pozole?

—Muy bien: pozole sí, pero los otros descarríos me los contiene. Sexo solamente solito, si anda muy caliente, y alcohol dos cervezas cuando termine el tratamiento. ¿Está claro?

—Oiga. Otra pregunta —¿de una vez?

—Dígame, señor.

—Es respecto a... ¿Cómo le diré? ¿A usted se le para?

El doctor Gudiño dio un paso atrás, instintivo. Se le quedó mirando con seriedad. Tomó asiento en su silloncito giratorio:

—Aunque no es de su incumbencia, pues sí. A veces. ¿Por qué lo pregunta?

Antonio Camargo debía librarse de esa cuita. "La ciencia y el dinero", lo había dicho él. Pero cómo planteárselo.

—Mi novia me apodaba *Hookie*, mi hermano me llamaba "El hot-dog sin pan". O sea, "Capitán Garfio", "Guineo de Cuajinicuilapa", "El paraguas humano", "La curva peligrosa". Se me pone chueco, doctor, cuando tengo una erección –y luego, como si fuera un consuelo–. Para la izquierda.

—¿"Guineo de Cuaji"? ¿Así le dicen? –el doctor Gudiño se limpiaba las manos con una torunda impregnada en alcohol.

—Y de otras muchas maneras. "El checo", "Mister Pepino", "El tirabuzón", "El *uppercut*", "Ganchito", "El teléfono", "El sacacorchos", "La media dona", "El periscopio". Ya me cansaba en la escuela de partirme la madre defendiendo mi… singularidad.

—Y sus compañeros; es curiosidad, ¿cómo se enteraban?

—Por mi hermano; que era un chismoso.

—¿Era?

—Se suicidó cuando tenía diecinueve años.

El doctor Gudiño soltó el algodoncito. Lo observó en el piso como el amasijo con el que jugaba al "avión" en la infancia. Dudó si alzarlo o no.

—A ver –dijo–, vamos a ver.

Antonio volvió a bajarse el calzón de rayas.

—Yo creo que fue en la circuncisión –dijo–. Siempre he pensado que el doctor me cortó de más el pellejo. Que lo dejó muy…

—¿A qué edad fue? –el médico lo revisaba a prudente distancia.

—A los seis años, yo. Aurelio tenía siete.

—¿Aurelio?

—Mi hermano –hizo un gesto coqueto, como dándose un balazo.

—Ah, su hermano.

—Le voy a hacer una pregunta, y ojalá pueda contestarla para evitarnos una serie de estudios y radiografías.

—¿Una pregunta?

—Antes de la operación, en aquella edad, ¿recuerda haber tenido una erección normal, es decir, sin la torcedura que usted menciona?

Antonio se alzó el pantalón, lo dejó a medio abrochar. ¿A los seis años? Hubo una vez en que fueron al zoológico de Chapultepec y él se extravió. Recordaba que su padre, la tía Julieta, su madre llevando de la mano al pequeño Aurelio y una nana que llamaban *la Chipa*, todos recorrieron las veredas en su busca. El coronel Camargo, festejaría luego, que él había resistido frente a la jaula de los felinos, vigilando. "No iban los leones a comerte, ¿verdad criatura?" Fue la última vez –ahora lo recordaba– en que su padre le revolvió cariñosamente la melena.

—Los leones –dijo con la mirada anclada en un diagrama anatómico.

—¿Los leones? –el médico le indicó que terminara de vestirse.

—Sí, el día de los leones en el zoológico. Me perdí, luego hubo comida familiar en casa, y como había llovido... Me encontraron debajo de las jaulas de las guacamayas; remedándolas.

—¿Se siente usted bien, señor?

—Sí, claro que sí –Tony creyó regresar de ese viaje por el tiempo–. Aunque no recuerdo eso que usted menciona. Siempre la he tenido... –mostró su índice a medio encoger.

—¿Y nunca, ya de adulto o adolescente, tuvo usted una presión o un doblamiento excesivo con el órgano erecto? Luego hay posturas que...

—Liz.

—¿Perdón?

Tony y la prima Liz en la tina del baño. Fue después de la lluvia, esa tarde cuando salían del zoológico. Había una ballena de hule flotando en el agua tibia y la prima regordeta que al ser alzada por *la Chipa* embromaba desde la toalla: "Tony, enséñale tu culebrita".

—Espere... antes de la cirugía sí la tenía derecha. Me estoy acordando. Una vez, sí, derecha, claro que sí. Tenía seis años, en la tina, con Liz.

El doctor Gudiño se cruzó de brazos. ¿Ya terminaba?

—Estaba recordando... ¡sí, la tenía derecha, doctor!

—¿Sabe quien le hizo la operación?

—Me acuerdo que fue en el Hospital Militar. Ese mismo día nos regresaron a la casa. Caminábamos como pollos espinados.

—¿En el militar? —el médico alzó las cejas, extrañado.

—Pero no recuerdo su nombre. Sólo le puedo decir que era un cirujano joven porque estaba lleno de acné. Nos pusieron una cortinita en la cama, a medio tórax, para no ver. El dolor llegó después, en la tarde. Llorábamos.

El médico fue a la puerta del consultorio. Abrió apenas para indicarle a la secretaria que estaba a punto de terminar. Que le avisara a sus otros pacientes. Regresó al escritorio y se apoltronó en el silloncito.

—Está muy claro, señor, y trataré de ser conciso. Como usted bien sabe, lo que ocurre durante una erección es que los cuerpos cavernosos que tenemos a lo largo del miembro se llenan de sangre ante la excitación. En ocasiones, cuando el hombre lo estruja o lo tuerce, los vasos capilares que alimentan esos cuerpos se rompen. Que no ha sido su circunstancia, señor. Lo más probable, y me atrevería a asegurarlo, es que en su caso el médico cometió una imprudencia. Pienso que en vez de anestesiarlo con xilocaína simple al uno por ciento, que es lo indicado, le inyectó una solución que contenía epinefrina, que está contraindicada en las cirugías de los apéndices externos. O sea... para que me entienda: esa anestesia local le produjo una necrosis por fibrosamiento de los tejidos en el lado izquierdo. La literatura médica tiene muy estudiados esos cuadros de isquemia por trombosis múltiple que provoca la epinefrina combinada...

—¿Isquemia? —Tony olvidó su infección actual. Tragó saliva.

—Que es el nombre elegante de la gangrena. Ese cuadro tiene una denominación científica, y no es tan infrecuente como pudiera pensarse. De hecho le ocurre a uno de cada 270 varones, y en ese sentido debe sentirse usted como un privilegiado... en el sentido de la ciencia médica, je, je. Lo que usted padece, mi querido señor Camargo, es la *enfermedad de Peyronie.*

—Ah, menos mal. ¿Y eso qué, doctor?

—Lleva una cicatriz interna que sólo permite que engrose el cuerpo cavernoso derecho, lo que origina la distorsión que usted ha mencionado. La enfermedad fue descrita por primera vez en 1743 por el médico Francois de la Peyronie, pero entonces la clasificaron como una forma de impotencia. Investigaciones más recientes demuestran que es consecuencia de un evento traumático dentro del pene, como le decía, señor. El síntoma más común es la placa que se forma en la base del órgano... un bordecito que usted debe sentir en las erecciones.

–Sí, bueno. No siempre soy yo quien lo...

–Y el dolor. ¿Tiene erecciones dolorosas?

–Mhhh. No. Digo, lo normal.

–Su caso, ya le decía, es resultado de una cirugía emprendida con irresponsabilidad, ignorancia e inexperiencia. Y déselas de santo; por lo menos le quedó un lado con desempeño –y acompañándolo a la puerta, insistió–: Una cápsula de penicilina en cada desayuno, y un condón en cada tropelía de las que acostumbra; je, je.

A punto de despedirlo, el doctor Gudiño le sujetó un hombro y lo invitó a reingresar. ¿Podía distraerlo un momento?

–Oiga, hay algo que pica mi curiosidad –jugueteó con el termómetro en su bolsillo–. Quiero hacerle una pregunta.

–Diga usted, doctor.

–¿Y cómo es que?... –hizo un gesto ambiguo en mitad del consultorio.

–Pues la verdad es que sí ha funcionado así como está...

–No, su hermano. Yo hablo de su hermano. ¿Por qué se suicidó?

–Ah, Aurelio –soltó un suspiro y buscó la respuesta–. Quería entregarse a la música y no pudo. No aceptó la vida como una farsa; hablar del arte en lugar de hacer arte. Que no es lo mismo.

–*Penvi-K*, todas las mañanas, señor; cumpliendo la vía de la expiación –y cerró tras de sí la puerta de cristal esmerilado.

⚓

La leyenda negra del yate comenzó ese día. Era un viernes de octubre y el *Cindy* había sido alquilado por el agente de cine Mike Ross. Iba a llevar a un grupo de amigos que querían practicar el buceo "y hacer algunas diabluras". Además de la tripulación, Tony convocó a Apolonio, que en todo Acapulco era el más ducho en el arte del buceo. Consiguieron tres equipos, con reguladores nuevos, porque los originales se habían picado con el salitre. "Mareando gringos nos vamos a hacer millonarios", comentó Apolonio al subir aquellos instrumentos entre los que no faltaba un par de arpones.

–Millonario soy, compadre... pero en unidades de penicilina –Tony preparaba los camastros de cubierta–. Hasta los zancudos, al picarme, caen muertos por la ponzoña que cargo en la sangre.

–Es mejor acabar con los microbios que los microbios acaben con uno, ¿verdad? –el campeón nacional probaba el correaje de los tanques–. Además que quién nos manda buscar lío con las mujeres que no han de ser de uno.

–¿Y eso cómo se sabe?

Apolonio Castillo tenía 34 años, mujer encinta y una hija que adoraba. Nunca llegaba a casa después de las ocho y todas las mañanas, con el amanecer, comulgaba en la parroquia de Nuestra Señora de la Soledad.

–Eso sí que no tiene respuesta. Se sabe probando, como en todo.

"Millonario en penicilina". Bromeando con su primo Eulogio, que telefoneó de larga distancia, había solicitado que le enviara cien preservativos porque en el puerto había epidemia de gonococo. "Estaré yo para contártelo", le dijo, y luego pensó en la *Roba*. Era cierto, ¿y cómo decirle? ¿"Tienes la cachimba infectada"? Había dejado de visitarla, se había negado a sus llamadas. Ella, seguramente, comprendería. ¿Comprendería?

A las ocho de la mañana, puntuales, llegaron los invitados de Mike Ross. Zarparían del muelle Sirocco en la escuela de buceo. Iban solteros John Wayne, Johnny Weissmüller y dos gringas treintonas que habían conocido en Los Flamingos. Además, los acompañaba un banquero canadiense, un tal Mervin, que se les había pegado.

Erigido sobre los acantilados, el hotel Flamingos era el lugar de reunión de la llamada *Hollywood gang*: Orson Wells, Roy

Rodgers, Fred MacMurray, Hedy Lamarr, Tyrone Power, Cary Grant, Déborah Kerr, con sus consortes (y a menudo sin ellos). Preferían ese periodo, de octubre a febrero, huyendo de las crudezas del invierno. "Octambro", lo comenzaban a llamar los guías turísticos, sabedores de que ese lapso les llenaba de dólares los bolsillos. El hotel se extendía a lo ancho de tres hectáreas de selva y sus búngalos, pintados de rojo, estaban protegidos por techumbres de palma de las que pendían innumerables hamacas. Tenía una preciosa piscina donde se adoraba al dios del sol, y desde ahí se podía admirar la inmensidad del océano. Y encima de todo estaban las "margaritas", que transformaban a esos huéspedes en seres indolentes, cachondos y excedidos.

–Quiero matar una barracuda –dijo John Wayne apenas tumbarse en el camastro.

–Yo, una ballena –lo secundó Weissmüller demandando una cerveza–. ¿Hay ballenas en este jodido mar?

–No seas estúpido –lo regañó el vaquero–, ¿a quién se le ocurre cazar ballenas con *aqua-lung*?

–Será que nunca viste una de mis películas, matador-de-indios. Con estas manos derroté al rey de la selva al pie del Kilimanjaro. Con estas manos y un puñal de diez pulgadas, desde luego. Maté serpientes y cocodrilos... ¿por qué no podría con una simple ballena tropical?

–Supe que *mataste* una sirena anoche. ¿Diez dólares?

–Se llamaba *Juanita*. Era pequeña y no tendría más de... ¿Cómo se traduce *Juanita*?

Voltearon a mirar al Yuyo, que bajo el toldo escuchaba sin entender.

–¿*Juanita, Juanita*? –le insistieron en inglés ¿Cómo se traduce eso?

El Yuyo se les quedó mirando como alelado. "Ah, ¿*juanita*?". Les ofreció un gesto cómplice, como si encendiera un carrujo.

–*Doña Juanita* está cabrona –les dijo–. Ahora que regresemos les consigo unputocucurucho en el barrio de Mozimba. ¡Está cabrona la motita, pinches gringos mariguanos! –insistía en aspirar aquel humo inexistente.

—*Juanita means* "Juana, pequeña Juana". *Little Jane* —explicó Apolonio Castillo al arribar a la cubierta. Les entregó un par de cervezas.

—¿Jane? ¿Otra vez? —Weissmüller volvió a preguntar en inglés. Hizo un gesto cómico de hartazgo.

—En media hora llegamos —anunció Apolonio en su inglés simple—, porque las señoritas quieren bajar en Majahua. Que tienen un compromiso.

Wayne y Weissmüller asintieron en silencio. Llevaban *bermudas* y camisola abierta. Vaciaron las cervezas y se recostaron con placidez.

—Barracudas, *Juanitas*, cocodrilos —repitió el vaquero con somnolencia—. Billy Wilder los pondría en una comedia con Audrey Hepburn.

—Seguramente —el otro actor se encimó un antebrazo sobre el rostro. Eructó ruidosamente y se dispuso a dormir.

Urdiendo sueños, aquellos portentos de la cinematografía navegaban con semblante apacible. Tony se había acostumbrado a no dejarse amilanar por esos figurones. En su yate había viajado el ex presidente Miguel Alemán con su familia, la princesa Grace Kelly, el "ratón" Macías, la contorsionista Tongolele, Charles Spencer Chaplin, el millonario Carlos Trouyet, la danzarina Nina Popova, el inventor del *mambo* Dámaso Pérez Prado. Travesías al restaurante "Palao" en isla Roqueta y a la pesca del marlin en altamar. Y ahora discurrían con aquel par que roncaba a la sombra del toldillo. El buen salvaje y el conquistador del Oeste, *Tarzán* y el pistolero *Ringo*, la ley de la selva y la ley del revólver: *Fuerte Apache, Las Minas del Rey Salomón, La Flecha Rota, ¡Kriga-kriga Bundolo!*... Roncaban los héroes derrotados por los excesos. Iban como los dioses arios del *Wälhalla* embarcados hacia el corazón de Sajonia. ¿O se dirigían al cementerio de Boot Hill en *Hollywood Drive*? Habían vencido en las batallas de Kabongo y de Eagle Nest. A su lado sonreían los espectros de Buffalo Bill, el doctor Livingstone, Billy the Kid, Jim de la selva, el chimpance *Chita* y el *cowboy* de *cowboys*, Tom Mix. Era el crepúsculo de una cruzada. Por fin el *western* ingresaba en Occidente y los salvajes del Senegal debían obedecer a ese héroe lampiño que viajaba de liana en liana. Los dioses podían descansar.

Los despertó el martilleo de la contramarcha. El yate maniobraba para que las dos gringas descendiesen por la escalerilla de popa. Una era rubia y llevaba un bañador de lycra, la otra era castaña y lucía un novedoso bikini. Iban protegidas con largas camisolas y tenían una cita en el Marriot.

—Nos esperan para una fiesta —dijeron en inglés—. *Una pachanga de cha-cha-chá.*

—Pinches gringos, purodesmadre y uno se pregunta, ¿aquéputashoras trabajan? —soltó el Yuyo. Nadie se dignó a responderle.

Las mujeres habían salido ya de la zona de resaca y se sacudían las piernas. Se despedían en la distancia cuando fueron abordadas por un gendarme chaparro. Comenzaron a discutir con el policía, que en algún momento intentó prender del brazo a la del bikini. Arrastrarla con él.

—¿Qué demonios pasa allá? —inquiría Mike Ross aferrado a la borda del yate—. ¿Por qué las quiere arrestar?

Todos se hacían la misma pregunta porque aquello era ridículo, además que el gendarme había logrado asir a la chica. Entonces un ruido los distrajo. En la otra banda Apolonio se acababa de arrojar desde la segunda cubierta. Nadó hacia la playa y en veinte brazadas alcanzó la pendiente. Las dos gringas reclamaban ante los manoteos del tipo mientras Apolonio, alisándose la cabellera, trataba de aclarar el malentendido. De pronto ocurrió algo chusco: la gringa del bikini se cruzó de brazos enfrentando al gendarme. Dio un paso atrás y se quitó ambas piezas ofreciéndose cual Eva. En el yate estallaron los chiflidos de admiración y el comentario lépero del Yuyo. El policía alzaba las manos, negaba con giros de cabeza, se golpeaba las piernas con la gorra. Luego dio media vuelta y se alejó hacia una caseta donde se alzaba el anuncio: "Majahua al *servisio* del Turismo".

La gringa volvió a ceñirse el bikini, cruzó dos palabras con Apolonio y se encaminó con la rubia hacia el Marriot. *Una pachanga de cha-cha-chá.*

Cuando el nadador retornó, lo recibieron aguijándolo con la misma pregunta. Apolonio pidió una toalla y comenzó a relatar:

–El policía estaba medio borracho... porque olía. Estaba necio, muy necio con el reglamento. Dijo eso, lo del "nuevo reglamento", pero las gabachas no entendían ni jota. Hasta creían que las quería violar ahí, a pleno sol. Total, que le voy explicando a Margaret, la del bikini: "Dice el señor que por el nuevo reglamento se la quiere llevar arrestada". "¿Y eso por qué?", reclamaba la señorita. Y es que el gendarme explicaba que desde la semana pasada quedó prohibido, por un bando municipal "que las mujeres lleven trajes de dos piezas en la playa", y entonces la canija, quitándoselo, preguntó: "Muy bien, señor policía, ¿y cuál de las dos me dejo puesta?"... Bueno, ustedes lo vieron.

El canadiense Mervin era el más emocionado. Aseguró que había asistido a una conferencia de Jaques-Cousteau en Toronto, que había visto un documental suyo en la universidad, que durante el verano había practicado "la ciencia del esnorquel" en la piscina municipal. Que estaba listo para adentrarse en la inmensidad del océano. Eso dijo, *the boundlessness*.

Fondearon en los bajos de la Roqueta y antes del descenso Apolonio les ofreció un curso mínimo de buceo, el famoso "decálogo del hombre-rana", pero fuera de Mervin los gringos bostezaban.

–No olvides, amigo, que fui tres veces medalla de oro en las olimpiadas. En la de París fui el primer hombre en la historia que nadó cien metros en menos de un minuto.

–¿París?, pero eso fue en 1924, ¿no? –repitió sorprendido John Wayne–. Con razón mi abuela vive enamorada de ti.

Como sólo llevaban tres equipos se repartieron en dos grupos. En el primero irían Weissmüller y Ross, guiados por Apolonio, y en el segundo Mervin y Wayne, tutelados por Tony. Los tanques iban a tope, así que alcanzarían perfectamente para dos tandas de cuarenta minutos, además que a esa profundidad no serían necesarias las paradas de compensación. Probaron los reguladores, sujetaron los arneses, ciñeron los manómetros en el antebrazo.

—Voy por mi ballena —dijo Weissmüller al empuñar su arpón.

Avanzó hasta alcanzar la escalerilla y se dejó ir de espaldas. En pocos minutos aquel primer grupo alcanzaba el fondo de la cala. Quince metros de azul turquesa y visibilidad suficiente para hurgar entre los arrecifes. Un minuto después se toparon con un cardumen de peces-payaso: unos listados en amarillo y azul, otros color naranja y moteados en blanco. Hurgaban en los recovecos de la madrépora.

Apolonio acompañaba a los gringos vigilando que no se lanzaran hacia la profundidad, además que los reguladores estaban mal calibrados y no sería difícil que aquellos aprendices, excitados por la belleza del paisaje, entrasen en un cuadro de euforia por sobreoxigenación. Atender a un borracho fuera de una cantina es cosa de buenas razones; a veinte metros de profundidad se requiere de algo más que ponderación.

Weissmüller armó su arpón de liga. Acababa de localizar una presa y Apolonio decidió seguirlo a prudente distancia. Su objetivo era un gran pez parduzco oculto entre los sargazos. Aquello no tenía sentido y había que advertírselo. Apolonio descendió hasta la termoclina y lo previno gesticulando: que no le disparara, que no fuera estúpido, y para demostrarlo le indicó que observara. Zafó el esnorquel de su equipo y empuñando el tubo se aproximó cautelosamente al pez, que de pronto comenzó a inflarse mostrando la horrenda fisonomía de un pez-sapo. Las púas erizadas a todo lo ancho, y cuidado y se le ocurriera tocar una.

Apolonio miró su manómetro, estaban ya por los veinticinco metros. Le indicó que regresara a la zona de los corales, que lo acompañara a buscar al tercero, a Ross, que debía estar más allá de aquellas algas danzando en la corriente. No tardaron en dar con el agente de cine que llevaba un gancho de acero. Acababa de capturar una enorme langosta escondida entre las rocas, y la presumía sujetándola por la cola. Apolonio aplaudió bajo el agua, o simuló aplaudir, y les indicó que era la hora de regresar. Que lo siguieran a paso lento, respirando; es decir, soltando aire, que es la ley del ascenso.

La inmersión del segundo grupo fue caótica. El actor de *La diligencia* no quería saber nada de ese gorrón, del tal Mervin, que se les había pegado de último momento. Además que como todos los canadienses, dijo, era un fanfarrón, *a blusterer*. De roca en roca John Wayne observaba los curiosos seres que rehuían de su presencia. Cangrejos ermitaños, hipocampos disimulándose entre los corales, amenazantes anguilas asomando en sus guaridas. Cuando hallaba una estrella de mar la desprendía para guardarla de inmediato en su *bermuda*, como un amuleto exótico. Tony lo dejó en paz y fue en busca del viejo Mervin que se había alejado empuñando el arpón.

El canadiense había optado por circundar los escollos. Abandonando al grupo se dirigió hacia donde la isla enfrentaba el mar abierto. En ese punto, la plataforma continental se abre hacia las inmensidades oceánicas, *the boundlessness*, y la madrépora adquiere colores inusitados.

Era como retornar a su infancia. ¿Cuántas veces no había soñado con eso... deslizarse por las aguas, juguetear con las burbujas, transformarse en pez? "Un pez con conciencia", se dijo, "un pez que sabe que *es* pez". Jeff Mervin iba como exaltado. Aquello era mil veces superior a las prácticas de esnorquel que hizo durante el verano en la poza de clavados. El instructor les arrojaba juguetes diversos que los buceadores debían rescatar del fondo de la piscina en ejercicios de apnea de dos minutos. No, no era lo mismo. Ahora podía respirar con autonomía, impulsarse a fondo, experimentar la presión del océano en todo el cuerpo. Algo así como un retorno al líquido amniótico, pero con libertad, inteligencia y júbilo. Sentía una cierta dificultad para inspirar, pero eso era lo que había leído en media docena de manuales: en la práctica del *aqua-lung* los pulmones se comprimen una atmósfera cada diez metros de profundidad, de modo que el esfuerzo por inhalar resulta permanente y es mejor eso que su contrario, el esfuerzo por espirar. Miró su profundímetro, que seguía marcando quince metros. Volteó a buscar a su guía, pero no estaba por ninguna parte. ¡Claro!, ¿quién no hubiera preferido acompañar al gran actor de Hollywood para después solicitarle una foto autografiada? De súbito le vino un escalofrío; acababa de atravesar la frontera de una pasmosa termoclina. "Como un jaibol sin mezclar", recordó haber leído. Quizá hubiera sido conveniente ponerse el traje de neopreno y evitar un accidente absurdo... como pillar un hipo repentino, ¿o estaba sumergiéndose de más? ¡Pero a quién se le ocurriría ponerse uno de esos trajes opresivos en el Acapulco tropical! Volvió a mirar la carátula del manómetro. La burbuja seguía marcando quince metros, así que en ese nivel podría resistir el tiempo que fuera. Entonces sintió la sombra sobre sus hombros. Buscó al guía, ese muchacho que se pasaba el tiempo rascándose los genitales, pero no. Aquello era un monstruo. El sobresalto le hizo escupir la boquilla. Se controló. Manoteó hasta recuperar el tubo de aire que burbujeaba de lo lindo. El muchacho había desaparecido y en su lugar nadaba una majestuosa mantarraya. El engendro se desplazaba sobre su cabeza y debía medir lo que su propia estatura. Más que nadar, la manta volaba como en busca de un nido. Mervin armó el arpón con instintiva torpeza. Bajo el agua todo parece más grande, más cerca, es una deformación óptica que amplifica el entorno en 30 por ciento. Lo había leído en otro manual. No se iría sin su presa. Si no, ¿qué les contaría a sus compañeros de la Glaxo Wellcome? Necesitaba una foto con ese trofeo para adornar la oficina, así que se lanzó en pos de su presa. La fisga era de acero y debía ser disparada a tres metros porque de lo contrario perdería fuerza y puntería. Se enderezó, largó una docena de golpes de aleta pero apenas si logró emparejarse al monstruo. Tendría que hacer un esfuerzo adicional, intentar el ataque por debajo, que el arpón le diera en las branquias y la paralizara. Nunca había cazado una mantarraya... ¡nunca había cazado otra cosa que no fueran las ardillas medrando en su huerto!, pero ahora en lugar del calibre .22 llevaba esa flecha sin arco. Sintió que las piernas no daban más, y encima que la mantarraya se sumergía al percibir su acecho. Había que tener cuidado con su cola, que remataba en un dardo venenoso, eso lo había leído... No resistió más. Respirando como si en una carrera a la intemperie soltó un arpón, que dio en mitad del monstruo y lo atravesó limpiamente... Se había olvidado de asegurar el cordel de la lanza. Hubo un cierto rastro de sangre perdiéndose con la presa en las profundidades. Mervin hizo un esfuerzo extra por alcanzarla, imaginando que en algún punto se paralizaría por el tremendo agujazo, pero la raya siguió volando majestuosamente hacia el infinito. Entonces Mervin se detuvo, herido en su amor propio, pero esencialmente porque la respiración se le dificultaba. Eso de atar la fisga a la lanzadera no venía en ningún manual. Miró con dificultad el manómetro, ¿le fallaba la vista o faltaba la luz? El instrumento seguía marcando quince metros… y como eso resultaba demasiado extraño lo golpeó contra el tubo del arma. Entonces la burbuja se desplazó abruptamente hasta el número cuarenta. Jeff Mervin se asustó. ¡Cuarenta metros!, y el aire que fluía ya a cuentagotas. Golpeó la válvula de emergencia, como habían practicado en el bote, y que le obsequiaría cinco minutos de aire extra, pero el empujón hizo que la palanquita se torciera y el regulador comenzó a borbotear aire. Podía respirar, sí, pero si no salía en dos minutos, pensó con ansiedad, iba a ahogarse. Fred Mervin entró en pánico, el famoso *anxietas pelagus*, y miró hacia arriba. El cielo. Pensó en su cama, su pijama, los domingos cocinando *wafles* con miel de maple. ¡Qué hacía ahí abajo desafiando la inmensidad del océano! Debía salir a cualquier precio. No morir asfixiado *in the boundlessness*.

Tony lo descubrió ascendiendo como bólido. Fue a darle alcance pero el canadiense lo arrojó en su precipitada fuga. Nuevamente fue en su busca y logró sujetarlo del arnés. Estaban en la franja de los cinco metros y era necesario detenerlo. ¿Hasta dónde había llegado?, ¿durante cuánto tiempo?, pero ésas eran preguntas imposibles de formular. Por lo pronto que se detuviera, que se tranquilizara, que vaciara los pulmones. Le ofreció la boquilla de su propio regulador, ¿necesitaba aire? "Sí, aguanta unos minutos; es necesario descompresar… Bajemos unos metros". La mímica lo iba sosegando. "Mira", le señaló hacia abajo, "allá está el vaquero juntando estrellitas". Finalmente Mervin pareció tranquilizarse. Buscó el rostro de Antonio tras su mascarilla de hule pero se topó con una mirada de horror.

Antonio escrutaba con repugnancia al gringo. ¿Era una visión? Imaginó que al compartir la boquilla se contagiaría de esa purulencia… porque lo que había visto era el rostro de un hombre descarnado. Un espectro, un cadáver a la deriva que ahora le pedía, si era tan amable, la boquilla de aire comprimido.

Un minuto después les dio alcance el vaquero. Repitieron el gesto de asentimiento que habían practicado en cubierta, "OK", y guiados por la cadena del ancla reemprendieron el ascenso. Una vez a bordo procedieron a quitarse los equipos, y apenas librarse de aquel fardo Mervin ganó la borda y empezó a vomitar. Nadie comentó nada. Cada inmersión es una aventura de la fisiología humana –la presión de los tímpanos altera el equilibrio, la hiperventilación pulmonar provoca síntomas de delirio– de modo que no existen dos buceadas idénticas. Lo mejor sería reposar, reunirse con aquellos gladiadores rubicundos acomodándose en las tumbonas.

–Oye, compadre –Apolonio guardaba los pares de aletas– ¿vendrás luego a comer en casa? Ya sabes... cuando hay negocio bueno debo entregar los *fierros* a doña Doña.

Tony sonrió, terminaba de contar los dólares entregados por el *Tarzán de Acapulco*, y debió disculparse.

–No creo. Tengo mi turno con el taxi de Hermes porque ese motor que escuchas bajo cubierta, aunque no parezca, todavía le pertenece.

Y encima de todo aquella pavorosa visión bajo el mar. ¿Primeros síntomas de locura? La sífilis, cuando ataca al cerebro, la provoca. De eso murió Gauguin. No iría de nueva cuenta con el doctor Gudiño a revelarle que había equivocado el diagnóstico. ¿Gonorrea o sífilis?

Los héroes estaban fatigados. Weissmüller y Wayne se habían tumbado en la segunda cubierta y dormitaban al arrullo del *Cindy*, lo mismo que el productor de cine, quien permanecía apoltronado en la rampilla de popa.

–Necesito descansar –adujo Mervin mientras se refregaba los codos–. Me siento un poco mareado –pero Mike Ross ya no lo escuchó. Había comenzado a roncar.

La fatiga del buceo llega así. De pronto no hay ánimo para contar las proezas bajo el agua... aquel bicho submarino cuyo nombre desconocemos, el momento angustioso cuando se empañó el visor. Tony sintió una picazón en la entrepierna... debía ser la sal marina; sí, claro. El tratamiento de penicilina había concluido una semana atrás y todo estaba en orden... debía estar. Lo que faltaba era ir con la *Roba* e informarle que... ¡Qué se le dice, por Dios, a la mujer que nos ha contagiado el flagelo de la blenorragia? A lo mejor sugerirle que tomara el *Tónico de Wintersmith* que cura las fiebres palúdicas, "o algo más fuerte". Rememoró esos días, esas noches bajo el techo negro y los muros rojo sandía...

–Patrón, disculpe, no sé si sea el momento –era el *chino* Maganda, retornando de la sentina–. Que entonces ya no va a venir.

Soltaba la afirmación que podría ser, también, pregunta.

Tony extendió el brazo hasta tocar el compás. Bajo el capelo de plexiglás flotaba la brújula señalando los rumbos de la rosa de los vientos. Obedeciendo la ruta correcta se enderezarían los desvaríos de su alma, ¿pero cuál era el curso apropiado?

–No sé. No me ha escrito –se limitó a contestar–. No ha llamado. Solamente dejó un poco de ropa...

–No, patrón. Yo decía de Lalo Wilfrido –el piloto volteó a mirar unos troncos flotando ahí cerca–. Fue lo que dijo anoche; que ya no va a venir. Que lo contrataron en el Kontiki, donde la Gloria Ríos canta con el meneo.

Lo que le faltaba. Tony asomó de la cabina y lanzó un grito para despertarlos. Habían fondeado junto al muelle Sirocco y alguien tendría que pagar, además, aquel arpón perdido en los arrecifes.

–No tuve suerte –se quejó Johnny Weissmüller al enderezar su vigoroso tórax–. La próxima vez seré implacable con los tiburones.

–Sí, sí –el vaquero Wayne se encaminaba hacia la escalerilla–. Matarás todos los escualos del mundo, pero ahora ¡joder!, date prisa... nos está esperando una *paella* en Los Flamingos, y eso sí es un manjar del cielo.

El canadiense se atrasaba. Permanecía recostado en el sillón de pesca. Tony fue a despertarlo. Que bajara por favor, que ya iban a lavar la cubierta. Lo tironeó del hombro pero el esnorquelista no respondía. Entonces, al descubrir la Coca-Cola derramada entre sus muslos, supo que no iba dormido. Fred

Mervin estaba muerto y con ello daba inicio la leyenda negra en torno a las azarosas travesías del *Cindy*.

⚓

Llegó por correo certificado. Era necesario ir a la oficina postal a recoger el envío, según advertía el recibo que le entregó doña Zoraida.

—Dijeron que es el segundo aviso, joven Toño; ahí lo debe decir pero como no sé *ler*. Ya ve luego cómo son los del correo que todo lo pierden...

—Sí, claro. Todo lo pierden —el comentario era por demás irónico. La encargada le había hecho perdedizos varios pares de calcetines que luego descubrió en los nietecitos que llegaban a visitarla—. ¿No le dijeron qué es?

—*Pos* un paquete, yo creo.

—¿Por qué cree? —Tony tenía cita en el Ministerio Público. Debía ratificar las declaraciones en torno a la muerte del gringo Mervin.

—Así pasaba con el Mujambo cuando me enviaba cosas: había que ir al correo a recogerlas. Ropita o galletas. No como a otros que no les escriben...

—Sí, claro —Tony odió a la mestiza de los pies chatos—. Como a otros...

Luego de identificarse le entregaron el paquete. Era una caja de cartón con grabados de la farmacia El Fénix. De inmediato creyó reconocer el remitente, una tal "A. Locarno" de la calle Wisconsin en la colonia Nápoles. Seguramente su madre. ¿"Ropita o galletas"?, intentaba adivinar en lo que desataba el paquete. Metió la mano y sacó unas ristras de papel metálico.

—Mira nomás —comentó la empleada postal.

Eran cientos de preservativos, de la marca Johnson&Johnson, colmando la caja. Tony sintió que el rubor lo asaltaba. Dejó la oficina postal tratando de anudar el cordel entre tartamudeos. "Pinche Loño maricón", se dijo, y así llegó al tribunal civil cuando Apolonio alcanzaba la escalinata.

—Quiúbole, criminal —lo saludó.

—Quiúbole, compadre, ¿listo para los diez años de cárcel?

Era una broma. Sí, debía serlo porque el magistrado los hizo pasar al despacho donde una secretaria de blusa negra recogería su declaración. El incidente había ocurrido tres semanas atrás y era el momento de ratificar la exposición que habían obsequiado los tripulantes del yate la tarde en que... murió a bordo Fred Eugene Mervin, de 62 años, soltero y divorciado, natural de Calgary, Alberta, de profesión químico, empleado de la planta Glaxo-Wellcome en Toronto, Canadá, quien falleció el jueves 27 a las 15 horas a bordo de la embarcación de recreo "Cindy", antes "Malibu Dream", probablemente de un paro cardiorrespiratorio, sin haber recibido auxilio médico ni paramédico, luego de efectuar una inmersión subacuática a 120 metros de profundidad...

–Veinte; señor ministro –lo corrigió Apolonio–. A 120 metros se le salen los ojos a cualquiera.

–¿Perdón?

–Quiero decir, a esa profundidad es imposible llegar con un equipo de *aqua-lung*... además que el calado máximo de la bahía es de setenta metros, más allá de la Roca del Elefante donde está hundido el *Mar del Plata*.

–Sí, sí; ya entendí –el agente giró el cuerpo y estuvo a punto de reventar los botones de su guayabera–. Señorita Beltrán, ¿podría corregir?

El agente parecía disfrutar el interrogatorio. A ratos se limpiaba las comisuras de los labios con un pañuelito. Lanzó una mirada de extrañeza al paquete junto a Tony.

–Bueno –continuó–, decíamos aquel jueves que... "los tripulantes del yate de recreo, Lino Maganda, de oficio piloto de la nave; el señor Yuyo Medina... ¿Yuyo?, de oficio marinero; Antonio Camargo Locarno, de profesión armador turístico; el teniente en retiro Apolonio Castillo, entrenador de acuanautas y campeón olímpico; el señor John Wayne, actor de cine (testimonio pendiente); el señor Mike Ross, de profesión promotor cinematográfico (testimonio pendiente); el señor Johnny Weissmüller, de profesión Tarzán en las películas del mismo personaje... ¿así es?

–Creo que sí.

—De testimonio también pendiente... Bueno, como ellos no son connacionales sus declaraciones resultan prescindibles. Y luego viene lo del fallecimiento del señor Mervin... que hizo una inmersión de media hora... que nadó en equipo con el señor Wayne y con el señor Camargo... que salió y se sintió fatigado, *como al igual que los otros sus compañeros*... que se fue a un rincón a descansar y tomarse una Coca-Cola y se quedó dormido... que luego se percataron de que no respiraba... que no llevaba objetos de valor... que no hubo nada anormal en la travesía... y aquí el señor Medina añadió que el hijo de su pinche... bueno, eso está censurado, que el señor Mervin quedó a deber un arpón de caza submarina. ¿Cómo está eso?

—Lo perdió. Seguramente se le fue al fondo por no asegurarlo con la línea de nylon —comentó Tony—. No costaba más de trescientos pesos.

—Ajá, trescientos.

—De seguro entró en pánico —añadió Apolonio.

—¿En pánico?

—A veces ocurre, pero es controlable. Cuando uno bucea debajo de los treinta metros empiezan a ocurrir cosas... inexplicables. Yo creo que el señor Fred andaba por esa profundidad buscando una presa para su arpón. Se distrajo, se sumergió más, *de más* y perdió la noción del tiempo y del lugar...

—¿Tiempo y lugar?

—Así ocurre a veces. A lo mejor ahondó más, a lo mejor no despresurizó —Apolonio se apretó las fosas nasales, ejemplificando—. A lo mejor ahí, en la franja de los cuarenta metros, le vino un *shock* de pánico. Se habrá lanzado hacia la superficie sin compensar, como marca el reglamento; habrá sufrido un *bend*; se habrá asustado con algún escualo. Luego ocurre.

—¿Un *bend*?

Apolonio juntó las manos al frente, sopló contra ellas.

—El aire, que revienta por dentro. Al salir quizá le vino un *bend*; aunque no se quejó.

—¿Y en español, cómo se dice?

—Un *bend* es un torzón. El nitrógeno que, por no descompensar suficientemente en el ascenso, comienza a reventar. Burbujea como agua soda, pica las articulaciones y puede taponar una arteria que...

—Oxígeno, señor –lo corrigió el agente de la guayabera–. Usted ha querido decir oxígeno, ¿verdad? Lo que respiramos usted y yo.

Apolonio volvió a juntar las manos. Ya no sopló.

—Nitrógeno, señor ministro. Eso es lo que respiramos, al 80 por ciento, usted y yo. El resto es oxígeno, como usted dice, y humedad y bióxido de carbono y otros gases que ni fu ni fa. El nitrógeno, que es inerte para la respiración, se vuelve criminal a la hora de no respetarlo. Y seguramente el señor Mervin al ascender a lo pendejo, porque esas fueron las instrucciones que le dimos...

—Ejem –Tony codeó al instructor–, ¿puedo fumar?

El gordo de la guayabera dejó de mirar el retrato del presidente Adolfo Ruiz Cortines en lo alto del muro. "Muy presidente pero el pendejo no sabe que toda su vida ha respirado nitrógeno"... Volteó y concedió:

—Sí, claro. Fume usted. Sirve que la señorita Beltrán se toma un respiro y nos alcanza con el dictado, ¿verdad?

Al encender el cigarro, Tony lanzó una mirada feroz a su colega. "¡Nos estás comprometiendo!"

—¿Usted gusta, señor secretario?

—No, gracias. Dicen que produce cáncer, aunque sea puro cuento... Y entonces, señor Castillo, ¿cómo iba eso del nitrógeno?

—Que es una suposición, desde luego, como le decía. Porque como no se quejó, ni le dolía nada al salir, y todos lo vimos tan campante tomándose su refresco; lo más seguro, como usted apuntó en la primera declaración, es que le haya venido un paro cardiaco mientras dormitaba. Siempre le pasa a los gordos.

El funcionario se acomodó la guayabera, pasó por alto el comentario:

—¿Y el nitrógeno?

Apolonio volvió a soplar contra sus manos:

—Ahí anda –respondió.

El agente volvió a limpiarse con el pañuelito. Hizo una mueca curiosa, como si tragara una borla de estopa.

–Bueno; el gringo se murió como todos nos vamos a morir, ¿verdad? No cumplió ni un día en la morgue porque luego luego vinieron sus familiares por el cuerpo… la señora; es decir, su ex. Sí supieron, ¿verdad?

Tony y Apolonio asintieron en silencio. Ya, que terminara. Tenían otras cosas que hacer.

El agente se desabotonó el cuello. La brisa que convidaba el abanico del techo era insuficiente. Volteó hacia la taquígrafa y dijo:

–Señorita, yo creo que con eso terminamos. Redácteme el acta y luego que vengan los señores a firmarla. ¿La semana próxima?

Los aludidos volvieron a asentir en silencio. Tony apagaba su cigarro cuando observó que el agente sopesaba su paquete.

–¿Y esto?

–Es un regalo –respondió Antonio al apachurrar la colilla.

–¿Un regalo?

–De mi mamá; lo acabo de recoger en el correo –y observó con agobio el momento en que el funcionario alzaba una de las tiras de papel aluminio.

–¿Su mamá? –volvió a inquirir.

Y como Tony ya no respondía, lanzó con tono intimidatorio:

–Oiga, señor Camargo, no es que me incumba pero, ¿tiene los permisos en regla su yatecito, el tal *Cindy*?

⚓

Estacionó el taxi junto al parquecito donde daba inicio la Gran Vía Tropical. Con un poco de suerte, imaginó, se encontraría ahí con la *Roba*. Ella cargando la bolsa de cocos de San Marcos, y él ahí descansando en el asiento del Packard, junto al Parque Tamarindo, encontrarse con ella y mirando el paquete y preguntando, tal vez, entrarían *al tema*.

Dejó el auto y se acomodó en una banca de cemento a la sombra del enorme laurel. Trató de imaginar el diálogo que habría tenido lugar entre el primo Eulogio y su madre. ¿Habría sido por vía telefónica? "Fíjate, tía que Tony pescó una gonorrea de miedo". Imbécil. Indiscreto. Intrigante. ¿Y si se lo había contado a la prima Liz? Abrió la caja y trató de adivinar la cantidad de condones. Debían ser más de quinientos.

Entonces lo reconoció a la distancia. Era el Concierto para piano Número 21, de Amadeo Mozart. La interpretación se deslizaba desde el balcón de la casa color violeta cuyas cortinas permanecían estoicas ante la ausencia de brisa. Cargó el paquete y cruzó la calle hasta la pequeña tienda de la esquina. Pagó y extrajo una *Yoli* que nadaba en la caja de hielos. Retornó a su banca donde encendió un *Elegante*.

La interpretación al piano era impecable. Mozart, "el niño genio que era como tú", refería el profesor Ladislao Ledesma a su hermano Aurelio, y luego le cogía las manos, las apretaba "para desatar los nudos de nervios". Eso decía mientras Antonio esperaba el turno para su lección en la salita de costura donde alguna vez cosió la madre del profe Ledesma. Ahí estaba su retrato, con un listoncito negro, ella mirando hacia los horizontes sempiternos del romanticismo provinciano. Tony se distraía con la colección de litografías inglesas que cubrían el resto del muro: cúters, fragatas, vapores movidos por ruedas de paleta. Barcos antiguos impresos en los talleres de *Mooihan&Flaherty, London, 1911*, que parecían navegar hacia el infinito de la imaginación en aquella penumbra donde Mozart, las teclas castigadas por su hermano, eran una tempestad y el profe Ledesma, con las manos oscilando ante su rostro, musitaba en éxtasis meloso *¡très bien, très bien!* "¿No es esto la felicidad?", suspiraba luego Aurelio sudando.

—Mozart, Yoli, Elegantes —recitó Antonio al arrojar la primera voluta de humo: azul, perfumada, correosa.

Luego aquello ensombreció. La felicidad no dura más de un instante. Una enorme nube se aposentaba sobre el puerto convidándole un ambiguo frescor, y ahí delante un perro trotaba olisqueando los basureros. Después de todo ley de la vida es buscar. Fue cuando asomó el hermoso *terranova* y apenas trepar en el balcón comenzó a ladrar. Esta vez ignoró a Tony. Alborotaba, gruñía, pero el chucho callejero no se daba por enterado. Había encontrado una bolsa con inmundicias y luchaba por sacarla del bote de lámina. De pronto Mozart concluyó.

—Elegantes y Yoli –Tony soltó la bocanada de humo–. No está mal.

El sabueso era color marfil y se había resignado a mirar a su igual. Una mirada simple de reconocimiento. "El perro de Mozart y el perro de Dios", se dijo cuando escuchó aquel grito llamándolo:

—*¡Beria… Beria!*

Era una voz femenina, con acento. Luego la mujer asomó y sujetó la cabeza del perro, lo regañó en corto. Era pálida, sin maquillajes, una pañoleta púrpura le ceñía el pelo.

La escena tenía cierta gracia. El perro intentando abordarla a lengüetazos y la mujer que lo enfrentaba con el índice admonitorio. Dio una última chupada al cigarro y lo soltó para rematarlo contra los adoquines.

—Yoli –dijo, porque era su último placer.

Dio un sorbo al refresco y observó que el perro, por fin, lo reconocía en la distancia. Había trepado sobre el pretil y balanceaba lentamente el rabo, como averiguando.

—Hola, perro –saludó Tony en secreto. La mujer se alzó para mirarlo. Ella tenía un perro y un piano, él un barco y una Yoli a punto de vaciar.

La mujer llevaba un vestido de algodón estampado y lo observaba sin inmutarse. De seguro, imaginó Tony, que registraba a un vago de tantos. En eso hubo un rumor sordo; las nubes agolpándose en la bahía y soltando un trueno sin relámpago. El domingo había sido igual: un chubasco que duró tres minutos y luego la tierra quedó soltando hilachos de vapor que abochornaron la tarde. Había que cerrar las ventanillas del Packard. Volteó al otro lado del jardín y localizó el taxi. Luego de algunas reparaciones el Packard lucía de nuevo su nobleza. En el camino a Revolcadero, por ejemplo, alcanzaba casi los cien kilómetros por hora. Volteó a la casa violeta y miró las cortinas mecidas por las ráfagas.

Iba a llover, no cabía duda. Ese mismo domingo un rayo había matado a un esquiador en la dársena. ¿Y cuando yo muera –se preguntó Antonio– quién me mirará pudriéndome bajo el océano?

–Mozart.

Ahí estaba, de nueva cuenta, surgiendo del balcón. La ejecución era a partir del punto de abandono. Qué memoria: como si la aguja del disco diera con exactitud en el surco. La mujer sabía lo que se dice *tocar*. Seguramente había pasado años en el conservatorio. Tony vació el refresco no obstante que aquel último trago venía herido ya de tibieza. Hubo otro relámpago apoderándose de la bahía y de seguro que todos en ese momento estaban haciendo el mismo comentario. "Va a llover".

Terminó el concierto y hubo, de pronto, una quietud sideral. Así debió ser el *Principio*.

–El silencio es el caos –dijo Tony y se miró las manos. ¿Hacía cuánto que no tocaban ese concierto, el número veintiuno, de Wolfgang Amadeus?

Un silencio de insectos, de pájaros, de radios. Nadie en el mundo, ningún auto, ni un solo niño gritando la alegría de un salto al agua. De cualquier modo debía cerrar las ventanillas del Packard. Hermes se lo había ofrecido: "Cuando me pagues el motor te quedas con el coche. No imagino un capitán a pie".

Volteó a la casa violeta. El concierto había terminado y era la hora de la sopa de cebolla. No había nadie en aquel silencio y Tony pensó, de momento, que quizás estaba muerto. Es decir, en algún momento de la jornada había palmado (como el viejo Mervin reventado por el nitrógeno) y nadie se lo había dicho. Miró, al otro lado de la bahía, un cayuco dirigiéndose a la playa Tamarindo. Para su consuelo, en todo caso, los muertos eran aquel pescador anónimo y él mismo porque el silencio...

Allá estaban, nuevamente, la mujer y el perro. Permanecían expectantes en el balcón. Antonio abandonó el refresco, extendió los brazos, aplaudió tres veces. Era el primer ruido luego del caos, del relámpago, de Mozart. La mujer esbozó una sonrisa y desapareció tras la cortina. El perro quedó afuera, trepaba en la jardinera, gimoteaba al presentir la tormenta.

Antonio calculó. Llovería en cinco, tal vez en diez minutos, así que levantó su caja y se dirigió al estanquillo.

–No tengo Mozart, ni cigarros, ni refresco –soltó al entregar el casco.

—No me va a asaltar, ¿verdad? –preguntó el comerciante con ojos de asustados.

Iba de regreso al taxi cuando una silueta llamó su atención. En el balcón asomaba nuevamente la mujer de la pañoleta. Tenía los ojos grises y la nariz larga, igual que los zorros. Aguardaba con los brazos en jarras. Antonio se detuvo y ella alzó las manos. En cada una sostenía un trozo de cartón con un nombre escrito con premura. El de la mano izquierda decía "Chopin", el de la derecha "Liszt". Tony lo dudó un momento: alzó el brazo para indicar el de la derecha. La mujer hizo un gesto de asentimiento y se metió en la estancia. Tony volvió a su banca bajo el laurel. Esperó, hubo un nuevo retumbo en el cielo y luego comenzó la ejecución al piano.

Aquello era inconfundible en su languidez. Tin tin tirín tin... Como el réquiem para un niño muerto, una canción para el adiós, *never goodbye*, algo como descendiendo por un riachuelo que se pierde en la niebla. Tony disfrutaba la pieza. Se recordó en la única audición que dio en su vida en el auditorio del Club Suizo. ¿Había tocado eso? Luego hubo aplausos para los alumnos del profesor Ledesma y su madre, de pie entre las sillas, lloraba incontenible. Al retornar al camerino el profesor iba palmoteando su hombro: "Muy bonito, muy suavecito, casi me duermo con el arrullo". ¿Era un elogio? Al concluir sintió la primera gota reventando contra su cuello.

La tormenta era rasante y el frondoso laurel no serviría para maldito el cobijo. Hubo uno, y dos, y tres relámpagos golpeando al otro lado de la dársena. Tony pensó en el yate y recordó que esa noche no habría travesía de serenata. Calculó la carrera hasta el Packard; de seguro que terminaría empapado. Las rachas eran inclementes; polvo, agua, basura. Una lámina de asbesto rodaba por la avenida y la tempestad era una cortina de cristal astillándose. Una turbonada arrasando la costa. Y lo peor de todo: que había sido engañado.

Dejó la banca y mientras corría buscando el escape descubrió, en lo alto de la casa, a la mujer que manoteaba. Que fuera para allá, que se diera prisa. No lo dudó. Apenas llegar lo recibió abriendo la puerta y cerrándola con un empellón.

—Está mojado –dijo ella.

—Es agua –se justificó Antonio–. Agua de lluvia.

El *terranova* se precipitó por la escalera. La mujer gritó algo en un idioma extraño y el perro se contuvo.

—Está emocionado. Le gustan mucho las visitas –le jaloneó una oreja para que dejara de gimotear–. No muerde. Se llama "Beria".

La mujer le ofreció una toalla y le indicó que subiera.

—Aquí abajo tenemos mucha humedad. Cajas y cosas de otros inquilinos. Yo prefiero arriba, con *Beria*.

Tony se detuvo ante el primer escalón y ella, que iba a la mitad, pareció tropezar. Miró unas fotos familiares, el ícono de un santo enmarcado con hoja de oro.

—San Nicolás –dijo ella al paso–. El santo patrono.

Entonces el perro alcanzó a Tony y permitió que le acariciara el cogote. El sabueso se revolvía en zalamerías cuando él acusó:

—Usted me ha engañado.

La mujer respondió con una mueca de sorpresa.

—¿Engañado, yo? –repitió.

—Nocturno número cincuenta y cinco, de Federico Chopin –dijo, porque estaba seguro.

La mujer le devolvió una sonrisa, aplacó al perro de un manotazo.

—Tiene usted razón. Liszt es hermoso, sin duda, pero no tiene el… galanteo de Chopin. ¿Cómo supo usted?

Tony se frotó la cabeza de nueva cuenta. Estornudó. Observó un pequeño tapiz en mitad del muro; un diseño de grecas que le hizo pensar en Suiza. Tal vez Austria.

—Yo soy Antonio, Antonio Camargo –dijo al recuperar el paso, y ella, al recibirlo en el segundo nivel y como pensándolo:

—Alexandra… Markovitch. Un gran gusto –y le ofreció la mano.

Afuera el temporal estaba en lo peor, agitaba las cortinas como banderolas, ululaba, arrasaba con ramalazos de agua. La anfitriona fue a cerrar los postigos del balcón.

—Nos va a quitar un poco luz, pero tendremos sosiego –dijo, y se hizo acompañar por *Beria*, que gimoteaba nerviosamente.

Empujó los pares de contrapuertas, fijó las fallebas, volvió a exclamar algo en otro idioma.

—La noche en el día… —comentó al oscurecerse el aposento.

Luego, sin preguntar, fue hasta un samovar al fondo de la estancia. En la sala había tres silloncitos, una estera circular, un aparato de música Telephunken y una pila de discos. Todo alrededor de un piano vertical. Le indicó que tomara asiento y procedió a servir el té.

—No hay nada peor que un "sur" golpeando la costa —dijo Tony.

—No creo —dijo Alexandra, y le ofreció la primera taza.

Hubo luego un lapso de silencio. El perro se había echado sobre su camastro y mantenía las patas delanteras encimadas en la cabeza. Tony disfrutaba esos instantes de reserva y probó el té. Alzó la vista y descubrió una fotografía en el muro de la cocina. Era un retrato de familia. Alcanzó a distinguir a la pianista acompañada por dos niños pequeños. Entonces, en ese atisbo a la intimidad, comprendió el drama de esa mujer y experimentó una inmensa compasión.

—¿Te costó trabajo decidirlo?

La mujer abrió sus ojos como el color de la tormenta. En vez de responder aguardó con la taza entre las manos.

—¿Quieres poca azúcar? —invitó por fin.

Antonio volvió a estornudar.

—No me gustaría que te resfriaras. Por culpa mía.

Tony hizo un gesto trivial. Aceptó la azucarera.

—Entonces —insistió mirándola a los ojos—, ¿te costó mucho decidirte?

—No entiendo. ¿Qué me quiere usted hacer confesar?

—¿Liszt o Chopin? —Tony se apretó la toalla al cuello, igual que un boxeador a punto del veredicto.

—¡Ah, Sasha! ¡La gran tonta! Claro, decidir, decidir… por Chopin —la mujer respiró con tranquilidad—. Que no quepa la duda.

—Los dos eran prusianos, los dos nacieron en 1911, los dos revolucionaron el concepto de armonía. Los dos fueron los virtuosos del piano en su época.

–No; Chopin era polaco, no alemán. Y Franz Liszt de la Hungría.

–¿Puedo...? –Tony señalaba el samovar a un lado del piano.

–Sí, claro. *Servirte* todo el té que quieras.

Antonio fue a la consola. Observó que el samovar era de plata y tenía desprendido el adorno central. En su lugar había una frase en alfabeto cirílico. Volteó a mirar el piano, y en el acto sintió un escalofrío.

–Hace siete años que no toco uno.

–Antes, ¿tocabas?

–Tocaba, sí. No pasé de aprendiz.

–¿Y por qué no has continuado?

Tony probó el té. Un sorbo ardiente. Depositó la taza junto al recipiente y adelantó la mano con timidez.

–El piano que tocaba fue incendiado –dijo con el gesto.

Alexandra Markovitch se enderezó en el sillonciro. Dirigió una mirada escrutadora a ese taciturno visitante.

–¿Por qué incendian pianos en este país? –indagó con temor.

–Fue mamá. Lo quemó en el jardín de casa con un bidón de gasolina. ¡Fummm!

–¿Tu madre murió en el manicomio?

–No. Mamá está muy viva y... –"¡Los condones!", recordó. ¿Dónde los había dejado?– Vive en la ciudad de México con mi padre, que es coronel del ejército.

Sasha se le quedó mirando con suspicacia. Se acomodó una de las calcetas blancas que llevaba muy a la moda.

–Cobro veinte pesos –le dijo–. Por si te quieres poner en paz.

Tony estuvo a punto de tirar la taza. Volvió a estornudar.

–Tú estás cogiendo un resfriado. Ahora te metes al baño con agua caliente. Anda, por favor –lo empujaba acompañándose por el perro.

Antonio no tuvo más remedio que obedecer. Afuera la tempestad parecía amainar y a ratos la luz de las lámparas fluctuaba. Entró en la tina y descubrió, colgada en la cortina de hule, la ropa interior de la pianista. Dos calzones y un sostén. Se enjabonó bajo el chorro caliente y trató de pensar en otras cosas. El hundimiento del *Andrea Doria* frente a las costas de Nueva

York; la boda del año que celebraron el príncipe Rainiero de Mónaco y la hermosa Grace Kelly cuya sonrisa era el emblema de la pasta de dientes Ipana. Pero no, estaba excitadísimo y entonces oyó el ruido de la puerta:

—Ya la tengo caliente —era Sasha que entraba sin llamar—. Un minuto.

Un baño ajeno es toda una delación. La confianza de acceder impúdicamente en los secretos del prójimo: averiguar los olores abandonados, penetrar en los rituales de vanidad, compartir la intemperie de otro cuerpo. Junto al lavabo descansaba un cepillito de rímel, un tarro de crema Nivea, un lápiz de labios. "Veinte pesos". De traerlos sí, sí los traía pero él había imaginado aquello de muy distinta manera.

La segunda vez ella tocó a la puerta. Gritó desde afuera:

—Aquí está la ropa seca. Apúrate que la plancha ya se enfría y el perro es un mordelón de trapos.

Había dejado todo sobre una silla; planchado y seco.

Al regresar a la sala observó que los postigos estaban abiertos. La tormenta se había transformado en un manso chipi-chipi y de la cocina llegaba un aroma de remolachas.

—Ya voy contigo —dijo ella—, si quieres toca algo en el piano.

Tony fue al muro donde Sasha posaba sonriente para el fotógrafo. Permanecía sentada en una banca de jardín y abrazaba a dos niños de miradas huidizas. Uno era de brazos y se chupaba el pulgar.

—Son Pavel y Fedia. Hace unos años —la mujer se depositó nuevamente en el silloncito de terciopelo. Suspiró al referir—. Fedia es como un pájaro… inquieto, nervioso, se asusta. ¿Te sientes mejor?

—Sí, claro. Al menos dejó de llover —Tony terminaba de atarse las agujetas—. ¿Le puedo hacer una pregunta?

—Una pregunta —repitió sin responder.

Antonio buscó los cigarros en su bolsillo y siguió el gesto de la mujer que los señalaba, empapados y desleídos, en una bandeja.

—Las preguntas pueden ser peligrosas —reiteró al voltear hacia el perro dormitando—. No hagas la pregunta ésa, "¿le puedo hacer una pregunta?".

¿Bromeaba?

–¿De dónde es usted?, y perdón por la curiosidad.

La mujer le devolvió un gesto cansino. "Otra vez con eso".

–De Hungría –dijo ella–, donde hace frontera con Checoslovaquia. Chopek, se llama el pueblo junto al río Tiszá.

–¿Tiszá?

–Es el nombre del Danubio, en lo alto.

Sasha se llevó una mano al rostro. Se había dado color a los labios, de prisa. También se había quitado la pañoleta.

–¿Usted qué hace? Lo he mirado varias veces en la banca del parque fumando como un elegante burgués.

–En Acapulco la elegancia no existe, señora. Quiero decir; el calor nos empareja y no hay mucha ropa qué lucir. Tengo un pequeño barco de turismo –presumió al acicalarse el cabello–. Hay que ganarse la vida.

–Yo cobro veinte, por si te animas. Aunque esta vez no cobraría.

Sasha era una mujer, lo que se dice, de "mediana edad". De pechos notables y facciones finas, cojeaba imperceptiblemente.

–Déjame revisar –y cuando ella lo alcanzó, Tony ofreció las manos con recelo. Permitió que le sujetara los dedos, girara sus nudillos, dijera que sí.

–Siéntate y toca –ordenó.

Antonio se acomodó en el taburete y miró aquellas teclas como la antesala de su infancia. Aquel piano era un resquicio de los días cuando vivía Aurelio y escapaban en sus bicicletas por la tarde. Cuando paseaba de la mano con su prima Liz. Cuando Dios creía en él y era feliz.

–¿Cualquier cosa?

–Cualquier cosa... menos el *Für Elise*. Lo tenemos prohibido.

Cerró los ojos. Intentó recordar aquella partitura favorita. Imaginó a su madre sentada ahí detrás tejiendo en silencio. Dio un suspiro y se lanzó con la *Sonata número Dos* de Federico Chopin: su "marcha fúnebre" inmortalizada en tantísimas caricaturas. *Tan, tan, ta-tán...*

Entonces lo supo: tocar el piano es como nadar. Como andar en bicicleta. Como fornicar... una vez que se aprende no se olvida nunca. Trastabilló un par de veces, su dedo cordial resbalando en la tercera escala, pero continuó inmutable y esperando el reglazo del profe Ledesma.

Al concluir pidió la servilleta que había dejado junto al té. Sudaba ligeramente, además que lo incomodaba aquella lágrima impertinente. Le hacía falta el comentario de Aurelio, "muy bronco, bróder... Chopin es suavecito, suavecito, ¿no sabes lo que es suavecito?". Y su madre tejiendo ahí detrás. "Tocas muy bonito; hasta imagino que te me escapas al cielo volando". Y el profesor Ladislao carraspeando, "¡Arquea los dedos, chamaco! Arquéalos y concéntrate en las pausas. Cada nota pide su aire, ¿entiendes?".

—¿Dices que tu piano lo quemó tu madre?

—Para aliviarse del dolor. Mi hermano se mató sobre el teclado.

Sasha lo observaba con detenimiento. El muchacho estaba como derrotado, las manos yertas sobre los muslos. ¿Quería impresionarla?

—Puedes mejorar, creo —insistió al ladear la cabeza—. No está mal para tocar *de la memoria*. Y sécate esa lágrima. La música es para no llorar.

—¿Veinte pesos, me decía?

—Es la tarifa por hora —estiró una de las calcetas blancas asomando del botín—. Porque sí, puedes mejorar con el tiempo.

Los distrajo un toquido en la puerta. *Beria* que parecía despertar de un sueño de opio y ya se abalanzaba escaleras abajo.

—Debe ser mi alumno.

Ahí terminaba todo. Chopin, Liszt, el profe Ledesma. Además que el Packard debía estar anegado. Lanzó un vistazo a la pantorrilla de la mujer y creyó adivinar una cicatriz. ¿Un accidente esquiando en los Alpes?

—Esto es tuyo —dijo Sasha al despedirlo—. Lo trajeron mientras te duchabas.

Antonio reconoció la caja de los preservativos.

—Los trajo don Espiri.

—Don Espiri —repitió al recibir aquella prueba incriminatoria.

—Es el hombre del estanquillo. Dijo que te los olvidaste; no los fueras a necesitar —y con el gesto—. ¿Puedes abrirle a mi alumno?

— 207 —

—Sí, claro —y Antonio fue descendiendo por la galería.

Al tirar del picaporte, una vez abajo, se topó con Lalo Wilfrido.

—¿Tú qué haces aquí? —preguntó mientras el perro salía a mear.

—Lo mismo que tú, supongo. Aprender con la rusa...

⚓

Hubo un documental de Cine-Verdad en las salas de cine. Una tarde lo comentó la prima Liz al teléfono:

—Te vi guapísimo en la pantalla, Tony. Buceando con tu amigo ése, Narciso Palacios, y otros galanazos...

—Apolonio, no Narciso —la corrigió a través del auricular—. Castillo, no Palacios. ¿Dices que en el cine Chapultepec?

—Saliste en todos los cines. Se ven como tarzanes ahí con sus equipos de oxígeno, sus lanchas y una como gringa pechugona que los acompaña.

El buceo deportivo se había puesto de moda. Ir a Acapulco y no bucear con Apolonio Castillo era un desacierto. En el embarcadero de Aquamundo contaban ya con una docena de equipos y Pancho "Perro largo" se había incorporado como entrenador auxiliar. El negocio marchaba de maravilla y entre los clientes más asiduos se contaban el actor Yul Brynner, el esquiador Bono Batane, el príncipe Juan Carlos de España, el campeón automovilista Juan Manuel Fangio, el irreverente pintor de diecinueve años José Luis Cuevas; el *jet set* sumergiéndose en las profundidades del Pacífico tropical.

—Sasha —precisó Tony—. Se llama Sasha.

—¿La pechugona?... —y luego, en tono acusador—: ¿Y tú *cómo sigues*? De salud.

—De maravilla.

—Me imagino.

—¿Y tu matrimonio con el... licenciado? ¿Van a encargar otro bebé?

—No, cruz diablo. Cuando los gemelos cumplieron su primer año el famoso Rolando Meraz se fue de casa. ¿Cómo la ves?

—¿Y eso?

—Es que ya no teníamos *chocolate express*. ¿Me entiendes?

—Creo que sí.

—Como lo has de estar teniendo tú con la chichona del cortometraje, la tal *Chacha*...

⚓

Había regresado al día siguiente. Sí, retomaría sus clases de piano los lunes y miércoles, que eran días flojos en el yate. Schumann, Gershwin, Mussorgsky, Brahms, Mozart, Debussy, Beethoven, Tchaicovski, Ravel, Mendelssohn, Liszt y, desde luego, Chopin. Así fue como conoció el origen del samovar.

Aquella tarde practicaba el *Adagio* de Albinoni, que permite explorar el teclado por mitades, cuando desesperó.

—¿No podríamos regresar a Ponce? —suplicó Antonio porque la balada clásica de Manuel M. Ponce, *Arrulladora*, era territorio conquistado—. Me quiere doler la cabeza.

—Claro, y te dolerá más porque usas una mitad sólo. Cada mano una mitad, ¿entiendes? —y la profesora Markovitch se aporreaba el cráneo.

Aquello era resultado de una traición. En el amanecer de la Nochebuena de 1951 Antonio Camargo se había jurado no tocar nunca más un piano, y ahora estaba en su enésima lección con el simpático *Beria* escuchando a su lado con la fidelidad legendaria del perrito de la RCA.

Ponce resultaba menos complicado, pues su armonía es de señalada simpleza. Un romántico trasnochado, aseguran los melómanos, pero que permitía ejecuciones diáfanas y eficaces.

—Sasha, por Dios, ¡déjame abandonar...! —le suplicó al concluir el tercer intento—. Albinoni es para locos. Estoy exhausto.

La profesora retornaba del samovar. El té verde es el té del trópico: un poco de brisa y una taza permiten sobrevivir en el infierno meridional.

—No abandones. Albinoni no es lo peor del mundo —le ofreció la taza, indicando luego la partitura—. No hay nada mejor que vencer el desafío.

—Sasha, Sasha —se quejó Tony con tono infantil—. Me vas a obligar a echar tu piano por la ventana. Otro día... ¿sí?

Alexandra Markovitch resisitió el embate. Un día le contaría la historia de sus hijos, Pavel y Fedia. "Los hermosos muchachos que ahora son".

–No puedes destruir el piano porque, en primer lugar, no es mío. ¿No sabes que lo alquilo? Hay una abuela alemana, la señora Levy, que lo anunció en el periódico por 250 pesos al mes.

–Eso es un robo.

–Sí, un robo, pero en todo Acapulco no hay más que siete pianos.

–Sasha, si me dejas tocar a Ponce te compro uno. Un piano para ti.

La profesora volteó a mirarlo con seriedad. Sus ojos grises, casi azules, hurgando en su interior.

–Hace años que ningún hombre me compra nada. No estoy esperando nada de nadie –se dirigía a la consola del té–. Yo sólo quiero vivir en paz.

–… con un piano rentado; sí, claro.

–Que a ratos suena como carroza. Oye ese primer *Do*, por favor…

–En tu pueblo, allá en Hungría. ¿Cómo tocabas?

–¿Chopek? –la profesora retornaba con su taza vaporosa. Deslizó el índice derecho a lo largo del teclado, arrancándole un arpegio terrenal.

–No conozco Chopek junto al Danubio, mi querido Antonio.

El alumno se llevó las manos a los muslos. Miró sus cigarros en un alero del piano. Los tenía prohibidos durante la lección.

–Tú me dijiste, Sasha, que en la frontera con Checoslovaquia.

–Eso dije –la profesora sorbió su taza–. A veces mentir es necesario.

–Se les llama "mentiras piadosas" –se defendió al acariciar la tecla de re sostenido, segunda escala, mano izquierda.

–No soy la primera mujer que miente –se disculpó.

–Bueno, sí. Primero estuvo Eva.

–Albinoni –insistió ella al señalar la partitura.

Antonio recomenzó. Pulsaba una evolución con su mano derecha cuando de pronto se detuvo. El profe Ledesma le habría dado un reglazo antes de averiguar.

—En serio, Sasha. Te compro este piano… –¿bromeaba?

La profesora soltó un suspiro. Dejó el taburete y se dirigió al rincón donde la estufilla siseaba.

—Queda para otra vez –aceptó desde allá–. Trae tu taza. Quiero enseñarte algo.

Tony obedeció con desgano. Faltaban diez minutos para concluir su lección; luego tocaba turno a un niño regordete.

—¿Sabías que el té verde lo tomaban los chinos dos mil años antes de Jesús Cristo?

—No, la verdad, no.

La profesora Markovitch volvió a suspirar. Acercó la taza a la espita del samovar y dejó gravitar el delgado chorro.

—¿Azúcar, Antonio?

—Azúcar, Alejandra.

—¿Y sabías que los jesuitas fueron quienes lo llevaron a Occidente desde el Japón? ¿Y que es el mejor tonificante para las personas que como yo tendemos a engrosar?

—No. No lo sabía.

—¿Y sabías que se lo robé a la compañía?

—¿La compañía? –Tony meneaba la cucharita con parsimonia.

—Te voy a contar, Antonio, y espero de ti absoluta discreción.

La profesora probó su té sin azúcar. Tomó asiento junto a la consola e indicó a Tony que lo acompañara.

—Fue a mediados del año 56; no sé si te habrás enterado.

—Enterarme de qué.

—Hubo una gira internacional para granjearnos la amistad de los pueblos, que es primordial. Era la segunda *tour* de la compañía porque la primera fue corta, a Praga, Viena y Berlín. En esta segunda gira intentamos llegar a países que llamamos "de neutralidad positiva". Primero Pekín, una semana en el Teatro del Pueblo y premiados personalmente por el camarada Chou. Luego llegamos a Vancouver, en el Canadá, con la visita breve de *une liste réduite* a Quebec. Luego volamos a México Ciudad, premiere reservada en el Palacio de Bellas Artes con el cuerpo diplomático, luego dos funciones en el Audiorama Nacional…

—El Auditorio Nacional –intentó corregirla Tony.

–Eso. El gran Auditorio Nacional. Magnífico, dos *encore* cada noche y la gente feliz con la actuación de la *prima ballerina* Raisa Struchkova. Luego la compañía dio esa salida breve, de *liste réduite*, aquí a Acapulco. La compañía me mandó a mí, que era concertista suplente…
–¿La compañía?
–El Ballet Bolshoi, mi cielo. Estoy hablando del gran teatro del Ballet Bolshoi donde era tercer pianista. Venimos en octubre, tocamos en el Fuerte San Diego, dos noches. ¿No asististe?
–No, la verdad ni me enteré.
–Sí. La publicidad no fue buena. Tocamos esas dos noches y nos alojaron en el hotel Las Américas, magnífico. Yo me maravillé entonces con este país. Su gente, su calor… ¡aquí nunca hay invierno!, su mole negro, su picadillo, sus chiles rellenos, sus guanábanas, sus zapotes chicos, su piña, su pozole de los jueves… ¡ay, que se me hace todo agua la boca! Y su libertad, Antonio. Puedes ir a cualquier parte y nadie pregunta, nadie te pide un documento… Así que al volver a México Ciudad, dos días después, me comenzó a perseguir la duda. "¿Y si me quedo?" Pero cómo, ¿cortar con todo? ¿Yo, que fui condecorada en la Gran Guerra Patria? ¿Yo, Katya Alexandra Karpukova Markovitch, la gran pianista de la Obertura "Príncipe Igor", la ópera de Alexander Borodin? ¿Yo, la alumna de la gran Elizaveta Gerdt; yo, la asistente del maestro Shostakovich? Y así, en el aeropuerto, en lo que arreglaban los trámites migratorios para retornar, miré un anuncio que decía: "Acapulco, la puerta del paraíso", porque sí, era cierto. Ahí ocurrió el hechizo. Y así como estaba, cargando la caja de este samovar, que es de plata y hay que cuidarlo, y mi violonchelo, que es mi segundo instrumento, me retiré a los sanitarios. Pasé una puerta, hubo un taxista que me dijo, como dicen aquí, *miss, miss, one taxi to the best hotel in the city?*, y le digo que sí. Me hice entender con el señor taxista. Salimos por la puerta del pasaje nacional, le pedí que me llevara al Hotel Geneve, que ya había visto, y me quedé varias noches mientras vendía mi violonchelo, que es… era un *Guarneri del Gesu*. En la calle de Havre, un profesor Macías, que se anunciaba en el periódico, me citó en un

café y pagó 500 dólares por el instrumento, que debe valer miles. Dejé el hotel, fui a la terminal de autobuses, compré un boleto para Acapulco; otra vez. Y desde octubre del año pasado... Hubo una nota en los periódicos. Que se había perdido la intérprete del Bolshoi, que había sido secuestrada por los espías yanquis. Luego nada...

Tony le ofreció una servilleta para que enjugara esas lágrimas. Le besó una mano, agradecido.

—Ese niño ya no llegó —Alexandra daba un vistazo al cu-cú de pared—. Igual que la semana pasada. Así que toca tú, Antonio.

—¿Toco yo?

—A María Ponce, como decías. Lo que quieras.

Tony como que dudó. Ahora comprendía todo, es decir, asomaba a ese enigma humedeciendo la servilleta.

—¿Y el samovar, te lo robaste?

—Lo tomé prestado... ¿Viste la inscripción que tiene al frente?

Antonio lo entrevió a la distancia. Acarició la cabeza de *Beria*, que había llegado a indagar la causa de aquel sobresalto.

—Antes tenía el retrato del zar Nicolás II. Se lo arrancaron y ahora dice "Ballet Bolshoi, tetera de la compañía". Debe ser de principios de siglo, una joya —alzó la mano y recogió la partitura de Albinioni—. Lo que sí es grave es lo del violonchelo. Me enviarían al Gulag por haberlo robado...

Antonio comenzó a tocar, de memoria y lentísimo, la primer melodía que incluyó en su repertorio infantil: *La Arrulladora*. Ponce fue un autor de aire melancólico y evoluciones románticamente tristes, o tristemente románticas, porque lo uno no existiría sin lo otro.

Al terminar hubo un silencio pesado, como si el salitre de la brisa se hubiera congelado. Tony llamó al sabueso, que se coló bajo el teclado. Lo hizo guardar la cabeza entre sus rodillas y lo acarició con cierta violencia:

—*Beria* —le confió—, tienes una dueña enigmática. ¿También eres ruso?

—No. El perro fue un regalo del mar. Debe ser gringo.

Sasha lo señaló con su pie ceñido por la calceta blanca.

–Velo nomás. La voz que mejor entiende es *don´t!* Aquella mañana muy temprano andaba por la playa como loco. Perdido, sin pasado.

–Igual que tú.

La profesora Markovitch aguantó la frase. Alzó la tacita de porcelana y volvió a mirar la impresión en miniatura: una cortesana columpiándose alegremente en la campiña.

–Es triste, ¿verdad? No saber quién eres, como el perro. Haber tenido un nombre, un techo, una familia que reconocías a ladridos. Y luego toparte con una rusa pálida y sin dinero para vivir encerrado el resto de tus días.

–¿Paseabas de mañana?

–Todos los días salimos, *Beria* y yo, con el alba. Es la mejor hora.

–¿Te puedo hacer una pregunta de carácter personal?

–No has parado de hacerlo, Antonio. Por cierto que me adeudas un piano –bromeó al cerrar la cubierta del Steinway.

–¿Sabes nadar?

Katya Alexandra como que sufrió la interrogación. Volteó a mirarlo con ojos anegándose, y Tony comprendió que esa mujer estaba a punto de ser derrotada por el recuerdo.

–Es fácil aprender –le dijo, pero el comentario fue inútil. Ella comenzó a sollozar balanceándose en el taburete.

–¿Qué pasa? –Tony le sujetó los hombros adivinando lo que venía.

–Pavel... –pronunció con un hilo de voz, y entonces rompió a llorar.

Aquello duró varios minutos. De pronto la profesora Markovitch dio un largo suspiro, sofocándose, y se apretó contra el tórax de Antonio para ofrecerle un beso salado por las lágrimas.

–Nunca olvidaré las tardes cuando esperabas afuera, en el parque.

–Una serenata al revés –quiso bromear él–. Ahí esperando tu música.

Sasha le sujetó una mano, la llevó hasta su boca para besarla.

–¿Qué hora es? –indagó, tratando de reponerse.

— 214 —

Tony miró el cu-cú del muro.

—Las siete treinta pasadas.

—Estamos en tiempo. Llévame al cine... a las ocho dan función doble.

—¿Y eso qué?

—Cómo qué... —le pellizcó la punta de la nariz—. Todos los días voy al cine Río. Ayer dieron *El Inocente*, con Silvia Pinal y Pedro Infante. También *Tu hijo debe nacer*, con Marga López y Enrique Rambal.

—¿Y? —Antonio le dispensó una mirada de asombro.

—Desde que llegué, el año pasado, diario voy al cine. A veces al Salón Rojo, pero generalmente al cine Río. Ya hasta me fían los gaznates.

—¿Diario?

—Ya lo sé; me gasto una fortuna pero el cine es mi segunda escuela de español. Ándale Antonio, llévame... y podrás aprovechar para besarme.

⚓

La historia de Pavel era un riel al rojo. Luego de la función de cine, donde vieron *Llévame en tus brazos*, con Ninón Sevilla y Carlos López Moctezuma, fueron a cenar al Playa Suave donde intentaron reconstruir sus pretéritos porque asomar a la vida de otro es como soltar un rizo al viento.

Antonio relató el primer día que fue a Xochimilco, sería a los nueve años, y desde su rincón en la trajinera soltó un anzuelo. La chalupa se desplazaba por los laberintos de aquel lago mientras él imaginaba la captura de un pez tremendo. Su primo "el Loño", mientras tanto, repetía una declamación escolar toda enjundia: "Es puerta de luz un libro abierto / entra por ella, niño y de seguro será para ti en lo futuro / Dios más visible, su poder más cierto. / El ignorante vive en el desierto, donde es poca el agua, el aire impuro / un grano le detiene el pie inseguro: camina tropezando, vive muerto..." Y de repente el cordel se tensó. Tony estuvo a punto de gritar alborozado; no lo podía creer. Tiró del filamento, nueve, diez brazas, hasta sacar del agua aquel monstruo sombrío que llenaría de pesadillas su infancia. Aquello era un *axolote*, le relató a la profesora de los ojos grises. "No es un pez, ni es un reptil", explicó, porque la salamandra mexicana es casi ciega, tiene la piel negra y manos de batracio. Sus agallas están desparramadas "igual que un higo volteado al revés", y se agitaba con el anzuelo clavado en la garganta mientras en el otro extremo de la barca sus tíos celebraban el taconeo de la prima Lizeth, que había comenzado a estudiar flamenco y se contorsionaba al ritmo de las palmas que daba Aurelio, su hermano, tocado con un sombrerito andaluz. El barquero dejó la pértiga por un momento y fue en su auxilio; sujetó al monstruo y le sacó el anzuelo de un tirón. "Mañana almuerzo pollo", dijo, y lo echó en el bote de las propinas. Pero aquello no era nada junto a la historia de Pavel.

El Don discurre apacible junto a la pequeña ciudad de Liski. En verano es sitio obligado para aliviarse del calor. La guerra patria había culminado y todo, absolutamente todo estaba por ser reconstruido, relataba Alexandra Markovitch. "No había familia sin un padre o dos hijos caídos en combate contra los ejércitos alemanes adentrándose en las estepas de Ucrania". Una guerra que había costado a la gran Rusia 20 millones de hombres… y por ello era necesario repoblar el país. Pavel nació en 1945, en las cercanías de Moscú, y Fedia en 1947, en Liski, donde Alexandra Markovitch se desempeñaba como profesora de música en el liceo local. Su marido, Stanislav, trabajaba como "organizador técnico" y viajaba constantemente por el corredor fabril de Kursk, Sebastopol y Astracán, porque la infraestructura industrial había sido destruida dos veces: primero al ser abandonada ante el avance alemán, y después cuando los nazis la incendiaron durante su retirada.

–Un día de julio, caluroso como pocos, decidí llevarlos al río. Era una playa de guijarros, Vólovo, que se formaba cerca de casa y es la preferida de los habitantes de Liski. Pavel quería presumir, demostrarme las lecciones de natación que había tomado en el gimnasio "Máximo Gorki". Llevé unas esteras, nuestras batas, una sandía, mantequilla, pan, vodka y los sombreros. Los malditos sombreros que nos arrebataba el viento. Varias familias estaban ahí aquel domingo porque no había mucho qué hacer. En verano el bosque se infesta de mosquitos por cosa de los pantanos. Llegamos temprano, fuimos de los primeros, ocupamos el mejor lugar. En el canasto llevaba también una jarra con refresco de zarzamora, que a los niños les encanta. Y pepinos y crema ácida y chorizo. Pavel demostró rápidamente su conocimiento. Nadaba de maravilla, en estilo "americano" y en estilo de pecho. Avanzaba unos metros y se detenía, nos preguntaba que cómo lo había hecho. Que lo alcanzáramos, pero no, cómo. Yo nunca aprendí. A mi edad es ya imposible. Lo que yo aprendí fue el arte del piano y el arte de la guerra, pero nadar nunca. Y Fedia menos, el pobrecito. Tenía cuatro años y ya le llegaría el momento de saber. Saber nadar. El sol pegaba rico, fuerte, quemaba. Había otra familia ahí cerca que vino a prevenirnos. "Ayer vimos un oso saliendo de los abedules", nos advirtieron. Debe estar hambriento. Eso me trae muy gratos recuerdos, porque cuando era chica jugaba con Olga. Nos revolcábamos sobre una piel de oso que había en casa. Un oso que cazó mi abuelo y que nunca fue entregado a las cooperativas de vivienda, por fortuna. Olga era mi muñeca; un día te hablaré de ella porque a ratos me visita en mitad de la noche. De verdad, ahora no estoy mintiendo. "Y si se aparece el oso", dijo el hermoso Pavel, "yo lo mato con este cuchillo". Había empuñado la bayoneta que heredé de mis días en la milicia y con la que partíamos la sandía. Saltando como salvaje corrió hacia el bosque. Yo comencé a gritar, "¡Pavel, Pavel!", que ya estaba bien. Que como broma era suficiente. Y el pequeño Fedia, que entendía todo, comenzó a llorar. "Mamá, no quiero que se lo coma el oso". Cómo era que no se me había ocurrido llevar el fusil, pensé, ¿pero quién lleva un fusil a un día de campo en domingo? "¡Pavel, Pavel!", gritaba el pequeño Fedia, y cuando los vecinos de la playa escucharon sus nombres, regresaron. Dijeron que estaba muy bien, que eso era patriotismo, que qué nombres tan lindos y bien escogidos. Tú no lo sabes. Pavel y Fedia Mórosov son dos niños heroicos de la joven Unión Soviética. Dos mártires de la colectivización cuando la guerra contra los terratenientes. El padre de Pavel Mórosov era agente contrarrevolucionario, especulaba con la cosecha de trigo. Colaboraba con los enemigos del socialismo, hablaba mal de Lenin y de las conquistas del partido. Pável lo denunció ante los comisarios políticos y el padre fue apresado y llevado ante el tribunal del pueblo. Meses después, una noche, fueron asesinados Pavel y Fedia. Ocurrió en el pequeño pueblo de Gerasimovka, en los Urales, en 1932. Nunca hallaron a los homicidas pero la historia patria nos enseña que ese crimen fue cometido por los enemigos del socialismo y la revolución. Por eso, en honor de los niños mártires de Gerasimovka, se fundó el movimiento de los pioneros soviéticos con su pañoleta roja al cuello y la estrella en la camisa. Por eso mis hijos, con esos nombres, eran como los héroes niños resucitados. Eso me decían aquellos viejos olorosos a leche agria en la tibia playa de Vólovo. Y cuando ya íbamos a buscarlo, porque llegué a temer por su vida... Hace años que no ataca un oso a nadie en Liski, aunque quedan las leyendas. Entonces Pavel sale del bosque de abedules con un racimo de moras silvestres. Yo, por los nervios, bebí un vaso. Lo compartí con los vecinos de la playa, que eran dos viejecillos. La vodka cura todas las penas, las tensiones. En la guerra muchos soldados murieron envalentonados por la vodka, aunque estaba prohibida en combate. Me quedé dormida con los viejos coreando viejas canciones campesinas... habíamos comido la sandía, el chorizo, las moras, la miel silvestre y el pastel de patatas que llevaron los ancianos. Me quedé dormida, arrullada por aquel sol tibio de la tarde cuando me despiertan los gritos del pequeño Fedia en mitad del río. Los viejos también se habían quedado dormidos, con la botella de vodka vacía. Fuimos corriendo a la ribera, nos metimos en la corriente aunque ninguno sabía nadar. Nos enlazamos para poder sacar al pequeño que era arrastrado ya por el caudal. Escupía agua, resollaba, y cuando pudo pronunciar palabra saltó de mis brazos, señaló hacia el río y gritó: "¡Pavel, Pavel!" Era cierto. No estaba su hermano mayor. Se había ahogado en el Don. Lo hallaron dos días después en Alexeyka, treinta kilómetros corriente abajo. Ahora, por eso, sólo tengo a Fedia.

⚜

Luego de saldar el motor del yate, lo primero que hizo Tony fue adquirir el Packard, en mensualidades, porque se había encaprichado. Dejó de ejercer como taxista, y lo segundo fue pintarlo todo de azul, azul cielo, que era el color preferido de la corresponsal del *Daily Monitor*.

Iban a cumplirse ya seis meses de su ausencia y lo único que sabía de ella habitaba en esas dos postales llegadas muy al principio. Ahora él dormía en sus sábanas, comía en su vajilla, se rasuraba ante el espejo donde ella, tantísimas veces, se compuso aquellas cejas como las alas de una gaviota.

Las mujeres entran y salen de la vida de los hombres como una flecha disparada con alevosía. ¡Puaf!, de lado a lado, atravesados. Pasa el tiempo, restaña la herida y el día recupera su habitual esplendor. Mujeres que se diluyen como el rastro de una sombra, mujeres que habitaron en una cierta caricia, mujeres que vuelan al paso de una estela perfumada. Hubo la magia de aquel cuerpo dejándose vencer entre los brazos y después quedó el viento, el anhelo, el suspiro aflorando cuando descubrimos el arco de la luna tensado en mitad de la noche. Aquello comenzaba a ser parte del pretérito. Un cariño a la intemperie, castigado por el sol y la lluvia, diluyéndose. Todo es engaño, un beso dura siete segundos, un amor dos años, una vida sesenta y seis. Por lo menos eso fue lo que aguantó la vida del capitán Fernando Santana, quien murió de un peculiar *hara-kiri*.

Mensualmente debía pagar 300 pesos a Hermes Contla, y ahora pulía el Packard a la sombra del pochote, lo enceraba, lavaba sus neumáticos Good-Year de cara blanca. Los hombres se encariñan con las mujeres, pero también con las cosas más absurdas: un pisapapeles, una estilográfica, un automóvil, una navaja suiza, un par de zapatos, un arma de fuego, un suéter luido. Como los cacomixtles, guardan cachivaches que a su vez remiten a recuerdos que guardan momentos inolvidables y así, coleccionando *souvenires* y cacharros, los hombres imaginan que serán inmortales.

Antonio creyó escuchar un ruido extraño. Bruñía las molduras del Packard, esas flechas cromadas acompañando el sueño de la máxima velocidad, cuando se detuvo. Un golpeteo hueco, un górgoro, un follaje sacudiéndose. Una sola vez lo habían robado, y fue cuando se le ocurrió dejar sus aletas en la terraza. Cualquiera, con un poco de temeridad, podía ingresar al conjunto empujando la reja. Dejó el auto y rodeó el predio. Ahí estaba el bruto, metiendo la cabeza en la piscina, desafiante. Era cosa de no creerse. Fue corriendo en busca de ayuda.

–¡Señora Zoraida! –interrumpió su siesta–, tengo una visita muy rara.

–Yo a la señora *Sacha* sí la dejo pasar –la encargada permanecía en su cuarto huyendo del calor–. Digo, como al fin *usté* ya le dio llave.

Tony aguantó el reproche. Señaló una tranca junto a su catre:
–Tráigase la vara, por si se pone necio –la previno.

Cuando llegaron a la terraza el invasor reparó al avistarlos.
–Me quiere decir qué hace aquí –demandó Tony al señalarlo.

La de los pies chatos contestó con franqueza:
–*Pus* qué no ve: es un burro, joven.

–Ya lo sé que es un burro.

–¿*Usté* lo trajo?

–¡Cómo demonios iba yo a traerlo, señora! ¿Para qué carajos iba yo a querer un burro en mi terraza?

La mulata miró con desconcierto al equino.
–Eso sí quién sabe. Luego sale usted con cada ocurrencia…

–¿Sabe usted quién lo trajo?

–Yo creo que llegó solito.

–¿Y de quién es el mentado jumento? ¿Se podrá saber?

–Quién sabe. Es la primera vez que lo veo.

–Y la última porque me va usted a sacarlo.

–¿Sacar yo al burro?

–Regresarlo a la playa y que se muera de sed. ¿Para qué fregados iba a querer yo un burro en el jardín?

Comenzaron a empujarlo con la tranca, porque la bestia iba sin ronzal y se entercaba.

–Vamos a tener que usar una cuerda. Está muy testarudo su amigo.

–¿Amigo mío? –protestó la encargada–. ¡Suyo, a mí qué fregados! ¡Y si se metió por la puertita *onde* luego mete *usté* a sus pinches viejas y ni quién diga nada, fue porque la vio fácil y porque aquí el reglamento de la finada María de Jesús todo mundo se lo pasa por los güevos, comenzando con su vieja que lo dejó, la mentada señito Cindy…

Antonio Camargo se le quedó mirando con asombro. ¿Eso era todo?

—Necesitamos una cuerda —reiteró Tony al empujarla con la vara. No iba él a exponerse a una coz traicionera.

—En el cuarto tengo un mecate —reveló ella con tono ofendido—. Vaya *usté* y yo aquí aguanto al burro. Está debajo de la mesita.

Tony obedeció de mal modo. Era cierto; cada vez que él tenía visita, la señora hacía ruidos desusados… tiraba las cazuelas, carraspeaba, se ponía a regar el jardín a medianoche como un Otelo femenino. "Sus pinches viejas".

La soga no era demasiado larga y estaba medio podrida. Al salir del cuarto Antonio reparó en su nombre. Fue como un breve destello porque ahí junto, donde se amontonaban los recibos de la luz, estaban sus datos asomando: "Antonio Camargo Locarno / Santuario 17, Bungalow 5 / Icacos Beach / Acapulco, MEXICO".

Eran dos sobres que Tony rescató luego de reconocer las estampillas con el sello *U.S. Post Service*. "Bruja ladrona", se dijo, y los arrojó de paso por la ventanilla del Packard.

—Ya me imagino quiénes la empujaron aquí.

—La empujaron a quién —con ésa había que andarse con cuidado.

—A la burra, pues. A quién más. La empujaron los perros.

Antonio buscó el sexo del animal y no lo halló; es decir, era hembra. Observó la pata trasera marcada por algo que podría ser una mordedura. Dejó la soga, buscó un trapo y lo empapó en la pileta. Se dirigió a la bestia para limpiar la llaga. Al acuclillarse imaginó la coz que le partiría el cráneo; de ese modo se evitaría la lectura de aquel par de cartas remitidas desde Tacoma. Podría ser, ciertamente, la mordedura de un perro, o de una serpiente de cascabel de las que acechan en la hojarasca del cocotal. O sea que la pobre burra estaba a punto de morir de rabia o envenenada. Tony sintió una súbita ternura, la ternura de los desahuciados, y fue al frente de la casa donde crecía un papayo. Le arrebató un fruto y lo ofreció al asno luego de partirlo contra la cerca. La burra comenzó a comer aquello con voracidad.

–Pinche tragona –comentó la encargada.

–Que se quede –advirtió Antonio al asegurar la reja–. Y si se aparece el dueño le dice que me la robé. Que soy un cuatrero hijo de la fregada pero que yo respondo.

–¡Se va a quedar con la burra?

–Desde ahora se llama Camila, señora. Camila *donkey* jumento, para servirle a usted... mientras se muere.

⚓

Sasha fue feliz cuando aprendió. Era un sábado en la playa de isla Roqueta porque ahí el oleaje es imperceptible.

–¡Puedo nadar! ¡Antonio, puedo nadar! –gritaba con alborozo, como si acabara de conocer el sabor de la guanábana.

Lo abrazaba contagiándole la humedad de su nuevo traje *Catalina*, y Tony le pidió que siguiera practicando. Que arrojara el salvavidas y nadara hasta recuperarlo. Que flotara junto a él nadando "de perrito" y cuando sintiera hundirse se aferrara a la dona de caucho. El alumno enseñando a la profesora que aprende a deslizarse bajo el agua, Schumann y cinco brazadas aguantando, aguantando, patalea patalea, eso te mantiene en la horizontal, Sasha, aguantando, aguantando y... largos los brazos, laaargos, como si estuvieras volando. ¡Aguanta, aguanta!, le suplicaba ella montada sobre él porque se extasiaba cuando sus portentosos pechos eran estrujados. Aguanta, Antonio, ¡aguanta!...

⚓

Despertó. Un sueño es un pozo de cristal. Tenía la pierna atacada por un hormigueo, así que la retiró de la pinza que formaban los muslos de Alexandra. Ella giró en la penumbra, dijo un monosílabo en ruso, "quita", y siguió sumergida en el sueño de su infancia. Le había contado la historia de Olga, su muñeca. Que le preparaba sopa de betabel, pasteles de zarzamora, arenques con espárragos. Pero todo era de papel; papel coloreado. Sasha nació en 1917, el año de la revolución bolchevique, y todo en su infancia fueron carestía y promesas. Ya vendrán los días en que todos los niños tengan juguetes, casa con chimenea, libros ilustrados. Ahora lo primordial es la industrialización, la colectivización agraria, la derrota del ejército blanco. Olga había sido la muñeca de Katya Markovitch, su madre, guardada durante años en una maleta. Tenía cara de porcelana, era francesa, llevaba un elegante vestido azul marino. Sus compañeras en la escuela también tenían muñecas, desde luego, pero eran de madera rústica y peluca de crin. Con ellas era muy difícil soñar al príncipe, a la casa cuidando al bebé, a la hora del té con las amigas. Aquellas muñecas invitaban, más bien, a jugar al horario obrero y las metas del plan quinquenal. "Olga era una contrarrevolucionaria de pies a cabeza", le dijo aquella noche bostezando, hasta que llegaron las mujeres del comité educativo. Había corrido la voz en la escuela. "Sasha tiene una muñeca burguesa", dijo una de sus compañeras. "¡Es una Romanoff!". Fue un comité a visitarla y su madre, al recibirlas, les dijo que no se preocuparan. Que estaban hablando de basura, "escoria del pasado". Sasha estaba ausente, había ido a sus lecciones en el liceo de arte, y su madre fue por Olga. Les enseñó a la famosa muñeca, su cara destruida, triturada, de dar pena. "Esto no es realmente una muñeca", les dijo. Y no, desde luego que no. "Teníamos mala información", le dijeron. "Pero seguiremos vigilando". Su madre había pisado la cabeza de Olga en el trance y había hecho añicos su preciosa cara de porcelana pintada. Esa tarde, al descubrirla, Sasha no dejó de llorar hasta quedar dormida. "Es como si hubieras matado una parte de mí", le reclamaba a su madre. Pero ella fue más inteligente. "Es al revés, mi vida", le dijo. "Al morir Olga nos ha permitido sobrevivir a nosotras. La muñeca destruida ha sido la garantía para que no terminemos los días en Siberia, como tu padre. Olga muerta alejó el peligro de ser detenidos por los agentes de la *Cheka*. Mi adorada Sasha, debes saber que Olga nos acompañará por siempre porque fue mía y luego tuya y ahora es suya. Ella misma redimida en el cielo de las muñecas".

–¿El cielo de las muñecas? –preguntó Antonio alzándose en la cama.

–Una patraña de mamá, desde luego. Pero suena hermoso, ¿verdad? Ahí debe estar Olga esperándome con su cabeza entera, sus chapetas encendidas, sus dos guantes negros, su bolso con un pañuelito de seda y aguardando mi llegada del colegio porque mamá la reparó después con engrudo.

⚙

Se llamaba Manuel Rueda y eran vecinos de puerta. En 1938, *Manolo* fue a Moscú para traducir al español varios manuales militares, entre otros el del cañón antiaéreo *Tyulpan*, de 90 milímetros, y el *Ivanov*, de 75, porque la defensa de Madrid dependía en mucho de la eliminación de los *Junkers* agobiando las noches con sus constantes bombardeos. Comenzó el descalabro de la guerra y ya no hubo manera de retornar a Valencia, donde vivía su familia, y Manolo debió permanecer de ocioso en Moscú hasta que la primera plana de *Pravda* informó de la derrota del ejército republicano al iniciar la primavera de 1939, lo que lo obligó a desempeñarse como profesor de idiomas. Así que muy pronto, vecinos al fin, comenzaron con lo de las clases en español. Todas las tardes –a menos que hubiera algún concierto especial del Bolshoi– se las veían con la gramática y la lectura en voz alta de *Doña Perfecta*, de Benito Pérez Galdós, porque fue el único libro que cargó Manuel en su exilio eslavo. Fueron cuatro años de lecciones en las que leía en voz alta …"Vivían en la miseria, como los pájaros en la prisión, sin dejar de cantar tras los hierros, lo mismo que en la opulencia del bosque. Pasaban el día cosiendo, lo cual indicaba, por lo menos, un principio de honradez"… y Sasha apuntaba las palabras, preguntaba, se daba una idea general y luego ella leía en su turno; al fin que lo primero fue aprender el alfabeto latino. En octubre de 1941, cuando el avance alemán llegó a las puertas de Moscú, se ordenó el "abandono estratégico" de la capital, lo que obligó a trastocar todas las actividades. Hasta ese momento Sasha, en retribución, daba clases de violonchelo (su segundo instrumento) a Manolo. El profesor Rueda, sin embargo, no progresaba mayormente.

Era sordo del oído izquierdo y estaba a la espera de Paquita, su mujer en Valencia, que ya hallaría el modo de alcanzarlo. Sasha fue enviada, junto con otras miles de mujeres, a cavar trincheras antitanque en los suburbios de la ciudad, pero como su familia "era protegida de un importante político", pronto retornaron a casa, esperando encontrar a Manolo, que se había comportado tan caballerosamente. Ya no lo volvieron a ver. Fue de los primeros en ser trasladados a las fábricas detrás de los Urales, y si Manolo no aprendió fue porque tenía, literalmente, oído de artillero. En el frente del Jarama había sido responsable de una batería de viejos cañones *Howitzer*, usados en las trincheras de Verdún, hasta que por lo mismo un obús defectuoso reventó al ser disparado y lo dejó sordo del lado izquierdo.

Cuando la pianista hacía memoria su emoción era tal que no dejaba de hablar más que para dar un trago a su vaso de ginebra con hielo, porque vodka, lo que se dice vodka, era imposible de conseguir en Acapulco.

—Antonio amor —le dijo ella arreglándose el camisón de noche—. No me hagas hablar de mis muertos porque las paredes de esta casa no serán suficientes para soportar ese panteón de horror.

—Yo miro a mis muertos bajo el agua, Alexa; ¿no te lo había contado?

—¿Bajo el agua?

—Con el visor, buceando. Se me aparecen —Tony preparaba el tercer coco-fizz cuando terminó de confesar—: Voy nadando y surgen como momias, como fantasmas descarnados. Me llaman, que los acompañe. Luego me entero de que han muerto.

Katya Alexandra Karpukova escuchó aquello en silencio. ¿Estaba bromeando? ¿Por qué los mexicanos se fascinan tanto al conjuro de la parca? Una tarde de noviembre Antonio le había comprado una calavera de azúcar —de ésas que se preparan el Día de Muertos— con su nombre escrito sobre el hueso frontal: "Alejandra". La había comido, con cierto horror, para complacerlo. A medianoche, sin embargo, había despertado entre pesadillas y tropezando llegó al baño para volver el estómago.

—Yo también, mi cielo, tuve mi momia en Kasimov.

Sasha adoraba ese gesto cariñoso. Tony llegaba a su lado, la besaba detrás de la oreja, le pasaba la mano por las tetas como asegurándose de que siguieran allí. Luego le decía una palabra dulce y al sentarse buscaba tocarla con el pie descalzo. El muslo, la pantorrilla.

—Nosotros tenemos diez mil momias en Guanajuato. ¿No sabías, cariño? Las sacaron de un panteón donde se curtieron durante siglos con el salitre de las minas —dijo de memoria—. ¿Cómo son las momias de Kasimov?

La profesora Markovitch dio un sorbo a su ginebra con hielo. Cuando se emborrachaba demasiado pedía ser penetrada en cuatro patas, como perra. Luego, al despertar, se ruborizaba. Suplicaba no hablar de ello.

—Una solamente —dijo—. Fue una sola momia la que llevábamos, Katya y yo. Katya Markovitch es mi madre.

—¿Tu madre y tú cargando una momia? —Tony quiso no pensar en las cabezas degolladas por el coronel Marco Antonio Camargo, su padre.

—El tesoro de la Patria... —dijo Sasha—. Íbamos, mi madre y yo, con la orden de protegerlo. Llevarlo hasta Nizhniy Novgorod, más allá de los Urales, en la frontera del Asia.

—Llevarlo a quién.

—A Lenin.

La profesora de piano dio un trago largo a su vaso de ginebra. Hizo un gesto obvio; que se lo llenara de nueva cuenta. Quería platicar eso y para hacerlo necesitaba beber.

—Fue en esos días terribles de octubre. La *Wehrmacht* y sus divisiones acorazadas estaban a las puertas mismas de Moscú. Se ordenó el abandono de la ciudad; un abandono estratégico. Mi madre, Katya, es enfermera. Tiene especialidad como anestesista y además... es protegida de Lavrenti —dio un trago firme a su vaso—, y él fue quien nos mandó llamar. En la batalla de Moscú se podrían perder muchas cosas, nos advirtió, menos lo invaluable. Hacia los Urales habían sido enviados ya los ministerios más importantes, el cuartel central del NKVD... El NKVD es la policía política. Los laboratorios de la Academia de Ciencias, las fábricas de armamento, los archivos de información secreta, los niños. Medio millón de niños vivían ya en ese territorio ambiguo, entre el río Don y el Volga donde Europa termina con el primer camello del Kazighistán. Y entonces Lavrenti nos ordena acompañar a Lenin, la momia de Lenin, que no podría permanecer en su mausoleo del Kremlin.

—¿Lavrenti?

—Lavrenti Beria, nuestro protector, que hasta hace dos años era jefe del NKVD. Nos ordena que, "por indicaciones del camarada Stalin", debíamos acompañar al convoy secreto que se encargaría de salvar a Lenin de la ocupación nazi. Íbamos en dos vehículos; una ambulancia y un auto escoltados por cuatro agentes de la policía secreta. Katya era la encargada de vigilar el cuerpo de Lenin… que el catafalco no se agitara demasiado, porque iba suspendido sobre unos fuelles especiales de resorte. Que no se resecara, que no se llenara de polvo y, lo más importante, que no cogiera una infección de hongos. Cada tres horas nos deteníamos en la carretera para que ella lo pudiera revisar, librando los retenes militares con el salvoconducto que nos entregó Lavrenti. Algunos guardias pedían abrir las puertas de la ambulancia, que había sido pintada de negro, para mirar con curiosidad el cuerpo de Vladimir Ilich. Se quitaban el gorro *ushanki*, se les ensombrecía el semblante, se les llenaban los ojos de lágrimas. "Jamás permitiremos que los fascistas les den alcance", nos decían, y Katya los sacaba del contenedor. Revisaba el termómetro, el medidor de humedad, lo cubría con su cápsula de cristal. Entonces, luego de varios días de transitar por esos bosques de abedules, recibimos un telegrama de Lavrenti. Que nos detuviéramos en Kasimov. Que guardáramos "el tesoro" en algún edificio protegido, porque de cuando en cuando atacaban los bombarderos de la *Luftwaffe*. Que lo esperáramos. Llegó dos días después, eufórico, informándonos que el camarada Stalin había ordenado la defensa de Moscú, a sangre y fuego, y que los generales Kluge y Guderian habían sido detenidos en Borodino, igual que Napoleón. "Tus trincheras funcionaron, Sasha", me guiñó un ojo, y luego dio orden de regresar a una ciudad intermedia: Insar. Ahí acababan de inaugurar una fábrica enorme de embutidos, donde *el cargamento* podría quedar a resguardo. Todo en secreto, eso sí, porque siempre quedaba un agente de guardia junto al "tesoro" con una metralleta sobre las rodillas. Entonces iniciamos el retorno y...

Alexandra Markovitch terminó con el vaso. Se limpió los labios con una servilleta y al hacerlo corrió el carmín hacia su angulosa quijada. Hizo un gesto suplicante, aunque resuelto: que le sirviera otro vaso de *Kimberly*. Antonio fue a la consola donde descansaban la botella y la hielera.

–Ésas son momias de adeveras –dijo Tony al depositarse a su lado, y el sabueso alzó la cabeza, como averiguando.

La profesora de piano dio un sorbo y luego se le quedó mirando. Se apuntó al pecho con el índice y ordenó:

–Un beso.

Tony sonrió. Aquella era una mujer en verdad divertida. La imaginó escoltando aquella momia a través del bosque. Algo de eso había escuchado durante las lecciones escolares en el Colegio Cristóbal Colón: la reina Juana *La Loca* llevando el cadáver putrefacto de su marido, Felipe *El Hermoso*, por media España. Se inclinó hacia ella y besó aquel dulce pliegue.

–Lavrenti dio órdenes de parar el convoy. El día comenzaba a pardear y, para ser noviembre, no hacía demasiado frío. Nos indicó a todos que pasásemos a los autos donde llevaban jamones y betabeles con mayonesa. Que comiéramos a gusto, además que nunca faltaba una botella de vodka para el frío. Él pidió a Katya que lo acompañara a la cabina de la ambulancia. Mi madre obedeció en silencio, pero sonriente, porque así era la relación entre ellos. Subió al camioncito donde guardábamos la momia y al poco se comenzó a menear de un modo sospechoso. Los que permanecíamos en los autos, comiendo y bebiendo, cruzábamos sonrisas de complicidad, pero nadie dijo nada. Al rato regresó mi madre, componiéndose el peinado, y pidió un bocadillo de jamón. Lavrenti Beria desapareció en cosa de minutos, acompañado por sus guardaespaldas, y nos encargamos de trasladar a Lenin de Kasimov a Insar, donde pasó varios meses en la nevera de embuchados hasta que inició el contraataque. Pero de ahí a mayo de 1945 aún faltaba que ocurrieran muchas cosas. Muchas cosas; y yo rezando todas las noches para que un rayo, un infarto, una bala terminase con la vida de ese miserable calvo gordo. ¡Lavrenti hijo de puta!

Antonio Camargo buscó los cigarros. Elegantes; pero los había olvidado dentro del Packard.

–O sea que tu madre, y ese señor… Así se llama el perro, ¿no?

–¿*Beria*? Sí, Beria.

Y entonces el *terranova* dejó su camastro y fue a husmear al sofá donde ellos terminaban con la ginebra. ¿Le iban a regalar un pan duro?

–Ven a la cama, Antonio –dijo ella despojándose del corpiño–. Antes que me comience a doler la cabeza.

Y Alexandra se alejó gruñendo. Una perra hermosa de ojos grises huyendo de la memoria, y que al rodar sobre las sábanas metía una mano bajo la cama para sacar aquella ristra de condones.

–Los hijos que iba a tener ya los tuve, Antonio. ¿Te lo pongo?

⚓

Las lecciones de piano, sin embargo, no concluyeron con la llegada del amor. "El piano es el piano y la cama es la cama", advirtió Sasha cuando Antonio quiso confundir los muebles. Luego del periodo de "rehabilitación musical", la profesora decidió que su alumno debía rematar, uno por uno, con los compositores más o menos "clásicos". Que ningún concierto de piano estuviera ausente de sus manos. Brahms, Händel, Oftenbach, Gershwin, Prokofiev, Debussy, Beethoven, Villa-Lobos, Scarlatti, aunque era difícil conseguir partituras originales. Fue cuando a Tony le vino la idea.

–Te prometí un piano, ¿verdad?

–El verbo de los hombres es prometer, Antonio. No te preocupes.

–Tendrás tu piano, Alexa. ¿Te acuerdas que Lalo Wilfrido abandonó las "serenatas de travesía"?

–No esperarás que vaya a…

–Espera; tendrás tu piano a bordo –besó su mano–. ¿No te molestaría tocar un poco de música romántica? La gente necesita música para bailar.

–¿Me quieres de concertista en tu barco?

—Podríamos probar.

—Pero el piano no puede irse al barco y regresar a casa para mis lecciones. Insisto, Antonio; se estropearía.

—Déjalo en mis manos, muñeca. Tendrás un piano marinero para tocar música de moda... Ray Conniff, Bing Crosby, Henry Mancini. La gente bailando en la pista y tú te llevas cada noche cien pesos.

—Cien pesos... ¿Quieres hacer de mí una capitalista? –lo desafió con la mirada.

—Quiero que me acompañes todas las noches, Alexa... las noches de serenata. Zarparíamos a las diez con tus nocturnos para desvelados.

—Eso parece más razonable –Sasha recordó su asistencia diaria al cine Río. Probó el té y le añadió una cucharadita de azúcar–. ¿Dijiste cien pesos?

⚓

Las cartas de Cindy eran extrañas, por decir lo menos, y estaban escritas en inglés. Una había sido fechada el 9 de octubre del año anterior y la otra un mes después. Tony las leyó de corrido, esa misma noche, distrayéndose con los ruidos que hacía *Camila* en la terraza. La burra se había aposentado del pequeño cobertizo donde se guardaban las herramientas del jardín y no daba demasiadas molestias. Se pasaba el día ramoneando los yerbajos, bebía agua de la piscina y arrojaba su majada en la playa. Eso sí, enloquecía cuando Tony llegaba por la noche para obsequiarle una papaya demediada.

—Camila de Camargo –le decía al hojear la bitácora del yate–, ¿por qué eludes darme una noche de placer?

La primera carta estaba remitida desde Tacoma.

⚓

"Antonio, amor.

"He tenido deseos de abandonar América y viajar a India buscando a Kalyani. ¿Recuerdas, mi amiga *pen-pal*? Hablar con ella largamente, aunque no la conozco en lo personal. De seguro que su marido se enfurecería porque me odia. Me odia porque nadie como yo conoce el alma de Kalyani; supongo. Tengo en casa 57 cartas suyas. No he comprado el boleto pero ya averigüé el itinerario volando por Pan American: de Los Angeles a Tokyo, de ahí a Manila y luego una última escala en Singapur. ¡31 horas en el aire! Mis editores del *Daily Monitor* están muy alterados. Dicen que me estoy volviendo loca. Que luego de Corea a nadie le interesan las noticias de Asia. Que si me voy me cortarán de la nómina del diario. Aquí, en Tacoma, he preparado varios reportajes sobre la actividad forestal. La semana próxima deberé trasladarme a Seattle para entrevistar al último capitán ballenero, porque el mes próximo quedará prohibida la caza de ballenas. Pobre Ahab, ahora tendría que dedicarse a vender Biblias de puerta en puerta.

"¿Y tú, mi bien? ¿Me odias mucho? Ojalá algún día podamos hablar sobre lo ocurrido. Ojalá algún día me des tu perdón. Ojalá algún día reiniciemos nuestro amor.

"Mi madre sufrió una crisis horrible, como te conté en la carta de agosto (que por cierto no contestaste). De pronto perdió la vista, al 90 por cien, y está más que deprimida. Solamente percibe un halo, un halo de sombras alrededor de su campo visual, y con eso se ayuda para caminar a tientas por la casa, aunque el médico asegura que su caso puede empeorar. Y todo por su accidente. Al caerse en la escalera se golpeó la cabeza y eso le provocó, casi instantáneamente, la ceguera. Ella que pintaba tan bonitos paisajes en su pequeño estudio junto a la cocina. ¡De qué manera un accidente puede trastornar completamente tu vida!

"¿Nunca te conté? Desde que Harry y yo éramos pequeños mi madre comenzó a tomar cursos de dibujo y pintura en una academia de Portland. Casi siempre copiaba fotografías del *Life*, o del *National Geographic*, porque no es muy original inventando «motivos». *No era*, debiera decir. Montó una pequeña exposición en su escuela de arte en el año 55 y estaba preparando una segunda muestra cuando ocurrió lo de su accidente. Afortunadamente el seguro pagó una cantidad aceptable, que invertimos en bonos del gobierno. Mi hermano Harry la asistió al principio, dos semanas, pero debió ausentarse por lo de su trabajo (está contratado como profesor de historia en la secundaria de Crescent City). Además que es un cobarde. Una mujer negra va cada tercer día a ayudar a mi madre, aunque ella comienza a refunfuñar apenas llega la sirvienta. Dice que ella podría arreglárselas sola, pero su principal objeción es que teme que la negra le robe comida. Le robe sus adornos de cristal (tiene varios). Le robe sus pinturas. Lo bueno es que esa mujer no para de hablar y de ese modo le hace compañía; le comenta los chismes del barrio, la mantiene animada.

"Lo del seguro no fue tan fácil, sobre todo porque los ajustadores médicos no entendían cómo Mrs. Rudy se había golpeado el occipital (que es la zona del cerebro donde se elabora la visión) si ella cayó de bruces cuando intentaba bajar las escaleras. Es lo que nos explicó a Harry y mí cuando la encontramos en el hospital. Como el litigio iba a ser muy largo (más de dos años), convenimos en negociar la prima del seguro. La descendieron dos niveles en el tabulador, y así fue como el mes pasado liberaron el cheque de la aseguradora. Por eso salí tan intempestivamente de Acapulco (aunque esto ya te lo explicaba en la carta anterior).

"¿Cómo están tus compañeros? ¿El *chino* Maganda, el Yuyo (todo un *gentleman*), Apolonio, Hermes? ¿Y el «Malibu Dream», todavía no se hunde? ¿Y doña Zoraida, tan rezongona, sigue enamorada de ti? (¡Por qué todas las mujeres se enamoran de ti, Antonio, si tienes *twisted* el orden al bat?) Olvidé mi sombrero azul, como ya te habrás dado cuenta. Guárdamelo para cuando regrese (si regreso); es un regalo que alguien me hizo. Muy especial.

"Lo que no sabes es que me encargaron un reportaje sobre Jack London. Las pistas de London en San Francisco y Oregon. La gente que lo conoció, los tipos con los que peleó a puñetazos, sus compañeros en la enlatadora de pepinos donde laboró durante años, algunos sindicalistas que lideró antes que decidiera emprender su travesía por los mares del sur a bordo del *Snark*, en 1907. Seguramente que alguien en el *Daily Monitor* se ha enterado del rumor, aquel de que soy nieta "natural" del escritor socialista, y me quieren probar. Deberé entrevistar a una docena de ancianos, que todavía viven (si no, no los podría entrevistar, ¿verdad?) desparramados por esta cuenca del Pacífico norte. Así que estaré muy movida estos días entre los cazadores de Moby Dick y las trompadas de London, de modo que si me quieres escribir hazlo a casa de mi madre, para tener más seguridad, porque aquí no sé si permaneceremos demasiado tiempo. (La dirección del remitente es la de mamá).

"Y hablando de London, viene irremediablemente la imagen de mi padre. William Rudy. Hace más de diez años que no lo veo. Cuando abandonó la casa todos ganamos serenidad. Estaba muy agresivo, muy resentido, muy esquizofrénico. En Portland era profesor de lengua y literatura de la escuela secundaria, hasta que abandonó todo. Hay quien asegura haberlo visto en Oklahoma, en Kansas, pero no sabemos. El más afectado por su ausencia, sin lugar a dudas, fue mi hermano Harry.

"William Rudy fumaba pipa, todo el tiempo, y la casa apestaba a tabaco rancio. Lo comencé a odiar cuando me expulsó de su cama. Sería a los nueve, o los diez años. Los sábados, muy temprano íbamos mi hermano y yo, al despertar con el sol, y nos metíamos en la cama de nuestros padres. Jugábamos a la tienda de los pieles rojas, saltábamos, llenábamos de migajas las sábanas. La verdad era muy divertido meterse a su cama porque se convertía en una fiesta de risas y cosquillas. Pero un día, de la noche a la mañana, mi padre cambió. Dejó de hablarle a Grace, mi madre, más que para lo rigurosamente necesario. Ya no nos permitió entrar a su cama. Cerraba la puerta con seguro. Me dijo que ya no lo abrazara tanto, que lo fastidiaba, que parecía una buscona *barfly*. Eso sí me ofendió. Fue el tiempo, más o menos, en que le dije que deseaba convertirme en escritora. «Terminarás como una cortesana de los *beatnicks*», me dijo, «compartiendo la cama de todos y pidiendo monedas para comprarte un botellín de bourbon». Dejé de hablarle, de pedirle dinero, aunque mi madre me daba en secreto algún dólar de cuando en cuando.

"Por eso lo que más extraño contigo es el jugueteo en la cama. ¡Ahhh, cómo disfrutaba la cama contigo, Antonio! La cama es el invento más divertido de la humanidad. Sirve para todo (de hecho esta carta la estoy escribiendo entre las sábanas, recargada en tres gordas almohadas, con un vaso de leche con whisky entibiándose entre mis muslos). Las camas sirven, ¡imagínate!, hasta para dormir. Giacomo Puccini escribió todas sus óperas en la cama, de la que no se bajaba más que para orinar. Recuerdo que me fascinaba meterme hasta lo más hondo de la cama de mis padres, como si fuese la galería de una mina, y jugando a la Bruja del Oeste (un personaje del Mago de Oz) a ratos lograba adivinar entre la pijama de mi padre el racimo de sus genitales. Me daba pena el pobre. «Qué incómodo debe ser eso», pensaba. ¿Cómo pueden caminar con eso ahí delante? Pero todo acabó con la fuga de papá el 4 de julio de 1946 (por eso aborrezco los festejos patrios). Luego se vino a complicar con el accidente de mamá el verano pasado, en el que todos resultamos perdedores: los recuerdos de nuestro padre se tiñeron de odio; la pintura de Grace Harper se hundió en las sombras; la práctica docente de mi hermano Harry pende de un hilo debido a sus frecuentes ausencias, y yo deambulo como zombi entre la niebla de la indiferencia. Debo decírtelo sin temor: la única felicidad de los últimos años ha sido mi estancia en el paraíso contigo. Ahora mi futuro próximo es aciago, sumergiéndose cada vez más en el mar de la incertidumbre. O, como dice mi madre Grace, «el problema de la memoria es que nos llena la vida de los horrores que creíamos olvidados».

"¿Nunca has pensado suicidarte?

"Antonio, amor mío en la distancia y el tiempo. Cuida la casa que alguna vez fue nuestra. Perdóname y piensa de vez en cuando en mí. Cuando te acuestes con otras mujeres imagina que ellas soy yo. Recuerda mi aroma (si puedes). No te enamores demasiado. Eres mío (mientras Dios no disponga otra cosa). Ya hablaremos. No te ahogues en mitad de la bahía ni pesques una fea enfermedad. Cuando sueñes conmigo trata de no despertar.

"Besos, por millones
Cindy Rudy".

⚙

Esa era la primera carta. La otra eran tres hojas de vinagre. Tal vez por eso Tony había secuestrado a *Beria*. Lo había subido al asiento trasero del Packard, en ausencia de Sasha, y el perro había viajado muy tranquilamente asomando el hocico por la ventanilla abierta. Miraba la playa, los cocoteros, algunos turistas que se arriesgaban hasta aquellos parajes tan distantes de la *afternoon beach*. El encuentro de *Beria* con *Camila* fue una experiencia insólita. Era la primera vez que el perro miraba un burro, y el burro (es decir, la burra) reculaba temerosa de ser mordida de nueva cuenta. Así estuvieron largo rato, dando vueltas a la piscina, uno detrás de la otra, hasta que aquello derivó en jugueteo. *Beria* ladraba, saltaba, corría entre las patas del jumento, provocándolo, y *Camila* rebuznaba girando en redondo, como si fuera una escena robada a la cinematografía de Walt Disney.

La carta estaba fechada el 5 de noviembre y era capciosa:

⚙

"Antonio Camargo Locarno

"Supongo que algún día repartirás mis cenizas en las aguas color turquesa del Pacífico mexicano. El problema será llevarlas desde aquí hasta allá. No lo digas porque lo sé; exagero: las aguas de Acapulco no tienen ese color, pero la imaginación es generosa con los episodios enamorados.

"No me has escrito a lo largo de estos meses, y supongo que buena razón tendrás para ello. A veces pienso que nunca más nos veremos. No moriré por eso, tenlo por seguro, aunque sí le agradecería al cielo pasar una noche más contigo. Contigo y tus manos. Dormir entre tus brazos. Pero no insistiré en esos aspectos porque no quiero que imagines que sin ti vivo en la desesperación.

"Comienza el atardecer en Tacoma. Desde esta habitación puedo mirar un tramo del río Pullayup, medio enrojecido por las aguas residuales que arroja en su cauce una tenería corriente arriba. Dicen que eso ha hecho disminuir la población de salmones que visita sus aguas, pero son opiniones sin fundamento. Más allá está un bosque de arces, vestido también de rojo y de naranja, porque el otoño no perdona y llega puntual como el péndulo de un reloj zodiacal. Con el amanecer apareció hoy una sarta de pequeños carámbanos sobre el travesaño superior de esta ventana, pero hacia las once de la mañana aquellas lágrimas congeladas se habían desvanecido, e incluso hizo un poco de calor a la hora de la comida. También puedo ver el campanario de la iglesia de Saint Mary, pintado de gris plata, y un anuncio panorámico que recuerda las bajas tarifas de la arrendadora de autos Hertz. Aquí enfrente está un pino Douglas (en casa de los vecinos) y nos han dicho que en Navidad lo cubren todo de foquillos luminosos. Habría que quedarse para ver. Hacia el poniente se logra ver un trecho de la avenida DeFuca, y en la esquina la cafetería Daisy`s que permanece abierta hasta la una de la madrugada. Sus luces de neón anuncian desayunos por 77 centavos y tazas de café «sin límite» por 15 centavos. Algunas noches permanezco en esa fuente de sodas consumiendo café y cigarros, leyendo a Henry Miller, o pensando en ti. Ahí comencé a imaginar las cosas terribles que me ha deparado el destino. La mesera que me atiende es mestiza de los indios de esta región. Se llama Ukuhuma, que en idioma de los Yakima quiere decir «flor de montaña», aunque no me consta. Sospecho que le gusto.

"Estoy pensando escribir una novela. Se podría llamar «Cartas a Kalyani», o tal vez «Buenos días Acapulco». No sería una novela «feliz», ni mucho menos una novela «femenina». A fin de cuentas, ¿qué es lo femenino de un texto? ¿Qué es lo femenino de una berenjena cosechada quién sabe por quien? ¿Qué es lo femenino de unos huevos fritos con pimienta como los prepara mi amiga Ukuhuma? Se trataría de una novela de aprendizaje, como dicen los alemanes, una «Bildungsroman» donde el personaje central, que sería alguien como yo (pero con un ex marido detestable), llega a Acapulco para purgar UN GRAN CRIMEN.

"Y dale con las exageraciones: ¿qué es un pequeño crimen y qué es un gran crimen? Te digo esto porque el manuscrito que traje conmigo, y que le quería mostrar a mi padre, lo quemé hace varias semanas. Ésta será una novela de expiación, de perdón, de redención. "La culpa es la mejor ancla del deseo y, por lo mismo, de la imaginación". Palabras de Jimmy, que no es tan bestia.

"El personaje que soy yo «pero que no sería yo» va huyendo de un delito cometido en un momento de flaqueza. Puede ser interpretado también como una «traición». ¿Pero qué significa traicionar algo en el mundo de hoy? No hablo de traicionar a la Patria, traicionar a tu marido, traicionar a Dios («¿traicionar a Dios?»), sino la traición pequeñita que puede cometer una mujer joven como yo, y en ese sentido, ¿qué mayor traición (con la vida) que suicidarse?

"Llegué a pensar que escribiría una «novela negra», de crímenes y revelaciones, pero ahora me inclino más por practicar la muerte, primero, y LUEGO escribir. No sé si me entiendes. ¿Qué es más trascendente, por ejemplo, asesinar a tu padre o escribir que asesinas a tu padre? Esquilo, en su famosa tragedia *Edipo Rey*, ¿hubiera trascendido igualmente escribiendo sin matar?, ¿o matando sin escribir?

"Ésa es mi tragedia personal. Vivo como una mortificada *Miss Raskólnikov* en potencia. He llegado a pensar que podría matar a cualquiera. A Jimmy (¿recuerdas, el administrador del hotel en isla Catalina?) o incluso a Ukuhuma Andrews, que así se llama. Le haríamos un gran beneficio a la humanidad, por cierto, porque ella es fea, horrible, espantosa; aunque muy amable y dulce conmigo, en compensación. Pero no matarla con veneno. Ni con un disparo. Ni aventándola del apartamento donde vive, en un cuarto piso. No. Yo digo matarla con un cuchillo, porque matar es quitar y quitándole la sangre le quitaría la vida, y los deseos que tiene de mí. ¿Me pediría clemencia? (¡Pero clemencia por qué!, si no se trata de un acto de justicia ni de compasión). Se trata, simplemente, de «quitarle» la vida a alguien, alguien que no la merece del todo (lleva una vida aburridísima, por lo demás. Está enamorada de *Lucy*, la del programa de televisión, y no lava nunca su baño). El propósito sería compensar sencillamente algo que ocurrió en el Universo: alguien te dio la vida y tú se la quitas a otro. ¿Me entiendes?

"Y luego, obviamente, escribir sobre esa experiencia. A lo mejor el libro podría llevar un título muy francés: «Cadáver exquisito». Lo malo es que me vería obligada a cambiar los nombres (el mío y el de Ukuh) porque de lo contrario sería como una confesión que me sentaría en la silla eléctrica. Y tampoco asesinarla con un triste cuchillo de cocina, de esos para rebanar pan. Yo hablo de los cuchillos de cazador que venden aquí, esos de ocho pulgadas, con su funda de cuero y que exhiben en las tiendas deportivas. Hay uno precioso, de acero «Solingen», que anuncian con el dibujo de un explorador del tipo Daniel Boone luchando con un oso, pero que cuesta treinta dólares.

"También tengo otros pensamientos. Otros planes. Otros compromisos. (¿Un pacto es un «compromiso»?). Algo de todo esto lo platicaba con Kalyani Saipu, mi amiga en India, hasta que se casó. Le he enviado varias cartas (quizás más que a ti) a sabiendas que su marido, o su suegra, se las secuestran. Ya no me ha respondido, pero quiero suponer que no se cambió de casa.

"Antonio Camargo. Busqué a mi padre y no lo hallé. Necesitaba enfrentarme con él. En casa de mi madre, en Portland (a tres horas de aquí) me encontré con la tía Violet, quien asegura que William Rudy, mi padre, vive en Texas. Nacogdoches, o algo así. Mi madre no quiere hablar más de él. Su vista no mejora (ni mejorará nunca, ha dicho el médico), pero se ha aficionado a la programación nocturna de radio. Estaciones de medianoche en las que hablan ministros evangelistas, comentaristas de chismes de Hollywood, locutores que presentan viajes musicales alrededor del mundo. Hay días en que se amanece con el aparato encendido y no desayuna hasta las doce de la tarde. La tía Violet, dicen, tiene las mismas cejas que yo. En sus mocedades fue Miss Idaho, pero no se presentó al certamen nacional en aquel año de 1939. La modestia, ya sabes, que persigue a mi familia.

"Antonio, *hookie* de mis entrañas. No me odies de esa manera. Escríbeme unas líneas, aunque sea para decirme que ya tienes ocupada la cama. Que ya no regrese. Que lo nuestro fue una buena experiencia, un episodio feliz, un verano de amor marinero.

"En el *Daily Monitor* de San Francisco siguen publicando mis reportajes, aunque están tratando de llevarme como editora de la sección de Hogar y Familia. ¿Te imaginas? ¿La asesina de la pobre Ukuhuma Andrews, que pesa más de 200 libras, escribiendo sobre «los traumas del segundo hijo»?

"Un beso en nuestra laja de Playa Guitarrón,
Cindy R".

"P.S. No dejes de escribirme. Hazlo a casa de mi madre, en Portland. La visitamos cada fin de semana, y ella sabrá guardarme la correspondencia. Además que no podrá leerla. ¡Es ciega!"

⚓

Tenía su piano al fin. Antonio había cumplido con la palabra empeñada, y ella era anunciada como "Sasha, la rusa de Tamarindo" porque a fin de cuentas debía tener un nombre artístico. Las "travesías de serenata" se reanudaban y el *Cindy* surcaba nuevamente las aguas de Acapulco.

Zarpaba a las diez en punto, rodeaba la bahía, enderezaba hacia la ensenada de Puerto Marqués para dirigirse finalmente al litoral de Pie de la Cuesta donde iniciaba la maniobra de tornaviaje para recalar a la una de la madrugada. Cuarenta pasajeros "cómodamente sentados" en las seis mesitas de las dos cubiertas, con su mantel rojo, la hielera de plástico, la botella de brandy, los canapés y la gorra marinera de obsequio... y Sasha, *la rusa de Tamarindo*, interpretando al piano *Moon River*, *As time goes by*, *Arrivederci Roma*, en dos tandas que los pasajeros aprovechaban para bailar embelesados en la pequeña pista de popa.

–Usted tiene algo –soltó el *chino* Maganda en ausencia del patrón.

–Yo no tengo nada –Sasha le devolvió una sonrisa neutral–. Un poco de calor, eso sí. Después del piano.

El instrumento era un Petroff laqueado en blanco. Había sido armado en Varsovia en 1937, según se podía leer en la cédula de la tapa superior... sobre la que Sasha depositó su vaso de ginebra.

–¿Por qué lo dice?

–Por como tocó hoy –el piloto no hallaba qué hacer con las manos–. Tocó distinto.

La pianista llevaba un vestido negro, sin mangas, ceñido por un cinto de charol. El navegante del *Cindy* se le quedó mirando en silencio.

–A lo mejor sí –aceptó ella–. Hoy estoy como lánguida.

—Será porque no vino don Antonio –el piloto buscaba, como siempre, hacerle conversación. Le platicaba de su hija que estaba por salir de la secundaria–. Quiere estudiar para secretaria, pero yo le digo que no. Mejor enfermera, o maestra. Algo útil.

—Mi madre es enfermera –le confesó, quién sabe porqué, la pianista.

—Trabaja en un hospital, supongo. Allá en Rusia.

Sasha le devolvió una mirada compasiva. Rusia no existía más, cómo explicarle. Aquélla era una federación de consejos revolucionarios adueñándose de la ciencia y el progreso. ¿No había lanzado la semana anterior el primer satélite artificial, el *Sputnik*, alrededor del planeta?

—Ya está retirada. Vive de la pensión que le da el gobierno –"y debe estar cuidando a Fedia, su nieto"–. ¿Falta mucho?

El *Chino* alzó la vista. Arriba, en la cabina, el Yuyo le ofrecía un gesto vulgar. Que se apurara, que no le estuviera royendo el mandado al patrón.

—Ya mero. Unos diez minutos. ¿Va a querer que la acompañe?

Sasha revisó el ramillete que llevaba prendido en el escote: tres botones de gardenia perfumándole la noche y el otoño de la vida.

—Gracias, don Lino, pero Antonio me citó a cenar. En Los Flamingos –esa noche cumplía años y a la mañana siguiente, de seguro, tendría que levantar del piso sus tetas, sus glúteos y su papada–. Una cena especial.

El piloto le devolvió un gesto de acatamiento. "Ah, claro".

—Voy a preparar la maniobra –y luego de meditarlo, el piloto se animó–. De cualquier manera hoy tocó usted mejor. Distinto, con más alma.

Le había mentido a Tony la noche anterior. No es lo mismo cumplir 37 que cuarenta años, y eso era lo que había respondido. Además que poco importaba porque ya tenía ese magnífico instrumento a bordo. Un Petroff.

Junto a su *gimlet* reposaba un vaso de cerámica con un letrerito de rojos caracteres: "Propinas". Algunos pasajeros depositaban ahí su óbolo, porque había sido idea del Yuyo:

–Mejor que le metan ahí el billete y no enmediodelaschichotas, ¿*verdá*?

Katya Alexandra Karpukova llegó en taxi al hotel Flamingos. Antonio le había sugerido que se adelantara, que él se retrasaría un poco arreglando "negocios" con Hermes Contla. Cenarían algo ligero: queso de cabra con aceitunas, ostiones a la Rockefeller (la especialidad del lugar). Sasha mandó enfriar una botella de champaña y preguntó como de rutina:

–Joven, ¿no tendrás vodka, *por* casualidad?

El mesero abrió los brazos en gesto de pésame:

–No, señorita. Aquí solamente lo tradicional: whisky, ginebra y ron, por los gringos… ¿Le traigo un jaibolito?

Sasha le indicó que no; que mejor fueran adelantando con la cena. Encendió un cigarro y volteó hacia la noche del océano.

La terraza de Los Flamingos queda sobre el acantilado, muy cerca de La Quebrada. La brisa comenzaba a refrescar pero en aquel clima era una bendición. Alexandra se imaginó en su natal Leningrado: a esas alturas del año llevaría bufanda, abrigo y orejeras. Pero ahí estaba ella, con su vestido negro sin mangas, escuchando el rumor del oleaje al pie de la escarpa. Recordó a su maestra, Elizaveta Gerdt, dentro de aquellos fríos salones en la Academia de Artes de Moscú. Había que llevar el calefactor de queroseno a medio metro del piano para calentarse la mitad del cuerpo, y luego un rato al otro lado. Ahí cerca, en lo alto del muro, estaban los retratos de Alexander Pushkin y de Piotr Ilich Tchaikovsky, los patronos del alma romántica rusa, y al otro lado, sobre la puerta del salón, las efigies de la trinidad comunista: Carlos Marx, Federico Engels, Vladimir Lenin, de perfil y mirando hacia lo alto. Ahí abajo regresaba ya la maestra Gerdt con las partituras que guardaban en la bodega junto a los timbales y las balalaikas. Al frente había un retrato de estudio: el camarada Stalin, con su mirada adusta, vigilando cada acorde y cada pulso de los educandos. En aquel año de 1931 la "cuota vocacional" para estudiar piano sinfónico era de 1-700, la de ingeniería hidráluica de 1-120, la de técnico agrónomo 1-25 y de 1-4 la de operario industrial. "Aquí todos somos iguales", les decía el profesor Bajrushin en los cursos de iniciación musical, "pero somos distintos. ¿Entienden?". Bajrushin fue recluido en un calabozo de la Lubianka en 1935, donde nunca más vio la luz del sol. "Distintos pero iguales; iguales pero distintos". La permanencia en ese grupo selecto de alumnos era garantizada por el talento y la capacidad de aprendizaje. Además que en la Academia había 125 pianos, aunque sólo la mitad tenían sus teclados completos…

–Una sorpresa.

Sasha dejó de mirar aquellas nubes sombrías. Iba a llover más tarde, seguramente, quizás a media madrugada. Volteó y se encontró con la sonrisa del muchacho, que era bisojo, insistiendo:

–Está casi llena –y quitando la servilleta que la cubría, le ofreció la botella de Stolichnaya.

–¡Vodka! –exclamó ella, y luego indagó–: ¿No es muy caro?

–No, es una invitación. Se la están obsequiando –el mesero indicó hacia otra mesa, donde ya alzaban los vasos para brindar en la distancia.

–¿Quiénes son esos señores? –inquirió Alexandra Markovitch sin quitar la mirada de esa botella como caída del cielo.

–Unos gringos amigos del patrón. Están con el Weissmüller.

–Tráigame una naranja mondada. La cáscara toda, en tiras, y un vaso repleto de hielo. Por favor…

"Cuarenta años". Lo dijo Joseph Conrad, "es el umbral en que pasamos la línea de sombra". El punto del acimut en que comienza a declinar la tarde, el momento en que dejamos de resistir contra barlovento y nos dejamos vencer por el golpe de timón a la otra banda… Adiós a la lozanía, a la vida sin miedo, al vigor infatigable. Y Antonio, que ya tardaba demasiado.

–¿Sigo enfriando la champaña?

–Claro que sí.

El muchacho se retiró dejando sobre el mantel esa botella cifrada en alfabeto cirílico. Y abajo el mar, encrespándose, anticipaba el mal tiempo que ya comenzaba a envolver los destellos del faro en la Roqueta.

Lo del magnífico Petroff no era ningún secreto. Antonio lo había comprado a Marlene Levy, nunca dijo con qué dinero. En cada crucero "de serenata" Alexandra se llevaba los prometidos cien pesos, además de las nunca despreciables propinas.

Esa tarde, atraída por el título, había ido al cine Río a ver *Paso a la juventud*, con actuaciones de Tin-tán, Ana Bertha Lepe y Óscar Pulido, de modo que al comenzar la proyección era una mujer *treintona* y al terminar (porque ella nació a las ocho de la noche) era ya *cuarentona*. Había llorado en secreto durante la función, y todo por lo del paseo de esa mañana.

Temprano, con las últimas sombras del alba, había salido a pasear con *Beria*. Recorrieron playa Manzanillo y al llegar a Hornos optaron por acercarse a la rompiente. El sabueso no permitía que el oleaje mojara sus patas, corría en cada embate ladrándole con bravuconería mientras Sasha permitía, ella sí, que la resaca le refrescase los pies descalzos. Fue un paseo largo acompañado por la claridad del alba, de modo que se habían topado con algunos celebrantes trasnochados. De retorno, en un recodo de la playa, descubrió a dos niños que habían acudido a bañarse bajo los primeros rayos del sol. Uno se llamaba Román y el otro Mario Alberto. ¿Se habrían ido de pinta? La pianista se acomodó a la sombra de una palmera, junto a *Beria*, desde donde miraban la escena. Los niños estaban en calzoncillos y probaban a meter los pies en el agua.

–¿Seguro, Mario? –reclamaba el menor–. ¿Seguro que no me hundo?

–Ándale, menso; no puedes vivir toda la vida teniéndole miedo al agua. ¿Te vas a meter o no?

Ahora estaban cogidos de las manos, desafiando esas lenguas de mar que llegaban como envites desafiantes.

–¿Seguro, Mario Alberto?

–¡Oooh! ¡No sea miedoso! ¿Quieres aprender o no?

El mayor no tenía más de diez años, su hermano dos menos. Ahí estaban, adentrándose lentamente, el instructor y el aprendiz. El menor volteó y descubrió la mirada de Alexandra. Le sonrió en la distancia. Entonces *Beria* alzó la cabeza y gimoteó. Nunca se había metido al mar. Odiaba las olas y cuando lo salpicaban se pasaba la tarde rascándose. Entonces el pequeño se soltó y corrió por la pendiente.

–Perdone seño –alcanzó la duna donde aquella mujer descansaba con su perro–. Es que quiero hacerle una pregunta.

El *terranova* soltó un ladrido nervioso.

–¿Qué pregunta? –y recordando–: ¿Román? ¿Así te llamas?

–Sí. El Mario Alberto fue el que me obligó. Dice que no me voy a sumir –lo señaló en la distancia–. ¿Usted cree?

–Yo creo que no. Todos los niños aprenden.

Así disfrutaba Alexandra los paseos matutinos. En ocasiones descubriría parejas de amantes abrazados a la espera del amanecer, otras veces atestiguaba la recogida del chinchorro que emprendían veinte pescadores. O las iguanas devorando camalotes de algas, o algún borrachín canturreando versos resentidos. No había dos paseos iguales.

–Entonces, ¿le hago la pregunta? –el niño se cruzó de brazos.

Fue cuando el niño descubrió el pie izquierdo de Sasha. Le faltaban dos dedos. Nadie nace así.

–Qué le pasó en su pie –lo dijo como reclamación.

Por eso buscaba cubrirse siempre con las calcetas. Que dejaran de considerarla una persona incompleta.

–Me mordió un lobo –le dijo.

–¡Un lobo!

–Me quería llevar, como a la Caperucita… pero no pudo.

–¿Un lobo la mordió? –el niño no salía de su asombro. Giró el torso tratando de llamar a su hermano. Que viniera a ver.

–Estaba en mi cama y de repente me comenzó a jalar –le explicó–. Desperté, le di con un palo y el lobo salió corriendo. "¡Au, au-aúu!" –se sobó el pie restañado–. En mi país hay muchos lobos.

El perro volteó a mirar a su dueña. ¿Por qué aullaba de esa manera?

–Un lobo… –repitió el niño, maravillado. Sasha supo entonces que habitaría en la imaginación de ese niño hasta el último mo de sus días.

–Está muy bonito su perro –lo señaló–. ¿Cómo se llama?

–*Beria*, y come solamente pasteles de manzana.

–Ay sí. Pasteles de manzana… –la fantasía del niño se iba diluyendo.

–¿Es lo que querías preguntarme?

–No, seño, es que... quisiera saber. ¿Nos va a estar viendo, verdad?

–Sí, aquí voy a estar.

–¿Sabe nadar?

Alexandra Karpukova sonrió aguantando las lágrimas.

–Sí. Sí sé.

–Es que el Mario Alberto dice que me va a enseñar. Que no me sumo, pero si me sumo... ¿Usted me ve?

Le dijo que sí. Que no temiera. Que alcanzara a su hermano. Que ella iba a permanecer ahí vigilando; no como en Liski, tres años atrás.

–En dos vasos, ¿no hay problema?

La profesora de piano miró la cáscara mondada. Habían pelado la naranja hasta completar medio vaso. El otro estaba a tope de hielo picado, junto a la botella de Stolichnaya. Toda para ella sola.

–Así está bien, no se preocupe.

Destapó el vodka y vació el hielo *frappè* sobre las mondaduras. Cuando empezaba a servir hubo un relámpago que se llevó la luz. Los de la otra mesa gritaron y un vaso rodó hasta quebrarse contra el piso.

–*No! Hiroshima not again!* –clamó uno de los gringos.

Sasha miró su reloj... sólo que la súbita oscuridad le impedía conocer la hora. No sería la primera vez. Tres semanas atrás había quedado de cenar en casa con Antonio, pero una avería del Packard, dijo, le frustró el retorno desde Puerto Marqués. Lo curioso fue que a la mañana siguiente encontró bajo el asiento una polvera con espejito. Sasha prefirió no preguntar. El buceo deportivo comenzaba a ponerse de moda y algunas turistas, luego del ascenso, entraban en estado de euforia por sobreoxigenación. Seguramente.

Alexandra alzó su vaso y lo miró a contraluz de los destellos en la Roqueta. El chubasco se precipitó de súbito y en un minuto anegó la terraza. Eso le recordaba los ensayos con el genial Shostakovich. Se trataba de llevar a escena su Sinfonía Siete, *Leningrado*, apabullante por la sugerencia de los bombardeos en picada y los obuses explotando. Un proyecto que no logró cuajar en el escenario, y ahí tenía ahora su propio caos. ¡Relámpagos! ¡Cuarenta años! ¡Vodka!

Bebió en silencio. Hubiera brindado con Antonio, o con Stanislav, su marido, pero las cosas estaban demasiado alteradas.

—No —dijo en ruso—. Brindemos por el lobo.

Al poco regresó el mesero con dos fanales, además de la champaña. Escudándose de las ráfagas procedió a encender las velas.

—¿Va a ordenar la cena? —se disculpó en lo que disponía la hielera—. En la cocina ya quieren cerrar... con lo de la luz.

—Primero tráigame dos copas largas, si es tan amable.

El empleado corrió bajo el techo de la enorme palapa.

—No va a venir —dijo en ruso.

El súbito frescor le erizó la piel. En Moscú aquello hubiera abatido los termómetros a bajo cero. Se consoló al recordar que había cerrado los postigos del balcón porque *Beria* enloquecía de pavor con los relámpagos.

—Aquí están, señorita —el mesero la salpicó involuntariamente. Dispuso las dos copas sobre el mantel.

—Descorche usted la champaña —indicó—. Se lo agradecería.

El estrábico obedeció en silencio, esforzándose por no perder las maneras. Hubo otro trueno, simultáneo a la expulsión del tapón, y el proyectil voló hasta la mesa de los gringos.

—¿Qué espera? —lo regañó—. Sírvame la copa, por favor.

La tormenta se había apoderado del puerto. Algunas rachas empujaban la lluvia dentro de la terraza, hubo un destello en las lámparas pero todo quedó en amago. Refrescaba.

La pianista alzó su copa. "Siempre estamos solas", se dijo, "pero el problema no es ése, sino percatarnos". Odió a Stanislav, a Antonio, a Lavrenti. "Quieren poseernos, sí, pero no *acompañarnos*". Probó la champaña en silencio; las burbujas en su paladar como un arrebato de seducción. ¿Y quién iba a pagar aquel lujo? Volteó indagando pero el mozo había desaparecido. "Así estamos mejor", se dijo. Dio otro sorbo disfrutando la brisa que salpicaba el temporal. Entonces percibió la sombra.

—No me creería lo difícil que es conseguir vodka en este lugar —dijo en inglés, junto a su mesa, Johnny Weissmüller—.

Aunque veo que ha preferido despreciarnos –le entregó el tapón de la *Viuda de Clicquot*.

Sasha, que nada sabía de esa lengua, volteó a mirarlo. La palabra "vodka" flotaba entre aquella perorata. Recuperó su corcho.

–¿Quiere un trago? ¿Un trago de vodka? –le dijo en ruso.

Alexandra Markovitch comenzó a servir un vaso con hielo.

–¿Es usted rusa? –preguntó en alemán el actor que había nacido en el poblado austriaco de Freider. Aceptó el vaso que le ofrecía la guapota.

–No le entiendo, señor. Pero si está preguntando por el lugar donde nací, le diré que fue en Chopek, Hungría –dijo ella en ruso, nuevamente, porque esa respuesta suavizaba a los anticomunistas.

Weissmüller dio un buen trago, luego tomó asiento sin preguntar:

–Vaya tormenta que nos cayó. Ese lugar que usted dice, ¿es Hungría? ¿Eso dijo? –comentó en idioma alemán.

Sasha no entendía prácticamente nada, pero comenzaba a divertirse. Ese hombretón le llevaba, calculó, por lo menos diez años. Era guapo, fornido y un tanto simple.

–Muchas gracias por la vodka –dijo en ruso al señalarla–. Estoy esperando a mi prometido.

–No sé qué me está diciendo –le dijo en inglés, de nueva cuenta–. Pero déjeme decirle que tiene usted los ojos más hermosos de todo Acapulco –los señaló, completó el trago contra su garganta–, y eso hay que celebrarlo.

Entonces Weissmüller se desabotonó la camisa, se levantó de la mesa y lanzó un grito estridente, tremendo, golpeándose los pectorales igual que en las películas... aunque desentonando.

Sasha se le quedó mirando fascinada. ¿Había enloquecido? ¿Se estaba convirtiendo en gorila? No supo qué decirle.

–*Me, Tarzan* –recitó el actor, a sabiendas que muy pocas mujeres podían resistir esa profusión de virilidad.

¿De qué estaba hablando ese gringo loco? ¿Qué significaba esa frase absurda, "mi-tarsan"? ¿Por qué no llegaba, de una buena vez, Antonio?

–Me acaba de dejar mi mujer –dijo Johnny en inglés al recuperar la silla–... mi cuarta mujer. Y ahora, para que perdamos la tristeza, podría llevarte de liana en liana a mi guarida en lo alto de la selva, como antes llevé a Maureen O'Sullivan y a Brenda Joyce. ¿No quisieras dar ese paseo?

Y apenas decirlo, se abalanzó sobre ella, la cargó entre los brazos, la levantó sobre sus hombros y cuando comenzaba a girar celebrando con aquel grito salvaje, la botella de champaña reventó contra su cabeza.

–¡Suéltame, nazi fascista! –gritó Sasha luego del golpe, que los arrojó sobre las baldosas de la piscina–. ¡Bestia, cabrón, estúpido!

La profesora de piano se sorprendió con aquel cuchillo empuñado en su mano derecha (un cuchillo de mesa), que descargaba lances diagonales. Si el imbécil se acercaba un paso perdería un ojo. Sólo que el actor permanecía tirado bajo la lluvia, junto a la piscina, quejándose.

Llegaron los meseros y los gringos de la otra mesa. Qué infortunio, qué vergüenza, disculpe usted. Sasha soltó su arma ridícula nomás percatarse de la situación del nadador olímpico. Algo le dijo Weissmüller a Fred Mc Murray, que era uno de sus compañeros de mesa, señalando hacia los búngalos. Seguía sobándose el parietal.

–Tengo marido, tengo dos hijos, soy alumna de la gran Elizaveta Gerdt –dijo por fin Sasha en español, componiéndose el peinado.

En eso retornó la luz y la terraza perdió su magia cautivadora. Fue, repentinamente, una escena triste de borrachos. Weissmüller se puso de pie ayudado por Mc Murray. Todos miraban al mozo del hotel, esmerándose con la escoba, como si al recoger los trozos de vidrio eliminara también el bochornoso incidente.

–Qué triste fin para tan noble botella –comentó Sasha en lo que se calzaba el zapato perdido en el zafarrancho.

–No ha sido nada, señora. El hotel asume su cuenta –aclaró el capitán de meseros al extender el brazo–: La está esperando un taxi en la entrada.

De pronto la lluvia cesó, como efecto escenográfico, y quedó el siseo del agua escurriendo de las palapas. Sasha insistió en su cuenta, pero el gerente le dijo que nada. No debía nada, y que los disculpara.

–Es que el señor, a ratos, se siente Tarzán –hizo un gesto obvio, como zafándosele un tornillo.

–¿Qué *Tarzán*? –Sasha recogía de la mesa la botella de Stolichnaya–. Era la primera vez que escuchaba ese vocablo.

–Tarzán, Tarzán-Tarzán –insistió el encargado explicando la obviedad.

Al encaminarse hacia el vestíbulo, la alcanzó Mc Murray. Que iba por indicaciones de Weissmüller. Destapó el envoltorio que cargaba y le cubrió los hombros con una hermosa chalina.

–¿Y esto?

–Para que no *te mojas* más –dijo el actor–. *It is silk*.

Y Johnny Weissmüller, secándose la cara con una servilleta, gritó en inglés desde su mesa:

–¡Era de Lupe Vélez! ¡Otra fiera como tú! Llévatela y sé feliz matando hombres…

A Sasha Markovitch le pareció bien. Tenía cuarenta años, le habían regalado un piano *Petroff* y ahora esa chalina andaluza que había pertenecido a la gran actriz mexicana. Aunque conservaba un aroma a naftalina, no se podía quejar. Se arrebujó con ella en el asiento del taxi.

–A Icacos –le dijo al chofer–. Yo le indico por dónde –y acariciando aquella botella a la mitad, dijo para sí–: Voy a matar a un cabrón.

La lección de buceo terminó más pronto de lo normal. Uno de los clientes se había quejado de un dolor de oído, a los quince metros de inmersión, y aquello abrevió el lance.

–Eso les pasa por meterse agripados –comentó Apolonio mientras lavaba los equipos a manguerazos. Y como el mal tiempo ya se anunciaba, no hubo más clientes.

–Es el problema de vivir "entubados".

—Entubado lo estará usted, compadre —reclamó el veterano nadador—. No sea alburero.

—No, tranquilo, yo digo "entubado" porque entubados vivimos todos —Tony señaló la manguera que manipulaba su socio—. Dígame si no fue por el tubito inflamado que son las trompas de Eustaquio que se suspendió la buceada. ¿Y qué es el aparato digestivo sino un tubo que entra y sale? ¿Y las venas? ¿Y los hilos de nervios? ¿Y la tráquea? ¿Y los conductos renales? ¿Y el pene? ¿Y la vagina? ¿Y los oídos no son dos tubos metidos en la cabeza?

—Sí, claro —Apolonio se lo quedó mirando con rareza. ¿A dónde quería llegar con esas extravagancias?—. Estamos llenos de tubos, ¿y luego?

—Pues eso. Que andamos entubados.

Tony alzó la mano con cierto fastidio. Se despedía. Esa mañana había descubierto que Sasha estaba por cumplir 40 años y él tenía 24. Dentro de veinte años, cuando él tuviera 44, ¡ella sería una anciana! Fue cuando comenzó a pensar, porque lo despertaron los rebuznos de *Camila*, en los tubos que somos y cómo vamos por la vida, igual que delicadas cañerías, drenando todo tipo de abscesos.

La cita era a las cinco de la tarde. Y luego, claro, la cena en Los Flamingos con Sasha. Su cumpleaños sin velitas. Habían quedado a las doce, luego de su función amenizando la travesía. Abordó el Packard y apenas hacerlo tuvo una visión... unas flores deslavadas atravesándose frente al parabrisas. Era John Smith, que ya lo abordaba desde la otra ventanilla:

—Amigo Antonio —lo saludó—, ¿me podrías dar un *ride*?

—Eso depende. ¿Adónde quiere ir?

—Pues para allá. ¿Adónde vas tú?

"Roberta", se dijo Tony Camargo porque debía hablar con ella de una buena vez. La *Roba*.

—Hacia Pie de la Cuesta, en la salida.

—Magnífico —el gringo chimuelo accionó la manija y abordó.

—Imaginé que se había regresado a los Estados Unidos.

—Ni loco. Todavía no... y menos ahora.

Tony frenó, permitió que un grupo de escolares cruzaran la avenida. El tubo de sus nervios ópticos que ordenaban a haz de tubos musculares que impulsaran el pedal de la manguera hidráulica empujando el mecanismo que detenía esos cuatro tubos de caucho...

—Ya visité al Cristo Negro de Coyuca —declaró en lo que esperaba.

Smith sonrió, tomó el paquete de Elegantes que iba sobre el tablero. Hizo un gesto como de "¿puedo?" al momento en que arrancaban.

—Sí, ya supe —dijo—. Y me da gusto porque entonces ya sabe de qué estamos hablando.

—Del hijo de Dios Padre; me parece muy loable su inclinación piadosa.

El de la camisa hawaiana logró prender el cigarro. Lanzó una voluta de humo azul que se disipaba con la brisa.

—El Cristo Negro es filipino, usted lo sabe. Se lo explicó el padre Fausto, ¿no es verdad? Por eso quiero hablar con usted.

—Siempre queremos hablar, señor Smith. Es más: estamos hablando.

—Sí, eso, porque va llegando la hora de la justicia divina —señaló hacia el cielo—. Por fortuna.

—Supongo que sí. ¿No me vendrá a catequizar a estas alturas de la vida, verdad? Fui bautizado católico, se lo advierto.

Delante de ellos se había detenido un camión repartidor de gas. Los cargadores habían trepado al cajón de redilas y aventaban, uno tras otro, pesados tanques de combustible. El jefe de la maniobra les hizo un gesto, "¿nos aguantan un ratito?"

—Parecen surtidores de artillería. Iguales a los de Baghío.

—¿Baghío?

John Smith se alzó la camisa para mostrar la cicatriz en su costado izquierdo. Aquello parecía un machetazo a mansalva.

—Fue en Luzón, cuando fuimos por la cabeza de Yamashita. ¿Ya se lo había contado? Esos perros muertos de hambre...

El camión gasero concluyó la descarga y aquellos falsos artilleros, con los torsos desnudos, celebraron ahí arriba la puntualidad de su desempeño. Momentos después, cuando rebasaban al vehículo, el gringo lanzó el cigarro encendido hacia el cajón de carga. Cerró los ojos, como esperando la explosión, Tony sintió pánico y aceleró a todo.

—¡Bum! —musitó Smith, celebrando su osadía, en lo que Tony llegaba a la otra esquina para proferirle:

—¡Eres un pendejo!

El de la camisa hawaiana lo ignoró. Metió la mano en un bolsillo y luego de hurgar extrajo un raro amuleto.

—Es un *netzuke* —le explicó—. La semana pasada sacamos una caja llena en Pie de la Cuesta. Lo cual te incluye, mi estimado hombre-rana.

—¿De qué estás hablando, idiota?

—De lo mismo. Esta figurita, que puede valer veinte dólares, simboliza tu confirmación —la volvió a presumir ante sus ojos: se trataba de un pequeño buey de marfil con un par de orificios.

—Hallamos una caja completa, más de cuarenta *netzukes*, que los japoneses usan para atarse el kimono. Lo rescató una barca pesquera que iba peinando el fondo de la playa. Les compramos el pequeño tesoro con la condición de que nos señalaran el lugar donde la red hizo el hallazgo. Y ya sabemos... —volvió a guardarse el toro sin poder disimular su sonrisa—. Ahí es donde tú, con tu equipo de acuanauta, vas a participar.

—Voy a participar —repitió mecánicamente Antonio Camargo.

—Tú y tu barco, desde luego... que por cierto le cambiaste el nombre. ¿Ya no has tenido noticias de la rubia?

Tony desaceleró. Miró al gringo con desconcierto. "¿Voy a participar?".

—Recuerda que soy arqueólogo submarino, aunque le tengo pánico al mar. El Smithsonian va a pagar por ese tesoro que incluye... que incluía al Cristo Negro del padre Fausto. Son como veinte ánforas chinas de la dinastía de los Tang. Cerámica del siglo IX. Confiamos en que todavía estén enteras. Y tú, claro, te llevarás unos buenos billetes. Podríamos pagarte ¿quinientos dólares?

Tony no supo qué responder. ¿La dinastía Tang?

—Aquí me bajo —anunció John Smith—. Luego te busco para precisar la fecha... prepara tu alcancía.

El gringo retornaba al sol inclemente, pero algo lo detuvo. Le hizo una seña. Algo que olvidaba. Llegó junto al estribo y asomando requirió:

—Oye, campeón, ¿no me podrías prestar cincuenta pesos?

Diez minutos después apagaba el motor en mitad de aquel barrio cubierto de cascajo y brotes de bugambilia en todas las ventanas: Yogoma.

Tony suspiró, aguantó con las manos en el volante. ¿Y si no se apeaba? La *Roba* aún residía en un recoveco de su alma y de no haber sido por aquel flagelo... "Es puro resentimiento", medio año atrás le había dicho, con todo respeto, su compadre Apolonio. "Como te dejó la güera preciosa, traes embarrado el corazón en el culo, ¿o el culo en el corazón?" ¿Y cuál amor que valga no culmina, precisamente, ahí?

Recordó sus *cocos-fizz* de fantasía adornados con una flor de flamboyán. Sus discos de Toña la Negra, Sonia López, Julio Jaramillo, el tornamesa girando mientras ellos se revolcaban enardecidos en aquellas sábanas de manta. Y las fotografías secretas que le hizo Fernando Santana... "Retratos lujuriosos de la hija de Yogoma"; sólo que aquello era polvo del tiempo y el capi Santana había sido comido ya por los gusanos. Y los muros color sandía, y su contoneo en los pasillos del Hotel Ensueño, y el beso primero cuando Amparito Montes les cantaba mientras bailaban sobre aquel piso encementado *"y hoy que otros quereres te alejan de mí, lloro y añoro mi jardín azul, cuando tú me querías... cuando me querías tú"*.

Tocó cinco veces en la puerta de lámina.

"—Mi adorada Roberta. He venido a decirte que estás enferma. Debes comenzar un tratamiento contra la bacteria del gonococo y aquí están los datos del doctor José Gudiño, de absoluta discreción."

¿Cómo decirle? Comentarle, en todo caso, que su familia le había enviado una caja con 500 preservativos. "¿A que no adivinas por qué?" Sobre el cristal esmerilado permanecía el sello del censo extraordinario de 1955. ¿Cuántos de los 28 millones de mexicanos padecen enfermedades venéreas?

—¿A qué vienes? —preguntó aquella voz como reclamando.

Tony tragó saliva. Intentó sonreír mientras contestaba:

—Roberta... Estoy buscando; buscándola.

Y el niño, sin soltar la puerta, lanzó un grito al interior de la casa:

—¡*Robe*!... aquí te anda buscando un señor.

El niño debía tener ocho años. Era moreno y de cabello encarrujado.

—¿Es tuyo el carro? —el niño miraba el Packard azul como si fuera la nave interplanetaria de sus sueños.

—Sí —y para aliviarse del silencio—. Antes era taxi.

El niño vestía calzón deportivo y empuñaba un caballo de plástico sin una pata. Entonces apareció Roberta... la hija de doña Roberta Aquino porque la muchacha era una réplica de su madre.

—¿Qué se le ofrece, señor?

Tony quedó encantado con ese pimpollo de ébano. Imaginó a *la Roba* cuando tuvo, también, doce años. ¿Cuánto faltaría para que ese primor aprendiese las artes voluptuosas de su madre?

—Perdóname —le dijo—. Es que pensé que aquí encontraba a la señora que vende dulce de coco. Doña Roberta.

—Sí, aquí es, pero no está —y volteándose hacia el interior, donde aguardaba el niño del caballito, gritó—. ¡*Apá*, que vienen por la cocada!

No tardó en aparecer un mestizo fornido, de bigote recortado, luciendo una limpia camiseta blanca.

—No está la señora, se fue temprano al merendero —y en esa inflexión Tony reconoció la cadencia agringada del *pocho*—. Hoy es jueves de pozole.

—El dulce de coco —pronunció Antonio perdiendo la voz.

—Ah, ¿viene por la cocada? —adivinó el tipo.

—Sí. La cocada.

—¡Y trajo aquel carro, papito!... —el pequeño jaloneaba el pantalón de su padre—. El carro aquél.

—Entonces sí va a caber... ¡Roberta, chamaco, a ver, ayúdenme! —y desapareciendo de la puerta se internaron en la vivienda.

Un minuto después depositaban los paquetes en la cajuela del Packard, y lo que no cupo allá sobre periódicos que extendieron en el asiento trasero. Entonces el marido sacó una nota del bolsillo y precisó:

–Aquí me dejó la señora la cuenta. Que son cuatrocientos.

–Sí, claro –y Tony entregó el presupuesto para el combustible del yate durante una semana.

–¿Y está igual de sabrosa?

El marido de la *Roba* guardó los billetes y lo enfrentó con el ceño.

–La de naranja –recalcó Tony–. ¿Igual que la de anís?

–Yo creo sí. No sé. Aquí nomás la niña y la señora entran a la cocina. ¿Por qué, le salió amarga alguna vez?

–Todo menos eso –respondió Antonio Camargo al abordar de nuevo el auto. Arrancó llevándose los ojos admirados de aquel pequeño mulato que jugaba a empuñar un manubrio fantasmal.

⚓

La cita era a las cinco, así que tuvo tiempo de zamparse un coctel de ostiones en el Playa Suave. Madame Levy estaba más gruesa, lo que se dice "dejándose" ante los estragos del tiempo.

–O sea que te ha traído el interés –le había dicho la tarde en que llegó a preguntar por el precio.

–Es que lo necesito –se disculpaba Tony. El anuncio había aparecido en el pizarrón del Club de Yates–. "Debo cumplir una promesa".

–Sí, mi hermoso filibustero, como verás tengo dos pianos, –había confirmado ella–. Este Petroff laqueado, que es una preciosidad, y aquel Bösendofer... pero como es piano de cola no creo que quepa en el cuchitril donde vive tu adorada comunista. Es para ella, ¿verdad?

Qué rápido se esparcían las noticias en el puerto. Después de todo 50 mil habitantes son dos infiernos.

–No sé qué diría don Francisco de esto.

–¿Don quién?

–Francisco, su ex marido. No supe que hubiera...

–Ah, Pancho –reconoció Marlene como quien habla de un

mueble arrumbado–. El pobre no tenía corazón suficiente... reventó de madrugada.

La matrona lo había invitado a su estudio "para cerrar el negocio". Tony volteó hacia el jardín donde dos túmulos de piedra-bola asomaban al fondo del parterre.

–Qué podría decir del pobre Pancho... –*Madame* Levy se abanicaba con desgano–. Mi último marido que supo tocar fue Itsvan... y tocaba tan mal el pobre. Lo único que hacía bien era robar. Robar arte, que tiene su disculpa, y venderlo a esos nuevos ricos que ha inventado tu régimen; tan ávidos los pobrecitos de alcurnia y *clase* –plegó el abanico–. Si lo sabré yo.

Marlene buscaba en la repisa del pequeño bar:

–Con tal de poner distancia de su pasado de incultura y agrarismo, se creen todo el *glamour* que les invento. Y si la ofrezco yo, compran toda la basura que les pongo enfrente. Del bandido de Itsvan... que Dios guarde en su gloria, lo aprendí todo –mantenía la vista en el jardín, donde una parvada de zanates reñía entre las cañas de bambú–. Antonio, la viudez sirve para desempolvar la vida y hacerte entender la supremacía de cada centavo: el Petroff es mi favorito, pero la necesidad hace que ya me estorbe.

Tony lanzó un vistazo al estudio. Ahí estaba su propio retrato, dos años atrás, cuando posó como arquero macedonio.

–Te has vuelto mi santo cotidiano –dijo ella al servirse un coñac.

–No soy ningún alma buena –sonrió Tony–. Por eso me abandonan.

–¿La reporterita con la que vivías amancebado?

Tony prolongó el suspiro:

–La felicidad nunca dura –dijo–. Nunca lo suficiente.

Marlene buscó otra copa, sin preguntar. Le sirvió un coñac par.

–Un día me entrevistó ella, no sé si te enteraste.

–No –Tony aceptó el licor y se arrellanó bajo el ventilador eléctrico.

–Siempre se lo agradeceré. A partir de su reportaje, que se publicó en el *Times* de Los Ángeles, comenzaron...

–San Francisco. El *Daily Monitor*... es donde colaboraba.

–Sí, claro. A partir de su entrevista llegaron varios *dealers* interesados en mi obra. Vendí algunos cuadros y me están rondando por estas maravillas –Marlene descorrió una cortina tras la que permanecían colgados tres cuadros impresionantes: mujeres de torso desnudo, con miradas gélidas y sin un seno. Tony quedó helado ante aquel arte de pesadilla y crueldad.

–Tenía siete originales de Max Beckmann. Y de la serie de sus "Amazonas mutiladas" solamente me quedan estos. Por cierto que *el Gordo* me compró dos cuando llegó a morir en estas playas.

Y como Tony parecía no entender, Marlene precisó alzando el coñac:

–*El Gordo* Diego Rivera, *mon chèri*. ¿No sabías que está agonizando aquí arriba en la casa de Dolores Olmedo, junto al acantilado?

–Algo supe. Algo me contó mi compadre Apolonio.

–Dios lo castigó por el mal trato que le daba a la pobre Frida –se acomodó en un taburete forrado con piel de leopardo–. ¿Sabes dónde le brotó el cáncer al monstruoso fornicador?

–No. Ni idea… ¿en los ojos?

–No en los ojos, no en la panza, *¡und derr Schwanz!*, y como no se lo quiso amputar en los quirófanos de Moscú, el mal se le corrió por todo el cuerpo.

Tony comenzó a ponerse de mal humor. Ese coñac en ayunas, aquellos grabados escalofriantes, la imposibilidad de cerrar el trato. Marlene lo dejó en la estancia y fue al fondo del estudio, donde acomodó varios discos en la espiga del tornamesa. Se dejó escuchar el primero, de Nat King Cole, que apaciguó el ambiente.

–Entonces, ¿sí me venderá el piano? –se lo había prometido a Sasha. No le podía fallar. ¿De qué otra manera se reanudarían, si no, las "serenatas" a bordo del yate?

Marlene dejó que la voz de aquel negro afeminado se apoderara del recinto, lo acompasó con su abanico plegado. *"What a day this has been / What a rare mood I'm in / Why, it's almost like being in love"*. Se sirvió una segunda copa.

–O sea que te ha traído el interés. *Hör mal, Hübscher: Würdest du mit mir ins Bett gehen?*

—No entiendo. Perdone.

—Te digo que vengas a la cama, guapo.

Antonio se ruborizó. Recuperó su copa, no supo qué decir.

—Zonzo, cómo crees —se depositó con elegancia en el banquillo—. Ante todo soy una dama, y sí, claro que sí: te vendo el Petroff. Casi nunca lo uso.

—No se lo podría pagar de contado, debo advertirle.

—Ya lo suponía.

—Usted dígame el precio y me organizo en mensualidades.

—La amas, ¿verdad? —lo apuntó con el abanico—. No sabes cómo odio a tu famosa "Rusa de Tamarindo".

Dejó el taburete, se dirigió al fondo del estudio.

—Si no estuviera vieja ahora mismo iría a matarla —Marlene se había apoderado del par de sables que reposaban sobre el muro. Le arrojó uno a Tony, que debió agarrar al vuelo—. ¡En guardia!

¿De qué se trataba eso? Marlene avanzaba con lentitud felina. Blandía el arma con gesto amenazante. Antonio no hallaba qué hacer con aquel sable escurriéndosele de las manos.

—Morirás escuchando a Nat King —le dijo—, lo cual es un privilegio. Pancho, el pobre imbécil, no oyó nada. Murió en silencio, que es lo más horrible del mundo, ¿no crees?

—¿Morir en silencio? —Tony pensó en dar un salto hacia el jardín. *"There's a smile on my face / For the whole human race / Why, it's almost like being in love…"* De seguro que se fracturaría una pierna.

—No. ¡El silencio! —Marlene lanzó un corte horizontal que silbó metálicamente—. Odio el silencio. Todas las noches pongo una pila de discos en el aparato y debo salir de la cama cada tres horas para repostar la música. Me aterra el silencio; me despierta. Por eso cuando se va la luz me pongo como loca…

Tony sufrió la punta del sable en mitad del esternón. Cualquier movimiento le aseguraría una herida.

—Te lo vendo, no hay problema… *Mein Arsch ist heiss*, ¿no te percatas?

—¿Entonces, podré llevármelo? —el agresivo lance terminaba.

—Sí, ya dije, pero con tres condiciones mi querido nadador.

—¿Tres condiciones…?

–Primero, que me prometas pagarlo; segundo, que me lleves a bailar; tercero, que me enseñes tu masculinidad, ahora mismo.

–¿Mi masculinidad?

–*Zeig mir deinen Schwanz!* –volvió a desafiarlo con el arma.

Tony se la quedó mirando con estupor.

–Anda, ¿tan difícil es? –le hizo un mohín–. Hace años que no veo uno.

Antonio dejó el equipal y cumplió en silencio con la tercera condición. La matrona observó aquello durante un minuto, impasible, luego le indicó que se volviera a fajar.

–El jueves de la próxima semana, a las cinco, vienes por mí. ¡Hace tanto que no bailo!

Tony depositaba el sable sobre la mesita del estudio cuando la escuchó contraatacar:

–Y el piano, *mon chèri*, puedes llevártelo cuando quieras. Es todo tuyo –y tardó en precisar–; desde luego que pagando.

⚙

Así que llegaba puntual a la cita.

Fueron al Nando`s Club donde la pista se comenzaba a calentar con el atardecer. Marlene comió parcamente pero se recetó, uno tras otro, cinco cocteles *margarita*, al fin que la orquesta de Tabaquito tocaba los famosos mambos de Pérez Prado, *Cherry pink* y *Caballo negro*, y sudando y contorsionándose, Marlene era como ella misma veinte años atrás.

–No sabes qué feliz soy bailando, Tony –le dijo en un *impasse* que aprovechó para morderle una oreja–. Bailando contigo.

Tony trataba de no mirar su reloj. Tenía pendiente la cena con Sasha en la palapa del Flamingos. De pronto Marlene abandonó la pista.

–Ya bailé demasiado –dijo.

–¿Quiere que descansemos un rato? –la acompañó hasta la mesa.

–No me siento bien. Llévame a casa para que el infarto me sorprenda acostada, igual que a Panchito…

La noche comenzaba a refrescar y en el horizonte los nubarrones presagiaban tormenta. Recordó el caballito cojo del hijo de la *Roba*, y entonces, quién sabe porqué, pensó en *Camila*.

¿Había asegurado la reja? Pobre burra escapando a la playa ahora que estaba enferma. Renqueaba, tenía fiebre, rebuznaba echada en su camastro. Dejaba un rastro continuo de sangre.

—Voy al baño —se disculpó Marlene, y apoyándose en las sillas logró llegar al tocador de damas.

Cinco *margaritas* son demasiado, pensó Tony, y lo peor de todo; que aún no negociaban el precio. Cinco mil pesos sí los podría pagar en un año…

—*Ganchito, ganchito*… pero qué buena pesca.

Se incomodó por aquella mano confianzuda en su hombro.

—Como que ya nos aliviamos, señor, y *bastantito*…

Era el doctor José Gudiño. No le quitaba la mano de encima e insistía con su monserga olorosa a brandy:

—Ya nos aliviamos y ya queremos echarle a la hilacha.

—*Darle vuelo* —corrigió Tony—. Darle vuelo a la hilacha.

—¡Eso! ¡Eso! La hilacha… señor, pero con un hulito, porque si no ya ve cómo arde…

El médico estaba más que tomado. ¿Qué estaría celebrando?

—No, doctor. Usted se equivoca —quiso justificarse Antonio—. Venimos a discutir lo de un pago. Estoy comprando un piano.

—¡Un piano! ¡Ah, qué la…! ¿Y dónde está el mentado piano?

Resultaría imposible descifrar aquel embrollo. Además que el médico apenas podía sostenerse en pie.

—¿Para qué tanta vuelta, verdad doctor? ¿Usted vio a la ruca? Pues sí, esta misma noche me la voy a…

El urólogo sonrió satisfecho:

—¡Ahhh! ¿Ya ve? ¿No que no se aliviaba?

—Pues sí. Lo primero es la salud.

—Y con el *ganchito*, ¿verdad? El ganchito de Peyronie… que su gracia tendrá para haber pescado semejante mojarrón.

—Sí, claro. Su gracia es su desgracia.

El doctor Gudiño pestañeó. ¿Cómo estaba eso? Alzó la mano buscando una interpretación, sin embargo prefirió ser más directo:

—Necesito retratarlo, amigo Toño. Retratarle su pito chueco.

–¿Necesita, qué?

–Una foto, ¿no me entiende? ¡Retratarle la verga parada! –pregonó, y como en las mesas contiguas ya protestaban, optó por tomar asiento:

–Es la ciencia –le explicó en corto–; no se asuste…

–Qué ciencia ni qué madres. Usted lo que está buscando es que le parta el hocico.

–Sssss… qué pasó. Más respeto, señor. ¿No trae cigarros?

–No.

–Es la ciencia… la ciencia del Congreso de Malformaciones Genitales que va a haber el año próximo. Y como me invitaron, y pensé en usted, digo, su caso… Le sacamos unas fotos, unas transparencias, y yo les suelto mi investigación… ¿A poco cree que es el único *evento* Peyronie en el país? He tratado varios casos mucho más graves que el suyo, ¡pero sepa la bola dónde andan! Por eso se me ocurrió. Entonces, ¿se deja retratar?

¡Qué pasaba con su acosada virilidad!… una semana atrás Marlene le había pedido contemplarlo, y ahora este borracho quería retratárselo.

–Yo le llevo luego las fotos –Antonio alzó la cara. Marlene ya tardaba demasiado–. Pero ya deje de fastidiar.

–No se piense otra cosa, joven; yo le suplicaría… Nomás del tórax para abajo, una de frente y otra de perfil. Ya le digo: trans-pa-ren-cias. Pero que se vea el… –trazó un gesto alambicado. No es morbo ni nada; lo mío es la ciencia, no se olvide. Los médicos estamos para aliviar… ¿No trae cigarros?

Tony le ofreció el paquete de sus Elegantes. En lo que encendía el cigarro le llegó el resplandor.

–Camila.

–¿Qué dice usted? –el médico disfrutaba aquella bocanada.

–Tengo un problema con Camila –le dijo a media voz–. Está sangrando desde hace varios días.

–Eso es normal, mi estimado Toño. ¿No le han dicho?

–Pero ya tiene como una semana. Y fiebre, y se queja y apenas si puede caminar.

–Pues para andar dismenorréica, yo la vi bailando bastante recio –le guiñó un ojo.

– 262 –

—Es una burra, doctor. Camila es una burra, una burrita mía…
—¿Una burra?
—Sí, doctor: una burra. *Donkey*. Llegó hace varias semanas y come a sus horas. La baño los domingos, duerme en descampado y está sangrando muy feo desde hace días. A veces juega con un perro medio canijo pero no creo que… No alcanzaría.

El doctor Gudiño lo miraba con estupor.

—¿Me está hablando de un burro? —dio una chupada al cigarro.

—¡Sí, doctor! Un jumento, como el de Sancho Panza… Pero es hembra y a la pobre le sangra todo el día el *cuchumeme*.

El médico se restregó los ojos. ¿Cómo escapar de ese desvarío?

—Creo que bebí demasiado —concluyó al ensartarse el cigarro—. Es que en aquella mesa estamos celebrando a un colega… Se casa.

Tony llevó la vista hacia los sanitarios. Lo único era el abanico de bronce sobre la puerta.

—Debe ser una salpungitis —dijo por fin el galeno—. Una ooforitis, o cualquier clase de EIP.

—Una qué.

—Una Enfermedad Inflamatoria Pélvica, pero como no creo que sea un asunto venéreo… *como luego hay algunos*, debe haber cogido una bacteria en el piso donde duerme. ¿Dice usted que es un lugar malsano?

—No, malsano no. Solamente a la intemperie. Duerme sobre unos cartones, que ahora tiene embarrados con sus secreciones.

—Pues déle lo mismo que le mandé a usted, *Penvi-K*, pero triple dosis. Y revísela; a lo mejor sería necesario cauterizar.

Y diciendo esto el médico dejó la silla y enfiló hacia la mesa de sus colegas, que ya lo reclamaban. En el camino se cruzó con Marlene. El doctor Gudiño le ofreció un saludo militar y un guiño coqueto.

La matrona venía de una pieza. No eran las circunstancias para averiguar lo ocurrido en el sanitario, además que se había congraciado con el espejo:

—Hemos bailado y me hiciste feliz —le susurró en algo que se transformó en un beso temerario—. Ahora llévame a casa, por favor.

El Packard estaba impregnado por el olor del dulce de coco. Enfebrecidas por aquel aroma, las moscas se agolpaban en la carrocería, y al arrancar revolotearon furiosas. Marlene iba pensativa ante aquel atardecer: turistas, puestecillos ambulantes, altas palmeras meciéndose con la brisa.

—Va a llover esta noche –dijo.

—Nos incluirán en el nuevo capítulo del Diluvio –comentó Antonio–. Todo sea como habitar por siempre en las páginas de un libro.

—Que es no vivir, marinero –gruñó–. La vida no está en una novela.

—Entonces dónde.

Un pensamiento inconveniente cruzó por la cabeza de Marlene. ¿Y si matara a la "Rusa de Tamarindo" con uno de los sables?

—Hacía años que no bailaba.

—O sea que tus maridos… tus ex maridos, ¿no…

—Eran unos plomos. Digo, también para bailar.

Tony pensaba en aquel hermoso piano, el Petroff laqueado, que a esa hora seguramente amenizaba la "travesía de serenata". Pensó en los ojos grises de Sasha, su enigmática tristeza…

—Huele muy fuerte el dulce –Marlene buscaba la brisa–. Me marea.

Era cierto. ¿Y qué haría con esos 40 kilos de cocada? Por lo pronto, arreglarlo con humo.

—La solución está en esa cajuelita –la señaló, porque el doctor Gudiño se había llevado el primer paquete de Elegantes.

—¡Oh, mi cielo! –y se abalanzó a besos con aquella ristra de condones en la mano. Dios sabe desde cuándo permanecían guardados ahí.

Todo fuera por un piano.

Llegó a casa poco después de las once. Escuchó ahí cerca el quejido de Camila. ¿Qué le había contado esa vieja loca montándolo como chancha y gritando exclamaciones en alemán que él, en todo caso, sólo conjeturaba? *"Mein Arsch ist heiss! Mein Arsch ist heiss!"*

Y luego lo peor. Con la botella de *Orendáin* en una mano había retornado al fondo del estudio para voltear los discos en el tornamesa, comenzando con *Una noche en la árida montaña*, que fue cuando empuñó nuevamente el sable. Había iniciado una danza poco menos que macabra mientras el aparato reproducía la obertura de Modesto Mussorgsky, ella desnuda y dando giros en mitad de la estancia –la botella de tequila en una mano, la espada en la otra– amenazando a los espectros del *Wallahala* para luego terminar, de un salto extraordinario, junto al sofá donde Antonio miraba pasmado aquella evolución diabólica hasta experimentar, nuevamente, la punta del arma sobre su ombligo.

–*Scheisse, Verdammpt!* ¿Para qué quieres tu vida?

Tony Camargo comenzó a sospechar que aquel coctel en el Playa Suave iba a ser el último de su vida. Con razón sus maridos la dejaban…

–¿No podrías retirar ese hierro de mi estómago?

–¿Eso es lo último que quieres de la vida, imbécil?

Antonio se irguió lentamente del lecho. Si al menos le hubiera dado oportunidad de ceñirse los calzones, pensó, porque retratado en cueros y con el sable en mitad del vientre iba a ser la comidilla de sus amigos arrebatándose las páginas de *El Trópico*.

–No, lo último que quisiera es tocar el *Estudio para piano "La Campanella"*, de Franz Liszt. ¿Está afinado el piano?

Madame Levy no respondió. Hizo un recorrido cruel con la punta de la espada; de la garganta al esternón, del esternón a los genitales, jugueteando con sus testículos.

–¿Por qué no hay un hombre suficiente? –se quejó.

–Yo me iré de seguro al demonio, Marlene; pero tú pararás en la cárcel, y las cárceles mexicanas son algo peor que el infierno. Nadie te respetará.

–¿Crees que sea yo una cerda?

Apoyó el sable, de nueva cuenta, en su garganta:

–¿Una cerda sexual? –insistió ella.

¿Publicarían la foto en la primera plana de *El Trópico*?

–Lo que yo creo es que sufres por la ausencia de tus maridos. Una mujer como tú debe tener siempre un hombre estricto a su lado.

Madame Levy sonrió. Dio un trago a pico y aflojó el arma. Se cogió una de las nalgas y la estremeció quejándose:

–*Scheiss! Mein Arsch ist heiss!* Podría *coger* dos días seguidos –comenzó a esgrimir círculos con aquel acero–. Dios me dio demasiadas hormonas, pero en cambio a ustedes… ¿Y tú, filibustero, en verdad amas a tu rusa de porquería?

Tony no supo qué responder. Lanzó un vistazo a su ropa tendida junto a la mesita donde reposaban aquellas dos revistas, LOOK, LIFE. Pensó en su prima Liz, en su madre Aurora, en *la Roba*, en Dolores del Río, ¡en Sasha! que una hora después llegaría al restaurante panorámico de Los Flamingos.

–En realidad me amo a mí mismo, bruja de mierda. Soy un narcisista irremediable, un megalómano. Un acomplejado por la chuequez de mi verga…

–¿La qué?

Marlene se quedó de una pieza. Blandió lentamente el sable y giró en redondo. Rebuscó en el piso y alzó con el arma la camisa de Antonio.

–Vístete –ordenó al arrojársela–. Esto me pasa por ahogarme con demasiadas *Margaritas*.

Alcanzó en silencio su bata de felpa y en el trance volteó hacia los cuadros de Max Beckmann en la penumbra. Eran sus "Amazonas mutiladas" de mirada terrible. La matrona se alzó la bata, levantó uno de sus pechos y giró el sable buscando que el filo cortara de abajo hacia arriba.

–Yo iba a ser su octava amazona –dijo–, pero la guerra nos separó cuando los nazis quemaron la mitad de sus cuadros. Lo acusaron de ser un "artista degenerado". Esa misma guerra que me puso en manos de Itsvan: el imbécil que nunca creyó en mi arte… ¿No lo saludaste?

–¿A quién? –Tony ya metía un pie en la pernera.

–A Itzvan. Está allá abajo, en esas piedras donde alguna vez clavaste tu flecha, junto a la tumba de Pancho. El pobrecito Pancho que no me creyó capaz de… –dio un lance violento, de entrada y salida, con su espada.

–O sea que ellos… –Tony sintió deseos de volar. Largarse como una de aquellas centellas anunciándose en el horizonte.

–O sea que ninguno de ellos… –sonrió, volvió a cogerse el pecho–. Ninguno fue como Beckmann. Ni Otto Dix, que también militó en la *Neue Sachlichkeit*, aquella "nueva objetividad" amargada de grisura y anonimato. ¿Oye, tú lo cortarías todo? –Marlene se alzaba completo el seno derecho, pulposo, que apenas le cabía en la mano–. ¿O solamente el botón?

–No sé. Yo solamente quiero tocar *La Campanella*. Ya me voy.

–Sí, claro –la vienesa permanecía jugueteando con el arma bajo su teta, la estiraba del pezón–. Una amazona nueva dará mucho de qué hablar.

Tony alcanzó el jardín entre sombras y volteó hacia el par de túmulos junto al bambú. En eso retumbó un relámpago que iluminó el cielo, y en la terraza descubrió la silueta de aquella vikinga empuñando el arma:

–¡Es tuyo! –gritó ella en el estertor del relámpago– ¡El maldito piano… todo tuyo! ¡Para que toques *La Campanella* y seas dichoso con tu puta rusa!

Llegó a casa poco antes de la diez. Escuchó ahí cerca el quejido de Camila, y más allá los barruntes del diluvio que se avecinaba. Sí; todo fuera por un piano.

"Qué día", se dijo Antonio, y no resistió la tentación de servirse un vaso de ron. Tenía cita con Sasha en Los Flamingos, a esa hora, para celebrar su cumpleaños. Llevaría su pantalón de lino y una camisa de seda estampada con anclas y veleros. Necesitaba un baño, el trago y que todo se disolviera dentro del amnios primigenio compartido por Aurora y Alexandra. Adormecerse entre los brazos de Sasha y arribar a un sueño de placidez. Además del Petroff había conseguido una colección de partituras originales, impresas en Nueva York, que le resguardaba Homero Cipriano en su librería. Que fuera a escoger porque había un poco de todo: Scarlatti, Gershwin, Brahms, Cole Porter, Tchaikovsky, Duke Ellington, Massenet…

Abrió las llaves del baño y Camila, desde el cobertizo, lanzó un rebuzno lastimero. Se metería diez minutos en la tina, sumergería la cabeza, haría inocentes gorgoritos; que el agua tibia se llevara toda la bazofia. Sacó un par de lechugas del refrigerador y escondió tres píldoras de penicilina entre su follaje, salió al patio donde la burra, al mirarlo, se levantó con dificultad. Le entregó esa fresca merienda, que la bestia agradeció meneando la cola. Entonces fue a buscar el hielo para su ron. Abrió nuevamente la nevera y lo único que halló fue una vasija con fresas enmohecidas. No había un solo hielo, ni los moldes de aluminio. ¡Cómo!, ¿ron tibio?

Se dirigió como energúmeno al cuarto de la encargada. Ahí dentro se escuchaba una conversación violenta, gritos, música de órgano; era la radionovela de la noche: *Porfirio Cadena, el Ojo de vidrio*, salvando vidas y rompiendo corazones en la provincia mexicana. Tocó varias veces mientras no lejos de ahí los relámpagos se apoderaban de la bahía. ¿Qué se hace con un pecho cercenado entre las manos? ¿Un funeral especial, es decir, un medio funeral? Y en el pequeño sepulcro, ¿qué epitafio debe ser inscrito?

Antes de abrir Zoraida bajó el volumen al aparato.

–Joven Toño... –exclamó sorprendida– ¿qué se le ofrece a esta hora?

–Hielo.

–¿Hielo?

–Sí. Hielo.

Comenzó la discusión. ¿De quién era la responsabilidad de tener la casa en regla? ¿Entonces, para qué le pagaban? Y lo peor de todo, ¿dónde demonios estaban los moldes del hielo?

–Los tomé prestados –admitió ella–. Es que tuve visitas...

Toño aguantó, suspiró, trató de controlarse:

–Préstame entonces unos hielos. Un puñado. Los necesito.

La encargada se adentró y buscó en su ruidosa nevera. Retornó para ofrecerle una taza con varios cubitos.

–Ahorita le llevo sus cosas –se disculpó–. Voy a buscar.

Antonio observó un montón de cocos dentro de aquel cuarto; cocos para machetear... "¡La cocada!", se dijo. Dio media vuelta y retornó al búngalo. Echó los hielos en el vaso y sin esperar le dio un trago, que coincidió con otro relámpago cimbrando el puerto. Se dirigió al Packard, estacionado fuera del conjunto, y comenzó el trasiego. En cuatro viajes terminó con el acarreo y quedó impregnado por aquel aroma melifluo que ya invadía la estancia. Camila volvía a quejarse, y Tony resolvió consolarla con aquella confitura. Vació el contenido de tres envoltorios –cocada de naranja, de anís– y le llevó la cazuela.

El jumento se alborozó ante aquel portento de ricura, y fue cuando Tony recordó el diagnóstico del doctor Gudiño. Rodeó al asno, le acarició la crin, miró aquello. ¿Seguía sangrando?

La vulva estaba inflamada. Antonio le repasó la mano con delicadeza y notó algo extraño. Un borde, una cicatriz saliente. Comenzó a hurgar tratando de no lastimarla, porque una coz podría romperle el cráneo. Sin embargo la acémila estaba demasiado entretenida con el manjar.

–Santo Dios… –murmuró Tony al descubrir aquello.

No podía esperar más. Abrió ligeramente aquellos labios renegridos y metió la mano para sujetar. La burra dejó el cazo, volteó como averiguando y Tony la apaciguó mientras introducía su antebrazo:

–Quieta, preciosa; no te asustes…

Lentamente, en un esfuerzo continuo, sacó aquello. Era, simplemente, un trozo de caña de azúcar. Camila sacudió la grupa, aliviada, y volvió a hozar dentro del cazo.

Se dirigía a la cocina para lavarse cuando otro relámpago desató el aguacero. Tony hacía enormes esfuerzos por no imaginar, no pensar, no elucubrar. Tiró al basurero aquel fuste maloliente y buscó el jabón en polvo. Entonces, al apoderarse del trapo pringoso, la descubrió en el marco de la ventana. Recogió la carta abandonada entre los moldes de aluminio y se acomodó bajo la lámpara. Traía sello de Portland, Oregon, y no de Tacoma, como las demás. Tenía casi un año de haber sido enviada.

Rasgó el sobre y se zambulló en la lectura de aquellas cuatro hojas escritas con estilográfica. Era la primera carta de Cindy, tres semanas después de su abrupta partida.

"Cielo mío, Antonio, mi regalo del mar", comenzaba la misiva. Y en medio de las hojas, amortajado en un pliego de papel de china, iba un rizo suyo, perfumado, atado con un lacito azul.

Minutos después dejó todo. Apuró el vaso el ron y salió a la terraza.

—Adiós, hermosa —mimó a Camila, que saciaba la sed en la alberca. Siguió avanzando bajo la torrencial lluvia.

Llegó a la playa empapado y eso le dificultó desvestirse. Buscó la pendiente del oleaje entre las sombras de la noche. "¿Quién podía ser el depravado?", se dijo al adentrarse en el mar. Estaba fresco, agitado, negrísimo. Pensó en la tina del baño, las llaves que había dejado abiertas. Un océano derramándose dentro de otro.

Comenzó a nadar.

⚓

Llegó escurriendo y se sorprendió al mirar tanta agua. Seguramente que dejó una ventana abierta, se dijo, y calculó por dónde iniciaría la bronca. ¿Por dejarla plantada en Los Flamingos? ¿Por olvidar que se trataba de su cumpleaños? ¿Por no avisar del *otro compromiso* que le había impedido llegar a la cita?

—¿Antonio? —preguntó alzando la voz.

Se libró de la chalina de seda, empapada igual que toda ella. Descargó la botella de Stolichnaya sobre la mesa y entonces sospechó la sorpresa. Las luces estaban encendidas todas y el agua escurría bajo la puerta del baño. Seguramente que él la esperaba, con cara de tigre arrepentido, dentro de la bañera. Observó que más allá de la terraza el temporal barría la piscina y eso le produjo un escalofrío.

—¡Antonio! —gritó con tono reprensor—. Me estoy desnudando y espero que tengas junto a la bañera una botella de champaña…

Alexandra Markovitch trató de serenarse. Una sola vez habían llegado a las manos. Además que ella lo sabía de sobra: en las lecciones de buceo se inscribían todo tipo de veraneantes… y no es que ella fuera celosa, muy celosa, pero cuando llegó el grupo aquél de turistas francesas el chupetón en el cuello resultó inocultable. Y ni el nombre de la muchacha recordaba.

"No discutas, no discutas, Sasha, no discutas", se repetía al desprenderse del vestido.

—Aquí va una cuarentona que quiere ser besada con ardor

—anunció al llegar a la puerta, y volvió a repetirse: "No discutas, Sasha, por tus hijos… ¡no discutas!".

Sólo que ahí no había nadie. Nadie más que un par de cuijas avanzando a tropezones por las aristas del techo.

—¡¿Antonio?! —volvió a gritar, pero sólo obtuvo la respuesta del jardín bajo la lluvia. Nada. No estaba.

Cerró las llaves de la bañera y al hacerlo comprobó la tibieza de aquel derrame. Recordó entonces a la gallina. La "gallina ciega". Aquella noche en que habían jugado voluptuosamente, con los ojos vendados, buscándose a ciegas y desnudos. Antonio se había ocultado bajo la cama (la risa lo había delatado) y ahí mismo, sobre la estera, habían hecho el amor. Fue a la alcoba, se asomó bajo la cama. Nada. Entonces observó aquel pantalón de lino y la camisa estampada con anclas y veleros.

—¿Antonio? —gritó por última vez.

No había mucho más por hacer. Cumplir cuarenta años en soledad. Emprender la pendiente de la vida que la haría graciosa y venerable. Se puso una playera de Tony y salió a investigar. Sufriendo el agua que salpicaba por todos lados avanzó bajo el alero que llevaba al cuarto de la encargada.

—Ah… es *usté* —dijo Zoraida al asomar.

—Perdone, ¿no ha visto a Antonio?

—Sí, hace rato —respondió la mestiza de los pies chuecos—. Vino a pedirme las hieleras y ya se las llevó. ¿Ahora qué?

—Es que no está. Es decir… —Sasha imaginó lo peor. ¿Habría bajado el jaguar de la montaña para llevárselo? Contaban que la semana anterior un tigre había devorado a un niño en una ranchería de Xaltianguis—. Solamente dejó su ropa sobre la cama.

—Ay, *usté* sabe. Su casa siempre es un tiradero.

—Es que hoy cumplo años… —¿y si hubiera aceptado ser raptada por aquel simpático *Tarzán*?—. Y pensábamos celebrar.

—¿Y cuántos cumple? —la encargada comenzaba a perder su antipatía. Se cruzó de brazos.

—Cuarenta —y al erizársele la piel debió añadir—, por dentro y por fuera.

—Yo la imaginaba *menos mayor* porque al joven Toño… —para qué contarle esos chismarajos. Su función era atender los búngalos, barrer los pasillos, repartir la correspondencia–. Se habrá escapado. Andaba como con ganas de pachanga –hizo el gesto de empinar un trago.

–Pues yo también –Sasha estornudó. No se había secado desde que abandonó Los Flamingos bajo la lluvia–. Es mi cumpleaños.

–Qué le vamos *hacer*.

La rusa descubrió aquel montón de cocos al fondo.

–¿Y si me abre unos cocos, señora? Para combinar...

–Pagando, soy capaz de todo, señito. ¿Con dos tendrá?

–Lléveme una jarra, por favor.

–Y hielos, porque creo que no tienen. *Ahorita al rato*.

La atarjea había sido insuficiente para drenar el derrame. Sasha extendió varias toallas alrededor de la tina y le vació el frasco de *Golden Soughs*. Qué delicia aquella tibieza punzando su cuerpo. El vapor, el perfume, las burbujas que salpicaba con el pataleo. Aquel era un lujo imposible de imaginar en su juventud. Claro, en los multifamiliares Tverskaya usaban las bañeras los días sábado, en turnos de cinco minutos, sumergiéndose en aquel agua jabonosa que debía servir para los miembros de tres familias. Era lo que le había contado a Tony la última vez que juguetearon en la bañera. Se besaban, bebían ginebra en cocofizz, conversaban en murmullos:

"Quita la mano, Antonio. Mejor cuéntame lo de tu nacimiento en el tranvía."

"Pues eso, que me parieron en la esquina de Álvaro Obregón y Jalapa. Salí en todos los periódicos."

"A Stanislav le encantaba viajar en tranvía. A menudo se le pasaba la estación de casa y se seguía hasta la terminal de Sasikol."

"Cuéntame de tu marido, Sasha. ¿Lo querías mucho?"

"Hablas de él como si hubiera muerto... ¿Qué podría decirte? Stanislav no es un hombre adecuado, aunque es bueno."

"¿Bueno pero inadecuado? ¿Cómo puede ser alguien «hombre bueno» pero «no adecuado»? ¿Y yo, soy bueno o adecuado?"

"Adecuado."

"¿Adecuado?"

"Sí, adecuado… ¿y éstas? ¿Te parecen adecuadas?"

"Adecuadas… sí. Y hermosísimas, como dos gritos nocturnos buscando la sal de la luna. ¿Por qué lo preguntas?"

"Stanislav no sabía cuidarlas. Me mordía. Disfrutaba lastimándome. Me penetraba en la madrugada y un minuto después ya estaba roncando… Era horrible; inadecuado, ya te digo."

"El pobre… A lo mejor no le diste oportunidad de adecuarse."

"Stanislav era un camarada ejemplar. Vivía para el partido; gracias a él conseguimos el piso en la avenida Tverskaya, sólo que era inadecuado en la cama… porque a ti, Antonio, alguien te enseñó."

"¿Alguien que…?"

"Ningún hombre nace sabiendo eso. Y tú lo aprendiste con alguien, aunque no creo que haya sido la periodista americana. Vi sus fotos que guardas en el armario. No tiene cara."

"¿No tiene cara?"

"Cara de saber."

"Me enseñó Camila, ésa es la verdad."

"¿La burra?"

Y entre risotadas habían comenzado a forcejear en la bañera. Un jugueteo que luego los transformó en la bestia lúbrica de dos espaldas.

Ahora Alexandra Markovitch estaba sola en esa misma bañera. Abandonada, concluyendo su primera mitad de vida, temerosa de que la KGB descifrara su carta de esa mañana. Era la tercera que le escribía a Fedia, su hijo, pero triangulando. Gracias a la amistad que había entablado con Linda Scott, administradora de la Filarmónica de Vancouver, enviaba las cartas a su domicilio para que desde ahí las remitiera a Moscú. Sólo que no sabía si las cartas le llegaban al pequeño Fedia. Como tenía certeza de que la policía secreta revisaba su correspondencia, escribía sin ofrecer demasiadas señas a fin de encubrir su paradero. Hablaba de generalidades… "este país hermoso al que un día lograré traerte, mi adorado Fedia", y de lo mucho que lo extrañaba. Que no aflojara en sus estudios, le suplicaba, que se mantuviera fuerte ante esa "adversidad temporal" que iba a cumplir ya dos años. Alzó la botella y le dio un trago directo. Beber "a lo ruso", en lo que retornaba Antonio.

—"Tendrás tu piano" —repitió Sasha al pasear una mano por aquel agua vaporosa. De pronto, de la nada, brotó el silencio.

Era como un telón arrebatando el susurro de la lluvia, y la quietud nocturna anunciando la zozobra.

Apenas escampar se oyó un clamor reconocible. Era Camila, a lo lejos, rebuznando a las estrellas. Sasha volvió a beber a pico. Recordaba que por ahí, en aquel ropero carmesí, permanecían guardadas tres botellas de ginebra que ocultaban el sobre con las fotografías de esa muchacha norteamericana, preciosa y sin tetas. "¿No se le habrá ocurrido meterse al mar bajo la tempestad?", pensó. "No. Imposible. Antonio es todo menos estúpido". Tres años atrás le habían entregado el cuerpo seco de Pavel en Alexeyka, a orillas del Don. Tardaron varias horas en llegar al poblado, corriente abajo, y con aquel calor el cadáver se había secado por completo conservando una pátina de sal que le duplicaba la funesta palidez. Nadie hubiera jurado que se trataba de un niño ahogado. Ahora, de igual manera, le sería entregado el cadáver de Antonio.

Volvió a beber y luego apoyó la botella sobre su frente. Oyó unos ruidos más allá de la puerta entornada. "Usted espere ahí y ya no haga travesuras…" Sasha reconoció la voz de la mucama.

En efecto, disculpándose, asomó Zoraida con la jarra de cristal.

—¿Llegó muy borracho? —preguntó la rusa.

La encargada jalaba un banco para acomodar el recipiente, que tintineaba con los hielitos.

—No. No es el joven Toño —se la quedó mirando entre la espuma—. Es la cabrona de la burra que se escapó a la playa. ¿No la oía?

—La burra…

—Fui a traerla con el lazo, y está aquí en la terraza… la muy mustia.

La encargada de pronto enmudeció:

—Qué le pasó en la pata —había reparado en la ausencia de esos dedos.

La profesora de piano hundió instintivamente el pie en la espuma.

—Se me congelaron en la nieve —respondió, como había respondido tantísimas veces. Volvió a mostrarlo como un trofeo deportivo—. Qué, ¿está muy feo?

—Yo también tengo horribles los pies —Zoraida alzó uno de ellos—. Desde niña que los tengo bien chuecotes. Me decían "la patavolteada".

Sasha no comentó nada. ¿Era ésa la manera de celebrar la mitad de su vida? Se sirvió un chorro de leche de coco y completó con vodka. Le hizo un gesto de atención, "¿usted gusta?".

—Pues sí, ¿por qué no? —y se disculpó—. Dada la hora.

Zoraida se trasladó a la cocina y regresó con un vaso decorado con ases de póker. Se sirvió su propio coco-fizz y bebió sin brindar.

—Está bueno —celebró—. Me quedó muy bueno.

Sasha se la quedó mirando con afabilidad. La mestiza bebía nuevamente y en sus ojos se aposentaba la efusión.

—Te he mentido —dijo de pronto la rusa.

—*Ora* en qué —la encargada tomó asiento en la tapa del inodoro—. Qué, ¿me va a decir que cumple cincuenta?

—No, por Dios. Cuarenta, aunque me veo de treintaidós, ¿verdad?

—Sí; claro.

Sasha volvió a sacar su pie mutilado. Extendió los brazos hasta alcanzarlo con la esponja.

—Al principio no sentí nada —le escurrió un chorro de agua jabonosa—. Lo terrible fue sacarlo de la bota.

—Cuál bota.

Alexandra Karpukova Markovitch dio un suspiro profundo. Volvió a jugar con la esponja, ahora sobre sus rodillas.

—Tú no lo sabes; ni tienes porqué —Sasha sintió transportarse con la memoria—. En mi país hubo una guerra horrible: la Gran Guerra Patria en la que todos combatimos. Yo era una muchacha... una joven egresada del Conservatorio Tchaikovsky de Moscú, la pianista más joven que se incorporaba a la compañía del Teatro Bolshoi. Eran los días en que montábamos piezas muy adecuadas al momento... *Romeo y Julieta*, desde luego, y también *Las llamas de París* y *Espartaco*. Ballet para el pueblo, para que las masas ignoraran los crímenes del *Georgiano*. Y así en junio de 1941 nos sorprendió la invasión de la *Wehrmatch*, que la verdad nadie esperaba. Nos habían engañado en el partido. Decían que ésa iba a ser una guerra entre los intereses del capitalismo, el "capitalismo fascista" y el "capitalismo parlamentario". Y cuando los tanques del IV Ejército de Hoth llegaron a las puertas de Moscú, la ciudad enloqueció. Mi madre, que era enfermera en el Kremlin, robaba todos los días pan y latas de salchicha para esconderlas bajo la cama. Yo fui enviada a cavar trincheras al norte de la ciudad; enormes, para que los tanques no avanzaran... pero después me llamaron para un programa de emergencia. Le llamaban "de reanimación patriótica" porque la moral de las tropas andaba por los suelos: de cada división que partía al frente regresaban sólo un puñado de soldados... heridos, mutilados, ciegos, hablando de la terrible situación que privaba en las filas porque había destacamentos del NKVD en la retaguardia que disparaban contra los propios camaradas si emprendían la retirada... y si hacían esas críticas en público eran apresados y acusados de "sabotaje derrotista". Así fui escogida por el maestro Shostakovitch, que participaba en el Comité Artístico de Guerra, para formar parte de una de las "brigadas de reanimación". No era nada del otro mundo: un pequeño estudio móvil dentro de un camión cuyos micrófonos conectaban con un gran magnavoz muy adelantado a la línea del frente de modo que yo tocaba al piano canciones populares, "*Oy, moroz, moroz...*", "*Tonkaya Ryabina*", o himnos militares, mientras los soldados combatían. No dudes que muchos miles murieron en Luchinski y Gumrak mientras yo interpretaba en el teclado "*Matushka, sudarinya Matushka...*" Qué horror.

–¿Y la pata? –Zoraida se preparaba otro coco-fizz.

–Sí, mi adorado pie que escondo en la calceta con pelotas de algodón... Después fui movilizada al sur, más allá del Cáucaso, con la misma brigada. Lavrenti me lo advirtió: "Es un honor estar en lo más candente del acero", me dijo aquella vez al despedirme, aunque en realidad quería mantenerme alejada de

Katya, mi madre. "Yo cuidaré por ti", me dijo, "los oficiales del NKVD tienen órdenes especiales al respecto". El caso es que en septiembre del 42 ya estábamos en Stalingrado, esa dantesca batalla que costó dos millones de muertos…

—¿Dos millones?… Son muchos, ¿no? —Zoraida atendía al relato dando pausados sorbos a su vaso.

—Sí, poco más o poco menos; fue la tumba de medio millón de alemanes, un millón de rusos y cientos de miles de italianos y rumanos… Y ahí fue donde una tarde, en el entrenamiento que nos daban a los integrantes de la brigada cultural, nos probamos con el fusil a blancos de doscientos metros. Y gané la competición. El general Chuikov, que supervisaba el ejercicio, ordenó que me colocaran las latas a trescientos metros, y lo mismo; de doce tiros fallé uno. Luego me probaron con una mira telescópica… y una semana después ya me habían sacado de la brigada musical. Estaba con Vasili Zaitsev y Nikolai Kulikov, que eran los campeones en las División Batiuk de fusileros siberianos. Éramos sesenta francotiradores. *Scharfschütze* les llaman los alemanes. "Fantasmas asesinos", nos bautizaron. El primer día no disparé, el segundo fallé dos tiros. Al día siguiente me enviaron a la fábrica de tractores *Octubre Rojo*. Nevó esa tarde y en la confusión me abandonaron. Como habían llegado varios camiones alemanes de transporte, moverme equivaldría a morir porque estaban desplegándose. Así comencé a tiritar, de frío y miedo, esa noche. Pensé en las cosas más absurdas, en mi madre Katya, desde luego, en Lavrenti Beria, porque por culpa del maldito no saldría viva de ahí. Pensé en Elizaveta Gerdt, mi mentora en el Bolshoi, y quien sabe porqué, en Olga.

—¿Su hermana?

—No. Mi muñeca hasta los doce años, cuando mamá la quemó el mismo día en que me bajó mi primera… Y estando ahí, entre el cascajo de la fábrica, de pronto se me presentó la oportunidad. Los alemanes se habían replegado arrastrando una pieza de artillería, y en lo que la patrulla de *fritzies* la montaban, comencé a tirármelos uno por uno.

La encargada del conjunto le ofreció un gesto obsceno, burlón.

—No, tirármelos a tiros, como nos había enseñado Zaitsev... "Calma, tenacidad y buen pulso". Eso era todo. Les dabas en el vientre, de modo que al caer quedaban dando gritos, y cuando iban en su auxilio tenías un segundo blanco, y luego lo mismo. El camarada Kulikov dijo que fueron siete, porque observaba todo con sus catalejos, en una sola tarde.

—¿Siete muertos?

—Siete... y la verdad, nunca lo había dicho: me gustaba verlos agonizar a través del telescopio. Retorcerse. Estuve en eso varias semanas, hasta el día del pisotón...

—¿Quién la pisó? —Zoraida ya se preparaba otra combinación.

Sasha volvió a sacar su pie restañado. Lo señaló:

—Al principio se siente como un pisotón. Un golpe caliente. Yo estaba dormitando boca arriba en una trinchera cerca del Mamaev Kurgan, "la colina de la muerte". Se conoce que ya me había avistado un *scharfschütze*. Y como me moví me descubrió. Apenas sentir el "pisotón" me arrojé al fondo del hoyo con todo y fusil. No salí hasta que hubo oscurecido. Demonios... cómo me dolía. Usaba el rifle como muleta, así caminé dos horas entre las ruinas de la ciudad hasta llegar a un puesto de sanidad. Esa misma noche me trasladaron a Krasnaia Sloboda, al otro lado del Volga, porque durante el día era imposible navegar por el cañoneo... Cuando el médico cortó la bota vi el horror que era mi pie, como una flor de sangre negra. Estuve delirando por la fiebre dos días. De hecho iban a cortármelo por la gangrena, pero le supliqué al médico que no. "Está bien", me dijo, "pero si mañana apesta cortaré hasta la rodilla". Pero afortunadamente sané... —y volvió a presumir su pie al aire. Esos tres dedos como una entrañable reliquia.

—Entonces, ¿a cuántos mató?

—En la guerra no "matas", Zoraida. En la guerra... como a once; contando a los siete de la fábrica de tractores. Después de mi herida me enviaron de regreso a Moscú.

—¡Once!

Alexandra alargó el brazo, solícita, sugiriendo que le llenara el vaso. Aquella Sasha tenía veinticinco años de edad, una esperanza inmensa por el Futuro y un sentimiento atormentado por Lavrenti Beria, el comisario que la desfloró a los diecisiete años y que era amante, simultáneamente, de su madre Katya Markovitch. Hasta la terrible noche de Kúntsevo.

—Ya se acabó —Zoraida mostraba la botella vacía de Stolichnaya. Sonreía con beodez—. Tan interesante que estaba su plática —y sin más levantó la tapa del inodoro, se alzó la falda y a horcajadas soltó el chorro:

—Ya me andaba; desde hace rato —se disculpó.

—En el mueble rojo hay algunas botellas. ¿Por qué no se trae una?

La encargada salió del baño con obediencia infantil. Al poco regresó con la ginebra *Gilbey's* y sin mayor trámite procedió a preparar los dos coco-fizz. Le dio un trago al suyo y volvió a descansar sobre el retrete. Se encontró con la mirada de Sasha, que la observaba con curiosidad.

—Qué bonitos ojos tiene *usté* —dijo la mucama luego de probar nuevamente su vaso—. ¿Qué son, azules o verdes?

—A veces azul, a veces gris; eso depende.

—De qué —Zoraida estaba feliz por esa repentina desinhibición.

—De la luz. De noche son azules, a veces. De día son grises, siempre.

—Ah. Los míos los traigo siempre como capulines —luego se le quedó mirando; aquella esponja paseándose por los hombros—. Ha de ser muy rico eso, ¿verdad? Bañarse como pescado.

"La terrible noche de Kúntsevo", se repitió Sasha al buscar su vaso. Le dio un trago y le propuso sin más:

—Sí, muy rico. ¿Por qué no se mete?

Y sin pensarlo dos veces Zoraida Martínez se despojó de la ropa y empuñando la botella se adentró lentamente en la bañera.

—¡Ahh, qué sabroso! —exclamó al acomodarse en el otro extremo de la tina—. Es como el chayote cociéndose.

—Sí, ¿verdad? —Alexandra sintió aquellos pies uñosos junto a sus muslos—. La vida es corta pero es para alegrarse. ¿No me pasa la ginebra?

Sasha había terminado con su trago y asomaba de la tina para alcanzar la jarra cuando sintió que debía decirlo:

—Mi vida cambió en la terrible noche de Kúntsevo. El 2 de marzo de 1953.

—Y ese día qué —Zoraida se escurría chorritos de agua por el cuello—. ¿Fue su boda?

—No, mi boda no. Fue mi liberación... nuestra liberación.

—¿Mató a su marido? ¿Ese día?

—No, no maté a mi marido. Ese día me liberé de Lavrenti —tardó en corregirse—. Nos liberamos, Katya y yo.

La mestiza se había apoderado de la jícara. Seguía derramándose agua tibia. La dejó hablar.

—Lavrenti era mi tormento y contra él nada se podía hacer. Llevaba más de diez años al frente del temible NKVD. Itsvan, mi marido, sabía de eso pero callaba, callábamos para salvar el pellejo. Beria, sin embargo, era tierno a la hora de... El problema era que Katya, mi madre, también estaba en eso. Conmigo fornicaba en el asiento trasero de su limusina *Chaika*, mientras paseábamos... A ella la llevaba al Gran Hotel Internacional. Una sola vez reñimos por él, pero como nos percatamos de que nada se podía hacer al respecto, dejamos de hablar del asunto. Y así, esa noche en Kúntsevo, todo cambió en el país; en nuestras vidas. Stalin había sufrido un ataque de apoplejía en su *dacha* a las afueras de Moscú... Permaneció varias horas tirado en el piso de su casa de campo sin que nadie se atreviera a levantarlo, dizque confundidos porque pensaron que estaba borracho. Cuando mi madre me telefoneó supe que debía acompañarla porque algo terrible podría ocurrir. Katya Markovitch era una de las enfermeras del Kremlin. Me hablaba en clave desde Kúntsevo aquel 2 de marzo; "se cayó la sopa de betabel", me dijo, que entre nosotras era hablar de una gran desgracia. Katya conservaba su puesto gracias a la amistad que había establecido con Stevlana, la dulce hija del dictador, que al parecer no se enteraba de nada. Llegué en la ambulancia acompañando a varios especialistas que tratarían de remediar lo irremediable. Y ahí estaban todos con cara de espanto y ambición. ¡Qué ocurriría si el líder del comunismo desaparecía? Por ahí se paseaban con rostro pensativo Malenkov, Beria, Krushchev; todos. Los médicos determinaron que la embolia había sido masiva y que no quedaba más que esperar... unas horas, unos días cuanto más. De pronto llegó Svetlana con mi madre, que estaba tomando el té conmigo. Nos dice: "Acompáñenme, no quiero ser la única mujer ahí. *Esto* ya termina". Fuimos con ella a la cama donde reposaba Stalin. Era una cama estrechita, porque desde 1932, cuando se le suicidó Nadezhda, ya no quiso dormir en cama de matrimonio. Y sí, llegamos cuando tuvo uno de sus pocos accesos de conciencia; el último. Stalin de pronto abre los ojos, con esa cara gris que le había provocado la enfermedad, y pasea la vista por todos los presentes como tomando nota. Unos ojos terribles, diabólicos, de dar miedo. Nadie le sostenía la mirada. Ni Beria, ni Krushchev, ni Bulganin, ni Mikoyán. Entonces da un respingo, como queriendo levantarse, pero era imposible porque había quedado paralizado de todo el lado derecho. De pronto suelta un gemido pavoroso, alza la otra mano, abre enormes los ojos y señala imperioso hacia arriba; que nos diéramos cuenta... Y en lo que volteábamos hacia el techo de pronto hubo un crujido interior, se le desplomó la mano sobre el rostro. Stalin estaba muerto. Comenzaron los murmullos. "Doctor, revíselo, ¿ya?", dijo Bulganin, y Katya fue en su auxilio. Le colocaron el estetoscopio en el pecho y sí, al líder soviético se lo acababa de llevar el demonio. Fue cuando todos, revueltos, comenzaron a dar órdenes y voces. "Hay que avisar al Kremlin", "Hay que prepararle un segundo nicho junto a Lenin", "Que el Comité Central declare tres días de luto nacional"... En ese caos Beria nos llama en secreto y nos lleva a otra habitación. "Katya, Sasha", nos dijo cogiéndonos de las manos, "... hasta hoy mi vida fue un trastorno con ustedes. Todo ha sido consecuencia de la anarquía a la que nos orilló el *Georgiano*; pero ahora todo cambiará... Ustedes son libres, libres de mí. Debo ofrecer una imagen de corrección y orden. Vayan a casa, descansen. A las dos las amo, eso nunca lo olviden".

Zoraida bebió su coco-fizz hasta la mitad. Alzó la mirada como indagando si ahí terminaba esa historia. Debió preguntar:

–Y cuando el señor ése... el presidente Stalin apuntó para arriba; ¿qué no les estaba diciendo dónde guardaba el dinero?

Sasha sonrió. Bebió en silencio. Buscó uno de los pies de Zoraida bajo el agua. Se lo apretó represivamente:
–No. Dinero no. Yo lo sé... Stalin señalaba a Dios. Murió llamándolo. Implorando su perdón.
–*Pos* qué. ¿A poco debía muchas vidas?
Sasha volvió a sonreír. Se paseaba el vaso por el pliegue de las tetas:
–Algunas, sí.
Zoraida permaneció en silencio. Jugueteó con la lengua tratando de apresar el último cubito de hielo.
–Pues yo también, señito –se animó a confesar–. Yo también, como *usté*, llevo mi cuenta.
–¿Tu cuenta de qué?
–Yo me eché al Mujambo.
–¿A quién?
–Al Mujambo, mi marido, a machetazos. Por quererse pasar.
Alexandra Markovitch quedó como paralizada. ¿No había hablado de más? Y ahora esa nativa de la costa venía con aquel cuento. "A machetazos". Permaneció contemplando el vaso entre las manos.
–¿Mataste a tu marido?
Zoraida como que se arrepentía de sus palabras. Dio un trago a su coco-fizz, envalentonándose:
–Bueno, por culpa de los "suavecitos", que no cumplieron.
–¿Mataste a tu marido? –volvió a preguntar Sasha.
–Bueno, sí... ¡pero *usté* se echó a once!, acaba de decir.
–Eso lo deberíamos celebrar –Alexandra simuló varios aplausos en lo alto–. Con una botella de champaña, porque la que descorché...
–El amorcito del joven dejó dos –interrumpió Zoraida, presumiendo.
–El amorcito... ¿Qué dejó?
–Champañas... La señito Cindy dejó dos en el refrigerador. ¿No las ha visto? Están detrás de las lechugas de la burra.
–No. ¿*Champagne-champagne*? –pronunció con acento.
–De ése. Dos botellotas negras. ¿Quiere que se las traiga?
La profesora de piano le ofreció una sonrisa alborozada.

–No, deja. Voy yo. Sirve que es mi turno –y apenas decirlo salió de la bañera, escurriendo como una morsa, hasta alcanzar el inodoro.

–¿Junto a las lechugas? –repitió al incorporarse, despreciando la bata en el perchero.

–Nomás detrasito.

Regresó canturreando con las botellas y dos copas anchas. Zoraida jugueteaba con la espuma como si fuera la materia misma de la Creación. Lanzó un vistazo a la rusa, que se introducía torpemente en la bañera.

–Sus hijos deben haberle salido robustitos, ¿verdá? –y como Alexandra no entendía el comentario, la ñanga se cogió las tetas, sopesándolas con gesto exagerado.

–Ah, eso –y procedió a descorchar la primera de *Moet & Chandon*.

La explosión de espuma sorprendió a Zoraida, y Sasha aprovechó la efusión para colmar de una vez ambas copas.

–¡Ah, jija! Trae su propio borbollón –comentó la doméstica porque era la primera vez que alguien le ofrecía aquel vino color del alba.

–¿Por qué estamos brindando? –Sasha buscó una cierta formalidad.

–Pues dijo *usté* que por mi marido. El Mujambo que me eché.

–Espero que no sea cierto… –enunció la profesora Markovitch con beoda solemnidad.

–¿Que no sea cierto? ¡Claro que fue cierto! –Zoraida exigía que le sirviera de nuevo aquel elíxir embrujante–. Lo que pasa es que antes le mandé a unos "suavecitos" y no cumplieron; y eso que ya estaban pagados…

–¿Le mandó a quienes?

–A unos "suavecitos", seño. La cosa fue que el Manuel se quiso pasar de cabrón, pero conmigo eso no se puede. Hasta entonces le creí lo de su viaje a Mozimba, que era porque sus papacitos ya no podían trabajar la tierra. Yo me quedé aquí, esperando, mandándole dinero porque no le alcanzaba, me dijo en el telegrama. Que las medicinas de su mamá, que quién sabe qué… No teníamos mucho de arrejuntados; unos meses apenas. Él cuidaba aquí conmigo, hacía jardinería y se daba su tiempo para andar de lanchero en la playa. Total que un día voy a Mozimba, entre semana, para verlo. Ya tenía rato de no saber de él y yo lo necesitaba... *Y'onde* que voy llegando donde sus papacitos, que resulta que ya estaban difuntos y tenía ahí otra vieja empanzonada y dos criaturas igual que él, digo, colochos y orejudos... O sea, me di cuenta de todo. De seguro que en un arranque de muina se distanciaron, que fue cuando me conoció y me ofreció, ya sabe *usté*, la luna y las perlas. Nos amancebamos muy deprisa porque no había hombre que me echara un lazo... con estas patas chuecas, y quedamos en que ya luego nos casaríamos con la ley de Dios. Y así, a los cuatro meses se fue a Mozimba dizque a la parcela de su papacito... ¡que ya estaba difunto! Me regresé esa misma tarde, sin que me viera. Además que yo soy trespaleña, de acá, y allá nadie me conoce. No lo pensé dos veces. Total, si de hacer la *maldá* se trata, a ver quién puede más... Les pagué a unos "suavecitos" que me recomendaron. Eran dos, de Tierra Colorada, chaparritos y mustios. Cuatrocientos pesos me pidieron, y el retrato. Sus señas del Manuel, pues. Me enseñaron sus pistolas, con las que harían el *trabajo*, y les di el dinero que estaba juntando para fincar. Se fueron y yo me quedé esperando. Ya me llegaría la *novedá*, o algo. Un día vendría alguien a decirme que al Mujambo le habían soltado dos disparos quién sabe quiénes, porque los "suavecitos" trabajan cuando cae la noche. Cargan sus pistolas en un morral de jornalero; llegan, preguntan, "perdone, ¿es *usté* Manuel?"; disparan y se van corriendo entre las sombras tirando pa'l monte. Pero estos ya ve. No cumplieron estando pagados, y les caerá la maldición, dicen. ¿Va una a creer? ¿Yo mandándole dinero al Mujambo para administrarse a su otra vieja? Su otra vieja que, entonces lo supe, había sido su primera. Con ella sí hubo fiesta, boda en iglesia, banquete con marrano y mezcal; todo. ¡Claro, ella era la primera! Luego, cuando se enmuinaron, yo fui como el descanso suyo de Manuel. Entonces que me armo y voy, igualmente, de noche. Llego a Mozimba en camión y me encamino a su casa. Espero a que caigan las primeras sombras. Llego a su puerta y toco sin decir nada. El Mujambo es el que asoma para abrir; se queda como espantado al mirarme. Pálido. Mudo. Le aviento al piso las joyas que me obsequió, que eran buenas. Todo sin decir palabra, para que viera mi desprecio. Y entonces él se agacha para recogerlas… no lo hubiera hecho porque saco el machetito que llevaba debajo del chal y le suelto el tajo en mitad de la cabeza. Se le quedó trabado, como coco al descortezar. A eso sonó. Quedó tumbado mientras los chorritos de sangre se revolvían con el polvo. Di media vuelta y me regresé andando por las sombras, de prisa. En la plaza subí al camión que hacía la corrida de regreso. En Petatlán subieron unos policías, dizque averiguando porque tenían reporte. Que si no habíamos visto a alguien sospechoso, y no, nadie. Aquí no subió. Llegué a Acapulco temprano, como a las nueve y me vine corriendo a cumplir con el quehacer… Digo, se pasó de cabrón el Mujambo, ¿verdad?

Sasha quedó pensativa. Volvió a escanciar las copas con la primera de *Moet & Chandon*. ¿Debería creerle? –¿A machetazos? –creyó prudente indagar.

–Sólo uno, seño –repitió el lance en el aire–. Además que la culpa fue de los "suavecitos", por no cumplir estando ya pagados…

Bebieron esa copa en silencio, y la siguiente. La conserje repasó la mano por la decreciente espuma. Pensó que no le convenía cerrar los ojos, podría morir ahogada… ahogada borracha en ese tanque perfumado. Alzó los pies al otro extremo de la tina disfrutando de la sensación de ingravidez. Miró los senos de Sasha, asomando como dos melones.

–¿*Usté* cuántos machos ha tenido? –preguntó abruptamente.

La "rusa de Tamarindo" paseó su copa por encima del agua.

–Esas preguntas no se hacen entre damas –esbozó una sonrisa y llevó el coctel a sus labios.

–Yo no soy dama, señito –debió confesar Zoraida–. Ya ve mi tragedia.

Alexandra entornó los ojos, escrutándola.

–Cuatro –respondió.

—¿Cuatro nomás?
—Pero hay uno que regresa al corazón. Lloro cuando lo recuerdo.
—¿Cómo dijo que se llamaba su marido?, perdón.
—No se trata de Stanislav.
—Ah; entonces el joven Toño...
—Es un encanto, ciertamente.
—¿Y los otros?
Sasha soltó un suspiro de fastidio. Volvió a probar su copa.
—Los cuatro son Lavrenti, la bestia; Stanislav, mi apagado marido; Antonio, sí, Antonio que me enseñó a nadar y me hace el amor bajo el mar... y Mijail.
—¿Y ése?
La profesora de piano le devolvió una mirada desafiante.
—Lo conocí en Stalingrado, durante el cerco.
—¿Era también de los que fusilaban como usted?
Esa mujer no había entendido nada. Volvió a suspirar antes de su respuesta:
—Era cocinero; el cocinero de la División Batiuk. A veces nos llevaba el rancho hasta la posta misma de cada tirador. Quién sabe cómo, pero todas las noches me regalaba una flor distinta, recién cortada. A veces me llevaba unas amarillas, pequeñitas, que llamamos *kuchen*, porque parecen pastelillos. La mañana que lo mató la metralla de un tanque yo llevaba su semen en el cuerpo... Aquello no duró demasiado; si acaso tres semanas. Así es el amor en la guerra, mi amiga.
—¿Mijail?
—Mijail Koniev, sargento segundo, cosaco, "dueño de siete estrellas", le había dicho su madre. Ojos negros, bigote largo, besos de sediento.
—¿Nomás tres semanas?
—Que fueron una vida entera, Zoraida. Una vida entera...
—Pues yo nomás tres; fíjese.
—¿Tres?
—Uno que le decíamos *el Zanate*, mi vecino, porque estaba negro renegrido. Pero teníamos como doce años y quedamos espantados. Luego Manuel, el Mujambo, al que *machetié*... ya

le digo. Y Lencho, el compadre Lencho, que también nomás fueron dos veces.

—¿Lencho?

—Era mi padrino, que se aprovechaba cuando mis papás salían de peregrinación. Por eso me daba miedo que llegara el Día de la Virgen porque el compadre se quedaba dizque cuidándonos.

De pronto llegaron los ruidos de Camila. Aquel trote juguetón.

—¿Y toda esa cocada? —preguntó Sasha para cortar con aquello. Señaló uno de los paquetes en mitad de la estancia.

—Se los trajo a su burra, ¿*usté* cree?

Luego hubo una sombra tras la piscina. Un aleteo y el resoplo del asno.

—No se deja la burra —Zoraida bebió el resto de la copa.

—No, nadie —Alexandra Markovich ya se adormilaba.

—Son los vampiros que llegan con la brisa del monte, a esta hora. A ver si se deja, la cabrona.

—¿Vampiros?

Zoraida le devolvió un gesto feroz, enseñando sus dientes irregulares.

—Todos vivimos de chuparle la sangre al prójimo —filosofó la mucama escudriñando en lo alto su copa vacía—. ¿O no?

La rusa pasó por alto esa ingenuidad. Recordó a *Beria*, que se aterraba por los relámpagos nocturnos. ¿Estarían los murciélagos chupándole la sangre ahora mismo junto al balcón?...

—Ya se está enfriando, ¿no cree?

Sasha abrió la llave del agua caliente y acto seguido procedió a descorchar la segunda champaña. Mientras forcejeaba con el tapón comenzó a canturrear la opereta *El Murciélago*, de Strauss.

Vino la explosión, la efusión espumosa, las copas que buscaban ser llenadas sin demasiado tino.

—Luego de esta botella nos vamos a dormir —declaró Sasha al terminar—. Me estoy arrugando de más.

—Sí, claro… Además que no creo que vaya a venir.

—¿Y lo del Mozimbo, cuándo fue? —creyó prudente cortar.

—No; el Mujambo. Hace dos años, ya le digo –y luego, jactanciosa–. Pero nadie me vio.

Volvieron a servirse las copas, derramando en la bañera la mitad de aquella *Moet & Chandon*. La mucama de pronto soltó una risa nerviosa.

—Una vez me regaló unas flores.

—¿Su marido... al que *se echó*?

—Rosas, un ramo de rosas... No, el joven Toño. Me las regaló cuando llegó por acá. Un pinche ramote...

Sasha lanzó una mirada impía a su compañera de baño. "No, imposible", se consoló, "si algo tiene Antonio es buen gusto".

—A mí me obsequió un piano...

—Pero no vino el muy cábula; ya ve.

"No le discutas, Sasha... No le discutas", se repitió sospechando que de un momento a otro aparecería. Sí, tan campante.

—Oiga, seño Sachita, ¿y es cierto?

—Qué –la pianista comenzaba a arrepentirse de aquella invitación entre la espuma–. ¿Qué es cierto?

—Que lo tiene bien chuecote. Digo, como de cuino garañón...

Sasha prefirió no responder. Vació la copa contra su paladar, cerró el chorro caliente y le ofreció escanciar la suya de nueva cuenta.

—Ya no, Sachita... como que quiero guacarear. Mejor yo también me voy a dormir; digo... secándome.

La mucama salió a tropezones de la bañera. Buscó una de las toallas y luego de unos trapazos comenzó por ceñirse el percudido sostén.

—Así se pone cuando le llegan sus noticias –buscaba el equilibrio para poderse fajar la pantaleta.

—Así se pone quién.

—El joven Toño, señito, ¡*pos* quién más!...

Zoraida resbaló, cayó de nalgas sobre la toalla:

—¡Ay, mamacita! Ya no sé ni por dónde...

Alexandra debió guardarse la carcajada:

—¿Se lastimó?

—Nomás el culo... –la conserje intentaba ponerse en pie.

—Qué noticias son las que dice, señora. No entiendo.
—*Pos* las cartas —gruñó con enfado—. Así se pone cuando le llegan noticias de su amorcito *juido*… —y sin decir más avanzó dando traspiés hacia la recámara, retornando luego con la correspondencia recién abierta:
—Aquí viene por qué se tiró al mar —dijo al sacudirla en el aire.
Sasha le hizo un gesto urgente. Que le prestara la toalla para secarse, que le entregara esa carta. Al tenerla entre sus manos se llenó de frustración. Estaba en inglés y no entendía.
—Dime qué dice —exigió mientras la encargada recogía sus sandalias bajo el lavabo.
—P's cómo, si no *sé ler*, seño —se disculpó la mestiza, tropezando—. Lo que sí… estoy segura que ahí dice por qué se *fue ahogar*.

⚓

¿Me vas a dejar? ¿A mí también? Tú permitiste que me arrojaran al infierno, así que serás capaz de todo. Eres una aturdida, una desnaturalizada, una mala madre. ¿Así que me abandonarás? Una ingrata, eso eres, peor aún: una desgraciada. Se te caerán los dedos del pie… los que te quedan. La espantosa garra que heredaste después de la guerra. ¿Cómo puede alguien amarte con ese horrible pie como rizoma? ¿Por qué permitiste que me quemaran? Perdiste a Pavel, perdiste a Mijail, perdiste a Stanislav. Ahora perderás a Fedia. Ya no lo verás. Me lo llevaré conmigo al infierno. Se ahogará en el caudal que escurre por el corazón de Rusia… él también, ¡claro, mientras tú bebes vodka con esos viejos olorosos a leche rancia! Se hundirá en las aguas del Volga… ¿No vieron a Antonio? Se lanzó al agua. Se olvidó de mí, es decir, de ti. ¿Eres Olga o eres Alexandra? Moriste incendiada con una lata de parafina… ¿O eres Sasha? Entonces vivirás por siempre bebiendo vodka en la bañera y con el piano ahí naufragado. ¿Suena bien? ¡Pero mira!, ¿ya viste quién viene?… Toca, ¡toca bien!, toca en lo que llega la limusina negra de Lavrenti. Te dará cien rublos, como las otras veces, y meterá la mano bajo tu falda mientras tiemblas de miedo. ¿O es excitación? Te arrancará las bragas, te ofrecerá un vaso de

vodka, te obligará a echarte al piso como perra mientras él...
Y todo por abandonarme, Alexandra. Así que resiste ahora la
parafina que derramo sobre tu cabellera, resiste el fuego de
este cerillo incendiándote como me dejaste arder porque tú,
Olga, eres yo...

Despertó jadeando. ¿Se quemaba? ¿Y dónde estaba Olga,
su muñeca?

Un minuto después todo era de nueva cuenta real y cotidiano: la cortina meciéndose al paso de la brisa, su vestido negro tirado al pie de la cama, el samovar frío en la consola. La realidad son las cosas: el piano bajo el retrato de Shostakovitch. La chalina de seda. El rumor mecánico de un bote en la dársena. *Beria* que agita el rabo desde su camastro.

–Perro –le dijo en ruso–, ven a saludar a esta anciana borracha.

El *terranova* dejó su rincón y avanzó dócilmente hasta la cama. Lamió esa mano extendida.

–Beria –le besó el hocico–. Tú sí tendrás redención.

Sasha se alegró al constatar que el mareo había desaparecido. Volteó repentinamente a su lado temiendo que el hombre estuviese entre las sábanas revueltas; pero no. El taxista había insistido, ¿forcejearon?, pero ella estaba felizmente sola. Sola y con *Beria*. Lanzó un vistazo al reloj cu-cú y no, no era tan tarde. Aún podría aventurar un paseo con el perro. Sí, claro... ¿pero dónde estaban las aspirinas?

Salieron de casa cuando el sol comenzaba a hostigar. Iniciarían un vagabundeo por la playa. Al menos Olga no la había abandonado porque retornaba en mitad de las pesadillas. Su muñeca que había muerto dos veces; primero cuando Katya Markovitch, su madre, trituró su linda cara de porcelana francesa, y después cuando encendida de celos –porque el depravado Lavrenti la había señalado como uno de sus próximos raptos– decidió quemársela con el pretexto de su primer regla. "¡Ahora para qué quieres muñecas!". Llevaba, además, su sombrilla. Así desembocaron en la extensa playa de Hornos donde *Beria* correteaba, husmeaba las hoyadas, ladraba a las gaviotas; era feliz a su manera. Sasha se libró de las sandalias y permitió que las lenguas del oleaje le mojaran los tobillos. En casa la esperaba el samovar soltando hilos de vapor… entonces descubrió al niño de la otra vez. ¿Román, se llamaba?

El pequeño reposaba sobre un cayuco volcado y parecía cavilar en torno a los grandes enigmas del Universo. De hecho no había reparado en la presencia de *Beria*, que retozaba entre las dunas. Sasha tuvo la intención de buscarlo, recuperar aquella conversación perdida. "¿Un lobo le comió el pie?" "Sí, un lobo". Le preguntaría sobre su hermano ausente… pero algo la detuvo. Un detalle: el chaval daba puñetazos al cayuco. Se lastimaba.

Lo dejó tal cual. ¿Para qué averiguar? Mejor volver a casa, darse una ducha, desayunar algo ligero. La primera lección era a las doce y aún le quedaba tiempo. Tomaría el té verde sin azúcar. Llegó sudando, con los barruntos de una jaqueca, y apenas abrir el perro se adentró de un empellón. No perdonaba; su dicha residía en aquella bazofia con tortillas.

Preparó la infusión, rebanó un poco de papaya, encendió el tocadiscos donde ya brotaba el poema sinfónico *El Moldavia*, de Bedřich Smetana. Ah… si la vida pudiese transcurrir como esos acordes diluyéndose en el torrente. Hurgó en el bote de galletas y comenzó a roer la primera, que abandonó enseguida. Estaba demasiado lastimada por la demasiada champaña. Buscó de nuevo las aspirinas, el té, y esperó a que Smetana concluyese. Llevó todo a la cocina y de regreso, al pasar junto al piano, tocó el inicio de *Blue Moon*… y sonrió: era la primera vez que tocaba algo a sus cuarenta años de edad.

Dio la vuelta al disco y se metió en la ducha. Que el agua lavara su pretérito. Ahí estaba el jabón Camay, la esponja, el espejo cubriéndose de vaho. Alexandra Markovitch buscó en él su reflejo y sólo halló un precipicio de anonimato. Allá, al fondo, *El Moldavia* terminaba. Entonces hubo un repiqueteo y el ladrido de *Beria*. El teléfono…

Llegó envuelta en la toalla, escurriendo, a contestar.

–Pensé que no estaba; ya hasta *iba colgar* –la saludó Zoraida.

–Sí, qué pasó. Dime.

–Es que se soltó la burra y tuve que salirme a la playa. Por ella, pues…

—Saliste por Camila, ¿y entonces?

—*Pos* eso. Salí y hallé sus cosas… ¿No le dije anoche que se *iba meter*?

—A ver, Zoraida, ¿de qué estás hablando? ¿Qué hallaste? ¿Quién…? ¡Se metió alguien a la casa?

—No. En la playa, donde la burra andaba de rebuznona. Desde temprano me despertó y yo con este dolor de cabeza… hasta parece que me va a explotar como *cuete*. Ya no me *vuelva dar* esa champanada…

Sasha desesperaba. Ciñó la toalla bajo su axila.

—A ver, Zoraida; cuéntamelo todo despacio.

—Es que me da cosa pensar. Fui por la burra temprano, a la playa, y ahí estaban sus cosas del joven. Su ropa, pues. La que traía anoche, y sus cosas: su cartera, su licencia, todo… Y yo *pos* me pongo a pensar.

—Que se metió al mar.

—Y que no volvió; digo… No ha regresado.

Alexandra soltó un suspiro. No supo qué decir. Recordó el día que Antonio la enseñó a nadar, la tarde en que le hizo el amor en la playa Pichilingue, la noche en que alzó la manta para mostrar el precioso Petroff laqueado y anunciar: "Es todo tuyo".

—Y no ha regresado —repitió.

—Pues no, ya le digo.

—¿Y seguro… seguro que eran sus cosas?

—Está su foto de *usté*, con los papeles. Apenas si traía poquito dinero.

Sasha dijo algo en ruso que la mucama no comprendió. Miró el charco ensanchándose junto a la mesita del teléfono.

—No nos vamos a preocupar, Zoraida. Antonio es campeón y todos los días se mete veinte metros bajo el mar.

—Sí, bueno. Está bien… Si viera la burra.

—Qué hay con Camila.

—Es que tumbó las botellas que dejamos. Lamió todo y está echada junto a la alberca; bien briaga la cabrona.

Sasha se impacientaba; estaba empapando el asiento.

—Voy a tratar de alzar el tiradero que quedó. Pero…

—Pero qué, Zoraida. Dime.

—Es que. Digo, en lo que regresa o no regresa, aquí están todos los paquetes de la cocada y se está juntando un mosquerío de la fregada. Digo, ¿qué hago con todo?

—Es toda tuya. Cómetela, véndela, regálala. Yo respondo.

—Si *usté* dice. Adiós —y colgó.

Alexandra soltó un bufido. ¡Diantre!, faltaba media hora para su primer lección y aquel dolor se apoderaba de la mitad de su cabeza. Regresó a la regadera, volvió a regular la temperatura, cogió la pastilla de jabón y comenzó a untar la esponja. "... o no regresa".

Se desmoronó de súbito bajo el chorro y comenzó a llorar.

—Antonio, Antonio... —hipaba recordando a Mijail Koniev, sargento segundo, cuando lo tuvo en los brazos después del obús que lo reventó. Aquella sangre horrible pringando su ropa como ahora esta agua tibia diluía sus lágrimas.

¿Cuándo iba a poder conciliarse con un amor correspondido? ¿Cuándo podría dormir sin sobresaltos entre los brazos de un hombre —su hombre— sin temor a que una "purga" lo llevara al patíbulo? ¿Cuándo lograría, por fin, que las aguas del *Moldavia* fluyeran con su alma, sedienta de serenidad y ternura?

—Fedia... —se dijo ahí tumbada, bajo el chorro tibio de la ducha, acariciando los mosaicos impersonales. Entonces supo que no podría sobrevivir mucho más sin mirar, tocar, abrazar a su hijo. Su último hijo en Moscú. Fedia... ¿De qué color eran sus ojos? ¿Cuál era su olor al despertarse? ¿Su tono de voz? Lo había olvidado.

Smetana —en la interpretación de la Orquesta Sinfónica de Radio Berlín, conducida por Kurt Gaebel—, giraba de nueva cuenta en la tornamesa. La vida es un disco a 33 revoluciones por minuto. Sasha se delineaba las cejas, enderezando su rostro desmejorado por la parranda, cuando *Beria* alzó la cabeza y comenzó a menear la cola. Gimoteaba al pie de la escalera y en eso el timbre de la puerta sonó.

Miró el reloj cu-cú. Seguramente era Natalia, su alumna favorita, que se adelantaba un poco. Bajó la escalera y abrió sin preguntar.

–¡Antonio! –gritó, aunque *eso* no era, precisamente, Antonio. El chino Maganda y el Yuyo se ayudaban para sostenerlo.

–¿Podemos pasar? –preguntaron a uno los marineros.

–Sí, claro… ¿qué le ocurrió?

–Faltó a la primera ley de los nadadores –dijo el piloto Maganda–. La que dice "nunca nadarás solo".

Beria comenzó a ladrar alborozado, reconociéndolo. Se les adelantó escaleras arriba.

–Preguntó por usted –insistió el *Chino*–. Pidió que lo trajéramos.

Tony Camargo era una sombra de sí mismo. Estaba pálido de asustar, ojeroso, exhausto.

–Se andaba ahogando el patrón –el Yuyo lo auxiliaba pues tenía un pie lacerado, cojeaba–, y si no lo salvan unos ojetes pescadores ahorita lo estaríamos velando alhijodelachingada… y respetando, pues.

El piloto se encargó de relatar la imprudente hazaña del patrón. Era cierto, lo habían rescatado unos pescadores cuando retornaban de faenar toda la noche. Al rodear la Roqueta, temprano, lo habían avistado en la playa tendido boca abajo, y enseguida pensaron que se trataba de un ahogado. Un gringo borracho, como el que hallaron semanas atrás bajo el acantilado de La Quebrada. Pero no. Era el *pareja* del campeón Apolonio Castillo, lo reconocieron. ¡Cómo iba a ahogarse? Lo despertaron, pero pidió que lo dejaran ahí pensando. Eso dijo. "Déjenme pensando". Entonces le hicieron ver que estaba desnudo, que lo iba a achicharrar el sol, que debía curarse aquella herida en el tobillo, ¿lo había estampado una ola contra los escollos? Pero no recordaba nada, dijeron. Le ofrecieron una camiseta, un trapo para que se cubriera las vergüenzas, lo último de un termo de café. Le pidieron que abordara el cayuco y retornara con ellos. Le suplicaron. Dicen que comenzó a llorar. Que suplicó que lo llevaran al lado de la señora Alejandra, "la maestra de música". Que en un momento gritó "¡maldito Aurelio, qué razón tuviste!", ¿pero quién era ese señor? Quién sabe. Entonces les pidió que lo llevaran al muelle Sirocco, donde hacen las prácticas de buceo.

–Y lo trajeron hace rato –el patrón Maganda fijó sus ojos en el gris de los de la rusa–. ¿Se lo podemos dejar? Hay mucho pendiente en el barco.

–Sí, claro, déjenmelo –y entonces Antonio como que despertó. Se alzó en el sofá donde lo habían depositado:

–Sasha, mi amor –murmuró–. Nunca me perdonarás…

Alexandra les devolvió un gesto amable. Que se lo dejaran, que no habría problema. Muchas gracias por todo.

–Nos vemos mañana a las diez –dijo al despedirlos en la puerta–. ¿Ya entregaron los nuevos folletos?

–Sí, señora –respondió el chino Maganda–. Salió usted muy guapa retratada junto al piano y el letrerito: "Disfrute con Sasha, la rusa de Tamarindo, una velada musical bajo las estrellas". ¿Así quién no se enamora de sus ojos?

Condujo a Tony a su lecho. Le prestó uno de sus camisones porque aquellos trapos, además de sucios, no eran de su talla.

–¿Me perdonarás algún día, amor? –musitó Antonio al arrebujarse entre las sábanas–. Quiero dormir… No despertar.

–¿Por qué, Antonio? ¿Por qué?

–Soy un nadador… –alcanzó a responder, cuando otra vez llamaban a la puerta.

"Habrán encontrado sus zapatos", se dijo Sasha al retornar a la escalera. De nueva cuenta el perro la acompañó, como averiguando.

–Perdón, pero con el aguacero de anoche se inundó el patio y no podía salir –era Natalia, su favorita–. ¿Sí puedo tener mi clase?

La niña acariciaba al *terranova*, le sacudía las orejas.

–Sí, claro. Entra –y en lo que se encaminaban–. Vas a practicar con el Hanon. Página 22, Federico Chopin, concierto número dos.

–¿El *Larghetto*, maestra? –ya se quejaba la pequeña–. Pero si traigo las manos frías…

Sasha llegó junto al piano. Señaló marcialmente el cuaderno en la repisa del instrumento: Charles Hanon, *The virtuoso pianist*.

–Solitas se te van a ir calentando –exhortó con el índice–. Voy a mi recámara. Desde allá estaré escuchando. Ándale, comienza.

La niña abrió el cuaderno, reconoció la partitura, comenzó a leer los signos en el pentagrama y tarareó… "Tun, tu rí ru, tu ru rí"…

–Imagínate que es la música de unos gatos voladores –le sugirió–. Ellos paseándose bajo la luna mientras tú vas tocando.

Regresó a su alcoba y descubrió que Tony dormía como bendito. Algo dentro de su tórax naufragó. Cerró la cortina, encendió el abanico del techo, fue a sentarse junto a él. Escuchó la interpretación que emprendía la precoz Natalia, un tanto lenta pero aceptable para sus nueve años. Rozó la cabellera revuelta de Antonio, temiendo despertarlo. El nadador se quejó entre sueños. Alexandra dejó la cama y fue al armario donde guardaba el frasquito de merthiolate. Asomó por la puerta entornada y ofreció una mueca severa a la pequeña Natalia, que interrumpió su ejecución:

–La mano derecha, niña; más suelta. Como un gato que salta en el cielo –le dijo a media voz.

–Sí maestra. Es que soy zurda; acuérdese…

–Por eso mismo. Suéltala, suéltala. Otra vez, desde el principio. Y luego repites…

Entornó la puerta y regresó a la cama. Allá, en la estancia, volvía aquel compás inicial, todo temor, porque Chopin es cautivador.

–Esto te va a doler, mi cielo –le dijo al levantar la sábana y tirar del camisón–. Hay que evitar que se te infecte.

Acto seguido aplicó en el tobillo aquella torunda impregnada.

–Ay, mamita –se quejó Tony, despertando, porque aquello escocía. Abrió los ojos, miró a Sasha, volvió a adormilarse.

Estiró una mano y la depositó entre los pechos de su profesora. Sonrió, descansó, le dedicó un puchero involuntario…

–Mami –le dijo desde el umbral de la conciencia–; me duele…

Era el punto donde el concierto de Chopin parecía dialogar, la mano izquierda inquiriendo, la derecha respondiendo con seriedad. Sasha comenzó a llorar en silencio. Una lágrima escurrió hasta el brazo de Antonio, que tiritó. La profesora retiró aquella mano del seno y la depositó junto a la otra. Le acarició el pelo, el hombro descubierto.

–Pavel –le dijo–, mi amor.

Su hijo tendría ahora trece años pero se había ahogado en la corriente del Don. Este otro hijo suyo que adoraba sus tetas, sus besos, su risa cuando retozaban desnudos en las playas secretas del puerto, se acababa de salvar. Se lo habían entregado hecho una piltrafa, pero palpitando.

–Pavel, mi amor –volvió a musitar mientras lo acariciaba de nuevo, y allá afuera el *Larghetto* de Federico Chopin, *concierto número dos en F menor*, una segunda y una tercera vez.

Su muchacho reposaba con serenidad. A ratos se sacudía, respiraba con agobio resistiendo el asomo de una pesadilla, pero ahí estaban las caricias de Katya Alexandra cuidándole el sueño.

–Duerme –le decía–. Duerme que aquí siempre estaré.

Unos pasos cortos y la puerta abriéndose con timidez. Natalia Massieu que asomaba para avisar:

–Ya me tengo que ir... ¿Estuve bien? –entonces la niña descubrió aquella pareja en silencio, aquellas manos buscando. La alumna puso ojos de no entender, y detrás de ella apareció *Beria*.

–La derecha, Natalia. Más suelta la mano derecha –fue todo lo que se le ocurrió decir.

–Los veinte pesos –dijo la niña sin mirarlos–, están en la mesa.

–Sí, muy bien –Sasha se abotonó la blusa con parsimonia, peinó aquel fleco arrebatado en la escaramuza–. Te acompaño.

Bajó de la cama, empujó a Antonio, pasó a la estancia donde el piano reposaba como una bestia a su disposición. Aquello fue como un destello. A través del balcón descubrió una hermosa goleta de dos palos que acababa de fondear en la dársena de Tamarindo, frente a su casa. Parecía una estampa de fantasía, con sus marineritos concluyendo la maniobra en los mástiles.

Entonces reparó en aquello sobre la mesa del comedor.

–¿Tú hiciste eso? –preguntó a la pequeña, que ya recogía el morral con sus útiles del colegio.

–Para no aburrirme, maestra. Cuando terminé. ¿Le gusta?

Un suspiro y, otra vez, un estremecimiento debajo del esternón. Aquel dibujo mostraba cinco gatos azules volando alrededor de la luna. Y afuera, altanera, la goleta soltando su ancla en mitad de la bahía.

Karla

Ahí estaban las partituras. Eran más de 200, toda una fiesta para la inspiración musical. De seguro habían pertenecido a un melómano, uno de tantísimos *retirados* gozando de la cálida quietud del puerto. Antonio alzó el primer mazo:

—Mira... Jean Sibelius, Maurice Ravel, Antonio Vivaldi, Franz Schubert —los cuadernos olían a encierro—. De seguro que ninguno de ellos oyó hablar, ni por asomo, de Acapulco.

—Yo tampoco. Hasta que venimos el año pasado en la *liste réduite* que Alexander Pashaev designó *para aquí*.

Tony hojeó uno de los folletos pautados, salpicando el aire de polvo:

—Y pensar que fueron la dicha de un viejo lleno de añoranzas.

—No creo, fíjate —Alexandra señalaba una frase que se repetía en varias portadas—. *Violoncello e viola da gamba*.

—Y eso qué.

—Las muchachas del conservatorio, en Leningrado, peleaban por tocar ese instrumento. De seguro fue una mujer —Sasha se meneó grotescamente simulando que ejecutaba con uno entre los muslos—. Una mujer que vino a rendir sus huesos a este paraíso. El mío *chello*, un magnífico *Guarneri del Gesu*, era un obsequio de Lavrenti cuando comenzábamos...

Estaban en la Revistería Internacional que lo mismo ofrecía ejemplares de *Impacto* y *Cine Mundo* que libros de segunda mano de Ellery Queen y Zane Gray. Había también pilas con carteles de cine y cuadernos enmohecidos a mitad de precio. Tony había prometido a Sasha que se llevara las partituras de su gusto y ella las revisaba totalmente absorta:

–No hay problema –lo disculpó–. Es muy fácil hacer la adaptación al piano. Dímelo a mí, que durante años fui la encargada de preparar los atriles de la compañía.

Estaban en eso cuando los abordó Homero Cipriano.

–Por tratarse de ti, llévatelas a mitad de precio –el propietario del negocio lanzó una mirada de extrañeza a esa mujer de ojos grises y calcetas.

–Ah sí, mira Cipriano –Tony dispensó la cortesía–. Te presento a Sasha Markovitch, la famosa pianista del yate.

–Mucho gusto –dijo el profesor en retiro, sacándose la mano de la guayabera–. Perdone, ¿pero usted…?

–Encantada. Mucho gusto.

–Es la "Rusa de Tamarindo" –Tony revisaba la novela de Luis Spota, *Las grandes aguas*–. ¿Hace cuánto que no te subes al *crucero*?

–No. Nunca. Jamás he tocado las aguas de la bahía. No se te olvide que soy de Chilapa, en La Montaña, donde el océano es una quimera.

Sasha volvía a revisar las partituras. Había dos de George Gershwin, pero una de Tchaikovsky le llamó la atención: era el concierto *Dumka*, para "piano rústico", de 1886. Abrazó el cuaderno como si fuera el reencuentro con su adolescencia entre la nieve.

–¡Antonio, Antonio… mira! –y le propinó un beso agradecido.

–Sí, claro. Yo te dije…

Pero el profesor Cipriano no le quitaba los ojos de encima. De pronto dijo algo que dejó a todos helados. Unas palabras en otro idioma.

Sasha le sonrió, afirmó cabeceando, pero no pudo evitar el rictus de seriedad.

–¿Dónde aprendió usted el ruso? –indagó con el cuadernillo enrollándose entre sus manos.

Cipriano volvió a responder en idioma eslavo, luciendo una sonrisa de satisfacción, y luego repetió para Tony:

–En el Instituto de Amistad y Relaciones México-URSS, durante los cuatro años que cursé la Escuela Normal.

Luego intercambiaron unas frases en ruso, y Tony presenció divertido aquella charla incomprensible. Finalmente Sasha retornó al castellano:

–¿Verdad que estas partituras pertenecieron a una mujer?

–¿Cómo lo sabe usted? –el profesor se rascó una patilla invadida por las canas.

–Por el cuidado con el que están conservadas –mintió.

–Sí, es verdad, me las vino a regalar una colega.

En eso la cajera llegó a consultarle una duda, varios libros que estaban marcados con doble precio. Cipriano se disculpó al acompañarla.

–Es curioso –dijo Sasha–. Pensé que de no practicarlo, un día iba a olvidar el idioma.

–Lo malo es que en el cine Río no pasan películas rusas... "Los caballeros las prefieren rojas".

–Muy gracioso –Sasha le dio una leve bofetada–. "Los caballeros las prefieren cojas", mi cielo, ¿o no?

Qué responderle.

Con el mazo de partituras bajo el brazo, Alexandra se perdió entre los anaqueles de la librería. Iba tarareando aquella melodía de Tchaikovsky, le echaba un ojo al papel pautado, agitaba los dedos como ante un piano fantasmal. Tony descubrió entonces una revista pornográfica: "Paños Menores para Personas Mayores". Era una deliciosa edición argentina, fotografías a color de Brigitte Bardot, Shirley McLaine, Gina Lollobrigida jugueteando en la alcoba con lencería vaporosa y corbatas prestadas. Tony buscó a Sasha con arrebato de *voiyer*... que viese y aprendiese. Allá estaba, al fondo, pero pálida, pasmada. Corrió hasta ella:

–¿Te pasa algo, corazón? –musitó temiendo lo peor.

Alexandra alzó la mano con gesto horrorizado. Era la primera vez que visitaba ese local y acababa de descubrir el anaquel donde se concentraban los volúmenes de la Editorial Progreso: *¿Qué hacer?*, de V. I. Lenin; *Tesis sobre Feuerbach*, de C. Marx; *Del socialismo utópico a socialismo científico*, de F. Engels; *La Guerra Patria / Discursos*, de J. Stalin...

—¿A dónde me has traído? –pronunció con acento sepulcral mirando el cartel donde Mao-Tse abrazaba al camarada Stalin.

—Cipriano y sus ondas –Tony la auxilió con el fardo–. ¿Te sientes bien?

—Vámonos, Antonio. Vámonos de aquí –dijo con tono angustiado.

Más tarde, al regresar a casa, Tony se topó con dos novedades. Una, que el gringo Smith había ido a visitarlo y le había dejado una nota y un sobre. La nota rezaba: "La expedición será el domingo, temprano, con tu equipo de *aqua-lung*. Poca gente, por favor". El sobre contenía doscientos dólares. La otra novedad era que Camila había vuelto a las suyas.

—Me distraje un momento, joven, y ya había metido el hocico.

Doña Zoraida se sacudía la falda de migas.

—Cuando me di cuenta ya se la había llevado a su cuchitril, donde acabó de terminársela.

—De qué me está hablando, señora, por favor.

—De la botella. De la burra, joven: metió la cabeza por la ventana y se embuchó el aguardiente que tenía sobre la mesita. Sacó la botella sin hacer ruido y se la llevó al patio. Y así, empinando el cuello, se la acabó la muy díscola. Mírela ahí dormidota a la cabrona. ¿Dónde aprenderá esas mañas?

Tony aguantó la risa. Alzó la botella y escuchó hipar a la burra.

—¿Y ahora, joven Toño, quién me va a pagar el cañazo?

⚓

Tony despertó antes del amanecer. Era domingo y John Smith había telefoneado en la víspera a fin de puntualizar los pormenores. Por fin el instituto Smithsoniano había girado el dinero, dijo, y por fin podrían iniciar la exploración. Con un día sería suficiente, pensaba; tal vez dos. "¿Se podía pernoctar a bordo del yate?".

Guardaba todo en el maletero del Packard, cuando una duda lo asaltó. Le había advertido a Apolonio que haría un "trabajito especial", nada del otro mundo, que por eso se llevaba tres tanques cargados a tope. "Un gringo que quiere explorar los arrecifes en Revolcadero; ya sabes, uno de esos necios de la naturaleza obsesionados con la foto submarina". Y estaba en eso cuando lo distrajo el ruido de un taxi frenando. Miró su reloj, faltaba media hora para la cita en el embarcadero. Del automóvil descendía un hombre calvo y cetrino que Tony hubiera querido no reconocer:

–¡Papá! –gritó, luego de soltarlo todo–. ¿Qué haces aquí?
–Cómo qué. Venir a visitarte.

El coronel Marco Antonio Camargo había perdido peso. Ya no era aquel recio constructor ayudando a los peones a cargar sacos de 40 kilos. Traía una maleta pequeña, su sombrero de fieltro y el *blazer* al hombro.

–Se me había olvidado el calor que hace por acá –el padre de Tony alzaba la chaqueta con gesto de fastidio.

Tony avanzó, recibió a su padre con un abrazo cauteloso. Lo reconoció por el olfato. Un padre siempre huele a lo mismo.

–Qué sorpresa –le dijo, y trató de recordar la última vez que se miraron. No lo pudo precisar.

–¿Vas de salida?
–Al yate. Una chamba que cayó. Dizque buscando un tesoro histórico.

El coronel Camargo le dispensó una mirada de extrañeza.

–Unas ánforas chinas –añadió Antonio, como dándose importancia–. Del siglo décimo.

–¿Ánforas chinas? –el viejo retenía la mano de su hijo, se reconocía en aquel semblante tostado, aquella melena curtida, aquellos hombros fornidos.

–Por dinero, papá, soy capaz hasta de trabajar –sonrió–. Las deudas nunca perdonan.

–Dímelo a mí.

Hubo un silencio incómodo a pesar de una cigarra que ya inauguraba la hora en algún rincón del jardín. Se soltaron de las manos.

–Logré subirme al primero, Antonio –el coronel se colgó el *blazer* color tabaco sobre un antebrazo–. Una delicia…

–¿Subirte al primero?

–Al avión, tarugo. Despegamos a las siete de la mañana, y

las chamaconas con su uniforme azulito. ¿Sabías que hay siete vuelos diarios?

—No. No sabía —mintió Tony sujetando un cinto con plomadas.

El padre de Antonio arqueó la espalda, contuvo un bostezo, volteó hacia aquellos avíos al pie del automóvil.

—¿Es tuyo el Packard? Es de lo mejorcito que salió en el cuarenta y nueve.

—Lo estoy pagando. Pero es del cuarenta y siete, papá —lo corrigió—. Y sí levanta los cien por hora… en planito.

—Me imagino —el coronel le ofreció una sonrisa de satisfacción. "Un hombre sin automóvil no es un hombre", quiso decirle. Qué maravilla la mecánica viril.

—Papá… —Antonio le ofreció un gesto de apremio—. A las nueve tenemos zarpa, y ya deben estar juntándose en el muelle. ¿Me esperas aquí? Hay una alberca allá atrás.

—¿Vas por los jarrones chinos… esos?

—Para eso contrataron mi barquito —cerró la cajuela con impaciencia—. Puedes salir a la playa por el jardín; hay una puerta junto a las palmeras.

—¿El barquito es *mi barquito*? —debió consultar el visitante—. ¿Estás hablando del famoso Malibú?

—Sí, claro, tu barco.

El coronel Camargo buscó su pañuelo en el bolsillo. Se enjugó el sudor de la frente, alzó el rostro desafiando al sol.

—Nunca aprendí a nadar. ¿No te acuerdas?

Antonio cabeceó negativamente. "Malas noticias", se dijo.

—¿Y mamá? —adivinó—. ¿Se encuentra bien?

—Sí, claro. Más fuerte que un roble. Te manda saludar —y sin esperar más, lo previno—. Voy a dejar mis cosas adentro, espérame un minuto. Te acompaño al barco.

Tony guardó silencio. Miró aquel sombrero, ¿Stetson o Tardán? Cuando tenía veinte años menos lo hurtaba para matar apaches en la pradera.

—Además tengo todo el tiempo del mundo —resumió el coronel al adentrarse en el búngalo.

El Packard corría junto al cocotal levantando una estela de polvo.

–¿Y cuando van a pavimentar tu barrio? –preguntó el militar en retiro, aunque disfrutaba con el golpe de la brisa.

–Ojalá nunca, papá.

El coronel Camargo se había cambiado. Vestía un conjunto de playa, seguramente adquirido en los almacenes Sear's Roebuck, y conservaba sus zapatos de ciudad con todo y calcetines. Cargaba un maletín de mano, con la figura del ratón Mickey, del que asomaba una botella de whisky.

–Hay algo que quiero decirte, hijo.

–Dime, papá –Tony deceleró. ¿Iban a discutir antes de la travesía?

–No sé si te diste cuenta. Se metió un burro a tu casa. Está tirado en el jardín.

–No es burro, papá. Es burra. Femenina.

–¿Ya la habías visto?

–Se llama Camila. Camila *donkey* jumento –volvió a acelerar.

–¿Y se puede saber qué hace una burra en tu casa?

Antonio apretó el volante. Adivinó la proximidad del semáforo de Hornos y Tambuco, el único del puerto. Debió responder sin mirarlo:

–Camila bebe. Es una bacante desvergonzada.

–¿Y eso?

–No todos nacieron para aplicarse, papá. Hay que entenderlo.

En el muelle Sirocco estaban todos menos Apolonio. John Smith había llevado una caja de vituallas, además de una bolsa de lona y dos maletas:

–Son los catálogos que envió el Smithsonian –explicó–. Todo debe ser clasificado según la iconografía *del libro*, y diez siglos es mucho tiempo.

El de la camisa hawaiana presentó luego a sus dos ayudantes: Karla Hager, una pelirroja malencarada que masticaba apenas el español, y Marc Brown, un fortachón asignado por el Smithsonian como asistente. Todos quedaron sorprendidos al ver a ese calvo apeándose del Packard.

–Es mi padre, Marco Antonio Camargo –lo presentó Antonio, y para satisfacer aquellos semblantes de extrañeza, añadió–. Es el dueño del yate.

–¡Ah, sí! Mi gran jefechingón –el Yuyo lo saludó desde la escalerilla con gesto marcial, y luego siguió arrastrando la barra de hielo hacia cubierta.

En menos de una hora arribaron al punto previsto. John Smith señalaba la posición exacta en su mapa extendido junto a la rueda de mando. Dos días atrás habían colocado un hito sobre playa Revolcadero: varias rocas encaladas que semejaban un menhir. La marca debía ser alineada con un grupo de palmeras, al frente del cocotal, cuyos troncos habían sido pintados de rojo. El asistente empleaba sus catalejos para supervisar la maniobra, y junto a él Smith daba órdenes lanzando vistazos a su carta de navegación.

–Parece juego de piratas –comentó el coronel Camargo, apoltronado en la toldilla. Procedía a prepararse un JB con soda cuando, a una orden de Smith, el Yuyo arrojó el ancla más allá de la rompiente.

–*Oh, oh, oh... and a bottle of rum* –canturreó la pelirroja, que debía frisar los cincuenta–. ¿Podrías preparar también mi jaibol? No puedo *andarme* bien –se disculpaba con *mister* Camargo–. Sufro *con el mareos*.

–Sí, claro –el padre de Tony se alegró al sentirse útil–. ¿Tres hielos?

–Casi *cuatros* –solicitó Karla Hager–. Necesito *frío en* cabeza.

La mujer llevaba pantalones marineros y una blusa anudada al frente. Su maxilar luchaba con un chicle que de cuando en cuando hacía reventar, ¡chas!... Se había sentado en la butaca gemela, bajo el pabellón de popa.

–Qué calor imposible –se quejó al aceptar el vaso–. Sólo un loco puede *vivirlo* en este *climas*.

–Sí, solamente un loco –aceptó el coronel mientras miraba a su hijo ciñéndose el arnés de buceo. Le pareció un hoplita a punto de la batalla.

–Tuve dos hijos –le dijo a la pelirroja, que bebía con verdadera sed–. Éste, que es todo un caso... y otro un año mayor. Era medio especial.

–¿Era? ¿Por qué era especial? *Kind of gangster?*

El militar en retiro jugó con su sombrero entre las rodillas. Volvió a mirar a Tony probando la válvula del regulador.

–No. Era muy… muy especialito. Se vestía con las ropas de su madre, a escondidas. Tocaba el piano todo el día y una mañana decidió joder a la familia: se metió una bala en la cabeza.

Karla se paralizó con el vaso entre los labios. ¿Por qué le contaba esa tragedia? Qué facilidad de los mexicanos para contagiar muerte y desgracia.

–¿Y usted, tiene hijos?

La pelirroja aguantó la pregunta. Alzó la mano porque allá abajo el muchacho se aprestaba para la inmersión y ofrecía un gesto de despedida.

–Ya va su otro hijo al fondo del *oceánico* –y luego de soltar el vaso respondió–: No, hijos no tengo; pero no soy estéril. ¡Chas!

"Lo principal son las ánforas", le había dicho el gringo Smith a punto de la inmersión. "Lo demás tiene menor importancia". Tony observó que el agua no estaba tan revuelta como hubiera imaginado. Se guió con la cadena del ancla y revisó la brújula en su muñeca para establecer las coordenadas de la exploración. El lecho marino reposaba a veinte metros y estaba sembrado de sargazos. Si cumplía en un día, aquello iba a ser el gran negocio; si en dos, habría ganancias de cualquier manera; pero a partir del tercero, aquello iba a convertirse en una pésima operación…

A bordo del yate, Smith disfrutaba de una Coca-Cola y canturreaba con jovialidad… "Baila, baila el muñeco". Constantemente volteaba al horizonte, comprobando que lo único visible era un barco pesquero navegando en solitario. Luego lanzó una mirada de complicidad a su asistente:

–Diez minutos –le dijo en inglés a Brown–. Creo que tiene oxígeno para una hora –y luego de cubrirse con una cachucha desteñida, comentó–. Ha sido el escorpión más caro de la historia.

–Quién iba a decirlo, ¿verdad?

Smith observó que arriba, en la toldilla, Karla conversaba con el padre de Antonio. "Ojalá no beba más". Le ofreció un saludo que ella no advirtió.

–¿Es su vieja la pintarrajeada? –preguntó el Yuyo mientras exprimía la jerga ahí junto–. Digo, usted dirá, ¿amiquéchingados me importa?

John Smith sonrió, negó con bruscos giros de la cabeza.

—Ni el diablo lo quiera, amigo. Ni el diablo lo quiera.

—Entonces, ¿quién se la anda?... —el Yuyo le ofreció un gesto obsceno.

—Yo no —se defendió Smith sacudiendo su camisa floreada.

—Yo tampoco —confesó el fortachón Brown—. He oído que la locura se transmite por vía sexual.

—Ah, cabrón. ¿O sea que el vejete va que vuela de volverse unpincheorate? —el marinero señalaba al coronel Camargo, en bermudas y con calcetines negros.

Nadie le respondió. El Yuyo desvió la mirada hacia la pelirroja.

—Pues de que está sabrosalacabrona —adujo—, está. Pero a mí cuándo me echará el lazo una panochitadeésas; digo, mientras no salga de jodido.

—*I don`t know, boy* —Smith le dio la espalda con fastidio—. Cuando seas viejo.

Ahí abajo los sargazos formaban una pradera que se mecía al paso de la corriente. No había nada. Tony sospechó que de no hallar el naufragio el gringo le solicitaría la devolución de aquellos 200 dólares. Y encima su padre, tan intempestivo, ¿qué se traería entre manos? Era la segunda vez que lo visitaba en tres años y lo suyo nunca fue, precisamente, la cortesía. Seguramente iba a informarle que por fin habían decidido el divorcio. ¿O le querría notificar la presencia de una enfermedad de ésas, "largas e incurables"? De su padre era esperable cualquier traspié. ¿No había llegado una mañana, años atrás, a llevarse el auto de su mujer luego de haber pasado una noche infausta ante el fieltro verde? En el trance había perdido hasta la camisa y era la hora de cumplir la deuda de juego. "Un militar sin honor es menos que un gargajo". Entonces Tony se detuvo y contra las normas del buceo autónomo aguantó la respiración. Entre la arena del fondo asomaba un tiesto, así que recogió aquel trozo de porcelana. El tepalcate conservaba unos caracteres ilegibles, visiblemente asiáticos. Luego el naufragio era cierto.

Miró su brújula, su reloj, su profundímetro. Estaba a 21 metros, no habían pasado más de quince minutos y ya había localizado aquel primer indicio. La suerte lo acompañaba. Ascendió por encima del manto de algas y no tardó en localizar el pecio. Se trataba de una embarcación de madera fondeada entre los sargazos. La quilla estaba rota y del codaste no quedaba nada. Estaban el motor, los herrajes del mando, un cabrestante completo y el ancla con su cadena. Todo se presentaba corroído y comenzaba a ser invadido por el coral. En el casco aún era legible el nombre de la nave, "Tagay-Tay", y un grupo de enormes pargos medraban a su cobijo. Entonces Tony localizó a la Virgen María. Su torso asomaba entre la arena, junto a dos baúles volcados, y lo miraba con sus ojos de paciencia infinita. Antonio se quitó una aleta y comenzó a abanicar hasta remover la arena que la cubría. La imagen era de cerámica. Podría ser la Virgen de la Asunción, o tal vez Nuestra Señora de la Merced. ¿Hacía cuánto que no les rezaba?

Antonio Camargo sufrió una conmoción. ¿Y si ahí terminaba todo y la Santísima Virgen era una aparición real anunciando que por fin podría ingresar al Cielo de los Justos? De cualquier manera le hubiera gustado dar un último beso terrenal a Sasha. Decirle adiós a *Camila*.

Emprendió el retorno haciendo una sola parada de compensación. Aguantó unos minutos en aquella ingravidez imaginando cuántos museos, cuántas catedrales no pelearían por esa hermosa efigie de porcelana. Completó el ascenso con lentitud y una cierta euforia. ¿Ascendía a la superficie del Pacífico o a la Gloria Celestial?

El *Cindy* estaba a medio centenar de metros y no tardaron en localizarlo. Tony les hacía señas precisas indicando que había dado con el sitio. Que no podía moverse del punto, así que infló su chaleco salvavidas en espera de que le dieran alcance.

–Se me apareció la Virgen, allá abajo –les dijo, entre broma y veras, cuando llegaron a su lado.

–Cómo la Virgen –inquirió el coronel Camargo desde la toldilla.

–La Virgen cuál –reclamaba el piloto Maganda al arrojar el ancla.

–La Virgen –insistía Tony al apoderarse de la escalerilla–. La Virgen Santísima, cuál otra.

—Estaba en la iglesia de *Maria dal Refuxio*, en Singapur.

Todos voltearon a mirar a John Smith, quien debió precisar:

—Hasta que en 1941 fue demolida por las fuerzas japonesas de ocupación. Esa Virgen fue lo único que se salvó.

Subido a la rampa, Tony se liberó del visor y aflojó el cinto del lastre.

—¿Usted ya la conocía? Es una figura hermosa, impresionante.

—Sí, desde luego. Es lo que indica el catálogo del Smithsoniano. El sampán que la llevaba de retorno a Portugal tuvo la mala suerte de naufragar aquí al ser sorprendido por una tempestad. ¿Vio las ánforas?

—No.

—¿No están? —Smith perdía la compostura.

—Es decir, aquello está muy desperdigado. Además del ancla, la cabina y el motor hay dos baúles cerrados. Supongo que ahí...

—Deben ser cuatro, con las ánforas selladas. Son jarrones chinos del siglo nueve; para el Smithsoniano constituyen un tesoro invaluable.

—Yo sólo vi dos.

—Deben ser cuatro. Cuatro baúles, amigo Antonio. Busque bien, que la justicia divina los ha puesto en nuestras manos.

—Cómo es eso —Tony se sacudía un oído.

—La tempestad aquella, en octubre del 46, hundió ese junco en este litoral y nadie supo nada hasta que apareció el Cristo Negro de Coyuca.

—Que resguarda el padrecito Fausto Hernández...

—Y la Virgen del Refugio, que usted acaba de ver, formaba parte de ese cargamento. También está citada en el catálogo. Así que baje a buscar, amigo, que nuestro colega le va a dar una mano —y señaló a Brown, que había procedido a inflar una balsa guardada dentro del saco de lona.

—Sí, claro. A eso voy.

Se volvió a ceñir el cinto de las plomadas y la mascarilla de cristal templado. Mordió la boquilla del regulador y se soltó de la escalerilla dejándose llevar por la gravedad.

—Con cuidado, hijo —lo previno el coronel Camargo y se sintió un tanto ridículo; él, que no sabía nadar.

Retornó al pecio y volvió a contar los cofres. Eran dos, únicamente dos. No era imposible que durante el naufragio el otro par hubiese sido arrastrado por la corriente. Por lo pronto sacó su cuchillo y procedió a violar las cerraduras carcomidas por la herrumbre. En cada baúl iban doce jarrones, estibados con virutas de bambú, pero después de años de salitre aquello se presentaba como una masa informe. Las ánforas eran muy similares y en la panza de cada una se ofrecía un motivo palaciego: príncipes del Imperio del Crisantemo con arcos, a galope, bebiendo en kimono algo que podría ser té. Sacó el primer jarrón y se sorprendió por su peso. Imaginó que podría tratarse de piezas sólidas de cerámica, además que ciertamente llevaban la boca del cuello sellada con lacre. Iba a ser muy complicado subirlas una a una, y en eso descubrió que desde la balsa de caucho descendía una sonda hasta tocar fondo. La soga llevaba una argolla y un nudo corredizo. Sujetó el primer jarrón, dio un par de tirones, y arriba procedían ya a tirar del cable.

No fue necesario hacer recambio de tanque. Cuando dispuso el último jarrón para ser izado, aún le restaban quince minutos de aire… así que esa noche procederían a despilfarrar los 500 dólares. De seguro que su padre sugeriría que lo llevasen a la Casa de Naila para celebrar. Pero celebrar qué.

Inició el ascenso permitiéndose una escala de descompresión a los diez metros. Cuando llegó a la parrilla de popa comenzaba a faltarle el aire, así que asomó para dar una urgente bocanada atmosférica. Al quitarse la mascarilla se encontró con los tubos gemelos de una escopeta.

—Súbete, amigo —lo previno John Smith—, y no se te ocurra hacer una pendejada.

La escopeta estaba recortada y había viajado dentro de una de las maletas. Karla Hager, en la toldilla, también empuñaba un revólver y apuntaba al padre de Antonio.

—Yo fui el culpable de todo, patrón —se quejaba el Yuyo en el rincón de la cubierta, donde la tripulación permanecía reducida por las armas—. Quiénchingados iba a saber que traían un tesoro allí metido– señalaba el ánfora quebrada a sus pies y aquel centenar de monedas de oro regadas.

–¿Ha oído hablar usted del tesoro de Yamashita? –preguntaba Smith rascándose bajo la camisa aquella cicatriz repugnante.

–¿El tesoro de quién?

–Del general Tomoyuki Yamashita, ahorcado el 23 de febrero de 1946.

–Perdóneme, pero no sé de qué me está hablando –Tony procedía a quitarse el equipo, que ya le calaba. El Yuyo lo auxilió en silencio, encañonado igualmente por aquel arma.

–Fue lo que decidió el consejo de guerra presidido por el general Mac Arthur. La ejecución ocurrió en el patio del presidio Corregidor, la isla de la muerte frente a Manila. Era una mañana soleada, como la de hoy. Tres horas después me tocó descolgar el cadáver… y llevarme la sorpresa del *netzuke*.

Luego de quitarse las aletas, Antonio lanzó una mirada de compasión a su padre en la toldilla. ¡Quién le mandaba visitarlo de improviso! A punta de pistola los obligaron a concentrarse dentro del camarote… donde Tony había pasado el año más emancipado de su vida. Luego de arrebatar los prismáticos que el *chino* llevaba al cuello, los amotinados se encargaron de atrancar la puerta con una barra metálica. El padre de Tony, sin embargo, había logrado conservar su J&B asomando de la maletita de *Mickey mouse*.

–¿Cuánto dura el combustible? –preguntaron al empujar ahí dentro al piloto Maganda.

–Depende –les respondió a través del ventanillo–. El tanque lleno dará doce horas a toda máquina, quince a media marcha.

–¡De sobra, Marc! –gritó Smith al fortachón que ya maniobraba en la cabina superior–. ¡Dale con todo!

John Smith desapareció de su vista. El ventanillo tenía una reja a todo lo ancho, lo que convertía al recinto en una verdadera prisión… aunque afortunadamente iba abierto y la brisa refrescaba. De pronto sintieron una brusca maniobra; el yate que tornaba a mar abierto.

–Perdóname papá –pidió Tony al coronel, quien no soltaba la maletita del ratón Mickey–. Esto no estaba programado.

—Ni te apures —le sonrió desde el otro extremo del catre—. Las he visto peores en la vida, hijo. Mucho peores.

—Si los cabrones nos dejan aquí encerrados —el Yuyo se acomodaba en el retrete—, o nos volvemos locos o nos volvemos putos, ¿*verdá*?

Todos se miraron entre sí. Entonces el piloto Maganda se quitó la cachucha donde con letras de plata iba escrito el nombre del yate.

—Ésa no es la disyuntiva —dijo al juguetear con la visera—. La verdadera cosa es salir de esto con vida. Que no nos maten, que no nos dejen morir de hambre; lo demás viene sobrando.

—Estoy de acuerdo —asintió el coronel, y sacando unos Kent del maletín comenzó a ofrecer—. Ya se me hacía raro.

—¿Qué se te hacía raro, papá?

—Que no insistieran en lo de los cuatro cofres. Fue la faramalla para obligarte a sacar rápido el tesoro.

—Y pinche tesoro, ¿*verdá*? —el Yuyo le aceptó un cigarro—. Deben ser como mil millones hijosdelaverga.

—Mil no, pero diez sí —reconoció el *chino* Maganda y lanzó la bocanada a través del ventanillo. Un humo azul disolviéndose en el azul del cielo.

Así pasaron las horas, acomodándose en el estrecho catre, quejándose del calor y dando traguitos al agua metalizada del pequeño lavabo.

—¿Y qué va a pasar en el puerto si no volvemos esta noche? —inquirió de pronto el coronel Camargo.

—A mí no me esperan —respondió el *chino* Maganda—. Como vivo solo soy como un perro más, o uno menos. A no ser que deje de pagar la renta.

—Conmigo están acostumbrados —dijo Tony—. Llego o no llego. Y si no duermo aquí duermo allá. A lo mejor dentro de tres o cuatro días comenzarán a preguntar.

—¿La chichona de los ojos de humo? —el Yuyo alzó la cabeza del toallero—. Tan bonito que tocalacabrona…

—Apolonio preguntará al no presentarme a las clases de buceo —divagaba Tony—. Aunque ya está acostumbrado a mi desobligación.

—Yo igual. ¿Quién vergas vigila por mí? Van a imaginar que me regresé a Xaltianguis.

—Y yo, que no avisé —el coronel Camargo buscó un cigarro, pero como sólo quedaba uno lo dejó—. Desde hace dos semanas estoy viviendo en la oficina. ¿No te conté, Antonio? Me estoy separando de tu madre.

—No, no sabía.

—Pues eso.

Entonces escucharon voces arriba y se percataron del giro que daba la embarcación. Hacia el norte. El *chino* miró su reloj y sonrió en silencio.

—Van buscando llegar sesgados —comentó—. A Zihuatanejo; pero no creo que lleguen.

—Faltan como siete horas, lo menos —Tony trataba de averiguar el origen de esa sonrisa.

—Por eso. No llegarán. Yo sé.

—¿Qué es lo que usted sabe? —el coronel Camargo lo miró con severidad—. Usted dijo que tenían combustible para doce horas.

—Con el tanque lleno, sí. Pero vamos a menos de un tercio.

—No es cierto —Tony se cruzó de brazos—. Yo revisé el tablero antes de la zarpa. Ví la aguja del medidor, marcaba lleno.

—El medidor, sí —el piloto le ofreció ojos de sabueso apaleado—. Está alterado. Nunca se llena.

—Ah, qué cabroncito...

—Y supongo que, por lo mismo, deben tener un bidón de emergencia —el coronel juntó las manos bajo el mentón.

—Sí, en la bodega. Casi nunca se utiliza. No es necesario.

—O sea que cuando yo pago un tanque lleno, tú...

—Eso está muy bien —el padre de Tony se alzó del catre y fue hasta el ventanillo, sacó el brazo como refrescándose y preguntó—: Ese tubo, ¿es el conducto para llenar el depósito?

El piloto Maganda se alzó, volteó hacia la escalerilla en cubierta.

—El que está pintado de rojo, con su tapón de rosca; ése.

El coronel Camargo observó la perspectiva. Ladeó la cabeza, volvió a sacar la mano, aunque la brisa amainaba.

—Muy bien. Eso está de nuestra parte... Y usted, señor Maganda, ni de broma se le ocurra decir que se acabó el combustible. Que sean ellos quienes descubran el desperfecto y que de ellos sea la bronca, al fin que será hasta el final, luego que completen su trasiego, cuando tratarán de darnos cran.

Con ese panorama no quedaba mucho por hacer.

—¿Puedo tomarme *unpinchetrago*? —el Yuyo señalaba la botella de J&B asomando en el maletín.

—¿Usted cree que sea prudente?

Tony reconoció al padre que tuvo en la infancia. *Se hace esto porque se hace. Porque lo digo yo. Porque sí...* —¿Y entonces?

—Entonces hay que impedir que lleguen a Zihuatanejo. Y tratar de comer algo, que ya me rugen las tripas.

A poco de eso apareció Karla. Iba sin el arma y con cara de furcia redimida. Se había quitado el pantalón y paseaba con una trusa de bikini.

—Ojalá no hubiera *caído* ese jarrón —les dijo ahí afuera—. Todo hubiera sido *más fáciles*. Ahora estaríamos celebrando y cada quien *para sus casas*.

—No nos vayan a matar, güerita —el Yuyo saltó al ventanillo como un reo de telenovela—. Nosotros qué *chingadoshicimos* o qué.

La pelirroja guardó silencio. Trató de aguantarle la mirada.

—No se trata de *esos*. Lo que buscamos es... No encontramos los planos *de playas*. ¿Tienen mapas de Zihua, Punta Ixtapa?

—Sí —se adelantó Antonio—. Hay dos mapas batimétricos a un lado del compás. Están enrollados con ligas. Hay que alzar la tapa de la consola, donde va el micrófono.

—¿Abajo del *micrófonos*?

—Ahí mismo. Está fácil.

Y cuando la gringa ya se iba, insistió:

—Oiga, señorita Hager. ¿No podría traernos algo de comer? Desde la mañana que no probamos alimento —exageró.

Ella se fue sin decir más.

—Ya nos llevó la chingada —comentó el Yuyo, acurrucado bajo el lavabo—. La verdad como el sol.

—No lo creo —dijo el coronel, animándose por fin con el último Kent.

La tarde comenzaba a refrescar. El yate navegaba a media marcha y sin avistar la costa. Una sola vez habían tenido contacto con la civilización: fue a las cuatro, cuando un *Constellation* remontaba el cielo, posiblemente en la ruta Panamá-Los Ángeles. Después nada: el rumor del oleaje, una gaviota que circunvoló el yate, el ronroneo de la máquina bajo cubierta.

Arriba, en la cabina, los amotinados dialogaban en inglés. De pronto saltaba una risotada, un grito jubiloso, *Oh, bull shit, sailor!*, y el zumbido del aparato de radio buscando sintonía.

—Acá les traigo un *pocos* —todos voltearon al ventanillo, donde Karla les ofrecía un plato con bocadillos y dos Pepsi-colas.

—Deben *calmarla* su hambre —dijo al introducir los sándwiches a través de la rejilla—. *Se alimenten* y descansen. Todo *va salir* de maravillas.

La pelirroja parecía disfrutar aquello. Comer con apetito no es lo mismo que comer con hambre. Era la escena de una prisión en altamar.

—Mañana a esta *horas* todo estará *arreglados* —insistió.

—¿Se acuerda, señorita Hager, lo que le decía en la mañana de hacerle una casita en la playa? —el coronel Camargo se limpiaba la boca con el pañuelo—. Le podría ofrecer muy buen precio. Le entrego diez camiones de ladrillos o los que necesite, digo, si se anima a construir. Conocemos a muy buenos arquitectos. ¿Usted me entiende?

La gringa sonrió, aunque aquello derivó en una mueca.

—¿Dice usted ladrillos, *bricks*?

—Sí. Una casa firme. Con su alberquita, su terraza para tomar el sol, su bar de playa, su asador de carne...

—No. Odio los ladrillos. No lo *mencionas*.

Los demás seguían la conversación en silencio. ¿Qué era lo que ese viejo calvo se estaba proponiendo hacer?

—¿Por qué puede nadie odiar un ladrillo, señorita? Son la base misma de la civilización. En la constructora vendemos cada mes medio millón de ladrillos. Debía ver usted el trabajo en una ladrillera; aquellos hornos de leña... un espectáculo de arcilla, humo, fuego y cuarenta peones que no descansan. Como cuando Babel.

—Mi odio *es que* escondían la muerte —Karla soltó un largo suspiro.

El coronel Camargo le mostró la cajetilla vacía de los Kent. Hizo un gesto de amable aunque inútil caballerosidad. La pelirroja se recargó en la barandilla exterior y descansó una mano. Era evidente que había seguido bebiendo. Comenzó a relatar ante ese público, literalmente, cautivo:

—Yo tenía mi hombre, Mike, *Miguelo*, y sentado en unos de esos ladrillos salió un alacrán... *scorpion*, que lo picó hace un mes. Pensó que no era grave. Se tomó una aspirina, un whisky y se *fue dormir*. Yo no estaba en casa... Cuando llegué lo encontré muy *malo*. Palpitaciones tenía, vomitaba, calentura muy *altas*, asfixia. Llamamos *a el* doctor pero en lo que llegaba de pronto Mike murió. Se aflojó en cama, le falló corazón. No dijo nada. Y todo en *menos una hora*. El doctor ya no entró; para qué. No tenía sentido.

—No me diga...

La pelirroja aguantaba el llanto. Buscó su jaibol, pero no lo llevaba.

—Es cierto —dijo el *chino* Maganda al empuñar la Pepsi—. En Guerrero cada año mueren 2 mil personas por la picadura de un alacrán; la mayoría niños que no llegan a las clínicas. Es una plaga de la Costa Grande...

—Mike era mi socio —John Smith acababa de llegar. Llevaba el revólver al cinto—. Con él las cosas hubieran sido distintas, pero falleció por esa tontería. ¡Un insecto matando a un ser humano! ¿Qué absurdo, verdad?

—Hay muchas cosas absurdas en la vida —Tony llegó a la rejilla.

—¿Tienen algún plan para nosotros? —el coronel Camargo, a su lado, apoyaba las manos en el ventanillo.

Smith tardó en responder. Disfrutaba la sombra de aquella banda.

—Son las cinco de la tarde —dijo—. Mañana a esta hora ustedes estarán libres, supongo, si todo sale bien. Depende de lo que suceda en Zihua.

—Y usted, Smith. ¿Es Smith o es King?

John Smith sonrió, soltó una fraternal nalgada a Karla:

—¿*K*, podrías traerme un *ginger-ale*? –sugirió–. Vi que hay varios en la caja de hielos.

Ella obedeció de mala gana. Smith encaró a los Camargo, padre e hijo:

—King, desde luego. Teniente William Pheoby King, del Tercer Cuerpo de infantes de marina en la base Clark, en Luzón. Soy un desertor, como se podrán imaginar, y por eso ahora me hago llamar Juan Smith. Y tiene razón *K* –señaló a la pelirroja ascendiendo por la escalerilla–, un insecto nos cambió el plan y ahora ustedes aquí… Es el problema de saber demasiado.

—Ese alacrán, teniente, ¿en qué cambió su búsqueda del oro de Yamashita? No entiendo –el coronel Camargo frunció el ceño con extrañeza.

—Me parece que lo quieren saber todo, y dadas las circunstancias no veo por qué no. ¿Tienen tiempo? –bromeó.

—Todo el del mundo –respondió el padre de Tony.

—Mike tenía dos días de haber llegado a Acapulco. Fue una travesía peligrosa, demasiado larga, pero venían bien enfilados. Mike también desertó del *US Navy*, como yo, el año pasado. Y todo porque por fin pudimos descifrar el engaño que Yamashita guardaba en su *netzuke*. Pero regresemos con Mike –el de la camisa hawaiana llevó la mirada hacia la cabina–. Todas las deserciones son reportadas por la policía militar, y el FBI no perdona. Alguien, en Manila, dio el chivatazo. El junco no podría llegar jamás a los Estados Unidos, hay demasiada vigilancia, y se nos hizo fácil añadir una semana de travesía hasta Acapulco. Estábamos esperando al barco en Pichilingue… ¿ustedes conocen la playa, verdad?

—A la vuelta de Guitarrón –Tony permanecía fascinado por el relato.

—Exactamente. Ahí esperábamos *K* y yo, porque en el bote venía Mike con dos marineros filipinos, cuando un muchacho que nos ayudaba llegó a darnos el aviso. "En la carretera hay un coche con tres gringos con pistolas y están bajando a la playa", nos dice. Era el FBI. Se habían enterado de todo. Le mandamos a Mike un mensaje por radio, que terminara con aquello, que lo estaban esperando los federales. Que abortara el desembarco.

Nos fuimos a la casa y esperamos. Nada, ninguna noticia, hasta que vimos en el periódico lo de los chinos muertos al pie de la Quebrada. Se llamaban Kintanar y Sayat. Eran dos muchachos que contratamos en el muelle de Cavite, al sur de Manila, y que venían felices de alcanzar América. Esa tarde Mike llegó a casa hecho una piltrafa. Por fortuna había logrado escuchar nuestro mensaje, y como estaba desesperado luego de navegar once semanas, indicó a Kintanar y Sayat que bajaran a la sentina a revisar el timón. Que algo fallaba. Les aventó una granada y ahí quedó todo. El junco se hundió en lo que lo cuento y Mike, como pudo, nadó hasta la costa. Se golpeó con unas rocas... ya saben como es playa Revolcadero, ¿verdad?

–Más o menos –Tony lo miraba con asombro.

–Dijo que tenía bien ubicado el punto del naufragio, enfrente de unas palmeras. Y así, lastimado por los erizos, llegó a casa aquella tarde. Fue el reencuentro con Karla y... bueno. Eso es otra historia porque yo, luego de tantos meses de abandono... El caso es que lo dejamos descansando, porque estaba molido, fuimos *K* y yo a explorar la zona. ¡Pero Revolcadero son diez millas de playa y palmeras! Ahí, en algún sitio, debía estar el tesoro de Yamashita... que iba a ser imposible rescatar si no dábamos con el punto preciso. Así que esa tarde regresamos con Mike a que nos diera más señas... y fue cuando lo hallamos picado por el alacrán. Moribundo. Se había sentado a fumar en una pila de ladrillos y de ahí salió el bicho –el tipo simuló un piquete en el muslo–. Yo le gritaba: "¿Dónde Mike, dónde quedó? ¡Dinos dónde!", por eso tardábamos en llamar al médico. Y como cuenta *K*, de pronto Mike fue cadáver. Qué remedio. Lo enterramos en el jardín de casa. O sea que absurdo tras absurdo tras absurdo, ¿no creen?

–¿Y cómo dieron con el punto de esta mañana?

–Por el Cristo Negro de Coyuca –le respondió Tony a su padre–. Y las indagaciones que hizo mister King con los pescadores.

–Es verdad. El amigo Toño no se equivoca –el gringo sonrió–. Cuando apareció el Cristo Negro fue la señal de que no andábamos tan perdidos en las pesquisas por Coyuca. Lo que necesitábamos, entonces, eran los servicios de un acuanauta y saber el punto preciso en esa playa de diez millas. Cuando los pescadores rescataron la caja con los *netzukes*, supimos que estábamos sobre el rastro. Lo demás fue convencer a este muchacho –el gringo señaló a Tony– para que por unos dólares nos obsequiara el tesoro que Tomoyuki hurtó en la Indonesia.

–¿Usted lo conoció? –el coronel se enjugó el sudor con su pañuelo.

–¿A Yamashita? Sí, claro. Fue el vencedor del ejército británico en Malasia cuando sir Arthur Percival, comandante en Singapur, se rindió ante el sanguinario "tigre de Malasia" que comandaba 60 mil hombres. Después Yamashita fue enviado a organizar la defensa de las Filipinas, en 1943, ante el avance aliado en el Pacífico. Lo demás es leyenda porque se dice que su famoso "tesoro" sumaba más de cincuenta toneladas de oro y nunca fue encontrado. Está desperdigado por el archipiélago y nosotros dimos, por suerte, con una pizca de aquello. El día de su ejecución... ¿ya se los conté?

–Más o menos. Que halló un objeto entre sus pertenencias...

King miró al coronel Camargo simpatizando con su entereza:

–Cuando fue ejecutado en la fortaleza de Corregidor me tocó descolgar su cuerpo. Yamashita, por cierto, nunca se rindió. Se había formado en la academia militar de Alemania durante el ascenso del *Füerer*. Era un nazi convencido a las órdenes de Hiro Hito, y cuando Mac Arthur encabezó la invasión, como lo había prometido, Yamashita se fue recluyendo hacia el norte de Luzón. Se hizo fuerte en Baghío, en el corazón de la selva, y fue capturado cuando supo de la capitulación después de semanas de hambruna y madrigueras. A su fusil no le quedaba un solo cartucho y apenas si podía sostenerse en pie porque pesaba, como todos su soldados, menos de cincuenta kilos. Lo ahorcamos el 23 de febrero de 1946 y me permitieron conservar el *netzuke* que llevaba al cuello. Esa tarde, revisando la pieza...

El teniente King metió la mano en un bolsillo y extrajo la figura de un pez de marfil. Luego de forcejear zafó sus dos mitades. Era hueca y contenía un papel enrollado. Les permitió tener todo eso a través del ventanillo.

—Ahí dentro venía el dibujo con esas anotaciones en español... que era todavía el idioma oficial en Filipinas: "Eusebio", "la justicia divina". El dibujo, como podrán ver, es de índole religiosa. ¿Es un profeta, un santo? –el teniente William Pheoby repitió el gesto del dibujo a tinta: el apóstol señalando al cielo y como buscando la redención celestial–. Y "Eusebio", ¿qué santo era ése? ¿Dónde estaba su iglesia? Por eso nos vinculamos al Instituto Smithsoniano en Manila. Investigamos, preguntamos, nos organizamos. Mike y yo sabíamos que ésa era una clave trascendental. En el Smithsoniano conocimos a K... Karlita Hager, que llegó a mi cama primero, después a la de Mike, y luego a las de los dos. ¿Nunca han compartido una mujer, a sabiendas?

Tony recordó a Sasha y Lavrenti Beria. Soltó un suspiro.

—Debe ser interesante...

—Y un día íbamos Karla y yo paseando por el cementerio de Manila cuando ella lo descubrió en lo alto de un sepulcro. Era la figura, esculpida en piedra, del mismo santo que hallé en el *netzuke* –extendió la mano y recuperó su amuleto–. Y en la lápida el nombre que nos hizo dar un grito: "Eusebio Hincado. Justicia Divina". Claro, para ese momento ya había pasado el tiempo. Estoy hablando de 1955, el verano hace dos años. Lo demás fue ponernos de acuerdo y en la fiesta de la independencia filipina, que es el 10 de diciembre, saltamos el muro, violamos la tumba y hallamos dentro del ataúd esos 40 kilos de oro que rescataste para garantizarnos el bienestar por el resto de los...

—Pensé que era un tesoro cultural –lo distrajo Tony.

—Con el Smithsoniano logramos dar una cobertura al embarque. Disfrazamos todo, ciertamente, como un "envío cultural": la efigie de Nuestra Señora del Refugio, que usted descubrió en Revolcadero, el Cristo Negro de Batangas, que aquí vino a ser de Coyuca, las varias cajas de *netzuke*s, las ánforas de la dinastía Tang, que en realidad son réplicas para exhibirse en museos... El problema es que en Zihuatanejo tendremos que compartirlo, porque finalmente el FBI dio con nosotros y debimos pactar con ellos. Son cuatro agentes, y Marc es uno de ellos. En su bote, que es un inocente yate de recreo, navegaremos hasta San Diego. Nos están esperando en Isla Grande, frente a Zihuatanejo, porque la justicia divina…

De pronto el silencio. El teniente King se guardó con violencia el amuleto *netzuke*:

—¿Qué pasó? —indagó desencajado, y luego, gritando hacia los de arriba—. *What in a hell happened?*

El motor había parado, eso era todo.

En la cabina el otro gringo ya daba golpes de marcha al motor muerto. Una, dos, tres veces… pero la máquina no respondía. El de la camisa hawaiana dejó la cubierta y trepó soltando maldiciones.

—Y ahora qué —musitó el Yuyo intentando hacerse de un lugar en el ventanillo— ¿Ya nos van a matar esos hijosdelachingada?

—Es probable —respondió el piloto Maganda, empuñando su Pepsi.

—¿Aquello es la costa? —el coronel señalaba hacia el noreste, un filo violáceo asomando apenas sobre el oleaje.

—La sierra de Atoyac —asintió el *Chino*—. Donde el jaguar se estará riendo de nosotros.

En la cabina seguían forcejeando con la marcha. King regañaba a Brown queriéndolo responsabilizar del percance.

—Se están acabando la batería —comentó Antonio—. Ahora sí se va a llevar el demonio al barquito.

—Y yo que venía para venderlo —soltó el coronel Camargo sin mirarlo—. No sabes lo mal que puede ir un negocio si te enemistas con el gobierno.

—¿Vender el *Malibu*? —pero Tony ya no obtuvo respuesta. En ese momento se presentaba el supuesto agente Marc Brown.

—¿Tenemos suficiente combustible? —preguntó en inglés.

—Sí —respondió Tony Camargo—. ¿No vio el marcador?

—Marca medio tanque, pero el motor no responde. ¿Tenía algún problema? ¿La bomba de gasolina? ¿El distribuidor?

—Sería cosa de revisar. No sé.

El fortachón volvió a subir a la cabina. La discusión se reanudaba en lo alto y no lograban ponerse de acuerdo. Cinco minutos después retornó pero empuñando la escopeta recortada. Antes que dijera nada, Tony sugirió:

—En la frecuencia nueve diecisiete pueden llamar a la capitanía de puerto. El guardacostas llegaría en menos de una hora. Tienen buenos mecánicos.

El agente Brown le apuntó el arma por un instante.

—Muy gracioso —le dijo en inglés—. ¿Dónde está el acceso al compartimento de la máquina?

—¡Oye Antonio... —el coronel Camargo regañaba a su hijo con mirada severa— pero no vayas a decirles lo del tanque de gasolina de reserva!

—*What did the fucking grandpa say?*

Antonio palideció. Otra vez la escopeta apuntándole entre los ojos. ¿De qué se trataba aquello?

—Hay un tanque auxiliar de gasolina —le respondió en inglés—, porque a veces la aguja del marcador falla. Se atora. Son doce galones —confesó con la quijada temblándole.

—¿Y dónde demonios está ese depósito? —rugió en inglés.

—Ahí —señaló a un lado de la escalerilla—. En la bodega...

El gringo dejó el arma en el piso y abrió la escotilla. Asomó y no tardó en introducirse, aunque con cierta torpeza.

—¿Qué demonios estás buscando ahí dentro? —le gritó King, que seguía sus movimientos desde la cabina.

El agente Brown no contestó, o no oyó el reclamo. Al poco asomó con una amplia sonrisa, sosteniendo el pesado bidón de gasolina.

—Ya nos salvamos —dijo—. Con esto llegaremos a Zihua.

El otro gringo, acompañado por Karla, no tardó en reunírsele.

—¿Crees que sea cosa del combustible? —indagó.

—Es lo que *nuestros amiguitos* están diciendo —Brown señaló hacia el camarote de los rehenes—. Así que debemos intentarlo.

—¡Ese tubo es la boca del tanque! —señaló el Yuyo con su dedo torcido—. ¡El pinche tubo *red*!

Marc Brown volteó a verlo y levantó la escopeta, luego como que dudó. Se guardó el arma bajo el cinto y comenzó a desenroscar el tapón metálico. King hizo lo mismo con el bidón: le dio un par de golpes con la cacha del revólver hasta destrabar el sello de rosca. Acercaron el depósito al tubo de suministro y se ayudaron a cargar el pesado recipiente. Mientras vertía el combustible Smith volvió a canturrear:

—*Baila, baila muñeco... Hace un mes que no baila el muñeco...*

Era la oportunidad que había estado esperando. El coronel Camargo sacó su pistola del maletín de Mickey Mouse, le quitó el seguro, asomó la mano por la rejilla y soltó dos disparos. El primero dio en mitad del cuello de Marc Brown y el segundo en el vientre de King. El agente del FBI cayó al agua y King rodó hacia la escalerilla de estribor.

Karla Hager no daba crédito a lo que veía. Miró el bidón sobre la cubierta, derramándose, y el revólver bajo la escalerilla.

—Señorita Hager —le dijo el militar apuntándole con su Colt automática—, ¿sería tan amable de levantar ese tanque de gasolina?

La gringa tardó en obedecer. Se acuclilló, alzó el bidón, volteó a mirarlos con ojos de espanto.

—*You killed them!* —graznó con su gruesa voz—. *You killed them!*

Dentro del camarote tampoco salían del estupor. El humo de la pólvora apenas se disipaba cuando el Yuyo se animó a inquirir:

—¿Y cómochingados le hizo?

—No se lo pregunte a un oficial del ejército mexicano —contestó, y alzando el arma, añadió—. Tenemos prohibido viajar sin ella.

Tony reconocía aquella pistola pavonada que ahora lo había salvado. Era la misma que siete años atrás había robado la vida a su hermano Aurelio.

Karla lloraba en silencio, estupefacta. De pronto lanzó una mirada de soslayo hacia la sombra de los escalones.

—Ni se le ocurra, señorita Hager —la previno el coronel—. Una bala en el estómago duele como el demonio. Mejor venga a abrirnos la puerta.

—Se está hundiendo.

Todos voltearon hacia el bulto que el *chino* señalaba en el mar. Era el cuerpo de Brown sumergiéndose con aquel lastre prendido a la cintura.

—¿Y el otro?

—No durará mucho –el coronel Camargo se había adueñado de la situación–. Señorita, ¿no me escuchó? Venga a abrirnos la puerta.

—¿Por qué esperaste hasta ahora, papá? –Tony pareció despertar de una pesadilla–. ¿Por qué no avisaste que venías armado?

El militar dispensó a su hijo un vistazo de conmiseración.

—Esperé porque no podía actuar sin tenerlos juntos a los dos; y si me pongo a explicar que cargaba la reglamentaria, se habrían puesto más nerviosas que monjas en cuartel. Así estuvo bien; eso lo aprendí en la guerra. Hay que actuar en el momento. Ni antes ni después.

—El *momentum* –declaró el piloto acomodándose la cachucha.

—¿Y si hubieras fallado, papá? ¿Se te ocurre pensar qué hubiera pasado si fallas?

—Ahhh, *pos* si mi general falla, ahorita mismo ya seríamos pinchescadáveres –el Yuyo miraba a la gringa avanzando hacia ellos.

—El señor tiene razón –reconoció el padre de Tony–. Y tu pobre madre, encima, tendría dos funerales que atender.

Al otro lado de la puerta, y sollozando, la pelirroja forcejeaba con la barra. El arma del coronel seguía sus movimientos a través del ventanillo.

—*I can't* –se quejaba ella–. *I can't, dammned. I can't!*

—Disculpe, coronel. ¿A qué guerra hacía referencia? –el piloto Maganda lidiaba con la cerradura desde dentro.

—A la Cristiada –respondió por él su hijo–. Mi padre limpió de rancheritos fanáticos todo el sur de Zacatecas.

—¿Los que combatían al grito de "¡Viva Cristo Rey!?" –el piloto dejó de manipular el picaporte.

—Y también con *máuseres*, amigo. Y con machetes de noche y con dinamita al paso de los trenes. Guerrita sí daban los cabrones.

—¿A poco sí se chingó a muchos? –el Yuyo no le quitaba los ojos de encima.

Sin dejar de apuntar a través de la rejilla, el coronel sufrió un suspiro incómodo. Alzó las cejas por toda respuesta.

—Señorita Hager –dijo–, se está usted tardando demasiado.

En eso les llegó un gemido inconfundible. Era el teniente William Pheoby King quejándose allá abajo. Había logrado sujetarse de la escalerilla.

–Qué duro pega su pistola –presumió el Yuyo–. Los dos volaron como pinchesmarionetas.

–Para eso se inventó el calibre 45 –murmuró el militar en retiro–. En la Primera Guerra se dieron cuenta que necesitaban algo para detener las cargas a bayoneta calada, aunque los atacantes llevaran varios disparos en el cuerpo. Un proyectil de este calibre te avienta a cuatro metros de la trinchera y eso, con una bayoneta de por medio, puede significar que sigas respirando. En lo personal yo prefiero el calibre 32. Es más fino…

Por fin la gringa Hager lograba destrabar la puerta. El Yuyo fue el primero en saltar afuera:

–Ahora sí, mamasota –la amenazó con el índice–, vas a ver lo que son cuatrovergasatacando –y se fue a recoger el revólver.

–Antes que otra cosa hay que avisar a la capitanía –comentó Antonio al asomar del camarote; acto seguido la pelirroja ganó la escalerilla y trepó a toda carrera.

El Yuyo le hizo tres disparos, pero la gringa logró encerrarse en la cabina de mando.

–No irá a comerse el tesoro –comentó el *chino* Maganda al ganar la barandilla de babor. Desde ahí pudo contemplar al teniente William King tendido en los peldaños de aluminio.

–Una hora, a lo más –sentenció el coronel Camargo al observar aquella escena. La sangre le empapaba la camisa y escurría por la escalerilla.

–¿Usted cree? ¿No se salvará?

–Mire el color de la sangre; de seguro pegó en la cava. Debe estar sufriendo horriblemente el cabrón –y dándole una palmada en la espalda lo invitó–. Venga, ayúdeme a levantarlo. Hay que llevarlo a la sombra.

Lo arrastraron por el portalón mientras los demás, conturbados, observaban el espectáculo.

–No muy distinto debió ser el Coliseo romano a las cinco de la tarde –comentó con tono funesto el piloto Maganda.

El teniente King ya no se quejaba, balbucía frases inconexas, tenía los ojos bizcos. Quedó tendido sobre el reguero de gasolina.

–Denle un poco de agua. Debe estar muriéndose de la sed.

—No sólo de laputased —quiso bromear el Yuyo, y entonces escucharon el primer golpe y el zumbido.

La gringa aporreaba la cabina por dentro y algo había estropeado porque el compartimiento despedía un humo azul.

—¡Vayan a ver qué hizo la pendeja! —Tony había llegado con un vaso de cerveza y trataba de hacérselo beber al agónico Smith.

El Yuyo y Maganda subieron hasta la cabina, pero la gringa mantenía cerrada la puerta con cerrojo.

—¡La cabrona ya macheteó todo! —gritaba ahí arriba el marinero—. ¡Hizo un cortocircuito delarrechingada!

—Oh, *beer*. Cerveza fresca, amigo Tony —el gringo Smith hacía un esfuerzo por beber—. Ya ves, amigo, la justicia divina que viene… —y así, buscando el cielo, quedó tendido bajo el toldillo de popa. La suya era, otra vez, la mirada de un gato muerto.

El Yuyo no había tenido tan mala puntería. Había un rastro de sangre que llevaba hasta la cabina donde Karla Hager permanecía encerrada. La pelirroja permanecía tirada en el piso, presa de un cuadro catatónico. Uno de los disparos le había dado de rozón en un glúteo y afuera el piloto y el marinero volvían a forcejear con la puerta. Entonces llegó el militar y cruzándose de brazos desafió al muchacho:

—A ver marino, termine con su acción. ¿A que no rompe la chapa con unos balazos, como en las películas?

El Yuyo no lo dudó. Se colocó frente a la puerta, sacó el revólver y apuntó con ambas manos. Soltó el disparo con los ojos cerrados y luego dio una patada al mamparo. Casi rueda por la escalerilla.

—Ya mero. A ver, pruebe con otro —lo volvió a retar.

El marinero se aclaró la garganta, repitió los preparativos y disparó a bocajarro. Otra patada, "como en las películas", y nada.

—Muy buen disparo. Ahora vamos a meterle ariete —el coronel pidió entonces que subieran uno de los cilindros de buceo.

El Yuyo y Maganda arremetieron con el pesado tanque, y fue tan efectivo el golpe que estuvieron a punto de caer encima de la pelirroja.

La gringa Hager se salió con la suya. Con aquel machete había destruido el equipo de radio, los cables, los instrumentos del tablero… hasta que un cortocircuito la arrojó al piso. La herida en la nalga, por lo demás, ya restañaba. Al verlos musitó:

–¿Dónde duele menos *disparar*? ¿En corazón o cabeza? –y comenzó a hipar con el rostro entre las manos.

–Nadie la va a matar, señorita –el coronel inspeccionaba aquel destrozo–, pero eso sí, va a dejarse curar porque una infección ahí puede terminar en tétanos. ¿Hay agua oxigenada?

–Abajo, en el camarote –el piloto Maganda recogía los pedazos del micrófono de baquelita.

El coronel indicó al Yuyo que la condujera abajo, que la encerrara. Mientras tanto el piloto probaba los interruptores de contacto. Ninguno respondió:

–Nos quemó todos los fusibles –comentó con disgusto, y al mirar el tablero humeante, añadió–: Nos dejó mudos y sordos.

–La muy cabrona…

–Dentro de tres días empezarán a preguntar por el *Malibu* en la capitanía… –en eso les llegó un grito desgarrado. Era la pelirroja enfrentando el cadáver de Smith junto a la balsa inflable, y la voz del Yuyo reanimándola:

–Ándale mamacita, eso ya no tiene remedio. Déjame curarte el culito… mira nomás qué desperdicio.

–¿Cómo están las cosas? –el padre de Tony contemplaba las ánforas chinas, vacías y amontonadas en un rincón de la cabina.

–Bueno, son tres problemas –el piloto manipulaba el amperímetro y luego hizo una mueca pesarosa–. Lo primero es que estamos al garete –oprimió la marcha del motor y no hubo respuesta–, además que nos quedamos prácticamente sin combustible. Lo segundo es que no podremos comunicarnos con nadie –lanzó un vistazo al aparato humeante–. Lo tercero es que nos quedamos sin electricidad y no hay manera de recargar baterías.

–¿O sea? –el coronel se apoderaba de la linterna sorda.

–Como las novelas de Julio Verne, papá –respondió Tony por él–. "Los malditos del tesoro de Yamashita" –bromeó.

Era cierto. ¿Dónde había quedado aquel oro? Sin decir más se dieron a la tarea de buscarlo. Bajo el sofá, dentro del armario, en las gavetas del tablero. ¿Dónde?

—¿Andan buscando lasputasmonedas? —el Yuyo estaba de regreso—. Las dejaron afuera, en aquel saco negro. Está bien pesado el carajo.

—¿Y la loca?

—La dejé encerrada en el camarote. Bien nerviosa que va la pobrecitacabrona.

Era cierto. El saco de lona contenía varias talegas bancarias con aquellas monedas por centenares. Doblones del siglo XVIII.

—Entonces qué, patrón. ¿Somos ricos comolachingada?

Todos voltearon a mirar al Yuyo, que luego de soltar el fardo insistió:

—¿O se lo vamos a entregar a la ruca de la nalga?

—No creo —Tony prefirió guardarse los pensamientos que lo asaltaban.

—La verdad es que usted las halló en el fondo del mar —dijo el *chino*—. Usted las rescató.

—Bueno, bueno... Ya veremos —el coronel Camargo sacudió las manos como si interrumpiera una velada—. Creo que tenemos otros problemas más urgentes. ¿Qué, nos quedará una hora de luz?

—Tal vez menos —el *chino* volteó hacia poniente donde el crepúsculo ya se anunciaba—. Y con esta brisa...

—Qué hay con la brisa —el padre de Tony se sintió, de pronto, ridículo. No por la pistola clavada al cinto de aquel juego de playa. Ridículo por las preguntas de niño asustado que lo asaltaban.

—Pues no está acercándonos, precisamente, a la costa —el piloto señaló la banderola en el bauprés.

—¿Y eso, qué? —insistió.

—Estamos en octubre, jefe, y las depresiones tropicales llegan a su capricho —el *chino* intentó adivinar la cresta montañosa en tierra firme.

—¿Y eso, qué? —insistió—. ¿Nos hará zozobrar en la costa?

—Más bien al contrario —el piloto Maganda parecía disfrutar la situación—. Mire la banderola: con ese viento nos desplazaremos diez millas mar afuera durante la noche. Pero el problema principal, ya le digo, son las depresiones que trae el cordonazo...

El coronel volteó hacia donde Tony repasaba las suelas sobre el resto untuoso de la gasolina derramada:

–Hijo, ¿qué es lo que el señor Maganda está tratando de decir?

–En términos sencillos, que estaremos a la deriva hasta que alguien nos rescate… Si nos rescatan. En términos meteorológicos, que corremos el peligro de ser mordidos por un ciclón. Éste es el corredor de los huracanes del Pacífico y estamos en temporada del cordonazo de San Francisco.

–Pero somos ricos –los interrumpió el Yuyo Medina dando una patadita al saco negro de lona–. Ricos comolachingada.

⚓

Debieron organizarse. Al caer las últimas luces de aquel domingo ya habían preparado unas latitas con aceite y estopa, de modo que tendrían iluminados los vértices de la nave para así evitar una colisión nocturna. Pusieron al Yuyo a freír toda la carne y todo el pescado de la nevera, que ya se descongelaba por falta de corriente eléctrica. Además de la provisión de licores llevaban dos garrafones de agua –el consumo de una "travesía de serenata"–, con lo que podrían durar cuarenta días con sus cuarenta noches. También había dos latas de piña en almíbar (para las singulares "piñas coladas" del *Cindy*), una bolsa de limones y tres de jícamas, además del chile piquín y la sal.

Tendidos sobre los cojines del sofá, Tony y su padre pernoctarían en la cabina. El Yuyo fue destinado como celador de la gringa, fuera del camarote, y el piloto Maganda prefirió permanecer bajo el toldillo de proa como vigía.

Electrizado por los acontecimientos, Tony dormía a tramos. Despertó a media madrugada y extrañó la calidez de Sasha acurrucándose entre sus brazos. Entonces descubrió un ascua minúscula paseándose por el aposento.

–¿No puedes dormir, papá? –preguntó al revolverse en aquella cortina convertida en sábana.

–Sí. Ya dormí un rato –soltó una fumarada–. Ahora estoy pensando.

"Pensando estamos todos", se dijo Tony al insistir:

—¿De verdad viniste a vender el yate?
—Sí.
—¿Estás muy endeudado?
—Como todos, pero especialmente con el gobierno. Ahora me la quieren cobrar —encendió por un momento la linterna de baterías.
—¿Cobrarte? Cobrarte qué.

El coronel Camargo volvió a chupar el cigarro y el recinto adquirió un matiz rojizo a partir de la pequeña brasa.

—No entenderías… o a lo mejor sí. ¿Te acuerdas de la propaganda que guardaba en el garaje cuando ustedes eran chicos?
—¿Lo del general Henríquez y su Federación de Partidos del Pueblo?
—Eso.
—Pero si un día le ordenaste al capi Rangel que la quemara. Nunca la sacaron para repartir, tenía guardada ahí años.
—Soy necio, te digo. Eso me pasa por apostarle al perdedor. El general Celestino Gasca, tan viejo y pendejo, ¿no creerás que me pidió guardarle unas armas para su dizque levantamiento? Digo, si perdía la elección.
—¿Tú? ¿En la casa?
—Yo, el pendejo de tu padre. Se vinieron a enterar en julio pasado, y te digo, me la están cobrando. Que la constructora debe más de diez años de impuestos y las cotizaciones del Seguro Social, además de las multas acumuladas. Están a punto de llevarme a las rejas si no declaro la quiebra.
—Pero si tú… eres parte de ellos, papá. ¿No decías que los militares en México jamás pagan impuestos?
—Sí, lo decía y es cierto. Hasta que se enteraron de mi colaboración en la campaña de Henríquez, y ahora con el pendejo Gasca, que ya ves…
—¿Y cuánto debes?
—Todo.
—¿Por eso quieres vender?
—Por eso estoy pensando.

Volvió a chupar el cigarro. Soltó con la voluta de humo:
—Ese marinero, el Yuyo, ¿es de confianza?
—¿Por qué lo preguntas?

—Porque tiene un arma, hijo. Bueno: un tiro.
—¿Sólo uno? ¿Cómo sabes? Digo...
—A la gringa le soltó tres —lo interrumpió— y a la puerta dos; entonces le queda uno. Seis menos cinco es uno, ¿verdad?
—Sí, claro —Tony suspiró en silencio, bostezó—. Lo conozco desde que compramos el yate al licenciado Benavides... Digo, cuando *compraste*.

Su padre volvió a fumar, luego apachurró la colilla contra el cenicero.

—Esa caja de herramientas, ¿es tuya o de los gringos?

Tony se alzó sobre el camastro. Pudo localizarla en la penumbra.

—De ellos. La nuestra va allá abajo, en la bodega. ¿Qué necesitas?

—Sosiego, hijo. ¿No te digo que no hago sino pensar?

Quedaron en silencio. La brisa soplando de banda a banda y ellos flotando como en un barquito de papel. Tony conciliaba el sueño cuando escuchó algunos ruidos; su padre, seguramente, tratando de reparar allá abajo la batería del yate. Hay quienes nacieron para arreglar el mundo con pinzas y un destornillador. Paradojas de la vida: habían ido al rescate de un naufragio y ahora estaban al garete en la noche del océano.

Pensaba en Sasha. Sus ojos color de acero, su reluciente samovar siempre dispuesto, el fiel *Beria* saludándolo desde el balcón apenas avistar el Packard. Y ahora la ambición empujaba todo a la deriva. La ambición, el azar, el destino. "Damas y caballeros, queda ahora con ustedes la mejor pianista-visitante de México. Concertista del Ballet Bolshoi de Moscú, de la Orquesta Filarmónica de Leningrado y del Teatro Ópera Kirov, por favor reciban con un fuerte aplauso a Katya Alexandra Markovitch, quien nos deleitará con una fabulosa serenata a la luz de las estrellas con obras de Beethoven, Mozart, Tchaikovsky y otras piezas modernas que ustedes sabrán reconocer. Damas y caballeros, queda con ustedes Sasha, *la Rusa de Tamarindo*, y que disfruten de la travesía alrededor del hermosísimo puerto de Acapulco... Refrescos y bebidas en la barra al fondo, a precios populares..."

Otra vez el ascua inquieta paseándose a su lado. Era el coronel Camargo luego de encender otro cigarro, carraspeando.

–¿Ya regresaste?

–Sí, ya. Está muy tranquilo el mar.

–¿Como qué hora será?

–Van a dar las cuatro, según el reloj del camarote, abajo.

–¿Va dormido el *chino*?

–Iba, sí. Él me ayudó. Ahora está limpiando.

Tony volvió a alzarse. "Ya es lunes", se dijo. Trató de adivinar la luz del alba pero faltaba rato. Había un rumor sosegado, el oleaje golpeando.

–¿Él te ayudó?

–A echar el cuerpo. Le amarré la caja de herramientas al cuello. Había un alambre.

–¿Echaron a Smith al agua? –Tony volvió a erguirse. Intentaba mirar los ojos de su padre.

–Sí. Bueno… no. Eso es algo que se aprende en la milicia. Un cadáver no es *alguien*; es *algo*.

–Sí, claro; algo.

–Algo que generalmente estorba, y hay que eliminarlo.

–¿Y el Yuyo?

–Cooperando, bien. Cuidando a la loca.

–¿Y ella? ¿No escandalizó?

–No pudo. Viene arrullada con una de *Ballantine's*. Se la dio el Yuyo a medianoche, con agua soda. Está roncando en tu cama.

⚓

Al mediodía del martes creyeron adivinar un carguero en la distancia. Una vez al mes arribaba a Acapulco un barco desde Yokohama. Descargaba mercancías diversas: radios de transistores, llaves mecánicas de hierro colado, artesanías de alpaca con el sello "Made in Occupied Japan". Y los contrabandistas, que pululaban alrededor del muelle. Pero de aquello no quedó más que el rastro de humo disolviéndose en el horizonte.

Ese día comieron tortillas, las naranjas destinadas a preparar los *screwdrivers* y bisteces. Como la carne iba tomando un gusto acerbo decidieron salarlo todo y ponerlo sobre el techo de la cabina. Que el sol y la intemperie transformaran aquello en cecina. Además que conservaban 37 cervezas y 16 refrescos: el Yuyo se había encargado de contarlos. Esa noche permitieron que la loca Hager merendase con ellos en el toldillo de proa. Estaba silenciosa, con semblante introvertido, se acomodaba sobre la cadera salva. Una sola vez había preguntado por el destino de Smith-King. Al concluir aquel agasajo de galletas saladas y cacahuates suplicó que le obsequiaran un whisky con soda. Uno solo, y entonces contó su vida. Que siempre quiso ser actriz, que sospechaba que por sus venas corría sangre africana, que el Smithsoniano la había becado durante años para investigar la arqueología prehispánica de Filipinas porque sí, el pueblo tagalo también había tenido su historia previa a la conquista de Miguel López de Legazpi. Al final, cuando bostezaban luego de esa jornada de calor y salitre, fue conducida por el Yuyo a su camarote. Que la encerrara bajo llave otra vez.

⚓

El miércoles despertaron con el bullicio de las gaviotas. Bruñidos por el sol del amanecer, los pajarracos revoloteaban alrededor del yate, lo cual era buena señal: no estarían demasiado lejos de la costa y así podrían ser rescatados. Tony Camargo no tuvo demasiado ánimo para levantarse, ni su padre, que roncaba con serenidad. Al rato les llegó la gritadera del *chino*, que subía manoteando. ¿Por fin los avistaba otra embarcación? Pero no. Los pájaros marinos habían descubierto aquel banquete sobre el techo y el estrépito era inútil. En cosa de minutos habían acabado con todo; el pescado y el pollo frito. Entonces percibieron, al bajar a cubierta, que el Yuyo dormía a un lado de la gringa. Había metido una botella de whisky al camarote y los vasos rodaban bajo el catre. Luego de hallar sus calzones, el marinero se excusó: "Es que la señorita se quejaba de su cicatriz, y le tuve que dar masaje con linimento… lo demás fue nomás comenzar". Ese día comieron piña de lata y las últimas tortillas. Se agotó el agua de los garrafones. La brisa dejó de soplar al atardecer.

⚓

El jueves comenzaron a desesperar. La calma chica se prolongaba demasiado y los infortunados navegantes se confundían al repasar los acontecimientos. ¿Cuántos días llevaban en altamar? ¿Y qué dirían al retornar al puerto? Al mediodía, bajo el toldillo de popa, Tony y su padre decidieron hacer el conteo de las monedas. Abrieron ahí mismo el saco negro de lona y dispusieron el tesoro sobre un mantel. El Yuyo y Lino Maganda observaban la operación, codeándose de cuando en cuando. Eran doblones antiguos, muchos con el perfil aguileño de Carlos IV, acuñados en las postrimerías del siglo XVIII. Contaron dos veces las monedas, eran 744, muchas con cuños amartillados de provincias chinas y malayas. Luego procedieron a meterlas en las talegas del Bank of California que el difunto Smith había llevado *ex profeso*. El coronel Camargo le regaló una a cada quien, "de recuerdo", y de nueva cuenta estibaron el saco entre los tanques de buceo. Y como ya no quedaba nada sólido que comer, se repartieron los refrescos... sólo que el azúcar les disparó la sed así que terminaron bebiendo el agua de la hielera donde nadaban las últimas cervezas. El Yuyo seguía como celador de la gringa Hager. Conversaban a ratos, con la rejilla de por medio, como el marido que visita a la madre parricida. Poco después del anochecer avistaron un centelleo difuso más allá del horizonte. Podría ser el faro de la isla Roqueta, aunque también el faro de Punta Papanoa, o Punta Ixtapa. Todo dependía del capricho de las corrientes marinas. A media noche comenzó a soplar el "sur" y dejaron como centinela al *chino*. Tony se retiró a dormir temprano. Soñó con Nuestra Señora del Refugio, bajo el mar, él nadando a pulmón alrededor de ella. La figura de porcelana, sin embargo, lo llamaba. Ya no tenía el rostro de aquella Virgen piadosa. Le hacía señas, que se quitara el esnórquel y se acercara sin miedo, ¿no quieres conversar? El esfuerzo de la apnea, sin embargo, llegaba a su punto crucial. Si respiraba agua ahí terminaría todo. Entonces descubrió que aquella *Maria dal Refuxio* tenía el rostro de Cindy, y lo buscaba. Que la perdonara, le suplicaba. ¿O era Sasha? Despertó con el ahogo y descubrió a su padre sentado sobre el camastro, a su lado, golpeando la linterna de baterías. El coronel dijo:

—Estoy que me lleva la tiznada.

—¿Por qué?

—Desde la tarde se me acabaron los cigarros y ya nadie tiene. Ni el pequeño fornicador.

—¿Quién?

—El Yuyo. Bajé hace rato a pedir y estaba otra vez metido con la loca. Bien metido el cabrón. ¿Tú no tienes?

Tony resollaba. Terminaba una pesadilla y comenzaba otra.

—No. ¿Ya revisaste en el mostrador del bar?

—Sí, claro. Solamente quedan servilletas y cajas de palillos.

—Mañana que lleguemos a Puerto Marqués, te disparo unos *Lucky Strike* —intentó bromear al amparo de la luna.

El coronel Camargo se sacó la pistola del cinto. La acomodó a su lado sobre los cojines mohosos.

—¿Sabías que tu prima Liz bautizó a uno de sus gemelos con tu nombre?

—No. No sabía…

—No creas, yo también me pregunto, ¿de dónde habrá sacado esas nalgotas la cabrona?

Al poco volvieron a quedar dormidos. O fingieron dormir.

⚓

El viernes amaneció con llovizna. Desayunaron refrescos y las cebollitas de cambray que encontraron en un frasco al fondo de la alacena. Le tocaron, a cada quien, cuatro. Al poco de eso escampó y Antonio subió a la segunda cubierta para cumplir el turno como centinela. Ahí observó que desde el bauprés el *chino* Maganda lanzaba el curricán, a pulso, probando suerte. Y estaba en eso cuando de pronto la descubrió abajo, a unos metros del casco, y sin pensarlo dos veces se arrojó al agua. Tras la zambullida logró localizarla nuevamente. La tortuga, perturbada por el chapuzón, comenzó a nadar hacia las profundidades. Tony la siguió braceando con furia… no sería la primera vez que capturara un carey en aquel océano, aunque había que cuidarse de sus peligrosas tarascadas. Al partirla con el machete tendrían carne fresca para guisar en la sartén. Entonces, a los nueve metros, le vino el torzón. Le bajaba del vientre y recalaba en la planta del pie. Era un calambre tremendo, y entonces descubrió el sentido de la pesadilla: la Virgen María *lo había llamado a él*. Era su turno; ahí acababa todo. Abandonó el rastro y buscó la superficie con aquel espasmo que le mutilaba el cuerpo. Pensó en Apolonio, su compadre... él no cometería esa insensatez porque eso de lanzarse al agua sin haber comido en dos días. Al asomar respiró con algo cercano al frenesí.

De igual modo, transido por un calambre, había sido rescatado semanas atrás cuando nadó toda la noche desde Icacos hasta isla Roqueta. Había estado a punto de ahogarse con aquel tremendo golpe de la nostalgia. La diferencia era que ahora iba a morir en presencia de su padre... apenas si podía mantenerse a flote. Buscó el yate y se percató de que la corriente lo arrastraba. Iba a lomo del "chiflón de Acamama", la tortuosa corriente que escurre sobre el filo mismo de la plataforma continental y que pega nunca sabe nadie adónde. Le gritó al piloto, que fueran por él, que estaba paralizado... entonces recordó que la embarcación iba muerta. Debía hacer un esfuerzo más, nadar *a la marinera* para no sucumbir por aquel tremendo calambre. Tardó varios minutos en dar alcance a la escalerilla de popa. Así lo llevaron a uno de los camastros, junto a la balsa inflable, donde lo dejaron tendido igual que un cadáver.

Lo despertó, horas después, la turbonada.

Oscurecía ya y la tripulación se había encargado de sujetar los aparejos sueltos. Se trataba de una clásica depresión tropical que derivaría en tormenta una vez que las rachas alcanzasen los 70 kilómetros por hora. Es lo que explicaron al coronel Camargo en la cabina. "Y yo sin saber nadar", comentó al abotonarse la camisola con palmeritas.

—Su hijo, al menos, es pinchecampeón —musitó el Yuyo.

—¿Y entonces qué nos queda por hacer? —preguntó el militar en retiro.

—Esperar y rezar —contestó el *chino* Maganda—. Es decir, resignarnos a la Divina Providencia, y quiera el cielo que la tormenta no derive en huracán.

—¿De cuándo acá es usted creyente? —reclamó Tony al asegurar la puerta profanada a balazos.

—Cuando tengo miedo, Jesucristo existe —respondió el piloto.

—¿Y tú, Yuyo, también crees?

El marinero le devolvió una mirada escrutadora. Continuó secándose la cabeza con una toalla pringosa:

—Para algo está allá el Señor —el marinero dirigió un vistazo a las alturas—. Nos pastorea y nos echa al chingadolobo, todo junto… Mire, la cosa es que como nunca nos enseñaron a morir, entonces él llega a recordárnoslo. Dios es el tapón de la sidra que nos contiene dentro de la botella. Sin Él la vida sería unaputarregazón, ¿o no?

El coronel Camargo, a propósito, acudió al maletín custodiado por Mickey Mouse y sacó el J&B que atesoraba. Destapó la botella y preguntó:

—Después de éste, ¿hay más?

—*Pincheswisquices* hay varios, todavía. Como siete. Rones tres; igual que tequilas. Lo que ya no queda son refrescos. Sólo dosputasgrosellas en la hielera, pero saben a bajadademujer, digo. Eso dicen.

El coronel se acomodó la pistola al cinto y comenzó a servir según le presentaban los cubiletes. Tony bebía en un vaso de aluminio, el *chino* en uno de *formica*, el Yuyo en un tazón de peltre y él mismo en un vaso de cristal esmaltado con la marcca *Cutty Sark*.

—¿Y la señorita Karlita? ¿Para ella no va a haber? —reclamó el marinero, soltando la toalla sobre sus rodillas.

—Esa loca que se joda —musitó el coronel Camargo—. Por su culpa estamos a punto del naufragio.

—No diga esa chingadapalabra, mi general. Nos va a salar —reclamaba el Yuyo—. Putamadre, una pinchelluviecita no es para tanto.

Entonces llegó un ramalazo que cimbró la nave. Un golpe de marejada que pasaba de lado a lado.

—¿No es para tanto? —Antonio había perdido su vaso con el impacto y con aquel dolor en la pierna no lograba darle alcance.

El piloto Maganda asomó hacia la proa tratando de adivinar el derrotero, sólo que el bauprés desaparecía velado por las rachas de lluvia. Vació el vaso contra su garganta:

—Amurar —el trago le opacó la voz—, o nos lleva el demonio.

—¿Amurar qué, amurar cómo? —el padre de Tony desatinaba.

—Vamos lo que se dice al garete, y otra ola como aquélla puede volcarnos en pantoque. ¿A quién le interesa beber whisky patas para arriba?

—¡No, a nadie… jijodelaverga! —el Yuyo comenzaba a temblar—. Ya hubo demasiados muertos en estaputatravesía.

—Amurar qué —insistió el coronel Camargo sintiéndose nuevamente ridículo. Si rescataban su cadáver con aquel atuendo de cangrejitos y palmeras iba a ser la comidilla de sus colegas—. Amurar cómo.

—Tengo una idea —dijo el *chino* Maganda.

—Dila pues, antes que nos vayamos como botana de los escualos —el whisky y la adrenalina resultaban una excelente combinación. Tony se sirvió otra ración de J&B. "Morir borracho no es tan horrible", se dijo.

—¿Cuántos manteles tenemos? —inquirió el piloto.

Hubo un breve silencio después de sus palabras.

—¿Manteles paquéchingados? ¿Piensas merendar?

—Limpios, como siete —respondió Tony en el sofá de la cabina—. Sucios como veinte. Allá, en la bodega.

El *chino* se hizo acompañar por el Yuyo y el militar en retiro. Apenas atar los primeros manteles en la barandilla posterior, el yate se enderezó contra la tormenta. Era una manera de fijar rumbo con aquellos improvisados foques. A poco de eso, sin embargo, uno fue arrebatado por el viento. Así que le encargaron al Yuyo que estuviera al pendiente, que no dejara de reponerlos cuando la borrasca los arrebatara. Luego procedieron a asegurar la balsa con parte del equipo de buceo, y ya de regreso en la cabina repartieron latitas con estopa y aceite para alumbrarse en los compartimientos.

⚓

La borrasca siguió vapuleando durante la noche. El coronel Camargo, recostado en el interior de la cabina, especulaba. Había llegado a lo último de la botella de escocés y hubiera dado cualquier cosa por un cigarro. Su hijo Antonio, en el camastro a su lado, permanecía recostado. ¿Dormía? Ahí detrás, sobre la consola de instrumentos, el candil de estopa proyectaba sombras y refulgencias. A ratos el viento ululaba arrojándoles sopapos de espuma, pero a pesar de ello la nave se balanceaba con majestuosa gravedad. "Parece que hoy no moriré", se dijo el viejo militar, "pero tengo que trincar más para poder dormir". Bebió el vaso de whisky que había dejado su hijo sin terminar. Se arrebujó con aquellos trapos revueltos y trató de conciliar el sueño. A punto de lograrlo recordó algo. Ahora tendría el valor necesario. Hizo a un lado aquellos cojines y se arrastró hasta la sombra imperturbable de su hijo Antonio. "¿Por qué la cabrona no me habrá dado más hijos?", se dijo recordando a Aurora Locarno, ahora residente de una cama individual. Trató de mirar aquel semblante transido por la fatiga. ¿Era ésa una vida digna? Toda esa mierda de serenatas, travesías, buceo, pesca, baile, playas y fornicación, ¿era lo que podría presumir de su hijo un Coronel Segundo de Caballería? Sacó la pistola del cinto y se aproximó con sigilo a su hijo Antonio. Le acarició la cabellera revuelta, olorosa a salitre, y se inclinó para besarle la frente. Recuperó el arma, rodó hacia su jergón y un minuto después caía dormido a pesar del vaivén oceánico.

⚓

Aún no amanecía, el sábado, cuando los despertó un traqueteo. La tormenta había concluido a media madrugada y el yate permanecía empapado. Otra vez aquellas explosiones mecánicas. Antonio abrió los ojos y descubrió el halo insinuante del nuevo día. ¿Por fin los rescataban? No. De otra manera ahí afuera habría gritos de júbilo. El aire que ingresaba a la cabina era fresco, oloroso a ozono, casi eléctrico. El nadador sintió hambre, pero también náuseas, además de un dolor bajo el parietal izquierdo.

–Qué, ¿traíamos planta de luz? –era la voz pastosa de su padre.

De pronto el traqueteo se estabilizó. Aceleró dos veces. Tony se levantó, a pesar del malestar, y asomó por la ventanilla.

–Qué cabrón –dijo.

Cuando su padre lo alcanzó lograron presenciar el momento en que la balsa se apartaba del yate. La barcaza inflable era impulsada por el motor Johnson que dos años atrás hurtaron a la piragua en naufragio. En la balsa iban el Yuyo y la gringa Hager, a todo motor y buscando el norte.

–¡Amigos, hay que salir de jodidos! –fue el grito que les llevó la brisa.

–¡El tesoro! –gritó entonces el coronel Camargo.

Tropezó, aventó la puerta para situarse en el parapeto exterior. Sacó su Colt y con pulso tembloroso trató de centrarlos. El fuera de borda era de sólo cinco caballos pero les había dado ya cierta ventaja. Cuando los tuvo en la mira, una mano sorpresiva desvió el disparo. Una mano y la voz suplicando:

–Déjalos... Si les das hundes la balsa y todo se irá al demonio.

–¡Pero, pero...! –el coronel se asombraba por la fuerza de esa garra.

–Pero qué.

–¡No es justo!

Tony observó que la balsa ya se perdía en la distancia. Soltó el antebrazo de su padre y lo miró con ojos desafiantes. El coronel se recompuso, ignorándolo. Alzó su reglamentaria y volvió a buscarlos en el punto de mira. Aquel arma era para matar en corto, de mesa a mesa.

–Quién sabe –murmuró al bajar la automática–. A lo mejor sí es justo que se salven los fornicadores... y que a nosotros nos lleve el ángel vengador.

Entonces el *chino* salió de la cocina. Apenas si podía tenerse en pie. En la víspera había secuestrado una botella de tequila *San Matías* y ahora pagaba las consecuencias.

–¡Que vivan los novios! –les gritó–. ¡Y que viva el amor!

Se habían salido con la suya. Aquel bidón a medias les daría gasolina para cinco horas y, con un poco de suerte, alcanzarían la costa. De lo contrario volverían a ser otros náufragos a la deriva.

—Qué, ¿no oíste nada anoche? –reclamaba Tony al piloto.

—Sí, oía ruidos –Lino Maganda hacía esfuerzos por aguantar la basca–. Todos los ruidos del mundo, por eso me entequilé…

Al norte la balsa con el tesoro de Yamashita era un punto disolviéndose en la bruma. El mundo, quedaba así demostrado, no es de los sabios ni de los poderosos. Una vez más pertenecía a los audaces, y en lo alto la brisa limpiaba el cielo de aquellos últimos rizos de nube para devolverle su esplendor por siempre azul.

Además del saco con los doblones se habían llevado los refrescos, la linterna y las últimas cervezas. Con esa ocurrencia, los náufragos del *Cindy* se dedicaron a recoger el agua de los charcos. Agua de lluvia bendecida por los relámpagos, y ellos derivando hacia el confín de la Polinesia.

Para el mediodía, cuando todo terminó de evaporarse, habían logrado juntar varios litros que acopiaron en uno de los garrafones. El coronel Camargo, mientras tanto, decidió probar suerte con el curricán. Nunca en su vida había pescado nada, pero observando al *chino* había aprendido. Afincado en el bauprés, daba dos giros al engaño sobre su cabeza, lanzándolo después igual que un golpe de honda. A ratos el sedal se hacía nudos y con toda la paciencia del mundo el viejo procedía a desatar la línea, recuperarla lentamente, como si hubiera rejuvenecido medio siglo.

Poco después la brisa se esfumaba y el calor comenzó a apretar. Fue cuando Tony sugirió que tomaran una siesta en el piano-bar, abajo, que era el lugar más fresco.

—Así nos deshidratamos menos –y fue razón suficiente.

Lo despertaron los gritos regocijados de su padre. ¿Por fin los rescataban? Dormiría en tierra y la profesora de piano, quizá, derramaría dos lágrimas sobre su tórax. "Sasha"… suspiró Tony al levantarse del sofá donde los viajeros celebraban las "travesías de serenata". Entonces su padre ingresó presumiendo aquel trofeo plateado. Había capturado una macarela y el pez terminaba sus días saltando sobre la pequeña pista de baile.

Eran ellos tres y continuaban al garete. Tenían hambre de tres días y hubo una discusión absurda en torno a esa pieza que no alcanzaba el kilogramo de peso. Si la comían cruda, aseguraba el piloto, tendrían más comida "y más jugos nutricios". El coronel Camargo, en cambio, aseguró que jamás de los jamases probaría carne cruda. "No soy caníbal", exageró. Quedaron entonces en que freirían el pez un minuto, no más, para que no se encogiera. Tony fue el encargado de preparar la cena, que podría ser la última en su existencia. Oscurecía ya cuando dispuso la mesa con servilletas, tres cubiertos y una flor de plástico al centro. Colocó los mecheros de aceite sobre la barra del bar y a cada quien sirvió un vaso de agua con un tercio de ron, un tercio de macarela sofrita con pimienta y una cucharadita de mostaza, por tercios, que logró escarbar de un frasco olvidado.

—Desde la guerra que no me sentía tan ligado a la Naturaleza —comentó el coronel Camargo al brindar con aquello.

—Ah… tu guerra, papá —se quejó Antonio entre las sombras crecientes de la noche—. Y me debes una.

Comieron despacio, lo más despacio que pudieron, y Tony les suplicó que no tiraran las espinas. Había dispuesto la cabeza de la macarela en una olla con agua y quería completar el puchero con un poco de cebolla en polvo.

Lo mejor de la cena, sin embargo, fue el *grog*. El ron de los filibusteros les aligeraba la tensión y, sobre todo, contagiábales optimismo. A partir de ese punto Antonio les prohibió beber más agua fresca. A duras cuentas les quedaba un litro y no debían desperdiciar.

—En la hielera queda agua de la otra —recordó el *chino* Maganda—, aunque sabe a corcholata.

Así, con aquel agua ferruginosa, pudieron prepararse varios jaiboles que les soltó la lengua, la memoria y el estómago. Se trasladaron al recinto de popa y llevaron consigo las farolas de estopa. La noche estaba cuajada de estrellas y daba vértigo buscar la constelación de Orión.

—¿Podría haber otra tormenta como la de ayer? —preguntó el coronel Camargo al observar los "foques" abatidos, igual que banderas derrotadas.

—Sí, seguramente, pero no antes de una semana —respondió el piloto dando traguitos a su burdo coctel—. Sólo que dentro de una semana estaremos matándonos a puñaladas por beber el agua del radiador.

El militar en retiro prefirió ignorar el comentario:

–En 1925 nos extraviamos en el desierto de Altar, pero la columna se orientaba con la sierra –hizo un gesto largo, como añorándola–. Andábamos a la caza de los yaquis alzados con el indio Tetabiate cuando nos dimos cuenta que estábamos definitivamente perdidos. Anduvimos tres días comiendo liebres y lamiendo biznagas partidas, hasta que desembocamos en Puerto Peñasco, que entonces era un caserío. Bien pelados que quedamos por el sol. Pero sabíamos por dónde andábamos, no que aquí... ¿Cómo a qué distancia estaremos de Acapulco?

–O de Puerto Vallarta, o de La Paz. La verdad, quién sabe. Nunca aprendí a manejar el sextante. Se me confundían las estrellas –el piloto Maganda hizo el intento de lanzarse por las cartas de navegación–. Imagino que estamos por la costa de Jalisco. En cualquier momento se nos aparecerá la Isla Isabela, que está frente a San Blas, o las Marías...

–¿Las islas Marías? –protestó Antonio–. ¿Y por qué no las Hawai?

–No bromees, hijo... Nunca aprendí a nadar.

–No te preocupes. Robinson Crusoe nunca se ahogó.

Su padre le dirigió una prolongada sonrisa. Volvió a probar el *grog*:

–Y a propósito, cuando seamos rescatados, ¿qué vamos a decir?

–La verdad, papá. La verdad ante todo.

–No seas chistoso. ¿Sabes el calvario que nos espera al ser acusados de homicidio? Más de veinte semanas detenidos en lo que corre la averiguación, y el gasto de los abogados, y las mordidas, y el lío para ponernos de acuerdo sobre el fin que tuvieron esos gringos hijos de puta. ¡Y cómo explicas un tesoro que se esfumó?

–"El Yuyo y la bikinuda" –pronunció Tony. De pronto se sintió más hermano que hijo–. ¿Te imaginas sus vidas... digo, si alcanzaron la costa?

–Ésa es una historia de novela; claro.

Tony recordó a su primo Eulogio. ¿No lo había amenazado con escribir a la primera oportunidad las absurdas correrías de sus días sin seso?

—Todo esto es mentira —dijo el *chino* Maganda.

—Qué pretende decir —el militar rezongó con impaciencia.

—Eso mismo. Que yo recuerde, salimos con los gringos y los llevamos a bucear para que tomaran fotos en Pie de la Cuesta. Luego, esa misma tarde, se regresaron en la balsa con el Yuyo, y fue cuando nosotros tuvimos la avería. Una fuga de combustible. Desde hace tres días nos quedamos sin gasolina y a la deriva, hasta este momento en que lo estoy contando.

—Eso fue lo que ocurrió —Tony hizo la señal de la cruz y la besó—. Lo juro por mi hermano.

—Por mí que no ocurrió nada —insistió el piloto Maganda—. Además de que nadie fue a despedir a los gringos…

—Todo es cosa de saliva, papá. Cuento del cuento del cuento… —Antonio disfrutaba imaginando esa *otra historia*. El Yuyo y la bikinuda, "que vivieron felices hasta el fin de sus días".

—No me cuadra —los cortó el militar. Dio un trago al vaso donde navegaba el *Cutty Sark* amarillo—. ¿Y por qué no pedimos ayuda por radio?

—Porque apenas ocurrir el percance, usted entró en estado de pánico. Y como no sabe nadar se aterrorizó; y como usted es un militar violento arremetió a golpes contra el equipo en la cabina. Lo destruyó en su ataque de locura. Al fin que es su yate… Rompió el aparato de radio y lo tuvimos que amarrar. Lo deberían meter a un manicomio —el coronel se quedó mirando al piloto. Le concedió una sonrisa mustia.

—Bueno, sí. En parte tiene razón.

—Además, para tu contento, hay una buena noticia —Tony sacó de su bolsillo tres paquetes de *Chesterfield*. Se los ofreció en la penumbra—. Estaban en la maleta de Smith.

El coronel Camargo recibió aquello como la mismísima redención. Encendió instintivamente el primer cigarro con su Ronson.

—Me has salvado la vida, hijo —le confió al soltar aquella fumarada.

—Favor con favor se paga.

El padre de Tony volvía a chupar con fruición. Les ofreció a cada cual.

—Qué cosa es el tabaco —anheló— que no es alimento, ni bebida, ni aire.

—Y nos llena por igual el hambre y la sed —Tony estaba inspirado—. ¿Te imaginas la de suicidios que habría si desaparecieran de pronto los cigarros?

—Sí, claro… Oye, por cierto, ¿Aurelio fumaba?

Tony aguantó el humo. Era la primera vez que su padre se refería a él por su nombre, y no como "tu hermano". ¿Hablarían, por fin, de *eso*?

—No, que yo recuerde.

—¿Nunca te dije? Me dejó una carta sobre el escritorio.

—¿Aurelio?

—Esa madrugada de Nochebuena, ya sabes…

—¿Y qué decía la carta? —Tony observó que su padre volvía a probar su *Chesterfield* con algo cercano al éxtasis.

—A veces la leo —el coronel bajó el tono de voz—. No es muy larga.

—¿Quieren que me vaya? —el piloto intentó ser prudente.

—No, quédese. ¿Para qué nos aislamos si ya lo sabemos? En este viaje nos cargó la chingada a todos… ¿Sabías que desde ese día tu madre me negó todo trato carnal?

—¿Mamá? —Tony quedó petrificado—. Pero si tenían la misma cama…

—Ella se tiraba al piso. Tenía una colchoneta… hasta que mandó comprar las camas gemelas, ¿te acuerdas?

—Sí. Pero yo… ¿Y qué decía tu carta? ¿Tu carta de Aurelio?

Marco Antonio Camargo carraspeó en la penumbra. Había creído ver una luz en el horizonte, un relámpago; después nada.

—Son tres cosas, a como recuerdo. Es una carta confusa, angustiada, sin lógica. Varias veces habla del terror que siempre me tuvo aunque luego me declara su amor infinito. "Mi adorado padre, mi adorado padre, este último concierto será para ti", y se despide. ¿Te acuerdas esa mañana…?

—El *Concierto Italiano*, de Johann Sebastian Bach. Sí. Claro que me acuerdo –Antonio buscó la Colt de su padre entre las sombras.

–En su carta dice que no puede seguir "viviendo en traición" con nosotros. Que a tu madre, que lo hizo acólito, "no la seguiría infamando" ahora que había perdido la fe. Que lo sentía mucho, por ella. Conmigo era más cruel. Me acusaba de su jotería. Que jamás podría ser hombre viril, como yo. "Cruel, autoritario, avasallador"… ¡Pero carajo, qué esperaba de un coronel del Ejército! "Mi adorado padre, me despido antes que un día me encuentres con una verga metida en la boca". Y luego hablaba de ti…

–¿De mí?

–De su traición contigo. Su desilusión. Su caída; todo aquello de que se había propuesto ser el mejor pianista del mundo y, desde luego, mejor pianista que tú. Vencerte, demostrarte su inmenso talento, su conquista del mundo con el piano porque, decía, tú ya eras "un conquistador de otra manera". Y luego, con lo de su expulsión del Conservatorio de Música…

–No fue expulsión, papá. Fue rechazo. Nunca nos dejaron entrar.

–Sí, eso –el coronel aventó la colilla al mar. Dio un trago largo a su ron–. Que te había traicionado, que había traicionado al profesor Ledesma, y finalmente se había traicionado a sí mismo. Eso dice su carta.

Tony terminó igualmente con el cigarro. Lo arrojó por la borda:

–A mí también me dejó una carta –se animó a confesar–, es decir, una nota muy extraña. El sobre tenía una pregunta: "¿Vivir sin arte?", y adentro un papel que decía: "Misión cumplida, mi coronel". ¿Sabes a qué se refiere?

–Ni idea –el militar se llevó las manos al rostro–. ¿Ésa es la que dices que te debo?

Antonio se recordó esculcando en secreto el escritorio de su padre. Aquel pequeño desarmador con el que manipulaba la cerradura.

–¿Entonces viniste a vender el yate? –apuró su vaso de aluminio.

El militar en retiro contuvo un acceso de hipo. Asió el paquete de los *Chesterfield*. Entonces el *chino*, sin decir palabra, se llevó los vasos.

—No sé qué precio tendría un barco hundido.

—No nos hemos hundido, papá. Todavía no.

—Vendiendo saldría del acoso del gobierno... esa deuda tramposa que me inventaron. Aunque también podría resistir. Que yo sepa ningún militar ha ido a la cárcel por deudas fiscales. A ver, que se atrevan.

—Sí. Que se atrevan.

—No creas: por un momento llegué a pensar que con aquel tesoro...

—El dinero fácil lleva al infierno.

—Y ese marinero obsceno, el famoso Yuyo, ¿tiene familia o algo?

—No, que yo sepa. Dormía en el yate como velador. Creo que rentaba un cuartito por el Farallón, pero siempre estaba aquí. Decía que era de Xaltianguis, pero no sé.

—De mendigo a millonario.

—Quién sabe. A lo mejor no alcanzó la costa. Y con esa loca...

En eso retornó el piloto Maganda. Les entregó sus vasos a la mitad, no sin advertir:

—Se acabó el agua puerca—. Eso era casi ron puro.

No sabía tan mal. El coronel les ofreció otro cigarro y al encenderlos, con aquella lumbre desafiando la brisa, fue como descubrir dos espectros a bordo. De sobra sabía que una de las peores muertes es la que llega por la sed... terrible dolor de riñones, ulceración del esófago, asfixia. Le quedaban tres cartuchos en la pistola y ellos, coincidentemente, eran tres. ¿No era lo que el *Füerer* exigía a sus mariscales de campo: combatir siempre hasta la "penúltima bala", resaltando así la dignidad de un soldado del *Tercer Reich*?

Lino Maganda se apoltronó en una esquina del toldillo. Entonces percibió que la nave se mecía con pesadez. Dio un trago a su ron y observó el amplísimo cielo marino. Las estrellas todas como testigos de su infausto destino. Pidió a Dios que le obsequiara una señal. Un pez volador saltando entre los surcos del oleaje, una estrella fugaz hiriendo el firmamento, un fulgor en el horizonte. La noche, sin embargo, permaneció inconmovible.

—¿Cuántos años tenía el muchacho? —preguntó de pronto.

Los Camargo voltearon a verlo en la vaguedad de las sombras. El piloto, sin embargo, seguía buscando señales en el firmamento.

—Diecinueve años —recordó Tony—. Era acuario, del uno de febrero.

—¿Diecinueve? —repitió el *chino* Maganda—. Muy bonita edad.

El piloto del *Cindy* dio una última fumada. Lanzó aquel humo azul diluyéndose con la brisa.

—Amador tenía catorce —dijo al arrojar la colilla—. Recién cumplidos.

—Cuál Amador —el coronel alzó su vaso como buscando brindar.

—Iba a ser su cumpleaños —el piloto Maganda permanecía inmóvil en su reducto—. El muchacho moría de ganas por un par de aletas. Como todos.

—¿Está hablando de un hijo suyo? —el coronel Camargo le ofreció otro *Chesterfield* encendido.

—En casa nunca sobró el dinero —dijo al darle la primera succión—. Así que esa noche fui a la tienda de los Arnold. Serían las cuatro de la madrugada. Rompí el aparador con un ladrillo y me llevé un equipo completo. Su par de aletas, su visor, su arpón.

—No sabía que tuvieras un hijo —Tony se masajeaba la pierna crispada.

—Al día siguiente Amador no creía lo que veían sus ojos —Lino Maganda pareció no oír el comentario—. Porque ellos, en la secundaria, habían formado equipo. Eran cuatro: Soberanes, Muñúzurri, el Patas y Amador. Para arriba y para abajo por todo el puerto. Hasta se lanzaron una tarde, por pura puntada, desde la Quebrada. Hacían juntos las tareas, iban a las primeras fiestas, exploraban la selva de Coyuca. Un día cazaron vivo un tigrillo con una trampa que inventó Muñúzurri. Lo tuvieron así en el patio de casa, amarrado y rugiendo todo el día, hasta que escapó en medio de una tormenta. Luego les dio por la buceada con esnorquel, que se había puesto de moda. Y con las aletas que le agencié, Amador no se hizo menos. Iban a las escolleras de Icacos, pero su lugar preferido era el muelle Palao, en isla Roqueta. Cruzaban en sus deslizadores desde playa Caleta. Una tarde sí y otra también. Uno de ellos, Soberanes, había conseguido un arpón de aire comprimido, que era la novedad. Mataban de todo: barrilete, robalo, barracuda… hasta que lo descubrieron y se les hizo obsesión. El Patas fue el primero en verlo cerca del embarcadero. Lo llamaron "el monstruo" porque era un pargo, decían, de más de un metro. Se escondía en las cuevas de la isla, merodeaba la zona del muelle; era todo un reto. Apostaron a ver quién lo cazaba primero, aunque era raro que se dejara ver. Juntaron más de cincuenta pesos de postura. Se arrojaban desde las piedras, husmeaban con el esnorquel entre los postes del muelle, localizaban a su presa y se lanzaban al fondo cuatro, cinco metros hasta tenerla a tiro de fisga. Y ese jueves, que andaban por allá de vagos, lo volvieron a avistar. Fue un 14 de noviembre, bien que me acuerdo. Le tocó turno al indomable Amador. Tenía apenas dos semanas con su equipo que le… conseguí. Descubrió de pronto al "monstruo" y pidió el arpón de aire porque con la fisga iba a ser imposible. Era su turno y se lo prestaron. Estuvo cazándolo, ya lo dije, porque el pargo se escondía entre los arrecifes. Y así, de pronto, lo descubrió. Tomó aire y se zambulló en pos de la pieza… Dos horas después llegó Muñúzurri a la oficina donde yo trabajaba. Era una sucursal de recaudación hacendaria. Me encargaba de despachar timbres fiscales en la ventanilla cuando lo voy viendo llegar. No se me olvida. Sin decirme nada se me queda viendo demudado. Le digo entonces, porque adiviné todo, "¿dónde está?". Y el muchacho me contesta: "En el Palao de la Roqueta. Lo acaban de sacar". Nos fuimos volando en una lancha del Club de Esquí. Llegamos al poco y sí, allí estaba todavía. Amador era campeón. Había logrado arponear al gigantesco pez bajo el muelle. El arpón llevaba una línea de nylon de varios metros y el pargo, al sentirse herido, emprendió un descenso frenético arrastrando tras de sí al muchacho. Amador sintió que perdía a su presa, y se le hizo fácil sujetarse a un pilar. En lo que lo cuento, el pargo dio varias vueltas al poste, como quien enrolla un trompo. Lo dejó allí amarrado. Al rato, como no afloraba, se lanzaron los tres amigos para buscarlo. Allí lo encontraron, liado e inmóvil contra el madero. Y el monstruo, sujeto por la cuerda, boqueando a medio metro del muchacho. La víctima y el verdugo. Tardaron varios minutos en desatarlo pero ya todo fue inútil. No hubo modo de reanimarlo. Era curioso cómo, sobre el muelle quemante del Palao, el cuerpo de Amador permanecía pálido y frío. Era mi único hijo y había muerto con el par de aletas que robé para su cumpleaños. Y ese jueves, en lo que llegaba el guardacostas para llevarse el cadáver, enfrento a los tres muchachos: "Voy a hacerles una pregunta y quiero que me respondan pronto". Entonces les suelto: "¿Alguna vez lo llevaron a la huerta de Naila? ¿Se acostó al menos con una putita?" Y cada uno, Soberanes, el Patas y Muñúzurri, me van diciendo no, no, no. Entonces sí, bajo aquel sol ardiente, me solté a llorar. No paré en varios días. Nunca regresé a la oficina de Hacienda; no pude. Me sentía ahogar en los sitios cerrados, en la iglesia, en los cines. Por eso le pedí al licenciado Benavides que me permitiera trabajar aquí, a la intemperie. No puedo vivir de otra manera. Soy una pieza del yate. Por eso odio pensar…

El piloto Maganda soltó un suspiro y volvió a sorber el cigarro, que ya se extinguía entre sus dedos. Lanzó la bocanada y trató de seguirla en su dispersión como si fuera polvo de aquellas estrellas sobre sus hombros.

—Yo me retiro a dormir –dijo el coronel Camargo.

—Será lo mejor –admitió su hijo Antonio.

El *chino* Maganda dio una última chupada a su *Chesterfield* y aceptó:

—Vayan sin cuidado, yo aquí aguanto la noche. Vigilando.

⚓

El domingo a primera hora el estrago era inocultable. El yate derivaba a medio sumergir y la marejada barría ocasionalmente el toldillo de popa.

–Llegó la hora del ejercicio –advirtió Tony luego de mirar aquello.

Ahí abajo, sentado junto a dos baldes de lámina, esperaba el piloto Maganda. Saludó con un gesto que intentaba suavizar el bostezo.

–Despierta, papá –insistió Tony–. Una semana sin bomba de achique nos inundó la sentina. Hay que salvar la máquina, y salvarnos con tu barco.

Debieron emplear ambos cacharros atados con una cuerda. Desde cubierta Antonio y el *chino* alzaban en vilo las cubetas que el coronel llenaba a través de la escotilla. El militar iba en la sentina, con el agua en los ijares, llenando a pausas el par de barreños. Había sido un descuido y ahora pagaban las consecuencias. Aquello sumaría diez toneladas de agua, calculó el piloto Maganda, y de seguro que para el atardecer concluirían... sólo que no contaban con un detalle. Ese detalle era su debilidad: cada tres baldes debían sentarse para no desmayar.

Hacia el mediodía iban apenas a la mitad y ya no podían más. Decidieron darse un respiro en la frescura del piano-bar. Les quedaba un vaso de agua, agua de lluvia, y lo bebieron en turnos.

–Ojalá llueva –dijo el coronel Camargo.

–Me duelen los riñones –se quejó Tony retorciéndose en el sillón.

–Ya se te pasará –lo alentó su padre al imaginarlo en agonía por la sed... No, de ningún modo permitiría que un segundo hijo perdiera la vida ante sus ojos. Una bala en el encéfalo es como un relámpago de luz, dicen. La segunda bala, obviamente, sería para él mismo. La última quedaría en la recámara del arma a gusto de aquel tripulante que ya sugería:

–Más tarde podríamos lamer los mamparos de la sentina. Es agua clara; pura condensación.

–¿Lamer las paredes? –el coronel le obsequió una mirada infame.

Callaron. Les dolían los brazos, el tórax, los muslos. Tenían tajaduras en las manos. Un cacharro de esos pesa lo que se dice *pesar*, y sostenerlo con una soga es una gradual tortura. Resoplaban, intentaban hacer la siesta.

—¿Es cierto que te arrejuntaste con otra mujer? —Tony yacía boca arriba atenuando el dolor de espalda.

—¿Te lo dijo tu madre?

—No. Fue Loño... el primo Eulogio, la última vez que vino.

El militar encendió uno de sus últimos *Chesterfield*. Invitó a fumar pero los otros denegaron el ofrecimiento. Eso les resecaría la garganta.

—Fue una pendejada de viejo que no duró. Serían qué, ¿tres meses? El año pasado. Era una secretaria en la constructora. Carmelita, ¿la conociste? Carmen Santacruz, divorciada.

—No, no me acuerdo.

—Ratón joven para gato viejo. Pero se acabó. Estoy pensando regresar con tu madre, aunque eso de regresar... ya sabes. Cada quien en su recámara. Nos acompañamos, nos toleramos, tratando de respetar los caprichos de cada cual. No es lo mismo un matrimonio de treinta días que uno de treinta años.

—No; me imagino.

Lino Maganda bufó para subrayar su incomodidad. A él qué le venían con esas historias de manoteos y arroz quemado.

—A ratos pienso en la poquita cosa que somos —suspiró—. Digo, aquí perdidos en la inmensidad del océano.

—Vamos a salir de ésta, *chino*. Ya verás.

El piloto se recostó para no enfrentar el resplandor de la puerta.

—No creo —dijo—. Pero como en la vida todo es cosa de esperar, aquí estaremos esperando. Hasta lo último.

Después nada. El murmullo de la brisa, el ruido del oleaje, el arrullo de los postigos meciéndose al vaivén de la marea. Igual que en el segundo día de la Creación.

—"Lamer las paredes"... —recitó con repulsa el coronel Camargo, pero los otros iban demasiado fatigados como para refutarlo.

Uno a uno se iban rindiendo al sueño. Dormidos podrían mitigar la sed, olvidarse del miedo, rememorar alegrías y amores. Era la mejor manera de sobrevivir sin gasto de calorías, encapsularse en el vapor onírico, reposar, dejarse escurrir hasta el último de los respiros.

–¿Y los degollados? –preguntó de pronto Antonio.

Esperó unos instantes pero no tuvo respuesta.

–Una vez vi la horrible foto en el cajón de tu escritorio –decidió concluir el reproche–. ¿Qué hacías con las cabezas de esos campesinos guillotinados? ¿Pesaban mucho? ¿De qué te reías con el fotógrafo? Durante años te tuve pavor, asco, desprecio. Y míranos ahora, papá...

Otra vez el oleaje machacando contra la embarcación. El calor encerrado y el alivio que obsequiaba el asalto de la brisa en las tardes en que el capitán Rangel se llevaba de paseo a su hermano Aurelio. Iban a comprar helados a Chiandoni, se excusaban. "Te traemos uno de pistache, ¿no quieres?" –Quiero ir con ustedes; llévenme–. "Es que Roberto me está enseñando a manejar, menso, y tú me pones nervioso". Se iban por la tarde, luego de la escuela, sin haber cumplido con la tarea. Llegaba entonces de visita Lizeth. La prima Liz. ¿Por qué no bailamos un rato? Mira, traje el nuevo disco de Bienvenido Granda con la Sonora Matancera. Está padrísimo. ¿Y Aurelio? "Se fue con el capi Rangel. Iban por unas nieves". ¿Oootra vez? Como que se pasean mucho, ¿nooo? Y como dice la canción, "ya no puedo más / ten piedad de mí / te lo pido por mi amor que nada vale...", baila, primo, suéltate. Mira, así, cógeme bien la cintura, date la vuelta ahora, laaargo. Muy bien. Ahora, con el cambio de ritmo, "yo te amo y te amaré toda la vida...", otra vez. Una vuelta. Ahora yo primero. Un dos, así, un dos... así como los veo, son muertos frescos. Pero para fiambres están muy raros. Despiértalos tú. ¡Sácate, diablo!, me dan cus-cus los pinches muertos. Bueno, arrímalo. Dale una patada al chamaco, a ver si reacciona...

–¿Son los únicos? Perdone, ¿son los únicos a bordo?

Al despertar Tony supo que aquel par de ángeles era demasiado terrenal. Esa no era la gloria eterna anunciada en el catecismo. ¿Un ángel con overol de Pemex?

El coronel Camargo también despertaba. Se llevó la mano al cinto.

–¿Qué hacen aquí? –preguntó empuñando la pistola.

–No, pues pasábamos. Y los vimos al garete.

—Hasta pensamos que era un barco abandonado —dijo otro de los visitantes—. De los que llaman *fantasmas*.

—Traen muerta la máquina, me imagino —y señalando el arma, el del uniforme obrero suplicaba—. Oiga, no hay cuidado. Somos tangoneros, gente de trabajo. Guarde su arma; no se le vaya a soltar un tiro.

Por fin eran rescatados. El *Tatiano*, que flotaba emparejado, pertenecía a la Cooperativa Pesquera Revolucionaria del Sureste. El barco era tripulado por cinco marineros que cumplían su cuarta singladura. Les ofrecieron limonada fresca, sopa de tortilla, pollo en mole rojo y ate de guayaba. También les informaron que se encontraban a cien millas de Salina Cruz, donde tenía base la cooperativa. Permitieron que hicieran uso del radio, y así fue como el piloto Maganda informó a la capitanía en Acapulco que habían sufrido una avería. Que dos días después recalarían en el puerto.

Los pescadores consintieron en venderles cien galones de combustible pues ya enfilaban hacia la planta congeladora. Aquella gasolina sería más que suficiente para alcanzar el muelle, aunque debieron pagar el doble por el arqueo en altamar. La cartera del coronel Camargo, después de todo, iba intacta. Los tripulantes del pesquero les obsequiaron igualmente un garrafón de agua y vituallas que incluían cigarros, café, una penca de plátanos y camarones a puñados que metieron en la nevera una vez que el motor permitió la generación de electricidad. En cosa de minutos completaron el achique mecánico de la sentina y emprendieron el retorno.

Por la tarde, luego de avistar la costa del Golfo de Tehuantepec, el *Cindy* navegaba como nuevo. De ese modo, sin perder de vista el litoral, cumplían la seguridad del cabotaje igual que todos los pescadores del mundo. Iban felices, optimistas, adivinando la vida que reiniciarían ahora que estaban a salvo. Entonces, al presentarse las primeras sombras de la noche, encendieron las luces del yate —las verdes de estribor, las rojas de babor, las de la cubierta de serenata, las de la cabina, las del toldillo de popa— de modo que la embarcación avanzaba como una luciérnaga fulgurante a lo largo de la Costa Chica.

⚓

El lunes, muy temprano, el coronel Camargo fue despertado por una tonada que acompañaba a la brisa matinal. Era algo como los maitines, una música inesperada, un arrullo delicioso por encima de la máquina a media marcha. Había dormido a pierna suelta y ahora eso. Abandonó el camarote y avanzó, aún atolondrado, hacia la proa. "Algún día aprenderé a nadar" se dijo al apoyarse en la barandilla del bauprés donde orinó sobre el océano. Esa micción a cuatro metros del agua le contagió una vertiginosa sensación de poder. En la distancia, más allá del manto viscoso de la alborada, se podía adivinar el contorno continental... y abajo aquella melodía afrentosa. Dejó la proa y con cierto mareo se dirigió al origen de la música. Ahí estaba, en la penumbra del piano-bar, su hijo en embate contra el teclado. Lo miró desde la puerta hasta finalizar.

–¿Otra vez eso? –preguntó.

Antonio concluía la tercera ejecución del *Concierto Italiano*, de Johann Sebastian Bach.

–Se me espantó el sueño –ofreció por toda respuesta.

–¿Te la sabes de memoria?

–Más o menos.

–Pensé que nunca más la iba a escuchar –y como Tony permanecía cabizbajo sobre el teclado del Petrof, su padre insistió–. A mí me tocó limpiar aquella sangre. Un trapo y una cubeta de agua caliente mientras tu madre se revolvía en la cama llorando hasta secarse. Muchacho pendejo... hasta se puso el traje de gala y su corbata gris. Y el maldito forense, que tardó más de dos horas en llegar, ¿te acuerdas?

Antonio soltó un suspiro sin quitar la vista del teclado. Había dormido ahí mismo, en el sofá del saloncito, tratando de recordar.

–Hace dos años que no veo a mamá –dijo.

El coronel se adentró y jaló uno de los taburetes. Las "travesías de serenata" habían sido suspendidas una semana atrás y eso no alteraba la evolución del Universo. Buscó en el bolsillo. Era un paquete de *Casinos*, tabaco bronco que les habían obsequiado los pescadores del *Tatiano*. Luego de encender el cigarro con su Ronson de acero, advirtió:

–Tú lo quisiste saber y ahora lo tendrás, con la condición de que nunca más hablemos sobre ello –y sin esperar respuesta se acomodó en el banquillo forrado de pana–. Jamás me gustó hablar de la guerra con ustedes. Tu madre me lo había prohibido, además que era de mal gusto recordar aquello en la sobremesa. Sí, bien lo sabes, pertenecí al VII Batallón de Caballería en el sur de Zacatecas. De Huiscolco a Tayahua, de Juchipila a Huejuquilla íbamos al asalto con tropa y carros blindados, pero nomás tomábamos una plaza ya estaban los cristeros alzándose en la siguiente. De día aquel territorio era federal, callista, revolucionario. De noche, apenas guardarnos en los cuarteles, el país pertenecía a los alzados. Saboteaban todo: puentes, postes del telégrafo, trenes, convoyes que emboscaban en los caminos de la sierra. Hacían estallar bombas de propaganda para inundar de octavillas la plaza de cada pueblo. Un soldado peleaba por su mesada; un miliciano cristero luchaba por alcanzar el cielo. Había ocasiones en que se presentaban a combate de manera suicida, rogando que los centráramos en el punto de mira. En fin… aquello no tenía para cuándo, sobre todo en los estados más fervorosos: Durango, Jalisco, Zacatecas, Michoacán, Guanajuato, Puebla, Oaxaca… No había modo de pararlos. Muchos llevaban el escapulario al aire y la estampa de la Virgen de Guadalupe al frente del sombrero, y tú revisabas las gorras de nuestra infantería y adentro encontrabas lo mismo, virgencitas y milagros, de modo que aquello se tornaba cada vez más absurdo. Hasta que nos dieron órdenes implacables. Dejar en cada pueblo una señal de escarmiento. Un capitán de los suyos colgado en el campanario; un convento dinamitado; un seminarista crucificado en las ramas de cualquier pirul. Así, en Zapoquí, sorprendimos a unos padrecitos mientras daban catecismo. Llegamos muy de mañana y no tuvieron modo de enterarse. El coronel Zambrano, que iba al frente de la tropa, dio orden de cortarles la cabeza… esos huarachudos que ni parecían padrecitos. Eran dos, mechudos y mugrosos de tanto recorrer la sierra donde repartían bautizos, confesiones y comunión. Esa vez, en Zapoquí, llevábamos orden de colgar cabezas en el jardín central. Como escarmiento. Los fusilamos al mediodía y más tarde los degolló el capitán Rangel, que por entonces era sargento. A machetazos. Yo le hice una foto con aquellos trofeos, y él a mí otra, que es la foto que conoces. ¿Y pesaban?, sí; tú lo preguntaste. Una cabeza pesa siete kilos. Las dejamos clavadas en la reja y luego, por rutina, me llevaron sus identificaciones. Uno era de por ahí, el otro de la ciudad de México y seguramente había combatido con la Liga de los Jóvenes Macabeos para unirse luego a la milicia campesina, que era invencible. Se llamaba Bulmaro Celis Ichaurrandieta…

–Qué nombrecito. Yo también lo hubiera fusilado.

–Sí, ¿verdad? –el coronel en retiro se restregó los párpados, como forzando la memoria–. Me lo aprendí. Bulmaro Celis, porque tiempo después, arreglando mis papales para la boda con tu madre, junté aquello y voy reconociendo entonces, en mi fe de bautismo, el registro del párroco que me abrió las puertas del credo… Es decir, era el mismo Celis Ichaurrandieta que mandaría fusilar veinticuatro años después. Su mano que me trajo a la fe con aquel agua bendita, y mi mano que ordenó el fuego que le segó la vida. Y lo peor de todo, cuando decidí guardar aquella fotografía de horror, que nunca supe cuál de los dos fue el que me bautizó Marco Antonio… Es lo que contaba tu abuela Rosa del Carmen, que no conociste. En la pila bautismal el padrecito Celis me cambió el nombre. Tu abuela me querían llamar Ixca, como mi padre, pero iba a sonar horrible, ¿te imaginas? "Ixca Camargo". Así que el tal padrecito Bulmaro, luego me enteraría, fue el que me bautizó Marco Antonio, y por lo tanto tú también, mi querido Tony. De algún modo tú también fuiste bautizado por aquel párroco que degollamos en Zapoquí, junto a la cañada del Juchipila. Ésa es la historia.

El coronel Camargo buscó otro *Casinos* en el bolsillo. Lo encendió en silencio y al arrojar la bocanada señaló el instrumento:

–Bonito el piano. ¿Es tuyo?

–Sí –respondió Tony al arquear la espalda sobre el teclado–. Bueno, en realidad pertenece a Sasha, la pianista que toca en las travesías musicales.

–¿Tu amasia, la rusa comunista?

Antonio tardó en formular su respuesta.

—Sí. Alexandra Karpukova Markovitch, que combatió en el Ejército Rojo y tocaba en el Ballet Bolshoi. Es una mujer muy dulce.

El coronel sonrió en el taburete. Volvió a probar aquel tabaco recio:

—La verdad, mi vida ha sido una basura —comentó al rascarse un tobillo.

Tony cerró la tapa del piano. Bostezó. Se hubiera permitido una siesta pero a esa hora le tocaba guardia al timón. Era lo que habían convenido.

—Voy a preparar algo para el desayuno —anunció el militar al levantarse del banquito—. El café que nos dejaron no está tan mal.

Salía del piano-bar cuando algo lo detuvo. Apoyó la mano en el quicio y se volteó para anunciar:

—Ya lo pensé bien. No voy a vender el barco, que finalmente deja sus entradas —alzó el cigarrito—. Mejor hipoteco la casa; ya Dios dirá.

⚓

El martes por la tarde arribaron al Club de Yates. Una llovizna pertinaz se apoderaba de la bahía de Acapulco y pocos fueron los que celebraron el retorno del yate musical. Fondearon frente al embarcadero y el *chino* se quedó para iniciar las reparaciones, además que había que contratar un nuevo marinero.

Vapuleados por la fatiga, los Camargo abordaron el Packard como dos mudos. Emprendían el retorno hacia los búngalos cuando la lluvia arreció.

—Se presenta cuando menos se la espera —comentó el coronel en retiro y Tony, en vez de contestar, aceleró el rotor de los limpia parabrisas.

Esos nueve días en altamar los habían transformado y ahora volvían a ser los mismos desconocidos de siempre. Cada cual sus obsesiones, su fantasía, su ambición. Habían perdido peso y necesitaban un baño con lejía. De seguro que un buen relojero les podría devolver las horas perdidas. Poseyeron cuarenta kilos de oro y en ese punto sólo les quedaba el apego familiar.

De pronto dejó de llover y ante ellos resplandecieron los espejos de cielo dispersos en el camino.

–Intentaré hacer las paces con tu madre –dijo de pronto el coronel.

–Está bien –Tony advirtió que el embrague se había apretado por el desuso.

Durante el trayecto descubrieron un puesto que anunciaba "Cocos de la Condesa". No existía una semana atrás. Lo mismo un solar junto a los cocotales donde permanecían estacionados varios autobuses. De uno descendía un grupo de religiosas con la túnica blanca y el hábito negro.

–Desacelera, hijo. Deja ver.

Tony obedeció con curiosidad. Otras monjas habían alcanzado la playa y permitían que el oleaje les mojara las pantorrillas.

–¿No te parece maravilloso? –insistió el coronel Camargo–. De seguro que una va a despegar ahora mismo hacia el Reino de los Cielos.

¿Qué le pasaba a su padre?, aunque ciertamente la escena lindaba con los perfiles de la realidad.

–Frena, hijo. Deja ver –insistió el coronel Camargo–. ¿No te parece que alguien nos preparó este encuentro de conciliación?

Obedeció de mala gana. Necesitaba telefonear a Apolonio, excusarse por su ausencia en Aquamundo. Hacer, además, un par de llamadas…

–Si quieres adelántate –el militar en retiro se apeaba con sigilo–. Quiero ver el atardecer entre estas virtuosas. ¿No traes una cámara?

–No, papá. Ni tampoco un trineo para la nieve…

Su padre le dirigió una mirada divertida y pícara. Andaba con su conjunto de playa igual que un turista despistado. Tony no tuvo más que aguantar la risa. Arrancó y un minuto después topó con dos muchachos que cargaban hojas de palmera. De pronto le vino una imagen. Algo que le disparó la adrenalina. ¿Y si se encontraba de pronto con el Yuyo, qué iba a ocurrir? O mejor: ¿Qué *debía* ocurrir?

No tardó en llegar al conjunto de búngalos. Observó un auto curioso, un *coupé* con placas extranjeras junto a una camioneta destartalada en cuya portezuela se leía "Departamento Estatal de Sanidad Animal". La *pickup* ocupaba el lugar que por costumbre aprovechaba él para estacionar el Packard. Debió aparcar al otro lado de la calle, donde no alcanzaba la sombra de los pochotes.

"Un baño de tina", se dijo, "y cinco discos de Mozart". Empujó la reja y avanzó tratando de no enlodar sus zapatos tenis. Volvió a recordar al Yuyo… ¿Cómo se apellidaba?

–Disculpe, joven Antonio, pero falta lo de la cuota.

Era doña Zoraida, que lo alcanzaba chapoteando.

–¿La cuota de qué? –Tony le ofreció una mirada de enfado. Tan pronto como llegaba y ya estaba reclamando.

–Es que… como se fue una quincena, ya debe lo de la cuota especial.

Tony reemprendió la marcha. Necesitaba llegar a casa, tumbarse un día entero en la cama… pero sobre todo necesitaba un coco-fizz como los que preparaba la *Roba*. Antes que nada dispondría el sofá de la estancia para que ahí pudiera dormir su padre…

–La cuota por lo de la alberca, joven Toño –la de los pies chuecos lo alcanzaba nuevamente–. Déjeme explicarle. Con lo del temblor la alberca se *cuartió* y se le fue todita *la agua*. Ahora hay que componerla con cemento, tapar las grietas y de una vez pintarla. Como antes.

–¿Cuál temblor? –Antonio ya alcanzaba el portillo del jardín. Se sorprendió por las luces encendidas dentro del búngalo.

–El del jueves, ¿no lo sintió?

Y como Tony dejara de prestarle atención ante la silueta insinuada tras el mosquitero, la encargada anunció:

–Ahí está la seño. Esperándolo.

Tenía razón la encargada. La figura empujó la puerta y al asomar le estranguló el corazón. Era ella con sus pantaloncitos recortados. Tony la nombró a fin de no caer en desmayo:

–Cindy Rudy; has regresado.

Melisa

LLEGÓ CUANDO CONCLUÍAN LOS ÚLTIMOS ACORDES. Chopin, la *Balada número uno en G menor*. Esperó en el parquecito de Tamarindo, frente al balcón, deleitándose con aquellos afanes al teclado. En la pequeña terraza, apenas reconocerlo, *Beria* ladró varias veces.

—Será la última vez que me veas —murmuró Tony Camargo.

Las "travesías de serenata" se habían interrumpido en lo que los calafates reparaban los estropicios del yate. Era necesario cambiar el tanque de combustible, purgar la bomba de achique, reponer las carátulas de los instrumentos. Entonces, atraída por el ajetreo del perro, asomó al balcón. Alexandra Markovitch había perdido peso. Su cabellera oscura, casi azabache, le contagiaba un aura de gitana.

Lo reconoció en la banca del parque, tan quitado de la pena, como la primera vez. Le ofreció una sonrisa enternecida y luego un gesto obvio al tocarse el reloj pulsera; que la esperara diez, diez minutos. Volvió a internarse arrastrando consigo al *terranova*. A poco de eso la *Balada* de Chopin recomenzó con mayor soltura, y Tony agradeció al cielo el regalo de ese amor que ahora debía liquidar.

Ahí mismo, en esa misma banca y bajo el mismo laurel, era que había decidido enfrentar de nuevo las 88 teclas de un piano. Le vino un suspiro, un ahogo de palabras. Prefirió echar un vistazo al periódico de esa mañana.

En su primera plana *El Trópico* destacaba la muerte del muralista Diego Rivera en su estudio de la ciudad de México, y el avance rebelde de los "barbudos" contra el gobierno del presidente cubano Fulgencio Batista. Abajo, en un recuadro, había una gacetilla que rezaba: "ATENCIÓN EXTRANJEROS / ¿Es su residencia en el país legal? / A partir de esta fecha la Oficina de Migración anuncia su cruzada nacional para Regularizar la Estancia de Residentes Foráneos, quienes deberán presentarse ante las delegaciones de la Secretaría de Gobernación a fin de normalizar su estancia dentro del país. De lo contrario podrían ser acreedores de fuertes multas o hasta la cárcel". Eso era todo: unos guerrilleros bajando de la Sierra Maestra, un genio del arte vencido a los 71 años por el cáncer, un gobierno que intentaba meter en cintura a los gringos desbalagados, y en una columna de última hora: "La Gran Vía Tropical será rebautizada como Avenida Costera Presidente Miguel Alemán. Así lo han informado las Autoridades Municipales, una vez que den inicio los trabajos de brecha, consolidación y asfaltado a todo lo largo de la bahía de Acapulco, desde el muelle fiscal hasta la Base Naval de Icacos. La obra incluirá la instalación de cuatro semáforos".

–Viva la modernidad –dijo Antonio al escuchar que allá enfrente concluía la segunda interpretación de Chopin.

Al salir de su clase la pequeña Natalia se topó con Tony, quien se aprestaba a remontar la escalera.

–Dale chance un ratito –lo previno–. Se fue a pintar un poco.

La niña era un prodigio. Tocaba mejor que los demás alumnos y estaba invitada al Concurso Nacional *Manuel M. Ponce* de Piano para Menores. Además de eso pintaba maravillosos gatos alucinados y peces voladores.

El problema era, como siempre, un asunto de honestidad. ¿Cómo explicárselo? ¿Cómo decirle que aquello era *una decisión*? ¿Cómo espetar sin herir? Alexandra y Antonio se encontraron en mitad de los peldaños y con el beso casi ruedan a la calle.

–Mi cielo –suspiró Sasha–. No sabes cómo te he necesitado.

–Si tú supieras… –Tony perdía la cabeza al respirar entre esos pechos–. Tuvimos una travesía muy accidentada.

Avanzaban asediados por los reclamos de *Beria*. Murmuraban disparates, sucumbían en largos besos que los hacían escurrir bajo el sofá.

—Hay un problema —dijo de pronto Sasha—. ¿No quieres tomar un té?

—¿Un té? ¿Ahorita?

—Puse el samovar desde temprano, sospechando que vendrías.

—Sí, claro... Té verde porque con vodka terminarías llevándome a lugares insospechados.

—No presumas lo que no posees —la profesora se dirigió a la consola donde el samovar soltaba hilos de vapor—. La vida es demasiado azarosa, mi cielo. Fuera de la muerte, lo demás es incertidumbre.

Tony decidió esperar. ¿Qué prisa hay en demoler un palacio de cristal? Arrellanado en el sofá volteó hacia la recámara donde el abanico rotaba a media velocidad. Miró la cama sin hacer y suspiró tratando de *no* recordar. Comenzó a juguetear con el perro, que atacaba el periódico enrollado.

—¿Ya arreglaste tu "estancia legal"? —bromeó al recibir aquella taza.

Alexandra se acomodó en la poltrona bajo el cu-cú. Detuvo la cucharita en el aire y alzó la mirada con gesto grave:

—¿Qué estás queriéndome decir?

Tres verbos escondiendo un temor. La asiduidad a las funciones en el Cine Río habían terminado por familiarizarla al *habla mexicana*, y tanto Fernando Soler como Sara García y Joaquín Pardavé le debían un diploma.

—Nada. Salió una nota en el periódico —lo mostró—. Deben estar buscando a todos esos gringos morfinómanos y contrabandistas de arte...

—Ah, claro.

Sorbían las tazas en silencio mientras el perro los vigilaba en reposo.

—¿Te gustaría quedarte con *Beria*? —preguntó ella de golpe.

—Ya tengo un burro —pensó que el humor lo podría salvar—: *Camila*, que roba las botellas de aguardiente y ahora se está aficionando a la cerveza.

—El otro día paseando con *Beria* estuvo a punto de abandonarme. Íbamos a la playa cuando de pronto se detuvo frente a una residencia... Tú sabes que lo encontré en la calle, y temí que hubiera dado con sus dueños. Ése es el problema de los perros, ¿verdad? Pertenecerle siempre a alguien.

—Quién sabe. Nunca he sido perro.

—Ya lo sé, Antonio. Pero dime, ¿tú a quién perteneces?

El nadador prefirió pasar por alto la pregunta.

—Estuvo mi padre de visita unos días. Me acompañó en la travesía cuando tuvimos el... incidente –suspiró–. Pensaba vender el yate.

—Algo supe, sí. ¿Ya terminan con las reparaciones?

Le dedicó una mirada llena de curiosidad:

—Sí, la semana próxima podrás reanudar tus serenatas. ¿Cómo ha estado el tocamiento de las teclas? –Sasha tardó en captar el doble sentido.

—¡Ah!, muy mal. Las pobres permanecen, como tú dices, "sin tocamiento". Ya se habrán de acostumbrar.

Hubo de pronto una sombra exterior. Los amantes voltearon hacia la terraza donde todo se nublaba y más allá la rada era crispada por la brisa.

—Tengo tiempo de sobra –Tony jugueteó con el primer botón de su camiseta–. Podríamos compartir un vodka antes del sueño...

—No creo –lo cortó la pianista–. Ayer hubo ataque del Ejército Rojo.

—Ah –Tony terminó con el té. "Algo supe", había dicho ella.

—El jueves de la semana próxima, si todo marcha como han prometido, el yate zarpará de nuevo. Ya mandé imprimir los volantes.

—Ojalá, querido. Ojalá todo siga como antes –Sasha prefirió no sostenerle la mirada–. Antonio, te quiero preguntar algo.

¿Se lo diría? ¿No podría extender ese *interregno* febril unos días más?

—Ese amigo tuyo, Cipriano, el de la librería. ¿Es de confiar?

—Sí, supongo que sí. ¿Por qué lo preguntas?

Sasha tardó en responder, se mordía una uña:

—Las partituras… que me dio. Algunas están incompletas –y luego, buscando el paquete de cigarros, añadió con otro tono–: Ahí estaremos el jueves, muy elegantes, una vez que reparen las puertas arrancadas.

Tony le dedicó otra mirada de extrañeza.

—¿Fuiste a ver el yate?

—No. Me lo contó Lino por teléfono. Que fueron días muy difíciles con la tormenta, y el rescate milagroso de esos pescadores oaxaqueños.

—¿El *chino*?

—Sí, claro. Me telefonea casi a diario, *él sí*. Y me cuenta todo.

Tony dejó el sofá para llenar la taza de nuevo, y *Beria* lo siguió con mansedumbre. En la consola halló, muy ordenadas, las cucharitas de plata, una azucarera nueva y un despliegue de servilletas. Lo más extraño eran dos portarretratos: Sasha posaba en uno con sus dos hijos de brazos, y en el otro, que era de alpaca, estaba la fotografía clásica de Lenin en la plaza del Kremlin. "El ataque del Ejército Rojo", se repitió.

—¿Esperas a alguien? –preguntó al soltar el terrón de azúcar.

—No –respondió ella a sus espaldas, y luego, corrigiéndose–. Es decir, sí. A mi nuevo alumno. Tengo muchos gastos, ya sabes.

Beria le cabeceó una rodilla en lo que disolvía el azúcar. "Por Dios, ¿no me podrías convidar un terroncito?".

—Sasha –pronunció Antonio con gravedad–. He venido a comunicarte algo penoso.

—¿Sí? Dime –la profesora se arrellanó en el sofá. Llevaba una blusa blanca de seda sobre una falda roja de algodón.

—La vida está llena de sorpresas, de encrucijadas.

—Dímelo a mí.

—Tú sabes. Mi vida a tu lado ha sido el mejor regalo del cielo.

—Sí, claro. Y has aprendido –intentó arreglarse las calcetas–. Ya puedes tocar sin partitura *El Pastorcito*, de Claude Debussy.

—Hay algo que debes saber –el gimoteo de *Beria* acompañó a sus palabras. Quería otro terrón.

—¿Saber? A veces quisiera saber menos. Odio las noticias, los informes. ¿No podríamos pasar el resto de nuestros días al piano como en una perpetua *Sonata número dos* que Mozart tocaba con su hermana, Maria Anna? ¿Tú y yo a cuatro manos hasta que el tiempo deje de ser?

Sasha había dejado la poltrona y ya lo alcanzaba junto al samovar. En sus ojos parecían asomar las lágrimas. Acarició la cabeza de Tony, despeinándolo.

—¿Qué estás tratando de decirme, amor?

Antonio miró esos ojos grises, besó esa boca trémula, ciñó aquella cintura que se arqueaba contra él.

—¿El Ejército Rojo? –preguntó.

—No sabes el dolor de cabeza que me ha traído. Me quiere volver loca –se disculpó, y luego, al buscarle las manos–. ¿Qué es lo que debo saber?

Antonio tenía otro nombre en la boca, otros ojos. Recordó el día en que estuvo a punto de ahogarse, ¿el jueves pasado?, persiguiendo aquel carey en la inmensidad del mar.

—Dejarte sería como morir –volvió a buscar su boca–. Ahora que he regresado de esa travesía me encuentro con que al llegar a casa… me entero.

—Te enteras –lo animó ella como una cómplice.

—Sí. Voy llegando a casa… y me encuentro con el dolor.

—El dolor.

—He tratado de no quebrarme… cuando me entero. Por mi padre, que me dice al llegar a casa que mamá está enferma. Muy enferma. Que deberé ir a visitarla. Ausentarme no sé cuánto tiempo. Dejar de verte unos días, semanas; no sé.

Alexandra alzó sus manos, las besó con fervor.

—Madres e hijos –musitó, y luego dijo una frase en ruso.

—¿Me entiendes? –Antonio alzó su rostro derrotado.

—Claro que sí, mi cielo. Un hijo es lo principal de la vida, como dicen las escrituras, "carne de mi carne". Yo te entiendo, Antonio, claro que sí.

Más tarde, abrazados en el sofá, escucharon la *Sinfonía Clásica* de Serguéi Prokofieff, en interpretación de Artur Rodzinski. Algo que invitaba a recorrer al acecho el bosque de los Urales. Al concluir el disco Tony observó que Sasha revisaba constantemente las manecillas del cu-cú, y comprendió que era la hora de partir. De un momento a otro llegaría el nuevo alumno.

—Me voy, corazón –le dijo.

—Sí, vete. Luego habrá tiempo para nosotros.

—No se te vaya a olvidar. El jueves tenemos crucero.

—Ah, sí. Claro. Serenata de travesía.

—Al revés, al revés… ¡Ah, todo está al revés! –gruñó Antonio con un dejo calamitoso.

—¿Cómo dices? –al abrir la puerta Sasha debió asir al perro.

—Al revés: "travesía de serenata".

—Siempre te voy a querer –soltó entonces Alexandra Markovitch, con los ojos a punto de las lágrimas.

Tony bajó los peldaños sin voltear. No tenía cara. Esperó a que la rusa cerrara la puerta, pero el ruido del picaporte nunca llegó. Entonces, al asomar al resplandor de mediodía, adivinó todo. "Ya lo sabe", se dijo. "Ya lo sabe. Ya lo sabe. Ya lo sabe".

Arrancó el Packard escuchando que ahí arriba gimoteaba el perro del balcón. Rodeó el parquecito y al enfilar hacia la avenida Tambuco observó a dos turistas despistados que se apeaban de un taxi en la esquina. Eran rubios y un tanto ridículos con aquellas corbatas en los 33 grados a la sombra. "Ya lo sabe", se volvió a repetir. "Ya lo sabe".

⚓

Había retornado con su *Smith-Corona*. Tony descifró en la mecanográfica una señal de estabilidad, o al menos sedentarismo.

—¿Escribiste mucho en estos meses? –debió preguntarle aquella primera noche de reconciliación. Cindy Rudy tardó en responder. Dio un par de bocanadas a su Lucky Strike.

—Mucho, sí. Pero todo es basura, casi todo. Me resulta más fácil escribir cartas que escribir un libro. Un *verdadero libro*.

Durmieron abrazados y Tony olfateó, a punto del sueño, su rubia cabellera. Necesitaba reconocerse en aquel aroma, habituarse, rastrear al animal que había sido él mismo cuarenta semanas atrás. Aquello era como un frasco de amnesia quebrándose, y ahora resultaba necesario olvidar. Olvidar que había olvidado. Esa casa le pertenecía a ella, después de todo, ¿y qué es una casa sino sillas, una mesa, una cama, una ventana con sol y un pedazo de pan esperando sobre el mantel?

–¿Qué te ha ocurrido, Tony? –fue lo primero que le dijo aquella tarde con una guayaba a medio morder.

–Hubo un naufragio –le respondió mientras detenía el cancel del mosquitero. ¿Era eso un reencuentro?–. Casi un naufragio.

–Náufrago sí pareces. ¿No comías nada?

–Casi nada. Pescado crudo, cerveza tibia. Permanecimos al garete nueve días.

–¿Entonces el *Malibu*… se hundió? –dijo a punto de aquel beso.

–No, lo salvamos. Ahora tiene otro nombre… Una sorpresa.

–Sí. Estamos llenos de sorpresas.

Se fueron soltando hasta quedar cogidos de las manos. Se miraron largamente bajo el candelabro descubriendo esa nueva arruga, esos ojos mirados sólo en el recuerdo, esa boca dolorida que no podía pronunciar la palabra "perdón".

–Llegué en el cochecito azul que viste a la entrada. Yo también me topé con algunas sorpresas por ahí… pero ya las quemé todas.

Tony Camargo trató de hacer el inventario ilegítimo. ¿Algún vestido de Sasha? ¿Algún brasier de la *Roba*?

–¿Viste a *Camila*?

–¿Y ésa quién es? ¿La de la foto en la mesita?

–¡No! Cuál foto, *Camila* es la burra del jardín. ¿No la has visto? Santa Camila Jumentina, que me cuida todas las noches.

–*A donkey? Did you say that?*

Se pasaban los días como agua y Tony, reincorporado en las clases de buceo, reconquistaba el equilibrio emocional. Había telefoneado a su madre, a la prima Liz, que estaba en trámites de su divorcio. Una ausencia de nueve días no cambia demasiado al mundo, pero la sorpresa de Cindy era como una máquina del tiempo obligándolo a retrotraerse a los días de embeleso. Así llegó la tarde del domingo, que llovió sin parar, en que se arrellanaron en las tumbonas junto a la piscina. Cindy encendió un segundo Lucky Strike, que temblaba entre sus dedos, y Tony solicitó a doña Zoraida que les preparara un par de *cocos-fizz*. La alberca estaba vacía y mostraba aún las cuarteaduras ocasionadas por el sismo.

—Que estuvo muy fuerte en México *city* —comentó ella al mirar aquellos parches de cemento—. Se cayó el Ángel de la Independencia y se cayó el Continental-Hilton, me comentó mister Peary. Le llamé por teléfono y preguntó si no habría destrozos en Acapulco, para escribirle una nota...

—"Destrozos". Bueno, algo de eso ocurrió por aquí —Tony desvió la mirada hacia la bahía cubierta por el mal tiempo—. ¿Cuál es la diferencia entre una cuarteadura y una grieta?

—No lo sé —Cindy jugaba a tejer un flequillo en su frente—. El *Daily Monitor* intenta volverse más serio. Hablé con Peary antes de regresar, ¿te dije? Ahora me pagarán el doble, pero debo ser más selecta.

—"Más selecta" —repitió Antonio con sorna—. Mister Peary. Un muchachón soltero, me imagino.

—¿William? ¿Te refieres a William Peary? ¡Ja!, tiene la edad que tenía mi padre, Tony... ¡Por Dios!

—Tu padre... "Seguimos sin noticias en torno al misterioso caso de William Rudy, el fantasma extraviado en la bruma del tiempo" —recitó con acento radiofónico.

El cigarro de Cindy cayó al piso. Ella se ladeó para rescatarlo pero fue inútil: se había apagado al tocar un charco de lluvia.

—Muy gracioso... —comentó al tenderse de nuevo. Buscó un tercer cigarro y aceptó que Tony le diera fuego. Admiró aquel Ronson de acero.

—Es un regalo de mi padre —confesó—. Se fue muy impresionado de ti.

—Espero que tú, al cumplir cincuenta, conserves el pelo.

Cindy Rudy había resumido su periplo por California y Oregon. Sí, le dijo, su madre se había puesto *muy enferma*. Llegó tres días después del accidente en la escalera donde quedó prácticamente ciega. Pero aquello había comenzado años atrás, cuando sufrió un *shock* por la diabetes. Ahora se trataba de una ceguera irreversible. Ella y Harry debieron hacerse cargo de Grace. Llevarla a la clínica —donde le practicaron diversos estudios— y adecuarle la casa. Así pudo caminar nuevamente, aunque había perdido el 90 por ciento de la vista. "Ahora percibe todo como si el crepúsculo se hubiera metido en casa", dijo Cindy. Camina ayudándose con las paredes y conserva las lámparas prendidas todo el día, para orientarse. Tiene prohibido usar cuchillos en la cocina y mantiene encendido el radio todo el día para enterarse de las noticias y el estado del tiempo, "pero sobre todo para no sentirse sola". Una doméstica negra la cuida entre semana y Harry la visita los sábados, desde Crescent City, y le lleva discos y chocolates. "Le lee pasajes de las novelas de Agatha Christie, su autora favorita". Luego de aquello, cuando la crisis estuvo controlada, Cindy se dedicó a viajar por el noroeste. Hacer notas breves de sitios de interés, crónicas de minas y campos forestales. "Además del reportaje sobre los últimos cazadores de ballenas, escribí uno sobre *Bigfoot*, el salvaje del bosque que habita en las montañas de Washington. Los entrevistados me contaron historias sorprendentes". El texto se publicó en cuatro entregas y el director del *Daily Monitor* la había felicitado. Le propuso quedarse como corresponsal en Seattle, pero ella le suplicó que no. Quería regresar a Acapulco. Pasó unas semanas en Tacoma, cavilando, y luego retornó *al paraíso de México*.

—Han sido las cuarenta semanas de mayor desolación en mi vida —dijo Tony al voltear hacia la entrada. Doña Zoraida tardaba ya demasiado.

Cindy terminó con el cigarro. Bajo el pabellón de lona estaban a resguardo de la lluvia.

—No exageres, cariño. He regresado y tú me estabas esperando, como prometimos. Además que no han sido cuarenta sino treinta y ocho semanas y tres días. Llevo la cuenta —hizo una larga inspiración y luego soltó: —Aunque tienes razón, fueron días terribles, de soledad y furor… ¿así se dice?

Tony volteó a mirarla con detenimiento. Cindy estaba ligeramente demacrada, su cabellera ofrecía un mechón ceniciento y los muslos se presentaban un tanto bofos. Sin embargo, su mirada era más transparente.

—Viste al famoso Jimmy. Me imagino.

Cindy volvió a buscar apoyo en el paquete de Lucky Strike.

—¿Cómo lo sabes?

—No *lo sé*, preciosa. Simplemente lo supongo. Yo hubiera hecho lo mismo —le ofreció el fuego del Ronson de acero.

—Sí, nos encontramos —admitió ella al expulsar la fumarada—, pero en una relación distinta. Tú lo sabes: Jimmy es un prófugo de la ley... —y al decir eso quedó estática, como si esperara un eco en la bahía.

—Un prófugo y tú, al compartir la cama, su cómplice. ¿Estás huyendo tú también? ¿Por eso llegaste a buscarme? —Antonio se había enfurecido de súbito—. ¡Y esta pinche señora que no puede traerme mi coco-fizz! ¡Es tan difícil abrir un coco y meterle un chorro de ginebra!

Saltó de la poltrona y avanzó bajo la lluvia. Cindy se quedó fumando, mirando la brizna que barría los charcos, recapacitando. Minutos después Tony volvió con una toalla sobre la cabeza y dos cascos de Yoli.

—Dice *la patrona* que no hay cocos, ¿tú crees? —intentaba serenarse—. No hay cocos en Acapulco... ni hostias en el Vaticano, ni queso en Holanda.

—Quiero hablar sobre Jimmy. ¿Puedo?

—Sí, claro —le entregó el refresco recién sacado de la nevera—. Pero quiero que me aclares lo de tu asesinato.

—Cuál... —el refresco resbaló de sus manos y se derramó en sus muslos.

—Lo que hace la gente para no brindar con los amigos —bromeó Tony—. Ya lo había bautizado con ginebra.

Cindy recuperó el casco. Pidió a Tony la toalla para limpiarse.

—Qué crimen —volvió a preguntar.

De pronto Antonio recordó al par de gringos que su padre había asesinado a bordo del yate, en defensa propia, dos semanas atrás. Seguramente que merendados por los escuálos.

—En una de tus cartas mencionabas que querías matarlo.

Cindy palideció. Se distrajo con el relámpago remoto que les llegó a través de la lluvia.

—¿Yo escribí eso?

—Acuérdate —Antonio dio un sorbo a su Yoli—. Lo querías matar, o pensabas matar al marimacho aquel, ¿cómo se llamaba? Era una cocinera dizque enamorándose de ti...

—¡Ah!, Ukuhuma. La pobre... —Cindy volvió a restregar la toalla en sus piernas—. Sí, pensé en... Es una mesera tan gorda que no te dan ganas más que de imaginar cómo se abrirá su carne con un cuchillo. Un pensamiento perverso, ya lo sé, pero un escritor no puede darse el lujo de no imaginar.

–Así me enamoré de ti, ¿nunca te lo dije? –Antonio cruzó las piernas en el sillón de playa–. Llegué aquella mañana y al asomar al búngalo te descubrí tecleando sobre la maquinita, estabas tan concentrada que me pareció una herejía interrumpirte. Te veías tan linda, tan absorta, que me fui sin hacer ruido.

–Yo no lo busqué, Tony –la muchacha extendió la toalla sobre sus muslos como un mantel dispuesto–. Fue él quien dio conmigo. Telefoneó a casa de mi madre haciéndose pasar por un compañero del periódico. Así llegó al apartamento que tenía en Tacoma; sin avisar. Jimmy casi no salía.

–Y le contaste de mí, como ahora me cuentas de él.

–Un poco, sí. Se ponía celoso, pero no lo podía echar de casa. Eso hubiera sido desagradecida… ¿cómo se dice?

–Desagradecimiento. ¿Pero, por qué?

–Jimmy me enseñó que la vida es una pista de hielo. Eso dice él. Y en las pistas de hielo hay dos tipos de personas: las que saben patinar, y se nota, y las que no, y se la pasan con el culo empapado. Lo que importa en la vida, entonces, es aprender a patinar… Vivir sin miedo y no perder el equilibrio. Lo demás, como en los Evangelios, llega por añadidura.

–¿Y por eso no podía salir de tu casa? ¿Por el culo mojado?

Cindy buscó otro cigarro en el paquete del círculo rojo. Era el último y aceptó el fuego que Tony le ofrecía. Apelotonó el empaque y lo arrojó hacia la alberca, pero el proyectil rebotó contra la orilla y quedó mojándose bajo la llovizna. Entonces, emboscada bajo la pochota, salió *Camila* a husmear aquello. ¿Se podía comer?

–No lo creía. Eso de que hubieras adoptado una burra. Y espero que en las noches tú y ella no… ¿Qué te decía?

–Que Jimmy se quedaba encerrado en tu departamento. Que nunca se quitaba la pijama.

–De vez en cuando salíamos a merendar a la cafetería de Ukuhuma, el Daisy's. Ellos bromeaban conmigo, como si intentaran venderme. Uku ofrecía cien dólares, Jimmy decía que con un *quarter* era suficiente –Cindy probó el cigarro y retornó al presente–. El problema de Jimmy es que vive huyendo del FBI, por lo del desfalco en el Club de Avalon. ¿Te lo conté?

–Sí. Que te escondía en su departamento en isla Catalina, que se revolcaban los fines de semana porque los lunes debía retornar con su mujer a Los Ángeles. Que tiene dos hijos.

–Hijas, tres. Tres hijas tiene James Dalton. Está tratando de conseguir un pasaporte canadiense para irse a vivir al norte. Con otro nombre y otro *currículum*. Como volver a nacer. Nos divertíamos inventando nuestras nuevas vidas.

–"Nuestras nuevas vidas" –Tony observó a *Camila* en retirada.

–Sí, nuevas vidas –insistió Cindy al arrojar la bocanada–. Él porque su crimen fue contra una compañía embaucadora de ancianos; yo porque… Ahora que publique mi primera novela, deberé inventarme un nombre literario. Renacer como escritora –volvió a fumar, pensativa–. Cuando dejé Tacoma, hace tres meses, fue la última vez que lo vi. Peleábamos siempre.

En eso arribó la encargada del lugar llevando cuatro cervezas. Había dejado de llover.

–Para que no se quejen, además que ya está *bochornando* –y depositándolas bajo las tumbonas, añadió–. Ahí luego le paso la cuenta, joven Toño, junto a lo que me debe de las *vodkatas* de antes.

–Gracias, señora. Después lo vemos –y Zoraida se retiró llevándose los cascos vacíos y una sonrisa socarrona.

–¿Qué quiso decir?

–Eso. Que le pague… porque es absurdo que no haya un coco… uno solo, para prepararme mi coco-fizz del domingo. ¿No crees?

Cindy le ofreció una mueca recelosa. Señaló la copa de las palmeras, ahí enfrente, y entonces el nadador se percató de que efectivamente no tenían un solo coco.

–Qué raro –comentó–. ¿Dónde están los cocos del mundo?

–Todo cambió con el terremoto del jueves –Tony probó aquella primera cerveza porque, la verdad, la canícula se hacía presente apenas disiparse la llovizna–. ¿Dónde te tocó a ti?, porque nosotros navegando ni nos dimos cuenta.

Cindy se llevó las manos al rostro. Se restregó los párpados.

–Necesito un cigarro, Tony. ¿Tú no tienes?

–No. Te los acabaste anoche... ¿No te parece que estás fumando demasiado?

La muchacha se irguió en la silla de lona. Volteó hacia la vereda por donde la encargada había desaparecido y sólo quedaban esos charcos ofreciéndose como porciones de cielo:

–A ratos pienso que mi vida es como esa piscina. Un cascarón vacío.

–Mañana la llenan con la manguera. Tardará un día entero. Antes la tienen que pintar.

–Tony, no me escuchaste. Te estoy diciendo que *mi vida* cambió. Hubo en mí, también, un cataclismo que me sacó todo el odio que traía adentro, como el agua de esa alberca. De un día para otro, ¡fuaá!, vacía, *empty*, como un frasco viejo de perfume.

Antonio recapacitó en la metáfora. Una vida nueva, una alberca vacía, el agua como un alma que desaparece de súbito. Probó la cerveza y volteó hacia la bahía donde la neblina se disipaba con aquel par de ojos grises...

–...y Chilpancingo. Traté de detenerme.

–Perdón, cariño. No te escuché.

Cindy abandonó el camastro:

–Lo que preguntabas –repitió al arquear la espalda apoyándose en el respaldo–. Que venía manejando de noche, entre Iguala y Chilpancingo, cuando ocurrió el temblor. Iba sola en la carretera y al principio imaginé que se había ponchado una llanta. Frené lentamente mientras todo bailaba a mi alrededor pero después vi que todo había terminado. No quedaba más que continuar. Llegué aquí el sábado hace una semana; ya te lo había contado.

–¿Tres meses? ¿Hace tres meses dejaste Tacoma?

–Sí, ¿por qué?

–Tres meses es mucho tiempo. En ese lapso se pueden hacer infinidad de cosas.

–Sí, claro. Viajar, escribir un libro, saldar pecados. Ha sido un viaje muy accidentado. Y fumar, fumar mucho... ¿De verdad no tienes un cigarro?

—No tengo por qué mentirte —dijo Tony sin convicción—. Vamos a la calle a comprar.

Iban saliendo del conjunto cuando ella se detuvo con el golpe de memoria. Soltó la mano de Tony y abrió la portezuela del *coupé*.

—Creo que aquí dejé unos —se disculpó.

Era un Kaiser *Allstate* de 1953 con motorcito de cuatro cilindros. Junto al Packard de Antonio parecía un cachorro de metal.

—Estos son los ochocientos dólares que me pagaron por los reportajes en Oregon —dijo al descansar una mano en el volante del *coupé*, luego manipuló el cerrojo de la guantera. Al abrirse escurrieron dos paquetes de Raleigh sin filtro y un revólver cromado.

—¿Y eso? —preguntó Antonio, que se apoyaba en la portezuela.

—México es el país de Pancho Villa, Pancho López y Pancho Pistolas, querido. No habríamos de permitir que esta linda rubiecita viajara desprotegida por los caminos de Dios, ¿verdad?

—No, claro.

Guardaron aquello y retornaron a saltos porque la lluvia se desataba nuevamente. Tony se arrojó en la cama y comenzó a juguetear con el encendedor, luego se lo aventó a Cindy en un lance de *shore-stop*. Los calafates aún no concluían la reparación del yate y eso iba a costar una fortuna. La rubia asomó por la ventana mientras encendía un Raleigh. Soltó la risa.

—Y ahora, ¿qué ocurre?

—Tu burro —dijo ella—. Tumbó las botellas y está lamiendo la cerveza. Mira, las alza. Ahora trata de vaciárselas con el hocico.

Fue cuando sintió que Antonio se le emparejaba. Se detenía detrás de ella para mirar aquella estrambótica escena.

—Al fin que es domingo —dijo él, y Cindy experimentó una atrevida caricia bajándole por la espalda.

—Muchacho majadero —rezongó.

—Te soltaré, entonces —musitó él a un palmo de su boca.

Cindy abandonó el cigarro junto al ventanal.

–Haz aprendido muchas cosas en mi ausencia, *Hookie* –le dijo.
 –¿Tú crees?
 –Y no voy a preguntar, te lo juro, porque te mato.
 –¿Me matas?
 –Anda, idiota. Cierra la cortina. Ven conmigo.

⚓

Ya los había visto. Fue dos noches atrás en el cine Río, cuando asistió a la función de *Tizoc*, con Pedro Infante y María Félix a todo color. Al terminar la proyección los descubrió en el mostrador de las palomitas. La miraban con algo que era más que galanteo, así que prefirió retornar en taxi. Si Antonio estuviera en tierra se habría dirigido a su búngalo, pero como el buen hombre había emprendido esa extraña travesía –que ya duraba demasiado–, Sasha decidió abordar aquel coche de alquiler que resultó conducido por Hermes Contla. Se sintió más segura y en el trayecto le contó la película: Tizoc es un indio simple, aunque de dimensiones bíblicas, pues con su honda logra detener a la tropa que lo busca por atreverse al amor de una mujer blanca. El destino, siempre cruel, se encargará de poner a cada cual en su sepulcro. La película era la despedida del llorado actor que recién había muerto al estrellarse el avión que piloteaba en los arrabales de Mérida.

Así que cuando llamaron a la puerta, esa tarde, ella acudió con júbilo. ¿Habría retornado por fin su Antonio? ¿Le traería un ramo de claveles, una botella de vodka, un disco de la Deutsche Grammophon? ¿La invitaría a nadar en Hornos, la *afternoon beach*? ¿La llevaría al Bum-bum para bailar hasta el amanecer? Con Antonio se podía esperar cualquier cosa...

–¿Katya Karpukova? ¿Es usted? –la pregunta fue en español, aunque con acento.

Sasha tardó en responder. De inmediato reconoció al par de rubios mal vestidos, con saco y corbata. Había palidecido:
 –¿Qué es lo que desean?
 –Estamos buscando a Katya Karpukova, la camarada segundo piano de la orquesta del Bolshoi. *Eres tú*, ¿verdad?

La habían encontrado. De nada le sirvió usar su segundo nombre y el apellido de su madre. A partir de ese momento la conversación fue en idioma ruso.

—¿Quieren pasar? —los invitó—. El samovar está calentando.

Los visitantes se identificaron de inmediato. Se trataba de Pavel Antonovich Yatskov y Valeri Vladimirovich Kostikov, funcionarios consulares de la Embajada de la Unión Soviética.

—Estábamos muy preocupados por usted —dijo en un momento Vladimorovich, que era rechoncho y sudaba todo el tiempo—. Pensamos que, tal vez, habría sido secuestrada por la agencia de ellos.

—Ya sabe usted —Yatskov extendió las manos, frágiles y refinadas—. El enemigo ambicionaría su talento, que es muy reconocido; su experiencia en el medio artístico, sus antiguas relaciones… —esto último lo dijo con socarronería.

—Quiero vivir en México —los interrumpió Sasha, y el perro, que descansaba en el tapete de la sala, alzó la cabeza.

—Sí, claro. Es un país hermoso —Vladimorovich se enjugó el sudor con un pañuelo.

—Y romántico —añadió Yatskov alzando su afilado perfil: —Sergei Eisenstein permaneció acá dos años haciendo su película inmortal… que nunca terminó.

—Lo tuvieron casi que deportar, con esos amoríos tropicales que aquí se pudo permitir… —Vladimorovich fingió que se pintaba un lunar.

—Les pasa a todos los rusos que pisan este maravilloso suelo. Vladimir Maiakovski no quería salir de Chapultepec, y cuando lo llevaron a una corrida de toros decidió que él iba a ser el primer torero ruso. Y qué decir de la pintora Angelina Beloff, con su Diego panzón, que no logró llevarlo de regreso a casa.

—Y eso, camarada Karpukova, es lo más importante en la vida. Usted lo sabe —Yatskov extendió las manos como si mostrase la gran verdad: —Volver a casa.

—No creo —Sasha se alzó del sofá. Avanzó hacia la consola donde el samovar de plata comenzaba a sisear. Resolvió zanjar algo que igualmente le quemaba. De una vez:

—Lo más importante es vivir en libertad —y como el perro la alcanzaba, añadió— ¿Verdad *Beria*?

—¡¿*Beria*?! —Yatskov soltó la risotada. Dio un fuerte aplauso.

—¿Es el nombre de Lavrenti?

—Menos mal que en la agencia no saben esto. Ni lo sabrán, ¿estamos, camarada Valeri?

—Sí, claro. De aquí no sale.

—¿Ya ve, camarada Karpukova? El espíritu de cooperación es lo principal ahora que la madre patria ha superado la noche aciaga del estalinismo.

—¿La ha superado? —Sasha llegaba con la bandeja y las tres tazas vaporosas.— Me da gusto saberlo.

Probaron el té y Vladimorovich pidió la azucarera. Se sirvió tres terrones.

—¿Cuál es el concepto de libertad que usted menciona, camarada Karpukova? —preguntó al recuperar su pañuelo apelotonado—. ¿Qué debemos entender con eso?

—Eso merece varias respuestas, señor Valeri. Pero le diré algo. Nunca en mi vida he sido más feliz que aquí.

—¡Claro! —la interrumpió Yatskov—… paseando en un yate burgués, manteniendo relaciones ilícitas con un muchacho infectado, asistiendo todas las noches al cine para ver películas decadentes, bebiendo litros de vodka en hoteles infestados de enemigos y, lo peor, olvidando el deber que tiene un héroe de la Gran Guerra Patria con sus camaradas de partido…

—Y no del partido —corrigió Vladimorovich—. ¡No imagina el júbilo que hay en Moscú al saberse que por fin será rescatada!

—¿Rescatada?

—Sí. Rescatada, y reinstalada.

—No tienen que rescatarme de nada —se defendió Sasha—. No corro ningún peligro, no estoy realizando ninguna actividad antisoviética, no me sacarán de este país donde me gano la vida honradamente.

—Su lugar es en la orquesta de la compañía, camarada. Entiéndalo. Alexander Pashaev la está esperando. Su piano en el Bolshoi está listo para que deleite al público de Leningrado, de Minsk, de Kiev, Sebastopol y Stalingrado…

—Volvogrado —volvió a corregir el gordo—. Ahora se llama como antes. ¿Cuántas semanas sirvió usted en la división de Vasili Zaitsev?

—¿Sigue vivo?

—Sí, desde luego, ¿por qué lo pregunta?

—Lavrenti me contaba cosas. Números. La estadística de las purgas. Ustedes deben saberlo mejor que yo: antes de comenzar la invasión nazi los agentes de Lavrenti aniquilaron más de doscientos generales y casi un millar de coroneles. Muchos de ellos habían sido viejos bolcheviques condecorados por Lenin. La vieja guardia roja arrasada con la guadaña del padrecito Stalin. ¿Y me están pidiendo que regrese?

—Además usted debe un valioso instrumento —la encaró Vladimorovich, como si no hubiese escuchado el razonamiento—. Un valioso violín que es del pueblo soviético.

—Las cosas ya no son como fueron en aquel tiempo. Ahora la libertad, que usted menciona —Yatskov dejó la taza para revolver las manos— se vive en todas las calles. ¿Presenció las candentes sesiones de xx Congreso del Partido que presidió el camarada Nikita? Su informe secreto denunció los crímenes del antiguo régimen.

—Supe, sí. Pero no habrán de sacarme de aquí. A no ser, claro, que traigan un T-34 para llevarme en él —quiso bromear.

—¿Y el valioso violín, camarada Karpukova? ¿Aún lo conserva?

—No, claro que no. Lo vendí en 500 dólares, además que no era un violín. Era un *Guarneri del Gesu*, una violonchelo que me obsequió Lavrenti cuando… cuando éramos amantes, ustedes lo saben mejor que yo —Sasha se sorprendía por su entereza. "¿Antonio *infectado*?", se preguntó.

Sasha necesitaba fumar. Dejó la sala y fue en busca del paquete de Elegantes que había dejado en la cocina. *Beria*, confundido y devoto, la acompañó hasta aquel rincón. De retorno, soltando una bocanada de humo, pasó junto al piano donde estaba enmarcada la fotografía de Antonio. Antonio y ella abrazados en el muelle de isla Roqueta el mismo día en que la enseñó a nadar. Se sintió fuerte. Volvió a fumar mientras aquellos comisarios cuchicheaban en la sala. Acarició el instrumento, tocó un mí-re-do en la primera octava del teclado, a ver si aquel nefasto par se iba de una vez. ¿O qué, la iban a meter dentro de un baúl? Entonces reconoció, en el atril del *Wurlitzer*, la partitura de *Rapsodia en Azul* que George Gershwin compuso a la edad de Antonio... Recordó al viejo profesor, Homero Cipriano, en la librería *La Internacional*. Se turbó. Regresó con los visitantes:

—¿Cómo dieron conmigo? —demandó.

—Tenemos órdenes de... Había preocupación en la embajada.

—Pensamos que estaría en los Estados Unidos. Ellos necesitan su información.

—Son unos pesados... los gringos. Casi todos —se defendió Alexandra Markovitch.

—Pero finalmente tuvimos informes. Un reporte.

—Llegamos hace una semana, en coche. Estamos hospedados en el Hotel Caleta. Muy confortable... —pero Vladimorovich calló al sentir la mirada que le dirigía su colega.

La profesora de piano volvió a sentarse. Revisó el paquete de tabaco pero no hizo el intento de ofrecerles.

—Stanislav la perdonará. Tenemos informes de su actitud.

—¿Stanislav? ¿Stanislav Filipov, mi marido? —Sasha pareció congelarse.

—Exactamente. Ahora trabaja cerca de Chernogorsk desarrollando un complejo... energético. Muy activo. Pero la perdonará, camarada Karpukova, estamos seguros —Yatskov se envolvía las manos—. Todo será como antes, igual que una prolongada vacación de verano.

—No quiero regresar con él —los cortó—. Stanislav no... Nunca hubo verdadero amor en casa. Era respetuoso, sí, pero el respeto no es suficiente.

—Regrese, camarada Karpukova. Es lo que más le conviene.

—El país es otro, créame. Este año se estrenaron dos salas de belleza femenina en Moscú —Vladimorovich volvía a secarse el sudor, aflojarse la corbata—. Aunque no lo crea, ya es legal el *jazz*.

—¿Van a querer más té? —Sasha apagó su cigarro contra el cenicero de cristal, un regalo de Antonio. Lo apachurró con un gesto excesivo, como queriendo terminar con todo aquello. Decidió mentir: –Ustedes me van a disculpar; tengo que ir a dar una lección de piano al hijo del presidente municipal.

–¿Ah, sí? –el gordo pareció abatirse.

Sasha les ofreció una sonrisa amplia, satisfecha, dueña de la tarde y los gorjeos en el parque Tamarindo, más allá del balcón.

–¿Es guapo, el niño? –Yatskov se llevó las manos al rostro.

–No sé –Sasha quiso imaginar aquel niño fantasmal, quizá como los chamacos que había encontrado en la playa semanas atrás, Román y Mario Alberto. ¿Así se llamaban?–. Como todos.

–¿Más guapo que éste? –el agente Yatskov le entregó la fotografía. La acababa de extraer del saco.

Sasha sufrió una conmoción. Tiró el cenicero al piso, perdió el color al reconocer ahí, entre sus manos, a Fedia.

–Guapo, ¿eh? –el comisario de la embajada miró con pena aquel cristal quebrado.

El retrato era reciente. Su hijo, de diez años, se mostraba ciertamente bizarro, serio, mirando concentradamente al fotógrafo.

–¿Quién se la dio? –pero inmediatamente se percató de la inutilidad del reclamo.

–Los servicios –insinuó Vladimirovich.

–¿El retrato se lo hizo Katya? –y Sasha creyó necesario precisar: –Katya Markovitch, mi madre.

–No. Su señora madre, que tan encomiables servicios prestó al país, sufrió una… ¿cómo se dice?

–Crisis nerviosa –Vladimirovich apretó su pañuelo mientras contemplaba los pedazos del cenicero a sus pies.

–Pero está bien, de salud. Ahora habita en una residencia para ancianos con problemas de la mente. Al sur, cerca de Tichoreck. Una granja con gansos. Cultivan patatas, remolachas, rábanos. Todo el día están escarbando.

–Eso los mantiene ocupados –insistió el rechoncho.

–¿Y Fedia, entonces? ¿Quién lo está cuidando?

Sasha temió de pronto que el pequeño la escuchara en la foto, desde la foto, y se pusiera a llorar.

–¿Cuidar?

–No se lo habrán entregado a Stanislav, ¿verdad?

–El camarada Fílipov tiene otra familia –explicaba Vladimirovich, pero los ojos de Yatskov volvieron a reconvenirlo.

–Bueno, otra mujer, quise decir.

–¡Y Fedia! ¿Dónde está? ¿Quién lo tiene? –Alexandra Markovitch soltó el rugido: –¡Díganme, carajo! ¿Lo saben? ¿Lo saben?

Antonovich Yatskov volvió a hurgar dentro de la chaqueta gris que parecía desbordarlo. Sacó una segunda fotografía y se la entregó.

–El Estado atiende a su hijo –comentó Yatskov al mirarse las uñas de la mano izquierda, distrayéndose.

Era la misma foto, pero ampliada. Un retrato de grupo: doce niños posando en una grada de tres niveles. Niños con abrigos, bufandas y gorros, y nieve y fango al pie del tinglado.

–Se llama "Iván Petrovich Pavlov", el centro escolar. Son todos internos. Por las tardes preparan mermeladas y tienen un taller de carpintería, me parece. Está en Sérkaly, al norte, junto al Obi.

–Eso es Siberia, camarada Yatskov.

–Sí, cerca.

–¿Qué delito está purgando?

–¿Delito? Ninguno. No es un delincuente su hijo, que yo sepa.

Sasha volvió a mirar la segunda foto. Observó que el único que no llevaba abrigo era Fedia. Se cubría con un suéter abotonado.

–Tiene frío.

–Camarada, por favor –Vladimirovich creyó prudente recordar: –En Rusia todos tenemos frío.

–¿No le pueden entregar un abrigo, por Dios? –Sasha se sintió de pronto sometida. Derrotada como el cenicero roto a sus pies.

–Seguramente, cuando el Estado tenga mayores recursos, camarada –Yatsvov comenzó a juntar, una por una, las colillas revueltas en el piso–. Por eso no podemos oponernos al progreso, al desarrollo nacional, al esplendor de empresas como el Bolshoi…

–Qué quieren de mí –Sasha aguantaba las lágrimas. No les daría el gusto de verla llorar.

—Que no siga privando al pueblo ruso de su arte, camarada. Usted es un talento, una artista suprema y, aunque suene cursi camarada Karpukova, usted es un tesoro de la patria.

—¿Y entonces? —Sasha volteó a mirar a *Beria*, que dormitaba junto al balcón. Hacía como que dormitaba. Eso había dicho Antonio: "El problema de los perros es pertenecerle a alguien".

—Entonces todo se resolverá una vez que cumpla su deseo de volver a casa —Yatskov indicó a Vladimorovich que le entregara su pañuelo para juntar aquellos añicos de cristal—. Tendrá que partir en dos días, sin despedirse de nadie… eso es muy importante. Y no podremos llevar más de dos maletas, aunque el samovar sí. Nunca sobra.

⚙

Estaban de retorno en su laja. Esa mañana se habían suspendido las lecciones de buceo pues era el plazo para inspeccionar el equipo. Los técnicos del *US Divers Co.* se encargarían de revisar las válvulas, checar los reguladores, comprobar si los tanques no estaban golpeados o picados por el salitre. Apolonio los atendería pues no por nada fungía ya como instructor del equipo de hombres-rana en la base de Icacos.

—Vamos a la piedra —le había dicho Cindy esa tarde luego de remitir al *Daily Monitor* la entrevista de la víspera.

Había conversado con el senador por Massachusetts, aprovechando que el representante demócrata estaba de vacaciones en Acapulco. La entrevista había sido en el *lobby* del hotel Las Américas, a propósito del Premio Pulitzer que recién había recibido por su libro de biografías *Profiles in Courage*, y entre una y otra Coca-Cola el senador se mostró en extremo galante. Luego de lisonjear sus ojos, "iguales a los de Elizabeth Taylor", John F. Kennedy había comentado como de paso: "Mi mujer no está en la habitación. Fue con un grupo de familias a Taxco, a comprar baratijas de plata. ¿No te gustaría ver mis condecoraciones de guerra?", pues acababa de mencionarle el esguince lumbar a resultas del hundimiento de su lancha patrullera en la Guerra del Pacífico. "No regresarán antes de las ocho".

—¿A la piedra? —Tony bañaba a *Camila* con la manguera. Le había esparcido un puñado de jabón detergente y el jumento, luego de cepillarlo, era una masa rezongona de espuma.

—No hemos regresado a ella desde… —Cindy sostenía el cigarro como un sexto dedo admonitor—. Necesito ir ahí contigo. Necesito decirte algo.

—Dímelo aquí, linda. Ya me cansa nadar.

La rubia apagó el Lucky contra el piso. Alzó la mirada con enfado. Contados eran los momentos que tenían para ellos solos; las "travesías de serenata" se habían reanudado con el trío de Lalo Wilfrido, y Tony retornaba de madrugada transformado en una piltrafa. Además que estaban, todas las mañanas, las lecciones de buceo con Apolonio en el muelle Sirocco.

—*Tienes* que acompañarme —insistió ella mientras sujetaba el tirante de su bikini azul cielo—. Allá es *territorio neutral*.

Tony acabó de enjuagar a *Camila*. En ocasiones la burra se adentraba en otros búngalos a robar botellas que empinaba con bestial maestría. Brandy, cerveza, ginebra, que luego aparecían abandonadas a medio jardín.

—Vayamos pues —terminó por aceptar—, y ahoguémonos en tu piedra.

Una hora más tarde, luego de nadar con serenidad, arribaron a las rocas de playa Guitarrón. Ahí estaba la laja de Cindy, "su piedra", que la marea barría ocasionalmente.

—Cuando yo muera, Tony —dijo ella luego de trepar al promontorio—, quiero que bautices a éste como "el atolón de los Rudy".

—¿Cuando tú mueras? —Tony la regañó—. Cinthia, por Dios: tú no regresaste para eso, ¿verdad?

—El asunto es que como nunca lograré publicar un libro, que esta piedra quede al menos como mi legado.

—Oquei, prometido. ¿Ya podemos regresar?

—No, espera. Vamos a sentarnos.

Recargados espalda contra espalda, aguantaron el sol, que ya comenzaba a quemar.

—Quiero decirte algo —Cindy observó un velero a media bahía. Era un balandro con dos velas y el casco rojo, igual que un juguete navegando en la memoria. "Todo fuera como fugarse con el viento", pensó–. Ya que estamos en esta pequeña isla fuera del continente, podré hablar con… ¿desfachatez? ¿Así se dice?

–Sí… depende de lo que quieras decir.

–Una confesión.

–¿Eres feliz conmigo, Tony?

–Güera, ¿para preguntar *eso* me trajiste hasta aquí?

Cerca de ahí un grupo de pelícanos flotaba en espera de la brisa. Guardaban sus picos entre el plumaje y parecían dormitar.

–He soñado mucho, últimamente.

–Yo lo sé –Tony revisó el moretón en su ingle. El rodillazo fue el precio de la pesadilla mientras ella gritaba que no, que no sabía.

–He pensado que sería conveniente entrar a psicoanálisis –insistió ella.– El problema es que aquí no hay con quién.

–Yo prefiero un coco-fizz. Es lo más parecido que tenemos para desempolvar la conciencia.

–Sí, como todos los mexicanos.

–¿Qué quieres decir? –Tony flexionó la espalda para poderla mirar.

–Eso. Que el aguardiente es la panacea de ustedes. Si no hay dinero, beben; si hay dinero, beben. Si no hay amor, beben, si lo hay, beben. Beber es su verdadera religión, ¿verdad? –y luego, revisándose las uñas esmaltadas de los pies: –Emborracharse es el psicoanálisis en este país.

Antonio se cruzó de brazos. ¿Qué podía argüir en contra? Ahí delante uno de los pelícanos abrió un ojo para espiarlo.

–¿Y qué es lo que sueñas, güera? ¿Qué es lo que hierve en tu alma?

Cindy soltó un profundo suspiro. Cerca del horizonte la balandra comenzaba a fundirse con el recuerdo. Sintió sed, pero ahí sólo había sal.

–Son episodios de una cierta locura –dijo por fin–, pero todos cargamos con un saco de ceniza en la conciencia, Tony. Todos.

–Yo sí. Ahora que vino mi padre intentamos ventilarlo. Nos dimos la oportunidad, pero siguen quedando rincones demasiado oscuros. ¿Sabías que a partir del suicidio de Aurelio mi madre dejó de tener relaciones con mi coronel… digo, con mi padre?

–Tu padre es un hombre severo. Se nota.

–Hubo un tiempo feliz con él. Un tiempo de columpios, días de campo, y paseos en el zoológico. Después algo ocurrió. Dejó la milicia, comenzó el negocio de la construcción, se asoció con su compadre. No sé. Algo.

Cindy recargó la nuca sobre un hombro de Tony. Cerró los ojos, se reacomodó y comenzó a referir:

–Recuerdo la gran tristeza que me daba retornar a la cama. Tendría yo siete años, creo, cuando regresaba a mi cuarto expulsada por mi padre como si fuera una intrusa. Antes de eso la cama de mis padres era una fiesta, sobre todo los domingos. Harry y yo metíamos ahí juguetes y galletas, y aquello era una fiesta de cosquillas. De pronto se colaba la mano de papá debajo de las sábanas para cogerme un pie, jalarlo lentamente, "parece que he capturado un pequeño oso", decía, y yo moría de nervios y carcajadas. "¡Ahora yo, ahora yo!", protestaba el pequeño Harry, y era el turno de mamá, "aquí atrapé un mapache". Y entonces, en esa batalla de risa y retozos, lograba mirar el pene de mi padre. Era un instante en que la bragueta de su pijama se abría y me permitía mirar aquello. Luego, durante los días siguientes yo pensaba: "Cómo puede caminar con eso ahí… debe ser muy incómodo", y me daba lástima. Pero algo ocurrió, o debió ocurrir, porque mi padre William Rudy ya no me permitió acceder a su cama. Me recuerdo caminando de regreso, una noche de tormenta, en que ya no me permitieron entrar a su alcoba. "¡Ya eres una mujercita!", me gritó luego de escuchar mis ruegos, "¡y una mujercita debe dormir sola y rezar sus oraciones!" Me rechazaba apenas verme. Fue el tiempo en que comencé a odiarlo en secreto. Cada vez que me descubría leyendo a Louisa May Alcott me mandaba castigada al jardín. "Lo único que ganarás con esos libros será llenarte el alma de romanticismo y angustia"… ¡y eso lo decía el profesor de lengua en la secundaria de Portland! ¡Condenarme por la lectura de *Mujercitas*, te imaginas? Después fue peor. Cesaron los abrazos y dejó de celebrar mis buenas calificaciones. Dejó de cargarme, dejó de arrojarme a la cama, dejó de acariciar mi cabellera. Ya no más "ojos de cielo" ni "botoncito de rosa", y todo porque comencé a manifestar mi gusto por la escritura. Una tarde en que llegó alcoholizado me sorprendió en la mesa del comedor concentrada en la biografía que debía escribir sobre Edgar Allan Poe. Me golpeó con el cable de la cafetera. "¡No pierdas el tiempo con la escritura!", me gritaba mientras corría a mi recámara. "¡Si pierdes el tiempo perderás todas las oportunidades!" Y luego, lo peor: "¡Mañana voy a quemar todos tus libros!" William Rudy, el hijo de puta, se había convertido en un monstruo.

–Pero al abandonar la casa te saliste con la tuya –Tony pensó que era el momento de cortar con eso. Evitar que estallara en lágrimas.

La corresponsal del *Daily Monitor* aguantó el consuelo. Alargó los brazos hasta enlazar sus rodillas entibiadas por el sol.

–Me salí con la mía –repitió, tratando de serenarse–. Sí, eso me parece. ¿En qué se parecen la ley del Talión a la ley de Newton?

–No sé –Tony observó a los pelícanos que ya remontaban el vuelo.

–En su carga de fatalidad –declaró ella–. Nada escapa a la fuerza de gravedad ni al filo de la venganza. Se parecen en que la fosa del panteón reúne esos funestos destinos.

–Y el psicoanálisis, digo, ¿en qué ayuda ante ese *radiante* devenir?

–No en mucho; tienes razón –observaron que los pajarracos sobrevolaban alrededor de la laja–. Lo que ocurre es que mi padre, a diferencia del tuyo, me dejó muchas cicatrices –y precisó–. Cicatrices del alma que nunca restañan, aunque ahora te tengo a ti para resucitar en...

La muchacha se congeló de pronto. Comenzó a levantarse y preguntó con acento perturbado:

–¿Ya viste, Tony?

El nadador la siguió con la vista y aprovechó para desentumirse. Cindy llegaba al otro extremo de la laja donde se erguía una roca vertical, y con gesto sacrílego señaló una inscripción. En la base del promontorio alguien había labrado un nombre y una fecha: "SASHA / 11 VII 57".

–Algún hijo de puta vino a nuestra piedra, Tony.
–Eso parece.
–Qué necedad la nuestra, ¿verdad? –la muchacha no quitaba la vista de la inscripción–. Esculpir monumentos, ordenar epitafios y un buen día con el paso del tiempo todo volverá a ser polvo del polvo, ¿no crees?
–Sí, eso sí –y señalando aquella marca en la roca, Tony repitió con tono acusativo: –Polvo, polvo, polvo…

Aprovecharon la sombra de la roca para resguardarse de aquel sol, que ya calaba. Se adormilaban cuando Cindy le acarició la cabellera.

–¿Estuviste con alguien, Antonio?
–¿Qué pretendes decir? –Tony pestañeó con somnolencia.
–Eso. Que si tu *gancho* prendió en algún culito por ahí.

Antonio sujetó la mano de Cindy y la encaró con una sonrisa:
–Entiéndelo: mi amor no ha salido de esta piedra. Después de todo, tú fuiste la que te fuiste, ¿o no?
–Sí, claro, y ahora estoy embarazada.
–Qué dices.
–Eso que oyes, idiota. Tendrás chueco el pito, pero ten por seguro que me has hecho un hijo.
–Un hijo.
–Es lo que te quería decir solamente, solemnemente, aquí.
–Aquí.
–Sí, aquí idiota. ¿No puedes decir algo más? Ya llevo seis semanas, ¿no me lo notas?
–No, la verdad, no.
–La boda tendrá que precipitarse. Quiero llegar a la iglesia en dos pies, no rodando.
–La boda… –Tony no salía de su aturdimiento–. ¿Puedo tocar?
–Sí, claro, bobo. Es tuyo también.

Antonio llevó su mano hasta el borde de aquel bikini azul. Tocó ese ombligo donde otro ombligo se gestaba. Imaginó un nombre para el niño, la niña, y pensó en lo divertido que sería enseñarlo a nadar. ¿"Apolonio Camargo Rudy"? El suyo sería, indudablemente, un nombre de dictador.

—Y que vengan los que sean, menos mi padre –anunció la escritora sin libros, luego buscó el velero rojo en el horizonte porque de seguro que ahí viajaban todas las respuestas. El balandro, sin embargo, había desaparecido–. Para mí está muerto –musitó en inglés–. Mi padre.

Retornaron nadando en estilo marinero, salpicándose a ratos, y arribaron a la playa cuando Venus asomaba en el púrpura del firmamento.

⚙

Habían contratado a un nuevo marinero. El muchacho, de apellido Retolaza, aún no cumplía los dieciocho y era de todas las confianzas del *chino*, así que una noche uno y a la siguiente el otro, se encargaban de velar en el *Cindy*. Esa mañana, luego de concluir las clases de buceo, Antonio buscó satisfacer un capricho. ¿Qué perdía? Ya una noche había intentado telefonearle pero ella no contestó. Seguramente se había quedado a la doble función en el Salón Rojo. Aquél era el momento de aclarar, de una vez, todo. Le diría que iba a ser padre, que lo de ambos no tenía futuro… ¿no le llevaba diecisiete años? Que Lalo Wilfrido era un verdadero éxito en las "travesías de serenata" y que a ella, la verdad, nadie la extrañaba. "La rusa de Tamarindo", ¿qué era eso?

No podía ser tan cruel. Abordó el Packard y se despidió de Apolonio. Ahora la moda era intentar inmersiones nocturnas con lámparas de halógeno bajo el muelle Sirocco, y las nuevas mascarillas de una sola manguera, con regulador automático, que ahorraban el consumo del aire… sólo que eran de importación y su precio en dólares. Se estacionó en el parque Tamarindo, a la sombra, desde donde podría espiar la casa color violeta. Algo, sin embargo, le dio mala espina. La ventana del balcón ya no tenía cortinas.

Es lo que le había dicho aquella vez. Que se ausentaría unas semanas, que partiría a la ciudad de México, que lo de ellos quedaba en el aire… Se apeó del auto y avanzó a través del parque. Se detuvo ante la casa de la profesora Markovitch y se extrañó por la ausencia del *terranova*. Quedaba el bullicio de los zanates en lugar del *Concierto número ocho*, "*Lutzov*", de Amadeo Mozart escapando de aquellas ventanas. Una mujer mostrando dos trozos de cartón y retándolo ahí arriba, "¿Liszt o Chopin?".

Llamó a la puerta con el alma en vilo. Era un amante sin palabra y su alma hedía igual que una cloaca. Sí, que lo abofeteara hasta cansarse. Volvió a tocar. Que bajara a escupirle, a romperle una botella de vodka en la cabeza, a preguntar "si había olvidado algo", porque ése era el verbo imprescindible.

Después de llamar por tercera vez aquello resultó por demás sospechoso. ¿Se habría mudado? ¿Estaría en el hospital? ¿Tendría que descolgarla del travesaño en mitad de la estancia? Intentó asomarse por la rendija que permitía la moldura de hierro, y aquello lo asustó. El muro donde pendían las fotografías de sus hijos y el ícono de San Nicolás estaba repellado y listo para ser pintado. Sasha Markovitch ya no vivía ahí.

No había mucho más que hacer. Al morir un volcán no queda más que su cráter vacío, y con esa sensación regresó al inicio de la avenida Tambuco. Abordó el Packard y al encender el motor imaginó que emprendía el retorno a la ciudad de México. Nueve horas después, con un poco de suerte, estaría metiéndose entre las sábanas de su cama, reconociéndose en aquel banderín del equipo Guadalajara, "el ya merito", las fotos autografiadas de *Chava* Reyes, *tubo* Gómez, *bigotón* Jasso y el *jamaicón* Villegas, además de su bicicleta arrumbada bajo el cartel de Brigitte Bardot en la perturbadora escena de *Y Dios creó a la mujer* que su madre le escondió durante semanas.

Arrancó y sin cambiar velocidad rodó junto a la casa violeta. Tocó dos veces el claxon, como antaño al despedirse, y entonces creyó escuchar desde la memoria el ladrido de *Beria*. Pero aquello se había desvanecido. Eran escombros de cuando Tchaikovsky, el piano *Petrof* laqueado y aquel pie sin dos dedos eran todos suyos. Varió a segunda y creyó escuchar, de nueva cuenta, el ladrido. "Los perros ladran porque nadie les enseñó a hablar", era frase del primo Loño. Rodeaba el parque Tamarindo cuando sintió una corazonada. Frenó, se estacionó de nueva cuenta bajo la sombra del laurel.

Al entrar en el estanquillo fue recibido por los ojos insolentes del encargado.

—¿Me da una *Yoli*? —y cuando el comerciante iba hacia el cajón de hielos, recordó: —¡Ah, don Espiridión, y también unos Elegantes!

Apenas gritarlo regresaron los ladridos allá adentro.

—Perdone, pero... Ya sé que todos los perros ladran igual. ¿No son aquéllos los ladridos de *Beria*?

El tendero le ofreció el refresco y la pregunta:

—¿Es usted Camargo? ¿El del barco?

—Sí, claro.

—Allá atrás tengo al perro. Me dijo la rusa que se lo entregara. Y las demás cosas, con el recado.

De modo que Sasha se había ido. Tony, de momento, no quiso imaginar la escena. Al reencontrarse con él, *Beria* se le fue encima. Aullaba de gusto, saltaba agradecido, festejaba su liberación.

—¿Ya leyó la cartita?

Era verdad. Tony había ingresado al fondo de la miscelánea donde estaban las cajas y el piano. La "carta" era un recado de siete líneas:

"Antonio Camargo. El señor Espiridión me ha hecho favor de guardarte estas cosas que ahora son tuyas. El piano (ya lo pagué a la Madame Levy), las cajas con los discos y nuestro *Beria*. Cuídalo mucho. Haz el favor de entregarle a don Espiri doscientos pesos. Se los prometí por cuidarlo todo. Un beso, Sasha."

Se había esfumado. Le indicó que más tarde regresaría con el camión de la mudanza, que entonces le pagaría. Por lo pronto se llevaba, porque era imperioso, al *terranova*. Eso era todo. Un beso, un perro, un piano.

—Perdone, pero... usted debe saber adónde fue.

El dueño del estanquillo se lo quedó mirando con suspicacia. Le aventó una galleta al perro. Que se estuviera en paz.

—¿Usted es el del otro día? ¿El de la caja de los...? —creyó prudente indagar.

—Sí. De los condones. ¿Sabe usted a dónde fue? —insistió.

—No sé. La verdad aquello estuvo muy raro. Vinieron unos gringos por ella en un coche negro. Todas sus cosas se las dejó a la casa de asistencia del padre Fausto Hernández, el de Coyuca. Las recogieron un lunes y el martes me entregó toda esta consigna, que ya se tardaba usted en recoger —luego el tendero añadió algo que parecía venirle del alma: —El perro es bien tragón. Comía un kilo de tortillas al día. No se llenaba el canijo.

Decidió llevar todo al yate. Los discos a su antiguo camarote, el piano junto al bar y *Beria* sobre un jergón de la bodega. Y como el perro le tenía fobia al mar, no se iba a lanzar desde su nueva prisión flotante. Le encargó a Retolaza que lo mantuviera encerrado a la hora de los paseos turísticos, aunque el perro y el muchacho hicieron migas desde el primer momento.

Cenó con Cindy en casa. Esa noche no habría travesía musical.

—Llegaste tarde, cariño. Me estaba muriendo de hambre.

—Saldré al rato. Quiero revisar unos asuntos en el yate.

La rubia se iba acostumbrando al gradual distanciamiento. Eran los ratos en que Antonio se ponía taciturno, se encerraba a escuchar conciertos —ella nada tenía en contra de la música clásica—, se quedaba dormido con los *trópicos* de Henry Miller sobre la cara.

—¿Te incomoda que me haya embarazado?

—Más te irá incomodando a ti, cariño. ¿Ya patea el bebé?

—No seas bobo. Apenas va a cumplir siete semanas. El *junior* no es más grande que esto —alzó una cereza en almíbar. La volvió a depositar sobre el helado de vainilla, igual que un pezón de fantasía.

—Yo también tengo mi antojo. ¿Me podrías preparar un coco-fizz?

—Podría… pero es una lata. Ve con doña Zoraida, Tony. Le deben quedar algunos cocos —Cindy se deleitaba con aquellas últimas cucharadas a punto del empalago. Observó que Tony iba adquiriendo cara de perro.

—¿Vas a ir con las putas, cariño?

Abandonó la taza de café. Alzó los ojos con gesto disgustado. ¿Desde cuándo era ése el lenguaje en casa?

—No es mala idea.

—Dicen que en casa Naila hay muchachas casi niñas que hacen toda clase de perversiones. ¿Cuál es la niña... qué edad tenía la mujer más joven que enganchaste con tu garfio, querido?

—No recuerdo. Trece años –exageró–. Tal vez doce.

—Es la edad que tendrá tu hija en 1970. Cuando todo el mundo sea comunista.

—Entonces habrá que apurarse, ¿verdad?

—Y la fecha, mi vida. ¿Te parece bien el 5 de noviembre?

—La fecha... –Tony probó una de esas cerezas de escándalo.

—Sí. La fecha de la boda, Antonio. No quiero que los invitados se prenden de mi panza en vez del escote. Ayer vi unos vestidos de novia muy lindos. Y no tan caros.

—Y no tan caros –repitió.

—La ceremonia será en la iglesia de Nuestra Señora de la Soledad, y el banquete en el Club de Yates. Es lo mejor. Esta mañana hablé con el patrón Lew Riley. Me dice que caben más de veinte mesas, suficientes para 200 invitados. Me gustaría conocer a tu madre antes de la boda. Espero que sea más dulce que el general Camargo.

—Coronel. Coronel Camargo –la corrigió sin soltar aquel fruto escarlata–. Es bonita fecha. El 5 de noviembre cae en sábado.

Cindy Rudy abandonó la silla, rodeó la mesa y fue a pararse detrás de su prometido, que seguía jugueteando con el frasco de cerezas.

—Mi amor –le dijo–. Veo que estás convertido en un ¿manojo? de nervios. Yo estaría igual, con todos los gastos que se avecinan.

Sintió la tensión de esos brazos sobre su pecho. "Eso es cariño puro".

—Por eso voy a salir, güera. Venderé los pianos. Voy a poner un anuncio en el periódico; buscaré a Madame Levy, que sabe de esas cosas...

—Ah, ¿la nazi? –revisó su reloj pulsera–. Ya debe tener seca la buchaca, ¿verdad?

—No sé.

–No te hagas, cariño. A cuántas mujeres no te habrás fornicado en el puerto.

–Es una pregunta capciosa. Me obligas a decirte que a ninguna.

–¿A ninguna *no* te has fornicado? –estaba a punto de la carcajada.

–Son preguntas que no llevan a ningún sitio –y luego de pensarlo, añadió: Yo también tengo algunas preguntas en el carcaj.

–¿En el qué?

–Ayer te volvió a telefonear el senador gringo, ése de apellido como de artista de cine, al que entrevistaste. ¿Conally?

–Kennedy –rectificó la rubia–. ¿Ayer? ¿Te dijo algo?

–¿Me debería decir *algo*?

Cindy lo fue soltando. Comenzó a palidecer.

–No sabía que hubiera regresado –dijo a media voz.

–Lo invitaremos a la boda.

–¡No! Claro que no –y comenzó a divagar–. Tiene una linda esposa que también escribe reportajes. Se casaron en Newport, en 1953, y todavía no… ¿A qué hora regresas?

–Tarde, no sé… Me llevo tu coche porque el mío está sin gasolina.

–Sí, claro. Como tú quieras. No hay cuidado

El Kaiser se manejaba como juguete. Era un *coupé* ligero, con un motorcito que de milagro había llegado a Acapulco y que al meter reversa zumbaba como licuadora. Antonio llegó al *Mango-Guango* de mal humor. Los días con Cindy eran una delicia, pero había ocasiones en que todo hervía y el búngalo parecía a punto de estallar. Era el momento de huir, aguantar ante un jaibol en cualquier bar hasta que la tormenta pasara. Se lo había comentado el *chino* Maganda, como no queriendo, semanas atrás:

"–La vi entrando al *Mango*, pero no me consta".

En la huerta de doña Naila Galeana habían proliferado los cabaretes. Estaban el *Saladito*, el *Noche a noche*, el *Yímboro*, el *Casa Maritere*, el *Glady's* y recientemente ése de nombre macerado: el *Mango-Guango*. Tony estacionó el Packard y sin más entró al lugar.

Aquel serrallo era, como todos los del lugar, rústico y deslumbrante. Medio centenar de mesas de lámina permanecían desparramadas bajo el enorme cobertizo de asbesto, cuyas lámparas rojas contagiaban una atmósfera por demás voluptuosa. Al centro había una pista de baile toda luz, y junto al bar un proscenio camuflado con palmas donde la orquesta de Tabaquito complacía a la concurrencia. Tony pidió un vodka-tónic, pero le dijeron que allí solamente servían ron y cerveza. "Si quería una cosa más elegante", que fuera enfrente, al *Glady's*.

–Bueno, un ron con mucho hielo –terminó por aceptar–. ¿No podría decirle a la *Roba* que aquí estoy?

–¿La *Roba*? ¿Y esa quién es? –la mesera llevaba falda de satén blanco.

–Se llama Roberta. Roberta… la *Roba* –y al percatarse de la mínima información, esgrimió las manos al frente sugiriendo una caja de refrescos.

–¡Ah…!, deja ver –la de la falda satinada se retiró hacia donde la orquesta se soltaba con el arranque… "Bodeguero, qué sucede / ¿por qué tan contento estás? / Yo creo que es consecuencia / de lo que en moda está…" A poco de eso regresó con el vaso nadando en hielos. Lo depositó en la mesa y comenzó a juguetear con la camisa de Tony, que llevaba estampado, con hilo de oro, el nombre del yate. La mesera lo deletreó con soltura.

–No está tu amiga –le informó sinuosamente–. O sea, no existe con ese nombre. Pero hay otras, para bailar… Habemos, pues.

Pagó y le ofreció una sonrisa resignada.

–¿No te gusta bailar? –insistió ella al voltear hacia la pista donde algunas parejas disfrutaban aquello de "…el bodeguero bailando va, el nuevo ritmo del cha-cha-chá / Toma chocolate, paga lo que debes…".

–Me encanta, pero voy a ser padre –le dijo Tony, y de inmediato se percató de la absurdidad del razonamiento.

Después de ésa, la orquesta iniciaba otra guaracha de moda que terminó de alegrar el ambiente: "Vacilón, que rico vacilón / Cha-cha-chá, que rico cha-cha-chá / A la prieta hay que darle cariño / a la china tremendo apretón / a la rubia hay que darle un besito / pero todas gozan el vacilón..." y cuando Tony miraba a las parejas gozando, dudó si pedir un segundo ron. Fue cuando llegó hasta él otra muchacha de amplias caderas.

–¿Que me estás buscando, capitancito? –preguntó al apoyar una pierna sobre la otra silla.

Tony volteó, pero ésa no era la *Roba*.

–Me llamo Susy –dijo–. ¿No te gustaría echar una danzoneada?

Tony alzó la mano en gesto agradecido. Que ya se iba.

–Anda, nos echamos unas volteretas –le disparó un beso fantasmal.

–Estaba buscando a la *Roba*... pero me dieron mal los datos. Gracias.

–¿Cómo es ella?

Antonio sonrió. Se enderezó contra el respaldo para contemplar esa desmedida humanidad.

–No recuerdo su apellido. Lo que te puedo decir es que en algún tiempo trabajó como cocinera, que vive con sus... allá arriba, en Mozimba, y prepara unos *cocos-fizz* de maravilla.

La muchacha retiró la pierna de la silla. Hizo un mohín desilusionado.

–Casi no sale del cuarto –dijo al robarle un cigarro–. Ahí recibe a sus clientes. Se llama Alma Rosa.

–¿Alma Rosa? –Tony le ofreció el fuego de su Ronson.

–Allá atrás, junto a los baños, hay un pasillito. Entras y están los cuartos. El de ella tiene una cortina con flores y pajaritos.

El problema era que todos los cuartuchos tenían cortinas estampadas con flores. La mayoría estaban descorridos, de modo que se podían mirar esos camastros sin mayor gracia, la lamparita, el rollo de papel higiénico, la estampa enmarcada de la Virgen de Guadalupe.

Los pajaritos eran en realidad patos, y cuando Tony descorrió la cortina lo recibió el grito alborozado:

–¡Antonio!... mi amor. ¿Qué haces por acá?

Una hora después Tony reposaba sobre el pecho de la *Roba*. Habían conversado en secreto, interrumpidos por otras voces, sin siquiera besarse.

—Me has hecho tanta falta –dijo Tony.

—Pero me cambiaste por esa señorona con ojos de tigre –le acarició una mano–. Un día los vi paseando en tu coche.

—Ella es precisamente la que te digo. Se fue sin despedirse. Hoy estuve en su casa. Solamente me dejó unos discos, un piano...

—Pero regresó la *Corn-Flakes*, ¿no? ¿Cuál es el problema?

—Ése precisamente. ¿Tú nunca has querido a dos?

—Puuuta... qué pregunta.

—Yo digo querer. Querer de morirte.

—Ay, mi vida. Y yo que te lloré semanas cuando me repudiaste.

—Un día fui a visitarte, y no estabas –se defendió Antonio–. Me vendieron tus hijos doscientos kilos de cocada.

—¡Ah, fuiste tú?

Tony se despegó de su blusa. Tomó asiento en la silla del cuchitril. ¿Cuánto tiempo había pasado? Encendió un cigarro y tardó en lanzar la fumarada. Había perdido a Sasha para siempre. Tenía a Cindy esperando un hijo. Ahí estaba la mulata entre cuyos muslos aprendió las artes de Cupido.

—¿Y tus hijos?

—Bien. Muy bien, mi Toño. En la escuela.

"¿Y cómo fue que viniste a parar aquí?", era la pregunta imposible.

—Ha sido tu abrazo más lindo –dijo ella al compartir el cigarro.

—Pero si no...

—Por las lágrimas, mi Toño. Nunca habías llorado en mi pecho.

Tony soltó un suspiro. Descubrió en el piso una cucaracha oscilando su par de antenas. Supo que el destino del insecto se supeditaba a sus suelas.

—Y tu marido, al que le cortabas la cabeza en las fotos...

—Diómedes.

—¿Por qué te dejó? –era una pregunta correcta.

Roberta sonrió. Buscó nuevamente una de sus manos. La besó.

—Estábamos como locos, ¿verdad? Tú y yo –la *Roba* se acomodó la blusa de lentejuelas–. No sabes cómo me calentaba no más de verte en tu hamaca del hotel. ¿Te acuerdas?

–Sí, claro. El Ensueño; hace tres años.

–Cinco, mi vida; casi cinco. El tiempo pasa.

–Pasa, sí, y supongo que tu marido Diómedes te volvió a dejar porque… Porque las cosas son así.

–No, cómo crees –alzó las manos–. Seguimos juntos… Con problemas, claro está. Pasa por mí al rato. Ya nos compramos un cochecito.

–Ah, qué bien.

No había consejo que lo protegiera. No había salvación. El desasosiego sería la sombra por el resto de su vida. Una mañana, días atrás, había estado a punto de gritar desde la cocina: "¿Con tocino, Sasha mi amor?" Aquello era un pozo ciego y había que acostumbrarse. Además estaba la sorpresa del bebé, la apremiante boda, aquel dinero urgente que a ver de dónde. "Resignación", se dijo Tony al abandonar aquel pasillo de tablas y perfume barato. "Resignación y confianza", porque ya sería la tarde en que enseñara a nadar a su hijo en la bajamar de Caleta. Y cuando alcanzaba la salida del *Mango-Guango*, un par de muchachas lo detuvieron.

–Ay, perdona. No te vayas –Tony volteó y reconoció a una. Era Susy, la que le había robado un *Elegante*.

–¿Qué pasa?

–Es que nos gustaría ver, digo, porque no me la creo.

–Ver qué.

–Nos dijo Alma Rosa –acusó la que sujetaba su brazo–. Que tú eres el "chisgatuerto".

–¿El qué?

–Ya habíamos oído.

–Nos dijo ella.

No le quedó más que sonreír. Las dos lanzaban vistazos a su braguera, como anuncio del circo.

–¿Nos dejas ver?

–Ándale. Te invitamos una cerveza.

⚙

Jugaban a las damas en el muelle Sirocco. En eso el avioncito volvió a pasar en vuelo rasante.

—A la próxima te va a despelucar —comentó Apolonio Castillo al coronar una ficha. Lanzó un vistazo al aparato que sobrevolaba por encima de los cocoteros—. Como la loca.

—Si me dejo, compadre. Si me dejo.

Tony jugaba a blancas y había ganado la partida anterior.

—¿Y qué quería la loca?

—Que va a ofrecer una fiesta. Un coctel muy "lagartijo" en el Palao; ya ves cómo se mueve entre los gandules del puerto. Que si quieres ir.

—¿Con esa chiflada? —Apolonio quitó los ojos del tablero—. ¿Para que otra vez termine encuerándose junto a la alberca y escandalice a mi vieja?

—En el Palao no hay alberca, compadre. Puro mar.

—Yo safo —el instructor de buceo rebotó la ficha coronada comiéndole al paso otra dama—. Para mí que la Marlene debía estar en el manicomio, o en la cárcel. ¿O piensas que no se escabechó a sus tres maridos?

—¿Tú crees? —Tony avanzó una dama, sacrificándola para distraer aquella roja que estaba haciendo cisco de su avanzada.

—Casarse es caro —comentó Apolonio con prudencia.

—Y más si la princesa quiere banquete en el Club de Yates. Tú dirás.

—Yo no digo nada... Oye, y el gringo ¿vendrá?

Tony hizo como que no escuchaba. Se concentró en el tablero. Estaban por cumplir una hora perdiendo el tiempo, acostumbrados a la informalidad de los turistas. El buceo era el deporte de moda, aunque resultaba más económico ir al Jai-Alai y beberse tres cervezas entre alaridos.

—Quién sabe; con el que habló fue contigo —Tony le dispensó una mirada indolente—. Ayer hicieron la cita, ¿no?

—Apartó dos horas y no canceló —Apolonio volvió a tirar su dama en otro sesgo letal—. Andas como apendejado, compadre. ¿O será el calor?

—En Acapulco siempre hace calor.

—Por eso mismo —y disimuló la sonrisa al apurar el trago de *Yoli*.

De pronto Antonio estornudó. Aquella brisa picante era

demasiado ofensiva. Observó cómo su socio terminaba de arrasar las fichas blancas.

–¡Salud!, compadre –y luego, buscándolo en el aire–. Pinche avioncito, ya nos tiene atolondrados.

–Todo sea por librarnos de la plaga.

Apolonio Castillo dejó la mesita y avanzó hasta el mostrador. Desde ahí preguntó mientras revolvía papeles y tarjetas:

–¿Cómo se llama?

–Kennedy. John; creo que está hospedado en Las Américas.

–Ah, sí. Aquí está –el instructor procedió a discar el teléfono.

Tony fue en busca de otro refresco. Aquella fumigación picaba, hacía estornudar. Al retornar a la oficinita se encontró con la jeta de Apolonio:

–Que no saben adónde fue el pinche gringo. Que pidió un taxi y salió desde la hora de comer –el instructor terminó de acomodar las fichas.

–Ahora salgo yo –anunció Tony, y ya se acomodaba frente a la mesita cuando la sonrisa de su socio lo previno. Acababan de llegar unos clientes.

Era un matrimonio de edad. Dos norteamericanos que venían recomendados por el promotor turístico del hotel Las Hamacas. Edward Hallock y Melisa Trotti, que tenían ya una semana en el puerto y querían divertirse. "Hacer algo distinto", dijeron en inglés. "No tenemos nada contra la piscina, pero Acapulco debe encerrar muchas otras sorpresas", adivinó ella con una amplia sonrisa.

–Ese bote es de ustedes, ¿verdad? –Hallock señalaba con gesto enérgico la lancha del negocio.

–Y cosa curiosa –dijo Tony en inglés–. Está listo para zarpar. Si salimos ahora mismo podríamos visitar el *Muelle Antiguo*, contemplar el *Fuerte de San Diego*, llegar hasta la *Roca del Elefante*, la península de Majahua, *playa Guitarrón* y arribar antes del crepúsculo a *Puerto Marqués*, donde hay excelentes cocteles y mariscos. Ahí nos mojamos los pies y podrán presenciar el atardecer. Como de película. Estaríamos de regreso con las primeras estrellas, para que se vayan a bailar.

—¡Ah, sí! ¡Vamos, Edward! —estalló la mujer, que debía frisar los cincuenta—. Suena maravilloso.

—Y el precio… —ya advertía Apolonio con su inglés elemental, pero mister Hallock lo contuvo:

—Déjelo, no se preocupe. Ustedes son personas decentes; se ve.

Después de tantos años Tony Camargo había aprendido el truco. Combinar palabras en español con el discurso en inglés, nombrando esos sustantivos que invitaban al exotismo: "Puerto Marqués", "Guitarrón", "Muelle Antiguo", "San Diego"… Entonces volvió a pasar el avioncito, de retorno, soltando ese aroma picante por encima del follaje.

—Se va a matar —comentó el gringo, que debía tener setenta.

—Están "dedetizando" el pueblo —le explicó Apolonio.

—¿Qué es eso?

—Malaria, paludismo… Hay que fumigar al mosquito anófeles con toneladas de DDT. Son órdenes de mi presidente Ruiz Cortines.

La Pichicata tenía un potente fuera de borda. Zarparon a los pocos minutos y fueron cumpliendo con el itinerario ofrecido. Apolonio iba al mando, en el primer asiento, junto al venerable Edward que tenía la figura quijotesca de los convalecientes. Atrás iban Tony y la mujer de Hallock, que era rubia teñida y lucía un conjunto de playa color marfil. Llevaba un amplio sombrero rojo, que a ratos parecía arrebatarle el viento.

Al llegar a la bocana debieron enfrentar el impetuoso oleaje. Tony le hizo una indicación a su socio: que enfilara hacia el recodo de Icacos, y el instructor obedeció con una mueca de enfado. Antonio vociferaba para hacerse escuchar explicando que en aquel risco Johnny Weissmüller solía practicar sus salvajes zambullidas, que en aquella, la playa de Tlacopanocha, una tarde varó una ballena moribunda, que en ese preciso punto yacía el carguero argentino *Mar del Plata* desde que en 1945 fue hundido por su capitán para no ser torpedeado por los submarinos que esperaban ahí fuera.

—¿Submarinos alemanes? —indagó gritando mister Hallock.

—No, del *US Navy*. El barco llevaba armamento para el presidente Perón, que era el amigo americano de Adolfo Hitler.

–¿Dónde está? –Tony observó la mano de la señora Melisa descansando en su antebrazo. Su hermoso brazalete de plata.

–Ahora lo encontramos –dijo Tony y saltó al asiento delantero. Desplazó con el hombro a su socio, disculpándose:

–Tenemos que hacer la maniobra del caracol.

–¿Ya vas a empezar? –reclamó Apolonio con un dejo de fastidio.

Gobernando el manubrio al iniciar el giro, Tony fue dando más gas al motor de modo que *La Pichicata* comenzó una trayectoria vertiginosa, en espiral, mordiendo su propia estela en saltos que los cubrían de espuma.

–¡Uuuh! –gritaba Melisa, aferrando su sombrero y rejuvenecida.

–*Slow down, please. Slow down...* –suplicaba mister Hallock, cuando de pronto el bote salió disparado con el carburador a todo.

–*You are so crazy* –soltó en corto la señora Hallock a Tony, en lo que su marido trataba de secarse con el pañuelo.

Desacelerando, y aún electrizados, se aproximaron al recodo de Icacos. En la base naval el viejo cañonero *Abasolo* soltaba una columna de hollín.

–Para que vean que seguimos, como ordena el himno, en pie de guerra –quiso bromear Tony, pero su socio arrojó la mirada al frente.

Entonces volteó hacia el conjunto de búngalos y reconoció el suyo, el número cinco; esas dos siluetas en la estancia, además de la piscina, las siete palmeras y la burra *Camila* rumiando bajo la palapa.

–Ésa es mi casa –le dijo a Melisa, señalándola con el pulgar porque había virado el timón.

–¿Directo a Puerto Marqués? –preguntó sin mirar atrás.

–Sí, de una vez –Apolonio revisó su reloj–. Se está haciendo tarde.

Llegaron a tiempo para contemplar el crepúsculo. Se habían acomodado en las tumbonas de un puesto de playa, donde pidieron cocteles de pulpo y ostiones y dos rondas de cervezas, además de un dulce de tamarindo que Melisa Trotti celebró: "Desde mi infancia, en Milán, no había probado nada tan delicioso".

Iban de retorno cuando la noche los sorprendió a media bahía. Enfilaron hacia el muelle Sirocco y fue la oportunidad para ofrecerles, desde luego que otro día, una lección de buceo. "Con tanque o con esnórquel, como más les acomode. ¿No tienen problema con los oídos?"

Al desembarcar la mujer de Hallock recordó la promesa:

–Y ahora, ¿dónde es el baile?

Apolonio Castillo contaba aquellos billetes verdes y ya señalaba hacia la Gran Vía Tropical cuando Tony soltó:

–Dentro de dos horas zarpa el *Cindy*. Un yate a todo lujo donde podrán disfrutar de una inolvidable *travesía de serenata* –dijo en español–. Con orquesta, bar, *guaracha* y mucha alegría.

–¿Tiene usted otro barco? –Hallock preguntó sorprendido.

–Soy un simple capitán por contrato –se disculpó Tony–. Zarpamos a las nueve en punto.

–¡Vamos, Edward cariño! Vamos; por lo que más quieras...

Apolonio sonrió al escuchar aquello. Miró al flaco Hallock, a la liviana Melisa... ya tendría oportunidad de cargarlos de nueva cuenta.

Apenas les dio tiempo de cambiarse en su habitación –la *suite* presidencial– y llegar a punto de la zarpa. Tony se había cambiado a bordo y lucía airoso con su pantalón blanco y la camisa bordada con el emblema del *Cindy*. Les había apartado la mesa del toldillo de popa donde los Hallock podrían disfrutar tanto del panorama como de la pista del piano-bar, amenizada por el trío de Lalo Wilfrido, que ya afinaba. Necesitaba dinero para la boda y había visto las propinas que aquel gringo viejo prodigaba.

Los Hallock iban más que elegantes. Él llevaba una chaqueta de lino, corbata de moño y camisa blanca; ella iba rozagante con su collar de perlas balanceándose sobre el amplio escote de su vestido color de rosa. Habían pedido martinis, pero como el novato Retolaza no era ducho en las artes del coctel optaron por la nobleza del jaibol, eso sí, con un *twist* de limón. La travesía se desarrollaba con serenidad, hasta que Lalo ganó el micrófono y la orquesta retumbó con el estribillo de moda "...y los periodis-

tas, ¡lo saben, lo saben!, y los estudiantes, ¡lo saben, lo saben!...
¡Es, la boa!"

Tony pasó con ellos para ver si se ofrecía algo, y fue cuando Edward Hallock le confió:

—En mi larga carrera como banquero nunca había envidiado a nadie como a ti, muchacho —jugueteó con la botonadura de su camisa—. Vivir la vida como una *fiesta* —le dijo en español—, es el sueño de cualquiera.

Tony trató de matizar sus palabras. Le contó el adeudo fiscal de su padre, la semana de naufragio dos meses atrás, el robo cotidiano de los pasajeros, "que se llevan hasta el jabón del baño". Y eso sin contar que en la última reparación el codaste quedó mal ajustado y la sentina presentaba una vía de agua.

—Todo en la vida presenta problemas —Hallock hizo una mueca—; uno por lo menos. Es el lema que tenemos para los inversionistas en el Chase...

—¿Nos ahogaremos?

Edward y Tony voltearon. Melisa iba recargada, contemplando la estela que el yate abandonaba en la noche.

—No creo —sonrió Tony—. Repararlo costó una fortuna, pero el problema quedó controlado.

—Ah, el control... el control —repitió ella con el suspiro.

—¿Quién piensa en ahogarse, querida? —reclamó el banquero.

Mrs. Hallock jugueteó con el manojo de perlas escurriendo por su escote. Lanzó un vistazo a Tony, arrojó un hielito hacia el remolino de popa.

—¿Es muy profundo aquí?

—Depende —Tony percibió algo sugerente en sus palabras—. Setenta metros; pero hay mejores maneras de ahogarse —y sin preguntar tomó el vaso de la señora. Le dio un sorbo lento, mirándola a los ojos:

—Usted dispense —dijo al regresar el jaibol a la mesita—. Es una vieja superstición: si alguien habla de ahogados, es necesario beber lo que sea, en ese mismo instante, para alejar el hechizo.

—Nadie se quiere ahogar; desde luego —Edward Hallock también probó su combinación. Se palpó el vientre.

Melisa sonrió. Volteó hacia el saloncito donde la orquesta aflojaba.

–Esa música tiene un ritmo que enciende la sangre –jugueteó con su meñique extendido–. Nada que ver con el *jazz*.

–El *jazz* es histérico –la cortó su marido–. Hemos inventado muchas cosas absurdas. El *jazz*, el *jazz*... póngale *jazz* a un vaso de leche y se agriará enseguida.

–Edward... –Melisa volteó hacia el saloncito donde las parejas esperaban–. El señor capitán me invitará a bailar en lo que se te quita el mareo. Aprenderé *guaracha*, ¿verdad Antonio?

La vagina de Melisa era de amplio registro. Hay vaginas estrechas, vaginas duras, vaginas como el valle del Loira, y ése era el caso de la mujer de Hallock.

Estaban en el camastro del *Cindy*, huyendo del resplandor solar, cuando sufrieron el asalto del hambre. Habían zarpado temprano, luego que ella excusara a su marido por no poderlos acompañar. "La maldición de Montezuma" se había ensañado con Edward Hallock, quien pasó una noche de perros. Al mirarla llegar sola y con una túnica solferina, Tony lo resolvió. Dijo a la tripulación que se tomaran el día; que él haría solo la maniobra, y el *chino* y Retolaza desalojaron la nave murmurando.

Necesitaba consumar el desquite. Resarcirse. La noche anterior, al retornar de la *travesía*, se había encontrado una vez más con su ausencia. Cindy Rudy no era la misma de un año atrás. Ese inextricable viaje la había transformado. Sufría de insomnio, los nervios permanentemente a flor de piel y se derrumbaba en estados depresivos que le duraban días enteros. Días de fumar tres paquetes de Lucky junto a la piscina. "Sí, tienes razón, me divierte mucho el senador Kennedy", le dijo al llegar a media madrugada, "pero cenar con él en El Mirador no significa nada. No te pongas así".

"–El Mirador está en obra desde la semana pasada, güera. Le están cambiando el techo de palma por uno de cemento... por si no lo sabías."

"–Sí, claro... Yo digo del mirador... de Las Brisas. Además de que el cochecito fallaba en la subida. ¿No lo podrías revisar, querido?"

—Tengo hambre, *mio capitane*. ¿No habrá algo de comer en tu *trasatlántico*?

Tony permaneció con el brazo cubriéndole el rostro. ¿Qué necesidad había de salir de esa dulce duermevela? Había eyaculado dos veces en la bocamanga de la señora Hallock, ella siempre encimada porque sólo de esa manera, apretándole las tetas hasta doler, era que conseguía el orgasmo.

—Busque en la alacena, señora. Debe haber algo —Tony lamentó no haber llevado algunos cocos para combinar.

El yate permanecía fondeado frente a la Roqueta y en la isla no había más que una docena de palapas vacías. Melisa dejó el camarote y subió, desnuda como estaba, a la segunda cubierta. Había nacido en 1902 —de modo que podría ser su madre, y en un esfuerzo genético hasta su abuela— amén de que su cuerpo bronceado resistía con decoro el embate del tiempo. Era la primera ocasión que buceaba con esnorquel, y una vez que aprendió dijo que iba a intentar una fantasía de años. Así que sujeta a la cadena del ancla procedió a quitarse el bikini negro. *Nuda, nuda come una sirena folle!* Obligó a Tony a remedarla y, encuerados como batracios, juguetearon bajo el casco del yate. Luego se trasladaron al camarote y con aquel rastro salado reiniciaron el escarceo.

—*Mio capitane* —le había dicho desafiándolo con una cerveza—, no creas que me voy a la cama con cualquiera... —a lo que Tony debió reponer, para sus adentros: "Pues yo sí, señora..." Fue cuando *Beria* asomó al camarote y gimoteó nervioso. ¿Qué ocurría? ¿Quién era esa perra olorosa?

—Ya sé lo qué estás pensando, idiota —Tony se echó una toalla al rostro—. ¡Pero qué harías tú ante esta avalancha de traiciones?

El *terranova*, por lo demás, era feliz en el yate. Había aprendido a "marcar" su territorio desde el bauprés, de modo que orinaba siempre sobre el mar. Se paseaba por las dos cubiertas, dormitaba en la banda de sombra, ladraba a las gaviotas y disfrutaba de las bazofias que el marinero Retolaza le llevaba del mercado municipal. Dormía sobre unos trapos y permanecía echado en el sofá de la cabina durante las *travesías de serenata*.

—Encontré unas aceitunas, *mio capitane* —anunció Melisa al retornar al camarote—, y estas galletas saladas para saborear tu semen.

—Magnífico —comentó Antonio dando un trago a su cerveza. Aprovechó para pasarle revista mientras se contoneaba con coquetería.

—Estás mirando a la última condesa de Feltre —dijo al girar como *ballerina* porque ella, como las ninfas de Cellini, no tenía celulitis.

—¿Entonces mis manos plebeyas han profanado una estirpe?

—Ciertamente, *mio capitane*, y tú debes saber que mi hambre no tiene sosiego —y entonces, acuclillándose frente a las piernas de Tony, le bajó el *short* para colocar su pene entre dos galletas, igual que un emparedado:

—Proteína —anunció a punto del mordisco.

La zambullida lo devolvió a sí mismo. Aquello había sido una locura... meterse al útero de su madre, al de la madre de su madre porque de ese modo, arremetiendo con su torcida virilidad, retornaba al huevo primigenio de Eva cuando la Creación. Que esos millones de espermatozoides remontaran, por generaciones, al origen de todo. ¡Ahh, el agua fresca aliviándolo de tanta concupiscencia!

"—Ave María Purísima"

"—Acúsome padre de haber tenido trato carnal con mi prima, Lizeth Locarno; con mi madre, Alexandra Markovitch; con mi cocinera, Roberta Aquino; con mi abuela, Melisa Trotti; con mi madrina... con mi tía... con mi sobrina... con mi hermana... Pero acúsome, sobre todo, de no haber sabido perdonar a mi adorada Cindy Rudy, en cuyas entrañas... ¡Ahhhh!"

Ahí estaba, de nueva cuenta, el espectro descarnado.

El espantajo flotaba a la deriva y lo miraba con aquellos ojos opacos, desorbitados, desprendiéndose de esas cuencas purulentas... Tony se negó a seguir mirándolo y al cerrar los ojos maldijo la visión. "No he visto nada", se dijo, y con aquella certidumbre buscó la superficie del mar. Ascender, aflorar en un grito que extinguiera la funesta visión.

El alarido hizo que la condesa de Feltre se irguiera sobresaltada en la toldilla tirando el *Dunhill* sobre la toalla bordada. Una marca de fuego que después nadie remendaría.

Al arribar lo encontraron sentado en el embarcadero igual que un profesor a la espera de sus pupilos. Edward Hallock les ofreció una sonrisa marchita. El médico del hotel le había recetado pastillas de bismuto (una por cada evacuación) de modo que a las cinco de la tarde pudo por fin salir del cuarto.

–¡A que ni te imaginas! –le gritó Melisa al descubrirlo bajo la farola del muelle.

–No, no me imagino, querida –Hallock alzaba la mano igual que un muñeco de ventriloquía–. ¿Qué hiciste?

La condesa de Feltre tardó en responder. Llevaba puesta la playera de Antonio sobre su bikini negro de nylon.

–¡Soy feliz! –volvió a gritarle.

Dos mozos de muelle se aprestaban a sujetar las jarcias.

–¿Por qué eres feliz, querida?

Melisa no lo podía ocultar. Había dicho que trataría de convencer a su marido que partiera a Manhattan sin ella. No sería la primera vez.

–Miles de peces me mordieron el cuerpo, querido. No te imaginas. Peces maravillosos, de todos colores, bajo el mar.

–¡Payasos! –vociferó Tony Camargo al sujetar uno de los cables de amarre–. Se llaman "pez-payaso"; algunos son venenosos.

Hallock permanecía en pie. Bajo la farola semejaba un actor bufo en mitad del proscenio.

–Venenosos –repitió en inglés–... pero tú, Melisa, ¿estás bien?

–De maravilla –dijo–. Es una pena que no hayas podido acompañarnos... ¿Pero tú, cariño, te sientes mejor?

El banquero se acarició la barriga con ambas manos.

–No moriré esta noche –dijo–. Sólo estoy un poco deshidratado.

Un minuto después, cuando descendían por la escala metálica, mister Hallock enfrentó al capitán del yate:

–Oiga, pero, ¿le pagó el servicio?

Tony le devolvió una mirada de perro apaleado. ¿Perdón?

—No sé —intervino Melisa al devolverle la playera—. ¿Le pagué, capitán? No recuerdo.

El patrón del bote lanzó un suspiro incómodo. Volteó y dirigiéndose a mister Hallock, enumeró:

—Fueron dos inmersiones, por eso tardamos. Por cada una serían cincuenta dólares; creo —y luego, rascándose una nalga—. Déme ochenta y ahí lo dejamos.

—No, de ninguna manera. Si usted cumplió no veo por qué esquilmar su pago —dijo en inglés, *harvest your pay*. Y le entregó, uno tras otro, cinco billetes con la efigie de Andrew Jackson.

—Todos contentos —masculló Tony—, y yo más porque en tres semanas me caso. El matrimonio es la felicidad; ¿no es así, mister Hallock?

—¡Desde luego! —le palmoteó la espalda—. Lo felicito, *amigo*, porque si hay amor y entusiasmo, el mundo nos pertenece. ¿Verdad cariño?

—Sí, claro —Melisa no lograba ceñirse la bata solferina.

Y luego, como un golpe de la memoria, Antonio Camargo se detuvo cuando ya remontaba la escala real.

—¡Ah, lo olvidaba! Hay un *cocktail* mañana por la noche en el Palao de isla Roqueta. Muy elegante. Lo organiza madame Levy, la reina de las fiestas en Acapulco. Un *cocktail* de recepción al príncipe Hugo Conti… Usted lo debe conocer —le dirigió la mirada, finalmente, a la condesa de Feltre.

—No sé si podremos ir —su alegría se había esfumado.

—¿Cómo dijo usted? —mister Hallock parecía entusiasmarse— ¿El *Palao*? ¿Hay manera de…?

—A las nueve, en la isla. Con seguridad habrá servicio de lanchas. Yo llevaré a mi novia, que es joven y hermosa. Les encantará conocerla… *Ciao*.

⚓

Eso rezaba la invitación que mandó imprimir *madame* Levy para los "99 benditos" de Acapulco… además de los gorrones de siempre hospedados en El Mirador, Las Brisas y Los Flamingos. Que iría el príncipe Hugo Conti, recién llegado en su yate *Nereyde*, además de la actriz Déborah Kerr, el promotor Teddy

Stauffer, el escritor Luis Spota y el cronista de sociales Agustín Barrios Gómez, cuya columna *Ensalada Popoff* tenía varios días de ser remitida desde las aguas aturquesadas del Pacífico.

Hallock debió presionar hasta persuadirla. "No perdemos nada, Melisa. Lo más que puede ocurrir es que conozca a un ricachón mexicano y lo convenza de invertir con nosotros en el *Chase*. Uno nunca sabe".

–¿Y yo? –Melisa Trotti se pintaba las uñas en la cama gemela.

–Si te aburres, nos regresamos enseguida. Si encontramos gente interesante, nos quedamos hasta el último martini. Seguramente estará por ahí tu… nuestro amigo, el *capitane*.

El banquero conversó con Rudy Fenton, promotor turístico del hotel Las Hamacas, donde se hospedaban. Quería averiguar quién podría llevarlos a la isla, pero él mismo se ofreció a facilitar el servicio:

–Tengo un amigo con una muy bonita lancha, la *Muñeca*. Estaremos pendientes hasta que termine su fiesta. Veinte dólares por todo, ¿le parece?

–Excelente –Hallock le estrechó la mano.

–¿No les molestaría salir de playa Hornitos? –propuso el promotor–. Está más cerca.

Zarparon a las ocho y media. Edward Hallock vestía un *blazer* azul claro y pantalón de lino. Llevaba corbata de moño y un pañuelo italiano asomando del bolsillo. "Muy elegante", les había advertido el *capitane* Camargo, y en Acapulco cualquier cosa que no fuera llevar camiseta estampada era ya un principio de distinción. Melisa Trotti lucía un vestido de seda color paja que hacía resaltar su piel bronceada. Llevaba además un collar de perlas, su brazalete de plata y un prendedor al filo del escote. La alhaja había pertenecido a su abuela, la condesa Fabiola Trotti von Merkel, quien murió con una copa de ajenjo en la mano. El prendedor representaba una rosa henchida, y cuando algún caballero soltaba la galantería: "Qué rosa tan hermosa", era costumbre suya contestar: "¿A cuál de las tres se refiere?".

A cargo de la *Muñeca* iba Fenton con su marinero, el Shorty, quien a cada rato se acomodaba el sombrerito de palma. Era noche estrellada y la bahía obsequiaba su luminaria como un coso a la espera de los gladiadores. El mar estaba un tanto picado y la brisa soplaba desde el continente. Fenton había anunciado que ellos permanecerían anclados cerca del muelle, que al terminar la fiesta simplemente les silbaran desde el pretil.

–Este cabezón tiene oído de gato –dijo en español–. Nos chiflan y vamos por ustedes... ¿Verdad Shorty?

–Sí, de gato... De gato.

–Nada más no vayan a beber demasiado –quiso bromear en inglés–. Luego nos vayan a echar la culpa de sus tropiezos.

–No se preocupe.

–Que no nos echen la culpa, ¿verdad cabezón? –insistió Fenton en español y alzándose del asiento.

–No, no. Que no nos la echen... –repitió el Shorty, y Edward Hallock percibió en el aire un tufo alcohólico. Ron, brandy, estos mexicanos siempre de parranda.

En el asiento trasero los Hallock disfrutaban de la travesía. Al amparo de la luna se arrullaban con el fuera de borda y ocasionalmente, cuando el bote saltaba en la marea viva, los salpicaba el rocío.

–Edward, cariño, ¿no has pensado alguna vez vivir fuera de Manhattan?

–Dices tú, por ejemplo ¿aquí?

–Quedarnos a vivir, cariño. Ya no regresar nunca más.

–Estás loca, como tu abuela... aunque la tentación es grande.

–Podrías manejar tus finanzas desde aquí, con el teléfono.

–¿Y tú, Melisa? Te aburrirías a la tercer semana. El mar termina por empalagar los sentidos.

–No creo.

Hallock volteó al frente. La oscuridad impedía ver algo más que el horizonte en penumbra. Más allá de la bocana, sin embargo, se anunciaba el rumor oceánico. Había que salir a mar abierto, rodear la península, enfilar hacia la isla. De hecho ya se percibían los destellos del faro en lo alto de...

–Qué ocurre.

El bote se detuvo de pronto. El motor cabeceaba, se iba sofocando.

—¿Pasa algo, *amigos*? —indagó Melisa, y entre las sombras reconoció el lugar. No lejos de ahí asomaban las piedras donde un día atrás ella y el *capitane* habían fornicado. Sintió que algo aleteaba dentro de ella.

Los tripulantes parecían murmurar ahí delante.

—Se estropeó la máquina —dijo Fenton en inglés.

—Sí, se decompuso —repitió el Shorty en español—. Hay que arreglarlo con los fierros de allá atrás.

—¿Tienen chalecos salvavidas? —indagó Hallock, pensando lo peor. Un tío suyo, Albert McHidden, había sucumbido en el naufragio del Titanic cuarenta años atrás.

—*Jackets, jackets...* —pasó repitiendo entre los Hallock el marinero.

—Ahí atrás tenemos la herramienta —lo secundó el promotor turístico en su traslado hacia popa—. No se preocupen.

Como todos se apiñaban en la parte trasera la lancha flotaba desbalanceada. Entonces Rudy Fenton prendió una linterna de baterías:

—Búscale, Shorty. ¡Búscale! —exigió en español, los dos encorvados bajo la mole del fuera de borda.

Hallock abrazó a Melisa, que temblaba. Le susurró al oído:

—¿Nunca te platiqué de mi tío Albert? —y fue lo último que dijo porque el primer golpe fue contra su cabeza. Perdió instantáneamente el conocimiento.

El Shorty, sin embargo, falló su golpe. La palanca había dado contra un hombro de la pasajera.

—¡A la cabeza, Shorty! ¡A la cabeza! —reclamaba Fenton mientras la mujer de Hallock comenzaba a pedir auxilio.

—¡Dale, pinche Shorty¡ ¡Se nos va a poner histérica!

Se acomodó el sombrerito, que ya le arrebataba la brisa, y apoyándose en el motor soltó un segundo golpe. Fue certero.

Esa mañana el Shorty había adquirido los trozos de varilla en un edificio en construcción. Cada barra le costó un peso.

—Ayúdeme, patrón, que esta cabrona no se quiere morir —insistió el del sombrerito porque la pasajera aún se quejaba.

—¡A la cabeza, cabrón!

—¡Ya le di, jefe! ¡Es que está muy mechuda!

Entonces Rudy empujó al mozo y arremetió con su palanca. Medio minuto después, entre jadeos, el Shorty opinó:

–Yo creo ya, patrón. Ya estuvo.

–Pásate adelante y arranca el motor –el promotor intentaba mantener la calma–. Vete despacio, rodeando las piedras. Yo los trabajo aquí atrás.

Ayudándose con la linterna sorda, Fenton procedió a quitarles las joyas, los relojes, las carteras. Buscó en sus bolsillos las llaves, todas, porque había escuchado de una recamarera que la señora Hallock llevaba un cofrecito que siempre mantenía cerrado. Luego buscó bajo el asiento las cadenas, los alambres…

Una hora después Rudy Fenton y el Shorty liquidaban los *cubas-libres* que pidieron en el Playa Suave.

–Tú te metes en la oficina sin prender la luz y ahí me esperas. Que no te vean los del *lobby*. Yo subiré al cuarto por la escalera de servicio –Fenton apuró el vaso–. Si notas algo raro, o sospechoso, me llamas por teléfono marcando el cero veintiuno, que es el número de la *suite*. ¿Entendiste?

–¿Y la billetiza?

–Primero deja entrar y buscarla. Luego hablamos de repartir –y debió insistir–. Tú tranquilo, cabezón. Disimula lo borracho.

–Usted tiene la culpa, patrón. ¿No dijo que me chingara unos tragos para agarrar valor?

–¡Pero te metiste media botella, pendejo! Apenas si podías caminar.

La *suite* presidencial ocupaba la mitad del séptimo piso –que era el último– y tenía una terraza con piscina desde donde se apreciaba una vista magnífica. La alcoba estaba adornada con pinturas anónimas que representaban paisajes de un México que ya no existía: haciendas barridas por el viento, arrieros en una montaña, bonitas mestizas cargando ollas de barro junto a la noria. La habitación tenía, además, una cocineta, mesa para juegos y un telescopio fijo en la terraza. Fenton comenzó a buscar.

Encendió una sola lámpara y miró su reloj. Comenzó a hurgar en los cajones tratando de no revolver demasiado las cosas. De ese modo las averiguaciones de rigor no se iniciarían sino hasta tres días después, pero entonces él estaría descendiendo en Las Vegas. Husmeó al fondo del armario, en los buroes, en la despensa donde halló un paquete de *All-bran*. Amontonó todo al centro de una cama y se fue llenando de rabia: además de unas mancuernas de oro, dos plumas *Sheaffer* y 400 dólares, esas cuatro paredes no encerraban mayor riqueza. ¿Era todo el botín?

Volvió a hurgar en los cajones, y nada. Guardaba en el bolsillo, eso sí, el collar de perlas, la pulsera de plata, el prendedor de brillantes y el *Hamilton* del gringo. Halló, bajo una mascada, una pipeta de alabastro. Se imaginó fumando como los duques. Estaban además cuatro pares de zapatos y un paquete de revistas de cine en cuyas portadas asomaban actores de moda. Y en el clóset, otra vez…

–La caja –enunció Rudy Fenton al señalarla arriba.

La había pasado –materialmente– por alto. Era circular y pesaba. Se ayudó con una silla para alcanzarla y la depositó al centro de la enorme cama. Al abrirla se encontró con el sombrero rojo de Melisa Trotti, y debajo un cofre con incrustación de maderas preciosas. No perdió el tiempo. Rebuscó en su bolsillo hasta dar con el llavero. Probó la primera llavecita y la cerradura cedió con un *clic*. El rostro de Fenton se iluminó. El cofre tenía figuras labradas que sugerían parajes de Bali, o de Tailandia. Abrió la cajita y entre almohadillas satinadas halló el tesoro de la condesa de Feltre.

–La muy puta –dijo, y dudó si cogerlo o no.

Era un pene de marfil. Labrado con primor, el bálano mostraba un rostro que parecía sonreír en oración. A lo largo tenía tallados con fineza tigres, elefantes, búfalos de agua. El consolador procedía seguramente de algún palacio en la Conchinchina, supuso Fenton, y lo imaginó insertado en la vagina de una princesa de la dinastía *khmer*, siglos atrás. Entonces sintió una lástima enorme. Seguramente esa misma noche Mrs. Hallock iba a sostenerlo entre sus manos, iba a disculparse con su marido, anunciarle que iba a darse un baño de tina, ella sola. Llevar un whisky con hielo, un tazón con aceitunas, sus cigarros. Sólo que la condesa de Feltre en ese momento…

Lo soltó con el estruendo. La campanilla del teléfono era un escándalo delator. Dejó la cama y saltó hacia el aparato.

—¿*Yes...*? —musitó con voz impersonal.

—Soy yo, patrón. Daniel.

—Daniel...

—El Shorty, patrón. El Shorty.

—Qué hay...

—¿Ya la encontró?

—¿Para eso me marcaste?

Hubo una pausa en la línea. Crepitaciones del conmutador.

—Mi sombrero, patrón —debió insistir el mozo de muelle.

—Tu sombrero qué, pendejo.

—Se me cayó en la *Muñeca*, patrón. ¿No lo vio?

En ese momento Cindy enlazaba la cintura de Antonio. Le besaba una oreja bajo los mecheros de petróleo:

—El cinco de noviembre habrá luna nueva —le susurró al oído—. ¿No te importa?

—¿Por qué habría de importarme? —Tony bebía un *screwdriver* en el Palao. No habían llegado los Hallock, ni don Carlos Trouyet, ni Tamara de Lémpicka ni tantísimos más.

—Porque en la luna de miel, *que la tendremos, mi vida*, no vas a atinarle. Digo, sin luz —y soltó la carcajada haciendo que la mesa temblara.

—¿Se divierten mucho los pichones? —preguntó Madame Levy, arrastrando el bastón y su pierna izquierda.

—¡Ay, señora! ¡Quién no se divierte en Acapulco!

—Pues miren —indicó al medio centenar de invitados conversando bajo la palapa de reminiscencias polinésicas—. Tampoco vino el príncipe Conti.

—A nadie le gusta navegar con marejada. Menos de noche.

—A nadie le gusta *no* existir, mi hermoso nadador —la matrona encendió un carrujo de marihuana—. No existir es el infierno, hermoso mío. Ésa es la verdad... —y tras aguantar la bocanada, le soltó: —*Mein Arsch ist heiss, ¿no das cuenta?*

—Lo siento. No entiendo —y sintió que la reportera del *Daily Monitor* colaba la mano bajo el mantel hasta sujetar sus testículos.

—¡Uf! —rezongó.

–Hör mal, Hübscher: Würdest du mit mir ins Bett gehen?
–insistía la del bastón, a punto de las lágrimas, porque aquello había resultado un fiasco y fumaba mirando el mar nocturno como si algo se le hubiese perdido...

⚓

Los vio venir directos y aquella ansiedad le dio mala espina. Dejó la Coca-Cola y empuñó uno de los arpones en exhibición, por si las dudas.

–Usted es Castillo Díaz –no era una pregunta.

Los visitantes eran cuatro y creyó reconocer al último:

–Servidor de ustedes –debió contestar–. ¿Dónde está el ahogado?

Apolonio Castillo estaba acostumbrado a ese tipo de irrupciones. Tres o cuatro veces por año llegaban así los deudos de los ahogados. Se hacían acompañar por un salvavidas cabizbajo, por un cabo de la policía naval y la inconsolable madre del difunto envuelta en una toalla.

–¿Cómo sabe que es un ahogado? –indagó uno chaparro de bigotito.

–Pura intuición –adujo el instructor de buceo. Lo malo de esos rescates es que podían durar días enteros.

–Permítanos presentar, don Apolonio –previno el que llevaba guayabera–. Él es el capitán Juan Peniche, ellos son los agentes...

–Douglas Pérez –dijo uno, con acento chicano.

–Freddy Steele –soltó el otro, fornido y aguantando un *blazer*.

–Yo soy el teniente Fernando Gutiérrez, servidor de usted. Venimos comisionados por la Dirección Federal de Seguridad –insistió el de la guayabera.

"Va a estar del diablo", se dijo Apolonio al saludarlos uno por uno. ¡La temible DFS! Y lo peor de todo, que Tony no estaba ahí. El tarambana había anunciado que se ausentaría dos días debido a un "asunto urgente".

–¿Quieren sentarse?

–Sólo un momento. Va a tener que acompañarnos –amenazó el del bigotito.

–Con su equipo –aclaró el agente Steele–. No se preocupe.

–¿Puedo terminarme la Coca? –Apolonio pensó lo peor. "Se ahogó el gobernador", "un hijo del Presidente", "María Félix".

–¿Cuánto tardas en hacer una… una… –preguntó el agente Pérez.

–Una inmersión, por el rumbo de playa Majahua –completó Gutiérrez.

El instructor de buceo se rascó la nuca, volteó hacia el mar. Aquello era una abstracción.

–Eso depende –Apolonio abandonó su almuerzo para comenzar a juntar el equipo en la bodega.

Media hora después trasegaban aquel par de tanques a una barcaza de la Marina. El coronel Enrique Moret, jefe de la policía, los esperaba custodiando a Rudy Fenton y su mozo, Daniel Arriaga, quienes iban en otro bote. Zarparon de la base naval a las 3:15 de la tarde.

El comandante de la DFS lo fue explicado durante el trayecto. Dijo que Douglas Pérez y Freddy Steele estaban comisionados por la embajada de Estados Unidos. Los agentes del FBI llevaban en Acapulco más de una semana. Estaban tratando de localizar al banquero Edward Hallock y su esposa, Melisa, de origen italiano, que habían desaparecido del hotel Las Hamacas. Una recamarera dio la señal de alarma porque, dijo, al parecer alguien había robado la habitación de los Hallock en su ausencia, y como no regresaban, esperaron dos días. Al tercero decidieron dar aviso a la policía y comenzó la búsqueda por todo el puerto. En los centros nocturnos, en restaurantes, en otros hoteles. Indagaban mostrando los pasaportes de ambos. Luego procedieron a buscar en Zihuatanejo, en Puerto Vallarta, en Puerto Escondido, en el Club de Yates, en los burdelitos de la zona de tolerancia. Fue cuando telefonearon desde Washington. Que el mismísimo presidente Dwigt D. Eisenhower había mandado un despacho oficial manifestando su preocupación por el caso. Edward Hallock fue uno de los apoyadores de su reelección. Por eso llegaron los enviados del FBI, que de inmediato se integraron con los agentes de la DFS para las indagaciones…

–Que el señor Miki Canales saludó a mister Hallock en el Calígula's, que es una casa de citas para invertidos; que alguien más había visto a la señora Melisa nadando encuerada con el lanchero Camargo; puras habladas. Que el taxista Contla, bautizado Hermes, fue quien dio la primera pista efectiva. Que él había llevado a playa Hornitos a los Hallock la noche en que la alemana Levy organizó su "orgía" en el Palao de la Roqueta. Que los vio subirse a la lancha "Muñeca". Así procedió la detención del joven Arriaga, alias "el Shorty". Para ello se apersonaron los agentes Peniche (de la Federal) y Soberanis (de la Local). Que el sospechoso se puso muy nervioso al no poder explicar un rastro de sangre en la cubierta del motor, de la marca "Evinrude", que tiene la lancha. Que a lo mejor era de los pescados, aventuró, pero luego se contradijo al decir que la embarcación nunca sale de pesca. Que él nada sabía y que no sabe leer ni escribir. Que él sólo cuida la lancha de noche porque ya una vez le birlaron el motor. Que en todo caso, si era necesario, le regresaba al señor Fenton los veinte dólares que le dio. Que no los había gastado y que él solamente los llevó de paseo a los señores Hallock, manejando la lancha y sin voltear. Que asienta eso en descargo de posibles complicaciones y que no tiene esposa ni novia. Que vive con su padre, Humberto, de oficio albañil, y que su madre, Mercedes, es de oficio empleada doméstica y trabaja en la ciudad de México por el rumbo de Polanco, aunque no sabe dónde queda eso. Que a veces se la llevan a Cuernavaca a cuidar unos niños que tiene el señor con otra señora. Que le apodan el Shorty desde chico cuando en la playa vendía aceite de coco yodado. ¿Que por qué le dio el señor Fenton ese dinero? Pregúntenselo a él porque la idea fue de él, solamente de él, "y por eso lo mandó empedarse". Que él estuvo, esa noche que no se acuerda de nada, llorando de remordimiento. Que fue cuando perdió su sombrero. Que no pudo dormir en toda la noche. Refrenda la declaración el agente Erik Soberanis.

El comandante Gutiérrez terminó de leer el acta ministerial levantada esa misma madrugada. Las copias al carbón se habían humedecido con la brisa que salpicaba el bote. Las guardó en el bolsillo y comentó:

—¿Aquellas son las piedras elefantes? —se alzó en el asiento para mirar más allá de la proa—. Es lo que confesaron al encararlos.

—¿La Piedra del Elefante? —repitió Apolonio con una mueca de disgusto—. Ahí tenemos como treinta brazas.

—Cuando lleguemos van a explicarnos dónde —luego subió la voz para que los otros también escucharan—. Pero sí los va a encontrar, ¿verdad?

—Estamos hablando de cincuenta metros… o más —el buceador pareció reclamar—. Yo pensé que iba a ser en playa Majahua.

—Usted váyase preparando. En México urge la noticia.

—Esto ya va *alargando* demasiado —dijo el de acento chicano—. Ocho días desaparecidos es demasiado.

—Nueve —lo corrigió Steele, que era moreno y de ojos claros.

La otra embarcación navegaba adelante. Dos marinos en el asiento de popa custodiaban a Fenton y al Shorty, que se miraban como extraños. Al frente iban el piloto con el comandante Moret. Llegaron a la Piedra del Elefante a las 3:40 y se detuvieron con los motores al ralentí. Los detenidos, cuyos rostros mostraban huella de haber sido golpeados, discutían en corto.

—Fue más allá —dijo el Shorty—, me acuerdo porque se veía el faro de la Roqueta, y desde aquí no.

Avanzaron un trecho, y a una voz del comandante Gutiérrez se detuvieron.

—Por aquí —asintió Fenton con el rostro entre las manos.

Lanzaron el ancla, que se llevó la cuerda casi por completo.

—A mojar el culo —comentó el agente Peniche, y Apolonio le devolvió una mirada de desagrado.

Se calzó el par de aletas, ciñó el cinturón de las plomadas y cuando sujetaba el arnés del tanque se le acercó el fornido Steele con un pequeño maletín negro.

—Mire, compañero —abrió la valija y sacó unos estuches envueltos en plástico—, esto le facilitará el trabajo. Cuando halle al *ente*, le amarra este cordel y aprieta el dispositivo.

Al hacerlo el pequeño envoltorio pareció estallar… se convirtió en un globo anaranjado sujeto al cordel de un pequeño carrete.

—Será la señal para que lancemos la sonda y subamos al *ente*. No se preocupe por el filamento, es suficientemente largo.

Apolonio guardó aquellos artefactos en su red de servicio, sujetó el cuchillo en su pantorrilla izquierda –era zurdo–, se colocó la mascarilla y luego de liberar la válvula del regulador mordió la boquilla. Se persignó y se precipitó de espaldas en un chapuzón apagado. Eran las 4:05 de la tarde.

Steele encendió un cigarro y miró al acuanauta esfumándose en el verde-azul de las profundidades. La Piedra del Elefante estaba a la vista desde aquel punto, y entonces expulsó con fastidio aquella fumarada. De no ser el caso, en ese momento estaría resolviendo reyertas de cantina; ciudadanos norteamericanos excedidos de copas que llegaban a las sucias cárceles mexicanas. El "fuero turístico" que lo permite casi todo, y unos buenos billetes que nunca sobran para convencer al ministro en turno.

—Es Dios Padre –le dijo el agente Gutiérrez.

—¿Perdón? –Steele le ofreció un Camel, pero el inspector mexicano fumaba ya uno de los suyos.

—Nuestro buzo –hizo un gesto obvio, señalando hacia el fondo–. El muchacho cruza a nado la bahía todas las semanas –presumió–. De seguro que va a salvar a nuestros *muertitos*, no se preocupe.

—¿Salvar?

—Sacarlos. En México también sabemos ser profesionales.

Sí, claro. "Aquí tienen a su imbécil", se dijo Apolonio al golpetear su manómetro. Estaba a más de veinte metros y eso no terminaba. Volteó hacia la superficie y observó el manto aquél de turbia claridad donde se mecían las siluetas de los botes. Les exigiría 500 pesos para compensar lo precipitado de la inmersión. Moderó su resuello, recordó que tenía aire para una hora sobrada, buscó el cable del ancla pues esa guía lo conduciría directamente al fondo. De pronto se detuvo y se llevó la mano instintivamente a la pantorrilla. Había visto una sombra. Volteó hacia arriba pero no halló nada. Aquellos golpes de adrenalina no eran lo mejor a treinta metros de profundidad. "*Anxietas pelagus*" le llaman los cuadernillos de iniciación. Además que estaba infringiendo la primera norma del buceo deportivo. Aquello podría haber sido un escualo, desde luego. Eventualmente se aparecía un tiburón en su camino: una tintorera, un pez-martillo, pero nunca pasaba de un simple avistamiento. Podría haber sido también una marsopa o un lobo marino, aunque hacía años que no se aparecían por esas rocas. En febrero pasado hubo una noticia no confirmada. Unos pescadores al sur aseguraban haber capturado un tiburón blanco, de más de cuatro metros, en las cercanías del Golfo de Tehuantepec. No era ningún secreto: los palangreros japoneses se aproximaban en altamar y pagaban, al contado, un dólar por cada aleta de tiburón…

"¿En qué estaba?" El buceador golpeteó nuevamente el manómetro. Sí, aquellos eran 38 metros y sus tímpanos, presionados por la columna de agua, le zumbaban. Afortunadamente el cable mostraba ya su engarce con los eslabones de la cadena y de pronto ahí estuvo el ancla, el fondo arenoso, una roca donde rondaba una mancha de jureles. Revisó su brújula y se propuso avanzar en zigzag –los minutos que fuese necesario– hacia el norte. Sospechaba que los homicidas habrían navegado de retorno buscando la bocana. Era lo que habían confesado. ¿"Los minutos que fuese necesario"? No, de ninguna manera. A esa profundidad no se podía dar tal lujo… la presión del agua hace que el consumo de aire se multiplique por tres y de un momento a otro se puede sufrir la "beodez del CO_2". Miró el dial en su muñeca y la pequeña burbuja parecía estabilizada en el 40. Siguió avanzando y notó que le costaba expulsar el aire. Eso terminaría por fatigarlo antes de… "El *ente*".

Ahí estaba el gringo. Sujeto por una cadena enroscada al cuello, el cuerpo flotaba a la deriva igual que un maniquí extraviado –con su blazer azul claro, su corbata de moño e incluso el pañuelo asomando en el bolsillo– no fuera a salpicarse en los charcos. Apolonio reparó en lo obvio: las manos y la cara, expuestas al medio, habían sido carcomidas por las sabandijas del *bentos*. No quiso detenerse ante ese detalle terrorífico. A lo largo de su vida había rescatado por lo menos a otros veinte ahogados, y todos los ahogados del mundo son iguales: blancuzcos, indolentes, flácidos.

Activó uno de los artilugios obsequiado por el agente Steele, y en cosa de segundos la naranja neumática emergía soltando su cordel. Procedió a retirar la cadena que sujetaba al cadáver, y esperó. Entonces tuvo la corazonada. Un poco más adelante había vislumbrado un brillo, algo. A esa profundidad la luz ingresaba como un cortinaje de ópera. Revisaba su brújula cuando un ronroneo lo distrajo. Volteó hacia la superficie y observó el gusano de espuma que impelía la propela de uno de los botes. También percibió un objeto que descendía, igual que un descomunal espermatozoide, hasta golpear el fondo. Era una tuerca industrial atada a un cabo. Desató la plomada y se le hizo fácil amarrarlo al cinturón del gringo. Dio un par de tirones y poco después el maniquí comenzaba a ascender en sacudidas, como despidiéndose.

El acuanauta se dejó llevar por la corazonada. En su avance, buscando el norte, observó de pronto que otro proyectil golpeaba el fondo con una explosión de arena. Era el ancla de la chalana reposicionándose en la superficie. No lejos de ahí había un nudo de anchovetas pululando alrededor de algo. El cardumen formaba una nube amorfa, extraña a esa profundidad. Era necesario explorar, y cuando ya se aproximaba los peces se dispersaron de súbito. Entonces, al mirarla, sufrió un sobresalto que le hizo perder la boquilla de respiración. Aquello era una pierna.

Sí, una pierna de mujer resguardada por una media que aún conservaba el liguero. Las anchovetas no habían podido con la trama de nylon y sólo mordieron la parte expuesta del muslo. La extremidad permanecía lastrada por un trozo de varilla sujeta con alambre. Ahí estaba el otro *ente*. Apolonio miró su reloj. En poco más de media hora había localizado a los dos interfectos. "Ahora sí puedo exigir los 500 pesos", pensó al liberar el despojo. Sujetó aquello y emprendió el ascenso, haciendo una escala de descompresión a medio camino. Cuando asomó los agentes lo esperaban advertidos ya por el burbujeo.

—¡Campeón... hasta pensamos que te habías ahogado! —lo saludó el agente Peniche, pero se hizo a un lado cuando Steele lo empujó con rudeza.

—¿Y la señora Hallock?

El buceador no respondió nada. Simplemente les alcanzó aquella pierna sin dueño. Sin dueña.

—Nomás hallé la mitad —dijo—. ¿Me quieren ayudar?

Luego de abordar se liberó del equipo. Sentía un leve mareo, pero con todo y ello ofreció el relato de su incursión.

—Me estoy muriendo de sed —rezongó—. Dénme, por favor, un refresco.

Uno de los marinos destapó la hielera portátil y obedeció en silencio. Las embarcaciones flotaban amarradas en paralelo y en la otra los asesinos permanecían custodiados por otro marino. Ahora tenían las manos atadas a la espalda y se balanceaban como loros enjaulados.

—Empezaron a ponerse difíciles —se disculpó el guardia.

Apolonio observó que el cadáver del gringo yacía cubierto con una lona al fondo del lanchón. Los agentes discutían adelante en torno a la pierna de Mrs. Hallock. No salían de su desconcierto.

—Parece *que* mordida —dijo Douglas Pérez—. Mordida.

—¡Qué le hicieron! —Peniche comenzó a jalonear a Fenton, soltó una bofetada contra el Shorty—. ¿La violaron? ¿La destazaron? ¿Dónde está la otra mitad de la gringa?

—Nosotros no... —dijo el chaparro con voz afligida—. Le juro por mi madre que la aventamos enterita.

Entonces el agente Steele se acercó a Fenton y le aplicó una llave al cuello, empujando con el pulgar la nuez de Adán. Así exigió:

—Di algo —mientras el otro tosía y se cimbraba del dolor.

Fue cuando Apolonio se percató de todo: en su ausencia el agente Steele había tomado el mando de la situación y los demás se limitaban a obedecer. Fenton resollaba; pudo al fin musitar:

—Soy asesino, señor. No un caníbal.

—Nos falta el cuerpo —recalcó el comandante Moret, que fumaba en la otra embarcación—. Digo, para que lo valide el forense.

Freddy Steele miró su reloj. Eran las 5:15 de la tarde. Volteó hacia el acuanauta Castillo y soltó tres palabras:

—Abajo. *Down. Now.*

—Ya es un poco tarde —se disculpó Apolonio—. Además acabo de subir, y no se me ha quitado el mareo...

—*Down. Now.*

—Hay poca luz. No creo que logre rescatar ya nada. Mañana podríamos regresar temprano, dejando la otra lancha anclada...

—*Down* —los ojos de Steele eran impenetrables, feroces.

El comandante Gutiérrez le hizo un guiño de complicidad. Alcanzó al buceador, le palmoteó la espalda:

—Qué pasa, campeón —dijo, y remangándose la guayabera insistió—. Un esfuercito más. Sacamos el resto del cadáver y nos vamos todos contentos a celebrar. Ya casi completamos la misión.

—Es que ya estuve una hora bajo el agua, señor. Eran casi cincuenta metros; además que no descompensé suficiente.

—A los que van a "descompensar" va a ser a nosotros —el agente Peniche se alisaba la raya del bigotito—. Qué van a decir estos gringos de nuestro valor mexicano, ¿se da usted cuenta, señor buzo?

—Ya *hicistes* el trabajo, amigo —insistió el chicano Pérez—. Ya lo *hicistes*. Baja, lo rescata y sube. Y nos vamos, amigo.

El comandante Steele fue por el equipo. Alzó el tanque, el arnés y las mangueras con un solo brazo. Depositó aquello junto al acuanauta que terminaba su Coca-Cola. Le hizo un gesto imperativo con el índice descendiendo. Que bajara.

—Estoy cansado, carajo. ¿No entienden?

El agente Gutiérrez volvió a su lado. Le quitó amablemente el botellín y susurró con frialdad:

—Vámonos disciplinando. No me obligue a decirle que es una orden —buscaba un cigarro en el paquete—. El gobierno podría clausurar su negocio mañana mismo. No sea necio, por favor.

Apolonio reconsideró aquello. Se permitió tres inspiraciones a fondo.

—Está bien —terminó por aceptar—. Pero cambien el tanque. Este quedó casi vacío.

A las 5:35 inició la segunda inmersión. Descendió siguiendo la cuerda del ancla y se propuso no emplear más de veinte minutos. ¿De qué manera había perdido aquella mujer su pierna? Era un misterio. Un ataque masivo de los *teleósteos*, los cangrejos, los escualos. Nunca iba a saberse. A lo mejor aquellos sicarios mentían. La habrían macheteado a bordo. Se habría descuartizado al pasarle la hélice por encima. Se habría enredado con el filoso cable de algún palangre perdido. Todo era posible.

Llegó al fondo en menos de lo que supuso. Por lo pronto era indispensable reubicarse, habida cuenta de que el rescate confirmaba su razonamiento: aquella noche los homicidas habrían iniciado el retorno ingresando por la bocana, donde de seguro arrojaron los cadáveres. Fijó la brújula al norte y avanzó con un ligero zigzagueo. Pensó en su socio, el atolondrado Camargo, porque esa segunda inmersión le habría correspondido necesariamente a él. "No me obligue a decirle que es una orden". La verdad era que estaban llegando al punto de dar por terminada la sociedad en el muelle Sirocco... Antonio andaba como ido con la chifladura ésa de su boda. Que él se quedara con los servicios de esnorquelismo en su yate, y él –con los hermanos Arnold– podría cubrir los cursos de *aqua-lung*. "Acapulco alcanza para todos", era una frase de Bono Batane con sus tres lanchas para esquiar a lo ancho de la bahía. Sí, para todos. Revisó los instrumentos en su antebrazo: 44 metros, las 5:55 PM, rumbo nornoroeste. Todo en regla. De pronto volvió a sentir la sombra. Giró con la hoja de acero temblando en su mano, pero ahí detrás no había nada. Nadie. Observó que la superficie se mostraba más opaca, además que los botes iban quedando rezagados. Volvió a sentir la corazonada. Debía prepararse. Iba al encuentro de un cadáver sin una pierna, o sin dos. Ella, la occisa mordida por los peces carroñeros de la noche; ella, la rubia teñida navegando en *La Pichicata* dos semanas atrás; ella, Mrs. Hallock partida por la mitad. Aquél era el sitio donde una hora atrás había visto, o vislumbrado, algo extraño. Una madeja de sargazos debatiéndose al paso de una termoclina. La bahía de Acapulco no tiene corrientes sorpresivas, pero la bocana es el surtidero natural de las mareas... Un brillo.

¿Qué era eso? Llevaba más de media hora en esa segunda inmersión y las alucinaciones se presentan, bien lo sabía, sin pedir permiso. Antonio, su compadre, veía espectros bajo el agua y ahí, junto a los sargazos, asomaba de nueva cuenta el brillo. Un destello en medio de aquellas piedras cuajadas de lapas. Su corazonada no podía fallar. Desvió su desplazamiento, le ganó la curiosidad. No fue necesario abanicar la arena para descubrir el origen de aquello. El resplandor era un dije de oro sujeto a una cadena. Un pequeño tesoro perdido en las profundidades del océano. La cadena permanecía incrustada entre las piedras. Apolonio se acercó más y así logró leer aquello. El dije consistía en siete letras caladas que simplemente rezaban: *Modesto*.

"¡No es posible!"

Soltó aquello y se alejó unos metros. Por fin lo habían hallado. Era *el gordo* Merino tres años después. Lo que de él quedaba. Modesto Merino que sucumbió en aquella competencia infantil y ahora en el fondo de la bahía se reencontraban. Aquellas piedras eran sus huesos invadidos por los teredos y convertido, rigurosamente, en mineral orgánico. Forcejeó hasta zafar la cadena y volvió a revisarla a un palmo. Sí, *Modesto*. ¿Quién le diría que su mujer, es decir, su viuda se había vuelto a casar y era feliz vendiendo helados en Chilapa?

Guardó el dije en la red de servicio. Se persignó despidiéndose y dejó al *Gordo* reposando en el cauce de la bocana. Ahora lo que quedaba era encontrar la otra mitad de la gringa. ¿Cómo ingresan los demediados a la Gloria Eterna? "Una pierna no puede entrar sola al cielo", pensó Apolonio y sospechó que las alucinaciones por exceso de CO_2 por fin habían llegado. Ahí delante asomaban otras piedras cubiertas igualmente por los sargazos, aunque ya se había separado de la ruta inicial. No lejos de ese punto estaba playa Majahua, en la península de Punta Bruja, y entonces acabó todo.

¿Fallaba la válvula de reserva? ¿La había preparado? Lo único cierto era que el flujo de aire se agotaba y disponía, apenas, de un soplo. Apolonio trató de imponerse. Miró su reloj. ¡Eran las 6:20 de la tarde! No le quedaba aire para nada. En tres minutos iba a dejar de respirar. Se persignó nuevamente y extrajo la última boya de señalamiento. Reventó la cápsula de gas y se dejó arrastrar por el globo naranja. Ley del ascenso es no superar la velocidad de las burbujas, pero en todo caso esa boya fosforescente era una burbuja descomunal… ¡Además que no iba a morir ahogado, es decir, asfixiado en el fondo del mar! Soltaba aire, porque no podía hacer más, en la frontera del pánico. Intentó hacer una parada de descompresión pero al minuto le faltó definitivamente el aire. Se dejó ir y comenzó a rezar. Padre Nuestro, que estás en el Cielo, danos hoy nuestro oxígeno de cada día…

Lo rescataron minutos después, cuando deliraba.

–¿Dónde está el cuerpo? –reclamaba el agente Steele.

Apolonio, sin embargo, pareció no escucharlo.

–Ayúdenme –suplicó–, tengo trabados los codos.

Estaba rojo y se iba poniendo morado. Le ardía la piel. Recordó el dije del gordo Merino pero, ¿dónde había quedado?

–Le está dando un *bend* del carajo –comentó el piloto de la gabarra.

–Hay que llevarlo al pulmón hiperbárico; meterlo a descompresión.

–¡Pero ya! ¡Vámonos!

–¿Pulmón qué? ¿Qué pulmón? –preguntaba el agente Douglas Pérez.

–La sangre –le explicó el piloto naval–, le está burbujeando como agua soda. El nitrógeno reventándole por salir a toda prisa… Si no lo metemos a la cámara se lo va a llevar el demonio.

El agente chicano se acercó al acuanauta, que deliraba recostado junto a la pierna de Melisa Trotti. Creyó escuchar un *fizz* efervescente. "Ojalá se recupere", pensó, porque estaba seguro que aquel rescate le garantizaría, en lo personal, una promoción. Entonces, con las últimas luces de la tarde, el investigador del FBI descubrió una alhaja tirada junto al equipo de buceo. La alzó mientras los otros rodeaban al hombre-rana balbuceando necedades. De pronto el lanchón aceleró a máxima velocidad y Douglas Pérez debió sujetarse a la borda. Observó que el dije tenía grabada una palabra y que era de oro. "Modesto". Nunca había oído ese nombre. Se lo echó en el bolsillo.

⚓

Pasó temprano por el *chino*. Que el marinero Retolaza se quedara a cargo del yate. Que sólo iba a ser un día, o dos, ¿tendrás un arma?

Xaltianguis queda a una hora de carretera. Él, de cualquier modo, cargaba el revólver que Cindy guardaba en el tablero del Kaiser. Y todo por el comentario que había escuchado, o creyó escuchar, en el Club de Yates. Permanecía en el gabinete del excusado cuando oyó la conversación de dos que llegaron a orinar. Un mero rumor. El Packard remontaba la carretera hacia Tierra Colorada.

—Ojalá no lo hallemos, Lino. ¿Te imaginas si está?

—No quiero ni pensarlo, patrón. Aquel tesoro es una fortuna y no lo va a entregar envuelto en celofán.

—El Yuyo —nombró Tony al tomar aquella curva ascendente—. Por cierto que cómo se llama.

—No sé —el piloto Maganda soltó un bostezo—. El Yuyo siempre fue el *Yuyo*.

—¿Te acuerdas de esos días? ¿La tragedia y el naufragio?

—Que si me acuerdo —el piloto observó un puesto caminero donde anunciaban refrescos fríos—. El que sacó la casta, la verdad, fue su padre de usted. Varón bragado es el coronel Camargo.

"Vi al Yuyo pisteando". Es lo que había escuchado ahí dentro, aunque no supo quiénes.

—Nunca imaginé que saliera tan vivo el condenado.

—Nos la ganó a todos, la verdad.

Xaltianguis era una víctima rural del progreso. La carretera federal había sido inaugurada en 1949 y con ella aparecieron los primeros emblemas de la civilización moderna: una terminal de camiones Flecha Roja, una docena de puestos de carnitas y talleres mecánicos, un *tianguis* ofreciendo baratijas, una estación gasolinera y perros destripados en la cinta de asfalto.

Indagaron en varios comercios pero no, con ese apelativo no conocían a nadie. Llevaban camisolas sueltas para ocultar las pistolas. El tesoro de Yamashita, en última instancia, no era ya de nadie. ¿Cuántos doblones iban en aquellas ánforas de porcelana? Ya no lo recordaba. De cualquier manera, como dijo Lino Maganda, "eran bastantitos".

Tony mostraba insistentemente una foto de la tripulación donde el Yuyo posaba sonriente en la proa del *Malibú*. Pero nadie lo reconocía y nadie había escuchado hablar de él. Al atardecer, frustrados por el malogro, decidieron entrar en una fonda ruinosa. Se acomodaron en una mesa de lámina y pidieron algo de comer, además de dos rones con hielo.

–A lo mejor llegamos demasiado tarde –lamentó Antonio.

–A lo mejor el muchacho no volvió a pisar tierra.

–Y la gringa aquélla...

–Karla –recordó el piloto Maganda–. Se entendieron apenas mirarse; lo que son las cosas.

En la fonda permanecían varios campesinos bebiendo cerveza. Se habían quitado sus grandes sombreros y los mantenían sobre las rodillas. Bebían de las botellas a pico, un trago breve, ritual, como una eucaristía espumosa. Luego permanecían ensimismados, mirando al frente. No había una sola mujer en el salón y junto a la barra un letrero advertía: "Prohibido pelear con machete dentro del establecimiento".

–Pedimos otro ron y nos regresamos –propuso Tony al terminar con la última "picada" de pollo.

–Yo solamente beberé éste. El alcohol y la gasolina no se llevan.

La semana anterior un ómnibus se había ido al barranco en Zumpango. En el camión viajaban los mejores alumnos de Irapuato, premiados con tres días de hotel en Acapulco. Eran veintiocho niños y sobrevivieron tres. El conductor, que salvó la vida milagrosamente, iba bebiendo en secreto. Ninguno de los muchachos conocía el mar.

–A veces me sorprendes, Lino. Si pudiera escoger, tú serías mi ángel de la guarda. Créemelo.

El *chino* agradeció el comentario. Balanceó la cabeza con ambigüedad, se sacudió el polvo del pantalón.

–La casa estaba hecha un desastre –dijo, y apuró un trago.

Tony le devolvió una mirada de extrañeza. El piloto pareció aguantar una lágrima con el pulgar. Luego soltó:

–Le rompieron la vida.

–¿Se puede saber de qué estás hablando? –Antonio buscó sus Camel junto a la fotografía del yate.

–De ella –el *chino* Maganda sacó un sobre del bolsillo. Se lo entregó a su patrón–. La señora Katya se la dejó antes de irse.

Tony reconoció de inmediato la grafía de su profesora de piano.

–¿Es una carta de Sasha?

–Sí. Vinieron unos agentes de su país… es decir, fueron por ella. Una cosa muy confusa. Yo la ayudé a desmontar la casa.

–Pero… pero ya pasaron dos, casi tres meses de eso, *chino*. ¿Por qué me entregas la carta hasta ahora?

–Será por celos, patrón –el piloto volvió a probar el ron; añadió sosteniendo el vaso ante sus ojos:

–Yo la quería en buena ley.

Otra vez el desconcierto. "Sasha", se dijo Antonio revisando esa carta que parecía incendiársele entre las manos. La boda estaba programada para tres semanas después, el 5 de noviembre, en el templo de Nuestra Señora de la Soledad. La ceremonia iba a ser presidida por el padre Fausto Hernández, de Coyuca, y como testigos suyos irían Apolonio Castillo y Alfonso Arnold.

–Y qué hacías tú con esta carta –le reclamó.

–Guardársela, patrón… aunque no crea. Tentado estuve de quemarla.

–¡Y tú qué hacías en su casa, cabrón?

–Visitarla, igual que usted.

–¿Y ustedes dos…? –le ofreció un gesto rijoso. Estaba a punto de perder el control.

–No, cómo cree, patrón. Usted era su hombre de ella, aunque…

–Aunque qué.

–Quién sabe. Si la señorita Cindy hubiera vuelto antes… Entonces sí: no me hubiera negado a la ocasión con la señora Sasha.

–Grandísimo cabrón.

–No se ponga así, jefe. Imagíneme a mí, que me pasaba las noches enfrente de ustedes, al otro lado del parquecito, mirando las luces que se encendían y se apagaban allá adentro. Yo le llevaba flores, pero ella las ponía junto a su cafeterota ésa…

–El samovar.

—Las ponía ahí junto y me decía: "Ya sé que estas flores las manda Antonio. No tienes que aclararme nada". Y platicábamos de nuestros hijos… Nuestros hijos ahogados, porque en eso sí que nos compenetrábamos.

—Y una noche, tan conmovida por mi ausencia, lloró en tus hombros y te le trepaste…

—Cómo cree, patrón. Digo, la señora Sasha es un resplandor como para alegrarle la vida a cualquiera. Pero no, cómo cree. Lo nuestro no pasó de ser una muy buena amistad.

—Por eso *Beria* te adora.

—Es un perro, por Dios. No se encele por un perro, patrón… Un perro es un perro. Tan contento que se ha puesto en el barquito.

Antonio no supo qué más replicar y como aquel sobre le quemaba dejó la mesa y se trasladó cerca de la barra. Apenas ganar la otra silla rasgó el sobre y se dispuso a leer.

Lino Maganda llamó a la mesera y contraviniendo sus normas le pidió un segundo ron. Igual, con hielo.

—¿No tendrás algo de botana, chula? ¿Unos cacahuates?

La muchacha le dijo que sí y luego, con la mirada en la mesa, refirió:

—Se parece al hijo de Obdulia, la yerbera.

—Qué.

La meserita señaló la foto en la mesa. Aquellos sonrientes tripulantes a punto de zarpar en el *Malibu*.

—Ése —lo apuntó—. Es igualito al hijo de Obdulia… Mamá Yuya, como le decimos.

—¿Mamá Yuya? ¿Su hijo? —el *chino* se aferró a la silla metálica—. ¿Vive cerca de aquí?

—Por allá —la muchacha llevaba un delantal estampado. Alzó el brazo indicando la carretera—. En la salida a Tierra Colorada hay un vivero que dice "Yerba Camaxtli". Ahí es.

Y como el cliente no decía más, la mesera trató de averiguar:

—¿Qué, volvió el chamaco a darle a la uña?

—Y de qué manera…

En eso retornó Tony. Estaba mudo, cariacontecido, alzaba el vaso pidiendo que se lo renovaran.

–Que el Yuyo es hijo de la Mamá Yuya, dice la señorita.

Media hora después se detenían frente al lugar. Estacionaron el Packard a veinte metros de la entrada, enfilando hacia Acapulco. Una mera previsión.

–Mejor vas tú, *chino*, y preguntas como si nada. Dices que eras su compañero en el muelle y que paseando por aquí te entró la curiosidad.

–¿Y si sale él?

–Tú llevas el arma. Medio millón sí valen doce años de cárcel, *chino*. ¿Tienes miedo?

–¿Miedo, yo?

El vivero era en realidad un huerto con toda clase de hierbas. Había cientos de latas oxidadas conteniendo plantas variadas: unas eran trepadoras, otras cactáceas, otras que parecían hongos en putrefacción. El piloto Maganda reconoció por ahí una "Dama de noche" a punto de florecer.

–¿Andas buscando unchingadobrebaje?

Lino Maganda volteó hacia la barraca. Ahí, junto a la entrada, estaban los ojos del Yuyo; es decir, de su madre.

–Tengo un beleño fresquecito, si te quieres joder al cabrón que se anda empujando a tu vieja –la bruja ya le ofrecía un paquete envuelto en hoja de plátano–. Le das tantito y quedará loco, le das completo y selollevaralreputa. Es beleño negro, *mictlaxóchitl*, aquí de Teozintla.

El *chino* Maganda ya sostenía el empaque en la mano.

–Parece un tamal –dijo.

–Claro, cabrón. Nada más que vas a tener que decir que el hijodelachingada era diabético, para que no te echen la ley.

–No vengo a eso –se defendió.

–Ay, hijodelaputa… A mí no me engañas. Si hueles a odio como la rechingada. Mírate nomás esa cara de "coño robado", ojete. ¿O qué, dirás que vienes por unas rosas para tu pendeja de amor?

Sí, incontrovertiblemente, era la madre del Yuyo.

–No, de verdad, señora. Usted disculpe. Soy un compañero de Obdulio, en el muelle. Pasaba por aquí y se me ocurrió preguntar.

—¡Ay, mi hijito hijodelachingada! Tan desagradecido el ojete. ¿Qué me cuentas del desgraciado cabrón?

Al oscurecer columbraron las primeras luces del puerto. La carretera descendía por una curva muy abierta y de pronto, al cortarse el telón de un cocotal, apareció al fondo la bahía de Acapulco. Bellísima.

—¿Sólo un radio? —volvió a preguntar Antonio.

Eran sus primeras palabras luego de fumar dos cigarros al hilo.

—Sospechoso, solamente el aparato de radio. Ya le digo, patrón. Philips nuevo, pero nada del otro mundo.

—Y que no lo ha visto en años.

—Desde que cumplió diecisiete, según su memoria.

—Entonces el tesoro de Yamashita se hizo polvo —sonaba a pregunta.

—Algo así, supongo. Polvo del polvo.

Tony palpó la carta de Alexandra Markovitch en su bolsillo. La leería de nueva cuenta en el bar del Flamingos. Una y dos y tres veces.

—¿Y ese tamal envuelto en plátano, es con mole?

El piloto volteó a ver el envoltorio junto a sus piernas.

—Sí —respondió—. Para matar el hambre.

⚓

Aún no amanecía. En la esquina de Hornos y Gran Vía Tropical se detuvo un camión humeante para descargar su acostumbrado paquete de periódicos. Ahí, bajo el único semáforo de Acapulco, la venta de *El Trópico* estaba asegurada. Normalmente el muchacho recibía una dotación de sesenta ejemplares pero ese día le entregaron una pila con más de 200. A los pocos minutos vendió el primero a unos pescadores que se trasladaban hacia el muelle. A las siete y veinte ya había agotado su asignación. El periódico ofrecía en la primera plana cinco notas, algunas interrumpidas y con pase a interiores. Su contenido era el siguiente:

⚓

Acapulco está de duelo

HA MUERTO APOLONIO CASTILLO.– Como se informó de última hora en la edición de ayer, en la madrugada del jueves falleció el campeón de nado, Apolonio Castillo Díaz, luego de sufrir una "narcosis de nitrógeno" (*bend*) al participar en el rescate de los millonarios norteamericanos, Edward y Melisa Hallock, cuyos cuerpos fueron arrojados al fondo del mar por sus verdugos. Al sepelio de ayer, en el Panteón de las Cruces, se dieron cita más de 10 mil personas y de hecho se interrumpieron las actividades del puerto para acompañar al inconsolable cortejo que despedía en su última morada al deportista más querido de los acapulqueños.

En la dársena, desde temprano, ululaban los silbatos de los barcos y las campanas de Nuestra Señora de La Soledad –donde se efectuó una misa de cuerpo presente– doblaron todo el día en señal de duelo. La bandera nacional ondeó a media asta en la capitanía de puerto y los carros de bomberos ensordecían el ambiente con sus sirenas mientras acompañaban al cortejo. Era de no creerse… Apolonio Castillo, el campeón de nado, había muerto a consecuencias de su último remojo en el mar.

La multitud no cabía en el panteón: estibadores, marinos, meseras, hoteleros, pescadores, niños escapados de la escuela… Muchas personalidades asistieron para dar el último adiós al ilustre acuanauta: el capitán Roberto Gómez Maqueo, secretario de Marina, en representación del Presidente de la República; el campeón olímpico Joaquín Capilla, sus compañeros Clemente Mejía, Alberto Isaac, Damián Pizá, Ramón Bravo, Antonio Camargo y Samuel Gutiérrez; el presidente municipal Mario Lopetegui; la actriz de cine Dolores del Río y su marido, el comodoro Lew Riley; los actores Johnny Weissmuller y Cary Grant, el promotor turístico Teddy Stauffer ("Mister Acapulco"), sus socios los hermanos Reynaldo y Alfonso Arnold, el instructor de esquí Bono Batane, las hermanas Vilma y Conchita Villalvazo, el pionero de los clavadistas, Raúl García; la cantante Chabela Vargas (que ofrece su *show* en El Mirador), la galerista Marlene Levy e incluso el príncipe italiano Ugo Conti, quien fue uno de sus últimos pupilos en la escuela de buceo que Apolonio mantenía en el Muelle Sirocco. Todos amigos suyos, todos consternados y conteniendo el llanto por esa generosa vida tan absurdamente ofrendada.

El accidente se produjo en la tarde del jueves a bordo de la chalana "Virgilio Uribe" de la base naval, luego que personalmente Apolonio Castillo sacara del fondo del mar los cadáveres del banquero Hallock y la italiana Melisa Trotti, quienes disfrutaban de una segunda luna de miel en Acapulco y que fueron asesinados arteramente por el promotor turístico Rudy Fenton y su mozo de playa, Daniel Ríos Osuna (a) "el Shorty". Cabe destacar que según el reporte del jefe de la policía, Enrique Moret, la participación de Apolonio fue espontánea, además de que solamente él, o alguien con sus cualidades, podría haber sacado los cuerpos del infortunado matrimonio que yacían a más de treinta brazas de profundidad.

Con grado de teniente en el cuerpo de Marina, Apolonio se desempeñaba también como instructor de buceo autónomo en la Base Naval de Icacos. Había nacido en Tecpan de Galeana el 23 de mayo de 1922 y a los pocos años se trasladó con su familia a Acapulco donde destacaría como un sobresaliente nadador. De muchacho entrenaba a diario frente al muelle fiscal y a los 18 años obtuvo el campeonato nacional de estilo libre (*crawl*) en la categoría de 200 metros y el segundo lugar en los mil 500. Desde niño mostró sus... (sig. Pag. 4).

RESUELTO EL CASO DEL MATRIMONIO HALLOCK.— Ayer fueron consignados penalmente Rudy Fenton y su mozo, el lanchero Daniel Ríos Osuna (a) "el Shorty", quienes prestaban servicios turísticos en el hotel Las Hamacas y que serán enviados hoy mismo a la cárcel estatal en Chilpancingo para purgar respectivas condenas de 49 y 28 años, que les dictó el juez de distrito, Mauro P. Carrera. Los sospechosos fueron detenidos la tarde del jueves pasado y luego de exhaustivos interrogatorios resultaron asesinos confesos del millonario Edward Hallock y su esposa, Melisa Trotti (de 71 y 55 años, respectivamente) a quienes ultimaron golpeándolos con barras de hierro y cuyos cadáveres arrojaron al mar dos semanas atrás.

De ese modo quedó por fin cerrado el bochornoso crimen que manchó el prestigio internacional del "Paraíso de América". Al concluir las pesquisas policíacas en torno a la misteriosa desaparición del matrimonio Hallock, el jefe de la policía local, Enrique Moret, desmintió que su corporación hubiese sido rebasada por los agentes de la Dirección Federal de Seguridad "y mucho menos los detectives del FBI norteamericano", a quienes se observó durante los últimos días movilizándose por todo el puerto. También quedó desmentido que mister Hallock haya visitado la casa de citas para invertidos Calígula's que administra el señor Miki Canales, y que la señora Melisa haya cometido excesos impúdicos a bordo del yate "Cindy", como se rumoró en la última semana.

Luego de informarse que los homicidas obtuvieron por el crimen un botín valuado en 25 mil pesos, se reveló que el primero en sospechar de Fenton –por las frecuentes preguntas que hacía– fue el reportero Eduardo "el güero" Téllez, de *El Universal*, quien sin mayores pruebas publicó tal versión, lo que desencadenó que el nerviosismo terminara por delatar a los sicarios. También se confirmó la versión de que el cuerpo de la señora Hallock fue rescatado parcialmente, lo que fortalecería la versión de un descuartizamiento a machetazos en altamar. "Lo que puedo asentar es que el cuerpo de la señora Trotti fue recuperado al 45 por ciento", declaró el jefe policiaco, quien constató el rumor de que los homicidas, dada su alta criminalidad, serán destinados al área... (sig. Pag. 8).

LOS ÚLTIMOS MINUTOS DE APOLONIO.– Apolonio Castillo murió por imprudente. A tal conclusión llegaron los amigos del llorado acuanauta cuyos restos fueron ayer sepultados en el panteón de Las Cruces. "Podría decir que murió en mis brazos", dijo su amigo Alfonso Arnold, quien se encargó de trasladarlo en la madrugada del viernes de su casa al hospital naval de Icacos, para ver si reaccionaba en el "pulmón hiperbárico" con que cuenta la institución.

El experimentado nadador comenzó a sentirse mal luego de la segunda inmersión que hizo frente a Punta Majahua, en la boca de la bahía, una vez que rescató los cuerpos del matrimonio Hallock. "Nunca debió hacer esa segunda inmersión. Se veía muy presionado por los agentes, no descompresó lo suficiente en el primer ascenso, estaba ante un ataque de nitrogenización, el "bend" (agarrotamiento) le impedía casi hablar y lo tenía postrado. De haber estado su compañero Tony Camargo para relevarlo, nada de eso hubiera ocurrido, pero ya ven". Las palabras del instructor submarino, Alfonso Arnold, son elocuentes.

Luego del incidente, el campeón Castillo fue trasladado de inmediato al muelle Sirocco, donde el centro Aquamundo cuenta con una pequeña cámara de descompresión. Se le preguntó que a qué profundidad y cuánto tiempo había permanecido bajo el agua. El doctor Eduardo Ghío, que atiende esos casos, le ordenó que permaneciera metido en la cámara 48 horas. Dejaron de guardia a una enfermera y un doctor pasante de la Clínica Matos. Lo metieron a las seis de la tarde y a las diez de la noche Apolonio dijo sentirse bien. Perfectamente. Que lo dejaran salir. Desesperaba, estaba en un ataque de claustrofobia. Pataleaba, gritaba que lo sacaran, que iba a romper a patadas el tubo metálico, que le urgía ver a su familia. Así que una hora después los convenció. Lo sacaron y sí, estaba bien, aparentemente. Se fue del consultorio por su propio pie, y tomó un taxi en la costera. Llegó a su casa tarde y merendó una ensalada (Apolonio era vegetariano) y una Coca-Cola. Se tomó un par de aspirinas y se fue a dormir. Poco después despertó por un vago malestar, que se sentía un poco mareado. Se paró y fue al baño a hacer de las aguas. Y así, frente al retrete, cayó en "shock". Fue cuando se llamó a su socio Arnold para que lo llevara en su camioneta a la cabina hiperbárica de Icacos. Los marinos de guardia en la base naval aseguran que al meterlo en la cámara ya había dejado de respirar.

"Si no hubiera sido tan imprudente, ahora mismo estaría preparando sus equipos para la siguiente inmersión. Pero lo mató su necedad", dijo su otro socio, Reynaldo Arnold. Una burbuja de nitrógeno le causó la trombosis cerebral.

AVANCES DE LA REBELIÓN EN CUBA (UPI, AFP).– La rebelión guerrillera cubana tuvo ayer un sorpresivo avance hacia la provincia de Camagüey, luego del fallido alzamiento en la base militar de Cienfuegos. Al parecer el ejército rebelde que encabeza el oposicionista Fidel Castro Ruz se ha dividido en tres columnas, que estarían encabezadas por Raúl Castro, Juan Almeida y el argentino Ernestro "Ché" Guevara.

El corresponsal de UPI reportó que la sublevación de los marinos del ejército batistiano en la base naval de Cienfuegos, iniciada el 5 de septiembre pasado, fue finalmente sofocada por un batallón del ejército nacional, siendo pasados por las armas veintenas de jóvenes cadetes que simpatizaban con el movimiento insurrecto 26 de julio. Muchos de ellos fueron fusilados al pie mismo de sus tumbas, en el peor estilo hitleriano.

Por otra parte se ha confirmado que en el combate de El Uvero, de mayo pasado, participaron integrantes del Partido Socialista Popular integrados al Directorio Revolucionario que comanda Castro Ruz, lo que ha alarmado al embajador (sig. Pag. 5).

CASI UN SANTO.– "Era medio aburrido. Muy persignado. No tomaba nada, ni cervezas. Pura *Yoli*. En el cielo de los nadadores estará estrenando su sotanita de acólito porque era de misa diaria, a las seis de la mañana, donde comulgaba. No dudo que un día lo santifiquen", dijo su compañero Raúl García (a) "el Chupetas", clavadista veterano de La Quebrada. "Con cien Apolonios vivos, el país tendría salvación".

Otras opiniones de sus amigos nos permiten elaborar la siguiente semblanza del venerado nadador, cuya ausencia nos ha entristecido a todos.

"Un día estábamos en el restaurante del hotel Bahía celebrando con su amigo Errol Flynn que habían llegado desde San Diego en su yate *Sirocco*. De pronto comenzó a soplar un *sur* sorpresivo, huracanado, que golpeaba los botes en el muelle. El *Sirocco* del señor Flynn estaba anclado a media dársena, pero el viento era tan fuerte que comenzó a cabecear peligrosamente, arrastrando su ancla por el fondo y amenazando con chocar contra el muelle fiscal y despedazarse. El marinero que habían dejado a bordo era presa del pánico y no hacía nada. Así que llegamos al muelle y sin preguntar Apolonio se quitó los zapatos y con todo y reloj se aventó desde el malecón. Las olas eran enormes, de tres metros, y él fue nadando y alcanzó el yate. Se pescó de la escala gata y trepó a cubierta. Se metió a la cabina y echó a andar la máquina. Dio todo avante y poco a poco logró salvar la nave del peligro. Por eso el muelle que luego construyeron ahí se llama de ese modo: el *Sirocco,* en homenaje a su hazaña", recordó el presidente del Club de Yates, Lew Riley.

"Estábamos preparando una película para él, con guión del escritor José Revueltas a partir de su novela *Los muros de agua*. Se trataba de un grupo de reos en las Islas Marías que planean su evasión y escapan a nado. En el elenco íbamos a estar también Pedro Armendáriz, Johnny Weissmuller y su servidor. Ya teníamos al productor gringo que consiguió su amigo, que parecía su hermano, Tyrone Power, y Gabriel Figueroa iba a iniciar el *scouting* fotográfico. Ahora, sin Apolonio, todo el proyecto se viene abajo", relató su compañero de andanzas deportivas Alberto Isaac, quien se trasladó desde la ciudad de México al saber de la tragedia.

"Qué decirles. Que fue campeón de los mil 500 metros libres a la intemperie en los campeonatos de La Habana, Helsinki y Montreal. Y digo a la intemperie porque en las albercas techadas como que desinflaba; no le gustaban los lugares cerrados. Por eso lo de su muerte tan pend… Tampoco comía mariscos, qué contrasentido, ¿verdad?, él que fue campeón de pesca con arpón. Y qué le cuento, que espantaba a los escualos con el garrote que llevaba en sus buceadas. Una vez me libró de un marrajo que ya me rondaba ¡a patadas!… Nunca tenía miedo", asentó su colega Clemente Mejía.

Por su parte el yatista Tony Camargo, que había fundado con Apolonio el centro Aquamundo, señaló que la muerte… (sig. Pag. 8).

⚓

Los hermanos Contla estaban felices.

—No moriremos meando, como el pendejo de Apolonio, ¿verdad?

—No, *bróder*. Imagínate, habiendo tanto campo por mojar.

Soltaron una risa cómplice luego de la descarada alusión. Mercurio cumpliría esa noche quince años y Marte estaba estrenando un *Buick* poderoso que su padre había decidido excluir de la flotilla de taxis. Consumía demasiada gasolina y en todo caso era mejor dárselo a sus hijos; que practicaran en él para convertirse algún día en choferes a su servicio.

Los adolescentes habían bebido varias cervezas en la fonda de María Trinitaria, en el barrio de Mozomboa, "para agarrar valor". Orinaban bajo un flamboyán y reían nerviosamente. "Habiendo tanto campo por mojar".

Las primas Galdino, Marcia y Lorena, los habían citado luego de conocerse en una de las tardeadas del Bum-bum. Las llamaban "las torcidas" –la gente no perdona– y habían quedado de ir a la playa. Marcia, que era la mayor, padecía un ligero estrabismo. Lorena, que recién había cumplido los dieciocho, tenía una pierna ligeramente más corta y cojeaba con tanta elegancia que hasta parecía contoneo garboso. Era alegre en extremo, libre de complejos, y en privado se disculpaba: "lo que pasa es que la izquierda creció más que la otra", lo cual era rigurosamente cierto. Iban a ir a Revolcadero, donde sólo arribaban algunos pelícanos dispersos, y en la cajuela del *Buick* llevaban una hielera cargada. El rumor en boga era que luego de cinco cervezas las Galdino se desnudaban y así, en plan delirante, desafiaban las altas olas de la rompiente. Había que ver.

–¿Manejas tú o manejo yo?

Marte Contla se lo quedó mirando con socarronería.

–Como es tu cumpleaños, el del estreno serás tú. Maneja pues, y si ves a un motociclista pon cara de serio.

Dejaron la sombra del flamboyán y los charcos de sus orines. Mercurio encendió el motor impecablemente y extendió el brazo sobre el respaldo para salir de reversa. Era lo primero que había aprendido una semana atrás: a conducir en contramarcha. Luego frenó, cambió a primera velocidad y antes de arrancar soltó la pregunta que le quemaba:

–Oye, *bróder*, ¿me vas a dejar a la Lorena?

–Pero es la mayor.

–No importa, tú haces como que te interesa la bizquita. Con su prima, la patachona, es con la que quiero probar. Digo, si se da.

–Claro, si se da…

–¿Entonces?

–Tú maneja, menso. Ya veremos cómo se ponen las cosas… –y señalando hacia el frente, manoteó–. Agarra por el libramiento; es más rápido. Sirve que vemos si quedó bien carburado.

Mercurio obedeció en silencio. El problema con Marcia se circunscribía a un problema de apreciación: él imaginaba que sólo uno de sus ojos era el bueno. Que era ciega de uno y vidente del otro, ¿pero cuál? Además que eran hermosos, verdes o azules, y su piel morena. Lo que menos deseaba era enamorarse. Quería simplemente sexo. Y en eso la "patachona", según decían...

–¿Sabes qué pasa, bróder?

–¿Ya te perdiste?

–No, hombre, cómo crees. Aquí derecho, por el cocotal, cortamos hacia la carretera de Tres Palos... –no se animaba a soltar el volante, así que alzaba el mentón, indicando–. Yo digo de Marcia.

–Qué tiene.

–Que me gusta la condenada, es decir. Me pone nervioso. Y con sus ojos así siento que son dos las Marcias que me están mirando; y no sé con cuál. ¿A ti no te pasa?

–Ya estás borracho, bróder. Mejor písale que vamos a llegar tarde. Nos esperan a las doce, dijeron, ¿no?

–Ajá.

Ahí comenzaban los puestos de cocos y cocadas. "Coco fríos con ron y limón". Además que el camino recién pavimentado era un gusto serpenteando por la llanura. Se dejaba acariciar con el acelerador igual que un juguete a cien kilómetros por hora.

–¿Ya viste el avioncito?

–Siguen dedetizando el puerto, bróder. Erradicar el paludismo es la güevonada de moda.

–En vez de veneno nos debían echar a su hermana, ¿no crees?

Mercurio Contla estuvo a punto de soltar la carcajada. Había imaginado a la avioneta fumigadora lanzando muchachas, obviamente en paracaídas, y ellos ahí abajo recibiéndolas como la cumbia que repetía a todas horas la XE-ACA... "La cosecha de mujeres, nunca se acaba, la cosecha de mujeres". Un destello al frente, sin embargo, acabó con la fantasía.

⚓

Era como un espejo chamánico. *Camila* postrada en la terraza y él sin ánimos de abandonar la cama.

–Cariño... –Cindy lo llamaba tapando la bocina del teléfono–. Otra vez el señor Arnold. Que si vas a ir por el cheque más tarde.

—Sí. Dile que sí... que estoy en la regadera.

—Eso le dije hace rato, cariño.

—Otra vez. Dile que me estoy bañando otra vez, por favor. No quiero hablar con nadie —Tony se revolvió entre las sábanas. Se había acostado con siete vodkas en la sangre y ahora todo perdía sus contornos.

Cindy Rudy atendió de nuevo el aparato. Sí, que no había problema. Luego del accidente, Tony había decidido vender su participación en Aquamundo. No volver a pisar el muelle Sirocco.

—Ya está arreglado —gritó ella dándose unos toques de rímel frente al espejo—. Que cuando quieras te espera, pero te quiere preguntar por unos reguladores que encontraron. Que si tú sabes...

—Sí, claro. Todo es de ellos, finalmente —musitó Antonio y volvió a mirar a *Camila* dormitando junto a la piscina. La burra estaba enferma otra vez. Inapetente, derribada, abúlica.

—No te vayas a morir, desgraciada —le musitó a través del ventanal—, ¿qué no ves que el sábado me voy a casar?

—Es decir... nos vamos —era Cindy nuevamente, asomando detrás de la cortina que danzaba al paso de la brisa—. No estoy muy convencida.

Tony le destinó una mirada de asombro. ¿Qué trataba de decirle? Dos semanas atrás habían sepultado a Apolonio y esos días sin el amigo no habían sido precisamente de entusiasmo.

—No muy convencida de qué.

—De casarme con un borracho —bromeó ella, y enseguida fue hasta la cama—. No seas bobo, cariño. Digo que no estoy muy convencida de pasar la luna de miel en *Mexico city*. No creo que haya sido una buena decisión.

—¿Por qué? —Tony la abrazó por la cintura, que comenzaba a engrosar. Le mordió los labios juguetonamente.

—Porque es territorio tuyo. No van a quitársenos de encima tus papitos. Además estará tu prima Lizbeta invitándonos todos los días, ahora que por fin se ha divorciado... Yo hubiera preferido Miami.

—El dilema es sencillo, güera. ¿Sabes cuál es la diferencia entre Miami y la ciudad de México?

—Que en México no hay mar.
—Sí, claro, y mil doscientos dólares que no nos sobran.
—¿Me vas a llevar a Teotihuacán?
—Si quieres, sí. Un vez fui con Aurelio y Liz. Muy divertido que fue subir a la pirámide. En lo más alto practicamos un ritual medio loco. Nos sacamos los corazones… Jugando, desde luego.
—Y le pediste a tu primita que se lo sacara a tu hermano.
—Sí claro, y Aurelio que le encantaba encuerarse. ¿Cómo sabes?
—Porque imagino que así te tocaría turno de sacarle el corazón a la prima Lizbeta, y mirárselas de paso.

Tony guardó silencio. Eso formaba parte ya de su matrimonio en ciernes. Hablar para no entenderse y reconciliarse después con besos de exagerada brusquedad. Además que aquello había sido exactamente de esa manera, así que debió disculparse:

—…pero si teníamos doce años de edad, güera.
—A mí me salieron a los once, y ahora con el *junior* me están creciendo otra vez.

Tony alzó una mano en busca de aquellos pechos sugeridos bajo la blusa. Cindy le soltó un manotazo y lo previno:
—Ya me voy. Tengo que llevar el cheque para el adelanto del banquete y ver luego si la modista ya terminó de componer las composturas. Aflojarle un poquito al vestido…

"Componer las composturas", se repitió Tony y estuvo a punto de suplicar que no lo dejara solo. ¿Cómo decirle que disfrutaba enormemente permanecer ahí tirado, dormitando en el calorcillo matinal mientras escuchaba sus pequeños ruidos domésticos?… el tableteo de los cuchillos rebanando tomates, ella bajo el murmullo de la ducha, el repiqueteo sordo de su Smith-Corona en la estancia. Y así, transpirando en la duermevela, imaginaba las frases que ella iría forjando con aquel frenesí mecánico. ¿Qué es lo que pasa por la mente de un escribidor, lo que fluye por sus falanges inquietas, lo que va quedando en el papel? "Tiqui-tiqui-tiqui…"

Era el último día de octubre y cinco días después, vistiendo corbata roja y un traje de lino, todo sería distinto. Además Tony iba a ser padre a los veinticinco años, luego sería abuelo a los cincuenta, bisabuelo a los setenta y cinco y a los setenta y siete, una tarde, se hundiría con su yate incendiado en altamar. Como los héroes vikingos rumbo al *Wallahala*.

—Además, no se te olvide –dijo la reportera del *Daily Monitor*.

—No se me olvide qué.

—Que te debes mudar a tu barco, con el perro que recogiste en la calle.

—*Beria*.

—Ése. Mudarte para que cuando venga Grace Harper, mi madre, vea que su preciosa hija vive sola y virginal en esta casita de muñecas, a lo Katherine Mansfield.

—No creo que pueda ver mucho –se defendió Tony. Sufría de ardor en el esófago. ¿Y si al anochecer enfilaba el yate hacia el suroeste y no se detenía sino hasta encallar en las Fidji?

—Muy gracioso –rezongó Cindy con ojos de no perdonar. Ya se iba.

—En los mares del sur, luego del naufragio, no me faltarán cocos.

—Estás loco, *darling*. *Completely nuts*. Espero que no sea hereditario.

Apenas oír el azote de la reja, Tony abandonó la cama. La noche anterior, era cierto, se había excedido en el bar del yate. Y encima que el trío de Lalo Wilfrido había desafinado a lo largo de la "noche de serenata". Ahora traían la idea de sindicalizarse. Era lo que le faltaba porque el yate, que había sido el "*Cindy*-nero" y luego el "*Sindy*-cato de coge gringas", ahora sería un simple barquito con horarios regidos por el artículo 127, jornada de ocho horas y bandera rojinegra tremolando a media bahía. Salió a la terraza y llegó al rincón donde *Camila* reposaba. ¿Ahora de qué estaba enferma?

—No te enceles, zonza –le acarició la crin–. ¿Por eso no te quieres levantar?

La burra permanecía echada bajo la sombra de una palmera. Alzaba los belfos en agradecimiento, cuando Tony observó que entre las patas escondía una botella. Ginebra Oso Negro. ¿De cuál de los búngalos la habría hurtado? La burra temblaba a ratos por los efectos de la resaca.

–Tú lo que necesitas es un coco-fizz –le dijo–. Y yo, otro.

Le palmoteó la testuz, y el jumento no hizo más que hipar. Trató de alzar la botella pero *Camila* le mostró sus amenazantes dientes amarillos.

–Si te pones así no te invito a mi boda –la reconvino.

Dejó la terraza y al pasar junto a la alberca sintió el impulso de zambullirse. Nadar unos minutos, reconciliarse con el agua. Desde la muerte de Apolonio que no regresaba al mar. Observó que en el otro extremo de la piscina un zanate silencioso abrevaba aquel agua clorinada y no se arredraba ante su presencia. "A lo mejor soy un espectro, una sombra, un aroma", y la idea le divirtió. "Andar por la vida como un humor volátil", y eso le diría a Cindy ahora que volviera:

"–Te vas a casar con un espectro oledor" –porque si algo adoraba de ella, además de mirarla con sus pantaloncitos recortados, era la fragancia de su cabellera. Olisquearla de noche. ¿Se lo había dicho?

Llegó a la cocina, hurgó en la alacena, en el patio de lavado. ¿Dónde estaban los cocos que había comprado el viernes pasado? Sin cocos no podría preparar, jamás de los jamases, un Coco-Fizz. Y se lo había prometido a *Camila*. "Hay que joderse", pensó. "¿Quién se roba una docena de cocos?". Se fue con el mal humor a la cama. Abrió el cajoncito del buró y halló, entre las páginas del *Selecciones del Reader's Digest*, la carta doblada de Katya Alexandra. Dudó si desplegarla y salar la herida. Todo se desvanecía. Volvió a desistir, igual que otras tardes en soledad. ¿Y si terminaba por quemarla? ¿Sería prudente? ¿Justo?

–¡Quiero un Coco-Fizz! –gritó, y al soltar la demanda sintió que era vencido por algo superior. Una estrella, la fatiga, el frenesí. Volvía de pronto el sueño. Ese sueño.

Debía salir temprano a su clase de piano. ¿Iría esta vez a pie? Estaba a punto de amanecer. Buscaba su bicicleta, pero como no estaba, qué remedio, subía al auto de su padre y lo conducía por aquellas avenidas desiertas. Si no había nadie, ¿quién le diría la manera de llegar? Por fin daba con el estudio del profesor Ladislao. Subía las escaleras, miraba las litografías de los cúters, entraba al pequeño local tapizado de terciopelo verde. Trepaba al banco del piano y comenzaba a desesperar porque sus pies no alcanzaban los pedales, el piso, nada. Era un piano demasiado alto, se quejaba, ¿quién lo iba a oír desde allá ariba? Y al tundir el teclado, porque la pieza debía ser interpretada en *fortísimo*, aquello no producía un solo sonido. Algo tenía el instrumento. ¿Alguien le habría robado las cuerdas? Alzaba la tapa, porque el piano era de concierto, y ahí estaban, mustias, las cabezas cortadas por su padre cuando la guerra cristera. Con razón era tan difícil hacerlo sonar. Y una de las cabezas, que era la de Aurelio, se disculpaba: "No duele tanto, hermanito. No te preocupes". Y la otra, mirándolo con ojos de extrema severidad: "No hemos podido encontrarte, Tony. Pero escucha: no te metas al agua, el gobierno ha prohibido nadar. No insistas, ¿le tienes miedo a las olas?"… ¡Era Apolonio Castillo!, es decir, su cabeza.

Despertó resollando. Demasiada vodka y demasiada culpa. Sin embargo ahí estaba ella ofreciéndole su dulce sonrisa.

—¿Sasha, mi amor? —murmuró, como el huérfano más abandonado. Entonces ella respondió:

—¿Cuál te gusta más, cariño? —le mostraba aquel par de velos de novia—. Por cierto que me llamo Cindy Rudy —comentó sin abandonar la sonrisa—, y nos vamos a casar el sábado cinco.

—Me siento muy mal —se animó a musitar desde aquella almohada empapada en sudor.

—Mi padre me perdió bebiendo —dijo ella, e insistió—: ¿Cuál de los dos te gusta más? Para eso regresé. Para preguntarte, cariño.

Un velo llegaba casi al piso. Estaba adornado con perlas entreveradas y semejaba una lluvia portátil. El otro era corto, le rozaba los hombros y tenía una graciosa diadema con azahares y brillantes entrelazados. A la boda asistirían 200 invitados y el pastel de tres pisos iba a ser transportado en avión desde México.

—Pienso que el más pequeño. Te hace ver más joven.

—Soy joven, cariño. No una vieja perseguida por sus crímenes de guerra… —dio una larga fumada al Lucky entre sus falanges—. Los dos cuestan casi lo mismo, no te preocupes por eso.

Cindy procedió a ceñirse el velo corto, auxiliándose con el espejo de la recámara. Tenía los ojos inyectados, pero aguantaba.

–Doña Sara opina igual. Que el pequeño. El otro, dice ella, me hace ver como una virgen de iglesia.

–¿Sara?

–Sara es mi modista, Antonio. La costurera que está terminándome el vestido de boda... –le dirigió una mirada en la que había rabia y desencanto.

–La vida es naufragio –dijo Tony Camargo.

–No tienes que decírmelo. Y menos a mí, Antonio. Menos a mí.

Tony terminó de incorporarse en la cama. Adelantó sus manos implorando compasión.

–Odio soñar –dijo–. Me ahogo entre las sábanas con mis fantasmas.

–También hay quien se ahoga con vodka y es feliz. Vodka ruso, por cierto.

–¿Te puedo hacer una pregunta, Cindy?

La muchacha llevaba falda blanca y una blusa azul cielo. Se miraba en el espejo del tocador ciñéndose el velo con pasadores.

–...y menos a mí –repitió como si no hubiera escuchado a su prometido.

–Preciosa mía, ¿dónde están los cocos?

–Los cocos.

–Sí, los cocos que compré el viernes. Estaban bajo la pileta del lavadero; le prometí un Coco-Fizz a *Camila* –trató de bromear.

–Se los regalé a doña Zoraida. Que iba a preparar unos camarones al coco para un bautizo. Eso dijo.

–Para un bautizo –Tony gesticuló un aplauso–. Vas a ser la novia más linda de Acapulco. Pero no lo dudes: el velo corto te hace ver...

–Más joven, ya lo dijiste –encendió otro Lucky.

–Y más linda, amor –juntó las manos bajo la nariz, como en oración–. Igual que un ángel despertando luego de la travesura.

–Coco-Fizz –pronunció ella soltando aquel fantasma de humo.

–No hay necesidad, corazón. Me daré un chapuzón en la alberca, tomaré dos cafés con aspirina. Estaré en el yate zarpando a las nueve, de *serenata*. Podríamos salir a cenar fuera, a mi regreso.

—Hay que ahorrar, cariño —soltó un suspiro luego de firmada la paz—. Pero te repondré los cocos.

—No hace falta. *Camila* es una necia. Quedan algunas cervezas.

—Es tu capricho, Tony.

—¿Me prepararás un Coco-Fizz? —Antonio suspiró como un niño ante el escaparate navideño.

—No es la gran ciencia —dijo ella y giró en redondo rumbo a la estancia. Recogió de paso las llaves del auto.

—Un beso para mi ángel salvador —Tony asomaba por la ventana de la cocina—. Llévate el mío, está en la sombra.

Cindy Rudy gesticuló con el índice en el aire. No, no: hay que ahorrar porque el Kaiser coupé, que era casi un juguete, consumía tanta gasolina como el Ronson de su prometido.

El Packard reposaba a la sombra del pochote. Ahí lo había estacionado esa mañana luego de despertar con aquel desastre en las entrañas. Así había escurrido de la cama, en silencio. Se había enjuagado sin ánimo de mirarse al espejo, y se había puesto los *shorts* y la camiseta negra con las siglas SCUBA INSTRUCTOR. Había salido cuando soplaba el último frescor y hasta pensó en detenerse a beber una Coca-Cola a mitad del camino… Arrancó, salió de la cerrada de Santuario, entroncó con el camino costero y encendió el aparato de radio. La XE-ACA transmitía, porque estaba de moda, a Olga Guillot cantando *Frenesí*… "Quiero que vivas sólo para mí, y que tú vayas por donde yo voy, para que mi alma sea nomás de ti; bésame con frenesí…" No era lo más conveniente eso de practicar el buceo con alcohol en la sangre, pero un acuanauta es un guerrillero de todas las presiones, así que cuál era el problema. Al conducir disfrutaba de la brisa, del balanceo de las palmeras y la primera radiación del sol despertando al puerto. Fue cuando reconoció en la distancia las obras del Hotel Presidente. Era el primero en erigirse fuera de la zona tradicional y que desafiaba la playa en mitad de la bahía. "Va a ser un completo fracaso", pronosticaban todos: lejos de los restaurantes, los cabarets y los muelles de esparcimiento, pues como decía Apolonio… Frenó. Se llevó una mano al rostro. Soltó una breve risotada. Dio el volantazo y volvió a arrancar. Había olvidado que su socio había muerto dos semanas atrás y que todo estaba suspendido en el muelle Sirocco. Había olvidado, sí.

⚓

"A él sí, a ella no; a ella sí, a él también…" Superada estaba la áspera sesión en que decidieron quién sí y quién no sería invitado a la boda. La tía Lauretta llegaría desde Hilsboro porque fungiría como lazarillo de su madre, Grace Harper, ahora que la ceguera le ocupaba casi por completo la vida. Y su hermano Harry, desde Crescent City, y Ukuhuma, su amiga mesera, desde Portland, y su editor William Peary, del *Daily Monitor*, desde San Francisco. Pero Jimmy Dalton no. De ningún modo. Y el senador…

Cindy soltó un suspiro. ¿En qué estriba la diferencia entre la sensatez y la esquizofrenia? "Lo que importa de la vida, a fin de cuentas, son dos cosas. Dos cosas y solamente dos: hacer lo que quieres y vivir con quien quieres".

–Lo demás es superfluo.

Era una frase del defraudador Jimmy Dalton, su amante en Avalon cuando ella tenía diecinueve años. Ahora iba a casarse con aquel muchacho del que se enamoró en los vestidores del Club de Yates. El muchacho que sollozaba en secreto y nunca supo la causa. Luego habían estado los libros de Eskrine Caldwell compartidos, y luego…

–Luego debí ir con mamá, cuando su accidente –murmuró Cindy empujando la palanca del *coupé* a tercera–. Sí, claro. "Su accidente".

Trataba de concentrarse. Lo del senador había sido una locura. Una locura y un enigma. "¿No te imaginas habitando en la Casa Blanca?", le había dicho, entre broma y veras, aquella noche en la que le reveló su ambición política precisamente en la *Suite Presidencial* de El Mirador. Luego ella se asustó. Ya no acudió a las citas. No respondió a sus llamadas de larga distancia, "los viernes y sábados", que era cuando su novio navegaba en aquellas travesías de música y licor. Ahora lo importante era concentrarse. Continuar con sus despachos al *Daily Montor*, poder concluir *su libro*.

–Terminar el libro –se dijo. ¿Pero cuál libro?

¿El de la imaginación o el de sus recuerdos? ¿La novela de la fantasía o la memoria de sus atrocidades? El primero iba a requerir de mucha tenacidad; el segundo de sobrada prudencia.

"Si un perro muerde a un hombre, eso no es noticia", rezaba la primera lección de periodismo que aprendió en las aulas de la Universidad de Portland. "Pero si un hombre muerde a un perro, eso sí que es noticia".

–¿Y si alguien mata al perro que te mordió? ¿Y al dueño del perro? –murmuró Cindy con una sonrisa–. Eso categóricamente es un crimen, pero al *relatarlo* entramos al mundo de ese arte que se llama literatura.

Volvió a sonreír. Lo peor de su vida había quedado atrás. ¿Había quedado? Ahora seguía el matrimonio... Un matrimonio *divertido* con un muchacho encantador aunque desatinado. La convivencia en pareja es un paraíso a punto de la expulsión. En los años venideros, si aquello perduraba, podría escribir la historia de ese proceso. "Como en Pompeya, pero con traje de asbesto", se dijo.

Llevaba puesto el velo de novia que tremolaba al viento. Hacía calor, y bastante, pero el calor en Acapulco es como las ventiscas de Alaska, de modo que lo importante es no hablar del clima. Ser parte de él. No sufrirlo. Asumirlo con resignación y optimismo. "Hoy no pasamos de los 33 grados a la sombra".

Sin embargo había un punto negro rondando su conciencia. Por ello fumaba tres paquetes de Lucky al día. "Un punto negro pero también un horizonte de liberación", se dijo al tomar la curva que llevaba hacia los puestos de cocos. "Lo peor que se puede hacer en la vida ya está hecho", se tranquilizó. "Lo que resta es convivir con el nadador, criar a su hijo y escribir con osadía".

Observó, frente a ella, a dos golondrinas que volaban rasantes sobre el pavimento. Ascendían paralelas al *coupé* y se desplomaban delante del vehículo, como desafiándolo. Algunos hombres celebraban sus cejas "como alas de gaviota", y eso le alimentaba la vanidad. "Ahora que hablen de mi hijo o que callen". Ya no sería más una escritora epistolar. "Una carta no es más que una simple confesión ante el diablo".

–Y quien comete el peor de los crímenes… y lo confiesa, ya está en principio perdonado –dijo.

Hurgó en su bolso hasta dar con los Lucky Strike. Eso era lo que buscaría durante el resto de los días: simple y llanamente su redención… por vía de la escritura porque el perdón… ¿El perdón? ¡Pero si sólo tenía veinticinco años! "Como un ángel despertando luego de la travesura", le había cifrado su prometido, aunque hubiera preferido ser llamada "ángel negro de venganza". Sonaba mejor.

Ahí estaban los primeros puestos anunciándose junto a la carretera. Al otro lado había cientos de palmeras meciéndose al paso de la brisa, que los pronosticadores preferían denominar "aire marítimo tropical". De ese modo nadie podría argüir que aquellos cocos a montones no eran frescos y recién cortados. Había un letrero que se repetía a lo largo del camino y que le pareció buen título para un relato. "Doce por diez pesos". No sonaba mal; tal vez enviárselo al *Harper's Magazine*. Le compraría a Tony no doce sino el doble. Llenaría de cocos la estrecha cajuela del *coupé*, como regalo de boda, como premio por haberla esperado durante ese año de frenesí. Ella había retornado apostando a nada, y ahora lo tenía todo, o casi: marido, hijo en gestación, boda para 200 invitados, salud, empleo, talento, y una aceptable dosis de alegría. ¿Se podía pedir más?

–Todo sea por el arte del Coco-Fizz –dijo al detenerse junto a un puesto enorme, como para haber llevado su cámara Retina.

Por fin podría encender el Lucky entre sus labios. Y en lo que esperaba el disparo del encendedor eléctrico bajo el tablero, intentó ajustarse el velo de tul ondeando sobre su cabeza. Tenía brillantes y adornos de azahar, "como un ángel despertando", le había dicho su novio minutos atrás, y obedeciendo al piquete de vanidad se buscó en el rectángulo del retrovisor. Ahí contempló su belleza y el destello (todo en el espejo), como respondiendo a la gran pregunta.

El aire acondicionado se había estropeado. Los empleados del aeropuerto repartían ventiladores de pie a todo lo largo de la sala de espera, abrían puertas, ocluían persianas para que el sol no caldease el recinto.

—No sé como esta gente puede aguantar el calor —se quejó el comisario Valeri Vladimorovich, untándose el pañuelo en el cuello—. A ratos siento que voy a morir de sofocación.

Sentada a su lado, Alexandra Markovitch lo miró con ojos displicentes. Mantuvo el vaivén de su abanico y musitó en ruso:

—Es cosa de acostumbrarse.

El vuelo del DC-3 de Aeronaves de México sumaba ya veinte minutos de retraso. Deberían llegar a la ciudad de México para enlazar luego con el vuelo de la BOAC a Londres, donde reanudarían el viaje a Moscú luego de una escala técnica en Berlín.

—Treinta y ocho horas en el aire, una prueba de vértigo —comentó el flaco Yatskov al liberarse del saco.

—No se preocupe, camarada. Nos estará amparando la órbita del *Sputnik*, que ya cumple dos semanas circunvolando el planeta —presumió Vladimorovich al enderezar el índice en gesto de sabiduría—. ¿Sabe del satélite, verdad camarada?

—Sí, claro —Sasha no aflojó con el abanico—. La conquista del cosmos.

En dos días debió liquidarlo todo. Cuentas bancarias, el menaje de casa, el *Wurlitzer* de pared. Entregó parte de aquello para amortizar el adeudo de las rentas, incluido el reloj cu-cú. La aventura terminaba casi en secreto. "No podremos llevar más de dos maletas", y en ese par de velices iban sus mejores recuerdos: las partituras, el retrato enmarcado de Pavel y Fedia, la hermosa chalina de seda que perteneció a Lupe Vélez, su traje de baño negro (que nunca más usaría), el ícono de San Nicolás, el collar de *Beria*, las fotos con Antonio en la playa y el tríptico promocional del yate donde se anunciaban las apacibles travesías, "con la participación de Sasha Markovitch, *la rusa de Tamarindo*". Ahora todo aquello era cosa del pasado.

Retornaba por su decisión, aunque escoltada por los comisarios Yatskov y Vladimorovich, para rehacer su vida. Es lo que le habían prometido, además de reencontrarse con Fedia, el pequeño, que sabría comprenderla. Sí, de seguro.

No dudaba que aquellos policías políticos guardasen un par de esposas y la encadenasen apenas aterrizar en Berlín. Era consciente de que *todo* podía ocurrir, pero también sabía que Alexander Pashaev abogaría por ella. Su caso no era el único. En la primera gira del Bolshoi por París y Roma, en 1954, habían desertado el primer violín, un tal Pirodov, y dos bailarines; de modo que la gira debió suspenderse. Ella, Katya Alexandra Karpukova Markovitch regresaba con el mejor ánimo. Lo suyo había sido, simplemente, una aventura. Un capricho de veintiún meses. Eso era todo y no dudaría que la enviasen a un centro de reeducación, o que le encargasen organizar una orquesta infantil en la frontera con Manchuria. Tarde o temprano sería "reinstalada", como le habían prometido, y al salir de prisión en 1964, tal vez, recuperaría su lugar en la orquesta del Bolshoi. Pianista suplente a los 48 años de edad, no sonaba mal. Y el adolescente Fedia Fílipov viviría, por fin, con ella.

–Ya va llegando –el rechoncho Vladimorov volteó hacia la pista, como los demás viajeros, atraídos por las rugientes máquinas del bimotor.

Estaba, además, el reencuentro con su madre, Katya Markovitch, y con Stanislav, su marido-exmarido, que también debería ayudarla. Suspiró. Era el momento de documentar aquellas dos maletas que le ayudaban a cargar Yatskov y Vladimorov. Se formaron en la fila del mostrador, cerca de uno de los abanicos eléctricos.

–¿No le emociona regresar a casa? –la animó Yatskov, que sostenía aquella maleta cerrada a empellones.

–Sí, claro. ¿A qué precio está el litro de vodka?

Los demás pasajeros volteaban a mirarlos con curiosidad. Era la primera vez que escuchaban hablar en ruso.

–Igual que siempre –quiso resumir Vladimorov, que cargaba la caja del samovar bajo el brazo–. En la Unión Soviética no existe el fenómeno de la inflación.

Se había propuesto no pensar en él. Le había dejado una carta, breve, en la que explicaba todo sin entrar en detalles. No pensar en Antonio, su olor a salitre marinero, su amor al *terranova* que ahora quedaba huérfano, su encanto para bailar, sus graciosas brazadas cuando nadaba en el canal de Caleta, su verga chueca, su cachucha marinera en la cabina del yate y su Packard a cien por hora por la playa de Revolcadero, los dos desnudos y con una botella de ginebra Gilbey's a la mitad.

Volteó hacia la puerta de entrada. Ahí estaban los sanitarios. Podría argumentar que tenía ganas de orinar. "Hacer del uno", como referían en ese país tan vivaracho, decirles que la esperaran unos minutos, que ya regresaba. Entrar de nueva cuenta al baño, violar la ventila, saltar al jardincito, avanzar hacia la avenida costera, meterse en la primera fonda de pescado frito, esperar ahí tomándose una *Yoli*, subir luego a un camión que la llevara a la laguna de Tres Palos, registrarse en un hotelito de veinte pesos la noche, esperar dos días, telefonearle a Antonio, que se fueran a Ixtapa, a Puerto Escondido, a Mismaloya. Que comenzaran de nuevo y ya no usaran preservativos. Podría embarazarse otra vez, casarse con Antonio, dar clases de piano toda la vida hasta que en 1999, al cumplir 82 años...

−Señorita, *excuse me. Please* −Sasha se sobresaltó, pero aquel gendarme moreno insistía con la mano extendida−. Allá la están buscando. *Please, here*, ¿puede acompañarme?

Los comisarios de la embajada se inquietaron igualmente por la presencia del policía. ¿De qué se trataba? La señora anda de viaje con nosotros. No puede perder este vuelo. Pero no. No hay cuidado, por favor, *please*. Allá la están buscando, donde los parientes.

Sasha avanzó hacia el grupo de personas que se había dado cita para despedir a los viajeros. Abuelas, tíos, madres, nietos. Algunos con pañuelos y otros con un regalito.

"¿Quién le habrá dicho?", se preguntó Alexandra Markovitch al acercarse. Ahí estaba, entre dos mujeres alzándola, Natalia Massieu.

−Pensé que ya no la alcanzaba −dijo la niña al entregarle un ramo de gladiolas.

—Natalia, querida… —musitó Sasha al reconocer a su alumna favorita—. Qué alegría mirarte.

—Espero que le vaya muy bien en su viaje, maestra. ¿Cuándo regresa?

La profesora de piano alzó las cejas por toda respuesta.

—No sabe lo que la niña la quiere —dijo la madre de la niña.

—Estuvo de necia, preguntando toda la mañana, hasta que alguien le pudo informar —añadió la que parecía tía de la pequeña.

—Entonces, ¿ya no va a volver?

—Es que me necesita mi hijo, el de la foto, ¿te acuerdas?

—¿Pavel?

—No, el otro. Fedia, el más pequeño —Sasha acarició la cabeza de su alumna, trató de percibir el aroma de ese ramo envuelto en celofán—. Va a estar esperándome en Moscú, en el aeropuerto —mintió—. Le voy a contar de ti mañana que nos vayamos a la casa —mintió una vez más.

—Le traje otro dibujo, maestra. Para que se acuerde de mí —y le entregó un sobre cerrado.

Minutos después el bimotor sobrevolaba la bahía de Acapulco. En menos de una hora estarían aterrizando en la ciudad de México para hacer el enlace con el *Super-constellation* de la aerolínea británica. El vuelo iba a medio llenar y Sasha escogió un asiento con ventanilla. En lo que el aparato ganaba el techo de navegación, Alexandra Markovitch logró reconocer aquel recodo de la bahía, playa Tamarindo, y más adelante el Club de Yates donde media docena de barquitos permanecían fondeados. Uno debía ser el *Cindy*, pero no logró identificarlo. Después descubrió la base naval de Icacos, y cerca de ahí varios conjuntos de búngalos. En uno de ellos debía estar Antonio. Hizo a un lado el ramo y abrió el sobre que le había entregado la pequeña Natalia. Era un dibujo de su casa. En el papel había un piano arrojando notas musicales al viento, un perro bailando en la terraza, una cama donde una pareja presenciaba la interpretación de una niña al teclado, escurriendo goterones de sudor, y en medio de todo un gran samovar soltando hilos de vapor. En la cabecera de la cama había dos nombres: "Antonio" y "Alexandra". Eso era todo.

Guardó el dibujo en el sobre y lo depositó junto al ramo de gladiolas. En ese momento el DC-3 completaba la evolución del despegue y ya enfilaba hacia el norte. Sasha logró ver, por última vez, la isla Roqueta y el faro en lo alto. Reconoció su playa, azul turquesa, y le vino un suspiro. Ahí había aprendido a nadar.

⚓

Se negaron a subirla a la ambulancia.

—Ya es clave catorce —explicó uno de los paramédicos—, igual que el muchacho. Va contra el reglamento —y se colgó el estetoscopio.

El avión fumigador había pasado varias veces sobre el lugar del accidente y luego —corto ya de combustible— enfilaba hacia el aeródromo de Coyuca. Ahí se localizaba el campamento de la Campaña Nacional de Erradicación del Paludismo.

Clave catorce, en la jerga de los ambulantes, significaba "deceso por traumatismo". *Clave siete* era "hemorragia interna", y *clave tres* "fractura de extremidades".

—Ya nos comunicamos a la verde… A la Cruz Verde. Ellos se encargarán de recoger los cadáveres. Al otro muchacho lo llevaremos nomás termine su declaración. Parece que no tiene mayor problema, además del chipote en la frente.

En efecto, entre sollozos y sentado junto a uno de los puestos, Mercurio Contla repetía su relato:

—…entonces me dice Marte, "mejor échame a tu hermana", y eso fue lo que me distrajo, es decir. Cuando volteé al frente sólo vi el brillo que me deslumbró. Quise dar el volantazo, frenar, pero apenas si pude pisar el pedal. Nos fuimos con todo como íbamos… Y ya ve.

Los patrulleros de la Policía de Caminos siguieron su gesto. El Buick se había incrustado en la parte posterior del Kaiser y lo había proyectado contra un montón de cocos. La muerte de la reportera del *Daily Monitor* fue instantánea, por desnucamiento; el muchacho que iba de copiloto en el taxi, al salir disparado por el parabrisas, resultó degollado por las astillas del cristal. Sobrevivió varios minutos tirado a un lado del camino.

A poco de eso llegaron, casi simultáneos, el taxista Hermes Contla y Antonio Camargo. Derraparon en sus autos, uno tras otro, y apenas si se saludaron. El cuerpo de Cindy Rudy había sido deslizado sobre el asiento delantero, las pantorrillas asomando por la portezuela abierta con alicates, donde reposaba como a la espera de una bendición. Conservaba el velo de tul y hasta parecía dormir, pálida toda, bajo el calor de mediodía.

Antonio lloró varios minutos mirándola desde la otra ventanilla.

–¿Para esto regresaste?... –fue lo primero que pudo articular.

Entonces escuchó los gritos que daba Hermes junto a la patrulla.

–¡Que estaban celebrando qué!

–Mi cumpleaños, jefe. Hoy cumplo quince; íbamos a ir con las Galdino. Por eso paramos antes donde María Trinitaria.

–¡Pararon para qué chingados!

El mozalbete sujetaba la compresa contra su frente. Reposaba a la sombra de un puesto de cocos y se tocaba la base del pecho, donde había sufrido el impacto del volante.

–Fue idea de Marte. "Vamos a echarnos unas cervezas antes de ir", me dijo el bróder. Y ahí estuvimos...

–¡O sea que venías borracho, cabrón! –el taxista comenzó a golpear al muchacho. Había perdido la razón y le propinaba puñetazos y puntapiés en lo que era contenido por los patrulleros.

Tony tuvo un impulso perverso. Detener a los agentes uniformados y que Hermes terminara de tundir al muchacho. Que lo pulverizara a golpes.

–Cálmese, señor, por Dios –suplicaba el policía que logró sujetarlo.

–El muchacho está muy magullado... Los accidentes ocurren.

–¡Pero este imbécil mató a mi hijo! ¡Mató a Mercurio! ¡Venía manejando borracho!...

Por fin lograron controlarlo, pero el taxista se arrojó sobre el cadáver de su primogénito. Lo abrazó y comenzó a gimotear de un modo horrible.

Tony regresó a la charamusca metálica que era el pequeño *coupé*. Volvió a contemplar el cadáver de Cindy. Introdujo una mano a través de la ventanilla y acarició aquella melena dorada.

Estaba heredando la laja, "su piedra" frente a playa Guitarrón. Luego palpó los labios de la occisa. ¿Hacía cuánto que no los besaba? Lo distrajo el ruido de una sirena, y observó a la Cruz Verde frenando ahí delante, los enfermeros que saltaban con las camillas. Ahí terminaba todo. La morgue, el acta de defunción, el velorio, el sepelio, el cielo eterno.

—¡Está vomitando…!

Uno de los paramédico sostenía a Mercurio Contla. El muchacho acababa de arrojar un cuajarón y su camisa era un escándalo de sangre.

—¡Vámonos, vámonos! —gritaba el ambulante arrastrándolo hacia la camioneta de la Cruz Roja.

—Mi hijo, mi hijito… ¿Qué tienes? —iba farfullando detrás el taxista Hermes Contla—. ¡Dime, dime, qué te duele?

Subieron a la ambulancia y en cosa de segundos arrancaban llevándose la batahola de la sirena. Los enfermeros de la Verde llegaron hasta el Kaiser destrozado. Uno de ellos asomó y confirmó en voz alta:

—Catorce dieciséis.

El otro preguntó a Tony, tocándose la gorra militar como en saludo de autoridades:

—¿Qué es usted de la señorita?

Antonio iba a responder cuando miró que el otro introducía la mano por la ventanilla y tocaba inopinadamente el cuello de Cindy, confirmando la ausencia de pulso.

—Déjela —murmuró, y se le fue encima a golpes.

⚓

Recomendado por Antonio, Harry H. Rudy se hospedó en el hotel Ensueño. El cuñado había arribado la tarde misma del lunes y pasaron buena parte de la noche hablando de naderías. Ahí mismo, en el Hospital de la Cruz Verde, les informaron que el cuerpo sería entregado al día siguiente, después de la autopsia. "El forense llegará mañana de Chilpancingo, así que regresen temprano. Sirve que descansan un poco".

A diferencia de Cindy, su hermano era adusto por los cuatro costados. Medía un metro noventa y al desplazarse, como era encorvado, parecía empujar una carretilla inexistente. Tal vez cargando la desolación familiar.

–Desde niños comenzamos a distanciarnos –Harry hablaba en inglés, se miraba las manos en la penumbra–. El otoño pasado, cuando el problema de mamá, nos dimos cuenta que hacía cuatro años que no nos mirábamos.

–Cindy me contaba que eres profesor en Portland…

–Crescent City, en la costa.

–Y que das clases de literatura, igual que tu padre…

–*Mi padre es muerto* –dijo en español, y regresó a su idioma–. Hace cinco años que desapareció. Se perdió para la familia. Abandonó a Grace y nos abandonó a nosotros. Para mí está muerto.

–A Cindy también le molestaba hablar de él.

–Algo pasó con él. Enloqueció… –y luego, acomodándose en la silla de tijera, presumió: –Además de mis clases en la secundaria, escribo en las noches. Estoy preparando un libro que me ha llevado varios años.

–¿Un libro escolar?

–No, una épica de la madre naturaleza. Mi libro se llamará *El himno de las ballenas*.

–Suena bien.

Fue cuando asomó el encargado de la morgue para sugerir que se fueran a casa. Tony llevó a Harry a su hotel en la Gran Vía Tropical. En el camino, bajo una sorpresiva llovizna, le fue detallando su peculiar libro. Contó que todos los sábados se trasladaba con sus prismáticos hasta el peñasco de cabo Ferrelo para ver pasar las ballenas, aunque no siempre tenía esa suerte. Un día le tocó presenciar un ataque de orcas sobre un ballenato, y la defensa que hicieron las ballenas adultas en círculo. "He descubierto que los cetáceos son más inteligentes que el hombre".

–¿Ah, sí?

La que llegó temprano al día siguiente fue Aurora Locarno. Su madre arribaba en el primer vuelo de Aeronaves porque cancelar una boda no es poca cosa, así que Tony la depositó en el búngalo para que se encargara de las llamadas telefónicas informando la desgracia:

—No, no habrá funeral —sostenía el auricular con donaire conversando con gente a la que jamás conocería—. El cuerpo será trasladado esta tarde a los Estados Unidos. Así lo decidió la familia de la señorita Cindy. Sí, es una pena, yo lo sé. No se preocupe; yo le digo. Ah… y obvia decirlo: desde luego que se cancela el banquete.

Cuando Tony llegó al hospital todo había sido ya resuelto. Harry mismo no salía de su sorpresa. La autopsia había sido dispensada y un funcionario —que se dijo enviado de la embajada— era el ejecutor de aquello.

—Yo soy Freddy Steele —se llevó una mano al pecho en señal de duelo—. Esto ha sido una calamidad que de verdad sentimos; pero no se preocupen: nosotros nos encargaremos de todo.

Tony creyó reconocerlo. ¿Lo había visto en el sepelio de Apolonio? De seguro que había soltado dinero porque los empleados de la morgue se afanaban con extraordinaria aplicación. Ya sólo quedaba esperar al médico encargado de embalsamar el cuerpo.

—Nos han avisado que el avión llegará a las dos. —Harry tenía cara de no haber dormido—. Ya hablé con Grace, nuestra madre.

—¿American Airlines? —indagó Tony.

—No. Un avión especial —el agente Steele hacía guardia junto al féretro. Añadió con acento impersonal—. Vuelo directo a Portland esta misma tarde.

—Antonio… —lo llamó aparte su cuñado—, ¿tendrás a la mano los documentos de Cinthya?

—Sí, supongo que sí. ¿Algún problema?

—Al contrario. ¿Podemos ir al búngalo ahora? Debo recoger sus cosas… En cinco horas despegaremos con todo.

—Sí, claro. Te llevo.

Tony no tuvo ánimos de tocar nada. Prefirió salir a la terraza, juguetear con *Camila*, que permanecía abatida. Salpicarla con el agua de la piscina mientras adentro su madre y su cuñado se encargaban de embalar aquello. Guardaban todo lo que oliera a femenino… el sombrerito azul y la *Smith-Corona* portátil, las fotos en el Palao y su bikini rosa, el pasaporte y su credencial del *Daily Monitor*. Todo.

Al salir del búngalo, Antonio se topó con doña Zoraida, que había sido la encargada de darle el fatídico telefonema:

–Seño, me preocupa la burra. ¿No la habrá picado un bicho?

–No sé, joven… pero no creo –la mestiza de los pies chuecos no tenía cara para enfrentar su quebranto–. Será la tristeza que se le contagió. Estará enferma de tanta tragedia, creo yo.

"Salvar a *Camila*". Tony se alegró de momento. Era el primer minuto en que podía pensar en otra cosa. Abordaron el Packard de regreso y Aurora Locarno prefirió quedarse en el búngalo. Aún le faltaban algunas llamadas por hacer, se disculpó. Trataría de preparar algo en la cocina.

–Mi madre tiene prohibida la estufa –dijo Harry luego que arrancaron–. Como apenas ve sombras, come pan, queso y manzanas que siempre tiene sobre la mesa. Y la leche que guarda en vasos de plástico, para evitar un percance.

–Algo de eso me contaba Cindy. Que fue terrible lo de las escaleras…

–¿Las escaleras?

–Lo del accidente. Grace Harper que rodó y se golpeó la cabeza… Quedó ciega.

–¿Eso te dijo?

Tony retiró la mirada del pavimento y escudriñó a su cuñado. Era un año menor que Cindy y ya tenía las manías de un anciano.

–Lo del accidente, sí –insistió–. Por eso se fue ella el año pasado…

–Ah, sí. Claro –Harry señaló hacia el frente, por favor, no eran las circunstancias para distraerse–. A veces tenía reacciones temibles.

–¿Temibles? –repitió Antonio en inglés.

–Sí, era capaz de arrebatos de absoluta irracionalidad. ¿Nunca te contó de Sparks?

–¿Sparks? ¿Qué es eso?

Harry Rudy hizo una mueca de contrariedad. Ojalá él no estuviera ahí, ojalá no tuviera que explicar eso, ojalá su hermana no hubiera muerto.

–Era el perro favorito de papá –retomó el hilo de la conversación–. Una vez, cuando Cindy tenía dieciséis, tuvo un pleito horrible con papá, que siempre se estaba burlando de ella y de sus aspiraciones… Papá bebía a menudo, nos amenazaba, decía que por nuestra culpa él no había podido descollar. En fin, esa noche Cindy huyó de casa pero antes fue a mi recámara a hurgar dentro del clóset. Salió al patio donde dormía Sparks y le arrojó unas croquetas al piso. Ahí mismo lo apaleó hasta matarlo… Jamás se lo perdonó mi padre, pero nunca más volvió a enfrentarla.

Tony volteó a la guantera. Ahí viajaba el revólver de Cindy, pero no iba a entregarlo ahora. Además que ella no lo podría usar más.

—Conmigo era muy dulce –debió decir en descargo de su conciencia.

—Sí, supongo. Como con toda la gente; pero el capítulo Sparks…

—Yo tengo un perro, en el yate. Se llama *Beria*.

—El mío se llama *Marlowe*, como el personaje de Raymond Chandler. Es un *setter* irlandés, precioso.

En la morgue municipal ya no estaba el cuerpo. Los agentes de la embajada se habían encargado del traslado al aeropuerto, les informaron. Continuaron el viaje en silencio. Harry miraba aquel paisaje deslumbrante… pájaros amarillos de los que jamás averiguaría su nombre, enormes flamboyanes soltando sus flores como genitales, capillas alumbradas donde se veneraba a la Virgen morena de todos los mexicanos.

—Es una pena –dijo por fin.

—Dímelo a mí, querido Harry.

—Me refiero a esta visita. Mi viaje. Este modo tan apresurado de conocer el paraíso.

Llegaron al aeropuerto y desde la distancia lograron reconocer un DC4, brillante como cafetera, detenido en la zona de hangares. Tony buscaba un lugar para estacionarse cuando Harry comentó como de paso:

—Que tenía órdenes precisas de impedir la autopsia.

—¿Órdenes? ¿De qué estás hablando, Harry?

—El agente Steele, me dijo en tu ausencia. Que ésas eran sus órdenes, terminantes, de impedir la autopsia –suspiró–. Cosa que le agradecí.

—Desde luego, sí.

—¿Tú conoces al senador?

Tony había logrado hacerse de una sombra bajo el anuncio de Ron Castillo. ¿Al senador?

—John Kennedy —nombró su cuñado—. ¿Tú también lo conociste?

—No.

Habían adelantado el vuelo. Acompañaban a Steele otros dos agentes, encorbatados y sufriendo aquel calor. Tony observó que el ataúd había sido introducido a una caja de madera, según el reglamento de aeronáutica. El sarcófago tenía una leyenda tachada con un brochazo, donde no era difícil leer: *Aerial Mortuary Notching / KOREA*.

Regresó a casa cuando su madre terminaba de cocer un arroz con mariscos:

—Me los ofreció doña Zoraida. Estuve platicando un rato con ella.

Antonio se acomodó en la mesa. Olfateó aquello. Recordó los mejores tiempos.

—No tengo mucho apetito, mamá.

—Me imagino, pero Dios nos ordena vivir, y para vivir hay que comer como Dios manda... Además que no me vas a despreciar el esfuerzo.

Tony depositó sobre el mantel una botella de tequila, que era obsequio de su compadre Apolonio. Le ofreció a su madre.

—Nada más medio vasito, hijo. Yo casi nunca.

El licor aligeraba el duelo, y cuando llegó el momento de brindar se quedaron con los vasos en el aire.

Comieron en silencio y al final probaron un mamey de prodigio. Habían colado café para toda la tarde, al fin que les sobraba tiempo y habrían de hablar de lo suyo.

—Encontré un sobre con papeles de la muchacha, Tony. Ése de "los buenos días", o no sé... Lo puse en tu cajón de la ropa —Aurora Locarno giraba la cucharita dentro de la taza—. Por cierto que vinieron varias personas en lo que fuiste a... —¿cuánto tardarían en poder llamar a las cosas por su nombre?: —El piloto Maganda, del barquito; una señora alemana medio despechugada, Lavín...

–Levy. Marlene.

–Ésa, sí. Y unos señores muy bronceados, los hermanos Arnold –alzó un papel con algunas anotaciones–. Y una mulata muy... doña Roberta, dijo que se llamaba aunque parecía...

–Prostituta.

–Ay, hijo. ¿Ésas son tus amistades?

Antonio se sirvió el vasito de nueva cuenta. Desde las últimas semanas Cindy se había aficionado a ese brebaje estragador.

–Acapulco es el infierno, mamá. Aquí no hay salvación. ¿Sabes a quién pariste? –Tony se apuntaba con el índice en mitad del esternón.

–A un aventurero, ya lo sé –su madre se miraba las manos, esas pecas de sol–. No sabes cómo me ponía a rezar cada vez que salías a andar en tu bicicleta. En cambio Aurelio era más hogareño, más...

–Era puto, mamá. ¿No te dabas cuenta?

–¡Hijo...

–Bueno, marica, para que no te ofendas. Además que cada quién hace de su culo un papalote, mamá, ¿y cuál es el problema?

La madre de Tony le hizo un gesto solícito. Que le llenara el vasito.

–Bueno, sí. Eran diferentes ustedes dos –dio un sorbo–. Y el destino se ha encargado de privarme de tener nietos. Y conste que no es reproche.

–No, no es reproche –Tony pensó nuevamente en Cindy; aquel vestido de novia guardado en el armario. Dejó la mesa y se dirigió hacia el mueble esmaltado en rojo. Antes de abrirlo escuchó a su madre previniéndolo:

–Guardamos todo en las maletas, hijo. Y estaba precioso, el vestido.

–Ahorita va en mitad de camino –Tony dirigió una mirada hacia la montaña, el cielo, el norte–. Tú y papá, ¿cómo se conocieron? Cuéntame.

Antonio había retornado a la mesa. Volvió a servir café y tequila. Tenían todo el tiempo del mundo.

–En un baile del Casino Militar. Un banquete de la Escuela de Ingenieros que allí organizaban. Me acuerdo que me invitó tu tía Julieta, que andaba de novia con un ingeniero Hiriart, y de pronto me dieron una ganas terribles de ir al baño. Y fui.

–Y papá era el que cobraba veinte centavos por entrar a mear.

–¡Hijo!, cómo dices eso... –volvió a servirse.

–Bueno, di tú.

–Sí, es cierto. Él también iba al sanitario, y al vernos como que nos dio pena. Él andaba jugando póquer en un saloncito a la vuelta, y nosotros en el mero casino con la orquesta de Luis Alcaraz... Me lo encuentro y como que me desvío, y él también, hasta que me dice: "Mire, señorita. Ya Dios nos puso en esta contingencia. Usted éntrele al suyo y yo al mío, pero si me la vuelvo a encontrar, aguántese: me caso con usted".

–¿Eso dijo el cabrón?

–¿Tú crees?

–¿Y luego?

–Pues me lo volví a topar saliendo.

–Y entonces.

–Y entonces cumplió, hijo.

Tony volvió a servir los vasitos de tequila.

–O sea que soy producto de una meada.

–De dos, hijo. De dos.

Soltaron la carcajada y Tony abrazó a su madre, celebrando. La estrujaba, le acariciaba la cabellera y de pronto como un relámpago la risa se transformó en llanto. Así duraron varios minutos, abrazados, gimiendo de dolor y rabia.

–Me hubiera gustado conocerla –Aurora buscaba la servilleta de papel–. Dice tu papá que es... que era muy hermosa. Hasta se compró su esmoquin para la boda.

Tony recuperó su silla. Se enjugaba las lágrimas con la servilleta.

–Y papá, ¿nunca te contó?

–¿Me contó qué?

–Del naufragio que tuvimos. De lo que... ¿Te contó o no?

–¿Cuando vino para vender el barco? No, qué pasó. Digo, porque sí se echó sus dos semanas asoleándose. Regresó como cambujo... y muy cariñoso.

–Muy cariñoso.

–Hasta lo perdoné.

–Es que los Camargo traemos mala sangre, mamá. Pura sal. Ya ves el pobre de Aurelio…

–Lo suyo fue distinto. A mí me lo dijo desde que tenía diez años, ya ves cómo era de venático.

–Qué te dijo.

–Eso: "Un día me van a cargar muerto, ya verás, mamá. Si no me pueden querer más, se acordarán de mí por el día en que me aviente de la ventana". Y ya ves.

–O sea que Aurelito…

–Como tú dices, traía la fiesta por dentro. Él fue quien las halló.

–Halló qué, mamá. Estás muy misteriosa.

Aurora Locarno buscó el vasito de tequila. Lo bebió a fondo.

–Y pensar que casi te pierdo en el tranvía, Antonio –suspiró–. No sabes cómo sufrí para traerte al mundo. Me desmayaba del dolor. Y la pena ahí entre los demás pasajeros. Días después fueron a visitarnos los del sindicato del transporte eléctrico para insistir en que te bautizáramos "Tranvía"… en serio. "Antonio Tranvía Camargo", y que te darían una pensión de por vida. O sea, que viajarías de gratis por siempre. Así eran entonces las ideas en este país… Y tu tía Julieta y la pequeña Lizeth cuando te visitaban en la cuna, ¿te acuerdas?, te decían "el tranvía" por pura puntada, porque además como que heredaste el pulso eléctrico, hijo. Un día me contó Liz…

–Qué te contó.

Aurora Locarno le guiñó un ojo con absoluta coquetería. Volvió a buscar la botella de San Matías, aunque derramó la mitad.

–Fue a meterse al garaje donde tu papá guardaba todas sus porquerías. ¿Te acuerdas?

–¿Estás hablando de Aurelio?

–Sí, del maricón de tu hermano. ¿No te acuerdas todo lo que ahí arrumbaba tu padre? Unos sables oxidados, las sillas de montar aquéllas que se apolillaron, obuses de artillería, la propaganda que juntaron con el general Henríquez y por la que casi lo meten a la cárcel… Y las cabezas.

— 469 —

–¿Las cabezas?

–¿Nunca te contó Antonio?

–Antonio soy yo, mamá.

–Perdón, los confundo. Tu hermano se metió un día al garaje, que se los tenía prohibido tu padre, ¿te acuerdas? Andaba buscando telas. Todo lo que Aurelio juntaba para sus... cosas, y en ese hurgar y hurgar dio con un baúl al fondo. Se le hizo fácil violar los cerrojos y abrirlo. Allí estaban las dos cabezas cortadas, horribles, como momias. Muerto del susto me arrastró por media casa: "¡Ven a ver, mamá, ven a ver!". Me dejé llevar y... ¡qué asco! Creo que hasta vomité. Luego se lo pregunté a tu padre y me respondió que nunca, pero que nunca de los nuncas me lo iba a explicar. Y encima que guardáramos el secreto. Obviamente con esa monstruosidad comenzamos a distanciarnos... ¡Quién puede vivir con un coleccionista de espectros?

–Supongo que nadie.

–¡¿Verdad?!

Tony suspiró y buscó nuevamente la taza. "Coleccionista de espectros". Recordó aquella inmersión desnudo, fornicando bajo el casco del yate con la condesa de Feltre. Entonces aquel fantasma a la deriva no había sido Melisa... ¡sino el espectro de Cindy anunciando su despedida! No había lugar a dudas, él era lo mismo que su padre: un coleccionista de espantajos.

–Mamá, ¿qué horas tienes?

Doña Aurora lo miró con extrañeza. El atardecer ya se anunciaba sobre la bahía. Obedeció concentrándose:

–Las siete, ya mero.

–Arregla tus cosas, por favor. Te vas en el vuelo de las nueve. Yo te consigo boleto, no te preocupes.

–¿Irme así? ¿A las nueve?

–Ay, mamá... Vete ya, ¿qué no ves que estás merendando con el ángel de la muerte?

–¿El ángel de la qué?

–Mi presencia es letal, madre. ¿No te das cuenta? ¡Soy el agorero de la parca!... Vete antes de que caigas en mis sueños de nigromante.

–¿Me estás corriendo? –la madre de Tony procedió a tapar la botella. Le dirigió una mirada de asombro: –No sé de qué estás hablando.

–De las cabezas cortadas. Yo también colecciono muertos bajo el agua.

Doña Aurora dejó la mesa. Aprovechó para llevar los platos sucios a la cocina, aunque trastabillando. En el camino se permitió indagar:

–¿Seguro que sale a las nueve?

⚓

El doctor Gudiño le revisaba el hocico, pero *Camila* cabeceaba impidiéndole plantar el termómetro.

–Vine como amigo, pero si la mula no coopera… habría que ir pensando en sacrificarla.

–Ya hay demasiadas víctimas en mi vida, doctor. ¿No podría recetarle un antidepresivo? Tiene dos días echada sin ánimo de nada.

–No soy psiquiatra ni veterinario, joven Antonio. Y si vine fue por lo que prometió: yo se la curo pero usted se deja sacar las fotos. Un rollo de transparencias y no le cobro la consulta. El mes que entra hay un congreso. No se imagina la resonancia que está cobrando el fenómeno a nivel mundial.

–El fenómeno. ¿De modo que soy eso, "un fenómeno"?

–Se lo dije la otra vez. La enfermedad de Peyronie es un padecimiento de escasa densidad demográfica, además que existen muy pocos casos documentados. Cuatro de cada mil varones tienen esos traumatismos debidos a los excesos que la… ¡Ay, cabrón!

La burra había tratado de morderlo. El médico retrocedió un paso:

–En serio –lo previno–. Tengo un compadre que sí es veterinario. Viene, la "duerme", y al mediodía la está enterrando en el jardín.

–Si usted la cura, doctor, tendrá las fotos. Y no hable de matarla, por favor –Tony acariciaba la crin del jumento, echado a la sombra del pochote.

—O dígame cómo le tomo la temperatura. Así cómo voy a saber si tiene fiebre o si sufrió una trombosis. Necesito que se deje colocar el termómetro.

—Tengo la solución —Tony los dejó en la terraza. Un minuto después retornaba del búngalo con un par de cervezas.

—Es medio golosa, ya verá usted.

Apenas avistar aquello, el asno se incorporó torpemente. Comenzó a mover la cola con algo que parecía entusiasmo.

—No me diga que es alcohólica.

—Sin ofender, doctor, por favor. Yo se la entretengo acá y usted manipule por allá. ¿Cuánto tiempo necesita?

—Tres minutos; el plazo normal… ¿A poco sí toma cerveza?

—Lo que le invite, doctor. La muchacha es de amplio criterio.

Tony comenzó a verter el primer botellín procurando que el chorro cayera entre los belfos y evitando que la bestia se apoderara del envase.

—Quieta, borrachita; quieta…

Remataba la segunda cerveza cuando observó que el urólogo sesgaba la cabeza, manipulaba y hacía muecas alteradas.

Al concluir las últimas gotas *Camila* sufrió un respingo. ¿Un calosfrío? Comenzó a lanzar dentelladas contra la cerveza vacía.

—Le tengo una mala noticia —dijo el doctor Gudiño, y le mostró aquel palo sanguinolento.

—¿Qué clase de pervertidos viven en este lugar?

Y como el médico lo mirara con ojos acusadores, Tony se defendió:

—Ah, no. Ni lo piense, ¿eh?

—…y ni imaginar el cuadro infeccioso que habrá incubado.

Tony miraba aquello con furia contenida. Tuvo un sobresalto.

—¿Y si le dijera que es la segunda vez que ocurre?

—La siguiente ocasión se la van a matar de una brucelosis —el médico arrojó aquello al pasto—. Le voy a aplicar tres millones de unidades de penicilina. Yo creo que con eso tendrá.

La burra los dejó repentinamente y trotó rumbo a la alberca. Zambulló el hocico y comenzó a abrevar como si fueran las aguas del Jordán.

–¿Usted nada ahí? –preguntó el galeno con repugnancia.

–A veces. Cuando hace más calor.

Entraron a la cocina para preparar la hipodérmica. Observaron a la burra paseándose por el jardín como si se tratase de un nuevo territorio. "He descubierto que las ballenas son más inteligentes que el hombre", le había revelado su cuñado Harry. ¿Y qué decir de las acémilas?

El médico había llevado un ejemplar del *Novedades* de la fecha. En lo que disolvía las ampoyetas, Tony desplegó la primera plana donde leyó a ocho columnas: "LANZA LA URSS UN SATÉLITE TRIPULADO".

–A lo mejor hemos llegado demasiado lejos como especie –comentó el doctor Gudiño al terminar con aquello–. ¿No cree usted?

Era cierto. En el cosmódromo de Baikonur había sido lanzado un cohete *Protón* con una cápsula presurizada –el *Sputnik 2*– donde la perrita "Laika" circunvolaba el planeta desde la estratósfera.

–Me parece maravilloso –comentó Antonio al soltar el diario–. En el reino de los cielos una perrita saluda a los ángeles del Señor, mientras aquí el demonio le mete un palo a mi pobre burra que no le hace daño a nadie.

–No exageremos –el doctor Gudiño golpeteaba la hipodérmica para librar las burbujas–. Esa pobre perra ya debe estar achicharrada, y en cambio su mulita se va a salvar, digo, si toma usted las debidas providencias.

–Las debidas providencias –repitió Antonio. ¿Por qué no se lo habían dicho tres años atrás?

–Aislarla, como las jirafas del zoológico –el médico empapaba una gasa con agua oxigenada–. Además… ¿quién podría tener el alma tan podrida como para ensañarse así con el pobre animal?

La mulata de los pies torcidos asomó entonces por la ventanita:

–Joven Antonio –anunció doña Zoraida señalando hacia la calle–; que allá lo busca una señorita, o una señora. Con usted ya ni sé.

–¿Una señorita, quién?...

–Una como chicana; apenas si le entiendo.

Tony estuvo a punto de increparla. ¡Quiénes habían estado acosando a su pobre burra en los últimos días?... pero los últimos días eran una tragedia sin nombre.

–Que pase –era la primer mañana que Tony dejaba la cama luego de esas noches de insomnio. Dos días y dos noches de pesadilla, de sábanas revueltas, de anorexia, el espejo roto a puñetazos y la almohada a dentelladas. Y encima de todo aquella blasfemia febril sin respuesta… "¡por qué ella, maldito Dios!, ¿por qué ella?"

–Que pase, pues –insistió.

–Nunca había venido –se disculpaba la encargada contoneándose en retirada–. Es que solamente habla inglés, y yo cuándo.

El doctor Gudiño había salido del búngalo para alcanzar a la burra, que ya ramoneaba con mansedumbre. "Tres millones de unidades de penicilina", se repitió Tony porque en esos tiempos sólo morían los que eran tocados por el dedo arbitrario del Creador.

Oyó unos ruidos y se aproximó a la terraza. Ahí estaban ambas: Doña Zoraida, que se retiraba manoteando, y aquella otra mujer cetrina, de faldón púrpura y ojos morunos.

–Buenas tardes –dijo en inglés con acento–. Yo soy Kalyani. Kalyani Saipu, de India.

⚓

–Sí. Le encantaba asolearse en esas piedras.

La mujer se lo había advertido: *I am short of money*, de modo que se le hizo fácil invitarla, respetuosamente, a dormir en casa. Que ocupara el sofá de la estancia, que descansara luego de asimilar la terrible noticia. Kalyani Saipu venía extenuada luego de volar por tres continentes. En el último tramo, de Houston a Acapulco, se había resfriado a causa del aire acondicionado. Así que ahora estaba constipada y venía a enterarse que su *pen-pal* hacía diez años ya no vivía ahí… ni en ninguna otra parte.

–¿Nadaba mucho? –indagó la visitante disfrutando de aquel té de menta porque su religión, se disculpó, le prohibía beber licores.

—Todos los días —dramatizó Tony mientras consolaba al perro. *Beria* iba amarrado a la barandilla pues había enloquecido de gusto apenas reencontrarse con la burra *Camila*.

—Mis hijos tienen un perro. Más pequeño —dijo Kalyani—. En India es todo un lujo; se llama *Janmashtami*.

Nadie le había informado del accidente. De hecho había partido de Bangalore sin el permiso de su marido, Velutah, y temía que a su retorno la repudiara. En la radioemisora donde trabajaba le habían dado una semana de vacaciones y un préstamo para adquirir el boleto de avión.

—Guardo algunas fotos de ella —dijo en algún momento, rebuscando en su cartera—. Ésta es cuando se graduó en la secundaria de Portland; ésta cuando trabajó de mesera en la isla Catalina —se las mostró y en efecto: Cindy Rudy sonreía con su delantal a rayas posando frente al vestíbulo del Scott Village.

La maniobra para subir a *Camila* había sido bastante sencilla. Primero la vendaron, la treparon a una camioneta *pick-up* y así la trasladaron hasta el muelle del Club de Yates donde abordó, como un pasajero más, por la rampa de popa. Ahí fue donde enloqueció el *terranova* y hubo necesidad de amarrarlo. Luego el yate zarpó hacia la Roqueta, huyendo de la depravación sodomita. A pesar del catarro Kalyani disfrutaba de la travesía. Se refrescaba con el té de menta cuando le confesó:

—En su última carta me hablaba de ti. Decía que eras "un hombre demasiado bueno", y que eso "era malo, demasiado malo". Le gustaba jugar con las palabras.

—Le gustaba jugar con la vida —dijo Tony. ¿Si no, cómo explicar la colección de rizos que habían descubierto dentro de un estuche de anteojos?

—Me jugué muchas cosas para venir a su boda —advirtió la invitada de rostro impasible.

—¿Sabes nadar?

Kalyani le respondió con un gesto resignado, "un poco, quizá", luego se limpió la nariz con extremado pudor.

—Sus cartas eran maravillosas —guardó el pañuelo en su bolso y siguió recordando—. Hablaba de gente y de lugares extraordinarios, pienso que mucho de lo que escribía era pura invención.

En una de ellas me contaba de una amiga medio apache que planeaba asesinar con un cuchillo. Loca era Cindy Rudy.

–¿Has leído aquello? –le preguntó Antonio. Luego volteó hacia el marinero Retolaza para indicarle que iniciara la maniobra.

El yate se aproximaba al nuevo muelle de la isla Roqueta. Ahí desembarcarían a *Camila*. Salvarla aislándola.

–No, aún no –la visitante hindú le ofreció una mirada agradecida–. Pienso hacerlo durante mi retorno, el lunes.

En el último momento la madre de Antonio había descubierto aquel sobre lacrado en el cajón donde Cindy guardaba su ropa interior. Un sobre de oficina rotulado con una frase luminosa: "BUENOS DÍAS ACAPULCO", y al frente los datos del destinatario: Mrs. Kalyani Saipu / Radio Sulekha / 73 Jain Nagar street / Bangalore City, 3056 / India.

–Te divertirás, seguramente.

La visitante hindú volvió a sorber la taza de té. Suspiró en silencio. Llevaba un sarí de seda color morado que pensaba lucir ese mismo sábado en la boda que no fue.

La maniobra de atraque concluía. El marinero Retolaza terminaba de amarrar los aparejos mientras en la cabina asomaba el *chino* Maganda para indagar si apagaba la máquina. Tony le indicó que sí, que bajara para ayudarlos. Montaron una plataforma para arrastrar al asno, pero el animal rumiaba tranquilamente su ronzal y no hubo necesidad de forzarlo: *Camila* avanzó hasta la rampa, la cruzó con arrogancia y una vez en tierra echó el trote hacia la playa donde los bañistas celebraban la puntada. Alguno, divertido, le ofreció el chorro de una cerveza, y el borrico le arrebató el botellín. Era libre, después de todo.

–¿Tú la amabas?

Tony volteó para encontrarse con esos ojos morunos de singular belleza. Era una pregunta natural dadas las circunstancias.

En lugar de responder, Tony Camargo se quitó los zapatos, la camisa y el pantalón. Avanzó desnudo hasta el bauprés y saltó sobre el océano. Al percatarse de la zambullida, *Beria* (que seguía atado a la barandilla) comenzó a ladrar como exigiendo acompañarlo. "Aquí estoy", murmuró Antonio bajo el agua. Que vinieran los espectros a cobrarle su viudez.

Kalyani disfrutaba la tarde. Se recogió el sarí para permitirse el beso de la brisa y contemplar aquel panorama de azul sobre azul. Un minuto después, entre la turbulencia de burbujas, asomó el novio burlado y comenzó a nadar hacia mar abierto. Su braceo era largo, acompasado, sin pensar en nada. "Dos, tres, cuatro… y respirar; dos, tres, cuatro… y respirar; dos, tres…

Kalyani

PORTLAND, Oregon, julio 19.– Mi muy querida Kalyani, te escribo estas líneas poseída por la rabia. Si en mi carta anterior te expresaba un cierto entusiasmo por la decisión de "rehacer mi vida", ahora te manifiesto mi absoluta confusión y la certeza de que habré de visitar, más temprano que tarde, el mismísimo infierno.

Kal, tú eres la única persona en el mundo a la que puedo contar estas cosas. De sobra sé que esta carta romperá el ritmo que habíamos logrado restablecer, de modo que la alternancia epistolar ha sido trastornada, una vez más, por esta loca que ha llorado toda la tarde.

Perdona si no comento demasiado los asuntos que me relatabas en tu carta del mes pasado (eso del reglamento en la estación de radio que te impide hacer locución nocturna "por el hecho de ser mujer") pero algo grave, muy grave, ha ocurrido en mi familia. Es decir, las ruinas de mi familia. Como recordarás, al concluir el invierno debí hacer un viaje intempestivo desde México debido a que mi madre había sufrido un accidente (al caer por las escaleras se había golpeado la cabeza de tal manera que quedó prácticamente ciega). Pues bien, el viernes pasado mi madre, Grace Harper, nos citó por vía telefónica en su casa de Mullinomah Creek. Que le urgía vernos, hablar personalmente con nosotros (mi hermano Harry y yo) / perdón. He dicho "que le urgía vernos", pero una ciega no puede ver nada, ¿verdad?

Cuando llegué a casa, ese mediodía, Harry se había adelantado. Mi hermano tiene una *pickup*, es profesor asalariado y maneja bastante rápido. Yo me muevo con el transporte público, que es eficiente aunque esporádico (y quejarme de esto con una hindú). Así que estuvimos con Grace y nos invitó a la mesa. Ahora mi madre cocina platillos muy elementales porque apenas si puede ver sombras y no distingue una lechuga de una col. Había preparado unos sándwiches y una ensalada de pepinos agrios.

Aunque el barrio es bastante pobretón (en Mullinomah viven la mayoría de los negros de Portland), la casa está bastante aislada del vecindario. Tiene un terreno grande donde mi padre… Mi padre pensaba cultivar una gran hortaliza e incluso vender algo de la cosecha. Pero eso no prosperó, como nada de lo que emprende mi padre. Te cuento esto por lo que sigue.

Estábamos en el momento del postre y organizándonos para lavar los platos cuando mi madre se paraliza de pronto y deposita la cabeza sobre el mantel. "Hijos míos, ¿están aquí?", nos pregunta. Sí, claro, aquí estamos. "Les quiero contar algo que juré nunca revelar". Qué horrible puede ser un hijo, ¿verdad, Kalyani? Hasta ese momento yo pensé que nos iba a confesar una enfermedad sombría y que nos pediría dinero para su hospitalización… dinero que no teníamos. Yo (bien lo sabes) gano una prima mensual del periódico en San Francisco, además de algunos buenos dólares por cada despacho que les envío. No me puedo quejar. Y Harry, que se está convirtiendo en un solterón lleno de mañas, tiene su sueldo como profesor de secundaria en Crescent City a cinco horas de aquí.

"La semana pasada soñé que moría", nos dijo de pronto mi madre (entonces es algo que tiene que ver con la herencia, me dije). "Me pasé la noche llorando, angustiada, en una lucha interna por el juramento que hice", nos dijo. "¿Nos puedes decir de qué se trata, mamá?", Harry desesperaba en lo que se servía una segunda taza de café (horrible). "No me dirás que manejé 250 millas toda la noche para decirme que tuviste una pesadilla, mamá; ¡por favor!" Entonces Grace Harper nos buscó entre las sombras de su ceguera. Al día siguiente llegaría la enfermera que la atiende por las mañanas, que la ayuda a bañarse, a vestirse, a cocinar. Que la acompaña a dar vueltas por el rumbo. "Tengo que decirles que he mentido", insistió. "Nunca me caí de las escaleras", dijo. ¿Y entonces?

"Entonces ocurre que ese 23 de febrero, que había nevado, vino William, William Rudy, su padre de ustedes, a reclamar. Hacía años que no sabíamos de él, ¿se acuerdan? Estaba muy borracho y ya no recuerdo ni porqué se inició la discusión, el caso es que de pronto me comenzó a golpear en la cocina, y en lo que trataba yo de salir huyendo me alcanza y me golpea con la olla express. "Fue un solo golpe, aquí, y perdí el conocimiento. Al despertar, minutos después, había perdido la vista. William me había recostado en el sofá y lloraba... lo oía llorar. Fue cuando le dije que no veía nada y que tenía que entregar un cuadro que había prometido para el bazar de la parroquia".

El caso es que mi padre convenció a Grace Harper de no denunciar la agresión a la policía, y sobre todo a los agentes del Seguro. "Si la justicia se entera me enviarán a la cárcel y entonces no habrá modo de contribuir a tu sostenimiento. Piensa también en la reputación de tus hijos y lo que esto les podría afectar en sus trabajos". Le dejó en la sopera quinientos dólares (eso dijo ella) y que una semana después le enviaría 10 mil... que nunca llegaron. Y entonces mi madre lloraba porque había soñado que moría y que se llevaría a la tumba el secreto. Ese juramento (porque mi padre la había hecho jurar) de no revelarlo a nadie. Después él se esfumó no sin antes montar aquella escenografía, lo del accidente, y que Natalie se encargara de encontrarla tirada, llamar a la ambulancia, llamarnos a nosotros y lo demás. Nat es la sirvienta que la atiende por las mañanas. Si la casa no tuviera ese gran terreno habría habido algún testigo, pero aislada como está nadie se enteró de la presencia de mi padre.

¿Te imaginas, Kal? ¡Mi padre hizo que mi madre se transformara en una ciega! Estábamos en la mesa, mudos por la sorpresa, cuando Harry le pregunta indignado: "¿Y para qué nos cuentas esto? Digo, hasta ahora. ¿No podrías haber callado ese error por el resto de tu vida? ¿Se trata de pulverizar la imagen de nuestro padre?" Más que hablar, parecía que escupía sus reproches, y lo más terrible, eso de llamar "error" al golpe que cegó a mi madre y que le ha impedido pulsar sus pinceles, que eran tan desenvueltos.

He comenzado a odiar a mi hermano (su misticismo sin cojones hace que se pase los domingos mirando el movimiento de las ballenas desde los riscos de Eureka). No puedo olvidar a Harry esa tarde cuando le preguntó a Grace "si no tenía nada más que informarnos". Mi madre comenzó a llorar. "No quiero volver a tener ese sueño", dijo. "¿Y qué es lo que esperas de nosotros?", le pregunté por fin. Grace Harper como que lo pensó. Luego musitó: "Justicia, hijos míos. Pero justicia aquí, en este obsceno mundo".

Media hora después Harry se largaba en su camioneta. Al despedirnos en el porche me dijo que todo eso le daba mucha pena, pero que esa merienda no revelaba más que una cosa: "Nuestra madre se está volviendo loca. No creo ni la mitad de lo que nos ha dicho".

Kalyani Saipu. Tus hijos enfermos de enteritis y yo confiándote mis tribulaciones irremediables. Te escribo estas líneas desde el café Daisy's luego de despedirme de mamá (el autobús pasa a las 8.15 PM). Por ahora estoy viviendo (otra vez) con Jimmy en un pequeño *trailer-park* en Carrolls, al norte, junto al río Columbia. Por supuesto que no le contaré nada de esto que te acabo de confiar pues James Dalton, después de todo, es un hombre enfermo de egoísmo. La ley lo sigue buscando por defraudador y yo soy su cómplice al apoyarlo con mi escaso dinero. Al que extraño horrores es a mi nadador en el paraíso mexicano. ¿Lo habré perdido para siempre?

Kalyani, mi querido espejo en Bangalore, dime tú si las ideas que surcan mi cabeza no terminarán por arrojarme algún día al infierno de la demencia.

Tuya, siempre, Cindy R.

⚓

SAN FRANCISCO, California, julio 23.– Kalyani, sacrosanta inspiración de los bandidos sin perdón, en estos días han ocurrido cosas trascendentales. De hecho estoy en la pequeña cafetería del *Daily Monitor* esperando a William Peary, mi editor, quien me ha invitado a comer (tienen una junta para el cierre de la edición, así que tardará por lo menos una hora). No sé por dónde comenzar.

Primero lo primero: Dejé a Jimmy. Segundo lo segundo: Le robé el auto a mamá. Tercero lo tercero: Robé también a mi tía Lauretta. Cuarto lo cuarto: Voy a buscar a mi padre.

Me explico, querida Kalyani, ahora que no podrás escribirme a ningún apartado postal mientras no me establezca formalmente y logre que mis ideas (y sentimientos) se depositen –revueltos como están– en el fondo de mi alma.

Lo de Jimmy. ¿Recuerdas aquellas cartas enloquecidas, hace cinco años, cuando te decía que por James Dalton daría la vida y lo demás? ¿Recuerdas el plan que tenía –muy loco– de envenenar a su familia, a su esposa Pamela y a sus tres hijas para que todo él fuera para mí? Ahora lo repudio. He logrado escapar del minúsculo *trailer* donde vivíamos por veinte dólares a la semana. Con televisión (desde luego) y un equipo de pesca que permitía distraernos de cuando en cuando en las turbulentas aguas del Columbia (ya sabes, la vieja ilusión de "vivir de lo que pesques" y que al tercer día echas por la borda luego de no comer más que pop-corn y Cocacola). Obviamente que el alquiler en Carrolls corría a mi nombre porque a Jimmy (el estúpido estafador) lo persigue la policía desde hace buen tiempo. Carga documentos falsos que consiguió en Canadá pero no puede emplearse en nada porque inmediatamente será localizado por los agentes del FBI (según dice él). El caso es que la otra noche me paré de la cama y salí a fumar en el pequeño porche que tiene adosado el trailer (los debes haber visto en alguna revista: son como una caja de zapatos de aluminio pero del tamaño de una vagoneta). Miraba las estrellas y el filo de la luna, fumaba y fumaba. Entonces (serían la dos de la madrugada) asomó Jimmy para preguntar. "¿Se puede saber qué haces allá afuera?", y de pronto, refulgente, surgió ahí delante LA VERDAD con mayúsculas. La verdadera verdad que puede ser dicha, o callada. "Estoy pensando en Antonio", le dije. "Estoy segura que en este preciso momento él está recordándome porque los jueves hace unas travesías musicales acompañado por una pequeña orquesta. Ahora mismo deben estar recalando en el muelle y él, estoy segura, debe estar mirando esa luna rielando en la bahía que ahora miramos tú y yo".

Eso fue lo que le dije. Ya te imaginarás lo que siguió. Comenzó a despotricar contra "esa basura mexicana", ese *wet-back* muerto de hambre, "ese *greaser* que no sabe más que beber y fornicar". Lo paré: "Por lo menos la mitad de lo que dices es cierto". Seguimos discutiendo, a esa hora, y de pronto me dije: "Cinthya, ¿qué necesidad tienes de vivir como una perra enjaulada?". Al día siguiente hicimos las paces (yo hice como que hice) y le dije que iba a visitar a mi madre (donde guardo la mayor parte de mis cosas) para lavar la ropa. Cada vez que la visito, una vez por semana, aprovecho para eso. Portland está (estaba) a

40 millas del *trailer-park*, así que preparé las mochilas que cargo usualmente con la ropa sucia y salí tan campante. La verdad es que en las mochilas iban mis pertenencias, y la ropa sucia (toda) quedó metida en el horno de la estufa. "Mi dulce James Dalton", me dije, "ojalá que cuando te lleven a Alcatraz disfrutes de la estadía, porque dicen que ahí todos los cuartos tienen vista al mar".

Al llegar a casa mamá, dijo que esa mañana me habían telefoneado desde aquí (el *San Francisco Daily Monitor*), buscándome. Llamé a William Peary para enterarme de que necesitaba hablar conmigo. Firmar un nuevo contrato. Que habían ocurrido algunos cambios al interior del periódico y que pretendían asegurar mi permanencia con ellos. En pocas palabras, me estaban ofreciendo un puesto. Esa noche, ya instalada con mi madre, anunció sin más: "Me han dicho que lo vieron en Waco". ¿De qué estás hablando, madre?, y ella insistió: "De tu padre, Cindy. Estoy hablando del criminal que me quitó la vista. Dicen que trabaja en una escuela secundaria de ese lugar. ¿Tú podrías ir a...?" ¿A qué, madre? "A reclamar, a encararlo, a decirle lo mucho que lo odiamos".

Querida Kalyani Saipu. No tienes porqué saberlo: Waco es un pueblo en mitad de Texas (la de los vaqueros y los pozos petroleros) al otro lado del mundo. Bueno, al otro lado del mundo queda tu enardecido Bangalore, tú disculparás.

Así que esa tarde tomé prestado el auto de mamá. Es un *Kaiser-coupé* color azul cielo que con trabajos hace más de setenta millas por hora. Le dije a mamá que iba a visitar a mi tía Lauretta, que le telefoneara, que le dijera que iba en "misión secreta", y que volvería una semana después. Probablemente.

Al día siguiente salí para Hilsboro en el juguetito de mamá y todas mis cosas cupieron en el maletero del pequeño dinosaurio de lámina (mi máquina de escribir portátil, mi caja de libros, mi raqueta de tenis). Cuando llegué a casa de la tía Lauretta –que es el tercer punto– hablamos de esto y de aquello, pero sobre todo del desastre que es mi vida personal. Entonces le pregunté que si mi madre, Grace Harper, no le había comentado que iba en una misión especial. "Sí, mencionó algo de eso". Entonces se lo dije: Se trata de que van a practicarle una cirugía a mamá. Le van a extirpar un riñón e intentarán hacerle un trasplante. ¿No te dijo? "No". Yo le voy a dar mi riñón izquierdo y Harry pondrá mil dólares, "y tú tía, ¿con cuánto colaborarás para que tu hermana siga viviendo unos años entre nosotros?". Con esa argumentación no pudo menos que entregarme los cuatrocientos que guardaba en una caja de galletas, y luego me firmó un cheque (del Californian Bank, posfechado) por otros doscientos.

Así que con ese dinero, ese auto y esta nueva soltería me trasladé a San Francisco para la cita con William Peary, mi editor, que si no estuviera tan viejo (tiene como 50) a lo mejor me lo llevaba a comer pastel de queso entre las sábanas. Estuvimos hablando en su oficina hace rato. Ahora lo han nombrado editor en jefe de la sección de crónicas y reportajes, y andan buscando "historias de gran interés" que hablen de la gente y el país. Casi nada. "¿No te gustaría quedarte como reportera volante en la región del noroeste?", me dijo (que es decir Oregon, Washington, y la British Columbia canadiense). Y como yo seguía obsesionada con el viaje en busca de mi padre hacia el corazón de Texas, se lo dije. "Voy a Waco, por el camino de las cuatro esquinas. Puedo escribir una crónica de ese viaje". Mister Peary se me quedó viendo con ojos compadecidos. Pobrecita peregrina irremediable. "Muy bien", me apretó la mano, "mándame ese artículo: *En el viejo camino de Texas*, pero interpretado desde la perspectiva de una Dorothy volviendo a casa" (Dorothy es el personaje principal de la novela *El Mago de Oz*, de L. Frank Baum, que posiblemente hayas visto en la película de Judy Garland). Y fue cuando me invitó a comer. Aquí lo estoy esperando y –perdona– por eso escribo la carta en estos manteles de papel.

A veces pienso que el espíritu (el fantasma) de Jack London no me abandona. No sólo porque lo traigo secretamente en la sangre, sino también por mi gusto por el peligro (el reencuentro con mi padre), los casos perdidos (Jimmy Dalton), y la pasión desbordada (Antonio nadando junto a mí en mitad del mar).

Querida Kalyani, no sé cómo decírtelo. Digámoslo de un modo poético: me duele la vida y la conciencia de que alguna vez todo esto no será sino recuerdo del polvo. Por eso ahora que emprenda el viaje con el coche "prestado" de mamá… Aquí termino. Peary ha salido del ascensor y viene a mi encuentro. Pediré una leche malteada a tu salud.

Besos. C.

⚓

RENO, Nevada, julio 28.– Kal, mi querida Kal. ¿Sabes qué es lo que unifica a todos los hoteles en mi país? Podría responder que la televisión (que como Dios, está en todas partes), o el teléfono junto a la cama (que es una manera de estar en casa), o el lavabo con su espejo y su jaboncito (que te refrescan la conciencia de que, después de todo, tú eres tú). Pero no: lo que uniforma a los hoteles americanos es la Biblia dentro del buró. Ahí tienes guardados (y a la mano) a los patriarcas del Viejo Testamento y a Jesús de Nazareth, a Moisés y las Tablas de la Ley, a Eva y Adán tentados por el Árbol de la Vida, a Caín y Judas, a San Juan Bautista y el Cantar de los Cantarers, a Salomón y el arcángel Gabriel. Así sea el Taft, el Hilton o este motel Carson (a 4.75 dólares la noche), todos tienen su Biblia en el cajón de modo que si estás agonizando, fornicando o simplemente bañándote, lo abres para consultar con Jacob qué es lo que deberás hacer para no perder la esperanza de las Escaleras de Betel (que llevan al cielo), ni las llaves del hotel, desde luego.

Kalyani. Sé que tu religión es otra y que tu abuela era católica y que muy poco les quedó de eso (algunas nociones). Te escribo esta carta en la cama, apoyándome en la bandeja del *room-service*, porque hemos pedido que nos traigan un club sandwich (para ahorrar) y dos jugos de tomate. Aprovecho que Lawrence no está (salió a vagar) y trato de concentrarme.

¿Lawrence? Es un chico taciturno, de pocas palabras, y que quiere llegar a Manhattan donde (asegura) vive su novia. Lo conocí en el Washington Square de San Francisco mientras revisaba el mapa de la Exxon para bosquejar mi trayecto. "Hola. Soy Lawrence McNally. ¿Vas al este? Tengo 70 dólares y pienso llegar a Nueva York con ese dinero. ¿Me podría incorporar a tu itinerario?", y como le puse una cara de extrañeza, insistió: "No soy ningún delincuente, además no tengo edad para fumar ni para beber. Prefiero a los Mets que a los Yanquis".

En el parque había una exposición de esculturas bastante peculiar. Este es el país de las peculiaridades, después de todo. Eran tres bancas adicionadas a la explanada y en ellas había algunas figuras (personas) de concreto. Estaban instaladas en una esquina del parque, de modo que si sacaras una foto (en blanco y negro) parecerían gente normal, como tú o como yo (bueno; tú). En una banca había un tipo recostado con un periódico (de cemento) tapándole la cara. En otra una como abuela y una como nieta ofreciéndole maíz a unas palomas inexistentes. En la tercer banca había tres sujetos: un negro (de raza, aunque igualmente de cemento) que consultaba su reloj, y una pareja (¿un matrimonio?) como conversando. Había otra banca con Nadie (Mister Nadie), y en la siguiente estaba yo con el mapa Exxon y este gorrón McNally que tiene dieciséis años. Es chistoso, no feo, y seguramente tiene sangre medio latina o mediterránea o árabe (qué me importa).

"¿No se supone que deberías estar en la escuela?", le pregunté al decirle que sí, que posiblemente sí podría acompañarme en el *Kaiser*. "Se suponen muchas cosas, Cinthya", comenzó a llamarme por mi nombre. "Se supone que debería completar mis estudios, trabajar, ahorrar, fundar una empresa, casarme, tener una familia, envejecer y en el año 2009 morirme de un infarto. Pero nada de eso ocurrirá, Cinthya. Moriré en 1962, al cumplir 21, si no es que antes. Y como tengo tan poco tiempo voy a Nueva York con Susan para visitar todos los museos todo el tiempo, hasta el día de la ceniza".

Indudablemente que es un chico interesante. Le dije que me dirigía hacia el centro de Texas, pero que antes pasaría por las "cuatro esquinas" y que iba a parar en distintos puntos a lo largo del camino, según me conviniera. ¿Para qué?, para conversar con la gente y hacer algunas fotos. ¿Te conviene? "No es que tenga prisa por morir, Cinthya, lo que ocurre es que tengo prisa por vivir y mirar el mundo, la parte del mundo ligada al arte y, supongo, un viaje como ése tendrá algo de estético, de mágico, o será por lo menos divertido". Y luego, con rostro acongojado, me entregó diez dólares. "A cuenta".

Así llegamos ayer a este motel. Cada cual en su cama, muy respetuosos, y cada cual su lectura. Lawrence, por cierto, leyó durante un rato la Biblia del cajón. "Prefiero el Antiguo Testamento, y conste que no soy judío. Mi favorito es el patriarca Abraham discutiendo con Dios al tú por tú, acatando la ley con el cuchillo en la mano. Después de Belem la historia perdió su sentido caótico y todo comenzó a tener un destino redencionista que hoy nos tiene donde nos tiene".

Kalyani; de sobra sé lo que estás imaginando. No he perdido la razón (todavía) y algo (permíteme subrayarlo) es lo que me arrastra hacia el sur. Una vez que haya conversado con mi padre (¿será eso una conversación?) y le demuestre que puedo vivir (profesionalmente) sin su favor, entonces decidiré. Tacoma o Acapulco, el futuro o el presente, la nieve o el trópico, la reflexión o la piel, despertar con un proyecto literario esperando en la mesa o con un hombre metido. Kalyani, tú sabes de qué estoy hablando.

"Mary had a little lamb, little lamb…" Eso venía cantando ayer por la carretera 80, al norte del valle de Napa donde terminan los viñedos y comienza el ascenso a la Sierra Nevada (Lawrence iba dormido). Y eso porque había un enorme rebaño de borregos llevado por unos vaqueros (que en realidad debían ser ovejeros) hacia no sé qué redil. Frené y me estacioné a un lado del camino para hacer unas fotos. Entonces volví a cantar eso de la pobre María y su corderito, y el jovencito McNally me alcanzó. Iba a ser imposible entrevistar a esos vaqueros (definitivamente) alejándose hacia una cañada con sus mil borregos. Iban acompañados por un par de perros pastores, pero no pastores alemanes, sino collies. Uno (manchado de negro) por cierto era idéntico a Sparks, nuestro perro de la infancia. Entonces le dije a Lawrence, que parecía disfrutar aquel panorama a punto del atardecer: "¿Ves aquél de manchas negras? A tu edad maté uno idéntico con un bat de beisbol". ¿Cinthya, tú mataste un perro?, me preguntó sorprendido, como ahora tú, querida Kal, debes estártelo preguntando.

Se lo dije a Lawrence como ahora te lo digo a ti: "Es más fácil matar un perro que matar a tu padre, ¿o no?". Ese episodio viene a mis sueños de cuando en cuando. Sparks en el piso, con la cabeza ensangrentada, que se levanta y me reclama: "Dónde quedó mi casita. No la encuentro". En la escuela, cuando tuve siete años, en una ocasión me vistieron de Mary, la personaje del corderito, porque siempre fui la "niña bonita" de la escuela (muy bonita). Y cantábamos y celebrábamos disfrazados de colonos y vaqueros en nuestras carretas de cartón, con guitarras y acordeones, *"Old Mac Donald had a farm, hia-hia-hoo. And on his farm he had some cows, hia-hia-hoo… Mary had a little lamb, little lamb, little lamb, its fleece was white as snow… Oh!, Susana, Oh! Don't you cry for me, I came from Alabama with my banjo on my knee...*" Y esa lindísima vaquerita que era yo (nadie se los dijo) iba a matar a su padre a bastonazos.

Eso le conté a Lawrence ayer, y como la noche nos sorprendió en un pueblo que se llama (no me lo vas a creer) Emigrant, nos hospedamos en un cuarto del Motel Sierra (4 dólares) con una sola cama (bastante estrecha) y dormidos con ropa. Varias veces se levantó Lawrence al baño y yo, que tampoco podía dormir bien, me paré casi al amanecer y al tocar la puerta del baño (tratando de saber si se encontraba bien) se abrió y lo descubrí homenajeando al dios Onán. Se disculpó y cerré.

Termino. Mi muy querida Kalyani Saipu, juntando ésta con las otras cartas (que ya te enviaré cuando lleguemos a una oficina postal en forma) podrás saber el derrotero de mi pobrecita locura. ¿Y Velutah, tu marido? ¿También practica esos ritos nocturnos de soledad y rabia? Ya me lo contarás.

Un beso vaquero, Cindy (Harper) Rudy.

⚓

ALBUQUERQUE, Nuevo México, agosto 3.– Kalyani, por fin llegamos a las "cuatro esquinas" que, como tú sabrás, están conformadas en perfecta cruz de 90 grados por las fronteras de Utah (mormones), Colorado (gambusinos), Arizona (comanches) y Nuevo México (cherokes). Nos hemos detenido en sitios muy interesantes, que es no decir nada. Un "sitio interesante" puede ser cualquiera: la letrina más asquerosa en Glen Canyon y la sala de música de la familia Spencer, en Flagstaff, a donde fuimos invitados para presenciar un pequeño concierto donde la madre, Deborah, tocaba el piano, el padre, Norman, el contrabajo, y la hija, Lilian, el bandoneón. Canciones folklóricas, de música *country*, todos bien entonados. Y lo más terrible de todo: le pregunté en secreto a Lilian, "¿qué pasará con la Orquesta Spencer cuando tú te cases?" A lo que la feliz muchacha, rechoncha y con gafas, respondió sin dudar. "Nunca me casaré, Cindy. ¿Para qué?".

Suena lógico, ¿para qué? Por cierto que Lawrence se ha convertido en un problema. Es decir, cuando nos hospedamos en Winslow, junto al río Colorado, nos preguntaron qué éramos, ¿hermanos, esposos, primos, compañeros de trabajo?, "¿o qué más?". Lo que nos pedían en aquel Mohave Motel era que no compartiéramos el cuarto. Es decir, que en vez de pagar nueve dólares, pagáramos 18. Entonces Lawrence se los explicó. Les dijo que en realidad somos fundadores de una nueva religión, como los apóstoles de Jesús, difundiendo la verdad "de la Iglesia del Día de la Ceniza". ¿Y qué es eso?, le preguntaban, "ah, pues la Iglesia que surgirá luego del holocausto atómico". En resumidas cuentas, les explicó, la hermana Cinthya (yo) y yo (él) somos parte de la "Hermandad de la Ceniza" que está peregrinando a lo ancho del país predicando la religión cristiana del nuevo tiempo, que en principio es la misma que ustedes conocen, pero renunciando a las tecnologías del progreso excesivo que nos tienen a la puerta de la Hecatombe Nuclear. "Los que sobrevivamos a la Guerra de la Ceniza, habremos de refundar un cristianismo sin energía atómica, sin energía eléctrica, sin automóviles, aviones ni televisión". O sea que ustedes quieren volver a predicar en las catacumbas, en las cavernas, como San Pablo y los cristianos bajo el imperio romano. A lo que Lawrence argumentaba: "A las cavernas nos enviarán Kruschev y Heisenhower con sus desafiantes baladronadas. Pase lo que pase, deberá prevalecer la palabra de Jesús, ¿no creen ustedes?", y con esa argumentación nos permitieron compartir el cuarto, y en vez de nueve nos cobraron solamente cinco dólares.

Antes de llegar a esta ciudad (que por cierto era parte de un camino legendario de la colonia española que hubo en México, y que se llamaba "el camino de la plata", ligando Santa Fe con la metrópoli novohispana) pasamos por el sombrío Vanadium Rock, de cuando la fruición minera. Es un clásico pueblo fantasma donde permanecen (según el letrero de la carretera) 44 habitantes. Por aquí y por allá podías ver techumbres rotas, ventanas arrancadas, automóviles abandonados, una iglesia sin cruz ni campanario y varios anuncios oxidados invitando a alistarse en el ejército "para defender la democracia", en la guerra que terminó hace doce años. "Así será el país dentro de dos, tres o cinco años, cuando haya ocurrido el gran error de la humanidad", comentó Lawrence mientras mirábamos aquel abandono a vuelta de rueda. "Tendremos prohibida el agua de lluvia durante dos años, por la contaminación atómica, así que habrá que buscar en los mantos freáticos más profundos. Por eso mi prisa por llegar a los museos de Nueva York, mirar ese arte milenario que será reducido a polvo en cosa de segundos".

Así llegamos a este Jason's Motel, en la Autopista 40 que lleva a Amarillo, Texas. Estoy comiendo una dona de chocolate y una malteada de vainilla, todo por 60 centavos, en lo que Lawrence regresa de su vagancia. Descubrió un campo de beisbol a media milla de aquí, donde será, esta tarde, el juego final por el campeonato juvenil entre los *Tijeras* de Alameda County y los *Lone Stars* de Paradise Hills. ¿A cuál irle, Kalyani? ¿Tú lo sabes?

En la duda deportiva, se despide con un beso,
Cindy Rudy.

⚓

WACO, Texas, agosto 8.– Kalyani Saipu (voz de esperanza en las noches caniculares de Bangalore); todo ha sido en vano.

Ayer temprano llegué a la escuela secundaria de Mesquite Hill y me topé con la noticia: desde hace un año que mi padre no da clases ahí. Le mantuvieron la plaza "resguardada" hasta julio pasado, pero como no se presentó ha sido conferida a otro profesor. No saben dónde esté, dónde viva, dónde haya ido a dar con sus huesos.

La maravilla de los directorios telefónicos es que tienen registrado todo. De las más de cuarenta escuelas secundarias de la comarca (anotadas en la guía), la mitad están en condados circunvecinos. Así que comencé a llamar a las escuelas más próximas al hotel preguntando por un tal "William Rudy, profesor de Lengua y Literatura", y en la secundaria de Clifton fue donde me sugirieron que buscara en la de Mesquite Hill porque les sonaba el nombre. Subí al coche y fui a dar a la secundaria de ese condado, no sin antes perderme por una llanura donde abundan los caballos (¡claro, era el terreno del rodeo y el domingo hubo un concurso estatal!). Por fin llegué a la escuela y busqué en la administración. "Sí, aquí daba clases, pero luego pidió permiso y se ausentó en junio del año pasado", o sea que cuando fue a atentar contra Grace, mi madre, ya tenía varios meses de vagar sin rumbo. "Hizo un par de amigos, por acá", me explicaron, "pero ahora están de vacaciones y seguramente los podrá hallar en la playa de Galveston. De vez en cuando vienen a organizar sus papeles".

Kalyani Saipu: Vine buscando a mi padre con el juramento de afrentarlo pero se ha esfumado igual que un fantasma. Ahora soy yo la que –en esta mesita del Hotel Limestone– escribo derrotada y a punto del llanto, sabiendo que día tras día (encaprichada en una venganza familiar) pierdo un amor de nobleza y sosiego. Kalyani, qué difícil es decidir entre la tentación de la sangre y la del deseo. Y ahora que no cuento con el jovial Lawrence a mi lado (confiándome la sabiduría de sus remedios), me siento perdida.

El hotel Limestone está situado en las afueras de la ciudad (es más barato) y enfrente queda una explanada que pareciera campo de futbol, aunque en ella pacen tres caballos. ¿Qué quedará de ellos después del "Día de la Ceniza"? Aquí, en la mesita del cuarto 102, estoy con el revólver.

Kalyani, ahora que la confusión vuelve a apoderarse de mis horizontes, intentaré explicarme. Veníamos ayer por la carretera de Albuquerque, luego de pasar la desviación hacia Alamo Gordo (crucero donde un anuncio celebra *Welcome to the Site of the First Atomic Bomb Test*), cuando llegaron los demonios.

Eran doce o quince motociclistas con sus cascos negros, plateados, sus chamarras negras, rojas, que fueron rodeando mi *Kaiser-coupé* (robado a mi madre, lo sé), y comenzaron a desacelerar de modo que nos estaban obligando a frenar en mitad del desierto. Supongo que en su perspectiva esos demonios (porque eso decían algunas de sus chamarras: Harley-Devils) imaginaban a una muchacha viajando con su hermanito adolescente para visitar a la abuela en algún rancho perdido del condado de Roswell. "No te detengas", dijo de pronto Lawrence, mientras comenzó a hurgar dentro de su mochila. Los motociclistas iban dando vueltas alrededor del auto, como en carrusel, y nos ofrecían sus groseras sonrisas. Comencé a entrar en pánico y pensé en embestir al primero de ellos, aunque la maniobra haría que la cafetera (deberías verla) se volcase. Entonces Lawrence sacó un revólver refulgente y jugueteó ostensiblemente con él sobre el tablero. Le daba vueltas al barrilete, como hacen los que juegan a la ruleta rusa, mirándolo concentradamente mientras susurraba: "no aflojes, Cinthya, no aflojes". En cosa de minutos (luego de ver aquello) los demonios aceleraron y desaparecieron. Fue cuando el pacífico Lawrence McNally se disculpó: "Perdona, pero en lo que llega el día de la ceniza vamos a tener muchos de polvo y violencia". Y como yo le preguntara por ese patético chisme, él insistió: "No te preocupes, Cinthya, de verdad. Mira: no tiene balas... por eso hacía girar el barrilete (así se llama), para que esos bastardos no se dieran cuenta del detalle. Se lo robé a mi padre, que se llama igual que yo". Le dije entonces, para compensar: "Este auto también es robado. Se lo quité a Grace Harper, mi madre".

Así pasaron varios minutos en lo que nos recuperábamos del susto, y fue cuando Lawrence dijo: "Cinthya, deberíamos asaltar un banco. En serio; tú y yo, los más inocentes muchachos del Oeste..." pero como su comentario no hallaba respuesta (aunque sí me inquietó mucho) luego anunció: "Allá adelante, en el libramiento de Dallas, me quedaré. Yo voy a Nueva York y tú a Waco. Yo voy buscando a Susana, supongo, y tú las cuentas pendientes con tu padre. Además que un día más contigo hará que me enamore perdidamente de ti".

Así seguimos hasta un McDonald's donde comimos hot-dogs y hot-fudges, pasamos a los sanitarios y permitimos que nuestras entumecidas piernas se reanimasen. Media hora después, al llegar al condado de Fort Worth, Lawrence se apeaba del *Kaiser*. Un beso santo y cada cual su camino.

Así llegué al hotel Freedom (un solo día: demasiado caro) y ayer al Limestone, desde donde hice la expedición (infructuosa) a la secundaria de Mesquite Hill. En ese trance, de uno al otro hotel, fue que descubrí el revólver cromado (SMITH & WESSON .38) escondido en mi bolso. Lawrence lo había metido en mi ausencia, envuelto en un mantelito del McDonald's donde escribió: "Una rubia hermosa no debe viajar desarmada por el territorio apache. Un beso en tus ojos dormidos. Law."

Ahora, en un atardecer pintado de naranja, estoy por terminar estas líneas para ti, Kal. He vuelto a asomar por la ventana para descubrir que al otro lado de la carretera, en el terreno de enfrente, se han puesto a practicar dos jugadores de polo (entonces la cancha es para ese deporte y no para futbol). Trotan majestuosamente, se tiran la bola golpeando con los bastones bajo la silla de montar, llevan sus cascos blanquísimos, se gritan monosílabos que apenas si alcanzo a escuchar. Juegan al polo, definitivamente, y yo aquí a punto de las lágrimas por no haber hallado a mi padre. Por haber perdido la compañía de Lawrence. Por saber que deberé retornar a Portland, con mi madre, y supeditarme a los caprichos de Peary, mi editor. Hacerme vieja lejos del muchacho (mi muchacho) nadador, desdibujándose cada vez más en la memoria.

Tuya, por siempre
(jugando polo en las llanuras de Bangalore), Cinthya.

⚓

P. S. URGENTE. / Kal.– Hoy es agosto 9. Fui temprano, por no dejar, a la secundaria de Mesquite. De pronto me indican que ahí está un tal profesor Brook, amigo de mi padre. Voy a su cubículo, donde guardaba algunos libros y apuntes en su grueso portafolios, y me presento. Le digo que vengo desde Portland para avisarle que… me voy a casar. Que me encantaría podérselo anunciar personalmente. Se me queda mirando un rato (tiene gafas de pasta negra, de modo que necesariamente te hace pensar en un búho) y por fin abre un cajón de su pequeño escritorio. Me muestra una postal. "El huraño Bill me ha escrito un par de veces desde su autoexilio", y entonces me permite copiar los datos del remitente. Siento que, como en el polo, he dado un golpe largo, muy largo, y la pelota vuela, vuela, vuela…

⚓

MONTERREY, Nuevo León, agosto 17.– Kalyani, mi compañera desde el miedo. Estoy extenuada pero no puedo dormir.

Me hospedé cinco largos días en San Antonio, Texas, para completar el par de reportajes que le envié, por correo certificado, a William Peary. Uno es sobre "las cuatro esquinas" del Medio Oeste, y otro sobre el pueblo fantasma aquél, de Vanadium Rock, donde tomé tantas fotos con Lawrence. Debí esperar dos días en lo que el laboratorio fotográfico me entregaba el material (y gastar una fortuna: más de 20 dólares en el revelado y la impresión de nueve rollos de 35 mm.) En fin; hay que tomarlo como una inversión. Por cierto que el cheque de la tía Lauretta (¿recuerdas los 200 dólares como contribución para el trasplante de mi riñón?), lo hicieron efectivo sin mayor problema. Le telefoneé a Peary avisándole del envío y de mi decisión de retornar a México desde donde le enviaré otros singulares reportajes.

Estoy cansada, Kalyani. Además que no he podido enviarte estas cartas. Ayer crucé la frontera por Nuevo Laredo y como pude demostrar que el auto es de mi madre (y que yo soy hija suya) pasé sin contratiempos. Sin embargo algunos kilómetros después (¿en India emplean millas o kilómetros?) se me atravesó un perro y lo arrollé. Era el kilómetro número quién sabe qué (me distraje) de Sabinas, entrando al pueblo, cuando de pronto una sombra y el golpe bajo el chasis. El pobre animal rodó a un lado del camino, aullaba como enloquecido y su sangre se apelmazaba en el polvo. Como te imaginarás ya me había detenido y hasta cargaba mi Retina Kodak para hacerle (quizás) una foto. El perro, que no era de ninguna raza (es decir, era de todas) dejó de gimotear ante la mirada de los curiosos que se habían acercado. Ahí quedó muerto. Entonces un campesino sombrerudo muy amablemente me dice en español: "Mejor váyase, gringuita. No vaya aparecer el dueño y se lo quiera cobrar como nuevo". Así que esta criminal, temblando por el susto, volvió a tripular su bólido y llegó a este Gran Hotel Padre Mier, que tiene una piscina pequeñita en la terraza.

Los perros me persiguen, ¿verdad, Kalyani? Es decir, me persigue la maldición de matarlos a todos (sin querer). Me estoy muriendo de sueño desde hace horas, pero apenas cierro los ojos despierto sobresaltada. ¿Y si voy a la terraza a nadar bajo la luna?

Besos de Cindy R., "la *gringuita* mata-perros".

CIUDAD MANTE, Tamaulipas, agosto 25.– Kalyani Saipu: existen personas que van muy bien por la vida. Otras van bien, digamos que bien. Otras personas van, simplemente, y vamos, ni quejarse. Yo pertenezco a esta subespecie humana: los que van (a secas).

Llegué a este rincón del infierno hace una semana (el domingo 20) y se me ocurrió detenerme junto a una fonda para tomar un refresco porque el termómetro estaba a punto de estallar. Craso error. El Kaiser coupé no volvió a arrancar. Igual que el perro atropellado de Sabinas, el auto estaba muerto.

Vino un mecánico y sólo consiguió agotarle la batería (además que debí pagarle cinco dólares). Otro más serio llegó después y me advirtió que el problema era con la cadena del motor que mueve las punterías, en español, que quién sabe qué será. Lo sentenció: sin esa cadena el coche no se moverá jamás. "Si tiene mucha prisa mejor váyase en un camión y regrese dentro de tres días porque la refacción de este modelo va a estar medio difícil". Luego lo confesó: era la primera vez en su vida que veía un *Kaiser*.

¿Te das cuenta, Kal? El miércoles yo mato un perro en el camino y el domingo Dios me mata el auto en la misma carretera. A eso se le llama justicia divina. Le dije al mecánico que estaba bien, que lo reparara, que esperaría lo necesario (además que todas mis cosas estaban en la cajuela). Luego de arrastrarlo con dos mulas a su taller, no hubo más remedio que hospedarme en este Hotel Valtierra (que fue digno y hasta elegante en 1931, cuando lo inauguraron). Desde entonces no le han reinvertido un solo centavo y todo está raído (por lo menos las cortinas), todo suelta polvo, todo está empañado, ensalitrado, y asomarte a sus espejos es como entrar a un jardín mágico de azogue reventado. Me cobran 40 pesos por noche (algo así como tres dólares) que incluye el desayuno: medio litro de jugo de naranja, un tazón de café de olla, una cecina asada (que parece la suela de mis zapatos), un kilo de tortillas y una cazuelita con salsa ranchera que te escalda la lengua y el tracto digestivo (de hecho sus estragos me duraron dos días, y no me obligues a entrar en detalles). Puedes desayunar eso, o eso, o eso.

El mecánico, que se llama Bulmaro, sufre horriblemente por no poderme entregar el auto. Hizo un viaje al puerto de Tampico (a cien millas de aquí) para conseguir la famosa cadena, y trajo dos de medio uso: una le quedó corta y la otra floja, así que me ha pedido que lo vaya a ver dos veces por día para ver en cuál de esas visitas me tendrá la noticia de la resurrección del *Kaiser*. Mientras tanto queda el calor tremendo que te hace sudar todo el tiempo, obliga a echarte en el catre (es más fresco que una cama) y pedirle al cielo que interceda para que se realice el milagro de la combustión interna "en cuatro tiempos" (cosas que aprende una visitando el tallercito de Bulmaro).

Kal, te contaré lo de anoche para que veas los extremos a que puede llegar el absurdo cotidiano.

Esta comarca es famosa por su cosecha de caña de azúcar. Poco antes del corte (que llaman la zafra) queman los cañaverales por dos razones que no acabo de entender. Como la caña es molida luego en el trapiche, el incendio del cañaveral sirve (me dijeron) "para mejorar un grado" la calidad del azúcar. ¿Tú entiendes eso, Kalyani? La otra razón parece más lógica: el incendio de las plantaciones de caña, que han permanecido intactas durante meses (y suman cientos de hectáreas), hace que las alimañas mueran calcinadas o huyan hacia otros campos porque el incendio es en línea, avanzando con el viento (normalmente de noche) igual que un ejército de fuego. Las alimañas es un genérico que suma escorpiones y otros insectos ponzoñosos, pero sobre todo la serpiente de la región (crótalo) cuya mordedura te mata en tres horas.

Así que la noche previa a la zafra es imposible dormir (como te contaré). Por lo demás es muy hermoso mirar el frente de fuego en la distancia, como olas del averno, y el hollín que lo cubre todo (como el "Día de la ceniza" de mi enamorado Lawrence). Es como una nevada "en negativo" (para que me entiendas) porque la pavesa se apodera de la noche y todo lo va tiñendo de negro; lo que nos lleva a una maravillosa paradoja: el azúcar que habrá de endulzarnos la vida enluta los campos de tizne y al día siguiente todo amanece muerto, apestando a chamusquina y bajo una mortaja nocturna.

(Perdón, Kalyani… yo pidiéndote que imagines un día de nieve, ¿en Bangalore?).

Así que esa noche quemada sentí desesperar. Se me hizo fácil trasladarme a un pequeño bar a media cuadra del hotel. Beber una soda, una cerveza, una Coca-Cola. Estar despierta y entre la gente para no sucumbir asfixiada por la ceniza en la tráquea (se cuentan algunos casos). Ahí estaba yo (era la única mujer, creo) pidiendo lo que fuera con tal de no pensar en aquel hollín metiéndose entre la ropa, el pelo, los pliegues de la piel. Y como soy una *linda gringuita*, la gente (después de todo) te guarda cierto respeto. Así estuve una hora hasta que un tipo llegó a sentarse (sin ser invitado) a mi mesa. Se presentó como "el comandante" y comenzó a soltarme una y otra lisonja que no venían al caso. Hice como que no entendía el idioma español y pedí mi cuenta, pero el sujeto seguía con sus adulaciones insolentes y diminutivas. Ya te imaginarás, Kalyani, esa suerte de "chamaquita", "corazoncito", "güerita", "amorcito", "gordita", "mamacita", "sabrocita" y todos los itas que te puedas imaginar (a la hora de pedir, los mexicanos son los campeones del diminutivo), encaminados a conseguir una y sólo una cosa.

Pagué la cuenta y me fui tan campante al hotel, aunque me percaté de que el famoso "comandante" seguía mis pasos. Pedí la llave, entré al cuarto y medio minuto después ahí estaban sus toquidos, insistentes y dulzonamente patéticos: "Güerita, güerita… ábreme". La habitación no tenía teléfono, así que luego de varios minutos de rupestre insistencia resolví abrir la puerta. Sólo que lo recibí con el revólver plateado apuntándole a la cara (¡gracias, Lawrence McNally!), y que el buen comandante se quedó mirando bajo la luz del pasillo. Tranquila, güerita; yo sólo venía para invitarte a un baile. Sí, claro. Y se fue sin decir más.

Pude dormir a pesar de todo. Amanecí cubierta con el manto de tizne que había llevado la brisa nocturna a través de la ventana (con todo y mosquitero). Me di un baño, desayuné mi cecina y mi café de olla, y fui al taller de Bulmaro. Al llegar, y sin decir nada, el mecánico trepó al cochecito, accionó la llave de ignición y el *Kaiser* respondió como un Lotus en las 500 millas de Indianápolis. ¿Qué le hizo?

Resulta que el buen Bulmaro le quitó la cadena de transmisión a un Opel que me señaló, ahí junto, y que le quedó de las mil maravillas a mi *Cadillac* de bolsillo. Además le cambió los filtros de gasolina, aire y las bujías. Como verás (mi Kalyani Mobil Oil) me estoy convirtiendo en una experta de la carburación y el octanaje. Así que decidí reiniciar mi viaje luego de esa semana bajo el tizne de la zafra.

Al llegar al hotel Valtierra para liquidar la cuenta me entregaron un extraño paquete. "Se lo trajo el comandante Cuéllar". Lo llevé a mi habitación. Era un envoltorio rústico de papel manila. Al desenvolverlo cayeron al piso una docena de balas y una nota, en mal inglés, que decía: *Yu nied them more, Güerita*. Solté el barrilete del revólver y en efecto, eran precisamente de su calibre. Buena observación del Comandante Diminutivo.

Kalyani, el viaje continúa y las llamas del cañaveral me acompañan. Ojalá que el incendio no se propague demasiado.

P. S. No creas que solamente perdí el tiempo sudando y aprendiendo mecánica con Mr. Bulmaro. También hice una serie de retratos con mi Kodak-Retina de los trabajadores de la zafra (todos percudidos por el tizne), como espectros mismos del infierno. Creo que podrá resultar un reportaje interesante.

⚓

México city, agosto 28.– Kalyani, dame un pañuelo.

Estoy resfriada, horriblemente resfriada. Ayer por la noche se me ocurrió salir a pasear y a la lluvia, también, se le ocurrió llover. Cómo llueve en México cuando llueve.

No logro hilar una frase decente. Anoche, cuando estornudaba, llamé a Antonio en Acapulco. Es decir, lo busqué. La encargada se encargó de decirme que salió a una travesía. Que no ha vuelto en tres días. Con tal y que el Cielo no me lo haya ahogado.

Kalyani, necesito un pañuelo y un termómetro y un frasco de aspirinas. Fui a pasear al Bosque de Chapultepec (muy hermoso) y en lo que te lo cuento cayó una tormenta horrible (con relámpagos y granizo) que me obligó a buscar refugio bajo la marquesina del Cine Chapultepec (qué originales, ¿verdad?). Y como aquello no mejoraba, me metí a ver una película italiana, *Las noches de Cabiria*, que me puso a pensar. Luego, al salir, comencé a estornudar. Subí a un taxi y aquí me tienes, en el cuarto 205 del Hotel Carlton (Ignacio Mariscal 74, por si me quieres venir a salvar).

Anoche estuve buscando en el directorio telefónico. Pero no lo encontré con su nombre. De cualquier manera tengo la dirección que me dio el profesor Brook en la secundaria de Mesquite Hill. No es muy lejos de aquí, como te imaginarás: Ignacio Mariscal 20, piso dos, oficina de "This week in Mexico". ¿Qué te parece? Mi padre trabajando a unas cuadras de aquí mientras yo muero de esto que puede ser bronquitis- tuberculosis-pulmonía.

¿No sería patético? Venir a buscarlo desde Portland para encararlo, y después de todos los percances fallecer en un triste lecho a 200 yardas de su mesa de trabajo... despreciable, temible, sádico William Rudy (cualquiera que sea el nombre que hayas adoptado).

Me caigo de sueño, mi nariz es una fuente. Adiós, Kalyani.

⚓

ciudad de mexico, Distrito Federal, septiembre 5.– Me ha faltado valor, Kalyani. Hasta hoy.

Por fin me animé y fui a presentarme en la oficina donde trabaja William Rudy. Todo el día de ayer estuve espiando el edificio, la entrada, las ventanas de aquel segundo piso con el anuncio (en letras de papel estaño) de la famosa revista "This week in Mexico", que es exclusiva para viajeros gringos. Y como queda enfrente de un parque y el monumento colosal a la Revolución Mexicana, me distraía demasiado (además que no me he repuesto del todo de aquella neumonía que me tiró durante una semana en la habitación del Carlton).

Así que hoy tomé aliento y entré resueltamente a buscarlo. En la oficina había tres personas, pero ninguna era mi padre. Me recibió una señora muy amable, doña Emma Hurtado, que es directora de la revista y (nada menos) viuda de Diego Rivera, el gran pintor mexicano. Entre que me atendían y no, pude ver en la pared su retrato, es decir, varias fotos del *staff* de la revista donde mi padre luce como *editor literario* bajo el nombre de "Mark London" (¡London!). Y si de eso se trata, yo me presenté como tú, es decir, como Kalyani Saipu, diciendo que era obviamente un nombre finlandés.

La señora Hurtado preguntó qué se me ofrecía, y cuando señalé al editor en el organigrama del muro, lo disculpó explicando que por ahora estaba en un "periodo difícil". ¿Traía alguna colaboración? Comenté que llevaba un material que podría interesarles, así que le mostré las fotos de los cañeros renegridos en la zafra. Me dijo que estaban bien, pero que ellos preferían las colaboraciones más apegadas a la arqueología, el arte, el folklorismo y el mundo misterioso de los indios mexicanos. Que mis fotos eran "demasiado proletarias" para su público.

Le di las gracias y dije que quizá volviera en otra ocasión. Regresé a la calle, fui a comer a un restaurante Sanborns (unas enchiladas verdes que tú, como hindú, disfrutarías enormemente). Después de pensarlo un rato, fumando como desesperada, lo resolví. Compré en una farmacia varias medicinas y jarabes, señalándolos del aparador. Busqué los más vistosos, las etiquetas más coloridas y pedí que metieran todo en una bolsa de plástico transparente. Regresé al hotel y estuve perdiendo el tiempo un rato, hasta que vi que eran las seis menos quince. Ése era el horario de ellos (lo había visto en la puerta) y regresé a la revista, que está a una cuadra del Carlton. Como lo suponía me encontré solamente con una secretaria (que no había estado en la mañana). Le dije en inglés que venía del *Dispensario Saint Joseph* y que llevaba esas medicinas urgentes para el señor London. Que las necesitaba, que las había pedido por teléfono, "¿a qué horas llega?" Y como la secretaria no era muy ducha con el inglés, titubeó, no supo de principio qué responder, finalmente me dijo: *He is in his house.* Y bueno, qué esperaba, le mostré aquellos frascos y paquetes de pastillas, le urgen, dígame dónde, abajo me está esperando el taxi. Consultó una agenda y me apuntó una dirección. *He is very ill, thank you. Good bye.*

Kal, tiemblo de ira y miedo. ¿Lo veré?

Cindy R., *la finlandesa.*

⚓

CIUDAD DE MÉXICO, Valle de Anáhuac, septiembre 6 de 1957.- Kalyani Saipu: Por fin hallé a mi padre. Ahora estoy metida en la cama con una botella de *Ballantine's*. (Tú no bebes, ya lo sé. Vivirás 40 años más que yo). Estoy triste como nunca. Pensativa. Son las dos de la madrugada y afuera llueve como si el cielo se estuviera cayendo a pedazos. No he podido comer nada desde el mediodía. No me reconoció.

Trataré de ser objetiva, Kal. Tú juzga los hechos y dime si mi ira tiene razón de ser. Hoy por la mañana fui a la dirección: Monterrey 122-4, en la colonia Roma. Cargando mi pesado bolso marché desde el Carlton para pensar y recordar los buenos tiempos, cuando jugábamos Harry y yo bajo las sábanas de su cama, su cama de William y Grace. Los días de felicidad tórrida en Mulinomah Creek. Llegué cerca del mediodía. El edificio tiene cuatro pisos y el portal estaba abierto, de modo que accedí a la planta baja y toqué en la puerta marcada con el número 4. Nadie contestó. Volví a tocar dos veces más, y cuando estaba por dejarlo todo, una voz como de ultratumba gruñó desde adentro: "¿Quién jodidos es?". No supe qué responder. "Vengo de la farmacia", le contesté en español. Segundos después y con tono más afable dijo en mal español: "Ah, sí, ya voy. ¡Esperarme, esperarme!". Por fin abrió y me pidió pasar. Trastabillaba, se acomodaba los tirantes, acababa de vestirse. Me indicó que tomara asiento junto a la mesa de la estancia (que era un horror de polvo y comida descompuesta). "Estoy buscando mis jodidos anteojos. (Mi padre sufre de severo astigmatismo). ¿No los ves por ahí, muchacha? Se los debe haber llevado la iguana…" dijo. (¡No me reconocía!).

Entonces observé en una repisa, ahí junto, una jeringa sucia, una estufa de alcohol y unos frasquitos tirados. "¿Traes el maravilloso polvo de las estrellas?", bromeó desde el fondo del apartamento. "¿Tú eres nueva con *la chata* Lola?" No respondí nada. No sabía qué decir. Necesitaba que me mirara.

Volvió a aparecer. Se había puesto una camiseta sin mangas y me ofrecía un billete de cinco dólares. "Morfina, morfina, morfina, aunque sea medio gramo…" comenzó a repetir en ansioso canturreo. De pronto se detuvo, se me quedó mirando, se quejó: "¿Vienes de la revista?"

"No, vengo de la secundaria de Mesquite Hill".

Se congeló (pareció congelarse) y buscó una silla. Hizo muecas tratando de afocarme. "¿Cinthya?", preguntó.

Lo que siguió fue bastante caótico. Estaba neurasténico por la falta de su "polvo de estrellas" (saltaba, tironeaba de sus agujetas, se rascaba los sobacos) y en ningún momento hizo el intento de abandonar la silla. No sé si te lo había dicho, pero desde el *Thanksgiving* de 1953 que no lo veía (ni él a mí, claro). Parecía veinte años más viejo. Me dijo una serie de incoherencias: que trabajaba como profesor en un tal Mexico City College, aunque estaban de vacaciones (verano), y que era subdirector (eso dijo) de la guía "This Week in Mexico" donde le pagaban *una fortuna*, dijo en español. Luego se puso más ansioso, contó que más tarde le traerían su comida del *Ku-kú*, un restaurante internacional; que ahí mismo (señaló hacia el techo) William Burroughs había asesinado en 1952 a su mujer, Joan Vollmer, en el departamento de John Healy. "Lo debes saber tú que dices vivir para la literatura: ése fue el *tourning point* de su vida, cuando le disparó a un vaso sobre su cabeza, a lo Guillermo Tell, y falló. Son cosas que pasan". Luego soltó una carcajada. "¿Sabes qué fue lo más extraño?". Y como yo permaneciera muda, él insistió: "Que el vaso cayó sin romperse. Me lo dijo Healy, cuando me traspasó el departamento". Luego comenzó a referir una historia extrañísima, de iguanas que salen de las cañerías y recorren ese piso de noche. "Vienen a robarse mi polvo de estrellas. No se los permitas, Cinthya, por lo que más quieras".

Aquello era un recinto de sordidez y abandono, para qué decirte. Iguanas no vi ninguna, pero cucarachas más de cien. Y así continuó soltando su perorata hasta que de pronto se detuvo. Dejó la silla, fue a la cocina, regresó con dos cervezas destapadas. "¿Tú bebes, pequeña?". Le dije que no. Metió la mano en un bolsillo, sacó un par de pastillas moradas y me advirtió con una desvergonzada sonrisa: "son benzedrinas, algo cercano a la eucaristía de los católicos". Las deglutió y luego comenzó a hilar un discurso alucinado, porque de pronto señalaba hacia las esquinas, alarmado, y decía, "doña Iguana, ya te vi, aquí no te vas a llevar nada". Habló de que estaba preparando un libro, *Adentro, abajo, donde Lucifer*, en el que revelaba que somos el sueño torcido de Dios bajo los efectos de la mezcalina. Algo así. Se tardó más de una hora en tratar de explicarlo, y por fin me atreví a preguntar: "¿Cuántas páginas llevas?", a lo que saltó ofendido. "¿Páginas? ¡Mis libros son los sueños que me permite el polvo de las estrellas, estúpida! ¿Quién tiene necesidad de escribir con palabras habiendo tantos colores escondidos bajo la tierra?". Luego siguió, siguió, siguió...

A las cuatro de la tarde lo previne. "Papá, ¿crees que vine a escuchar todo ese palabreo de tu vida con las iguanas?"

Se detuvo. Bebió el último sorbo de la cerveza de turno. Se me quedó mirando y preguntó como entre las sombras. "¿Cindy Rudy... eres tú? ¿Qué hoy no tienes escuela?". Esperé un momento, tomé aire y le advertí: "Vine a saber la razón por la qué agrediste a mamá". Se me quedó mirando con extrañeza. "¿Vino contigo?". Y como yo siguiera igual que una piedra, comenzó a soltar algo que ahora transcribo poseída por la ira: "Lo que tú no sabes es que Grace Harper, tu madre, me robó el talento... Yo nací para algo grande, hija. Algo grande en verdad, pero ella se encargó de matarme el hálito del arte. Su obsesión sexual, sus caricias llevándose mi sustancia, su conversación permanente distrayéndome de las grandes ideas del espíritu... Por eso tenía que desquitarme, Cinthya. Si no iba a ser capaz de escribir jamás ni media página de verdadero arte... por culpa de ella, ¡que se fuera al demonio!... Pero Dios estuvo de su parte, mostró una señal de justicia y no fue necesario acabarla a golpes... je, je. Dios guió mi mano para quitarle la vista, solamente el sentido de la vista y así quedar los dos en la balanza de la absoluta equidad: yo no escribiré una sola página de verdadera inspiración, pero ella no volverá a pintar uno solo de sus cuadros horripilantes. ¿No crees?".

Le dije que a mí me gustaban.

Luego se distrajo. Señaló hacia un rincón. "Ayer conté más de doscientas", y mirándome con algo que tuvo un asomo de piedad, me suplicó: "A ti no te conoce. Tú no le debes nada. Háblale por teléfono, Cindy. Dile que te venda diez gramos, por el amor de Dios... ¿Sí traerás veinte dólares, verdad?". ¿De quién estas hablando?, lo paré. "De Lola *la chata*, imbécil. ¿De quién más? Es la Virgen María de los *junkies* en este jodido barrio, preciosa. Solamente ella podrá salvarnos de esas iguanas azules asomando en los rincones..."

Yo no vine a eso, padre.

"¿Ah, no?", soltó la carcajada. "¿No vendrás a reclamar por el sentido de la vista de Grace Harper, ¿verdad? Uy, sí, mira: aquí lo traigo en el bolsillo de la camisa... No seas estúpida, niña. Es cierto: tu madre resultó ciega, pero le quedan los otros sentidos para su regocijo, además de ese apestoso *pussy* hambriento de sexo, sexo, sexo... ¡Qué no te percatabas cómo mi gran arte se iba perdiendo en la alcantarilla entre sus piernas! *Bill, ven a la cama... Bill, ven a la cama...* Secándome el seso, secándome el genio... Aquí, al menos, tengo la castidad de las iguanas..."

Vine a matarte, William Rudy.

Eso le dije. Mi padre se me quedó mirando con seriedad, pero dos segundos después volvió a soltar su carcajada histérica. Sacó otra de sus benzedrinas y la deglutió en seco. "Me parece bien, Cinthya... Además que estoy muy cansado". Se levantó de la silla, se estrujó la cintura con ambas manos y fue avanzando hacia la recámara del fondo. "Te espero en la cama, pues. Al fin que duermo con la almohada sobre la cabeza para evitar que las iguanas me besen. Ji ji".

Permanecí en mi silla (de esas mexicanas, pintadas de amarillo y con asiento de bejuco) varios minutos.

Me levanté, fui al horror que era su dormitorio, donde efectivamente William Rudy se había tumbado sobre la cama cubriéndose el rostro con su pringoso cojín. Comenzaba a roncar. Me incliné sobre él, le besé la cabellera encanecida asomando junto a su brazo, y como que protestó. Tal vez las iguanas. Apoyé el cañón del SMITH & WESSON y solté la descarga. Seis tiros al hilo. Aquello fue amortiguado por el almohadón y en el aire quedaron flotando algunas plumas y la pestilencia de la pólvora quemada.

Salí del departamento y volví a la calle. En eso observé que llegaba un mozo del restaurante *Ku-kú*, con su rojo delantal bordado y una bolsa de papel. Pasaba un auto de alquiler y le hice la parada. Le pedí al taxista que me llevara al Monumento a la Revolución, pero que antes se detuviera en una tienda de licores. Ahí compré esta botella de *Ballantine's*, Kalyani, que he estado sorbiendo toda la noche contigo mientras la lluvia se lleva los añicos del cielo.

⚓

CUERNAVACA, Morelos, septiembre 14.– Kalyani, madre celestial, redentora mía. La guerra se prepara.

Me he puesto mi bikini azul cielo y pienso terminar hoy el libro de Patricia Highsmith, *Extraños en un tren*. Te prometo, Kalyani, que algún día escribiré una novela que se desarrolle aquí, en El Hotel del Casino de la Selva, junto a esta misma alberca donde nadan las flores de bugambilia.

La primera vez que vine a este país llegué volando desde Los Ángeles, con escala en Guadalajara. Eso fue hace cuatro años. Ahora voy de regreso a ese paraíso junto al mar en un *coupé* de tres velocidades y sin saber (bien a bien) cuál será mi destino. Algo veo, sin embargo, en las flores de bugambilia flotando en la piscina. Son flores perdidas, definitivamente, que el viento arrastra y acumula en una y otra esquina del rectángulo de agua (fría y azul). Por las tardes viene un mozo a quitarlas del fondo de la alberca con una redecilla metálica. He averiguado con el jardinero y me dice que la flor de bugambilia vive una semana y que su mejor época es ésta, precisamente: el verano tardío. Si vieras los arbustos de bugambilia que me rodean quizá desmayarías. ¿Por qué? Intentaré explicártelo (aunque sospecho que en los jardines de Bangalore deben mirarse espectáculos similares). La bugambilia es un incendio de granate bajo el sol, una fiesta de sensualidad que empalaga la vista, un ardor exuberante que invita a ser mordido con frenesí. Hace una semana maté a mi padre, Kalyani, y ahora estoy disfrutando una deliciosa sangría (vino rojo con hielo y limonada) adornada con una flor de chupamirto.

Ayer logré enlazar una conferencia telefónica con mi madre, Grace Harper, en su casita de Mullinomah Creek. Primero me reclamó, porque da por perdido su cochecito azul (que arrolla perros en las carreteras) y porque la tía Lauretta se quejó de su contribución a un trasplante de riñón que jamás se efectuará. Luego le pregunté qué noticias tenía "de la familia". Y no, nada especial. Mi hermano Harry quiere ir a Alaska para observar a las ballenas orcas. "A veces pienso que su obsesión puede terminar en locura, ¿no crees?".

He averiguado algunas leyendas de este lugar, querida Kalyani, que dan qué pensar. Aquí en Cuernavaca enloqueció de amor el emperador Maximiliano de Habsburgo por una muchachita mestiza que llamaban *la india bonita*. Cada tres semanas venía el monarca del Imperio Mejicano (1863-1867) a visitar su jardín botánico donde cultivaba toda suerte de plantas de ornato y medicinales, y paseaba con la *bonita india*, tomados de la mano, en los atardeceres. Aquí en Cuernavaca los ricos mexicanos (capitalinos) han construido sus casas de retiro con hermosos jardines y altas bardas de roca volcánica tras las que esconden sus albercas. Esta es la ciudad con más piscinas en el mundo (superando incluso a Los Ángeles), pues en las dos mil 437 que existen registradas (particulares) cada año se ahogan 85 niños menores de cinco años (estadísticas ayer publicadas). Aquí en Cuernavaca el escritor Malcolm Lowry vivió y ubicó su novela *Bajo el volcán*: doce horas en las que su protagonista (Geoffrey Firmin) va sucumbiendo por los resquemores del desamor y el mezcal bebido como ríos (su primer capítulo se desarrolla precisamente aquí junto, en la cancha de tenis, cuando el Hotel Casino de la Selva lindaba con las milpas donde terminaba la ciudad). Ahora la guerra se prepara, Kalyani, porque mañana los mexicanos celebrarán *el* Día de la Independencia y puedes mirar en todas las plazas los preparativos: puestos ambulantes donde venden banderas tricolores de todos los tamaños (yo compré una de un peso), cornetas de latón, espaditas de madera, morriones con plumas, petardos, chinampinas, cohetones como de artillería. La guerra otra vez, amiga mía, porque mañana habrá Grito de la Independencia (y los gringos deberemos permanecer escondidos bajo las camas de los hoteles).

Una flor de bugambilia vive siete días, entonces, y una mujer como nosotras 57 años. ¿Qué hacer con la vida, Kalyani Saipu? ¿Qué hacer con ese fulgor carmesí ardiendo bajo el cielo?

No creas, Kal; no he podido dormir en una semana. Supongo que los ángeles vengadores en la corte celestial sufren el mismo insomnio, y supongo también que se quedarán adormilados, con sus bikinis de colores, en todos los rincones y al amparo de sus espadas negras.

Un beso y un vaso de sangría para ti, redentora mía.

⚓

ACAPULCO, Guerrero, octubre 3.– Buenos días Acapulco, buenos días, Kalyani Saipu. Por fin he tenido hoy la iluminación del cielo. Ya sé de qué tratará mi libro. Será una novela epistolar, una novela que escribe una niña (una jovencita) de 17 años a una amiga por correspondencia en India. ¿Te suena familiar? No te ofendas, queridísima Kalyani, pero tú formas parte ya de este libro en proceso.

Para ello deberé utilizar (copiar) algunas de las cartas que te he enviado a lo largo de estos doce años (y que tú muchísimas veces te negaste a responder. Ya lo sé: desde el día de tu boda Velutah te prohibió escribirle a ésta, tu *pen-pal*, pero desde que remito la correspondencia a la estación de radio todo se ha restañado).

La novela podría llamarse "Cartas a Kalyani". O "Buenos Días, Acapulco" (lo que obligaría a que el personaje se trasladase a este puerto de maravilla. Ya lo veremos). Será un libro de confesiones, de asombros, de amistad (¿hay algo más noble?). Un libro de expiación.

Ocurrió anoche. Estaba haciendo el amor con Antonio y entonces, "a la hora de las estrellas" (tú sabes) sentí que viajaba muy lejos. Muy, muy lejos y como que no he retornado. Es como si una parte de mí se hubiera quedado a vivir en ese territorio del cielo y a ratos me soltara destellos que llegan flotando como suspiros entre la brisa.

Así desperté esta mañana (no sabes). Descubrí que Antonio me besaba en silencio (casi en secreto) desnuda como estaba. Hasta lo confundí con un ángel. Me besaba las manos, los hombros, ese umbral donde la espalda cambia de nombre. Desperté dulcemente y decidí continuar así, durmiendo y despertando, despertando y durmiendo, con aquellos besos de timidez alzando apenas la sábana al amanecer.

Ay, Kalyani Saipu, no sé si esto sea la felicidad. Nunca he amado tanto (y mira quién lo dice), nunca he querido vivir tanto. ¿Entiendes eso? Te escribo estas líneas desde la mesa en la terraza, mirando a Antonio que nada más allá de la rompiente del mar rumbo a una piedra mía que tengo en una playa secreta (algún día la conocerás). Lo miro nadando, alejarse, y cosa extraña, cada vez lo siento más dentro de mi atolondrado corazón.

Tú me conoces, Kalyani. Y tienes razón: una vida como la mía después del "accidente" que le costó la vista a Grace Harper, y el "último sueño" de William Rudy en su departamento de Monterrey 122... ¿Todo eso para desembocar, hoy, en este día de redención?

Algo me dice que el cielo me ha perdonado. Es más, me ha premiado con ese ángel a nado que miro (a lo lejos) alcanzando mi laja en medio del mar.

¿Para qué escribir, Kalyani Saipu?, tú te lo preguntarás. ¿Para qué vivir, entonces? ¿Para qué las olas y el beso que me despertó esta mañana? Nada de eso tiene respuesta y pienso (por lo demás) que ésta será, queridísima desconocida, la última carta que te escriba.

¿Para qué la luz del día?, insisto. ¿Para qué este delirio que llaman vida? ¿Para qué tanto desperdicio sabiendo que disponemos solamente de 10 mil noches de abrazo a lo largo de la vida? (Haz las cuentas). Son muchas, ya lo sé; pero son insuficientes.

Kalyani Saipu: ahora dejo la pluma y doy un sorbo a mi café negro (como le llaman) para escudriñar con los prismáticos en la distancia, buscándolo, y encontrarme con el azul bajo el azul que regala esta mañana de revelaciones. No te escribiré más (sabes demasiado) y aquí en las antípodas esperaré, como te decía, durmiendo y despertando. Despertando y durmiendo.

Tuya por siempre, C. Rudy

Paulina

Está a punto de apagar el televisor. Primero fueron las imágenes del satélite NOOA-AVHR y después las escenas del desastre, aunque borrosas por efecto de la borrasca. "¿Entenderá lo que está ocurriendo?" Empuña el control remoto y disminuye el volumen del reporte de la CNN.

–¿Quieres ver otra cosa, cariño? –le pregunta en inglés.

La anciana hace esfuerzos por no perder la cuchara. Se empeña en llevar aquel amasijo de avena, leche y soya hasta su boca, y cada esfuerzo pareciera un triunfo de trapecista. Además que es de lo poco que su estómago tolera, luego del último susto con la úlcera que estuvo a punto de enviarla al quirófano.

El hombre mira el parpadeo del reloj en el panel del microondas. Abre la compuerta y extrae su *pie* glaseado. Aún le quedan algunos minutos. A las ocho en punto abren los cuatro locales del *Taco-Pulco Grill*, aunque él despacha en el primero de ellos, aquél que fundaron hace más de tres décadas en el céntrico barrio de Darby. Lo importante fue dar con el nicho de mercado: la "mexican sea food" donde todo (camarones, merluzas y ostras) son marinados con una mezcla de achiote, jugo de limón y salsa Búfalo, antes de ser cocinado en la parrilla.

Sin esperar más por su respuesta, el hombre pulsa el control remoto y el televisor cambia al noticiario de la CBS donde el locutor ofrece los últimos pormenores del escandaloso accidente que un mes atrás costó la vida de la princesa heredera de la corona británica, Lady Di, y su acompañante, el tosco empresario egipcio Dodi Al Fayed. Las imágenes que se han repetido a lo largo de esas semanas siguen siendo las mismas: la pareja abordando a medianoche el Mercedes Benz blindado, el auto chocado contra un muro del viaducto parisino, los *parapazzi* rodeando la escena sin otra cosa qué hacer más que retratar a las víctimas del fatal percance. Ahora que los fotógrafos han sido exonerados por los tribunales franceses, Scotland Yard asegura haber detectado una jugosa cuenta bancaria del chofer, Henri Paul, quien también falleció en el trágico accidente. Esa cuenta podría vincular al joven conductor con los servicios secretos franceses...

–¿Sí, cariño?

La anciana repite el gesto, emite un quejido obvio: que le cambie nuevamente al canal. Obdulio Camaxtli obedece sin chistar y ahí está, sobre la barra de la cocina, la señal televisiva de CNN con filmaciones más recientes: el puerto de Acapulco destrozado por el huracán Paulina, que ha ocasionado más de 300 víctimas entre muertos y desaparecidos, aunque las autoridades afirman haber alertado a la población de los peligros del ciclón tropical. La pareja mira ese reporte editado con premura: palmeras derrumbadas, autos flotando en las crecidas de los arroyos, locales comerciales con el techo arrebatado, mujeres llorando en improvisados refugios y ventanas rotas de hoteles desde las que asoman cortinas raídas. Mientras tanto el locutor informa de otros daños similares en los estados de Chiapas y Oaxaca.

–¿Te acuerdas? –musita el empresario restaurantero antes de apurar el último sorbo de café. Por la hora deberá buscar la carretera interestatal 95, que lo conducirá más rápidamente al centro de Filadelfia donde se ubica la matriz del *Taco-Pulco Grill*.

La mujer apunta con sus falanges artríticas hacia la pantalla donde se suceden las últimas imágenes del reportaje: una panga semisumergida en la dársena del puerto y el casco roto de un barco que se fue a pique. El locutor narra, como anécdota final, que un popular yate de recreo "que perteneció a Errol Flynn" resultó una de las muchas víctimas de Paulina en el paradisíaco puerto mexicano.

Entonces Karla Hager suelta la cuchara y hace un intento por mover la silla de ruedas donde reposa. Llama a su marido –al que lleva más de veinte años– para que se acerque. Que le quiere pedir algo. Y cuando el hombre moreno se le aproxima tiene oportunidad de mirar el *close-up* que el camarógrafo ha dirigido hacia el casco del barco hundido. Ahí, tras el bauprés, alcanza a leerse un nombre peculiar como el de cualquier bote a lo ancho del océano: *Cindy*.

La mujer logra asirlo de la camisa, lo jala. Le musita con gran esfuerzo:

—Eres un buen hombre.

Acapulco Blues

Aurora 9

Cindy 21

Sasha 151

Karla 299

Melisa 363

Kalyani 479

Paulina 515

⚓

Las siete heridas del mar de David Martín del Campo
se terminó de imprimir en febrero de 2011 en Quad/Graphics
Querétaro, sa de cv, Lote 37, Fraccionamiento Agro Industrial
La Cruz, Villa Marqués, Querétaro, cp 76240.

Yeana González, coordinación editorial;
Elman Trevizo, edición; Carlos Betancourt, cuidado de la edición;
Emilio Romano, diseño de cubierta y formación.